U0602976

十三行 崛起

第一部（下册）

阿菩 著

南方出版传媒 花城出版社

中国·广州

图书在版编目（CIP）数据

　　十三行：全2册. 第一部，崛起 / 阿菩著. -- 广州：花城出版社，2019.8（2021.7重印）
　　ISBN 978-7-5360-8968-6

　　Ⅰ．①十… Ⅱ．①阿… Ⅲ．①长篇历史小说－中国－当代 Ⅳ．①I247.5

　　中国版本图书馆CIP数据核字(2019)第159241号

出 版 人：肖延兵
策划编辑：张　懿
责任编辑：黎　萍　蔡　宇　曹玛丽
技术编辑：凌春梅
装帧设计：姚　敏

书　　名　十三行　第一部　崛起
　　　　　SHI SAN HANG DI YI BU JUE QI
出版发行　花城出版社
　　　　　（广州市环市东路水荫路 11 号）
经　　销　全国新华书店
印　　刷　北京一鑫印务有限责任公司
　　　　　（北京市顺义区北务镇政府西 200 米）
开　　本　787 毫米×1092 毫米　16 开
印　　张　29.5
字　　数　463,000 字
版　　次　2019 年 8 月第 1 版　2021 年 7 月第 2 次印刷
定　　价　78.00 元（全 2 册）

如发现印装质量问题，请直接与印刷厂联系调换。
购书热线：020 - 37604658　37602954
花城出版社网站：http://www.fcph.com.cn

石以砥焉，化钝为利

十三行制度

官府为了加强对商行的管理，逐步形成了承商、保商、公行、总商、行佣
等十三行制度，达到"以官制商、以商制夷"的目的。

承商制度

洋行设立之初，经官府允许，由殷实商人担任行商。行商具有对外贸易特权，
承担相应的责任和义务。

保商制度

即由行商担保，负有向外国商船征收税饷、管理外国商船人员的职责。设
立保商后，无论货物是否由其买卖，承保商人一律负有为该船完纳税饷的
责任。

（内容来自广州十三行博物馆）

公行制度

始创于康熙五十九年，十三行行商建立名为公行的团体，统一货价和垄断大宗商品交易。

总商制度

总商又称商总，在保商之上通常由资历较深的行商充当。总商的职责包括征收行佣、协调货价等，并对整个行商团体负责。

行佣制度

行佣又称行用，是从行商经营的部分进出口贸易中抽取佣金，以补充整个行商团体的运作经费，主要用于偿还拖欠外商的款项及朝廷捐输，还有从事公益事业。

目录

第四十三章

叛 将

前晚蔡巧珠找不到吴承鉴，只猜到他是出去办事了。等了一夜也等不到三叔回来，到了天明，人困顿得不行，便在屋内小床上挨着睡了——自从吴承钧大病以来，她就让人在内屋另安了个碧纱小床，好方便夜里随时照顾夫君。

一觉睡醒，都已经过午了，这是她过门之后从未有过的事——她自嫁入吴家以来，一直谨守妇道，何曾日上三竿未起身？不过最近吴家多事，却也不会有人来怪她。

蔡巧珠服侍着吴承钧清洗一番，看着碧桃给丈夫喂了药，又去看光儿。光儿却正在午睡，光儿这段时间也因为家里的变故而不大安稳，但小孩子毕竟不大懂事，所以倒还能吃能睡，两颊婴儿肥未退。看着光儿梦中磨牙的可爱样子，蔡巧珠心中不由得一痛："孩子，孩子！就不知道你这般好日子，还能过几日！"

她之前有丈夫遮风挡雨，这时丈夫病倒，家里又遭逢前所未有的可怕局面，心志反而一日坚似一日，这两天泪水都不怎么流了。摸了摸孩子，退了出去，蔡巧珠在院子中梨树下发呆。

蔡巧珠颜色中喜白色，果中喜梨子，花中爱梨花。和承钧搬到这个院子后不久，素知她心思喜好的吴承鉴，一次外游恰好看见这株梨树，因觉得这树长得好，就不远两三百里地设法移种了过来。其间又是车又是船的，不知劳动了多少人；为了让这树移种之后能活，又将此树周围的泥土挖了半船回来。

果然移植之后，此树依旧欣欣向荣，一如在原地时一般。每年二三月，遍树梨花开满，花香雪瓣飘满整个院子，竟成了整个吴宅最漂亮的景致。

不过也有一桩不美：梨花是白色，白乃丧色，梨又与"离"同音，所以富贵人家多不喜在家中种梨，因其不甚吉利。

这事先是在一些妈子婆子口中彼此相传，蔡巧珠也听到了些。她的性子，是不希望被人落口实的，且也真怕给吴家带来什么不吉利，虽然爱极了这一树梨花，却还是对吴承钧开了口，让他把树给移了。

但吴承钧是从来不信这些鬼神之事的，听了之后一笑置之，不让移树。吴承鉴听到原委后，又将那两个碎嘴的婆子收拾了一顿，从此满宅子的人再不敢说这树半句坏话。

这时蔡巧珠望着梨树，想起丈夫这般宠着自己，小叔这般为着自己，上边公婆宽厚，膝下光儿孝慧，往日有多甜蜜，今日就有多悲伤，越想越伤心，却还是忍着眼泪，不愿哭泣。因她已经明白，哭泣无用。

忽又想："梨者离也……难道真被那两个婆子说中了？"

想到丈夫或许寿将不永，这不是离吗？

想到自己若出事，将与父母远隔，这不是离吗？

想到光儿也许真要被发配边疆，这不是离吗？

想到伤感处，再忍不住，说道："去叫人来，明天给我将这棵树铲了！"

连翘、碧桃面面相觑，不敢问不敢否，只得应是。

吴承鉴在花差号上吃了午饭，铁头军疤来禀，说佛山那边已经将人手练熟了，问三少什么时候要调人过来。

吴承鉴问："练了多少人？"

铁头军疤道："开了六个夜粥场，每个夜粥场五十人。"

广东自明中期以来就一直尚武。朝廷虽然禁兵，但民间练武风气一直十分浓厚。不过民间练武，自然不可能像脱产的雇佣式士兵一般以习武为业，只能在业余时间练拳练器械，白天还是要出去讨生活的，就靠着晚上这段时间。

练武耗体力，所以又不得不比普通人多吃一顿补充营养，所以晚上练武之后便需要吃顿夜粥——故而"吃夜粥"在广东话里就成了练武的代名词。广东人如果说自己"吃过夜粥",那就是自己学过武术的意思。

这时吴承鉴听说开了六个夜粥场,每场五十人,这可就是三百人手了。如果配备上器械,同等数量的绿营士兵未必抵挡得住,若以这帮人为班底,再一呼啸,聚集个上千人都不在话下。

他不由得笑道:"这大概攻陷南海县衙也成了吧。"

"三少放心。"铁头军疤说,"这几个夜粥场很分散,并不在一块。"

佛山学武的风气冠于广东全省,境内不知多少个武馆,大大小小的夜粥场常年都有百数十个——这五个夜粥场分散于各处便不显眼,也不会招了官府的忌惮。

吴承鉴又问:"蔡家拳那边什么反应?"

"他们也在召集人手,"铁头军疤说,"显然是有些怕了。"

"人就不用调进南海了。"吴承鉴道,"从佛山到南海,两个时辰就到了,急什么?嗯,倒是最近几日,派出些人去,挑挑蔡家拳的场子,闹出点事情来。但不要闹大,就做出你要逼蔡家拳老大出来认尿的姿态。可以伤人,不要致残致命。"

铁头军疤道:"好,我知道怎么做了。"

周贻瑾忽然道:"你领了最后一笔钱,以后就不要来花差号了。"

铁头军疤愕然不知何解。

吴承鉴笑道:"因为我要众叛亲离了。你钱都到手了,人也召集了,仇怨也能报了,还理我做什么?你拿到了好处就走,这是人之常情。"

铁头军疤叫道:"三少这是什么话!如果这次不是三少提起,铁头的仇怨早就放下了。往后我只要能留着一条性命奉养老母,其他的事情,早没心思了,但三少又给足了我给老母养老送终的钱——往后我的性命就是三少的了。我就是三少的棍子,三少指哪里,我就打哪里。万一宜和行真的不行了,三少要充军,还是发配宁古塔,铁头都跟着三少去。"

"好了好了,真是个实心人。"吴承鉴叹了一口气说,"不是说你真的叛我,是要让人以为你要叛我。"

铁头军疤只是心实,并不是蠢,马上就反应了过来,道:"好!"

他想了想,又说:"如今铁头手下的人手足,拳也练得差不多了,放着也是白放着，是不是派出一帮人去，找找惠州那批茶。"

"不用找了。"吴承鉴道，"到了今时今日，那批茶在哪里，我心里已经有了个大概。"

"哦？在哪儿？"铁头军疤说，"我这就带人去取出来！"

"现在还取不得，现在去了，茶也拿不回来。拿回来了，赈灾摊派的事情没解决，最后宜和行还是要搭进去。"吴承鉴说，"你把人手准备好，十天半个月后，就是动手之日。到时候走水路来。我会让疍家的船去接你们。"

"走水路来？"铁头军疤动容了，"茶在广州？"

"是啊，"吴承鉴道，"就在广州，就在南海治下，甚至就在离这白鹅潭不远的地方。"

铁头军疤走了之后，疍三娘进来说："疍家的兄弟过来问，想要见见你。"

疍三娘是疍家人。当年疍家遭了大灾，年仅十七的疍三娘把自己给卖了，换了点钱粮药物给家人渡灾；但她是疍家女，也没能把自己卖多少钱，还是适逢吴承鉴看上了她，将她梳拢了，又给了她一笔钱。她拿这笔钱救了整个疍家渔村。

这些年她虽然流落风尘，但只要疍家有事，她一定解囊出手，有做不到的事情求到吴承鉴这里，吴承鉴也一定帮忙。久而久之，疍家人便都知道这层关系，却只恨无能为报。这几年来，花差号上的河鲜海鲜，从来不用花钱，然而这点小事又哪里能报得大恩呢？

吴承鉴道："我们吴家就快要倒了，以后再帮不了他们了。他们还来找我做什么？"

疍三娘一听怒道："你把我们疍家儿当什么了！这些年你明里暗里帮了我们疍家多少，我们口中不说，心里一桩一桩可都记挂着，只恨你们吴家豪富势大，我们疍家穷苦没本事，没法报答你们而已。但现在你们吴家既然遭难，疍家儿只要是能帮到忙，哪怕代价是村毁人亡，也在所不惜。我们虽然是水上人家，却也都知道义气为何物。"

吴承鉴连忙笑笑说："我跟你开玩笑呢，你激动个什么呀？来来来，喝杯酒顺顺气。水上人家的义气，别人不知道，我还不知道吗？来来来，别生气了啊。"

　　亶三娘挡住了他手中的酒杯："我大哥、小弟在外头呢，你……"

　　"他们我暂时就不见了。"吴承鉴想了想，说，"还有，你最近让他们暂时别到花差号来了。到我用得上他们时，会派人去找他们的。"

　　亶三娘只说了一声"好"，就出去了。

　　周贻瑾叹道："三娘虽然流落风尘，却真是巾帼豪侠！"

　　吴承鉴撇了撇嘴，笑着说："就是太豪侠了。当初我倒是迷上了她这一点，结果……现在啊，唉，她要少几分豪侠，多几分风情，那多好。"

第
四
十
四
章

连夜求人

吴承鉴在花差号上待到快要日落，这才离开，乘小艇上了岸。

往常都是铁头军疤亲自掌舵，这次没了这个第一打手，小艇似乎就开得不顺，中途还坏了舵，船工赶紧去修。吴承鉴道："真是屋漏偏逢连夜雨，最近运气不好啊，事事不顺。还好这船不是底穿窿。"

吴七道："三少，你在保商会议事处不是说去求过妈祖，妈祖会保你这个月顺顺利利吗？"

"那是车大炮（吹牛）的啊。"吴承鉴说，"别人听不出来，你还听不出来？我都多久没去拜过妈祖了。"

吴七道："说不定啊，就是你太久没去拜过妈祖，又在保商会议事处胡言乱语，结果妈祖降罪给你了。"

吴承鉴啪啪打了自己两下嘴巴说："有理，有理！你回去赶紧给我备香烛三牲，我明天就去天后宫烧香告饶。"

舵倒不是什么大问题，修好之后摆向岸边，但耽搁了这么久，登岸后天色都已经黑了。

吴七忽然说："三少，这次还好是舵坏了，下次可得小心。军疤不在，人家如果要搞我们，把船钻个穿窿我们就一起完了。"

"打住打住！"吴承鉴说，"好话不妨多说。这种触霉头的话，给我吞回去！"

　　因为有老周打过招呼，回西关的这一路倒是没再出什么问题。吴承鉴在车内叹息说："仗义每多屠狗辈。潘家平日总说什么和我们吴家血脉相连，自从我们吴家出事，潘家都不理我们了。叶家跟我家老头子约了亲事，那是我未来岳丈家了，结果一有事情，叶家马上就背叛了。以往常在神仙洲寻开心的那一帮酒肉朋友，现在一个都不见了。倒是老周、军疤、疍家儿他们，一个两个还念着我的好。"

　　吴七道："那也是三少以前积下的德。"

　　吴承鉴道："我虽然花过钱、出过力帮过他们，但在他们身上花的钱，可比不上跟二世祖他们在花差号时的一个零头。"

　　吴七道："但那些二世祖啊，在这些苦命人的身上，可连三少你的一个零头也没花过。偶尔打赏什么的，都像打发乞丐。他们做好事不存善心，那些个苦命人心里清楚的。"

　　吴承鉴笑道："有理，有理，他们都是蠢蛋。跟他们一比，三少我马上就英明起来了。"

　　一路与吴七说点有的没的，心情就转好了不少。

　　这段日子，吴承鉴临危受命，被迫担起这个家族，担起宜和行，面对官道上的、商道上的明枪暗箭，见招拆招之余还要绞尽脑汁反击，实在是累了，苦了，与他要做一辈子二世祖的心愿背道而驰。

　　他这时忽然想起，自己那日在知道大哥身体大坏之后，没来由地泪流满面，究竟是因为伤心大哥的病情，还是伤心自己的好日子就此一去不返了？

　　他想了想，一时得不到答案——大哥是他真心牵挂的，但自己的逍遥日子也重要啊，大概……都有吧……

　　"唉，吴七啊，担起这个家，以后三少我就没多少好日子了。就算渡过了这场劫难，算盘……账簿……我真要一辈子被困在这些东西里头吗？"

　　换了穿窿赐爷来，一定要说："三少你就知足吧，多少人盼都盼不到你这等富贵日子呢。"

　　吴七却说："三少，你前些天不是常说，最近玩都没什么好玩的了吗？"

　　吴承鉴道："是，那又怎么样？"

吴七说："那你把眼前这些破事，当作另外一种玩儿，不就好了吗？"

吴承鉴呆了一呆，随即放声大笑："有道理，有道理！与人争斗，也是其乐无穷呀——有道理，有道理！来吧，老蔡，来吧，吉山，还有和珅，还有……还有你们这些不将商人当人的清流，咱们就好好玩玩！"

给了自己一个继续前行的理由之后，吴承鉴的心情就好了不少，一路上感觉车轮也滚得快了不少，没一会儿就回到了吴氏大宅。

大晚上的，进门之后还看到一帮人拿着铁锹铁铲什么的往右院去。吴承鉴问："怎么回事？干什么去？"

"三少啊，大少奶奶让我们把右院那棵梨树给铲了。"

吴承鉴愕然："好端端地干什么铲梨树？"

"我们也不晓得啊，是大少奶奶吩咐的。"

"你们先等等，我去问问。"

他就先往右院来。大嫂和连翘却都不在，问碧桃，碧桃就哭了："婢子也不知道大少奶奶怎么了，就是下午在院子里，对着梨树站了好一会儿，忽然眼泪就扑簌扑簌往下掉，然后就让我们找人把树给铲了。当时我们也不敢多问，更不敢去回老爷。"

吴承鉴望了梨树半晌，忽然就像明白了什么。

进来的工人问："三少，这树铲不铲？"

吴承鉴挥手："不铲，不铲。"

碧桃叫道："三少！"

吴承鉴道："回头大嫂如果问，就说是我说的，不铲！这树是大哥点了头，我亲手种下的。我吴承鉴种得它落，就保得它住！"

蔡巧珠这时却已经不在家中了，趁着夜色，坐了一顶小轿子，也不声张，越过半条街，进了蔡家大宅的侧门。

连翘上前，知会门房。门房道："请吴大少奶奶稍等，我先去看看老爷、太太在不在。"

旁边吴六就把话给截住了："蔡总商一炷香前刚刚回家的吧？"

门房一下子有些尴尬。从下午到现在，吴六便站在街对面——他也是留意到，今天蔡总商回来得晚，但没多久吴家大少奶奶的轿子就到了，这是紧紧盯着呢。

门房道："回来是回来了，但这会子天都晚了，老爷、太太他们早都睡下了。"

吴六心想进门到现在还没一会儿，怎么可能就睡了，这时连翘已经插话过来——吴六的话有些失礼，却是要让门房无所推托，但再较真就过了。

连翘说："现在也不算晚，彼此住得近，做侄女的趁月色来看望看望叔叔、婶子，还请通报一声。"

门房自然知道现在这时节，怎么可能是来走亲戚？待要拒绝，又觉得失礼——吴家或许会失势，但也不是今晚。宜和行当家女主执晚辈礼，从侧门求见，若由他一个门房来打发，失礼的就是他万宝行。

侧门外的巷子小，一顶小轿子一塞就把进出全堵住了，邻里不知有多少只眼睛在门缝偷偷看呢。

门房无奈，只得去回禀。

连翘生气了，不管蔡总商最后见还是不见，都该先将轿子迎进院子去才是正礼。过去几年两家走动，蔡总商人前人后都说蔡巧珠是自己半个女儿，今晚如此对待，太寒人心。

她们主仆连心，呼吸之间，蔡巧珠已经知道连翘的心事，伸出手来，拍了拍连翘的后背安抚。现在是非常时期，纵遇到什么屈辱，也都得忍着。

过了有一顿饭工夫，有个管事的带着两个男仆、两个妈子快步走了出来，道："外头风大，快抬吴大少奶奶进来。"

轿子抬了进去，妈子用灯笼照路："吴大少奶奶当心。"

连翘将蔡巧珠扶了出来。蔡巧珠在梨树下伤心无奈，这会儿脸上却不露半分心事，气度端凝沉稳，看得蔡家的管事、男仆、妈子心中暗暗佩服："真不愧是我们蔡家出去的姑娘，都这时候了，还这般沉得住气。"

既是来拜见叔婶的，蔡巧珠便在管事的引导下直入内宅。蔡总商在后堂太师椅上坐着，肩头上披着件衣服，似乎真是已经睡下又起身了的样子。蔡家的日子在某些方面过得节省，偌大一个后堂只点了两盏油灯。灯花晃荡，映得整个环境黑沉沉的，一如蔡总商的那张脸。

蔡巧珠上前拜见："叔叔！"

蔡总商连忙扶起来："又不是什么大日子，串个门，不用多礼。"

一个妈子扶了蔡巧珠侧地里坐好，丫鬟奉上茶水。蔡总商道："怎么大晚上过来，如今入了秋，小心夜里风大。"

蔡巧珠道："劳叔叔记挂侄女的贱体，侄女铭于五脏。"

"说这些客气话作甚！"蔡总商说，"我和你爹虽然是堂兄弟，和亲兄弟却也差不多了。你爹娘近日身体如何？我有半个月没见他们了。"

蔡巧珠道："爹娘的身子骨都还是很康健的，力气也大，上次回门，差点就把侄女给留下了。"

蔡总商的眉头往中间挤了挤，不搭这句腔。

蔡巧珠就知道今夜对方是不会主动提正事了，那只好自己来："侄女本不该夜里闯门的，但叔叔在外头日理万机，侄女又是女流之辈，不方便到外面找叔叔，只好等着叔叔回家。这才没羞没耻地撞上门来，还请叔叔不要见怪。"

蔡总商抬了抬手："都是一家人，都是姓蔡的，见怪什么？"

蔡巧珠道："承钧也曾随侄女来拜见过叔叔的。叔叔还认我这个侄女，就不知道还认不认承钧这个侄女婿？"

第四十五章

委曲求全

　　蔡总商不说话了，自顾自取出个水烟筒来。他们粤西的水烟筒多是竹筒做的，蔡总商坐到了十三行第一把交椅，这个水烟筒却是玻璃的了——用的是从东印度公司进口的一大一小两管全透明玻璃，再由广州的巧匠拼制而成。

　　他这时完全不说话，也不知道对蔡巧珠的话是听到还是没听到。昏暗的后堂，气氛压抑无比。

　　蔡巧珠就走过来，赶在蔡总商之前取过火石，又赶在蔡总商之前帮忙点烟，几下子服侍人的功夫做出来顺畅无比——她爹蔡士群也是抽水烟的，她出阁之前常服侍着蔡士群抽水烟筒，但嫁过去吴家十二年了，除了病重的丈夫，低下身段来伺候人的事情，十二年来这是第一遭。

　　连翘看在眼里，心里揪得慌，心道："我们大少奶奶放下身段伺候你，你就真的安心让大少奶奶伺候？这事若让三少看见，他非当场闹起来不可。"

　　吴承鉴知道大嫂不在，便来后院。

　　这段时日，吴宅几个主人的作息全都打乱了。吴老爷子近两年是尽量早睡早起的，今晚却紧着心，一听到有动静就醒来了，问道："是家嫂回来了？还是吴官回来了？"

吴承鉴道："阿爹，是我。"

进了门，杨姨娘穿了衣服避开了。

吴承鉴帮他老子披了件衣服，才说："大嫂去找蔡士文了？"

吴国英没有回答，但那表情是默认了。

吴承鉴一脸的烦躁："去求他有什么用？这次咱们家栽进去，蔡士文就算不是主谋，也是帮凶。这是送上门去让人白白羞辱！阿爹你怎么不拦着大嫂？"

吴国英长长叹了一口气，说："我知道多半没用，家嫂……应该也知道。然而形势到了这个份上，她不去试试，怎么能够死心？"

蔡总商靠在太师椅上，抽着水烟，咕噜、咕噜地，真个放任蔡巧珠伺候着自己。这一抽起来，便没停下。昏暗的后堂，只有这个声音。水烟的烟气缭绕着，把原本就昏暗的屋子蒙得更让人看不清楚、瞧不明白了。

蔡巧珠养尊处优了二十几年，尤其是过门之后，平时有什么烟火气的，吴承钧、吴承鉴兄弟俩都不会让近她的身——这时却忍烟气，忍了许久，终于掩嘴咳嗽了起来。

连翘急忙抽出手帕上前，蔡巧珠接过抹了抹。这时蔡总商第一筒水烟抽尽了，又拆开烟包。蔡巧珠就知道他还要抽第二筒，将手帕随手一塞，又帮着张罗，倒烟灰，取镊子刮灰烬，填烟叶，塞好点火，一边说道："叔叔仔细。"

蔡总商等喷尽口腔烟气，才终于开口了："巧珠，你做这些干什么，太没意思。"

蔡巧珠道："大丈夫都能屈能伸，何况我一个妇人？这会儿都家破人亡了，还计较什么好不好意思？只要能活下去，我蔡巧珠腰杆子能弯，膝盖也能屈，就盼着叔叔能高抬贵手。"

"高抬什么贵手！"蔡总商道，"我虽然是总商，但这又不是有品级的官职。说好听的是十三行保商之首，说难听点那就是吉山老爷的传声筒。上头要说什么，我只能照传；上头要做什么，我只能照办。"

"那是自然！"蔡巧珠说，"我们都是有赖君父圣恩，才能有这般的好日子。皇上的圣谕，内务府的令旨，自然都应该照传照办。但最终交给谁办，具体又怎么办，却还是有个进退的余地。叔叔你说是吗？"

最后这句话是说，吉山的意思虽然不能违抗，但摊派的事情最后落到哪一家头上，叔叔你还是有能力拨转挪动的。

蔡总商道："巧珠，你当的是内宅的家，外面男人的事情比你想的复杂，没你说的那么简单。"

"自然自然。"蔡巧珠道，"十三行的这门生意如果好做，就不会整个大清只有这十一家了。我是就近看着承钧做起事情来怎么没日没夜地。男儿们在外头的担子有多重，有多难，没人比我更清楚。但侄女只认准一个理：以叔叔的能耐，只要有心，便能救人。"

蔡总商哈地干笑一声："巧珠，你太看得起你叔叔了。你想想，这些年我待你如何？待承钧如何？怕是我那两个女儿、女婿都要靠后。若我真有这个能耐，还能不帮忙不成？实在是力不能及啊。"

"叔叔客气了。"蔡巧珠道，"当时保商会议还没开，我们宜和行惠州丢茶的消息也还没传开来，叔叔就已经知道我们吴家要倒了。叔叔能有这等先见之明，自然是整件事情早就看得通透的。"

蔡总商脸色微变："你什么意思？"

蔡巧珠将意思挑了挑，是要告诉蔡士文：我虽然是个妇道人家，却不是没见识，今儿来是明知洞中有虎狼，仍向虎狼委屈求。

"没什么意思。"蔡巧珠道，"不管背后祸害我们吴家的是谁，又是为什么要祸害我们，到了现在这个节骨眼，我们吴家都不想追究了。眼下吴家上下，不求别的，就只求一条活路。叔叔既有翻云的本事，就不可能没有覆雨的后手。现如今不求别的，就求叔叔看在一场亲戚的分上，给吴家指一条明路。"

这是将底线与要求给挑明了：只要能度过此劫，哪怕事后发现此事与蔡士文有关，吴家也可以既往不咎。

蔡总商哼了一声，又不搭腔。

蔡巧珠又道："叔叔，虽然侄女不晓大局，但也知道四个字：血浓于水。生意场上都要结盟，都要搭伙。跟谁结盟不是结盟，跟哪家搭伙不是搭伙？既然如此，为何不挑亲近的吴家，却要选疏远的叶家？就算是谢家，谢原礼和我们吴家相比，也还是少了一点血脉牵绊。侄女虽然不是你亲女儿，但这十二年走动下来，不是亲的也都亲了，难道就比一个外人还不如？叔叔不看在侄女的分上，也看在我父亲的分上，看在叔叔的祖父、侄女的太公分上，拉扯侄女一把吧。"

顿了顿，她又说："只要叔叔肯拉扯这一把，以后吴家的孝敬，必在叶家之上。"

这"孝敬"二字说出来，那真个是尊严尽卸，直愿屈身来做蔡家犬马了。别说吴承钧当家的时候野心勃勃，就是吴国英刚创立宜和行时，也是以潘家为追赶目标的。便是当年宜和行比今天弱小许多，面对潘震臣的时候，吴国英至少口头上也要力争自主的。此时局势所逼，却不得不向蔡家低头，不但低头，甚至还要屈身为蔡家之附属。说出这番话来，蔡巧珠想想丈夫与三叔若是知晓会是何等反应，心里都要滴血。

"巧珠啊，"蔡总商悠悠道，"你这番话，知道是什么意思吗？现在宜和行当家的，可是吴承鉴，不是你啊。"

蔡巧珠道："今日侄女来是禀过我家老爷的。"

这意思就是说吴国英是同意了的。

蔡总商的眼角，终于闪过一丝不易察觉的嘚瑟。这两年吴承钧在商场上雄心壮志，吴承鉴在神仙洲飞扬跋扈，两兄弟趁着势头好，在利场、欢场各得大势。

吴承钧做生意"事事讲道理"，凡事"宁向直中取，不向曲中求"，只要占着理的事情就寸步不让，别说潘、易、梁、杨、马被他压得黯淡无光，就是谢、卢两家也明显感觉到那份压力，有两回连潘有节也被迫让道——蔡士文身为总商，也好几次被吴承钧顶得说不出话来。

至于吴承鉴在神仙洲那更是横行无忌，不管是谁家子弟，见谁灭谁。

西关豪门对白鹅潭欢场的态度极其矛盾：一方面，自然要教育子弟们勤俭持家，不可吃喝嫖赌，不可铺张浪费，不可炫耀露富，以免被上面惦记，所以保商会议时才个个穿得低调；可另一方面，你不炫财，谁知道你有多少钱？你不露富，谁知道你有多少势？

所以蔡二少花了大钱捧沈小樱，事后被蔡总商打，打的不只是蔡二少乱花钱，打的更是他乱花钱结果还花不过吴承鉴！儿子被当众打了脸，他蔡总商的脸还能好看？

在这条跟红顶白的西关街，你的钱越多，别人把钱货放在你那里就越放心；你的势越大，小弟们也才能忠心跟随。可你若是势头不好了，商户们盘给你钱、寄给你货的时候，就要多掂量掂量，甚至回头就要上门追债。粤海关监督若见你势穷财蹙，心里头也要考虑着是不是换个人来拿这张牌照了。就连神仙洲的龟公杂役也要换个人表忠心了。

所以这两年眼看着吴承鉴在神仙洲销金山洒银雨，满西关的大小商家暗地里就都认为吴家在十三行的排名是被低估了：若不是家里财力够足，吴家大少怎么敢让吴家三少把钱这么糟蹋法？这还是弟弟，不是儿子呢。

然而这时看着蔡巧珠低眉顺眼，蔡总商的嘴角不自觉弯起，几年里积下的一口恶气，今天总算是吐了些许。

第四十六章

跪 求

　　蔡总商嘴角的弧度，蔡巧珠眼角余光瞥到了。她可没预料到自己叫了多年的叔叔竟还有这么一副嘴脸，一时只觉得一阵反胃恶心，然而她还是将一切情绪都忍住了。

　　不过她的这份委曲求全，除了换来蔡总商嘴角不经意的一点笑意，就再没换来任何实质性的东西了。

　　"眼下这个局势，不是内人、外人的事情！"蔡总商道，"有些事情，既然已是定局，便没办法了。我不是不顾血亲，否则就不会预先通知你爹娘了。但我能做的也有限。保你可以，要保整个吴家？我也做不到！你回门那一天，就不该再回去，就该好好待在娘家。有些事情，不是我不想，实在是不能。"

　　蔡巧珠的一颗心直往下沉，眼前一片昏黑。自己都做到这个地步了，对方还是拒绝。

　　又听蔡总商说："有些话，我没法跟你说得太清楚，现在就跟你说一句：开弓没有回头箭，更何况这一次，是满人开的弓！"

　　蔡巧珠心头剧震，只觉得头都有些晕眩了。今时今日这个局面，难道还和更上面的满大人们有关？若是那样，小小宜和行如何承受得起？又如何改得了命？

蔡总商将蔡巧珠的种种细微反应，全看在眼里，心道："他们吴家，于大局上果然还蒙着呢。看来吴承钧一倒，吴家不足为虑了。只凭着吴老三那点小聪明，翻不了天。"

他眼皮就微微垂下。低头抽烟。

蔡巧珠定了定神，使了个眼色，连翘便退了出去。蔡总商微微一犹豫，便让这边的下人也退了出去。

蔡巧珠后退一步，忽然整个人跪了下去，行了大礼。

蔡总商惊道："巧珠，你这是做什么？"他脸上带着惊色，却根本没伸手去扶。

蔡巧珠将额头贴近了地面，说话的时候，嘴唇几乎就吹到地砖上的灰了："求叔叔开恩！"

蔡总商道："你这是做什么！快起来，起来！"

蔡巧珠将头抬起，道："这第一个头，谢叔叔当日预先通风报信。虽然叔叔是要让家父留住我，但无论如何，总是记挂着侄女的性命。"

说完她的头就抬了抬，跟着就重重磕下了，额骨碰到了地砖，发出哑响。

连翘虽然退到门外，但也没走远，隔着房门听声响就猜到里头发生了什么，暗中心痛不已，却哪敢进去？

蔡巧珠又道："这第二个头，求叔叔看在侄女一家老的老、小的小的分上，若是宜和行真的出事，公公年老，定然撑不过去；承钧病重，肯定也得撒手；就是我们光儿，他小小年纪身子单薄，如何经得起边疆的风霜？还请叔叔垂怜，救救我们一家。"

头又重重磕下，又是一声哑响。

"这第三个头，"蔡巧珠哽咽道，"侄女已经无话，只是跪求，只是跪求。"

说着又将头重重磕下。

这三个头磕得她脑子都晕眩起来，额头黏糊糊的，怕是已经出血，然而耳边传来的声音，却没有一丁点软下来的意思。

蔡总商暴跳了起来："巧珠，这是做什么，这是做什么！都说了我没办法，你还这样子逼我。你个大家闺秀，从哪里学来的撒泼？我们蔡家的门风还讲不讲了？闺门的风度还要不要了？"

"都到生死关头了，哪还要什么风度？"蔡巧珠泣道，"眼下只求活命。"

蔡总商黑着脸，不发一声。

蔡巧珠抬起头来，只觉得有液体垂下，黏住了睫毛，透过血色去看蔡总商的脸色，那张黑脸竟无一点儿松动。

蔡总商最终还是摇头："晚了，晚了，巧珠，太晚了。"

"什么？"

蔡总商道："若承钧还在，倒还好说，但现在是那个败家子当家，吴氏已经成倒墙之势。墙倒众人推，我若伸援手，只会跟着沉没。"说完，他又是一副爱莫能助的神色，摇着头。

他是真无奈，还是在做戏，当了几年家的蔡巧珠自然不会看不出来，至此蔡巧珠对蔡士文才算彻底不抱希望了。对方心里若还有一丝半点亲情顾念，就不会说出这种敷衍的话来。自己把心都掏出来了，对方却还在装；自己把头都磕破了，对方还是没一句实话。

屋里头仍然昏黑。沉默持续了好久。只听到蔡总商咕噜、咕噜的抽水烟声。

第二筒水烟又抽完了，蔡总商也不动手，等着蔡巧珠来伺候。

蔡巧珠擦了擦额头的血，定了定晕眩，道："既然叔叔都这么说了……"她自己撑着地面，摇摇晃晃站了起来说："承鉴说得对，对没心肝的人，说什么都是白说，做什么都是白做。"

蔡士文喝道："巧珠，你说什么！"

蔡巧珠整了整脸色道："叔叔，妾身是吴门当家少奶奶，往后相见，请各守礼，莫再乱呼妾身的闺名。"她叫了连翘进来，让连翘扶着自己，给蔡士文一个万福，道："吴门蔡氏，拜别蔡总商。"

这一拜，那是拜去了往昔的亲戚情谊。

拜完，她就扶着连翘出门了。

预想中的凄凉失态没有见着，蔡总商看着她的背影，水烟管都僵在了那里，嘴角忽然一阵抽搐。

连翘心疼主人，出门后便慌忙拿手帕帮蔡巧珠擦拭额头血迹。蔡巧珠将手帕夺过，狠狠几下擦干了，这时竟不觉得疼痛。

看着要上轿，忽然有人道："哎哟，这不是巧珠姐姐吗？"

便见一个胖公子走了过来。这里是停轿子的地方，自是个偏僻所在，周围昏黑，所以有下人提着灯笼为他照路。

"原来是二弟。"蔡巧珠的声音里，没有半点情绪起伏。

来人正是当日在神仙洲力捧沈小樱，最后却还是被吴承鉴压了一头的蔡家二少。算起来他也是蔡巧珠的族弟，不过血缘离得有些远了。

蔡巧珠在家的时候本就以美貌著称，嫁过吴家之后滋养得宜，随着年纪渐长，非但颜色未衰，反而一年比一年更见风韵。吴承鉴又会来事，总能搜罗到各种能与大嫂的容貌相得益彰的衣裳首饰，所以每次蔡家女眷聚会，蔡巧珠都压得一众姐妹望尘莫及。

更要命的是，吴承鉴对这位大嫂极其维护，不许任何人拿蔡巧珠开玩笑，别说当着他的面，就是西关地面但有什么风言风语，他背后听见，也能拿手段整得那人下不来台，把蔡巧珠的声誉守护得如同初绽放的梨花一般冰清玉洁。可越是这样，就有一帮登徒子越是心痒难耐。

这样一个被十三行第一浪子捧在掌心、守护得一尘不染的豪门美少妇，若是能过一过手，就是十个沈小樱都比不上。

今天晚上蔡二少听说蔡巧珠连夜来访，就猜是来求救告饶的。如今对方势蹙力穷，又在病急乱投医的关口，这等机会不把握，那是要遭雷劈的。当下守到蔡巧珠出来，就蹭了过来。

蔡巧珠却哪想得到对方有什么龌龊心思？彼此毕竟是亲戚，便停步道："二弟什么事情？"

蔡巧珠穿着一身淡色衣服，灯火之中，瘦削的身子立于夜风之中，衣袖被吹起，人也似被吹拂得要倒一般，看得蔡二少燥火如焚，上前道："这不听说姐姐来我家……哎哟，姐姐的额头怎么了？"

蔡巧珠的额头微微破皮，刚才擦拭了，现在又沁出一些血丝，令人见而怜惜。蔡二少赶紧摸出一条手帕来要给她擦，蔡巧珠赶紧退后两步，吴六的一只臂膀已经拦在跟前。

蔡二少皱了皱眉头道："滚开！"虽然对着的是个下人，但放在平日，他也不敢这么说话。现在吴家都要倒了，吴家的一个下人，在他眼里比一条狗都不如。可恨的是这个吴六没眼色，竟然拦着半点不后退。

蔡巧珠也蹙起了眉头，道："二弟，你这是要做什么？"

蔡二少嘻嘻笑道："这不是听说姐姐来嘛，我也知道姐姐家里最近出了点事情，想是求我爹来了。我爹那人不好说话，不过你也知道，他最疼我了，要不要我给姐姐帮句腔？"

如果是见蔡士文之前，蔡巧珠少不得要生出几分希冀来，这时却早对蔡家死心了，便道："谢过二弟了……"

后面半句话还没说完，蔡二少就接过去了："咱们亲姐弟俩，不用这么客气。这样吧，姐姐也先别走，先到我房里来，这个事情咱们姐弟俩好好琢磨琢磨。"

蔡巧珠愣了愣——吴承钧两兄弟爱她敬她，污言秽语是不让过她耳朵的，但她既当着内宅的家，那些个乱七八糟的事情，怎么可能不懂？

蔡二少见她发呆，更以为有戏，硬生生把吴六扒拉开一些，涎着脸说："姐夫病了这么久，吴三少又终日在白鹅潭流连花丛，想必姐姐这些天定是寂寞得很。来来来，到弟弟房里来，弟弟给姐姐开解开解。"

蔡巧珠一听这话，一股无名火从胸腔直冲到泥丸宫！

蔡二少这话不只点了吴承钧重病犯了她的大忌，更是暗指她与三叔有染！她与小叔子名为叔嫂，情同姐弟，虽然关系亲密，然而正因为彼此清清白白的，所以才能光明磊落地相处，岂能容人污蔑？

她怒极而笑，对吴六道："让开一下。"又对蔡二少道："二弟，你走过来些。"

蔡二少大喜，蹭上前来，就要动手动脚，不防被蔡巧珠呸的一声，啐了满脸的唾沫。蔡二少被这口唾沫喷得呆了。吴六上前一推，将他推了个趔趄，他的下人要上前推搡，都被吴六挺身挡住了。

蔡巧珠已经转身上轿，道："走！"

保 侄

　　蔡巧珠回到家中，怕公公、小叔担心，静悄悄回了右院。自己敷了点芦荟膏，就要睡觉，忽然听到院子里似乎有响动——自吴承钧病倒之后，她也变得敏感了，便走出来，见连翘正啜泣着跟吴承鉴回话，一时怒起，压低声音喝道："你们在做什么！"

　　连翘吓了一跳，吴承鉴挥挥手让她退开。叔嫂走近，蔡巧珠发现吴承鉴看向自己的额头，赶紧侧开了头。

　　吴承鉴于月色下还是看见了蔡巧珠额上的膏痕，心疼得不行，咬了咬牙，终于忍住了许多话，只道："这下死心了吧？"

　　蔡巧珠闭了眼睛。

　　吴承鉴道："大嫂你放心，今晚你受了多少委屈，回头我一定替你十倍百倍还回去！"

　　"现在这时节，还说这个做什么！"蔡巧珠道，"只要能保住家门，我一个妇道人家的一点荣辱算得什么！"

　　"跟那些没心没肺的人，你就算把脸贴到地上去也没用，那也只是把自己的尊严拿去喂狗……"他忍不住说了两句，但想想再说下去，除了让嫂嫂的心情更糟，别无好处，便掐断了自己的话，道，"其实也是我不好。有些事情，我早有打算，只是没有跟你们交底，不然也不会有今晚之事了。"

蔡巧珠"啊"了一声，拉着吴承鉴进了厅，道："三叔，快跟我说说，你还有哪些打算？"

吴承鉴道："眼前大势，已不可逆。粤海关监督那条线早被堵死了，今晚嫂嫂在黑头菜那里应该是看清楚了。"

蔡巧珠眼神黯然："若不是亲眼看见，亲耳听见，真不知道人间真有这等全无半点亲情的人。"

她今晚最失望的，不是蔡士文的拒绝——若真逼到绝处，吴家也未必做不出断亲自保的事情，然而若到那时，吴家必定情感失措，良心不安。但今天晚上，任凭她如何苦求，蔡士文却是全程做戏，全程敷衍，情感上都没有一点波动——这才是让她最为心寒的。

"一千个人就有一千个样子。"吴承鉴说，"咱家老头子重情义，嫂嫂在家里住久了，便觉得是个人总得讲点情义。然而不是的，世上就是有一些人没半点血性心肝的。"

蔡巧珠道："不说他们了！提多了我犯恶心。"

吴承鉴道："吉山那条线断了。两广总督的线，目前看来也无指望了。我还有一招撒手锏，然而不能说，说了就不灵了。只是这招撒手锏太过凶险，真要用起来九死一生。这个要赌的。"

"既然不能说，你就莫说了。"蔡巧珠道，"现在已经没有别的办法，就都听三叔你的了。你哥哥的性命、我的性命，三叔若有需要，都拿去赌吧。"

吴承鉴道："阿爹老了，我看他的意思，早豁出去，随时要用他那条老命来堵刀枪了。哥哥病成这样，多虑无益。我既然当了这个家，就要有点担当。可是光儿，他还是个孩子，不管最后局势变成什么样子，咱们得把他保住。"

听小叔为儿子如此顾虑打算，蔡巧珠胸腔中挣出一股悲喜交加来，道："对，对！三叔，你说，我们该怎么办？"

吴承鉴道："咱们手头，有五笔大钱。第一笔是家里几十年来一点点攒下的各种不动产业。这些产业真要估值，大到没边，光是福建老家几座能出第一品茶叶的茶山就是无价之宝。虽然茶山我们不是独占，但我们所占的份子，也是难以估值的。不过以当前的局势来说，我们的这些不动产都动不了。一动，人家就都知道吴家不行了，那样全部变卖，也卖不出一二成的价格。"

蔡巧珠点头称是。

吴承鉴又道:"再说,我们的不动产,吉山也盯着呢。回头如果要抄我们的家,这些不动产就是拿来贱卖的,贱卖所得金银入了府库,以一买十到手的不动产,就落入他们的囊中。而吉山的背后又有和珅,有这尊大神盯着,我们家的这些不动产,怕是放眼大清境内也没人敢接手的了。"

蔡巧珠听到这里,不由得轻轻一叹。

吴承鉴接着说:"至于第二笔大钱就是家里头的存银,但如今也没剩多少了。"

蔡巧珠在吴承钧病倒之前一直管着账目,自然很清楚家里的流动金银有多少——若非手头真的紧,上次她就不会扣着吴承鉴的月例不发了。

"这第三笔,就是杂货的钱。"

吴家以茶为本命业务,自家人说话的时候,便将其他的货品交易,全部通称为杂货。

宜和行的生意中,杂货的装船量最大,牵连的关系也最多,其中有一部分往上是帮一些官老爷和当权吏员走货物的,算是一种变相的贿赂;往中是带挈亲族朋友和江湖好汉的;往下是分润给行中掌柜的亲属家眷以及老关系、老伙计的。这些杂货,总体来说利润不大,有一部分甚至要小赔,但一来有利于吴家把架子搭得更雄壮些,冲个量;二来有利于帮着润滑吴家的各种内外关系,其存在必不可少。

这笔货物,牵涉的大小商户也最多。自从传出宜和行要倒的消息,已经有人上门讨债了。

"杂货的这笔钱刚入库不久,昨天才盘算完。这是我们当下能动用的最大的一笔钱了。"吴承鉴说,"再然后,就是外家茶那笔钱了。"

自吴承钧包揽福建茶山,为了进一步提高茶叶品质而介入福建茶山的制作,便将福建茶山所产的那一批上等茶叶,称为"本家茶",而将别的货商供给他们的茶叶,称为"外家茶"。

若说杂货的出货量最大,那本家茶则利润最高,外家茶则是交易金额最多。

"外家茶的钱,如今在潘家。按照约定,没有米尔顿的签押,我们也拿不出来。这个也不用说了。然后就是本家茶……虽然米尔顿给我来信,说他们早把钱准备好了，只要茶叶到了，就能一手交钱一手交货，但他这么说其实只是在催茶，而我们的那批本家茶到现在还没个影子——这笔钱，暂时就更不用想它了。"

蔡巧珠道："眼下我们能动的，也就只有杂货的这笔钱了。"

"是，"吴承鉴道，"我们要救光儿出火坑，就得动用这笔钱。"

蔡巧珠说："这笔钱虽然不少，但按照往年的流程，十分之九很快都要还回去的了。若是扣住不还，或者挪作他用，我们宜和行的信誉和根基就要崩塌了。"

吴承鉴道："穿窬赐爷早有回禀，我们大宅周围，早有许多耳目盯着。这笔钱吉山早盯紧了，他不会让这笔钱流出去的。我们就是想还给合作的商户们、亲族们、官吏家属们，也是不行。宜和行若撑得到最后，这笔钱他们最终都能拿到；但如果我们撑不下去，那些官吏的份子，吉山应该会照顾，至于我们的亲族和那些合作商户，便只有自认倒霉了。"

蔡巧珠道："那怎么办？"

吴承鉴道："先保吴家。保住了吴家，自然就能保住大家。只不过今年用钱的顺序上，比往年要略有调整。我们先拿出一笔钱来，作为光儿逃亡海外的费用，以及往后十年在海外的生活所需，还有就是他成年后安家立命所须置办的产业。"

"什么？"还没听完，蔡巧珠就吃了一惊，"海外？！"

虽然刚才吴承鉴说的事情里，她最关心的就是儿子的去处，但是逃往海外，还是她怎么都没想到的。

"只能逃往海外了。"吴承鉴说，"若是在大清境内，无论光儿在哪里，一旦吴家出事，都有被抓回来的危险，便是福建乡下也未必安全。因此只能把他送到南洋去。我的想法是先送去吕宋安顿，那里有我们福建老吴家的一些亲族，以及老爷子旧年结下的生意关系。关系虽然不近，却也聊胜于无。马尼剌离广州不远，顺风顺水的话也就是几天的事。若是我们摆得平广州这边的事情，随时能接光儿回来，如果摆不平……那就让光儿在那边苟全性命吧。"

蔡巧珠想到要将儿子送去海外，不由得又是心疼，又是担心，然而事已至此，再不放心也只能如此了。虽然海上风波恶，但总算是有人接应，有钱安顿。若被流放边疆，或者去给披甲人为奴，那才真是九死一生！

"三叔，"蔡巧珠道，"你是不是都已经安排好了？接头的人可妥当否？"

吴承鉴道："出海船只、逃走路线，都已经安排好了。不过我们这边还是得再找几个人跟过去。得找个通外语的去跟一两年，好应变各种不测，再有个家里的亲信护着孩子——家里的这个我属意吴六。阿六如果愿意，就让光儿认他做干爹。"

吴二两一家是世仆，身份虽然低微，但如此时局之下，若是吴六肯保光儿前往海外，那对吴家这棵幼苗就有抚育之恩。认他做干爹，蔡巧珠也觉得是应该的。

"那通外语的人，三叔找好了没有？"

吴承鉴沉吟道："这个人选我还没找好。穿窬赐爷办的都是国内事务，不认识这等人。查理认识的通外语的，都是洋人，我也不能放心。"

"嗯，要找能说外语的中国人……"蔡巧珠想了想，道，"要不，我来问问侯三掌柜吧。"

"他这方面的人脉广，应该认得几个靠谱的。"吴承鉴道，"不过，侯三掌柜虽然是行里的老人了，可如今是多事之秋，嫂嫂让他办事的时候，可不要和盘托出，最好另托他事。"

"放心。"蔡巧珠道，"我知道怎么做。"

第四十八章

讨债还债

　　吴承鉴与蔡巧珠商议了一通如何送走光儿的细节后，便离了右院，望见后院似乎仍有灯火，便猜："阿爹莫非还没睡觉？"便跨过院子来看，果然吴国英仍然未睡。

　　吴承鉴进门道："阿爹，都这会儿了还不睡觉，对身体不好。你这个年龄的人，又伤过元气，应该自己保重些。"他也没去责怪杨姨娘，知道在这个时候杨姨娘肯定劝不动老爷子。

　　吴国英摆了摆手："人老了，多睡一些少睡一些有什么所谓。家嫂回来了？"

　　吴承鉴道："回来了。"

　　吴国英道："受委屈了吧？"

　　吴承鉴闭着嘴，也不详说。虽然有些事情说出来只是让心里好过些，但吴承鉴却决定把今晚知道的事情，压到内心深处。

　　吴国英看小儿子的反应，便猜到七八分了，长长叹息了一声，说："也好，也好，死心了也好！"

　　吴承鉴道："大嫂回来了，也没什么事情了，阿爹早点睡吧。明日我再来请安。"

吴国英道："你是不是有什么事情要跟我说？别藏着掖着了，你不说，我今晚也睡不舒坦。"

吴承鉴想了一想，道："好吧，有件事情，确实要跟阿爹商量的。"就将自己打算将光儿送到吕宋避难的事情说了。

吴国英点头："好，这是个法子。吕宋那边，我们还有两房福建老家的亲族，其中吴八可吴老弟性情敦厚，是个可以托付事情的人。我马上就给他写封信。"

"信明天再写吧。"吴承鉴道，"倒是怎么将光儿送出去，得好好商议一下。"

吴国英道："如果段龙江那条线没问题，直接把人送到惠州，从惠州走南澳，看好风向洋流，用红头船送往马尼剌就行了。但现在段龙江那条线废了，就得另想办法了。昊官，你有什么主意？"

吴承鉴道："买个舱位，从沙面出发，坐洋人的船去澳门，然后从澳门走马尼剌。"

吴国英道："那也是个办法。"

吴承鉴道："这事让侯三掌柜去办。"

吴国英迟疑道："他……可靠否？"

"不跟他说送谁，"吴承鉴道，"只说是福建老家那边托我们送吴八可叔的亲戚去马尼剌。"

吴国英点头："那行。"

"此外……"吴承鉴道，"大嫂今晚去黑头菜那里，受了一番屈辱，却也不是完全没用。至少我们更加确定了，对方的确是要搞我们，而且不死不休！那么有些事情，就得做最坏的打算。"

吴国英道："光儿都送走了……昊官，你自己也替自己想一条后路吧。"

吴承鉴道："我现在是当家啊，想什么后路？"

吴国英摇头："你大哥的身子……唉，不行了，不过熬日子罢了，也没法走，一动弹说不定马上就没了。你就别管他了。老头子我要给这个家、给这个宜和行，把最后一程舵。你也不用理我，需要的时候，就拿我去挡刀子。你大嫂是个节烈的人，虽然她早有与我们家同生共死的决心，但如果有办法，就把她送出火坑吧。还有你……"

"行了，行了！"吴承鉴道，"阿爹，我不会走的。送光儿走，也只是以防万一。我另有打算，我要跟你商量的不是这个。我是想跟你商量老伙计们、老商伙们的事情。"

"他们？"吴国英道，"老伙计们的去处，我都想好了。若是我们宜和行倒了，就让他们都去潘家、卢家吧。我这两天已经写了好几封信，到需要的时候就拿给几个掌柜。至于老商伙们……不能等到下次保商会议，那时候一定议，吉山就有借口封我们的银流。我们杂货的钱都收到了，能结的账，明天就开始给他们结了吧。"

"不能结！也结不了。"吴承鉴道，"现在大宅外头，不知道有多少双眼睛盯着呢。只要有大笔银钱流出的迹象，阿爹你信不信，粤海关的兵马上就会临门。"

吴国英沉默了。

吴承鉴又道："再说，不只是杂货的货主，还有外家茶的货主，还有盘给我们钱的主儿。要想把所有人的货款都结了，杂货的那笔钱远远不够。除非是把潘家库房里的那笔钱再拿一半出来，才有可能。但那笔钱，现在也是动不了的。"

吴国英道："那你的意思是？"

吴承鉴道："阿爹，自从我们家局势不好的消息传出来，这两日已经有不少人上门讨债了吧？"

吴国英黯然点头："是的。因为你常常不在家，所以他们就都往我这里跑。他们是债主，杨姨娘他们也不好太拦着。"

吴承鉴笑道："我就知道，所以我才不喜欢在家里住。"他拿出几张纸来，上头密密麻麻的都是名字。

"阿爹，你把这些天来催债的，按照顺序给点一下吧。"

灯火不甚明亮，吴国英看着费力。吴承鉴掏出一支鹅毛笔来，说："还是我来吧。爹你先把催债催得最狠的说米。"

吴国英就点了七八户名号。

吴承鉴又说："再说跟着来催债的。"

吴国英又点了十几家。

吴承鉴道："怎么这么多？还有没有？"

吴国英道："还有五家。这五家倒是挺有良心的，来后问了情况，知道我们家困难，就没再催逼。唉，他们越是这样，我想起也许这钱都没能还他们，反而越难受了。谁的钱不是血汗钱啊？"

吴承鉴道："这五家就先还。嗯……"他点了点名号："还剩下十二家，除了不在广州、鞭长莫及的九家，还有三家呢。"

吴国英问明是哪三家，不由得长叹道："好朋友，好手足啊！这三家，是舍着钱不要，也不愿意这时候登门让我们难堪啊。"

吴承鉴道："那就这八家了。回头把数字点明了，先把他们的钱悄悄还了。"

吴国英道："你不是说钱被盯住了吗？还怎么还？"

吴承鉴笑道："其实这事我早有准备，当日杂货的钱银结算完，要往家里库房运的时候，我就留了个心眼，让刘大掌柜只运一半回来，另外一半都用石头换了。现在家里库房中，有一半堆的都是一箱箱的石头。杂货的银子，还有一半封在宜和行里头。"

吴国英大喜："昊官，就知道你心眼多！这事做得好！"

吴承鉴道："回头我让刘大掌柜把这八家的账目点清楚，然后化整为零，让戴二掌柜将那五家的银子悄悄送还。不来催债那三家，由刘大掌柜亲自去办。"

忽然有一道光在吴国英脑际闪过，他凝神看了吴承鉴一眼。

吴承鉴道："阿爹，怎么了？"

"嗯……"吴国英道，"没什么。"

吴国英沉默片刻，又说："其实那些追债的……他们会着急，却也是情有可原。我们也不能用圣人的高义，来要求所有合作伙伴。"

"那是自然，我也没怨他们。"吴承鉴道，"不过咱们的钱也不多，还得留下一些来应急。而且我不是不还钱，这不秋交还没结束嘛，往年也都要等秋交结束之后，一到三个月内才还清货款的，不急。"

吴国英苦笑道："怕就怕我们宜和行熬不到那时候。"

"做生意嘛，"吴承鉴笑道，"总得一起承担点风险不是？"

吴国英见小儿子这时候还笑得出来，心头大为宽慰："三儿啊三儿，你这处变不惊，什么急事大事都当它没有的胸襟，确实比你大哥都强了。你大哥若是有你这般好处，这次也不至于急病成这样了。"

"我这叫没心没肺。"吴承鉴笑道，"这几年我们家每年都是借钱扩张，每一年都借金山赊银海的，也就是我大哥这样的实心人，大家才敢借钱给他。换了我当家，你看谁敢借我。像我这样不把事当事、不把钱当钱的脾气，跟我做生意的人都得提心吊胆。"

吴国英呵呵笑道："也是，也是。当初你们兄弟俩拿主意敢挪借那么大的银两，我看了也是提心吊胆。"

吴承鉴道："这世界就这样，撑死胆大的，饿死胆小的。"

蔡巧珠夜里又去看了儿子一遭，想想要送儿子出海，心里又是担忧，又是不舍。然而她知道这会儿断断不能心慈，不然只会害了孩子。

守着睡熟了的光儿，蔡巧珠又看了儿子睡着的样子，看了有小半个时辰，这才回屋，将吴六请了过来。把别人都遣走了，将吴六引到床边，就在吴承钧跟前，她忽然行了个大礼，把吴六吓了一跳，扶又不敢扶，碰又不敢碰，只是趴在地上对着磕头："大少奶奶，你这是做什么？这是要折死我啊！"

蔡巧珠道："今日有一件很为难的事情，要求阿六你帮忙。"

吴六道："大少奶奶，有什么事情你吩咐就是了，上刀山下油锅……我还不敢，但其他的事情，我能办到的一定去办。"

蔡巧珠道："如今吴家的光景，不说你也明白。一旦事败，我们这几个大人怕是躲不过去了。我们没什么，可是光儿何辜？我和三叔商量过了，不管这边的事情怎么样，先要将光儿保住。"

"应该，应该！"吴六的脑子虽然没有他弟弟吴七那么灵光，却也不蠢，"大少奶奶，是准备将光少送走吗？"

蔡巧珠道："是。"

吴六道："可是要吴六一路护送过去？"

蔡巧珠道："如果我们吴家能度过这场劫难，那阿六你就只是护送去，护送回。但若吴家不能度过这场劫难，你肩头上的担子，可就重了。"

吴六就懂了："我明白了，如果……如果真有那么一天，那我就是要做戏台上的程婴了！要保着光少这个赵氏孤儿了。啊，不对，是吴氏孤儿。"

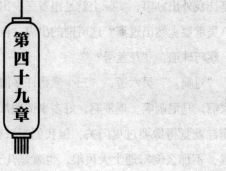

第四十九章

护 孤

　　蔡巧珠点头称是。

　　吴六道："大少奶奶，你放心！吴六别的没有，就是还有一颗赤胆忠心！我能力虽然不够，但只要我活着，就一定把光少伺候好。"

　　"吴家如果破了，还说什么伺候。"蔡巧珠说，"到时候阿六你肯将光儿当你的干儿子，我们吴家满门，也要感激涕零了。只是，这件事情还有另外一桩难处。"

　　吴六道："大少奶奶，有什么难的你就一并说吧。"

　　蔡巧珠说："这一次逃难，怕不是逃往乡下、外省那么简单，兴许还要逃往外国。按三叔的计划，多半要去南洋。"

　　吴六道："南洋就南洋，不怕。不就坐几天船嘛。"

　　蔡巧珠见他答应得轻易，倒有些愕然了。吴六有些不好意思："其实……大少奶奶，我出过海的。"

　　蔡巧珠更是吃惊了："你出过海？什么时候？这……这怎么可能！"

　　吴六可不是外头招进来的，是吴二两生的崽，在吴家的日子，比蔡巧珠还多十年呢。家生家养的世仆，根底一清二楚，他怎么可能出过海？

　　"也没去多久……"吴六讷讷地说，"就是有一回，三少瞒着所有人要出海远行。那一次我从小七那里知道了，一时心动，小七就求着三少，弄个名目说是让我外出办事，实际上就是跟着三少出海了。"

吴承鉴竟然出过海？这所谓的出海，自然不可能是说白鹅潭了。

蔡巧珠道："花差号？"

"对啊。"吴六道，"三少懂得许多海外的事情。南海航行啊，南洋几个国家啊，马尼剌啊，暹罗啊，好多事情他都门儿清。那些乡下的土包子，说起去南洋就觉得像要过鬼门关，但我们听三少那么说也觉得没什么，只要看好气候，不那么倒霉遇上大风浪，也就是几天十几天的事情，比去北京还省事呢。"

蔡巧珠呆在那里，一时无言。

吴承鉴的各种荒唐事情家里听得多了，但他竟然还瞒着大伙儿出过海，虽然可能也没走多远——真要去了暹罗、吕宋，肯定瞒不过家里，但敢驾大船出海，那也是犯禁的事情。

换了以前，蔡巧珠一定要将这个小叔子叫来好好说道一顿，让他小心别给家里惹祸。但到了现在这个时节，忽然觉得：三叔是出过海的人，那他对南洋的事情、对航海的事情多半就都清楚，那么他给光儿的安排，就比原先预想的要妥当多了。这一下子心里对光儿去吕宋的前景反而就多了几分把握，安心了不少。

就听吴六说道："所以啊，大少奶奶，护着光少出海避难的事情，如果是三少的安排，你就不用太担心。这事对我来说也不算什么难事。"

蔡巧珠点了点头，道："若是你答应了，那我这就叫光儿来，拜你做干爹。"

"这不行，使不得，使不得！"吴六连忙摇手。

蔡巧珠道："怎么，你不肯？"

"不是不肯，是不敢，再说……"吴六道，"我觉得我最多也就是护着光少到南洋走一遭，等广州这边局势定了，还要回来的。那时候光少多了我一个下人做干爹，太丢他的分。"

蔡巧珠苦笑道："广州这边……这个局势，怕是没那么容易定下来了。"

谁知道吴六却说："我却觉得，大少奶奶你太多虑了，这一关一定能过的。"

看他这般胸有成竹的样子，蔡巧珠倒有些奇怪："你……现在满西关的人都看衰我们吴家，人人都觉得我们这一次是要栽了，你为什么这么肯定我们这一关能过？"

　　吴六有些迟疑。

　　蔡巧珠道："怎么，还有什么是不能跟我说的？"

　　吴六想了想，道："罢了，别人不能说，大少奶奶应该无所谓。是这样的，那天小七来跟我说，三少最近心情不好。我就问他为什么心情不好，小七说，三少想起往后就要过那种被算盘、账簿困住的日子，说不定还要被困一辈子，心情就郁闷透了。"

　　蔡巧珠听得都有些发怔了。

　　"大少奶奶，你想啊，"吴六说，"如果三少是因为当前的局势大坏、吴家就要家破人亡而心情不好，那还有的说，可他却是郁闷将来要被算盘、账簿困一辈子，这分明是对眼前的事情胸有成竹嘛。"

　　蔡巧珠愣住了，道："他……胸有成竹？"

　　"嗯，多半是的。"吴六说，"要不是对眼前这一关胸有成竹，他能想着日后天长地久的事情吗？所以小七就跟我说，眼前这一关我也别太放在心上，三少他都当是在玩儿，让我不用担心。"

　　蔡巧珠道："这些，都是小七跟你说的？"

　　"嗯。"

　　"他……"蔡巧珠沉吟道，"不会是为了安我的心，故意放出话来的吧？"

　　"应该不是。"吴六道，"小七是跟我使心眼还是说实话，我从小就能分辨的。"

　　跟吴六的这一番言语，倒是让蔡巧珠安心了不少。或许三叔真的有什么应对的办法吧？她不由得想起丈夫曾不止一次跟自己说，弟弟就是不肯用心，若他肯用心，肚子里的鬼点子比谁都多。

　　她几乎就想将吴承鉴叫过来问个清楚，然而仔细再想想，这个小叔子自小就主意大，若他打定了主意不说的事情，自己不管逼问还是诱引，怕都是问不出来的，便作罢了。

到第二日，后院那边吴二两过来，把吴六叫过去了，蔡巧珠就知道公公那边也要交代吴六一番。

因为想着要如何将光儿送出去，就让连翘派个小厮出去，请侯三掌柜过来。

宜和行的杂货今年出得顺利，外家茶也算是结账了，只不过银钱先封在了潘家库房，那批本家茶又不见踪影，所以，侯三掌柜近两日忽而就清闲了下来。这日忽然大少奶奶来请，就知道多半有事要办，赶紧过来。

两人在小厅相见，蔡巧珠道："最近家里多事，偏偏还有个远房亲戚，不知道这边的情况，大老远地托家里办件事。老爷却不过情面，已经答应了，交代给了我。我想着，只能请侯三叔帮忙了。"

侯三掌柜连忙说："大少奶奶说哪门子的客气话，但有什么吩咐，大少奶奶直说。"

蔡巧珠说："福建老家那边，有个少年郎犯了事，事情不大不小，但要是被捅破了，他家里人也不安心，所以要逃往吕宋避一两年风头。那边接头的本家都安排好了，却还需要一个通番话的人，随从去一两年，好应不时之需。承钧病倒了，再说家里涉外的事情一直都是侯三叔在打理。侯三叔你在涉番的事情上人面广，因此我便想此事与其再托别人，不如就托侯三叔吧。"

侯三掌柜道："也就是要个通译，走海外的，一去一两年也正常。这不算什么事情。"又问还有什么别的要求。

蔡巧珠道："最要紧的是人要可靠，可不要那种奸猾之辈。年纪也莫太老了，免得经不得风浪之苦。"

侯三掌柜道："这个自然，却不知道什么时候需要。"

蔡巧珠道："越快越好，别过三天，若能在一两天内起行最好。"

"这么急……"侯三掌柜道，"那挑选的余地就不多了，且这钱银上……"

蔡巧珠道："只要人可靠，钱银上一切从优。我们吴家何曾亏待过人？"

侯三掌柜道："我心里已有二三人选，容我出去打听一圈他们的口风，下午来给大少奶奶回话。"

蔡巧珠道："这不算十分光明正大的事，人选未定之前，个中缘由，还请侯三叔遮掩一二。"

"放心，放心。"侯三掌柜道，"我自会把握好分寸。"

　　侯三掌柜出去了一圈，下午回来道："已经定了两个人，都颇为可靠。一个是佛山西樵人，叫胡老七，暗地里走过两次南洋，今年四十二三了，但壮健堪用，会说吕宋土话、福建话和佛郎机话（葡萄牙语），会些许英吉利话，加上手势比画，就是上了英吉利人的船也能应付日常。这个人老爷也是知道的。

　　"另外一个是澳门生的一个后生，是个半番鬼，会说天方话（阿拉伯语）、佛郎机话和英吉利话，不会说福建话，但广府话是通的，二十五六的年纪，已经走过两次远洋，船上的事情他都门儿清。

　　"这两个人，胡老七本来已经置办了家业，不料去年老娘忽染了重病，一来二去把家里的余钱都掏空了，急需一笔钱用，所以想着出海谋条财路。若是选他，须得预支八成的银两给他，到了船上、南洋那边，只要管饭就成，不用给钱。

　　"那个半番鬼后生叫亚伯，他就是刚好要换东家。若是选他就便宜多了，且按月给钱就好。"

　　蔡巧珠心里琢磨了半晌，道："侯三叔稍等，我去后院问问老爷。"

第五十章

奸 细

蔡巧珠去了一趟后院回来，便对侯三掌柜说："老爷说了，还是请西樵胡老七吧。这人虽然贵些，但知根知底，有根脉可抓。再说嘴上有毛，办事牢靠。至于预支八成，人家这是等钱救急治病，应该的。"

侯三掌柜道："老当家目光如炬，我也觉得胡老七更合适。"

蔡巧珠道："那这事就有劳侯三叔了。若是可以，就请胡老七收拾一下，明晚或者后天便出发吧。不过今晚如果得便，请引胡老七从后门进来，老爷要见见他。"

侯三掌柜点头答应了。他办事干练，马上就去联系了胡老七，说好了价钱，又引了胡老七暗中去了趟吴宅。吴国英在院子里见了胡老七，谈了有一顿饭工夫，对胡老七颇为满意，当场就让人把八成预付金给了——吴家银根吃紧，指的是大数，这等小钱不过指缝里漏出来的沙子，不为难事。

出来后，胡老七循例要给侯三掌柜送谢礼，侯三掌柜笑着婉拒了。胡老七是个老江湖，见他不收钱，反而留了心眼："怎么，侯掌柜，这是看不起我胡老七，还是说这次要保的人有问题？"

侯三掌柜笑道："没问题，没问题，只不过吴家最近规矩抓得严厉，我们暂时都不敢乱来的。"

胡老七道："你不说，我不说，谁会知道？"不由分说就将谢礼塞过去。

侯三掌柜倒也就不推辞了。

他回到家中，将那点儿谢礼银两丢在桌上，盯着油灯冷笑。

他浑家一边收银子，一边说道："当家的，这是怎么了？银子不当银子了？"

侯三掌柜笑道："一场富贵就要到手了，这点小钱，值个什么！"

他浑家道："当家的，你说的什么疯话？"

侯三掌柜笑而不语，说："去，点艾草去。"

"又点艾？"他浑家十分不满，却还是老老实实去点了艾。不一会儿，艾草的味道飘出门去。烧艾可以却邪疗病，这广州地面，懂得点保养的家庭偶尔烧艾也是常事。

侯三掌柜又将浑家、子女赶去睡觉，放松了门闩，自己在小偏房里等着。听听在敲四更鼓，有个看不清面目的男人悄悄走了进来，径入小偏房中。两人也不点灯——广东的老房子，内屋顶总有个小小天窗，没钱人家安不透明的琉璃，有点钱的就安更透光的玻璃，能在夜里引月光入屋，使屋里在不点灯的时候不至于黑成一片。

这时借着小天窗投下的那一道月光，两人看清了彼此的面目，来人才道："怎么？吴家有什么动静？"

侯三掌柜道："吴家要送一个人走，我估摸着，很可能是光少。"

两人说话的声音都压得极低，但来人的声音却明显带着惊讶："吴国英疯了吗？他能送到哪里去？普天之下，莫非王土，宜和行要真破了，海捕文书一发，他们就是把小孩子藏到福建山上去，也能搜他出来。"

"福建山里能搜出来——南洋呢？如果送去吕宋、暹罗，还能抓回来？"

来人又是一阵惊讶："这……吴国英还有这份魄力？竟然敢把没成年的小孙儿送出海外？"

"大祸临头，也只有兵行险招了。"

侯三掌柜便将今日的事情说了一遍，道："吴家明面上跟我说要帮送一个亲戚，但我觉察出许多不对来：第一，事情来的时间太巧；第二，老当家太过重视——真只是为了一个远房亲戚，需要大少奶奶、老当家两人都将人过目了？显然要送走的这个人，在他们心目中的分量是无价珍宝，才会把事情办得如此谨慎。"

"那怎么知道就是小孙少，不是别人？"

"吴家要紧的人物不过老爷子、吴氏三兄弟、大少奶奶母子。老爷子行将就木，大少挨病等死，二少是个庶子，若吴门大祸临头，为家门的将来计算，最当保住的，当然是幼子或长孙。若是三少走，他是游过京师、去过江南的人，又惯和洋人打交道，不需要再找贴身通译这么麻烦——所以这次要送走的人，必是小光少。"

来人听了分析，也觉有理，便道："好，我这就去回禀总商。"

"且慢！"侯三掌柜说，"小孩子心窍未齐，堵人的时候当心点，别吓破了孩童的胆子，闹出人命。"

来人有些奇怪："侯掌柜看来对故主感情不浅啊，这种时候还顾着要保护小孩儿。"

侯三掌柜轻轻一声嗤笑："谁管他小孩儿的死活？但这小孩子是一个珍贵的玉器，要有个三长两短，吴承钧就断子，吴国英就绝孙，有他在，就能让吴家想铤而走险时，投鼠忌器，顾虑三分。"

"铤而走险？"来人冷笑，"到此地步，除非两广总督府那边出头，否则吴家还能怎么样？他们就算放火将吴宅给烧了，来个同归于尽，这最大的几笔资产，他们也带不到阴间去。"

侯三掌柜道："你傻啊，吴家的几笔大资产里头，那些不动产自然带不走。本家那批茶叶不说，外家茶叶那笔钱也被锁死在了潘家的金库。杂货的这条银款，虽然比上面三笔大钱要来得少，但那是对上头的人来说——对我们，那也是一笔如山巨款。这些款项，最大的那一块骨头，自然要递送北京，剩下的吉山老爷吃肉，蔡总商、谢商主喝汤，我们就蹭一点儿肉末。总的来说，保住的钱货越多，对我们就越有利。若是被一把火烧掉个一百几十万两，这里头兴许就有我们的一千几百两银子呢。"

来人嘿嘿笑道："有理，有理！我这就回去向总商回禀。"

侯三掌柜又说："等等，那吴承鉴虽然是个花花公子，但办事经常不依常理，你们想要看住人，不但夜里要注意，白天也要小心。最好……"

这人悄悄地来，又悄悄地走。离开的时候，侯三掌柜的浑家都还在打鼾。侯三掌柜听得厌弃，心想："等银钱到手，到时候就另置一座大宅，包一房千娇百媚的小娘子。那时就再不用对着这黄脸婆了。"

　　第二日他仍然到宜和行点卯，与往常无异。这时行里无事，他来这里也只是虚应故事罢了。

　　只一个与侯三掌柜贴心的老伙计忽然对侯三掌柜说："昨天三掌柜怎么没来？"

　　侯三掌柜道："怎么？昨天行里有事？"

　　"也没什么大事，"那老伙计说，"就是昨天上午的时候，刘大掌柜带了几个客人来，买了几箱笼洋货走了。到下午的时候，戴二掌柜又带了几个客人来，又买了几箱笼洋货走。"

　　十三行的保商们，除了卖中国的货物之外，也向外商进些海货。这些海货一到内地，价格都要翻几番的，便是在广州，一转手也是成倍的利润——当然，相比于陶瓷、丝绸、茶叶等大宗货物的出口总值，洋货的进口总值远远无法抵消，而这出超便是结下的大量银流。

　　宜和行的洋货也是做批发的。虽然以刘大掌柜、戴二掌柜的身份，特批一些零售也不算什么，但终归不是常有的事情，所以那个老伙计就留了心。

　　侯三掌柜会意，道："好，我回头问问看。"然而比起他在等待的大事，这点小事也不很放在心上。

　　到下午时，忽然有伙计冲进来说："不好了，不好了！"

　　在行里打瞌睡的众伙计都惊醒，问："怎么了？"

　　冲进来的那伙计说："三少的车，又被人截住了。"

　　众伙计有的"哦"了一声，有的就没什么兴趣，只有一个道："是什么人敢截三少的车？"

　　另一个伙计冷笑起来："今时不同往日了！没听说之前三少夜里回西关，南海县区区一个捕快也敢截停他的车了吗？"

　　先前那人道："可那个捕快，最后不被周捕头给训了一顿吗？"

　　那个伙计继续冷笑："训斥了又怎么样？周捕头帮着三少，那是他讲义气，可是这义气也比不上大势啊。"

众人都道："也是，也是，大势如此，一两个人的义气当不得什么。"

又有人问："这次又是谁拦住了三少的马车？还是这大白天的就拦路，那真是太不给脸了。"

冲进来报信的伙计说："这次拦住三少马车的，可就大有来头了。这个拦住马车的人，便是给南海县老周一百个胆子，他也不敢出头了。你们猜是谁？"

一个老伙计不耐烦地说："不猜，不猜！你就别卖关子了，快说是谁？"

冲进来报信的伙计说："嘎溜！"

"嘎溜？哪个嘎溜？"

"还有哪个嘎溜？就是粤海关监督老爷家的那个管事，上个月把谢家少爷当狗一样使唤的嘎溜啊！"

众人这才想起来，都道："这可要有事情了。别人就算了，这嘎溜拦了三少的马车，那可是怪事。这事要是闹起来，就可大可小了。"

"还有更奇的呢。"冲进来报信的伙计说，"那个嘎溜，没什么道理就要截停三少的马车。吴七拼命抵抗，却奈何那嘎溜带着粤海关的兵，跟着又没什么道理就要搜车。吴七当然不肯，然而还是抵挡不住，最后还是被搜了车。"

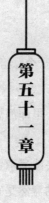

偷渡被截

众伙计毕竟都是宜和行的人，听到这里都有些冒火了："这真是欺人太甚了！就算是粤海关的人，也不该这样！"

冲进来报信的伙计说："可还有更奇的呢！你们猜，嘎溜从马车里头，搜出了什么人？"

有个伙计道："除了三少，还能有谁？"

另一个伙计道："他既然这样问，那肯定就不是三少了，至少不只是三少。"

"那还能有谁？莫非是三少新收的花魁？"

有人低声说："该不会是三少色胆包天，拐了吉山老爷家的小妾吧？"

众人一听，这事倒也"符合"吴承鉴花花公子的"威名"，只是三少真要这样做，那也太胆大妄为了吧？

"你们都猜错了！"冲进来的伙计说，"嘎溜从马车里搜出来的，没有三少，也没有什么花魁、小妾，而是吴六和光少。"

"什么？"众人惊问，"吴六和谁？"

"吴六，还有我们宜和行的孙少爷——小光少。"

众人听到这里，面面相觑，便都一下子猜到了什么，心里都是一个咯噔：

"这下……事情可是要糟了！"

"都在这里瞎嚷嚷什么！"另一个账房里，走出了吴承构，喝道，"还不都给我干活去！"

众人被他一喝，一哄而散，心里却都想着："这时候哪里还有什么活好干？"

他们便都想着，嘎溜竟然会去截吴承鉴的马车，只怕不是无缘无故了，而吴承鉴开往沙面的马车搜出来的竟然是宜和行的孙少爷，这恐怕也不会是偶然。

所有人自然而然地就想："莫非宜和行真的要倒了？吴家这是要将嫡孙送出去，潜逃保命了？"

众人心里这么想，吴承构心里差不多也是这么想，一念及此，心里忍不住一阵烦躁。

这么大的事情，家里竟然都不跟自己商量。不跟自己商量也就罢了，竟然还把事情给做砸了！且要送光儿逃走，这究竟是大嫂自己的打算，还是吴国英也知情的？若是吴国英也知情，那吴家的局势，莫非真坏到不可收拾的地步了吗？

他再也忍不住，冲了出去，赶回家去。

回到西关大宅，只见大门开着，门口站了两个兵！吴承构暗叫不妙，想了想，就不敢进去，绕路到后门。幸好后门没人看守，这才悄悄溜进去，一路闪躲着到了前院附近，便听见有人阴阳怪气地在笑着，声音陌生，不是家里头的人。

那人笑着说："你们当家的呢？当家的怎么不见了？"

吴承构躲在一扇小门后，扒着门缝往外看，就见一个留着标准金钱鼠尾头的满洲男人，领着几个旗兵，指着满院子的人呼呼喝喝的。他的对面，光儿躲在蔡巧珠的怀里闷声哭泣。

吴承构便猜这个金钱鼠尾头的男人可能是嘎溜。见到满洲人，他的腿就软了，几乎想逃，但又极想知道接下来的事情，这才勉强忍住。心里不由得暗骂老三，竟然把满洲人都惹到家里来了！

嘎溜在外头呼呼喝喝,满院子吴家的下人不敢开口。蔡巧珠不停躲闪,搂着惊惶的光儿。

这般听院子中吵闹了一会儿,吴承构才算知道了原委。原来商行里听的消息不假,今天嘎溜忽然出现在大街上,不知何故拦住了吴承鉴的马车,赶马车的吴七拼命反抗无果,被嘎溜强行搜车,就从马车中搜出了吴六和光儿。这下子街上就热闹了,吴七仓皇无措,就被满洲兵扣住了,然后连人带车,一起被带回了吴家大宅。

吴七为人机灵油滑,途中被他趁乱逃走,但吴六和光儿却是被看得更严了。

抱着光儿的蔡巧珠侧着身子,不让满洲人看清自己的容貌。刚才她听下人来报,说有个满洲老爷把光少带回了家,把她吓坏了,知道要将光儿保送海外的事情败露了,惊惶之际才不顾礼节地冲了出来——若在平时,她断不肯抛头露面给这般人物瞧见的。

虽然只是惊鸿一瞥,嘎溜却已经瞥见了蔡巧珠的绝美容颜,一边呼喝乱喊,一边就凑了上来,脸上满是垂涎。

蔡巧珠大惊,连连后退。若换了个人,吴家的仆役妈子早上前把人轰走了,但对方可是个满洲老爷——虽然嘎溜在监督府只是个家奴,但到了汉人面前,他就是大爷;就算对面是十三行的富豪,他也是大爷!众人虽然愤怒,却没人敢上前。吴六被两个旗兵按住,也没法上前。

忽然,吴承构听背后有人说:"二少,你快出去救救大少奶奶⋯⋯"

却是一个小厮,也躲在门后偷看呢。吴承构不等他说完就一把捂住了他的嘴巴,唯恐被外面的满洲人听见。这会子他哪里敢出去?

蔡巧珠浑身发抖,后背已经撞到了墙,嘎溜却还在逼近。眼看嘎溜一只黑乎乎的爪子就要碰到自己,她恶心得就要呕吐,唯恐被对方沾到。

幸好听到一个声音:"你做什么,做什么!"

五十多岁的吴二两冲了过来,硬生生插进了嘎溜和蔡巧珠之间。

蔡巧珠犹如绝处逢生,低声喊道:"二两叔!"

便见两个男仆抬了张椅子出来,椅子上坐着吴国英。两个男仆将抬椅放在了院子中间,吴二两便护着蔡巧珠躲到了吴国英身后。

嘎溜虽已被吴二两隔开,但吴国英也不知道是看见刚才的事情了,还是猜到了什么，眼中喷火，脸皮却还克制着，在椅子上欠身说："老朽吴国英，这位爷如何称呼？"

嘎溜既然接了代管十三行的差事，对十三行的各家主要人物也下了点功夫，了解了一番，虽然没见过吴国英，却也知道这位就是宜和行的开创者。摇摇晃晃走到吴国英跟前，嘎溜昂然道："我是嘎溜！"

"哦！"吴国英忙道，"原来是嘎管事。不知嘎管事来到鄙舍，有何贵干？"

一瞥眼，似乎才发现吴六，脸上惊讶说："哎呀，这不是我们家吴六吗？怎么被两位兵爷押住了？不知道他犯了什么事情，还是冒犯了嘎管事？"

嘎溜因第一次保商会议时言语失对，回监督府之后被吉山好生收拾了一顿，痛定思痛，总算有了点长进，这次来又有人对他耳提面命，教过他如何应对各种人物、场合，当下答道："我在大街上走着，忽然发现有人拐带贵府的小少爷，就把拐带的人抓了起来，把贵府的小少爷送了回来。"

粤海关监督是十三行的顶头上司，如果是有关十三行的洋务、商务，自然是他说了算。他虽手头有兵，但在广州地面却没有治安权，这会儿他要截吴承鉴的马车，抓吴六，抓光儿，怎么都是名不正言不顺——吴家并未犯事，上面也没有勒令他们禁足，按照律法来说，光儿就算光明正大地去福建老家，别人也不能阻止，因此何况他坐三叔的马车出门？

诬指吴家下人拐带少主，这是嘎溜干涉吴家事务的一个借口。这个借口谁都知道是假的，却没人说破。毕竟嘎溜这么说话，便是背后密谋的人还不肯公开撕破脸——第二次保商会议都还没开呢。

吴六为人比他弟弟实诚，当场就大叫："不是，我没有！我没有拐带！"

吴国英喝道："住口！"他对吴二两说："叫两个人，把这畜生带去南海县，是不是拐带，请太爷决断。"

吴二两答应了，就指挥两个后生要把吴六带走。两个旗兵看向嘎溜，嘎溜微微一点头，他们便放手了。吴六只是应变不快，却不是浑人，看是自家老爷开的口，就没再叫嚷了，老老实实地让家中仆役抓。

吴国英道："家中一点小事，让嘎管事笑话了，来啊——"

吴二两已经从一个丫鬟手里，接过一个盒子。吴国英道："家中出了点丑事，这次实在有劳嘎管事了，小小敬意，还请笑纳。"

嘎溜哈哈一笑，接过盒子，先掂量了一下，然后就当众打开一条缝看了一眼，随即合上，笑道："下次小心点，把家门看牢了，别再让猫儿狗儿叼了人窜出去。"

吴国英欠身："是，是。嘎管事教训得是。"

嘎溜便搂了盒子，带了旗兵，摇摇晃晃地走了。

吴国英红着眼睛，目送他消失，这才对吴二两说："回头让吴官去南海县打点一下，接吴六回来。"

既然是在嘎溜面前说了要押吴六去县衙，这个流程还是要做足的。至于县太爷怎么判那就是南海县的事情了，他们监督府管不着也无话可说，只是吴家就少不得要破点财。

蔡巧珠搂着光儿，上前道："老爷……"

吴国英举手止住了："后院说。"

吴二两便让两个后生将吴国英抬起来，众人在后面跟着，来到后院。

第五十二章

老姜毒眼

吴承构在小门后见嘎溜走了，人也不惊慌了，也跟在后面，进了院子。吴国英挥挥手，闲杂人等都出去了。

吴承构看吴承鉴不在，就发作道："老三呢？老三呢？出了这么大的事情，老三又哪儿去了？是不是又去哪里鬼混了？"

吴国英向吴承构招了招手，吴承构赶紧走过去，不防被吴国英一个巴掌甩下来——"啪"地一声响，这一巴掌力道好大，吴承构的一张脸立刻就出现五条指痕。

吴承构被老爷子这一巴掌打蒙了："爹……阿爹……你打我做什么？"

吴国英这一次虽然动怒，脸上竟全是沉着，打人之后，气虽小喘，手却不抖，只是冷着声音问："刚才你躲在小门后面了，是不是？"

"这，这这这……"

吴国英的声音依旧平稳低沉，可越这样，吴承构就越慌张。吴国英说："你就没见那满洲家奴的爪子，都快伸到你大嫂脸上去了？就这样你还不出来，你还有一点做男人的血性没有？老大躺着，老三不在，我不出来，吴家就没有男人了是不是！"

"可……可是……那可是满洲人……"

"满洲人又怎么了！"吴国英的声线抬高了一阶，"莫说那只是满洲人里头的一个奴才，便是吉山来了，你躲着缩着，那也是孬种！吴六都知道要冲过去护主，你却当起缩头乌龟了！一有事就窝囊，没事的时候就成日家窝里横——就这点出息，亏你平日里还有脸在老三面前拿着做哥哥的架势，还有脸在吴六、吴七面前拿着做主人的架势！呸！"

说到后来，老爷子口水都喷得吴二少满脸。吴承构要辩驳，又不敢辩驳，一退再退，缩到了墙角。吴国英看到他这副模样，更是失望，长叹了一口气，道："滚吧！别在这里惹我生气了。"

吴承构如蒙大赦，耗子一般逃了。

院子里只剩下吴国英、吴二两主仆和蔡巧珠母子了。吴国英道："把光儿送回去睡觉。"

蔡巧珠就知道公公还有话说，便喊来连翘，但光儿刚刚被嘎溜截住送回来，正如惊弓之鸟一般，怎么都不肯离开母亲的怀抱。

蔡巧珠道："老爷，你看孩子刚刚受了惊，要不……"

吴国英正在气头上，这回竟没再给这个儿媳妇面子："光儿这年龄，也该学着懂点事情了！嘎溜只是一条恶狗，连一条恶狗都怕，将来怎么去面对虎狼？你是想让他长成老二那样子吗？"

蔡巧珠想想二叔那副窝囊样，倒也觉得公公所言有理，便狠心推开了儿子，对连翘说："带光少回房间休息。"

光儿哇哇地哭，吴国英猛地一喝："哭什么！我还没死，这个家还没散！哭什么！"把孙儿吓得都不敢哭了——光儿是含着金汤匙出生的，长到现在，爷爷何曾对自己这样疾言厉色过？

吴国英见孩子吓到了，缓和了一下口气，才说："你是男孩子，更是吴家的长子嫡孙。这个家如果太平无事，还能容你多做几年纨绔，但现在这个家大难将至——所谓穷人的孩子早当家，就要落难的家也一样，你也得学着像个男人了，懂了没有！"

光儿也不知道懂了没有，然而他毕竟是个聪明的孩子，知道这会儿哭已无用，便点了点头，忍住了眼泪，由连翘带下去了。

光儿走后，蔡巧珠才道："老爷，那个嘎溜……他怎么会那么巧，就知道光儿要坐三叔的马车去沙面？"

这段时间吴承鉴天天都在外面跑，往沙面码头、坐小艇去花差号也是经常的事。那晚老周敲打了那个捕快之后，也再没人拦他的车，怎么不迟不早，今天大白天的，嘎溜就带旗兵来截车了？

　　"为什么？"吴国英哼了一声，道，"那自然是有人走漏了消息！"

　　蔡巧珠心头微震，从听说嘎溜截住了光儿上门到此刻，变乱接踵而至。不过在最初震惊过后，她其实也开始回想整个计划和过程，只是没时间给她细细思索而已。

　　"媳妇这就回房去彻查！"蔡巧珠说道，心里已经闪过好几个有嫌疑的人：昨晚她因为儿子将要被送走，特地抱过来陪他睡了一夜，日常带光儿的妈子或许会生疑心；连翘和碧桃自己虽然没有直接说明，但许多事情都是吩咐她们去办的，她们多半也知道小少爷要被送走；此外就是门房吴达成……

　　脑子只一转，想到了七八个人，其中也有吴承鉴房中的，只是她还不晓得吴承鉴是否将此事告诉过春蕊、夏晴……

　　就听吴国英道："嘎溜在哪里截住光儿的？"

　　吴二两道："离码头不远处。"

　　吴国英又问："嘎溜的人是匆匆赶来，还是在那里好整以暇地守株待兔？"

　　吴二两道："听马夫说，当时就看见嘎溜带着几个旗兵在那里等着了。"

　　"那就是算准了的。"吴国英一听，就道，"不是宅子里的人。来不及。"

　　他没有细说，但蔡巧珠的心是玲珑透彻的，一听便也懂了。

　　家里的贴身下人纵然会有怀疑，却也不可能知道得确切。什么时候送光儿出门，是吴承鉴临时定下的时间，只有吴国英、蔡巧珠提前些知道，连吴六都只是临出门听吩咐办事。若是贴身下人因疑传信给监督府，监督府那边再派人来多半来不及，就算快马加鞭赶上了，也必定是走得人马气喘，像这般守株待兔的，分明是提前得到了消息——可对方是怎么知道的呢？

　　吴国英忽然又问："胡老七那边，是约了在哪里碰面？"

　　蔡巧珠道："约了在沙面码头……"话没说完，蔡巧珠就停下了："老爷怀疑是胡老七那条线走漏了消息？"

　　吴国英摇摇头："胡老七能走漏什么消息？他根本就不知道内情。就算猜到点什么，他一个破落户，也没门路能直通监督府，更不可能取信于吉山！会派出嘎溜，带了旗兵在那里堵路，吉山必定是对此事十拿九稳的。"

蔡巧珠道："那……"她忽然想到那个人来，那也是她很不愿意怀疑的一个人，可是到现在看来，不是他，还能是谁？

"媳妇这就找侯三掌柜来问问！"一想到这是堵死了光儿的生路，蔡巧珠就对走漏消息的人恨入骨髓！向吴国英辞了安，转身便去了。

吴二两忽然道："小六被带走，大少奶奶身边怕没有得力的男仆，我去安排一下。"

"不用了，"吴国英道，"她当了几年的家，总能想到办法的。再说，这时候应该也找不到侯三了。"

"老爷是说……他跑了？"

吴国英沉默不语，有十几个呼吸的工夫，才忽然问："暗地里还钱的事情，刘、戴二位掌柜办妥了吗？"

"都办妥了。"吴二两说，"他们二人都是几十年的老姜，这点小事，不至于有疏漏。"

吴国英道："那他们的嫌疑，是可以排除的了。"

吴二两愕然："啊？"

吴国英道："戴二掌柜如果有问题，由他负责去结的账就要出问题，很可能吉山这会儿已经派人上门了；老刘如果有问题，那不只是他负责去结的账，连我们藏在宜和行货仓的银子都要出问题——只怕今天一大早吉山就已经带人去宜和行封库了！但这两件事情都没发生，所以老刘和戴二掌柜的嫌疑，就都可以排除了。"

吴二两听得呆了："这……这……"

"这是昊官设的一个局！"吴国英哼道，"这小子，口真是紧，事前事后，什么都没跟我说。但暗地里还钱这事，本来让刘大、戴二两个随便一个去办就行了，他偏偏要找个由头，拆分成两个人去办——我当时就起了疑心，但也不问。可后来再想想他还让家嫂找侯三去寻通译，我就知道不对了。"

吴二两道："这……这有什么问题？"

吴国英嘿嘿一笑，道："如果是老顾，这会儿早就猜到始末了。二两你还是太老实了，所以想不透这些伎俩。你想啊，送光儿避祸这种事情是秘密行事，自然是经手参与的人越少越好。可昊官是怎么做的？要知道他是好洋务的人，十岁出头就能说英吉利话，跟前连查理这种番鬼帮闲都有，难道就真的找不到一个通译？可他偏偏就还要找个由头，把找通译的事情放给了家嫂。"

吴二两惊道："三少他……他在怀疑大少奶奶通外报信？这是在试探大少奶奶？这不可能，这绝不可能！大少奶奶不会跟外人报信的！"

"你这个傻二两！"吴国英骂了一句，"你这脑袋是木头做的吗？昊官不是怀疑家嫂，也不是试探家嫂，他是要借家嫂的手，去试探侯三掌柜。"

吴二两"哦"了一声，这才放下心来。

第五十三章

抓内奸

　　蔡巧珠是吴二两看着进门的，吴承鉴是他看着长大的。他与两人名为主仆，心里却有几分当作亲人、后辈了。他们叔嫂若生嫌隙，这可不是吴二两愿意看见的。

　　吴国英道："惠州丢茶的事情，必定有人里应外合。这件事情我后来也想通了，但现在回想起来，昊官他只怕是一早就明白了。所以从一开始，他便在家里人面前也都有所保留了。他是怀疑我吗？他是怀疑家嫂吗？不是，他怀疑的是我们身边的人，怕我们走漏消息，所以就宁可自己忍着，自己思疑，自己查探。"

　　吴二两想了一想，忽然说："是了，老爷这么一说，我忽然就想起这半个月来，小七人前人后打听事情。虽然他向来多嘴多舌好打听，但最近半个月，比平时又多嘴多舌了许多，想必是在替三少打听的。"

　　吴国英点了点头："除了家里，还有行里。惠州的运茶路线，虽然是承钧亲自跟的，但刘大掌柜总掌一切，这些事情我们都没有瞒他。如果是他卖了吴家，他只要将所知转告就行。至于戴二掌柜和侯三掌柜，运茶路线虽然不是他们主抓，但到了广州，入库要经戴二，装船要经侯三，他们便都有许多机会来接触运茶路线的人和事，知道什么人在什么事情上是关键，回头就能套话，能收买，能做局。所以惠州之事，这三个人最逃不了嫌疑。"

吴二两道："我懂了，所以三少设了这个局，分成三条线来试探这三位大掌柜，哪一条线出了事，就是哪个大掌柜出了问题。"

"要攘外，先得安内。三儿这么做是对的。"吴国英的眼中，忽然闪现出一丝希望来，"只是……局势都到这份上了，昊官还要抓内奸……难道……难道他真的还有办法扭转乾坤？"

蔡巧珠回到右院，派了人去行里找侯三掌柜，老半天才回报说："侯三掌柜不在行里，也不知道去了哪里。"

蔡巧珠越是细想，越是愤懑："难道真的是他？出卖吴家的，真的是他？！他现在是看事情败露，已经逃跑了吗？"

侯三掌柜在宜和行听说嘎溜已经截到了光少，心中得意，眼看着吴承构冲了出去，行里的掌柜伙计也都没心思干活，他也找了个理由出来，便想回家，才出宜和行，忽然想："不对，光少出事，我理应去关心关心的，就算不去见见老当家，至少应该去安慰安慰大少奶奶。"

便朝吴宅而来，走到半路，不防被一个人挡住了去路。

侯三掌柜一愣，随即认出眼前人的面目，笑道："我说是谁，原来是顾大哥。"

老顾笑道："小侯，要去哪儿啊？"

侯三掌柜道："哎哟，这不是听说吴家出了点事，我心想横竖行里没什么事情，就想去吴家瞧瞧。"

"没什么事情了。"老顾笑道，"三少都处理好了。"

侯三掌柜有些诧异，心想嘎溜虽然不至于将光儿怎样，但一番夹枪带棒的敲打在所难免，怎么看老顾的样子，倒像吴家丝毫不受影响似的。

"走走走，咱们老哥俩好久没见面，陪哥哥喝两杯去。"说着就拉着侯三的手往一条巷子里走。

侯三掌柜只觉得手腕上好像套了个铁箍，不由自主地就被老顾拉走了。老顾是练了几十年洪拳的强手，年纪虽然不小了，却也不是侯三掌柜所能抵抗的。跟跟跄跄地被拉到那条小巷子里，侯三掌柜便觉得事情不对——这条巷子可没什么酒馆，喝酒怎么走这边来？

他忙说："顾老哥，这是要做什么？"

冷不丁一个麻袋套了上来，跟着头上挨了一下，他就晕了过去。

再醒来，已身处在一间小黑屋，自己被绑着。老顾嗑着瓜子，旁边站着两个面目狰狞的后生。

侯三掌柜道："顾大哥，顾大哥啊，你这跟我开什么玩笑呢？"

老顾笑道："谁跟你开玩笑，开什么玩笑？"

侯三掌柜道："不开玩笑，你绑着我做什么？"

老顾笑道："我跟你这不算玩笑。你把光少卖了，这大概就是玩笑了吧。"

侯三掌柜心中大骇，嘴上却还叫道："哎哟，这什么话啊，什么叫我把光少卖了？你……顾大哥你这、这……我怎么知道马车里坐的不是三少，而是吴六跟光少嘛。"

老顾笑道："我有说你卖了光少，是卖哪件事情了吗？你这么着急就自己招了。"

侯三掌柜的脸一下子就青了："这……这……这不满大街都说光少要逃跑，结果被嘎溜截住的事情嘛。"

老顾道："外面的说法，也有说光少要偷偷溜出去玩，结果遇到了嘎溜，人家好心给送回来了呢。若不是你自己心里清楚，怎么能一下子把事情给说到点子上！"

"这……这……"

老顾冷笑道："若要人不知，除非己莫为。光少这件事情，大少奶奶虽然没跟你说实情，可她能找你，那就是对你信任。小猴子你也挺厉害的，有个成语叫什么来着？举一、举一……举一……"

侯三掌柜道："举一反三……"

"对！举一反三！"老顾说，"大少奶奶让你找个随行通译，你就能猜到大少奶奶要送走光少，不但知道要送光少走，还连送走的路线都猜到了。这份本事，了不得，了不得！"

"这，这这，这……"侯三掌柜道，"顾大哥你太……我我我，我我……

我哪有这个本事……不不，不是，我怎么可能做对不住吴家的事情嘛！"

老顾笑道："你别在这里给我推脱。在我这里推脱了，回头正主儿来了，我怕你没地方哭去。他整治人的功夫，可比我强。"

侯三掌柜的脸更青了，老顾年轻的时候是混黑道的，就算是洗白走了正道，这几十年再没往回走，可毕竟是混过黑的——有一些手段，做正经生意的人不敢用，他就敢，所以侯三一直都有些怕他。

这时听说有个人比他还厉害，侯三掌柜便有些发怵，试探着问："老顾，顾大哥，顾爷，这还有谁要来整治我啊？你别吓我。你知道的，侯三我……经不住吓的啊。"

老顾笑道："你胆子小——胆子小你敢卖主求荣？连一个小孩子都不肯放过。"

"没有没有……"侯三掌柜说，"我没有。"

老顾道："这样吧，我请教你一件事情，你给我解开了，回头那正主儿来了，我给你求个情，让你少受些皮肉之苦。"

"不敢不敢，顾大哥你有什么尽管问，只要我侯三知道的，知无不言，言无不尽！"

老顾道："大少奶奶让你找个通译，肯定也说了一番托词。现在吴家的形势很不对，你久在吴家，根据现在这个形势估摸到大少奶奶要送走的不是什么亲戚，而是光少——这一点我也可以办到。可是这送走光少的时间和路线，你是怎么猜出来的？还猜得这么准？老弟，你给哥哥我指点指点吧？"

侯三心道："这还用猜？吴家既然约好了让胡老七今天去沙面码头等着，显然是要走水路，那只要在吴家去码头的路上守株待兔，见到吴家的人截住，随便找个借口搜一搜，多半就能有所获。"

他口中却说："这，这这……我不知道的事情，顾大哥你让我怎么说啊。"

老顾又说："光少这件事情也就算了，惠州茶道的事情，我就更不明白了。你分明不是管这条线的，又是怎么猜得这么准的？"

侯三的脸唰地一下毫无血色。

老顾笑道："你是聪明人啊，想到了什么对吧？我直对你说，光少的这件事情，你说还是不说，我们都没兴趣。因为送光少走这件事情，根本就是无中生有，吴家根本没有这个打算。这次三少为了引蛇出洞，在行里布了三个局，在家里布了五个局，总共八人入局，就只有一个人进了圈套。那就是老侯你了。"

侯三掌柜心中更是骇然，却还是连连摇头："不，这是误会，这是误会……"但说话的时候，气力已经没刚才那么足了。

老顾道："你是真不知情？"

"不知情，不知情！"侯三掌柜连连说。

老顾道："我要不要给你面镜子，让你看看自己现在脸上一点血色都没有。你这样子说出来的话，我能信？"

"我，我我，我这不是吓的吗？"侯三掌柜勉强调整自己的气息，尽量平稳地说。

"其实你害怕什么呢？"老顾说，"吴家是做生意的，不是劫匪，不是反贼，不是山贼，不是海盗，就算知道你出卖了他们，就算抓到了真凭实据，又能把你怎么样？顶多不过是把你驱逐出宜和行罢了，你心里其实是这样想的吧？"

侯三掌柜的心里，还真是这样想的。出卖吴家利益极大，而后果最多也不过是被逐出宜和行，这也是他会背叛的原因之一。

老顾道："不过三少老早就放出一句话来了，不知道侯三掌柜你听说过没有？"

侯三掌柜道："什么……什么话？"

老顾道："三少说，生意事归生意事，赢了亏了，都看自己的本事，但惠州这件事情，却是要了宜和行当家的性命。大少的这条命，有一半要算到段龙江头上……"

听到"段龙江"三个字，侯三掌柜的脸色又青了。

老顾继续说："另一半，则要算在内奸身上。"他踢了踢脚边的沙包："侯三掌柜，你的葬身之地，是想选在白鹅潭呢，还是想选在上川岛呢？"

侯三掌柜看着那沙包，忽然就明白了老顾这话的意思，惊得整个人往后猛仰："你们不能这样对我，你们……你们不能冤枉好人，不能冤枉好人！"

第五十四章

逼 供

　　老顾从小黑屋中出来，屋外是个黑蒙蒙的小厅，摆着一张破桌子，桌子上放着一壶酒。吴承鉴坐在那里，一边倒着酒喝，一边嗑几个花生。

　　"这嘴可真硬！"老顾说，"都说漏嘴好几句话，又吓得尿裤子了，还咬紧了自己冤枉。"

　　"冤枉肯定是不冤枉的，"吴承鉴为老顾斟了一杯酒，"不过他要是松口吐了一句实话，接下来就有一百句、一千句，都得跟倒豆子一样倒出来了。所以这第一句嘛，总得咬紧些。"

　　老顾把酒喝了："用刑吧！"

　　吴承鉴笑道："那怎么行！我们吴家是正当的生意人。今天我让顾叔叔把侯三叔请来，在这老祠堂里说说话，你这么个请法已经不大对了。你说我一个宜和行的代理当家，有个事情请三掌柜商量商量，留住他几天，也还说得过去，要是用上了私刑，那算个什么事情？"

　　"滚吧你！"老顾说，"我会用什么手段，你小子能想不到？脏活儿让老子做，脏名一点都不想背。"

　　"顾叔你这么说就屈死侄儿了。"吴承鉴笑嘻嘻的，一脸贱兮兮的，"我哪有你说的那么坏。"

"我原本还以为你就一点坏水，但今日才知道，你满肚子都是坏水。在家里设局，连老子、大嫂都瞒着，你还有什么干不出来？"老顾道，"其实那些事情，你自己都猜到了，还问他做什么？难道还真准备写了供词让他画押，送他上公堂？"

"送公堂做什么？"吴承鉴道，"我只是要让他说实话。先用我们知道的事情，来确定他说了实话，然后再问第二句我们知道的实话，再问出第三句、第四句、第五句……一个人谎话说多了，就容易接着都是谎话；实话说多了，多半就容易习惯性地说实话了。到了最后，我们再把两个真正想知道的问题，嵌到那许多问题里头去。"

老顾道："哪两个问题？"

吴承鉴道："第一个问题，卖了惠州茶线的，是杜铁寿，还是胡普林？第二个问题……"他压低了声音，在老顾耳边说："那批本家茶进的仓库，到底是姓蔡，还是姓谢？"

老顾的眼睛一下子就亮了："你小子哪儿来的消息？惠州是我跑的，我都没打听到。"

"没消息。"吴承鉴笑道，"纯粹靠胡猜。不过我觉得是八九不离十——剩下这一二，就要看能不能撬开侯三掌柜的嘴了。"

老顾坐不住了："我这就进去用刑！"

"不行，不能用刑！"吴承鉴拦住说。

"不用刑，他怎么会老老实实地说？"

"会的，会的。"吴承鉴道，"咱们好好地问，慢慢地问，反复地问，他一定会说的。"

老顾骂道："如果不是这次亲眼看你使坏，我准要骂你妇人之仁。可老子现在知道你小子也不是什么好人！"

"反正，我们就一直问。"吴承鉴笑道，"饭照给他吃，汤水照样给他喝，但是嘛，想办法别让他睡觉就行。"

老顾本来还想骂，后来忽然想到了什么，脱口道："原来如此……哈哈，你小子，算你狠！"

将侯三掌柜扔给老顾处理之后，吴承鉴就兜了个圈子，仍然回家。一进家门，就被吴六堵住了："三少。"

吴承鉴笑道："南海县判了？"

吴国英要堵嘎溜的口，是真个把吴六送南海县衙门里去了。

"判什么？这点事也要上太爷的案？"吴六说，"我前脚才进衙门，小七后脚就到了，跟蒋刑书嘟哝了一下。蒋刑书签押了个条子，就把我放了。"

吴承鉴笑笑说："这事办得还可以。也难为了蒋刑书，都这时候了还肯卖我们吴家一个面子。"

他说着就往左院走，吴六拦住说："三少，大少奶奶要见你。"

吴承鉴道："我一路风尘仆仆的，先回去洗个澡，回头再去见嫂子。"

吴六道："不行，大少奶奶说了，你回来就得去见她，拖也得拖着你去。"他真的准备上来抱住吴承鉴。

吴承鉴大叫："够了，够了！你够了！我去还不行吗？"

他与哥哥感情好，满西关都知道，和嫂嫂的关系也十分亲近，平时有事没事也到右院溜达三圈的，今天却推三阻四，磨磨蹭蹭地才蹭到右院。

他这次设局，在宜和行布置了三条线，在家里头布置了五条线，瞒住了所有人，连吴国英、蔡巧珠都装了进去，这才引出了侯三掌柜。此事说来情有可原，可一旦揭破，少不得要被老头子和大嫂一阵骂的，所以这次回家就想躲着蔡巧珠，没想到还是没躲过去。

蔡巧珠就坐在那棵被吴承鉴保下来的梨花树下，瞥见吴承鉴进来，脸色十分不好。连翘好眼色，赶紧把下人都带出去了。

吴承鉴上前涎着脸说："嫂嫂好。"又看着梨树叹道："虽然现在不是开花季，但大树秋枝，也别有一番风味。还好我那天把人拦住了，不然我们吴家大宅，可要少了一景呢。"

"别给我拉东扯西的。"蔡巧珠愠道，"对侯三掌柜，你是不是一早就怀疑他了？还是说你连我都怀疑上了？"

蔡巧珠毕竟是当过家的人，虽然此事上洞悉得比吴老爷子晚些，但诸事一件赶一件地发生——她事后将各种蛛丝马迹凑起来一细想，就发现了猫腻。

吴承鉴赔着笑脸说："我不是怀疑侯三，我是谁都怀疑——当然，阿爹啊，大嫂啊，你们除外。"

"若我真的除外，为什么事前一点风声都不透露？"蔡巧珠的眼睛一下子有些红了，"你分明就是不相信我！"

吴承鉴急了："冤枉！冤枉啊！我吴三心里要真的怀疑过嫂嫂，就叫……"

他举起手指就要对天发誓，话还没出口，嘴就被蔡巧珠拿手帕封住了。蔡巧珠喝道："住口！不许说不吉利的话！"

吴承鉴拉开手帕说："我又没怀疑过嫂嫂，再毒的誓都不怕。"

蔡巧珠听了这话，心里软了一软，道："我也不是不信你，可你事先怎么就不给我通个声气？"

吴承鉴道："这次有人给我们吴家挖了个大坑，惠州丢茶的事情只是其中之一，另外还不知有没有别的什么事情呢。其中有一些在我们吴家都是绝密，只有寥寥数人知晓，可就这样还是走漏了消息，可见家里或者行里不但有内奸，而且这个内奸心思十分细密，善见微知著。我若是先跟你们通过消息，说不定就被他看出破绽了，还不如一开始就瞒着。你们不知道我在设局，自然也就没有破绽可寻了。"

蔡巧珠低头想了想，也觉得吴承鉴所言有理，却还是恨恨地道："说来说去，你还是不信我。"

吴承鉴叫屈："我没有啊！我怎么可能不信嫂嫂。你比我亲姐姐还亲呢。若我娶了老婆，我就是怀疑我老婆，也不会怀疑嫂嫂的。"

蔡巧珠啐了他一声："又跟我来这一套！谁信你这疯言疯语。"

吴承鉴贱贱地笑道："真的，真的。"

蔡巧珠冷笑道："这种话，等你媳妇儿真的过了门，当着她的面说，我就信你。"

吴承鉴告饶："哎呀，嫂嫂，你就饶了我吧。总之有今次没下回，以后我再不敢了，再不敢了。"

蔡巧珠哼了一声，还是绷着脸。但吴承鉴是和她一起长大的人，知道她其实已无芥蒂，只是胸腔还堵着一口气，就打开了扇子，替她扇风。

"走开些！"蔡巧珠道，"你设什么局都好，就不该拿光儿来过桥。"

吴承鉴笑道："就是得拿光儿来过桥，这事才够真切，才能让那内奸也想不到。再说了，我早算准光儿不会少两肉，也就是坐马车出去兜个圈子。"

"你啊，是没看见那个……那个满洲奴叫什么来着？"

"嘎溜。"

"对，嘎溜！"蔡巧珠说，"他那副凶神恶煞的模样，要是把孩子吓破胆可怎么办？"

吴承鉴笑道："要是三五岁也就算了，光儿都快十岁了，也该见识见识外头的虎豹豺狼了。我像他这么大的时候，广州将军都见过了，就别说一个满洲家奴了。"

"那怎么一样？"蔡巧珠说，"虽然都是老爷派下子孙，但你是早慧。连光孝寺的大师都说咱们昊官是前世带来的宿慧灵根，不能比的。"

吴承鉴笑了笑："谢嫂嫂夸奖。"

蔡巧珠见他又开始没脸没皮了，将自己的手帕抽回来，打了他一脸："光儿要历练的事情，老爷也说了，我也觉得有理，但眼下不比寻常，光儿虽然平安回来，但再要送他走可就难了……除非，除非昊官你真的有把握扭转乾坤。"

吴承鉴笑了笑："扭转乾坤暂时还没把握，不过送走光儿的事情，我早安排好了。"

蔡巧珠"啊"了一声："有了这次的事情，外头的眼珠子一定盯得更紧了，还怎么送人走？"

"嫂嫂放心。"吴承鉴道，"我真要把人送走时，别说只送走一个光儿，就是咱们一家老小都到英吉利、法兰西去落户，我也能办到。"

第五十五章

疍　家

叔嫂两人把话说开了，蔡巧珠又问起侯三掌柜的下落。吴承鉴道："老顾请了他去喝茶，问问那批本家茶的下落。"

听说侯三掌柜被老顾带走，蔡巧珠瞬间就懂了，点了点头，又摇了摇头：点头是觉得奸细既然抓到，在他身上找到那批本家茶就有了指望；摇头却是以当前的局面来说，那批本家茶就算找到了，吴家怕也是难以度过这个劫数了。

蔡巧珠刚才的这一番言语，其实还有另外一个心思，就是那日听了吴六的话，说吴承鉴对此次大难"胸有成竹"，所以就暗藏套话，没想到还是没套出半句来。

吴承鉴刚刚从右院出来，吴二两来堵路了——这次是老爷子来请。

吴承鉴无奈，又跟着二两叔来到后院。吴国英却没问他侯三掌柜的事情，只是道："光儿的事情，你有什么打算？"

吴承鉴一听就知道老爷子已经把事情都看破了，就老老实实说："另有安排。仍然是去吕宋。给那边亲族生意脚的信，阿爹你还是要准备一下。"

吴国英也没多问细节，只是道："这整件事情……吴官你有多少把握？"

吴承鉴想了一下，说："要想翻盘，那是九死一生。"

吴国英道："别赌了，带着光儿，你也走吧。以你的心计，便是到了海外，我相信也定能闯出一片天地来。"

"不行！"吴承鉴道，"这宜和行是阿爹和大哥多少年的心血，就这么舍了，我不甘心。再说我和光儿走了，阿爹你怎么办？你的身子经不起风浪折腾，更别说大哥了。我说什么也得搏一搏。"

福建的生意人，骨子里都有一种深深的赌性，纵然希望渺茫，但只要还有一线机会翻盘，便要放手一搏。这是深入骨髓的东西。吴国英知道言语劝之无用，便不再说了，挥手："去吧。去吧。"

吴承鉴回到左院，让吴七去把院门关了，屋里只留三个大丫鬟。吴七把人赶了个干净后回来，看着屋里气氛不对——夏晴手里拿着家法呢。

吴七叫道："哎哟，三少，这是要做什么？"

吴承鉴指着吴七道："给我打！"

夏晴笑道："得令！"举起家法，当头当面地就打，把吴七打得在屋里头抱头乱窜。

夏晴的力气也就那么点，就算全力打下去也只是痛，不会伤，但吴七还是鬼哭狼嚎的，叫道："少爷啊，我的少爷啊，小七我到底犯了什么错？你就是要打死我，我也不怨，可怎么也得让我做个明白鬼啊。"

吴承鉴骂道："还问我犯了什么错？就是要打你个口没遮拦的。"

吴七叫屈："我怎么就口没遮拦了？哎呀，夏晴妹妹，你轻点，轻点。打是亲骂是爱，你要是不想嫁给我，就别爱得我那么重……哎哟，哎哟！你怎么爱得更用力了！"

看看吴七被打得额头破损、眉角乌青，吴承鉴才道："行了，晴儿。"

结果夏晴又多打了两下，春蕊过去拉住才肯罢休。

吴七上前哭丧着脸："我的少爷啊，你究竟为什么打我啊？"

吴承鉴骂道："嫂嫂对我的事情起了疑心，我估摸着是你走漏了什么风声给阿六，阿六又告诉了嫂嫂。"

吴七的眼珠子溜了一圈："没有，肯定没有！"

吴承鉴冷笑："你眼珠子这么一转，就说明肯定有，而且不止一件。夏晴，给我再打！"

吴七滚到吴承鉴脚边，抱住了吴承鉴的大腿，把风月场上学来的怠懒都用上了："少爷啊，饶了我吧。我不敢了，不敢了。"

夏晴怕家法蹭到三少，就打了吴七大腿几下。

吴承鉴道："我就知道，这个家就是一面筛子，哪里都漏风。"又对春蕊说："你看看，连小七都把我的事情给漏出去。"

春蕊连忙替吴七求情："七哥就算真的漏了什么言语，也不是有心的。再说六哥也不是外人。"

吴承鉴说："他要真的有心漏风，这会子可就不是夏晴拿家法了。哼，我知道吴六是他亲哥，他信吴六，就像我信我哥哥。可这个宅子里，谁没一两个最信任的人？我之前一些事情不告诉你们，不是信不过你们，只不过所有秘密，一旦出了口，一传二、二传三、三传五，多少泄密的事情，就是这么来的。"

吴七道："我对别人口风可紧了，再说也不是我自己要说，我哥哥虽看着老实，却是我肚子里的蛔虫，我骗谁也骗不过他，瞒谁也瞒不过他，有什么办法？"

吴承鉴狠狠踹了他一脚："那行，我不要你了，回头你去右院服侍去，换了你哥来跟我。我身边就少个老实人呢。"

吴七又哭号了起来："不行，不行，少爷啊！你不能不要我啊！"

吴承鉴说换人，也就是说说而已。吴七是穿开裆裤的时候就跟着他的人，两人厮混在一起的时间比他跟亲哥吴承钧还多。这等骨肉相连的关系，怎么可能真的换人？今天闭门打了吴七，但最要紧的那两句话其实是对春蕊说的。

再往后的日子，吴承鉴忽然间就消停了。大门不出，二门不迈，连花差号和神仙洲都不去了，整天就窝在左院里，与夏晴做些欢快的事情，寻点开心。

白鹅潭那边，疍三娘连日不见吴承鉴来，虽然明知道此时正是多事之秋，却还是心中寂寞。忽然想起："我的封帘宴，因为这阵子事情多，一推再推。他虽然说我封帘他一定要到场，但现在他怎么可能还有这个心情？眼看第二次保商会议就要开了，到时候若是有什么事情，他必定更加没心情了。不如就瞒着他，干脆把宴席给办了吧。"

她还是有一些梯己银子的，准备拿出一些来，置办一些瓜果酒菜，海鲜自有疍家供应。

宜和行全盛的时候，花差号上跑腿的人甚多，但最近连续出事，吴承鉴还没开口撵人，下头却有人不稳了。

周贻瑾眼明耳聪，虽然常常独自在船舱里一待就是大半天，但真遇到了事情却是干脆利落。为免这种风气蔓延，他就先将花差号给清洗了一遍，将那些但凡有一两句抱怨、怀疑的下人全部遣走，只留下四个小厮、四个丫鬟、两个仆役、两个妈子、六个水手——这些人或是受过吴、周、疍三人恩情，或者是性情忠厚纯良，或是对吴承鉴依附性很强，周贻瑾料得他们应该能与吴家共渡难关。

不过花差号实在太大了，一艘几百人都装得下的大船，一下子遣得只剩下二十个人，整艘船当即显得空空荡荡。

疍三娘只看到一片冷清，周贻瑾却想到："被遣走的人里头，必然有人心怀怨恨。他们知道花差号的虚实，如果第二次保商会议投筹对吴家不利，这些人就可能心生歹意，只怕会勾结宵小来犯。"

假如铁头军疤在此，招呼一声，一下子来几十个护卫都不成问题，短腿查理那边也能很快募集到许多水手，但眼下军疤不在，让查理另外招募水手于此时也不合适。周贻瑾思索了片刻，忽想："千日防贼，终究防不胜防。与其如此，不如自己做贼。"便有了计较，写了两封书信让人传了出去。

那边疍三娘已经张罗起了封帝宴。她也不将事情做大，若换了往日，她的封帝宴能将整艘花差号都坐满了，现在只是准备在甲板上摆八桌酒席，算是完了一个念想。

就算这样，船上的人手也有些不够，便来请教周贻瑾。周贻瑾说："请些疍村的人上船吧，也让花差号热闹一些。"

这倒正合了疍三娘的心意，就派人去疍村请人。

这疍村是受过吴承鉴恩惠的，又都与疍三娘亲，所以一叫就来了几十艘船。三娘的堂兄翁雄带了一两百号人来，准备轮番上船给疍三娘挑。

疍三娘道："又不是要开这艘大船去打仗，哪里需要这么多人！"

"真要打仗，这些人也不够。"翁雄道，"总之你尽管挑就是。挑剩下的我带走。"

疍三娘在官商两道眼中地位卑贱，可在疍村她的形象伟大感人——为了家人卖了自己入花行，跟着又让吴三少大笔大笔地出钱，救了整条遭灾的疍村，这可是舍己为人的菩萨啊。更别说这几年来她对附近的疍家多有救济——几乎是有求必应——因此许多疍家儿都乐意为她效力。

疍三娘看着那些已经上船的疍家兄弟姐妹，不好下决断，又来向周贻瑾求助。周贻瑾却不客气，就挑了二十几个手脚伶俐的后生，留在船上做打扫；挑了十几个壮汉，留着干粗活；又挑了十几个悟性不错的，跟着水手帮忙操驾花差号；另外挑了十个疍家少女，交给疍三娘去安排。

疍三娘要给这些人安排住宿，谁知翁雄道："他们怎么能住大船上？可别脏了这里。"

疍家儿被地上人欺压惯了，非但不敢反抗，反而生出种自卑感。按翁雄的意思，就用十几条小渔船挂附在花差号周边，白天让这些人上船干活，晚上就让他们回小渔船睡觉。

疍三娘道："那怎么可以！那样太失礼了。"

那几十个被挑中的人，却都觉得这样做没什么问题。

翁雄说："那就这样定了吧。"

周贻瑾又招呼了翁雄到一旁来，对他说："或两日后，或三日后，会有宵小上船偷盗抢劫，说不定还要杀人放火。"

翁雄吃了一惊："什么！谁这么大胆？"

周贻瑾不答反问："你们疍村之中可有些力大胆壮，敢与盗贼搏斗的？"

翁雄道："我们疍村不敢抗法，不敢抗官，也不敢得罪旗人老爷，但贼人欺负到我们头上，我们也要奋命一搏的。"

周贻瑾道："这两天我会在船上安排一下，需要你那边再出八十到一百个人，能抽出这人手吗？"

翁雄道："没问题！附近十几条疍村，都常受三少、三娘的恩惠，我招呼一声，别说一百人，三四百人也没问题。"

周贻瑾道："不要搞得太大，要把事情做得隐秘些。离花差号大概二里处，有个刚刚露出水面的小沙洲。你暗中挑选人手，后天晚上开始，便将这百余人召集起来，开船到那沙洲附近，到了那里再说明缘由。若花差号上未举信号，你们不用过来；若见信号，马上发船来援。具体要怎么做，我回头再与你细说。"

翁雄一一答应了，不过他在疍家儿里是难得的胆大心细，忽问："周师爷是怎么知道会有贼人要来的？还知道他们什么时候要来？"

周贻瑾没有回答，只是轻轻一笑。这一笑犹如江海交界处一轮红日初升，说不出的明媚灿烂。翁雄没来由地感到脸上一热，不敢再问。

叶家之姝

　　一转眼，第二日就要开第二次保商投筹会议了。西关吴宅，不知道今夜会有多少人睡不着觉。

　　左院里头，春蕊忧心忡忡，却又不敢说话。幸亏吴承鉴是一脸无所谓的样子，这让房里的丫头们多多少少安心了几分。

　　晚饭过后，吴国英忽然把吴承鉴叫了过去，说道："走，跟我去叶家走一趟。"

　　吴承鉴有些奇怪："去叶家做什么？难道到现在阿爹你还觉得叶大林会帮我们？"

　　吴国英喝道："你叫什么！没礼貌！就算不称岳父，也该叫一声大林叔。"

　　吴承鉴冷笑："我没当面吐他口水就算好了，还叫他叔？"

　　吴国英道："遇到危险选择自保，这是人之常情。虽然以我们两家的交情而论，他这么做让人心寒，但也……勉强可以理解。"

　　"我心胸没阿爹你这么宽阔。"吴承鉴道，"不过既然阿爹你知道他已经准备选择断交自保，为什么还要去？"

　　吴国英盯着儿子，说道："这里除了你我父子，再无第三个人，你想怎么做，仍然不能跟我透露吗？"

吴承鉴摊手："现在离我能动手的条件，十个里头不到三个——连三成把握都没有的事情，说了有什么用？"

吴国英道："若是如此，那就只好搏一搏了。"

"怎么搏？"

"去找叶大林。"吴国英道，"望他看在几十年交情的分上，看在彼此儿女要联姻的分上，能改变主意，明日和我们一起对抗蔡、谢。"

吴承鉴一听，面有难色，且不说吴、叶之势不如蔡、谢，就算勉强可以对抗，蔡、谢背后有粤海关监督，吴、叶背后能有谁？除非是两广总督愿意出面。

至于潘家，潘有节到现在都没露过面，就知道人家早打算袖手旁观了。

吴国英看了儿子一眼，道："只要能说动老叶，今晚我们吴、叶两家再连夜赶往潘家，拉下两张老脸，相信有节也不能不为所动。三家联手，则明日保商会议，翻盘也未可知。"

道理是这个道理，说着貌似可行——但要把人心、人性给算进来，吴承鉴就知道可能性不大。吴国英想的这个"办法"，人家卢关桓早想到了，然而老卢是怎么判断来着？

"吴家重义，叶家寡恩。如果攻叶，吴必护叶……如果攻吴……叶必弃吴。"

一个能白手起家、继而连续得到两任两广总督信任的人，其目光自有独到之处。

所以吴承鉴对于老爷子"最后一搏"的企图，实在不看好。

"如果叶……叶大叔不答应呢？"吴承鉴说。

蔡巧珠在蔡士文那里如何受辱，蔡巧珠本人虽然一个字也不肯提，他事后打听了五六分，剩下的几成靠推想也能推想出来了。

就算到了绝路，他也不想去叶大林处自取其辱。

不料吴国英却说："如果他不肯帮忙，那我们就把婚事给退了。"

吴国英这句话，却是大大出乎吴承鉴的意料——他还以为老爷子这次去是准备一味地委曲求全的呢。

"如果我们吴家注定败落，那又何必再耽误他叶家的闺女呢？"

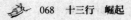

吴国英说着，忽然又话锋一转："但如果到了这等地步，我们吴家还能绝境翻身，往后我吴氏的前程将不可限量——我不能让前程远大的我儿，娶这等无信无义之人的女儿过门！更不能让我儿的风评蒙上污点。盛时退婚，其曲在我；衰时退婚，其曲在彼——满广州的人都会觉得我们是被迫的，都会背后戳老叶的脊梁骨。我知道你一向不喜欢这门亲事，那么就趁着这个机会，把这件事情给了结了吧。"

吴承鉴看着吴国英，这是这三年以来他的眼神中再次对老爷子显露佩服之色来，不由得展颜笑道："好，阿爹，咱们去！"

叶大林在投靠了蔡总商后，依旧小心谨慎，在西关广派耳目，唯恐第二次保商投筹会议再有什么变故。

这日子一天又一天过去，第二次保商投筹的日子越来越近，而各方收回来的消息，一桩一桩，却都对吴家不利。

先是吴承鉴在神仙洲受辱，回来路上又被捕快拦路，再之后他四大帮闲之一的铁头军疤也叛逃而去。蔡巧珠深夜前往蔡府也没瞒得过别人。她在蔡府内宅究竟发生了什么，本来隔着几重院墙没人知道，但偏偏第二天就有消息传了出来，各种谣言满天飞，但不变的就是蔡巧珠在蔡宅是受尽了折辱而未得蔡总商一诺。至此叶大林才算真正放心，知道吴家已经众叛亲离。

西关这个利益场，大家干的都是跟红顶白之事。只要吴家势衰，就不怕到时候没人跟着上去多踩一脚。

不过看着第二次投筹越来越近，他仍然不敢放松警惕，这两日一直躲在家中，哪里也不去。

他两个还没出阁的女儿侍奉在跟前，二姑娘叶好彩正给他揉腿，三姑娘叶有鱼在给他整理书架——其实书架上的书，叶大林一本都没看过，平日兴致好的时候，最多让三姑娘给他念念。

看着父亲在自己书房里还一副谨慎提防的样子，正在给他揉腿的叶二小姐哧哧一笑，说："阿爹啊，都到这分上了，你还担心什么？难道吴家到这个地步还能咸鱼翻身不成？"

在粤语里头，"咸鱼"是死尸的代名词：咸鱼翻身，意思就是死人复活。宜和行都还没倒呢，但在叶二小姐看来，已经跟条咸鱼没什么区别了。

"翻身，那是不可能的了。"叶大林道，"粤海关监督的门路是蔡家把持，这两天你爹爹我投靠老蔡之后，才得到了一些之前都不知道的消息，原来蔡家对吴家并不是临时起意，而是图谋已久……"

正在整理书架的三小姐叶有鱼听到这话，手中的动作竟然僵住了。

"……既然老蔡对吴家是算计已久，那就不会因为什么临时的变故而改主意。粤海关监督这条路，吴家是没指望了。而两广总督那边的大门如何对吴家关闭，满神仙洲几百只眼睛看得是清楚明白。现在，宜和行面对的是上下交逼之势——吴家啊，没指望了！"

"既然这样，那爹爹还担心个什么？"叶二姑娘的模样，在西关的富家小姐里头，也算出挑的了，这时在家中也薄施粉黛，更显得容颜俏丽，就是额头略窄，下巴太尖，不免有些刻薄相。她说道："上面不是说，只要两家出来承揽吗？下五家的那个名额和我们无关，上六家只要有一家中选即可——只要吴家倒霉，我们叶家就安生了。"

她是吴承鉴的未婚妻，吴家的准儿媳妇，但这句话说出来，满满的都是幸灾乐祸。

三小姐叶有鱼听到这里再忍不住，回过头来，看了她姐姐一眼。因她站着，而叶二小姐半跪着，所以这一眼就有点儿居高临下的味道。

如果说叶家这二姑娘薄施粉黛之后算俏丽，那连淡妆也没化的三姑娘就是人间绝色了。她今年刚刚十七岁，出落得亭亭玉立，因在家中，所以未施粉黛，身上也只是一身青布衫，却偏偏给她穿出了清雅脱俗的感觉。

叶大林私下里常常感慨，可惜了自家不是旗人，要不然定要设法将女儿送进宫去。凭着这般倾城容貌，便是做不得皇后，做个专宠的贵妃娘娘是肯定没问题的。

叶二小姐被妹妹这一眼看得勃然恼怒，瞪了回去道："小蹄子！你睇乜睇！"

她对这个妹妹向来嫉恨。为什么在家里也要化妆？还不是因为不想被比下去——可就算用尽了上等的胭脂又怎么样，一到叶有鱼跟前，自然而然就被比下去了。每次看到这张脸，她都妒火中烧。幸而叶有鱼是妾侍生的，比不得她是嫡出，所以平日她对叶有鱼都是呼呼喝喝，只要有机会马上就会发作，从没有过好脸色。

三小姐叶有鱼也不回嘴，也不生气，也不势馁，只是眼皮垂了垂。

看到她这副波澜不惊的样子，叶二小姐反而更加生气了。然而还不等她发作，叶有鱼就已经转过身去，继续整理书架了。

"爹爹又不看书，你整理这些做什么！"

叶大林认的字不多，能签名画押，看懂货名、账本，他就觉得够了，再高深的经史子集，就都看不懂了。现在这个书房还有这满书架的书，那都是拿来附庸风雅的——不过他没想到的是错有错着，让叶有鱼把这满屋子的书给读尽了。

叶有鱼也不转过身来，只是轻轻说："爹爹自己虽不看书，妹妹给阿爹念，也是一样。"

叶二小姐怒喝道："贱货，你在讥刺我们一家子不读书吗？"她自己也识字不多，虽然叶大林也为女儿们请过先生，但叶二小姐一看到书就打盹。

叶有鱼还是没有转身，对着书架，轻轻说："姐姐这话奇怪了，我也姓叶，讥讽一家子，不是讥讽自己嘛？"

叶二小姐大怒，几乎就要跳起来。叶大林却说："干什么干什么，又跟你妹妹置什么气。"

叶二小姐扭着身子道："阿爹，你又护着她。如果不是你老护着她，这贱婢敢这么跟我放肆？"

"行了行了。"叶大林能干成十三行上六家的一代保商开创者，一双眼睛不是瞎的，自然看得出二女儿只是在无理取闹，他已被她搞得有些烦躁。

自己这个次女，仗着自己宠爱，就不免恃宠而骄了，说话做事，总不如三女儿来得贴心。不过他也没办法，自己还没发迹的时候，妻子陪着自己熬了多年的苦日子，离开潘家之后做的第一笔生意，其中有一半也是多得岳家多方筹借，算得上是患难夫妻，所以妻子马氏在叶宅说话的声音素来响亮。尽管她们母女几个脾气都不小，他还是尽量忍耐。

至于三女儿，却是可惜了，虽然得了她娘的遗传，出落得闭月羞花，但出身毕竟卑贱，将来能帮着找个老实人嫁了，就算是不错的出路了——若叶大林的心再狠一狠，只怕就要拿女儿的容貌来做交易了。

恰在这时，管家来报："老爷，吴老爷来访。"

叶大林最近听不得"吴"字，一听就摆手："不见，不见！姓吴的都不见——就说我病了。"

来通报的管家叶忠也是家里的老人了，颇知轻重，便又加了一句："是吴国英吴老爷子，带着吴三少亲自来了。"

叶大林"啊"了一声，整个人跳了起来，最终喃喃："怕什么，就来什么。"

他最近躲着不出门，对外称病，就是怕吴国英找自己过去，没想到老吴人病着，却会亲自上门！

叶二小姐说："吴老头来了又怎么样，就说爹爹病了。"

管家叶忠却站着不动，只是看着叶大林。

叶大林对叶二小姐哼道："你懂什么！"

他跟吴国英的交情，可比别人不同。两人同是出自潘家，年轻的时候，曾经在粤海金鳌潘震臣手下共事，一度是潘震臣的左膀右臂。后来两人又先后从潘家出来开创基业——从潘家出来创业的伙计，原不止他们俩，但生意最后做成的，就只是他和吴国英。

在很长的时间里，吴、叶两家都依附着潘家，又成了潘家另一种意义上的"左膀右臂"。两家以潘家为纽带，在商场上彼此呼应，偶尔发生利益冲突，也都由潘震臣居中调停，向来以和为贵。吴国英和叶大林其实志趣并不相投，然而粤海金鳌在世之时，两家从未伤过和气。

如果说吴家和蔡家通过联姻算是结成"半盟友"，那吴家和叶家就是天然的盟友。吴国英和叶大林也是广州商场上人尽皆知的一对难兄难弟，就算吴家再怎么败落，可吴国英抱病亲自登门，他叶大林今天若是不见，明天满广州就都要指着他的脊梁骨骂了——别人骂也就让他们骂，怕的就是事情传到潘家，潘有节要对自己有想法。

叶有鱼这时放好最后一本书，说道："阿爹，是要移步客厅，还是让女儿把这书房整理整理？"

还是三女儿贴心啊，一下子就知道自己还是要见吴国英父子的。叶大林沉默一下，道："算了，还是在书房见吧。"

不管自己心里怎么打算，既然要见，就还是要将事情做得好看点。家主级别的会晤，在书房见有亲近之意，在客厅见则是泛泛之交。以两人、两家的交情，自己若在客厅见吴国英，那就太见外了。

叶有鱼快手快脚地就收拾了起来，叶二小姐却还杵在那里碍事。被她碍着的叶有鱼叫道："二姐。"

叶二小姐就假装没看见，走到门口的叶大林回头喝道："该做乜做乜去！别在这里碍手碍脚！发脾气也不看看是什么时候！"

叶二小姐只当爹爹又护着小蹄子了，一跺脚，恼怒地走了。

叶大林这才整了整衣襟，换了一张笑脸，快步去迎吴国英。

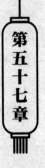

第五十七章

相　遇

　　吴承鉴有一两年没来叶宅了。

　　吴、叶是曾经的盟友，不过自从六年前粤海金鳌潘震臣去世，两家的关系就一日不如一日。

　　吴国英倾向于稳扎稳打筑根基，叶大林则喜欢赚快钱，所以在前面十几年里，叶家的声势一直是压着吴家的。叶大林虽然当着潘震臣的面总是对吴国英客客气气，但叶家的人一贯看不起吴家，从来不是什么秘密。

　　可吴承钧接管宜和行之后，吴家开始厚积薄发，近几年更是后来居上。一跃超过了叶家后，叶家又没脸没皮地凑上来，还提出了联姻。吴国英是念旧的人，且觉得多个盟友比多个冤家好，所以就答应了。

　　为了这事，吴承鉴没少跟吴国英置气。拗不过吴国英后，以往年节寿宴必到叶家的他，近两年反而不来了。

　　这时看看，宅院还是那个宅院，只不过又增添了许多西洋景致。

　　"哎呀呀，老哥哥啊，你怎么来了！有什么事情叫一声，大林我过去就是了！"

　　叶大林带着叶忠，快步生风地走了出来。

吴国英是用躺椅抬过来的。这时扶着扶手要站起来，吴承鉴搀扶着他的左腋，叶大林就小跑过来，扶住了他的右腋。

　　吴国英苦笑说："我也没大你几岁，可当年一场病，却闹得好像两辈人一样。"

　　叶大林道："老哥哥你是年轻的时候熬坏了身体。我当年就说过你几回，夜里别就着灯火熬通宵，秋冬别仗着年轻经风冒雨，可你老是不听。现在看看！好在承钧、承鉴都有出息，吴家后继有人，也就不用担心了。"

　　吴承鉴听到这里，笑道："我大哥自然是有出息的。我嘛，就是个二世祖。岳父大人真是厚爱我啊，这都帮我说话。"

　　叶大林本来绽放的笑容忽然僵硬了一下，尤其听到那声"岳父大人"，更像吃了一只苍蝇。投靠蔡总商之后，他心情有所好转，但叶二小姐与吴承鉴的婚事，这几天却成了他的一块新的心病。虽然还没过门的女儿不用跟着吴家论罪，可无论是望门寡（假如吴承鉴家破自杀的话）还是议退婚，可都不是什么好听的，往后再要议一门好亲事就难了。

　　吴承鉴很清楚叶大林的心思，在家里的时候连一声"叔"都不乐意叫，这时却"岳父大人"叫得贼欢，脸上也满是笑意——这是故意恶心对方来着。

　　吴国英瞪了吴承鉴一眼："那些京片子中的贫嘴，你少学点。"

　　吴承鉴笑道："是，是。不过岳父大人向来厚爱我，不会见怪的啦。"

　　叶大林往日对吴承鉴都没什么好脾气，但今天已经打定了主意要拿好话把这对父子打发走，所以尽量忍耐。

　　他陪着吴家父子来到书房，正好叶有鱼收拾好书房出来。

　　吴承鉴只觉得眼前一亮。一个似曾相识的妙龄佳人，这般容貌，这般身姿，这般气度，自己走遍京师江南，阅遍广州花丛，也没见过几个堪与比拟的。神仙洲四大花魁与之相比多了风尘气，监督府的几房绝色妾侍相形之下更都成了俗物，怎么在这里会冒出这么一个大美人来？

　　看这一身的布衣和发饰，还是个在室的少女，然而丫鬟不像丫鬟，小姐不像小姐，五官相貌有些眼熟。这般绝色，若是自己认得的人，怎么会不记得？一时看得吴承鉴有些恍惚。

　　就见这个少女已经福了下去，口称："有鱼见过吴伯伯，见过姐夫。"

　　吴、叶是通家之好，这时狭路遇见也不算失了闺门之礼。吴国英抬手虚扶，吴承鉴就势过去代父扶叶有鱼起来，啧啧道："原来是有鱼啊！我一两年没来可吃大亏了，怎么想得到就变成一个大美人。都说女大十八变，可也没你这么个变法的。"

其实叶有鱼之前也不是不漂亮，只不过她素知姐妹善妒，为了自保，从小就懂得在什么时候敛起自己过分出色的容颜，但这两年身体长开了，眼看再也遮掩不住，干脆就不遮掩了。

叶有鱼不等吴承鉴碰到自己的手臂，顺势起身了，手臂抬着与吴承鉴的手腕平行，看着是被吴承鉴扶起来，其实碰都没碰到，口中说："多谢姐夫。"

两人目光瞬间相触，吴承鉴竟觉得自己有些看不透这个少女。

这可真是有趣了。

叶大林喝道："怎么回事！手脚这么慢！"他想着以叶有鱼往昔的麻利，按理说早就把书房收拾好了，怎么现在还在这里？

叶有鱼就知道父亲不乐意自己在这里撞到吴家父子，赶紧又向吴国英福了一福，告辞离开了。

她转往后院，进了一个小小的院落中。这个小院落住着叶大林的两房妾侍和两个女儿。叶有鱼进了居中的屋子——屋里摆着一大一小两张床，一个中年妇人正坐在属于叶有鱼的小床上叠衣服，瞧见叶有鱼，说道："鱼儿，今天这么早回来？不在书房里陪你爹了？"

这就是叶大林的妾侍徐氏。徐氏家本是书香门第，因祖上受文字狱牵连而流入贱业，辗转卖笑于广东，偶遇叶大林，叶大林对她惊为天人，便将她养为外室。后不慎怀孕，怀孕期间又走漏了消息，叶大林的大老婆马氏大闹了一场。因为徐氏挺着个大肚子，马氏不好将人赶走，又不愿意让这个"贱婢"留在外头勾引丈夫，就干脆在家里腾出间房子，当妾侍养了起来。

徐氏在马氏的眼皮底下处处受制，受尽了折磨，坐月子期间也没能好好休养，以至于生产之后颜色渐衰，而生的又是女儿，叶大林就不怎么来她这里了。这些年"风刀霜剑严相逼"，若不是有个女儿做寄托，她只怕活不到今时今日。

这时徐氏见叶有鱼神色凝重，便问怎么了。

这个院落偏僻破旧，两间主房睡着两对母女，又有一间耳房里睡着一个粗使丫鬟，门板隔音自然是不好的。叶有鱼先出门绕了一圈，见另一房妾侍母女和那粗使丫鬟都不在，这才回房间来，说道："都大晚上了，怎么她们人都不在？"

徐氏说："被太太叫去了，大概是吩咐要做什么活计。"

叶有鱼这才说："宜和行吴老爷来了。"

"吴老爷……啊！"徐氏说，"是二姑娘的未来家翁？"

"是的。那位二姐夫也来了。"

"我怎么听说，吴家形势不好，好像是要倒？"

叶有鱼道："娘亲你素来不喜欢打听外间的事情的，连你都知道，那就是满西关都传遍了。"

徐氏道："吴家如果形势真的不好，那这次来是做什么？莫非来求老爷帮忙？"

叶有鱼因为从小机灵聪慧，渐渐得到了叶大林的一点宠爱，得以常在书房和偏厅行走。她机灵，会说话，十四岁之前叶大林也喜欢带在身边炫耀，她见多了往来宾客，也听说了许多里外之事，这时却摇头："不知道，可能吧。"

徐氏说："最近常听说，太太对这门亲事十分不满，嫌弃吴家那位三少是个败家子，现在只怕老爷……是会退了这门亲事吧。"

叶有鱼说："这门亲事定了有一两年了，当吴家声势正旺的时候，怎么没听太太埋怨过未来姐夫败家？就是二姐姐那边，也常夸耀他吴家多豪富，她夫婿多风流。现在形势一变，口风也跟着变了。"

徐氏这些年早把世情看得淡了，轻轻一笑，说："自古总是形势比人强的，有什么办法？再说，虽然吴家要败是近几日才听说的，但这位三少是个纨绔儿的话，我倒是许久前就听说过了。虽然在人家困难的时候落井下石不太好，但这位吴家三少，怕也不是良配。最近出的这些事情，于吴家是坏事，但于你二姐姐说不定是件好事。"

叶有鱼点了点头："确实是好事。"心里却想："不是于二姐姐，是于他。"

徐氏说到这里，又轻轻一叹："其实吴家倒是好人家，吴老爷也是好人，只是可惜了。"

吴、叶两家是通家之好，所以平日里遇到什么喜事，或者得了什么新鲜物产，常常会想到对方，常有些礼物送到叶家内宅来。以前是吴老太太张罗，后来则是蔡巧珠，所以徐氏跟吴家的人算是有过点接触。

在叶宅里头，叶家那些亲戚朋友，对内宅各房妾侍不免有青眼白眼的区别。徐氏不得宠，那些亲朋刻意无视那还算好的，更有一等人看着马氏的脸色，故意说几句难听的话给徐氏听。只有吴家的人，来送礼的时候对各房都依礼行事，所以徐氏觉得吴家的人有教养，吴老爷是好人。

叶有鱼沉默着，忽然低声说："那位未来二姐夫，他不是传言中那般人。"

徐氏有些愕然，以为自己听错了："你说什么？"

"我说，他不是这样的人。"叶有鱼道，"我见过他五回……"

脑子一晃间，竟然想起了许多事情来……

徐氏都有些诧异了："你……竟然见过他五回？还都记得？"

"自然记得的啊——谁见过他，都很难忘记吧。"叶有鱼说。

第五十八章

有鱼

第一次见面的时候，叶有鱼正被几个哥哥欺负，是吴承鉴碰巧经过，随手就将几个哥哥给打发了。

那一年，她十二岁，吴承鉴大概十九岁。叶有鱼的几个哥哥，最大的也是十九，老二也有十七了。那几人在宅子里横冲直撞，不可一世，可吴承鉴一出现，这些人就都变成了鹌鹑。这里明明就是叶家，他们又人多势众，可吴承鉴轻轻一句话，就让他们不敢再动手了。

叶有鱼还清楚记得，当时他摸着自己的头，笑着说："别哭了。"又随手摘下腰间一个玩物塞自己手里："拿着玩儿。"

叶有鱼摸了摸胸口，那里有个绣囊，贴身藏着那蜜蜡葫芦五年了……

可是从今天的遭遇看来，他应该是不记得当年那事的。也对，那时候他把东西塞给自己之后，转身就对几个哥哥说："走走，带我见大林叔去。"

几个哥哥竟不敢违拗他，真带了他去书房。自己也鬼使神差地在后面跟着，偷偷地看着他进了偏厅。阿爹进来之前他就施施然坐下了，一个眼神，就能让在厅里陪着的几个哥哥坐立不安。

然后阿爹进来了。阿爹为人喜怒无常，这个宅子的人除了马氏，都很怵他，但那个三少，却在阿爹面前谈笑自如，玩笑话一句接一句地溜出来，偏偏还能带得叶大林也笑上两句。

从那时开始，她就对这个人充满了好奇。

之后但凡和吴承鉴有关的事情，她便留了心。

再后来，二姐姐定了亲。

那个晚上，叶有鱼没来由地蒙在被子里头，哭得稀里哗啦——只是她自己当时也不知道是为什么。

"鱼儿，鱼儿？"

徐氏的叫唤，让叶有鱼回过神来。

"你怎么了？"徐氏有些担心地问。从三四年前开始，女儿就是个有主意的人，眸子向来都是定定的，从没见她这般没来由地恍惚，可别是病了。

"没什么事情。"叶有鱼口里说着，心里却想："他们这次来，是想来跟阿爹求援的吗？然而阿爹怎么可能会答应？"她极想知道书房里发生什么事情，却是没个由头好进去。

就在这时，小院门口走进一个人来，叶有鱼母女就都不说话了。那人是马氏的粗使丫鬟，进门就指着叶有鱼说："太太那边，有一款金线用没了，八姨娘说你们房里有。"

说着就摸出一块布，里头包了一截金线。

徐氏看了一眼说："有，有，就是要稍找找。"

"找到了送过来，快点。"那丫鬟说着就走了，自始至终，正眼都没看她们母女一眼。

徐氏早逆来顺受惯了。叶有鱼原本也是忍受了十几年，今夜却不知为何，心中一股气逆腹而生，冲口而出："一个粗使丫鬟，都能给我们脸色看……娘亲，这等日子……咱们不能再这样无穷无尽地熬下去！"

徐氏一边找着金线，一边低声说："幸好你也能出阁了，就盼着你阿爹给你挑一门好亲事。"

叶有鱼道："说是阿爹挑，到头来还是太太挑。那样不过是从这个火坑，跳进另外一个火坑，有什么'幸好'的？"

徐氏对马氏有一种深入骨髓的恐惧，听了这话，忍不住全身一颤。

叶有鱼又说："前几天，阿爹还没攀上蔡总商时，我听二姐姐说漏过嘴，太太曾劝着阿爹把我送到监督府给吉山老爷做妾……"

徐氏大惊，刚刚找到的金线掉到了地上："什么?!"又听叶有鱼说："……后来因没门路，这才作罢。"徐氏惊魂稍定，双手合十："阿弥陀佛，菩萨保佑，菩萨保佑……"

叶有鱼道："娘，别求菩萨了，人当自助，而后天助之。我们自己不自强，菩萨也帮不了我们。我们还是要自己想办法啊。"

"可是，靠我们自己……那怎么可能……"徐氏其实十分聪慧，然而个性却软弱得很，"这个宅子，墙壁不高，却是个大牢笼。而我的卑贱出身，你的庶女出身，又是一个更大的牢笼。没有菩萨保佑，只靠我们自己，能有什么办法？"

叶有鱼道："娘，难道你还不想跳出这个火坑？"

徐氏道："我们在叶家虽然过得艰苦，但总算有个安身之地，可离开了叶家，天地之大，也未必有我们容身之处。"

叶有鱼道："若是如此，那你还何必给我取这个名字？"

提起自己的名字，叶有鱼就想起了十三岁那年，在一次十三行二代们的踏青聚会上，二哥说出自己的名字后，满凉亭的少年男女都哈哈大笑。

叶有鱼这个名字，也是叶家宅斗的结果——当初要给叶有鱼取名的时候，马氏是挑了好几个暗藏恶意的名字的，是徐氏抢先一步，说三姑娘喜欢吃鱼，要不就叫"有鱼"吧，指望着她一生一世都有鱼吃。马氏觉得这个名字，比她想到的那些更土更好笑，当场就答应了。自那以后，只要一有机会，宅子里的兄弟姐妹们就会拿这个名字来笑话。

可是那年凉亭之中，宜和三少却是赞道："北冥有鱼，其名为鲲，终有一日，化鹏展翅。你是女孩子，这名字却取得比男孩子还有气势呢。"

他是第一个道破了母亲为自己起的这个名字的真意的人！

想到这里，叶有鱼从母亲手中接过那盒金线："娘亲，我去送。"

"不可不可！"徐氏说，"最近家里都不能提一个'吴'字。更别说今晚吴家的人来，太太那边只怕不会有什么好脾气，过去要受气的。"

"我知道的。"但叶有鱼还是说，"我去送。"

徐氏拗不过女儿，最后只得让她去了。

叶有鱼拿了金线，出了院门，忽一回头，低声说："娘亲啊娘亲，我不会如你一般，寄希望于天道神佛。终有一天，我一定能带着你，跳出这个火坑！"

穿回廊来到后院，马氏住的地方可就宽敞多了。这时前厅里点了灯，擅长刺绣的八姨娘正在灯下赶制什么东西，她的女儿在给马氏捶腿。

满脸富态的马氏斜躺在贵妃椅上，半闭着眼睛。叶二小姐松松垮垮地坐在亲娘身边。她母女二人的两侧，又站着两个妈子、四个丫鬟。

叶有鱼走过来，呈上金线。马氏的贴身丫鬟道："怎么这么久才来？"

叶有鱼也不辩驳，也不出去，走到贵妃椅另外一边，捶起了马氏的另外一条腿。

马氏的眼皮这才微微一抬，随即又闭上眼睛了。

叶二小姐冷笑起来："这会子倒会来讨好人了？莫不是见到吴家的人来，怕我娘把你嫁到吴家吗？"

叶有鱼道："若是太太的安排，有鱼无怨。"

叶二小姐笑道："哈哈，这话倒是说得好听。可你得想清楚了，吴家是保商，保商若是生意败了，惹恼了内务府，家里男的要流放边疆，女的要发配为奴的。"

叶有鱼道："若得结为夫妻，便要祸福与共，没有只享用人家的盛时富贵，而不愿与人家共渡衰时险难的道理。"

叶二小姐双眉直竖："贱婢，你这话什么意思？你在讥刺我吗？你当我听不出来吗？"

叶有鱼低了头，不再回口。

叶二小姐就要拿手指过来戳叶有鱼的额头，这时有个小厮急奔进来。马氏又睁开了眼睛，一瞪眼，叶二小姐就不敢造次了。那小厮匆匆忙忙地说了一溜的话，原来是在述说前头的事情——马氏派了三个机灵的小厮，轮流在书房外的窗边听墙角，跟着来回奔跑，将前头发生的事情一句句地传回来。

书房之中，叶大林围绕着吴国英和吴承钧的病情，正在嘘寒问暖，却被吴国英截住了说："老叶，今天我来，不是要找你说这些。我这次来为的是什么，你心里明白的。"

叶大林却还在假装不懂："老哥啊……"

吴国英知道他又要扯开话题，就截住了说："大林！今天我吴家找叶家救命来了！"

叶大林想不到吴国英这就开门见山了，但一转念，吴国英的性格，不就是这样吗？

他却暂时不说话了。吴国英道："明天保商会议就要投筹了……"

叶大林截口道："老吴，你放心，不管发生什么，我一定不会投你们吴家的！"

这句话说得毅然决然，一股为了朋友两肋插刀的气势。

吴承鉴却是心里一阵冷笑，蔡、谢那边背靠粤海关监督，只要搞定潘、易、梁、马，明天的保商会议就过半数了。叶大林到时候就算假模假样地不投吴家，仍旧影响不了大局。今天吴国英过来，不是为了要争取叶大林这无关紧要的一票，而是要叶大林的公开支持。只有吴、叶合势，再拉下潘家，三家合力，这样才有可能影响下五家中潘、易、梁、马的动向。

现在叶大林只说自己一定不投吴家，且不说这个承诺还未必能实现，就算实现了也于事无补。这等避重就轻，根本就是无心帮忙，只不过要拿这一点去堵别人的嘴。

吴国英叹道："谢谢老弟了。不过……"

"老哥！"叶大林又截口道，"你我之间还说什么谢字！总之你放心，明天我这一票，一定不会落到吴家头上。"

他声音大，吴国英病体初愈，全被他压住开不了口。

吴承鉴忽然咪地一笑，叫道："岳父大人……"

叶大林蓦地转头："昊官！你和好彩还没完婚，你还是叫我大林叔吧。"

"好，好。"吴承鉴笑了笑，说，"大林叔，其实你这一票，投不投我们都无所谓的。"

"昊官怎么能这么说！"叶大林正色说，"就算形势再坏，我们也要坚持下去。我这一票就算不能决定明天的成败，但俗语说输人不输阵，我们就算落了下风也不能气馁，只要咱们够坚持，总可能出现机会的。"

吴承鉴笑道："原来大林叔也知道形势坏啊。我还以为大林叔不知道呢。阿爹，你说是吗？"

他绕了一圈，总算让吴国英有了开口的机会，斥骂道："臭小子，对未来岳父有这么说话的？"转对叶大林说："这孩子说话向来没个轻重。不过我今天来，的确……"

叶大林又截口道："老吴，不是我要帮你教儿子，但吴官这等飞扬跳脱的模样，实在不像话。今天他在我面前说话没轻重不要紧，谁让我们是世交呢，我还能不容他两遭？可若是明天到了监督老爷跟前，却还这么没大没小，那可是要挨板子的！"

吴国英话没出口又被堵了回去，差点一口气没上来。叶大林几次三番截他的话带跑话题，真叫佛都有火。

吴承鉴接话道："是是是，大林叔教训得是。我向来怕疼，明天就准备好一包砒霜，万一得罪了监督老爷又没人帮忙，板子落下来之前自己先服毒自尽，省得折腾。"

叶大林听他信口胡诌，一时接不了话。

却听"嘭"的一声，吴国英手中的茶杯砸在了地上，碎成七八片。

屋内一时静了下来，吴国英指着吴承鉴道："你给我闭嘴！我们大人说话，你插什么嘴，你娘以前怎么教你的？胡乱打断别人的话，你有没有一点教养了？"

叶大林一张老脸，红是不会红的，倒是嘴角微微一抽。只是吴国英这砸茶杯冲的是儿子，骂人骂的也是儿子，他没找到机会翻脸。

吴承鉴趁势就把头低下了。吴国英这才转头，什么圈子都不兜了，盯着叶大林道："大林，我现在要去河南找有节拉我们吴家一把，你跟不跟我去？"

第五十九章

换 玦

马氏听着小厮们轮流给自己复述书房里听来的墙角，一开始眉开眼笑，觉得自己老公滑不留手（圆滑），棒极了。

不料后来吴承鉴一句句地插口，又将池水搅浑。

叶二小姐道："这个吴三少，没一句正经话。带着这样的儿子出门，吴伯伯也真是丢脸。"

马氏怒道："你个草包，你懂什么！"

她甚少这样骂女儿，吓得叶二小姐都蔫了。

马氏怒道："他们父子二人，这是在演硬书（演戏）。吴三是故意做丑角，捧着让他爹好说话呢。"

"原来是这样。"叶二小姐叫道，"没想到这个人竟然这么坏！"

叶有鱼心道："帮着自己的父亲，这怎么叫坏？"

她就想起三年前，监督府吉山老爷的夫人做寿，满十三行都去庆贺，那时吴承钧接掌宜和行未久，年纪又轻，威望未立，宴席之中自不免被人话里藏刀地明攻暗算，也是吴承鉴插科打诨，扮丑角捧兄长，消解了攻势之余，还让兄长得到了慷慨陈词的好时机。吴承钧的那一番豪言壮语一举压倒在场所有保商，甚至连蔡总商、潘有节，在这场宴席上都相形失色。

自那以后，满西关人人都盛赞吴家大少的风采，唯有叶有鱼记得吴承鉴的每一句言语、每一个表情，回家后细细琢磨，竟然觉得每个字后面都像是借个肩头让自己大哥上位——越是琢磨，越让她回味无穷。

"这么下去不行！"马氏道，"老吴说话原本不是当家的对手，可吴三这个小贼却可恶，他们父子搭腔，万一当家的接不住怎么办？"

想了想，她叫来贴身丫鬟，说："拿一壶冷茶，去等在房子外头，若见老爷说不出话时，就进去加茶。"

叶有鱼心头一动，道："太太，我去吧。"

马氏睨了她一眼，道："也好。你去吧。"

看着叶有鱼捧着茶壶出去，叶二小姐甚是不忿："娘，你怎么让她去，不让我去？"

马氏看着女儿，心想这是个恶差事，不然我怎么会让那小蹄子去？可笑自己这个草包女儿，连这点都看不出来，一时之间，连骂也骂不出口。

忽又想："这小蹄子素来没好心，可别刻意坏事。"又叫了几个丫鬟婆子过来，吩咐了几句。

叶大林被吴国英那一砸一骂，胸口一塞，气势也弱了几分，之前口若悬河的状态也没了，讷讷道："去河南还得渡江，这大晚上的……"

"明天就要投筹了，我们吴家可不见得还有第二个白天了！"吴国英选择今晚才来，就是要叫叶大林没得推托，"去还是不去，大林，你就给我一句话！去，就是你还顾念交情，愿意救我吴家满门的性命。不去，那我们几十年的交情，便到今夜为止。来！你给我一句话，去，还是不去？"

话说到这里，真个图穷匕见。

叶大林僵在了那里，一时间整个书房静得可怕。

他虽然也想找机会翻脸，但不是此刻，现在直接拒绝了吴国英，那过错就都在叶家。

这个时候，叶大林心中暗恨，自己怎么就没个好儿子在身边来帮自己解围。

便在这时，叶有鱼捧着茶壶进来，先为吴家父子添了茶水，再为叶大林添了茶水。叶大林正感口干舌燥，拿起杯子喝了一口，噗地就都吐了出来，杯子都摔了，指着随着摔杯而跪在地上的叶有鱼，怒道："你怎么做事的！这茶是拿隔夜冷水泡的吗？"

叶有鱼道："父亲恕罪，应该是夜里风大，吹得茶壶冷了……"

叶大林更是火上添油："你还敢驳嘴？我……我……我打死你这个不孝女！"

四处转头，找了个鸡毛掸子，就开始打叶有鱼。叶有鱼心知会是这般的，但挨了两下子，着实疼痛，眼泪也不禁流了下来。门外却冲进一个婆子，一个丫鬟，一个扯着，一个抱着，拉着叶有鱼闪躲。

婆子口中嚷嚷："老爷，老爷，你这是要将三小姐打死啊，不能啊，不能啊！"

叶大林怒道："这个不孝女，你们还护着她？你们还敢护着她！"四个人，三个闪躲，一个追打，书房才多大地方，一下子就鸡飞狗跳起来。

吴国英和吴承鉴对视一眼，两人都知道叶大林这是借势岔开话题，只是这样的手段实在太过下作！换了吴国英，他可干不出来。

叶家一个大骂追打，三个告饶闪躲，接着又闪了两个姨娘进来求情。小小书房，登时好不热闹。

吴承鉴冷眼旁观，终于受不了了，对吴国英道："爹，算了吧。实在看不下去！"

吴国英道："明月玦你带了没有？"

当初吴叶定亲，并未举行多正式的仪式，而是两家家长谈妥之后彼此交换信物——他们是商贾通号人家，规矩毕竟没有官宦人家那么大。恰好当时两家得了块好玉，就聘良工雕琢成了两件玉器：一件是圆形的太阳环，一件是半环有缺口的明月玦。两件玉器雕成之后，明月玦给了吴承鉴，太阳环给了叶好彩，要等成亲的时候双方再交换过来。

这东西吴承鉴平时是不会带在身边的，今天却早有准备，就取出来交给吴国英。

叶大林虽然打着女儿，却是眼观六路，耳听八方，看他们父子拿出明月玦，心里就有数了，打骂女儿也缓了些，却仍然骂声不断。

吴国英道："够了，够了。侄女何辜？别打了。老叶，你去把太阳环取来，我们换回来吧。"

叶大林一听，直接就从怀里摸出了太阳环，口中说："老哥，真要这样？"

吴国英冷冷淡淡地一笑："你心里若不是紧着此事，会将太阳环都带在身边？这是巴不得由我开口罢了。"

叶大林正色道："老哥，你若说这话，那可就屈死我了。"

吴承鉴道："爹，既然大林叔这样说，那就别换回去了。我和好彩妹子是前世带来的好姻缘，我想我若是出事，她也肯定是不活了的。就这样，别换了。您就不要拆散我们这对苦命鸳鸯了。"

叶大林的脸色一下子憋成了猪肝色。

书房里头婆子丫鬟，心里都想："老爷见好不收，这下可坏事了。"

吴国英看看叶大林被儿子堵得说不出话的神色，心里忽感说不出的痛快，哈哈一笑，说："老叶，你到底换不换？"

说着抬手将明月玦吊着。

叶大林再不敢得便宜卖乖，出手如电，就抓走了明月玦，又将太阳环塞到了吴国英手里。

吴国英摸了摸太阳环，叹道："四十年的交情！就值这个？"

说着就将太阳环向柱子甩去。

叶有鱼一直关注事态，见吴国英抬手，就抢过去救，没抓准却被太阳环砸到了额头，然后才落到她手中，但她前额已经破皮了，幸亏吴国英体弱，扔的力气不大，这伤口便不严重。

叶有鱼抓了太阳环到吴国英跟前道："吴伯伯，人的念头偶尔有差，但玉器何辜？"

吴国英见她额头见红，心中涌出一丝愧疚来，然而刚刚断绝了一段四十年的交情，心情是怎么都好不起来的，摇了摇头，便扶着吴承鉴告辞了，连太阳环都没心思去接。

叶大林为人尖刻寡礼。这时双方既然已正式撕破脸，他便懒懒的，竟不移步相送，只是拱手道："吴老哥慢走。"

叶家的下人也都没好脸色地冷冷旁观，每个人的眼睛都像在看着两条落水狗。虽然吴家父子也不指望叶家如何礼待自己了，但这般遭际，也委实有些难堪。

叶有鱼道："夜里黑，怕吴伯伯、吴世兄认不清宅子道路，女儿替父亲送送。"

叶大林皱了皱眉头。叶有鱼已经取了灯笼，走在吴家父子之前领路。

一群下人心里都想："这个三姑娘太没眼色，回头定要吃太太一顿好打骂。"

叶宅也是不小的，吴承鉴扶着父亲，瞧着刚好周围没人，看看走前半步的叶有鱼，低声说："有鱼，回去吧，你今晚不该送我们出来的。"

这会子他也不嬉皮笑脸了，这句话是真关心。

叶有鱼胸口微微一暖，说道："送都送了，也不差这几步路。"

吴承鉴道："你的好意我们心领了，小心回头姓马的女人找你麻烦。"他以前虽然不太将叶家姐妹放心上，但再怎么说也是通家之好，又定了婚姻，马氏的脾性、叶有鱼是庶出，这些事情还是晓得的。

叶有鱼道："便是挨一顿好打，也是我欠你的。"

吴承鉴一怔："欠我？你欠我什么？"

叶有鱼看看正好四下没人，摸出了胸口绣囊，单手打开了，露出一个蜜蜡葫芦："三哥哥，还记得这个不？"

吴承鉴瞥了一眼，有些眼熟，却不记得——他每年过手的金玉器玩成百上千，神仙洲也罢，自己家也好，送出去的玩意儿也不知多少，哪里就记得这一件？

虽然灯笼不亮，但只半步之遥，叶有鱼还是看清了吴承鉴的神色，心中微微伤感，道："就知道你不会记得。算了，我记得就好。"说着将它默默收起来，忽然又想起另外一物，摸出了太阳环道："还给你。"

吴承鉴看看上面的几点血迹，道："它是你救下来的，你便收了吧。"

叶有鱼竟然不推托，反手就纳入怀中。

吴承鉴笑道："你也不客气一下啊？"

叶有鱼道："这东西若不是件信物，对你来说与瓦砾何异？但我们母女穷苦，若到山穷水尽时节，还能去当铺换几个钱花。"

吴承鉴刚才与她再见时只惊艳于她的容貌，这时说了几句话，越说越觉得对胃口，忍不住就要调戏几句，冷不防吴国英在旁边咳嗽了一声，吴承鉴这才想起老爹还在旁边呢，就收了笑脸，道："往后有什么困难，就拿了这太阳环来找我。"

叶有鱼道："我听说,明天就要保商投筹了。"

她没将话说全了,但意思明显:你们吴家都自身难保了,还许这等诺言?

吴承鉴笑笑,也不解释,扶着父亲又开始走路。叶有鱼便也不再言语,依旧在前领路,直送上了轿——轿子是蔡巧珠着吴六追送过来的,怕是夜里风大,公公坐躺椅回去吹了风。

回去路上,吴国英对吴承鉴道:"老叶这个姑娘倒是不错,你与她什么时候结下的缘分?"

吴承鉴拍着脑袋,想了一路,却怎么都想不出来。

第六十章

留 意

那边叶有鱼回到书房，马氏已经在那里了。下人们都被赶走，只留着叶二小姐和一个心腹丫鬟翠萍。

看到叶有鱼，马氏一双眼睛如刀子一般戳了过来，就像要在叶有鱼身上挖上两个洞。

"浪蹄子，浪够了没有！"

马氏指着叶有鱼，开口就骂："见到男人就凑上去，是不是看那吴家小狗长得好，就准备过去倒贴啊？"

这话骂得可就太恶毒了，若是徐氏在此，听到女儿受这等侮辱，怕是要哭着去碰柱子。

叶有鱼眼睛也红了。她再怎么聪慧，毕竟也还是个在室的女孩子，走过去，跪在了叶大林脚边，低着头不说话。

叶大林对叶有鱼刚才的没眼色也颇为不满，总算他此刻心情好，哼了一声，道："行了行了。"将明月玦拿到灯光之下，对着灯火转动着看，越看越是舒心："这最后一块心病也除了。明天吴家发生什么都好，也扯不到我们家了。"

马氏道："这东西怎么处理？"

叶大林笑道："毕竟也是块好玉，就是沾了吴家，意头不好。等秋交之后，找个不知道根底的，把它卖了吧。"说着交给了马氏。

马氏一边收了，一边骂吴承鉴平白耽误了好彩两三年——当初叶好彩到了当嫁之龄，恰逢吴家势起，叶大林就存了心思，之后又谈了有半年才算定亲，不料吴承鉴一直以各种理由拖着不肯成亲，所以到了今时今日，叶二小姐要论婚事其实是有些"超龄"了的。

马氏就扶着女儿，带了心腹丫鬟翠萍回去了，一路已在商量怎么找一个如意郎君。

书房之内只剩下父女二人时，叶大林抬腿就是一脚，踢得叶有鱼五脏六腑仿佛要翻过来，整个人倒在地上。

叶大林骂道："没眼色的赔钱货，没看你老子的脸色？你还蹭上去！难道还真让那姓吴的小子给迷住了？"

这一脚，把叶有鱼踢得浑身冰冷，心里的寒意，比胸口的疼痛更甚十倍。她原本以为父亲就算对自己不如对叶好彩好，毕竟还是疼她的，没料到会这般待自己。一刹那间几乎万念俱灰，然而想到孤弱无依的母亲，心里叫道："有鱼，你要振作，振作，你还要跳出火坑的，你还要让娘亲过好日子的。"

叶大林冷冷道："怎么不说话？"

叶有鱼挣扎着爬起来，说："阿爹，你觉得那个……那个吴承鉴，他真的就只是一个花花公子吗？"这两句话说出来，胸口一直在痛。

叶大林皱着眉说："这小子，坏得很！"

叶有鱼道："他只是坏，不是蠢，对吧？"

叶大林道："他当然不蠢。若他真的蠢，我当初也不会答应把好彩嫁给他。这个小子，就是不正经，对正事不用心。"

叶有鱼道："刚才在书房外头见面的时候，他那眼神，还要趁机调戏下女儿来着。"

叶大林骂道："这个浑蛋！"又骂叶有鱼："然后你就让这风流子给弄得心动了？"

叶有鱼道："爹，女儿当时没让他碰着！"

叶大林回想了一下，似乎的确如此。

叶有鱼道："当时还没退婚，女儿便是他的小姨子。阿爹，明天就要投筹了吧？吴家快要大祸临头了吧？若是换了叶家要大祸临头，阿爹，您还有心思调……干这等混账事不？"

调戏小姨子这种话，她终究说不出口。

叶大林被女儿说得怔了怔。

叶有鱼又说："就算那吴承鉴真的就是这般死猪不怕开水烫的性子，但是吴老爷子呢？他入门之后，可曾有低声下气过？女儿来得迟，但今晚在太太跟前伺候，听着小厮传言语，却一点不觉得吴老爷子是真把咱们叶家当作最后一根救命稻草来求告的。他与爹爹说话，到了后来甚至有些咄咄逼人，不像来求救，却像是要逼阿爹你做决断。最后交换日月环玦的时候，他们父子俩也都没有半分犹豫。我细观吴老爷子的神色，伤怀是有的，却并不凄惨绝望。阿爹你想，吴家若真个山穷水尽，该是吴老爷子这般行事的？"

叶大林毕竟也是靠着自己赚下偌大家业的人，听到一半就叫："果然不对头！"他将吴国英父子进来后的场景回想了一遍，越想越觉得蹊跷，只恨自己当时被利害蒙了眼睛，竟然没有看破。

"难道……难道老吴骗过了所有人？难道他们吴家还能翻身？"

他再怎么想，也想不出吴家还能有什么办法翻身。就算让他们找回了那批本家茶叶，现在也是毫无作用。

叶大林道："可这不能够啊，这不可能啊！三妹，你觉得他们还能怎么办？"

叶有鱼道："吴老爷子是跟阿爹并肩打下一片江山的人，若是连阿爹都想不通，女儿多大点见识？能洞悉他的丘壑？但从今晚的情况看，只怕吴家还是有后手的。"

叶大林坐了下来，左思右想，但无论怎么盘算，都觉得吴家已无机会——对吴家的胜败他早在数日前就穷尽盘算了，若非如此，他又怎么会轻易断了吴、叶之间的盟友关系，转投相对生疏的蔡总商呢？

但女儿刚才的这番话，又的确是有道理。

商场争战，本来就云谲波诡，更何况十三行是皇商，掺杂了官场，甚至掺杂了皇权。这就让其中更加了十二分的凶险，处处都是悬崖，一个不小心踩空了，下面不是刀山就是油锅。

因此叶大林虽然怎么也想不通吴家还能如何，却也不敢就此掉以轻心。

看到女儿还跪在地上，心中涌起些许愧疚，但他是不会说出口的，只道："起来吧。"

"谢谢阿爹。"叶有鱼抚着肚子，忍痛站了起来。

叶大林冷冷道："所以你今日送他们出去，是觉得吴家还能复起？"

叶有鱼道："女儿是叶家的人，又不是吴家的。他吴家是富贵还是折堕，与女儿有什么关系？不过爹爹平素教导哥哥弟弟们，总说生意场上讲究的是做人留一线。所以女儿遵循着爹爹的教导，不愿在这无关紧要的小节上做到那么绝。"

叶大林虽然刻薄寡恩，然而能在十三行立足，一些商场规则毕竟还是遵守的，否则生意也做不到这么大。今晚之所以无礼，一来是双方已经正式撕破脸，二来是看吴家已经必死无疑——对于一个过了明天就可能要被抄家灭门的人，再给好脸色看那不是白白浪费吗？算计明白这一点，其刻薄本性就表露无遗了。

叶有鱼又摸出那块沾了自己血迹的太阳环，道："阿爹，这是女儿救下来的太阳环。当时吴老爷忘了收回去了。"

叶大林要接过去时，叶有鱼又收了手，说："阿爹，这块太阳环，暂时放女儿这里吧。"

叶大林一听皱眉。

叶有鱼道："这块太阳环既然已经还给了吴家，此时若没名没分地回到了阿爹手中，叫人知道，事情就说不清楚了。不如留在女儿手中，没人知道是最好，若万一有什么闲话，随便找个理由栽在女儿身上就是了。等到吴家的事情定了，那时阿爹再决定怎么处置此物。在此之前，阿爹就当作不知道这件事情。"

叶大林点头道："行，那就先放你那里吧。"

他看着叶有鱼走出书房的背影，忽然心中大感可惜，可惜这个女儿为什么是庶出，又可惜她为什么是个女儿？若叶有鱼是个儿子，那该多好！

吴国英父子俩回到吴家，什么都没说。但看吴国英一言不发就回了后院，瞧着那脸色，藏在暗处的吴家下人们也都猜到了结果。

吴六告诉了连翘，连翘又告诉了蔡巧珠，蔡巧珠听了默然。

叶大林的刻薄之名，在十三行中比蔡总商更甚——蔡士文身为总商还要顾及几分身份体面，叶大林则不然，一切都看利益与算计。所以蔡巧珠一早就觉得可能性不大，然而她未劝阻吴国英父子，就是内心深处还期待着一点"万一"，不过现在，这"万一"也没有了。

她轻轻走到床边，听着丈夫不大沉稳的呼吸声，握紧了丈夫日渐枯瘦的手掌，心道："真到那一日，我便关了房门，与你死在这屋里吧。只是可怜了我那光儿……"

吴宅的后院，吴家二少在杨姨娘服侍吴国英睡下后出来时，赶紧上前问道："怎么样？"

"你爹什么都没说。"杨姨娘有些焦急，"二官，这怎么办？如果吴家真的倒了，这可怎么办？"

吴承构焦躁道："别吵，我这不在想办法嘛？"

然而他也不知道，自己所能想到的办法，究竟有没有用。

第六十一章

第二次投筹

　　吴承鉴回到房中，这屋里也显得很压抑。

　　就连夏晴这时候也没心情开玩笑。

　　吴承鉴笑道："你们这是怎么了？一个个黑着脸。"

　　"没有，没有。"春蕊赶紧笑了笑，只是那笑容着实有些尴尬。

　　"行了行了。"吴承鉴说，"给我弄点消夜去，刚才去叶家看了一场好戏，现在有些饿了。"

　　春蕊答应了，赶紧去小厨房整治消夜。以往她总规劝吴承鉴不要熬夜，也不要夜里吃太多吃食，免得积食难化，这一顿消夜——却将屋里头能用的名贵之物尽量都用上了。

　　吴承鉴看着五六个满满的大碗，忍不住笑道："这是做什么，要给我做最后的消夜吗？"

　　春蕊是一直忍着，听到"最后的消夜"五个字，再忍不住，别过脸去，眼泪直流。秋月赶紧上前，掏出手帕来递过去。

　　吴承鉴看着春蕊的样子，笑道："我就知道你没那么心宽，果然是在强忍。"

　　夏晴扁了扁嘴说："谁又能像你这般心宽呢？没心没肺！"

吴承鉴笑道："你就心很宽啊，至少心思不像你春蕊姐姐一样重。"

夏晴竟然就坐了下来，舀了几汤匙瑶柱粥狂吞下肚子，说："我怕什么？到时候你落难到哪里，我就跟着你去哪里。若他们不让我跟着，我就……我就死在这里就是了。我都想明白了，就不烦恼了。"

吴承鉴搂过她道："傻丫头，你才几岁，就说什么死啊死的。有我在呢，不会让你受委屈，更别说别的。"

夏晴道："我知道你会护着我……"

她说着，眼泪竟也忍不住落下："我不是家生的，是你救回来的，进门之前，也是在外头过过苦日子的。外头的人有多凶险，我心里清楚得很。我一个表舅，看我长得好，也不管我才十岁，就能忍心来扒我的裤子。我的亲哥哥，为了几吊钱就能把我卖了。也就只有你这里，能让我安心睡觉，安心吃饭，不用想着谋衣食，不用想着避坏人，甚至也不用想着去争宠。外头人都暗地里说我是你的通房，只有我心里清楚你是怎么待我的——你从没要我怎样怎样，总说你喜欢看见我笑，只要看见我笑你就开心，而你只要开心就好——别人都以为你是对我油嘴滑舌，只有我知道你说的是真的。出了这个院子，我再找不到这么一个少爷了。你若落难，我不跟着你能跟着谁？若不能跟着你，我除了去死还能怎么样？"

说到后来，一张脸全是泪水了。春蕊闻言，更是哭得不能自已，秋月也自拿手帕抹眼泪。

吴承鉴被她们哭得心也软了几分，苦笑了两声，说："晴儿，你都知道我喜欢你笑，这会儿怎么哭给我看啊。"

夏晴哭道："我……我不是不想笑，我是笑不出来。满宅子都说吴家要倒了，我也是有眼睛的，知道他们没说谎。"

吴承鉴道："但我们吴家今天不是还没倒吗？"

夏晴道："今天没倒，那明天呢？"

吴承鉴笑道："明天啊，不知道啊。可是你想，万一明天也不倒，你今晚不是白哭了？"

夏晴看着他的笑容，整个人都呆住了："少爷……你还在笑……"而且她看出了吴承鉴不是苦笑强笑，而是像平常那样在开她的玩笑。

"少爷……是不是我们吴家，真的会没事？"夏晴怔怔地说。

"当然。"吴承鉴用手指刮刮她脸上的眼泪,笑道,"去吧,给我铺床去。我今晚要吃饱了睡好了,明天一大早还有一场好戏要看呢。"

夏晴见吴承鉴笑得毫不勉强,忽然就心安了,也不哭了,顺从地说:"好。"果然就去铺床了。

春蕊与秋月对望了一眼,秋月心想:"夏晴脸长得聪明,其实一肚子的娇憨,这样就被三少给哄住了。"

春蕊却想:"这样也好,至少……今晚还是平安的,今晚他还能笑……能多安乐一个晚上,便多安乐一个晚上吧。"

第二天一大早,就有仆役来请,让吴承鉴辰时二刻前去开会。

吴承鉴又打扮得漂漂亮亮的,先去后院给吴国英请安。蔡巧珠已经在那里了。

吴承鉴道:"大嫂好早。"

蔡巧珠道:"你哥哥昨晚竟睡得甚安稳,我今晨放心,就过来这边给老爷请安。"

吴承鉴道:"这样最好。那今天我就先不过右院看哥哥了。刚才丫头们帮我穿衣服穿得太久,有点耽搁了,可别误了投筹。"

蔡巧珠几乎就要问他对今天的投筹是否有信心,却终于忍住了。

吴承鉴告别了父亲、嫂子,走到院子门口,就撞见了吴承构。吴承鉴唱了个早,吴承构拉着他说:"要去保商议事处?"

吴承鉴笑道:"是啊,五日前就定好了的,今天一大早又派人来说,自然推托不了。"

吴承构把他拉到一边说:"老三,你给我交个底,今天的投筹,你有几成把握?"

吴承鉴反问:"什么把握?"

"别给我装傻!"吴承构道,"你有几成把握?"

"这都还没投呢,谁知道啊?"吴承鉴说,"二哥你也不用担心,好好在家里伺候着,护好大哥大嫂。外头的事情,我会解决的。"说着抽出手来,扬长而去。

吴承构看着他的背影,忽然咬牙切齿起来,这会子不是恨吴家要倒,而是恨他什么都不跟自己说——这分明是看不起自己！

到了家门口，还没出去，门房吴达成就来说："三少，别走正门吧，外头堵着一堆人呢！"

原来这一大清早的，大门两侧竟就等着许多人，全都是和吴家合作的上游商户。不但有广州的，还有临近府县赶来的，几十个人全都堵在了吴家的大门口——他们都知道今天要进行第二轮的保商投筹，又看到了杨家的下场，更看到了和杨家合作的那些商户的下场，所以都赶了来。

自从消息传出以后，到吴宅讨债的人就络绎不绝，吴承鉴是一个不见的。吴国英头两日拉不下脸面见了好些，这两天也托病不出了，所以这些讨债的便都堵在了吴家大门外。

尽管大部分人心里也知道围堵着吴家大门没什么用处，可这道大门后面，有他们无数的血汗钱啊。今天若是第二轮投筹不利，吴家出事，他们也得跟着遭殃了。

吴承鉴把门房的小窗户拉开一条线，看了一眼，冷笑道："他们堵着大门做什么？难道堵得我参加不了保商会议，这事就能解决？"

吴达成努了努嘴："谁知道呢？就是一群添乱的！"其实他心里想："如果是我，我也要跑来讨债啊。"不过嘴上自然要帮着自家小主人。

吴承鉴道："按照往年的规矩，现在也还没到结账的时候。这些人我一个不见，不过他们大概也不会听我的话。吴七，你说怎么办？"

吴七道："少爷说怎么办？"

吴承鉴脑子一转，说："调虎离山吧。"

吴七笑道："我懂！"

他就去打开了侧门，开始大大方方地安排轿子。侧门有吴达成领着人挡住，那些来堵门的商户也不冲过来，全都守在外头。他们心里都打定主意：你总得出来吧？这门口都被堵死了，出来后走不了，你就得下轿子给个说法。

不料吴七有一搭没一搭地整理着轿子，搞了好久不见把轿子抬出来。

众商户正起疑心，忽然有人叫道："不好！吴家三少从后门跑了！"

众商户大叫："中计！"这会子哪里有思考的余地？想都没想，一呼啦全往后门跑——其实后门他们也派人堵着的。大几十号人赶到后门，那些堵后门的人错愕地问："你们跑来做什么？"

有商户问："吴承鉴呢？他往哪里跑去了？你们怎么不拦住？"

"没有啊，没人出来啊。"

"哎呀！"众商户又大叫，"中计！"

又一呼啦跑回前面，原本停在那里的轿子早没了。

轿子抬到十三行街中段，停在保商议事处门前。

吴承鉴带了吴七，进门穿廊，到了议事厅，随着厅外侍立者一声高唱——"宜和行代理商主吴官到"——他便进了门。

议事厅内仍然是与上次一模一样的格局：左六右五，十一张太师椅面对面列着，十一张椅子上，仍然坐着九个人。潘有节仍然没来，仍旧是柳大掌柜代他出席这个会议；也仍然是嘎溜坐在神案旁，代粤海关监督吉山监督这一场会议。

有变化的，大概是众人脸上的表情，其中最明显的莫过于杨商主，他一张脸蒙着一种死灰色，半点不像个活人。

第六十二章

承 揽

"抱歉抱歉。"吴承鉴抱着扇子，转圈给这些长辈见礼，"大门外堵着一堆讨债的人呢。竟又来得比诸位叔伯迟了。"

谢商主扫了他一眼，笑道："然则贤侄如何脱身？"

吴承鉴笑道："小侄用了调虎离山之计。把他们骗到后门去，小侄就大摇大摆坐轿子来了。"

潘、易、梁、马等几个商主，看他为了这点小计谋得逞就扬扬得意的模样，心里都想："这个败家子，没心没肺到这个地步！他不知道今天他吴家是什么局面吗？竟然还笑得出来。"

叶大林也盯着他，心想："莫非真叫三妹给说中了？吴家真的还有后手？"他忽然纠结起来，原本想着投筹的时候弃权——想必有蔡、谢与潘、易、梁、马，自己就算弃权也能通过的——但一想到那个可能性，忽然恶向胆边生，临时决定不守诺言，怎么着也得再推吴家一把，不能让他轻易爬出深渊！

和中堂决定了的事情不可能没有个结果，既然总得有人去死，吴家不死，上六家便谁都不能安心！而叶家屈居上六家之末，自然最为危险。

"别废话了！"嘎溜一脸的不耐烦，"开始投筹吧。"

蔡总商站了出来，道："五日之前，吾等聚议，决定为永定河水患再募一次款。这次募款，不再均分，而由两家包揽。我等一片拳拳报国之心，都争着想要为君分忧，但毕竟名额只有两个，为公平计，只得投筹决定了。"

潘、易、梁、马心里都想：谁争着为君分忧？蔡总商这睁眼说瞎话的水平自己真是望尘莫及。然而这等言语上的政治正确，却是谁也不敢开口否认的，便都纷纷点头，道："是，是。总商说得是。"

他们下五家之中，原本梁、马是追随卢关桓的，潘、易是追随蔡、谢的，但上次保商会议之后，卢关桓等同于放弃与蔡、谢争成败，只求自保。梁、马看到大势所趋，便都倒向了蔡、谢，私下里都已经许诺在这件事情上会唯蔡、谢马首是瞻。

所以蔡总商一说话，潘、易、梁、马就纷纷应和。

谢原礼笑道："总商果得人望，这十三行内众望所归。"他也表了态，这意见在十三行内便已经过半。

柳大掌柜微微一笑："愿随众议。"

蔡总商便不再耽搁，说道："取筹！"

那角落里的书记便取了二十二根竹筹过来，十一根长，十一根短，分发给众人。又有许多侍从进来，奉上笔墨。

蔡总商道："长筹投一位上六家，短筹投一位下五家。"

这等于是公开投筹——其实广东这边，商业风气很盛，各种合股做买卖的民间机制颇为成熟。在商业行会之中，老练的人都知道投筹投票，匿名更好，否则投票者担心自己意见与权势者相左会被报复，投票之时便容易被裹挟。

但官府追求的不是公平公正，官府就是要盯着你行动，好让投票的人没有自由操作的空间，所以十三行这投筹都是公开投筹。

潘、易、梁、马各自对视一眼，一写而就。

杨商主手颤抖着，几乎不能稳住手腕。

书记走了过来，道："可需要晚生帮忙？"

"不用！"杨商主咬了咬牙齿，左手握住右腕，跟着用他那一双垂死人般的眼睛，从潘、易、梁、马四位商主身上掠过。

潘、易、梁、马被他一盯，心里都有些发毛。杨商主哼了一声，歪歪斜斜地写了两个字，交了竹筹。

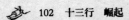

叶大林眼神之中，变化不定，好一会儿，终于下定决心，在短筹上写了个字，在长筹上又写了个字。

卢关桓脸上也不大好看。这个决议他本是反对的，然而势不如人，只能屈服，随手两画，表示弃权。

柳大掌柜那边也是随手两画，表示弃权。

吴承鉴也不看别人如何，也是一画一写，自顾自写了个字。书记来收筹的时候，看见了他的画写，脸上满是惊讶，但转念一想："他大概是自暴自弃了。"

最后蔡、谢也都画毕，开始计筹。

先计算短筹，杨家得了七票——其中潘家、卢家和吴家的三票都弃权了，杨商主自己投给了他最讨厌的易家，然而于事无补，仍然以超过半数取得了这次摊派的承揽权。

杨商主虽然早猜到结果，但猜到和真的面临判决毕竟不同。他惨笑着站了起来，颤颤巍巍地，摇摇晃晃地，这时也不管什么规矩了，失魂落魄地便往门外去。

嘎溜使了个眼色，门外便有两个旗兵跟住了杨商主，一步也不落。

接着开始计算长筹，这个票数就出人意料了。

十一根竹筹，卢关桓仍然弃权——刚才谁都看见他随手两画的，知道他是双弃权；杨商主写了蔡家以示报复——这大家也不意外，不过这等败犬之吠全无实际意义；柳大掌柜也是摆明了弃权——可是除此之外，宜和行吴家竟然得了八票！

也就是说，除了潘、卢、杨之外，不仅叶大林，连吴承鉴自己也写了吴家？

当唱票官最后唱出"宜和行吴家，八筹"后，吴承鉴施施然站了起来，环着议事厅，对众保商笑道："各位叔伯，承让，承让。"

他这笑脸，倒像他得到的不是一张索命符，而是一张新执照。

潘、易、梁、马各自对视一眼，心中忍不住想："吴国英这儿子，莫不是失心疯了？"

叶大林看着投筹没有出意外，松了一口气之余，对吴承鉴的表现也是满脸狐疑。

吴承鉴对着叶大林又是一个躬身："叶大叔，多谢成全。"他说着话时脸上笑眯眯的，但不知为何，叶大林感到背脊一寒。

蔡士文和谢原礼对望了一眼，蔡士文笑道："贤侄，恭喜取得此次承揽。"

这叫做戏做全套，说得好像吴家是得了大好处一般。

吴承鉴笑道："也是多得蔡总商照拂，诸位叔伯承让。"

嘎溜嘿嘿两声招呼，门外就走进两个旗兵来，一左一右，钳制住了吴承鉴。

吴承鉴一脸愕然状，对蔡士文道："蔡叔叔，这是做什么？"

众人被他问得一愕，随即也都觉得这两个旗兵进来得极为不妥。

如果吴承鉴也像那杨商主一般，满脸败死之相，为防止他铤而走险，这两个旗兵进来押了他走，众保商也最多做几声兔死狐悲之叹，却也不会阻止；但现在议事厅内一团和气，吴承鉴脸上更是一脸嘚瑟，仿佛取得了什么不得了的荣耀一般——好吧，在蔡士文的话语中，承揽这次摊派，的确是为国为民的一场荣耀，而吴承鉴又不按常理出牌，竟然好像将假话当真了。

眼看吴承鉴一脸嘚瑟，而蔡总商又正在恭喜他，两个旗兵这时闯进来对吴承鉴无礼，那便是不协调至极。

理论上来说，吴家刚刚承诺了为国捐资，这一刻的确是"荣耀加身"。

蔡士文无奈，挥手说："你们且退下去。"

他是指挥不动旗兵的。俩旗兵只看嘎溜，嘎溜说："退什么退？这就押了这小子回去啊。"

吴承鉴摇着折扇，一脸无辜状，皱着眉头。

卢关桓这时再忍不住，冷笑道："他吴家犯了什么事情，为什么要被押解？"

这不是卢关桓喜欢处处为人出头，实在是兔死狐悲。

柳大掌柜也说："不错，吴家刚刚承揽了这场好事，真可作为我们十三行保商之表率，怎么可以无礼对待吴代理？"

嘎溜怔住了，脑袋一时转不过弯来，心想这跟之前说的不一样啊！

蔡总商道："嘎溜管事！"

嘎溜烦躁地挥了挥手，那两个旗兵便退下去了。

蔡总商这才问道："贤侄，你们吴家承揽的这笔钱，不知道什么时候能拿出来？"

吴承鉴微笑道："整笔款项的数字，上次我们都知道了，但分给我们吴、杨两家承揽，不知两家又如何分配？是对半分，还是六四，还是七三？"

蔡总商道："吴家大，杨家小，五五平分对吴家不敬，七三又太悬殊，不如六四如何？"他却早已算定，无论四还是五，杨家都必定破家；无论五还是六，吴家也都拿不出这笔现钱。

吴承鉴笑道："行，那我们吴家便认了六成。"

蔡总商道："什么时候交钱？"

吴承鉴笑道："今天肯定是不行的，我家银库的存银不够。得等我和米尔顿先生结了本家茶的账，那时就差不多了。"

众人心里都想："你们的本家茶不是不见了吗？难道找回来了？"

可就算找回来，换回来的白银照样得搬进监督府，没法跟上游货商结账，依旧是破家的局面，这真是何苦来？

蔡总商问道："什么时候能结账？"

吴承鉴道："慢则一个月，快也要半个月。"

蔡总商皱眉道："不行，太迟了。"

吴承鉴有些为难："半个月都嫌迟？半个月后，往年我们吴家都才刚刚开始给合作商户结账呢。"

蔡总商道："救灾如救火，岂能这般拖延？"

众人心里都想："永定河水患都是去年的事情了，哪儿来的灾情如火？"然而谁也不开口。

吴承鉴道："真不行，那我争取十天之后吧。"

蔡总商道："还是太迟。"

吴承鉴这时忽然愠怒道："蔡叔叔，你这是募捐，还是逼债？我们吴家这次是主动捐献，不是欠债还钱！普天之下，募捐有这般募捐的吗？传了出去，笑掉满广州的大牙！"

蔡总商道："我最多给你五日时间。"

"五日不行！"吴承鉴道，"这样吧，七日之后，家父要做大寿。我阿爹说了，这场大寿，他要办得风风光光的。我就先帮老人家了了这个心愿。等大寿办完，当天晚上，我就押解银子进监督府，如何？"

蔡总商沉默着，琢磨着吴承鉴拖延时间所为何来。

吴承鉴道："蔡总商！你我一场亲戚，真要逼得家父连六十大寿都没得过？咱们就算把道理争到两广总督府上，主张以孝治天下的大方伯，怕也不会帮你。"

蔡总商听他扯出两广总督，心中微微一忌。

朱珪的心腹师爷虽然当众释放信息选卢弃吴，现在想必是不会反口——否则新履任的两广总督威望何在？

但如果吴承鉴打的官司只是五日七日之争，再抬出孝道大旗，真将官司打到两广总督府，朱珪就算不特地护着吴家，多半也会顺水推舟地恶心一下吉山。若是朱珪多个心眼，借着这场官司来个迁延时日，拖他一两个月那也不在话下，可那时和中堂的大事就要被耽误了。

蔡士文左算右算，实在算不出吴承鉴就算多了七天的时间，又能如何翻盘，便道："好吧。那就七日。还望贤侄守诺。若是不能守诺，吉山老爷那里，怕是不好交代。"

第六十三章

围　饭

　　"放心放心。我们吴家做好事向来靠谱的。"吴承鉴说，"不过最近上门讨债的人太多，堵了前门堵后门，搞得我家出入都不方便了，我也不能每次都弄个调虎离山之计吧。蔡总商能不能拜请一下吉山老爷，派几个旗兵到我们宅子门口，保护保护我们吴家？"

　　蔡、谢二人对望一眼，心想，你不说，吉山老爷也会安排，既然你自己开口，那当然更好。蔡总商便道："好。"

　　"多谢多谢。"吴承鉴向蔡总商拱了拱手，"寿宴那一天，蔡总商记得来喝一杯酒。"说着竟然摸出一堆的请帖，然后一张一张地当众派发。整个议事厅，所有保商都得了一张，只空了嘎溜。

　　众保商拿到了请帖，却是人人狐疑。吴承鉴发过了请帖就走了。

　　望着他的背影，嘎溜道："就这样放他走了？"

　　蔡总商不答，心中却想："两广虽大，不过困鳖之瓮。天下虽大，尽属王土。只要和中堂不倒，吴家就是瓮中之鳖，何必着急？"

　　当下笑而不语。

　　卢关桓第二个走了，跟着是柳大掌柜，再跟着潘、易、梁、马一个接一个告辞——他们四个眼看投筹已定，都是松了一口气。经历过这场大事，十三行应该是能安生几年了，他们也能过多几年好日子——回去之后，可就要多买几房美人，多入手几件好玩物，多吃些山珍海味，喝多些陈年佳酿，十三行这钱迟早不是自己的，能享受时就多享受吧。

叶大林留着，看着别人都走了之后，才说："蔡总商，谢兄，这小子有古怪。"

谢原礼也点头："多半是在筹谋着什么，故意拖延时间吧。然而七天之内，他又能如何？"

叶大林道："这小子，从小就满肚子坏水，鬼点子贼多，还是要防范一二啊。"

蔡总商道："我就给你一个安心。"对嘎溜道："嘎溜管事，我们一起去拜见一下吉山老爷吧。"

嘎溜瞥了叶大林一眼，嘿嘿笑着："好，今天算是你的福分！"

他便在前领路，来到后园，远远看见凉亭内一个满洲大员的背影。蔡、谢、叶三人就把头给低下了，眼睛不敢再乱看，都是盯着地面走路。

来到凉亭外，三人便都趴在地上，磕了头依然跪着。吉山转过身来，三人才微微抬头，却都不敢把脑袋抬到能看见吉山的第八颗扣子，只是看着第九颗扣子回话。

吉山道："前面的事情，我都知道了，你们做得不错。"

蔡、谢、叶三人忙道："多谢监督老爷夸奖。"

吉山又说："叶大林，你也不错。"

叶大林没想到自己能被单独拎出来这么一夸，只觉得浑身一股清凉，忍不住微微颤抖，欢喜道："多谢监督老爷。能为老爷效力，是叶大林三辈子修来的福分。"

谢原礼那边则微微妒忌，斜斜瞥了叶大林一眼，但也不敢乱开口，然而心里已经打定主意，不能再让叶大林有机会接触吉山老爷，也不能让蔡士文与叶大林走得太近，免得让叶大林取代了自己的位置。

蔡总商又开口说："今天一切正常，就是吴承鉴那小子，言行透着一股古怪。"

吉山笑了："他能如何呢？孙猴子再能跳，也跳不出佛祖的手掌心。"

三人一齐夸奖："正是，正是！"

谢原礼把头往下埋多两寸——也只能埋多两寸，再往下就要吃土了——抢着说道："想那吴承鉴就算有七十二变，也逃不出监督老爷的掌心。"

吉山冷笑："我是能称佛祖的吗？"

谢原礼没想到拍马屁拍到马腿上，一时惊惶不安。幸亏吉山老爷似乎没有因此真的动怒，只是道："我说的佛祖，是更上面的。"

蔡、谢、叶三人听了这话，既感神秘，又更惊心。

吉山道："我知道你们还在担心什么，今天便给你们吃一颗定心丹：广州将军那边，还有两广的几员领兵大将，中堂已经打了招呼。朱珪若没有过硬的理由，旬月之中，一个兵也别想调得动。别说七天，我就真的给他个十天半月，那小猴子也玩不出什么花儿来。除非他真的能五鬼搬运，把他吴家的金银产业连人带钱，全都搬到天外天去，否则任他有七十二变，终究难免要到我这里的五指山来压一压。"

蔡、谢、叶一听，都是惊畏交加，纷纷道："老爷神算！和中堂英明！"

至此叶大林总算完全放下了心。

在这广东地面，唯一可能破坏眼下局面的，就是两广总督变卦，可现在和中堂都已经暗中出手，将朱珪给钳制住了，那还有什么好担心的？吴承鉴就算有什么算计，可有道是一力降十会，力量悬殊的情况下，便是一千个计谋，也破不了刀枪构成的罗网。

吴承鉴还没到家，整个西关就都已经得到了消息。

他坐在轿子里，远远地就听到了哭声。

这哭声一开始是离得最近的杨家那儿传出来的，那不只是杨家的亲人家眷在哭，还有聚在杨家门外的几十家商户也在哭——杨家的白银被封死了，他们一两都拿不出来；杨家要破家，他们中的不少人也得破产。

十三行这种垄断性海外贸易的利润实在太高了，就算是经过两三层盘剥的小商户，只要能参与进去，几乎没有不赚钱的，所以每年都有不少人举债入伙。但收益既高，风险自然也随之提升，遇到像今天这种情况，那不但是要赔进自己的资本，还得负上一笔难以估算的债务！

经过杨家附近的时候，那哭声忽然又拔高了好多。吴七离开了一下又匆匆跑回来，隔着轿窗说："杨商主自尽了。"

吴承鉴"哦"了一声，尽管脸上一点表情也没有，其实心里也有些不好过。

吴七道："三少……"

吴承鉴沉声道："叫吴官！"

他很少这样收起来嬉皮笑脸，但看到同行死在自己面前的这一刻，吴承鉴的心态也有些变了。自己已经不是自己了，自己是宜和行的商主，吴家的掌门人，这肩头上担负的是多少人的财产与性命！

吴七见吴承鉴神色有异，心里也有些紧张，改了口叫道："吴官……"他叫了十几年的少爷，这会儿忽然改口，有些怪怪的，然而他知道往后可能都要以商名来称呼了。

吴承鉴道："回头让二两叔送一份帛金来。"

吴七道："是。"不知不觉间，他的话也少了两句，人也沉默了好多。

吴承鉴便不再言语。西关其实不大，轿子很快就望到了吴宅，还没到家，远远地就又听到了哭声。

听声音哭的都是男人，吴承鉴都不用想，就知道必是围在吴家门外的那些商户。他知道他们担心什么，但这一刻也没什么好说的，只是吩咐："把轿子直接抬进去，我不下轿。"

轿子到了吴宅大门外，果然那些商户就都围了上来，幸亏这次有十六个旗兵相随，护着轿子。商户们看到半出鞘的刀就都不敢靠近，却都哭得更厉害了。

其中有伤心欲绝的，也有气急败坏咒骂吴家的。

轿子硬生生抬进去后，吴承鉴才跨步出来。吴七听着门外的哭声骂声，忍不住道："怎么骂起我们吴家来了？这难道是我们想的吗？"

吴承鉴瞪了他一眼："闭嘴！"

他自然也是知道罪不在己，然而破产在即，气急败坏而迁怒也是人之常情。

门房吴达成上前，吴承鉴招他近前两步，低声说："这七八日，你给我把门看好了，不要乱动心思。我在外头给你埋了一笔银子，够你们一家子另谋去路的安置开销。"

"哎哟！"吴达成道，"三少，这怎么成？"

吴承鉴又低声说道："埋银子的地方，十天之后你问吴七。这些天你们一家子给我好生伺候着，别去管里里外外的风言风语。你知道老爷子的脾性，多年的老家人，他不会亏待的。"

这一番话以利为胁，是要安好这个门房的心。吴达成这个位置很重要，得让他安心为吴家看好最后几天的家门。

吴达成这几天的确提心吊胆的，听了吴承鉴这话，整颗心都放下了，正想说两句什么，吴承鉴都不管他，已经朝后院去了。

这一路行去，一路遇到的下人个个脸色不好，却又都不敢开口问什么，气氛压抑到了极点。

吴家大宅的后院，除了吴承钧，一家子几乎都挤在这里。看见吴承鉴进来，杨姨娘向儿子连使眼色，吴承构则欲言又止，望向了坐在一边的吴国英。

吴国英张了张嘴，终究没问出话来。

众人便听吴承鉴笑道："差不多要开饭了吧，今天中午是在这里吃，还是各自回院开小灶？"

吴家还是一大家子聚居，本来一直是吃大围饭的，但自从吴国英病退，吴承钧接手了家业，他这个新当家要么在外头忙得无暇回家，要么就在账房忙到顾不上吃饭，一个月里能按时坐下来吃大围饭的机会不到五回，几乎每次都是吴国英吩咐另外做些简便的吃食给大儿子送去。后来为了彼此方便，吴国英便让蔡巧珠在右院自己开了小灶。家主自己先开了口子，后面便不可收拾，吴承鉴、吴承构先后都自己分出去吃饭了，只偶尔吴国英或者吴承钧提议，或者遇到年节生日，才坐下来吃一顿阖家大围。

这时吴承鉴一提起，众人这才想起该吃饭了。

吴承构忍不住道："现在你还有心情吃饭？老三，保商会议投筹的事情，是不是真的像外头传的那样，我们吴家被投中了？"

吴承鉴点头："是啊，几位叔伯承让，我投到了这次捐献的承揽。"

吴二少听了这话，差点吐血："你……你说什么！"

他不是惊讶于这个消息本身，而是惊讶于吴承鉴说这话的语气——分明是被派了一张索命符，但吴承鉴说得好像得了天大便宜一样。

吴承鉴笑道："这次投筹，杨商主投了蔡家，潘家、卢家弃权，所以我们吴家，一共得了八筹，赢得了上六家的承揽。"

吴承构瞪着他，叫道："赢得了……承揽？老三，你……你是不是失心疯了？！啊！八筹，你……你不会自己也投了吴家吧？"

吴承鉴道："这个自然。这等利国利民的大好事，我们吴家自当不落人后。吉山老爷都被我感动了，不看监督府那边还专门派了旗兵来帮我们看门吗？"

第六十四章

卖 船

"什么？"吴承构这时再看吴承鉴，都不知道自己是在看一个疯子，还是在看一个傻子。然而听说有旗兵看住了大门，他忍不住就跳出院子去，冲去察看究竟。

吴国英却一脸的黯然："八筹？那么叶大林……"

吴承鉴冷笑道："自然也投给了我们吴家——这人说话，如同放屁。"

看着吴国英一脸伤感，吴承鉴道："阿爹，看来你也没心情吃阖家大围了，那我回去让春蕊开小厨了。"

吴国英向他们挥了挥手，吴承鉴便与蔡巧珠一起出来了。蔡巧珠低声道："到右院来一下。"

叔嫂两人便走到右院。才进院门，就听见吴承构在外头咆哮："真的来了，真的来了！老三！你真的把旗兵给惹来了！我就知道……我就知道！让你当家，这个家迟早要完！"

蔡巧珠心中本来就很难过，听到二叔的嚷嚷更是烦躁，让吴六将院子门关上了，那些嚷嚷声总算减弱了许多。

走到梨花树下，蔡巧珠连吴六、连翘都遣走了，这才问："三叔，光儿的事情，你究竟怎么打算的？"

吴承鉴道："嫂子叫我来，就为了问这个？"

蔡巧珠道："事情到了这个地步，我也不晓得你是否真还有什么后手，然而就算没有，或者所谋失败，我……我心里也都做好准备了。七日之后若无转机，我大不了便随你哥哥一起去了，也不会去那些肮脏下贱之地受辱的。但是光儿……他小小年纪，何罪之有？我只希望能保住他的性命，便无他求了。"

吴承鉴这时也不劝告分析，只是说："光儿的事情，我早安排好了，仍然是去南洋。这两日嫂子便找个由头，把吴六赶走吧。"

蔡巧珠一愕。

吴承鉴道："吴六不能跟光儿一起离开，让他先走，我会安排他们俩在外头会合。"

蔡巧珠恍然，道："那光儿什么时候走？"

吴承鉴道："七日之后，寿宴之时。"

"这……"蔡巧珠道，"会不会太迟了？"

吴承鉴道："就是要到那时才好安排。嫂嫂你听我的没错，先准备着吧，到时候怎么送走，我自有主张，现在你别问。"

他说着便进了房门，又看了一趟吴承钧，这才回去。才出右院的门，就听后面一片鬼哭狼嚎的，杨姨娘哭声震天。吴七小跑过来说："二少到老爷面前哭诉，被老爷甩了一巴掌，让他闭嘴，结果他不但不闭嘴，还更大声地嚷嚷，杨姨娘也正哭着呢。"

吴承鉴道："老二嚷嚷什么？"

"二少他嚷嚷说吴家会落到今时今日的地步，都是三少……昊官你惹的祸。"吴七低声说，"昊官，二少他这满宅子乱吼，这是在给大伙儿打埋伏呢。如果大家信了他的话，回头他抢班夺权的时候，大家就不会戳他脊梁骨了。"

吴承鉴笑了笑："还是这些招数套路，这么些年了，老二就是没长进。而且不想想，吴家如果真的败没了，他还争什么争？"

说着便回了左院，他也让吴七关上院门，不去听吴老二的各种叫嚷。

比起昨夜，春蕊眼神之中更是绝望难掩，秋月眼睛也红红的。吴承鉴也没打算开导她们，忽然就看见屋内一桌子的饭菜。

"哎哟，哎哟！"刚刚将一砂锅不知什么煲端上来的夏晴，匆匆放下砂锅后，赶紧摸着自己的耳垂——显然她烫了手。

吴承鉴急忙上前，抓过她的手指呵气，骂道："怎么你来干这个？"

夏晴虽然做刺绣手巧，却不善于做饭，碰到杯盘碗碟就笨手笨脚了，平时做饭上菜也都轮不到她。今天这一桌子菜，光看卖相实在不怎么样，如果是秋月主掌或者春蕊下厨，断不会这般难看。

夏晴努了努嘴："还不是她们，一个两个都像要死似的。可是啊，就算明天要天崩地裂了，那也得吃饱了饭上路啊。少爷，你说是不是？"

她昨晚已经想通了——万一吴承鉴真有什么事情，那她跟着一起死算了，既然想通，也就不再害怕，决定有一天好日子，就过一天好日子。

吴承鉴看明白了她的心思，帮她呵手的时候，又多了十二分的温柔，笑道："好晴儿，少爷我平时没白疼你。"

春蕊上前道："不是不做饭，只是今天……这么大的事情发生，我也不知道老爷那边怎么安排，原本估摸着要全家吃大围的，所以没做，想等你回来了再说。"

"各房现在大概都没心情吃饭了吧。"吴承鉴笑道，"但不管有什么变故，我们这一房啊，饭都得照吃。"他一瞥眼，见春蕊、秋月还是愁眉苦脸的样子："算了，你们想忧愁就自己忧愁去吧，少爷我不管了。我来尝尝晴儿的手艺。哇！晴儿，你这芥菜煲到底放了几勺子盐？这都发苦了你知不知道！"

第二次保商会议投筹的结果，很快就传遍了西关，也第一时间传到了神仙洲。

再跟着，花差号上的人也都知道了。

昼三娘请来了周贻瑾，道："贻瑾，第二次保商会议投筹，最终还是投了吴家，你听说了吗？"

周贻瑾的脸一点变化都没有："这不是一开始就猜到的吗？"

昼三娘道："那吴家……那吴家……"

周贻瑾道："吴家要按照'承诺'，把那笔钱筹出来。"

"那如果筹不出来呢？"

"怎么可能筹不出来？"周贻瑾淡淡地笑了一下，"这是十三行定议了的事情，筹不出来，吉山回头就会指责吴家欺君罔上。这个罪名压下来，就能封卖了吴家的产业，再封了现有的银流。这两笔一凑，除去中间被污掉的，也可以凑个五六成了。若被劫走的那批本家茶叶也在他们手里，他们将茶叶卖给米尔顿，有这个大头可吃，前面两笔钱就可以少污一点。若能再将封存在潘家银库的那笔钱也拿出来，几下里一凑，多半就够了，不但够了，还能让上上下下的官商吏役饱餐一顿。不过那时候，承鉴他们父子几个估计已经几条绳子挂到横梁上了。"

疍三娘的疍家出身，让她身上打了疍家渔女的印记，起始视野太过狭窄，但毕竟混迹花行这么多年，还是历练出了几分见识，听周贻瑾举重若轻地说了这么一通，越听越是心惊："这……这……他们是一早就这么算计的？"

周贻瑾一笑不语。

疍三娘又想起了当日周贻瑾从蔡师爷处回来，带回了有关北京的消息之后，吴承鉴那般激动失态："所以，当日承鉴说什么恶龙出穴、群兽分食之局的时候……你们就都已经想明白了？"

"当时有些事情还处于浑蒙之中，没有今日这般清晰，不过大体的路子，也想到七七八八了。"

"那如果……"疍三娘说，"如果吴家能筹到钱呢？"

"能筹到多少？"周贻瑾道，"现在这局势，满广州是再没人敢借钱给吴家的了，承鉴要向外借那是万万不能。这时候只能向内筹划，生意的全部本金要抽出来，还要再变卖不动产业——七日之内急急忙忙地变卖，价钱一定会被压得死低死低。这些全部加起来，勉强也能抵上这笔捐献了。可是产业变卖了、本钱押上了，就没办法给上游商户结钱，债主们告上监督府，宜和行仍然得倒下，还不上钱，就得破产。保商实际上是皇商，破产了可是要追责到整个家族的，所以承鉴他们父子几个的结果，仍然是几条绳子挂到横梁上。"

"这……"疍三娘道，"难道……难道就没什么法子了吗？"

"法子吗？"周贻瑾悠悠然，"三娘，或许你不该担心这些的。"

"啊？"疍三娘道，"我不担心这些，还担心什么去？"

周贻瑾道："其实，你现在更应该担心你自己。西关大宅的事情还有七日的延缓，可是这花差号，祸在旦夕了。"

疍三娘听了这话，反而既不吃惊，也不意外，更没担心："这一点我也清楚得很，若没有了三少，这艘花差号我是怎么也不可能保住的。不过我也早就做好了准备。"

周贻瑾道："你打算怎么做？"

"卖了它。"疍三娘道，"或多或少，总有小补吧。"

周贻瑾："你有心了。不过就算卖了花差号，也是杯水车薪。"

"听你刚才那一通分析，我也明白了捐献那边是一个无底洞。"疍三娘道，"所以这笔钱，我也不会拿去填那个窟窿，我在外头先留着，等三少出来，他拿这笔钱去逃命也好，东山再起也好，总算也是一笔底金。"

"嗯？"周贻瑾道，"你觉得承鉴还能活着出来？"

"我知道他！"疍三娘道，"他一定能活着的，如果真的会死……那他也许早就驾着花差号出海了。"

周贻瑾眼睛眯着："他真有福气……有你这般红颜知己。有福气的人，应该不会死吧。"

第六十五章

封帘宴

吴家前门后门，都被旗兵给看住了。

不只如此，更有一伙差役，不知道奉了谁的命令，时不时地就绕着吴宅外墙，各处巡逻，虽然做不到五步一岗、十步一哨，却也把整个吴宅看得严严密密。

因为吴承鉴在保商会议上投了自己一筹，做出主动捐献的姿态，所以面对蔡总商与粤海关监督府的时候，便多了两分主动权，保住了暂时的体面。到现在为止，旗兵都未曾入门一步，这就保得吴家内宅不受骚扰。

而且因为有旗兵看门、差役巡逻，所以大难临头之际，下人偷盗家财、鼠运变卖之类的家变，以及满城胥吏上门勒索的事情，一件都没发生——现在就算有下人要偷盗财物，等闲也出不得吴宅；有人想上门勒索，也绕不过旗兵。

那些出去采买日用之物的下人，出去也会被旗兵搜身，散碎银两可以，大块的金银、珍贵的古玩，那都是别想出门的。杨姨娘的心腹妈子暗戴着十五六个金银手镯，吴承构的小厮夹带了两款小件珍稀古董，企图混出去，结果都被挡了回来。

就是那些来讨债的人，也一个个只能在门外号哭，再进不得大门一步。

第二轮保商投筹结束的第二天开始，吴宅连苍蝇都没一只进来，吴承鉴倒也乐得清静。只是听说后院那边，老爷子又在动家法了。这次除了吴家二少，连杨姨娘都被掌了嘴。

花差号那边送了一封信来，吴承鉴看了之后，叫来夏晴："拿去右院、后院，给大嫂和老爷子瞅瞅。"

夏晴道："怎么让我去跑腿？"

平常这种事情，多是让春蕊去。春蕊不在或者实在走不开，又必会让秋月去。在吴宅里头，大家都觉得夏晴就是三少养在房中专宠的俏丫鬟，又懒又有脾气，所以除了左院之外，她在家里的名声都不怎么好。

"让你去你就去。"吴承鉴说，"你再懒下去，就要开始发胖了。要是懒成个胖丫头，我可不要你了。"

"我才不胖呢！"夏晴气呼呼地说，"就算我每天三顿都吃肉，也胖不起来。"

不过她还是拿了信先到右院去。蔡巧珠打开信看了一遍，沉默了半晌，才说："有心了。"又看了夏晴一眼，道："这两日左院的事情，我也听说了一些。你也很好……"她又瞥了信一眼："你们都很好。古人说，疾风知劲草，板荡见忠良——果然如此。"

就让连翘取了两个雕琢精细的上好手镯，赏给了夏晴。

东西虽然漂亮金贵，可夏晴在吴承鉴房里见多了好东西，这时只平平常常地谢了大少奶奶。只是对大少奶奶忽然赏赐自己觉得奇怪，却也没有多问。

蔡巧珠对内宅的人和事都见得极明，瞧着夏晴应对的风度以及面对金银不甚动心的品性，心道："怪不得三叔喜欢她，果然是个招人喜爱的好丫头。"

夏晴便又拿了书信到后院，请老爷子开览。吴国英戴上眼镜，看了一遍，又看一遍，这才放下眼镜，喟叹起来："难为吴官为她花了这么多钱，毕竟是个有情有义的。可惜了，可惜了，误入贱业，又是个疍家女……"

他刚刚对妾侍、儿子行过家法，本来正气着，这时看到这封信，火气就消了七八分，再看看夏晴，道："你就是吴官屋里那个……叫……叫……"

"回老爷，婢子叫夏晴。"

"哦，夏晴。"老爷子的心情挺好的，看着夏晴也顺眼，"好好服侍着吴官，这几日啊，让他过得舒坦些。"

疍三娘在信中告诉了吴承鉴自己打算变卖花差号的事情，不过还有另外一件事情她没提起——她的封帘宴会在今天开。

　　原本吴承鉴是坚持一定要到场的，但疍三娘心想这个时节，何必再让他麻烦？便一句也不提。

　　请帖是昨天就送出去了的，时间定在今天午饭时节。她花了一点钱，安排了一些小艇，以备神仙洲与花差号之间的来回运送。

　　若换了吴家全盛时节，疍三娘封帘这样的场面，吴承鉴敢将花差号开到神仙洲边上去，来个舰洲联动，花差号上摆上三五十桌，神仙洲上再摆上百八十桌。人如山，酒如水，闹他个满广州人尽皆知。

　　可现在，花差号上却是冷冷清清。

　　疍三娘已经往少里预算了，只摆了八桌，打算请平素相熟的妈妈、姐妹上来一聚，也就是了。

　　然而直等到快开饭的时候，别说八桌，连一桌都坐不满——偌大个神仙洲，只来了两条小艇：一条是买了疍三娘入行的王妈妈，按照花行的规矩，两人算是有"母女之情"；另外一条，载来了一个还未开市的三等花娘。

　　除此之外就没人了。

　　八桌的酒菜，倒有七张都是空的。

　　十几个往昔要好的姐妹，却不过情面也送来了一些贺礼。秋菱还写了张短信，大意是今天刚好有恩客强留实在走不开云云，至于沈小樱、银杏等，连张纸都没有。

　　"人情冷暖，至今方知……"疍三娘叹息了一声，便请王妈妈和那个三等花娘都到主桌来坐了，"今日，多谢妈妈，多谢这位妹妹。"

　　王妈妈说："三娘，你也别心里难过了。跟红顶白是人之常情，这人走茶凉的事情，在神仙洲难道你还见得少了？"

　　疍三娘一笑，嘴角略带苦意："道理我也都懂，可真落到自己头上的时候……还是有些难过。"

　　"难过难过，这个难关过了，往后就好！"王妈妈说，"今天是坏事也是好事，坏的不说，只说好的，就是让你认清了人，也认清了势。你要知道，今日的你已经不是昨日的你了，往昔落在三少身上的那些依仗，如今你是全没有了，还有一堆的人准备落井下石。三娘，别怪我多嘴，你要为自己的后半生好好考虑了，那些太花钱的事情，该收拢的赶紧收拢了。河南那个义庄，如果还能停，你就赶紧停下来吧。"

"那怎么行！"笪三娘道，"第一期的庄子，都已经建好了，也有一些姐姐住进去了。后续的营建，我怕是有心无力了，然而就第一期已经建好的屋舍，还有备下来的桑稻鱼甽，也够那些住进去的姐姐安养后半生了。庄子我若是收回来，已经住进去的姐姐们，还有什么倚靠？"

那个三等花娘忽然离席，跪下来给笪三娘磕头。

"这位妹妹，你这是做什么？快起来。"

那个女孩子只有十五岁，都还没开市，也还不大会说话。

王妈妈说："你不认得她，她却认你是大恩人。她是花行里的种，她娘一不小心怀上，又打不掉，就生了下来。她娘前几年惹了一身病，如今没处投靠，女儿又还没到赚钱的时候，要不是你在河南岛建的义庄收留了，兴许就饿死了，就算不饿死，这会儿也得流浪街头。"

娼妓或病或老，如果手头再没点积蓄，下场极其悲惨，实在是比乞丐都不如。对乞丐人家只是厌弃其脏穷，还会有几分怜悯，妓女有道德上的污点，落魄了还得被人吐口水。

笪三娘扶起了那个三等小花娘，问："妹妹，你叫什么名字？"

王妈妈说："她口吃。叫于怜儿。"

笪三娘仔细地上下打量于怜儿，叹道："眉眼姿色其实都是不错的。可惜了，若是我早知道你这般有情有义，便让三少梳拢了你，扶你一扶，一支银钗是没跑了的。现在……只怕你还要受我牵累。"

"自然是会的。"王妈妈说，"神仙洲里感激你的人其实还有，但今天还敢跑来的，也就是这个傻妞儿了。"

第二次保商投筹结束后，杨家的下场无比惨烈，吴家却连续两日没什么动静。

叶大林越看越觉得可疑，与叶忠等几个心腹商量了许久，却也没能得出一个靠谱的意见，又与马氏谈论着。马氏虽然精明强干，但涉及外头的事情，可比丈夫差得远了，更说不出个所以然来。

恰好叶有鱼在旁听了两句，忽然插口说："阿爹啊，不管吴家想怎么样，咱们叶家也该多做点准备。"

马氏骂道："你个小浪蹄子，你懂什么！"

叶大林随口道："准备？现在这时节，能做什么准备！"

叶有鱼低声道："只要赶紧把钱用出去，我们叶家不就安全了？"

叶大林先是呆了一呆，随即整个人跳了起来，把马氏都给吓了一跳！

却又听叶大林大声叫道："是这个理！老子怎么就没想到！"

他的行动力极强，虽然已是下午，却还是赶在日落之前，就召来了七八个上游供货商，言谈之间，露出一点愿意提前结账的意思——往年保商们给供货商结账，通常都在半个月到一个月后，甚至拖个一年半载的也不稀奇。毕竟广东的大商人，都已经深懂钱如水流的道理，钱多在自己手里停留一天，便多出不知多少好处。

而近来十三行正处敏感时期，杨家之倒，连带着把几十家上游合作商家也弄破产了，此事把许多供货商都弄得心有戚戚焉。这时一听叶大林有提前结账的意思，一个两个眼睛全亮了——这个时候，钱早一天拿到手里，才能早一天安心。

第
六
十
六
章

依 仗

　　叶大林只花了一顿饭工夫，便谈妥了所有款项结余条件，其中有一家商户，愿意只结八成就当全部。叶大林便答应他们明天上午过来，一次性结了这家。光是这几家谈下来，叶大林就多了几万两的进项。

　　这么一番谈话将晚饭也误了，叶大林却心情大好，胃口也大开。马氏开小厨给他又做了一顿，一边陪着丈夫吃饭，一边说："怎么忽然要给人结款？先给这几家结算，虽然占点便宜，但开了个口子，后面其他商户都来追账可怎么办？"

　　叶大林道："那样最好！那就都给他们结了。"

　　马氏道："我前两天才听叶忠说，洋商那边，好些款项的账目，都还没理清。"

　　"那就连夜加紧算账，把账目理清了。"叶大林说，"万一来不及，就先用家里明白了的账目给顶上。"

　　"这到底是为什么呢？为什么要结账结得这么急？"马氏烦躁地追问。

　　"你不要问那么多！"叶大林喝了她一句，忽然停了停，道，"最近对有鱼好一些。给她送些好料子过去，让她做多几件好衣裳，再挑些好首饰给她。如果没什么大事，最近不许为难她。若她有什么需要，能满足她也尽量满足她。"

马氏愤愤道："这是做什么，这是做什么！"

"你个八婆，你识乜嘢！"叶大林忍不住骂了她一句，"有鱼下午那句话，点得恰到好处，就不说今天下午赚到的钱，这还是小的，若论得大些，兴许就是这句话把我们整个叶家给救了！"

他是有些忌惮马氏，却还不到惧内的程度。马氏被丈夫骂得有些怔，虽然大不情愿给叶有鱼好的，但牵扯到商场外务，还是不敢公开顶撞叶大林。

"我现在没空跟你扯，总之这几天你别给我添乱！"

丢下这句话后，叶大林不再理她，又忙碌去了。

马氏虽然气恼，思前想后，终究不敢违拗，便将一些上好的料子，连同七八件金银首饰，送到了徐氏房中。徐氏是被马氏整怕了的人，受宠若惊之余，哪里敢收——叶有鱼却大大方方地就把东西都收了。

送东西来的翠萍问："三姑娘，太太那边问，可还有别的什么需要添置的？"

徐氏道："不需要，不需要了，多谢太太了。"

叶有鱼却说："多谢太太送了我们这么多东西，只是我们这个小房子太局促了，这么多东西搬进来都放不下。翠萍姐姐，能不能问太太一声，给我们换个宽敞点的屋子？"

徐氏和翠萍都一愣。叶有鱼向翠萍行了一礼，说："有劳姐姐了。"

翠萍气呼呼地就回去禀报了。马氏还好，旁边的叶二小姐一听这话，气得跳了起来："这个小浪蹄子，给她三分颜色就开染房了！送几件衣服，她就还想换房子？亏她平日还装得什么都不要的菩萨一般，现在终于露馅了，那就是个贪得无厌的贱人！我这就去跟阿爹说，让阿爹看清楚这个小浪蹄子的真面目！"

马氏还来不及叫住她，叶二小姐已经冲了出去。叶大林正在书房里，督促刚叫来的账房们，算盘声连续不绝，这是要连夜清算账目。

叶二小姐挨到叶大林身边，添油加醋就把叶有鱼给损了一遍。

可叶大林这会儿全没平时的耐心，不等叶二小姐说完，就不耐烦地挥手道："迎阳苑不是还空着吗？让她们母女俩搬过去。"

叶二小姐"啊"了一声，几乎不敢相信，那迎阳苑是整个叶宅最靠东的小院子，虽然地方不大，但早晨第一缕阳光就投射在这个院子里。兴许也是这个缘故，冬去春来时，那里的木棉花总是开得最早，因此取了个好听的名字叫作迎阳苑。马氏一直不愿意拨给别人，平时宁可空着，留作春日赏花之用。

叶二小姐还想说什么，却被叶大林命人给赶走了。她哭哭啼啼地回去，向马氏告状。马氏连碰了两回钉子，反倒冷静了下来，说："就让她们娘俩搬过去吧。"

叶二小姐叫道："娘！"

"住嘴！"马氏道，"现在是非常时期，吴家一日未倒，整个西关天上那片乌云就不算真的散。虽然我还是不大明白，但那小蹄子那句话，显然是解决了你阿爹的一个大难题。眼下正是她得宠时节，你这时候去踩她，那等于是踩你阿爹，划不来。好彩，你且忍着。"

叶二小姐嘟哝道："忍，忍，忍到什么时候？"对别人也就算了，对叶有鱼，她是一刻也不想忍。

马氏冷笑道："你爹那个人，你还不知道？最是见异思迁不过。等西关的这场危机完全过去了，那小贱人在他心里的分量就会一日轻似一日。等他对这小贱人渐渐淡了，那才是揉捏这个小贱人的好时候。"

于是翠萍又过去了。

因听说太太送了许多好料子给叶有鱼母女，隔壁八姨娘就带着女儿过来串门，一边摸着料子说些羡慕的话，一边打探消息，想知道太太为什么突然对叶有鱼示好。

没想到翠萍突然过来，说老爷开了口，已经把迎阳苑指给了六姨娘和三姑娘住；又告诉徐氏与叶有鱼，明日就会让人去打扫迎阳苑，要她们收拾一下，等打扫好了就搬过去。

这一下，可把八姨娘母女惊得合不拢嘴。

徐氏也是听得呆了，刚才她听女儿狮子大开口，还以为是叶有鱼故意要激怒马氏来着，谁知道那边真的答应了，一时不知该如何应答。

叶有鱼落落大方地说："多谢爹爹，多谢太太。"竟然就接受了。

翠萍道："三姑娘可还需要什么，婢子好去回复太太。"这可是她第一次自称婢子，尽管叫得十分别扭不顺。

叶有鱼微微一笑，说："迎阳苑虽然占地小，可也比这里大多了，只有我们母女二人怕是料理不过来。能不能请太太拨一个大娘、两个丫鬟过来，也好应付日常洒扫？"

翠萍一口气差点没背过去，忍不住道："三姑娘，我们叶家不比别人，哪个下人做哪些活计，都是定额的，没一个吃白饭的。临急临忙的，哪里还能拨出人手来？"

"姐姐说得是。"叶有鱼道，"我听说，最近人市价跌，正是进人的好时节，那能不能请太太趁着价钱低，买几个丫头，配备给迎阳苑呢？"

翠萍听了这话，瞪着叶有鱼，半晌作声不得。

就连徐氏心里都大为不安，觉得女儿这般得寸进尺太过分了——要说话时，却被女儿偷偷按了按手，便忍住了不开口。

八姨娘眼看这局面，怕是这宅子里要有一场暗斗即将展开，虽然不知道叶有鱼为什么敢这样向太太叫板，但唯恐受了池鱼之殃，不愿多待，便起身告辞了。

翠萍上上下下看了叶有鱼好几眼，哼了一声，转身走了。

徐氏这才拉着叶有鱼道："女儿，我的好女儿，你可吓死我了！你怎么敢这样对太太的人说话？"

叶有鱼道："娘，刚才我第一个要求，放在平时，太太也要怒火冲天的，结果她却答应了，可一便可有二，可二便可有三。她也压了我们母女十几年了，现在既然有这般形势，她竟然退让了，我倒是想试试，看看她会退到哪里。"

徐氏道："老话说'话不可说尽，势不可用尽。'你这样仗着一时之势，小心为自己招来后患。"

"后患？没有后患。"叶有鱼道，"娘亲你放心，咱们母女俩的好日子，这才要刚刚开始。风已经起了，女儿要化鹏了，翅膀这才刚刚要借风扬起。再往后，只会背负青天而莫之夭阏，这座宅子里的些许人心算计，何足道哉！"

翠萍去了后头，将叶有鱼的话一五一十回禀了马氏。马氏冷笑着，说道："好，好！你这就让叶忠派人去牙行，不拘多少钱，也不要挑那次的，就挑那最好的。挑满四十个来，让叶有鱼好好挑。"

翠萍领命去了。

叶二小姐道："娘亲，娘亲，你怎么也这样纵容那小贱人了？"

"你懂什么！"马氏冷笑道，"既然她不知进退，那我们不如就让她把势使到尽，正所谓飞得越高，跌得越重。你放长双眼好好看，等她势头用尽时，你再瞧她怎么死！"

每年临近这个时候，随着保商们将银钱一拨拨地放出来，广州城内外的各种消费也将逐步走向高潮。

这其中，奴婢买卖也是其中一项。每年到了这个时候，一些今年生意得利的家族，都要更新一些奴婢的，所以早有人牙子习惯性地进了许多好"货色"来等着富商豪门挑选。

不料逼捐一事闹出来，十一保商人人自危，连带着外围商户也都战栗不安，指望着这些保商富豪的各种消费，不但价格全下跌，而且交易量极其惨淡。人市的价格也比往年跌了四成，人牙子都在住处打苍蝇，就怕今年这批货全折在自己手里了。

这时忽然听说兴成行叶家要挑选几个好奴婢，那可是个大主顾！这下子整个西关的人牙子就像猫儿闻到了腥味，都将最好的选了出来。叶忠派去的人，再在里头挑了四十个，送进府中。这时叶有鱼正在迎阳苑看下人打扫房屋，见马氏真送了奴婢来给自己挑，她也不客气，细细考量起来，挑了两个手脚伶俐的，一个擅长烹饪，一个擅长刺绣，又挑了两个老实且力气大的，一共四个，请人回禀了太太。

马氏一个都不驳，让全部留在了迎阳苑，又让翠萍来问这四个丫鬟如何定月例——这种事情都是主母直接指定，从来没见过问在阁女儿的，更别说还是一个庶女。

徐氏只是懦弱，却不蠢钝，赶紧暗中提醒女儿："这是个陷阱，你可千万不能应，否则她回头找个时机，寻着老爷不悦你的时候，就会跟老爷说你逾越本分，强行给自己的丫鬟定月例品级——这可是内宅大忌。"

叶有鱼却说："送来的权力，不用我才是傻。"竟然不顾徐氏的劝阻，就回复翠萍，让那两个伶俐的丫头领二等月例，那两个老实的丫头领三等月例。翠萍暗中冷笑答应了，一回头，马氏果然就按照叶有鱼的要求把这月例给定了，又派了个婆子来，照料着迎阳苑的杂活。

这一切看得徐氏胆战心惊，这天夜里拉着女儿低声泣问："有鱼，我的好女儿，你怎么敢这样子做？这十七年来，从未见你这样失礼逾分的，你到底依仗着什么啊？"

提前结款

叶家宅中的变故无人关心，但叶家的商业行动，却引起了广州商圈的注目。

西关的商场，富豪扎堆，叶大林提前给上游商户结账，这个等级的商业行动，几乎是不可能保密的。

从来保商们结账，只有拖延的，几乎就没见有人提前的，可叶大林却像吃错药一样，忽然紧锣密鼓地将此事提前。一开始把好几个保商都看蒙了，但很快地，潘、易、梁、马竟然就跟进了。

整个广州商圈，这一下子全部暗中轰动了。

倒是吴宅，无论外面风吹雨打，始终全无动静。潘园那边也一切如旧。

只是风气所激，本来没有什么动作的蔡、谢、卢几家，他们的上游商户也都跑来探听口风，看这几位保商能不能提前将货款结给他们。

谢原礼一开始还好言好语地婉拒，连续来了十几拨后，这日终于按捺不住，来寻蔡总商，见面就道："老蔡，这两日叶家引起的这个风潮，你怎么看？"

蔡总商沉吟道："老叶终究是新入局的人，担心此事有什么反复，情有可原。他倒是精明，知道钱脱了手，回头就算有什么变故，这次的捐献也不会再找他了。"

谢原礼微微颔首。

这一次的"恶龙出穴、群兽分食之局",恶龙跟群兽的行动虽然一致,但目的其实是不同的。

蔡、谢等人,除了要奉行上头的命令之外,也有趁机打击吴家的私人目的,所以他们不但要钱,而且要命,要一击将吴家置于死地——打蛇不死,必受反噬,这个道理蔡士文和谢原礼都很明白。

但和珅那边则不然。和珅需要的只是能填补亏空的钱,只要钱能到手,只要大势能够保证,广州这边的保商是个什么样的格局,他其实并不关心。

所以这次蔡、谢算计杨家,便是选在杨家银池最满的时候动手;算计吴家,则是用尽各种阴谋来将吴家的钱流锁住。

叶大林得了女儿提醒后,马上决定尽快将家中存银散去,只要叶家存银不够了,上面就失去了对叶家动手的理由,那时就算逼捐之局再有什么变化,叶家也安全了。而潘、易、梁、马在一番琢磨之后,也想明白了这一点,所以赶紧跟进。

"叶大林奸猾似鬼,能有这等见识倒也不奇怪。"谢原礼说,"但吴家那头却甚怪异。就算吴承鉴真的是个败家子,那吴国英难道也老糊涂了?这都过去四天了,全不见吴家有什么动静。难道他吴家真的就准备这样安心等死?"

"也不是全无动静……"蔡士文沉吟着,"老侯失踪了好些天了。"

"老侯?"谢原礼怔了一下,就反应过来,说的是宜和行四大掌柜中的侯三掌柜——那是蔡家的一条内线,此事虽然机密,但谢原礼却是少数知情人之一。

蔡士文说道:"他家的人去各处找,宜和行的人说老商主安排了他去一趟澳门——这是明着扯谎。别说澳门那条路上没人见过老侯,便是老侯真的去了澳门,也必然派人来知会我一声的。"

"他暴露了。"谢原礼道,"定是吴家暗中扣留了起来。哼,大概是想通过他,打探什么消息吧。莫非吴家的后手就在这里?"

蔡士文笑了:"就算让他们探听到了什么,又有何用?他还能明火执仗地冲进你家库房,把那批茶叶抢走不成?吴家若敢这么做,不用等三日之后,我们马上就能请命,定他个寇盗之罪。"

谢原礼道:"吴承鉴那败家子,委实认得许多三教九流,可别用了什么手段，把茶叶给偷了。"

"这个世上，可没什么五鬼搬运！"蔡士文冷笑，"退一万步讲，就算真让他盗走了茶叶，也改变不了吴家的死局。再说吴承鉴现在还能有什么人手？三教九流的人向来只有锦上添花的，谁会雪中送炭？宜和行大把花钱的时候，自然三教九流都往他身边蹭；可现在吴家势衰，就连百花行的龟奴都要给他脸色看，就连他养了几年的那个什么铁头什么，也都反骨了，拿了吴家的钱，天天在佛山挑衅生事，哪里还顾得上吴家这边的死活？这些天若不是有旗兵看门，吴宅也都要不得安生。左右不过一两日内，只怕吴家就要连花差号也守不住了。"

"花差号？"

蔡士文道："有人要动花差号了。呵呵。"

许多的秘密，在另外一些人那里，则全然不是秘密。

这日周贻瑾忽然让疍三娘将翁雄请来，说："如果有百人以内、三五十人以上的蟊贼，连夜爬上花差号，疍家的儿郎们能收拾得了他们不？"

疍三娘本不知周贻瑾叫来翁雄所为何事，闻言眉毛挑了挑。

翁雄说："怎么，果然有不长眼的人要来冒犯花差号？"

周贻瑾没说话，但那没有表情的表情显然是默认了。

翁雄说："临近疍村多受三少与三娘的恩惠，我去招呼一声，便是五六百条后生，也能叫过来。"

广东地方民风彪悍，以往土客械斗起来，规模大的双方能分别出动上千人，甚至一些犯禁的军械都能搬出来。相比之下，疍家无论跟粤人相比，还是跟客家人相比，都要弱得多，所以才会被排挤到水上做辛苦营生。然而如果是要在水上对付百十号蟊贼，却是没什么问题的。

周贻瑾道："不用大张旗鼓，我大概能知道他们什么时候来，你们可以提前上船布置好陷阱。"

翁雄道："若是这样，那还有什么可虑的？排布一个罗网阵，就能将他们一网打尽。"

周贻瑾问："要大获全胜的话，最少需要多少人？"

翁雄道："如果是敌明我暗，只需要调动沙洲上那一百个疍家儿郎就够了。"

"现在的形势，和几日前我的判断略有不同。"周贻瑾道，"我拨一笔钱给你，你去暗中召集人手，约好这些疍家后生，且找个别的由头，别泄露了消息。等到后天一早，你就让依附着花差号的渔船全部开出白鹅潭，对外就说看到鱼汛去捕鱼，好让他们放心过来。却将七十个后生藏在船内，另外三十个后生藏在沙洲。看到蟊贼的船靠近，等他们上了船，藏在沙洲的后生就过来切断他们的后路，最好一个也别让他们跑了。"

翁雄听了这安排，说道："要是这样，那我们还有什么好担心的？到时候若走漏了一个，我翁雄都要丢大脸。"

花差号孤立于白鹅潭风浪之中，位势特殊，贼人若被是上船，再有熟悉水性的疍家儿郎切断他们的后路，那真是一个都别想跑。

翁雄又怀疑地说："只是……周师爷，为什么对于蟊贼的人数动向，你都会知道得这么清楚？"

周贻瑾笑道："这个你就别问了，按我说的去做吧。"

翁雄按下那些许疑惑，还是拿了周贻瑾的银子，去附近几条疍村转了一圈，找了十几个后生头目。这十几个后生又分别招呼，聚了百多号人——因疍家聚居于水上，与陆上人家不通消息，所以翁雄的号召虽然牵涉了上百人，但一两日内并未传到岸上去。

到第三日，翁雄这边果然对外称白鹅潭外有暖水冲到零丁洋，附近的疍村闻风而动，就连原本依附在花差号附近的渔船，也全都被调去追赶鱼汛了——这对疍家人来说是常有的事情，所以没引起什么关注。而翁雄却与七十来个疍家后生，悄悄地藏身在了花差号上。

这天傍晚，周贻瑾忽然将水手叫到了甲板上。那些水手看到他身后站着数十个疍民，心中都暗感不安。

周贻瑾说："今天晚上，会有蟊贼来犯，准备洗劫花差号。你们中间，有他们的一个内应。"

众水手面面相觑，又是惊骇，又是互相猜疑。

周贻瑾点出他们其中的一人说："柯二十八，你站出来吧。"

那个叫柯二十八的水手跳了起来："你，你……你别血口喷人，我不是内应。"

周贻瑾笑道："我什么时候说你是内应了？不过你承认得也挺快。"

翁雄已经带了几个疍家少年冲了过去，将柯二十八按住。柯二十八不停咒骂，又企图鼓动其他水手替他出头。只是疍民的人数比船上水手多了几倍，这个柯二十八又是新来的，众人对他并不十分信任，所以水手们一时没有动作。

周贻瑾也不理他，对水手头目邓大昌说："你带人去他睡觉的地方搜一搜，应该能找到一些磷光粉，那是他今晚要用来放信号的。"

邓大昌抱着一点狐疑，带人去了，没多久匆匆赶来，拿着一包东西说："果然有磷光粉，还在他床底下找到一些放火的东西。"

这一下子，水手们便都相信周贻瑾的话了。

周贻瑾说："把柯二十八绑起来吧，找个舱房关起来。"

便有一个水手和两个疍家后生押了柯二十八下去了。

翁雄和邓大昌上前，齐声问："周师爷，接下来怎么办？"

他们这时都相信了会有贼人来犯。白鹅潭直通外海，若是有大批海盗逆行至此，靠着船上这点人手可抵挡不住。

花差号的前身虽然是一艘军舰，但改装之后早成了一座水上花园。吴承鉴一直以来也只是为这艘巨舰保留最低限度的水手，光靠这些水手，近岸移动没问题，出远洋就有困难了，至于打仗是想都别想。

周贻瑾一眼就看出了两人的疑虑，说道："放心吧，不是来自零丁洋外的大批海盗。珠江口左有新安，右有澳门，朝廷的水兵和洋人的大船犬牙交错，大批海盗也越不过他们直入白鹅潭来的。若不是这样，花差号这几年能在白鹅潭上太平？来人只是一些之前被我们开革出去的下人，勾结了广州城内外的匪类，最多也就几十号人手吧。如果没有内应，这些人连船都未必上得来。"

邓大昌说："周师爷，要不我们报官吧？"

周贻瑾道："第一，来不及，现在去报官，没等官府派人来，贼人先逼近了；第二，如今的形势你们都清楚，涉及吴家的事情，报了官都不会有什么好下场。"

邓大昌道："那怎么办？"

翁雄大声道："如果周师爷的情报没出岔子，那我们的人就比对方多出许多，而且敌明我暗，贼人不来就算了，如果来了，我们就关门打狗，怕什么呢？"

邓大昌说："赢应该能赢，但上百号人聚众斗殴，如果手上没个轻重，打死打残几个可怎么办？"

周贻瑾淡淡说："这里是海上，按照朝廷对疍民的定例，船就是屋。按大清律例，凡夜无故入人家内者，杖八十。主家登时杀死者，勿论。"

他看着邓大昌和翁雄都听不大懂的样子，就解释道："这就是说，凡是夜晚未经许可进入人家屋里的，拿到衙门要打八十棍。如果被主人当场杀死的，主人免罪，可以就当什么都没发生过。所以今晚这些蟊贼不来便罢了，如果来了，我们打死几个都没事。"

翁雄大喜："若是这样，那就好了。"

邓大昌想了想，也就点头了——能在水上当水手讨生活的人，就没有真怕事的。

周贻瑾道："去布置吧。"

当下邓大昌带着翁雄，到各处可能登船的地方布置陷阱——主要是一张又一张的粗大渔网。如果贼人真的上来，一网打过去，然后棍棒交加，除非面对的是百战水兵或者奸猾海盗，否则别说几十人，就是上百人也难以抵挡。

这艘船本来就是军舰，虽然经过改装，但利于防战的基本结构是改不了的。有了邓大昌的指点，没多久疍家儿郎们就将陷阱布置好了。夜幕低垂之后，便只等贼人到来。

等啊等，等到二更天，还是没什么动静。

水手和疍民们都有些烦躁了起来。

周贻瑾叫来一个疍民后生说："去，把这包磷光粉，涂抹到船头去。"

邓大昌道："这是做什么？"

周贻瑾道："我也不喜欢枯等，与其枯等，不如由我们来决定贼人冒犯的时间。"

那磷光粉涂上去后不久，黑压压的水面上果然就起了动静——本来晚上视野很差，然而无论是疍民还是水手们都久经风浪，在有心监视的情况下，还是发觉到了——

"要来了！"

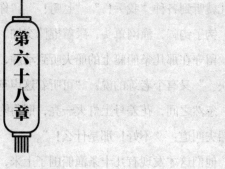

第六十八章

宵小就擒

　　这根本就不能算一场水战，便连斗殴几乎都说不上，简直就是一场闹剧。

　　水面上开来了七八条小船，靠近花差号后，这些人连舰船都上不来，还扮出蹩脚的鸟叫来。

　　邓大昌低声问："这是做什么？"

　　周贻瑾笑了："多半是约好的信号啊。抛软梯下去，让他们上来吧。"

　　于是水手疍民们就让出了一片地方，跟着抛下软梯——唯恐对方爬得太慢，还多抛了四五条。

　　几条小船便爬上来了几十号人。等人上来得差不多了，聚集在乌漆麻黑的甲板上，领头的才说："柯二十八呢？怎么不见他？"

　　一个男的说："我知道那些金银放在哪里，我带你们去找。"

　　这些人也不知道是警觉性太差，还是利欲熏心，没见到接应的人竟然还继续行动——领头的人就分派人手，分成三拨：一拨人去水手舱控制水手，一拨人去放火烧船，最后一拨人随那个男的去抢金银。

　　邓大昌暗中听到，心中吃惊："这些家伙虽然不怎么成气候，但如果不是周师爷预知了他们的图谋——这时候我们都在睡觉呢，忽然被他们摸上舱房，只怕我们都要遭殃。不过话说回来，周师爷怎么对他们的情况这样清楚？"

几十个盗贼分成三路行事，没想却分别踏入了疍民们布置好的陷阱，没一会儿就听到各种"我丢！""乜嘢！""你老母！"的声音此起彼伏。

钩子钩脚，渔网罩头，跟着棍棒交加。

留守在那几条船艇上的船夫听到动静，都抬头望上来。有人说："动手得好快。"又有个老练的说："可听着这声响不大对。"

忽然之间，花差号上灯火一亮，照得附近海面的视野也扩大了些许。有个老船夫叫道："不好！那是什么！"

他们这才发现有几十条渔船围了上来，已经堵住了去路。

这场埋伏抓贼的行动，不到半个时辰就彻底结束，上船的盗贼全部被抓——"战况"也毫不激烈，一看清楚敌众我寡，大部分贼人干脆就弃械投降了。只有几个彪悍的负隅顽抗，却也挡不住几十个人的围攻。在下面守着船艇的船夫见势不妙也都投降了，两个企图跳水逃走的也都被疍民后生收渔网捞了上来。

船上船下一共五十三人全用绳子捆了，堆在了甲板上。灯火之下，邓大昌认出了其中三人果然是被遣走的花差号奴仆，对这种吃碗面反碗底的二五仔，他最是鄙视不过，忍不住呸了几声，朝他们身上猛吐口水。

翁雄问周贻瑾："周师爷，接下来怎么办？"对周贻瑾的神机妙算，如今他已经是心服口服。

周贻瑾道："把他们全都绑了，赶到沙洲上去。困上两天。"

翁雄道："两天之后呢？"

"明天就是吴老爷子的寿宴了。"周贻瑾道，"最迟后天，承鉴就算不回来，也会派人上船，到时候听他处理吧。"

这一场闹剧持续了不到一个时辰，在盗贼们被押走之后，花差号上便又恢复了半静。

疍三娘一直待在船舱内，等到一切安定，这才放心，请了周贻瑾入舱，温了一杯酒，为他压惊——不过周贻瑾看上去，可是什么惊都没有。疍三娘与他相识也有几年了，知道他知识渊博，心思细密，却从不知这样文文弱弱的一个书生，居然还有这般手段。

"三娘大概是有什么要问的吧。"周贻瑾说，"有什么要问的，就直接问吧。"

疍三娘道："贻瑾，这些人到底是什么来头？"

周贻瑾轻声笑道："就是广州内外，几个鸡鸣狗盗的小帮派凑起来的一伙人。"

乾隆年间，虽然号称盛世，但社会上游民极多，在广州这种全国有数的大城市，游民的数量更是难以统计。这些人中，好一点的就去码头工坊干份活计；人品差一点的，便在坊间游手好闲；若是实在没有门路，便加入各种帮派，甚至沦为偷鸡摸狗之流。

周贻瑾说："花差号是一艘大船，船上人手虽然不多，但最少的时候，加起来也有几十号人，又孤立于白鹅潭风浪之中，寻常小偷不敢上来，要想打它的主意，只有拉帮结伙。吴家势大的时候，那些市井帮派都不敢来犯；吴家一失势，我就看出船上一些人动心思了，便将他们打发了出去。这些人颇知船上虚实，被打发走了之后又心生怨念，上岸之后，果然就忍不住了，便去勾结帮派，说动一些下流之人，准备今晚上船洗劫一番。"

"这些我倒也都猜出来了。"疍三娘说，"可我不明白的是，你怎么会对他们了如指掌？"

周贻瑾笑了："因为是我教他们的。"

"啊？"

周贻瑾道："俗话说得好：只有千日做贼的，没有千日防贼的。与其提心吊胆防备他们，不知道他们什么时候来犯，不如把对方的行动都掌握在手中。于是我将一个可靠的小厮也遣了出去，让他串联那些心怀叵测的家伙，又教了他们如何拉人，如何行动。这帮人凑在一起，就成了一个不小的团伙，大团伙要行动，就会暗中压制小股蟊贼。因此过去这些天，我们花差号反而平安无事了。"

"但是那些帮派受了我们的算计，事后岂肯善罢甘休？"

"当然不肯的。"周贻瑾说，"不过那又如何？明日西关将有大变动，等过了明日……如果承鉴能够翻盘，这些杂鱼烂虾别说再来冒犯，还得上门来磕头认罪。如果承鉴不能翻盘……那……"

"那我们……该如何？"

"那我们就把这艘船烧了吧。"周贻瑾道，"没有宜和吴家，这艘船便保不住——就算整个广州府的疍村都出头，也保不住。"

吴国英的六十大寿终于到了。

刘大掌柜约了戴二掌柜一起去给老当家拜寿。一大早，他才穿戴好，戴二掌柜就来了。

两人拱手见了礼，刘大掌柜道："外头形势怎么样？"

戴二掌柜道："还好，宜和行的产业暂时都没事。"

刘大掌柜一听，冷笑："自然是没事的，旧主人虽然要败，但新主人岂愿意收到一批破烂货？早就有人放出了风声，不许闲杂人等糟蹋这些产业，那些宵小之辈，岂敢造次？"

两人联袂出门，在门口就见到了二十几个伙计——这些人便是宜和行的中坚力量了。

刘大掌柜见到他们，不由得一愕："大伙儿，你们这是……"

他知道这些人的品性，绝不会是准备上门去讨薪的，而吴国英对他们也早有安排。

第二次保商会议结束后的第三日，吴国英便开始召唤一些老伙计分批上门。每个人都得了他一封荐信，如果半个月后宜和行不在了，便拿着书信去新东家处。

这时候，广州地区尚无信用足够的银行业务，但各大保商都会交换寄存一些东西在亲朋处以备不时之需。在潘家、叶家、蔡家、吴家都寄有银子。寄在蔡、叶家里的银子，吴国英是不指望了，但吴国英料潘有节不会这般下作，便给几个老伙计开了条子，让他们半个月后到潘园去取，也算是一笔遣散费。

当时这些伙计拿到条子个个泣不成声，与吴国英哭泣拜别。而这时听了刘大掌柜一问，一个叫欧家富的中年掌柜走了出来，说："大掌柜，我们是要去给老当家拜寿！"

二十几个伙计齐声说："对，我们去给老当家拜寿！"

欧家富道："宜和行这次遭了无妄之灾，是折在了小人手里，非己之罪。老当家和两位少商主都不负我们，我们也不能有负吴家。虽然我们帮不上什么大忙，但也要去凑个热闹，让老当家高高兴兴地喝一杯寿酒。"

现在整个西关消息都已经传开，他们也都已经料到，过了今日，只怕吴家的下场将十分凄惨。

"好，好。"刘大掌柜在宜和行多年，无论对宜和行还是对吴国英，感情都相当深，这时叫道，"走，咱们拜寿去。去给老当家敬一杯酒。"

二十几个人便结了伴，齐齐向西关吴宅走来。

过去几天，吴宅大门紧闭，又有旗兵看门，所以一只狗都进不去。

直到今天一大早，吴家张灯结彩，中门大开，几个旗兵被请到一边，有一桌酒席好吃好喝供着。穿窿赐爷站在门口，一身光鲜地迎接八方客人。

刘大掌柜等虽来得早，却已看见不断有人拱手而入，全没有料想中门可罗雀的景象，再走近一点，更觉得吴家门庭若市，竟是出人意料地热闹。

欧家富有些意外又有些高兴："老当家人缘真好。都说人情如纸薄，今天看来这句话却也不大对，到今时今日，还有这么多人来给老当家贺寿。"

刘大掌柜心中却想："人是多，贺寿却是未必。"但想想这是老当家的好日子，便没有开口，带了众伙计，走了上去。

第六十九章

拜 寿

　　穿窿赐爷远远望见刘大掌柜一行人，急忙走出几步，躬身迎了进去。

　　这一次寿宴，吴承鉴给足了穿窿赐爷钱，筹备得十分充分，一进大门，就能看见院落里摆满了酒席。吴承鉴说了个大概意思，穿窿赐爷就安排得妥帖。客人一来，就有童仆将人引到预定的位置上。就是不请自来的客人，也在院落里给他们预留了酒席位置。

　　当初吴家败迹未显时，穿窿赐爷觉得这么大个排场完全没问题。等到后来吴家败迹显露，宜和行的势头急转直下时，穿窿赐爷便觉得这么大的排场铺开，到时候若是没人上门贺寿，场面反而尴尬，就建议削减一些席位。

　　不料吴承鉴不但不让减，还让他多安排一些席位，果然今天许多债主和供货商户竟是拖家带口地上门"贺寿"。若不是早有准备，按照原来的安排只怕还有所不足，因此对吴承鉴的眼光更加信服——他心里想着："三少连这等小事都预见到了，不可能看不透整个大局。"

　　他这两日进左院和吴承鉴商量寿宴细节时，还每每见吴承鉴与夏晴调笑，便觉得三少有这等闲情，定是有把握将眼前局势翻盘。

　　刘大掌柜被穿窿赐爷迎到中堂之内坐好，他沿途扫了几眼，见来拜寿的这些人个个目光闪烁，不停地扫向堂内，似乎在等着谁出来，便知道这些人名为贺寿，实际上心怀鬼胎。

便是欧家富也看出来了，心道："这些人不是来祝寿的，是来讨债的。"

这些天来，吴国英老爷子一直睡不沉，但不知为何，昨晚却睡得很好，入夜后不久便睡着了，一觉睡到天光，竟是精神大好。

杨姨娘拿了衣服来帮穿，却皱着眉，苦着脸，只差没哭出来。

吴国英想想今天是自己的好日子，便忍住不说她。

他想想也觉得好笑：自己风光了二十几年，发家之后一直忙碌，从未做过一次像样的寿辰；不想今天吴家面临灭门之灾，这时候自己的寿宴却办得如此风光。

或许这将是吴家的谢场宴，或许经过此劫后吴家将涅槃重生，不管是哪一个结局，吴国英都做好了接受的准备——或许正因如此，他昨晚才睡得那么沉。

梳洗罢，开了房门，蔡巧珠已经侍立在外，请安道："媳妇来伺候老爷用早膳。"

这几年来，吴国英的日常起居都是杨姨娘伺候打理，但今日蔡巧珠来了，却也没人觉得不妥。许多下人心里都想："这是儿媳妇来给公公尽最后一点孝心了。"

蔡巧珠为吴国英添了一碗粥，吴国英问："承钧怎么样？"

蔡巧珠想了想，还是说了实话："昨晚一直咳嗽着，媳妇照看了一夜，幸而今晨起来没再咳了。"

吴国英看看她眼眶乌黑，便知她多半一夜未睡，道："辛苦你了。"

"应该的。"蔡巧珠道了一句，又为公公添些咸菜。

福建佬们吃的粥和广府人吃的粥不一样，福建人的粥总是煮得米粒完整，广州人的粥是煮得米粒扁烂。若依古语，福建人的粥其实应该叫"糜"才对——这是更古老的一种做法，晋惠帝那个"何不食肉糜"里的"糜"，指的就是福建式的粥。

吴家来穗安家已经几十年了，吴承鉴已经习惯了喝广式粥，而吴国英的早餐，依然改不去食白糜配咸菜。

一大碗好糜喝下去，吴国英大感爽快。因问起外头的形势，蔡巧珠道：

“这几日无论日夜，门外从来不缺人‘守门’的。今天中门一打开，就有人进门拜寿了。现在宴席已经坐了三四成。三叔说了，且等宴席坐了有七八成，我们再出去不迟。”

吴国英呵呵一笑：“早，真是早！”这老早地就上门，他自然猜到是什么意思。

老爷子就在后院等着，蔡巧珠先到前面去清点寿礼。上门不空手是中国人的习惯，更何况是拜寿。主人家受了礼，回头要设法还人情的，所以要清点立单，结果一堆堆的都是临时采买的便宜货色，用心准备的礼品十中无一。

所有寿礼之中，以潘有节送来的一株珊瑚最为夺目。那珊瑚高达五尺，更难得的是侧看形状恍如吴国英的生肖——老虎——这就可遇不可求了，多半是潘有节偶得此物而留了心，今日特意送来。

蔡巧珠心道：“十一保商之中，自第二轮保商投筹之后便都急着与我家撇清关系，也只有潘家还能维持这份体面与心意。同和行能成为天下第一果然不是侥幸。”

除了潘有节之外，卢家送来的寿礼也颇为厚重，虽不如潘家用心，却也配得上卢家的身份。

吴家中门已开的消息传遍西关，不到中午，吴宅内外就坐得人满为患。

蔡总商那边听到消息，怕出意外，便加急求请了粤海关，吉山临时又调了五十旗兵、二百绿营来，虽然没有阻人进门拜寿，却也要防人趁机作乱。有这些旗兵、绿营兵盯着，那些债主商户就算有什么怨念，也不敢肆意妄为了。

可是人一多就没办法保持安静，开了一个口，发现兵老爷们没管，就渐渐喧闹了起来，终于这声音传到了后院。

吴国英耐不住了，道：“走吧，走吧。”这场寿宴，他已经预备好了将是多事之会，便由吴承构和吴二两扶着，来到中堂。这里清空了桌椅，摆下了四桌宴席——能进到这里的，都是最重要的客人了——其中一桌请亲族，一桌请好友，一桌请官长，一桌请伙计。

结果好友、官长两桌几乎都空着，亲族、伙计两桌倒是坐满了。

吴国英先见亲族，拱手道：“六叔，十五叔。”六叔公与十五叔公带着众亲族还礼。六叔公的年纪比吴国英大，十五叔公的年纪比吴国英小，但两人的身体却都康健得很。

接着来见伙计，看到刘大掌柜、戴二掌柜、欧家富等人。刘大掌柜道："老当家，今天我们这些老伙计一起来了，给老当家贺寿，讨喝一杯寿酒。"

欧家富也上前，说道："老当家，我们这些人凑了钱，为老当家打了个金寿桃，因为太过仓促，还有几片叶子没打好，所以金寿桃暂时放在了我家。回头方便的时候，老当家就派人来我家拿。"

这话说得古怪，杨姨娘忍不住嘟哝，心想哪有上门拜寿寿礼还放家里的？分明就只是空口白牙。但吴国英却一下子就明白了，他素知欧家富为人忠厚，做事稳重又有计较，今天如果真送了珍贵寿礼来，万一明日吴家抄了家，金寿桃也是保不住的。这是暗着告诉吴国英：伙计们为吴家凑了一笔钱，万一有个好歹，这笔钱或许能做缓急之用，吴国英可以在方便的时候派人去取。

他拍了拍欧家富的肩膀说："有心了，有心了！能有你们这样的好伙计，我吴国英这辈子就没白活，宜和行就没白开！"

欧家富道："老当家福如东海，寿比南山！吴家一定大步蹚过，遇难成祥。"

门外头二十几个伙计一起："老当家福如东海，寿比南山！吴家大步蹚过，遇难成祥！"

后两句虽然不是拜寿的话，但这是伙计们的真心实意，吴国英便欣然受了。他举了杯道："今日我吴家虽遭挫折，但这个中堂之内，有亲人，有好友，你们不顾外头的风雨，能来陪我喝这杯寿酒，那便是上天没有亏待我吴国英了。虽然不知道吴家明日将会如何，但今天这一杯寿酒，却足以慰我老怀。吴国英在此便借这一杯薄酒，多谢各位前来。"

他是不能喝酒的，才沾了下嘴唇，旁边吴承构便抢过喝了。

中堂内外，所有人都举杯为寿——这是不可废的礼节。

吴国英点了点头说："酒薄菜淡，还请见谅，请用，请用。"

自己便坐下，按照风俗，这就算开席了，可今日到这里来贺寿的，有几人有心情吃饭？特别是外头的那些人，更是个个心不在焉——许多讨债的人被拦在大门外好几日了。今天借着拜寿的机会总算望见了吴国英，但看看周围的人都满脸心事还装作喝酒吃菜，中堂里又都是吴家的自家人，自己如果进去说了煞风景的话，怕是要被轰出来，一时也都不好进去。但如果就这样吃一顿饭就走，却又如何甘心？只是都等着看谁上去打头阵，他们才好跟着施压。

找碴儿的人一时找不到好时机进来，倒是那些真心拜寿的人，一个个地上前来祝酒。吴国英一个个地回礼，然后由吴承构把盏陪上一杯。

刘大掌柜动了几筷子后环视周围，心道："这个阵势安排得好。亲近的人围拢在老当家身边，外头那些人就算不怀好意，等闲也不敢进来。"

一念未已，就看见一个七八十岁的老头子，拄着拐杖颤巍巍地走进来，手边还有一个七八岁的小孩童扶着他。

吴国英一见吓了一跳，忙站起来说道："四友叔，你怎么来了？"

第七十章

逼 债

这个老头子叫薄四友，身子骨如吴国英一般虚弱，年纪却比吴国英大了将近二十岁。吴国英的辈分已经不低了，连潘有节都要称他一声叔，而这个薄四友的辈分更高，连潘震臣、吴国英都要矮他一辈。虽然薄家如今有些没落了，但吴国英素来念旧，见他亲来自然不敢怠慢。

薄四友立好了道："国英你做寿，薄叔我趁着能动，便赶来为你贺一贺。"

吴承构早看到吴国英的眼神，拉了张椅子扶薄四友坐下。薄四友指着那个孩童说："这是我的虱（曾孙）。来，给吴爷爷磕头。"

那孩子就趴在地上，口里僵硬地说"吴爷爷福如东海，寿比南山"，吴国英弯腰比较吃力，蔡巧珠早上前把孩子扶起来，顺便塞了一个红包。

吴国英道："好孩子，好孩子。四友叔四代同堂，羡煞旁人。"

薄四友说道："四代同堂，唉——在别人眼里那是福气，可谁又知道老头子的苦处？我这辈子生了七个儿子，活了四个——不去说六个女儿，只是这四个儿子又生了十七个孙子，十七个孙子下面又有十二个曾孙、曾孙女。三四十年前嫁女儿，家底掏了一半；近十年嫁孙女，剩下的家底又去了一半。我的这些儿孙又都是没用的，会营生的少，吃干饭的多，四代同堂，全靠老头子我支撑着全家六七十口的生计。就不知道我这把老骨头能撑到几时……"

吴国英也叹道："四友叔说得是，别人看我们家大业大都只知道羡慕，又有谁能清楚这其中的苦处呢？"

薄四友伸手过来握住了吴国英的手道："国英啊，还是你知道我。"他压低了声音，说："我不是不知道你吴家如今的难处，可是薄叔我比你更难啊。投在你们宜和行的那笔钱如果收不回来，明天我们薄家六七十口人，就都得喝风。国英啊，无论如何，你得替我想想办法啊……"说完，一双老眼便渗出了泪花。

蔡巧珠心里一突，便知这不是来拜寿，仍然是讨债来了。

吴国英见薄四友这个模样，心里也是难受至极。

蔡巧珠便知公公磨不下老交情，看了吴承构一眼，吴承构却不动。蔡巧珠无奈，这个丑人只好自己来做了。她上前福了一福，说道："薄太公，薄家再难，也不过少了下锅的米——吴家之难，却是连吃饭的人也都要保不住了。今天是我们老爷的好日子，薄太公是高寿的人，自然知道做寿的忌讳与规矩。太公与我们老爷既是几十年的交情，又是长辈，不如今日只论情谊，莫谈利害如何？"

薄四友扫了蔡巧珠一眼，脸色一沉，问道："这位是……"他有十几年没来吴家了，竟不认得蔡巧珠。

吴国英道："是承钧的媳妇。"

薄四友道："国英啊，你我说话，还要晚辈来插嘴，你们吴家的规矩是这样的？"

吴国英虽然念旧，却非昏庸，蔡巧珠这个儿媳妇是他极满意、极倚重的，薄四友却是一个十几年没上门、今天一上门就要讨债的长辈，谁轻谁重他还拎得清，当下道："她是我吴家当家的女主人。现在我大儿子病倒了，二儿子没出息，小儿子爱胡闹，我也是又老又病，只能靠着这个儿媳妇来撑场面，应付外头讨债的人了。"

薄四友被他一堵，脸上便讪讪的，说："好媳妇，好媳妇，果然贤惠得很。你说的话虽然有理，今日是国英的好日子，论理我不应当来，可是你们吴家门禁太严，我的几个儿子，何曾进得了门？过了今日，我怕是再也进不来了，所以不当说的话，也只好一并说了。"

蔡巧珠得了公公的话，底气已壮，说道："薄太公，我吴家门禁从来不严。这几日是被朝廷的兵给看住，吴家也没办法。在此之前，逢年过节的，薄太公是长辈，不敢叫您屈尊，但薄家的儿孙辈，却也不见常来吴家做客，累得孙媳我也没能认得薄家叔伯婶母，却是孙媳我的不是了。"

这句话是暗指薄四友一家平日不上门，今天想要钱了就打交情牌，薄四友被说得老脸又是一黑。又听蔡巧珠继续说："太公既知今天是我家老爷的好日子，若还顾念着数十年香火之情，那么那些论理不当说的话，还是别说了吧。"

这一阵抢白，薄四友一句嘴也还不上，这时候便祭出倚老卖老的绝招来，只对吴国英说："国英啊，别人的钱，我不管！但我的钱……老头子我快死了，你可不能赖啊！"

蔡巧珠眉头大皱，说道："太公，今时今日的形势，不是我吴家要赖大伙儿的账，而是当此形势，吴家还能做什么？不只是薄太公的钱，今日在座这么多人的钱，吴家非不愿还，乃是不能。薄太公，难道你就没看到我们吴宅内外，到处都是官差营兵吗？吴家大船有将沉之虞，太公还在这时候上门交逼，不嫌太过了吗？"

薄四友被逼不过，遮羞布也不要了，口吐真言："老朽当然知道你们吴家的形势，可是所谓烂船也有三斤钉，既然这艘船是沉定了，这三斤钉给谁不是给呢？不如就趁着沉船之前，给我们薄家了吧。"

蔡巧珠听了这话，再看这个老头儿，忽然觉得一阵恶心。她虽然也经历了不少险恶世事，本性毕竟还是良善的，万想不到还能在一个八旬尊长口里，听到如此厚颜无耻之话！

她忍不住心道："他薄家用心如此卑劣可鄙，怪不得家势每况愈下。"

就见薄四友踢了曾孙一脚，那小男孩大概是被教过的，一下子哇哇哭了起来，扑到吴国英脚边，眼泪鼻涕一起流，都蹭到了吴国英的裤腿上，又有几个薄家的孙子从外头冲进来，一起哭道："国英叔，国英叔！你可不能这么对我们薄家啊。"

吴承构和吴二两赶紧上前拦住，不让他们近吴国英的身。冷不防又走进来两个老者，约莫六十岁年纪，叫道："国英老弟！薄家的钱若要还，可也别少了我们的！"

刘大掌柜认出那两人，一个叫林汝大，一个叫任汉骁，都是与吴国英同辈的商场老货色。他们的背后也有一些子弟，在外头挤着就要进来。

这下子场面就有些失控的征兆了。

刘大掌柜赶紧与戴二掌柜迎了上去，欧家富带了吴家的亲戚，挡在了中堂门口。这里头一闹，外面没心吃酒的客人们也都跃跃欲试起来，有叫喊的，有哭号的，有要冲进来的。原本还勉强维系着礼貌与温情的一个拜寿宴会，登时破灭。

蔡巧珠眼看场面变得难看，低声道："老爷，你别伤心，这些人……"

不料吴国英却轻轻笑了笑："伤什么心！我若连这都看不破，那可是白混了几十年的商海。"

不过被人如此逼迫，这也是他生平罕有的遭遇，便要撑起身来发作。吴二两一看，惊得甩开旁人，即过来道："老爷，你可别激动。昊官吩咐过，今天无论发生什么，都不能让你激动。"

便在这时，外头"嘿嘿""呵呵"几声冷笑，从远而近，而原本就要闹起来的人群，竟也慢慢静了下来，似乎有什么了不得的人在走过来，气势压住了中堂外面的讨债者。

蔡巧珠心中一阵警惕："这又要来什么厉害人物？"

便见外头人群两分，中间走出三个人来。那三人进了门后，左边那人脸上一道刀疤差点将其半边脸划作两半，显得面目十分狰狞。他一个环顾，林汝大、任汉骁都吓得退在一边，连薄四友都将曾孙拉了回来。

进门三人中间的那个伸了伸手，便有两条精壮汉子快步小跑过来，进来后同时躬身，其中一个奉上酒杯，另外一个就帮着斟酒。酒一斟满，马上躬身后退，一举一动都显得训练有素。

那三个人便上前几步，举着杯子道："我等来给老商主敬酒！"

这三个人吴国英都觉得面生，看了吴承构一眼。吴承构嘴角有些抽搐，他认得左边那个人叫马大宏，广州有名的帮派老大，控制着沙面上千号苦力；右边那个叫段先同，北江广州段屈指可数的大佬，垄断着那几十里的内河黄金航道，据说只要他一个禁令下来，进出广州的航道立马就会瘫痪；中间那个更是手眼通天，人称"刘三爷"，真实姓名无人知晓，传说是洪门某一支的头面人物，号令所及，上至肇庆，下到澳门，整个珠三角都有他的耳目和打手。

如果说昨晚偷上花差号的那些是黑道上的杂鱼烂虾，那这三个就是广东黑道上响当当的角色。吴国英不认得他们，吴承构却清楚宜和行有一部分货是和他们有关系的——不管是直接还是间接——虽然所占份额不大，但对这些帮派来说却是一笔丰厚而稳定的投资。因为有这个关系在，平常时节这些帮派都会对宜和行、对吴家暗中关照，但现在吴家要倒，这些人便上门要抽回本钱。

第七十一章

洪门上门

　　吴承构低声在吴国英耳边说了两句，吴国英瞬间明白——这三人坐到现在这个位置是近几年的事情，因此他只是不认得人——赶紧扶着儿子站起来说："三位一路远来，老朽有失远迎。恕罪恕罪。"

　　马大宏的刀疤脸狰狞可怕，段先同的两撇老鼠胡子则是一副阴险样，刘三爷笑眯眯的倒是满脸和气，但能坐到他这个位置的人，谁敢以为他是真和气？

　　三人见吴国英起身敬客，都回了一礼。刘三爷笑眯眯道："今日我等三人联袂，凑个热闹，一来是给老当家拜寿，二来嘛，我们江湖上的人说话就不转弯了——老爷子，咱们三家投到宜和行的钱和别人不同，那是几千号兄弟一点一滴凑起来的血汗钱。吴家的难处我们也明白，但我们三人坐在这个位置上，却不能不为手底下的兄弟考虑，只能请吴老想想办法，别让这几千号兄弟今年过不了年。"

　　吴国英大感为难，刘三爷的话说得客气，但语气之中却是不容拒绝。

　　其实薄四友也罢，刘三爷也罢，他们都清楚吴家要完，然而他们的打算又惊人一致：别人的钱我不管，但我的钱你得还。薄四友是卖惨动之以情，刘三爷等就靠威压暗藏胁迫了。

　　旁边任汉骁嘟哝道："你们的钱是钱，难道我们的钱就不是……"

马大宏冷冷道："我们的钱，就是和你们的钱不同！怎么，你还有意见了？"

任汉骁吓得后退了两步，连声道："不敢，不敢！"

旁边段先同道："吴老爷子，我们就把话摊开来说吧。你们吴家算是皇商，如今形势不妙，官府那边是要先做一通清算的，或许吴家大部分人都熬不过这一遭了。可万一有漏网之鱼熬过去了，官府那边清算完，江湖道这边还要再过一遍。如果吴家能把我们这条数善了了，那么以后吴家劫后余生的子孙、家眷，在江湖上便能不受欺辱，但如果这条数不能善了，嘿嘿，这广府内外，固然有几千号兄弟要过问一声，便是南洋海外，也有洪门的堂口！"

这话说得漂亮，却又暗里藏刀！这是告诉吴家：别以为只是官府清算就算完，若是不能将我们这边的账目结清楚了，将来官家那边清算完，黑道上的兄弟还要再补上一刀。

听了这话，从蔡巧珠、吴承构到吴二两，全都脸色一变，就是吴国英也是双眉一皱。公媳俩都知吴承鉴做好了打算要把光儿送到南洋安身，到了吕宋朝廷便鞭长莫及，但洪门的势力能伸到那里。今天若不能善了此事，光儿到了海外也会有危险。

刘三爷笑笑，对吴国英说："老爷子，怎么说？"

吴承构叫道："我们家现在没钱了！"

马大宏大怒道："你们真想赖账？"就要上前动粗，却被段先同拦了一拦。

段先同笑道："百足之虫，死而不僵，以宜和行这么大的家业，不可能没有留一点后手的。"

他看了吴承构两眼，阴阴地说："这位是吴二少吧？别说你们家的公账了，就说你的私房，你在芳草街那处宅子，还有里头静鸡鸡（鬼鬼祟祟）收着的娇娃，便都不在宜和行的公账上吧？"

吴承构一听，脸皮就像抽了筋。

他毕竟也是宜和二少，虽然不能像吴承鉴一样，弄了一艘花差号光明正大地梳拢花魁，却也悄悄在外头弄了个院子，包养了个外室。这段时间，他已经提前将一些家资挪了过去，正是为了以防万一，没想到这点底都被捅破。

吴国英一阵咳嗽，几乎就想打吴承构一个耳光，手提起来却没力气。蔡巧珠赶紧上前为公公顺气，吴二两则连声道："老爷，你别气，别气坏了身子。一切不还有昊官吗？你要保重啊。"

吴承构听到这话，一个激灵，叫道："对，对！你们别逼我爹了，我爹现在不当家，你们逼也没用！"

刘三爷"哦"了一声，他倒也知道吴家的家业早已交接了两回，弥勒佛般的脸笑道："若是这样，那就请当家的出来一谈吧。这会子老子做大寿，亲生儿子怎么也得登场不是？"

蔡巧珠亦知今日吴承鉴是怎么也避不过去了，转头就要让连翘去请三少，却听后面吴承鉴的声音响了起来："哈哈，今天好热闹啊！"

就见吴七穿得一身光鲜，打头出来，后面跟着的吴承鉴，更是穿得一身锦绣。他摇着扇子直晃到了吴国英面前，笑道："阿爹，孩儿来给您老人家拜寿了。赐爷搞起来的这宴席你可还满意？"

说着当满堂的人都不存在般，直向吴国英拜了下去。

吴国英慢慢坐回太师椅，挥手："去，去！该做什么做什么去！"

吴承鉴这才朝外朗声道："各位亲朋，各位好友，赶紧好吃好喝起来吧！我们吴家可是有今天没明天啦，过了这一顿，下一顿想来我们吴家白吃白喝也没机会啦。"

刘大掌柜和戴二掌柜面面相觑，一时无语。

马大宏脸上怒色就要发作，不想刘三爷却按了按他，反而退开了两步，要看吴承鉴如何言语。

吴承鉴一眼瞥见薄四友坐在那里，皱眉对吴七道："这老头是谁？中堂的酒席，我记得没安排闲杂人等的位置吧？"

薄四友听到"闲杂人等"四字，差点气结。

吴二两连忙上前道："这是薄四友，你该叫叔公。"又解释了两句薄四友的身份和来意。

吴承鉴笑道："哦，就是那个为老不尊的，七八十岁还在外头包小妾，结果那小妾当晚就卷了细软跟马夫跑路了。这事听过，听过——神仙洲都笑了好几年了。"

薄四友气得胡子翘起，戟指道："你……你……你……你个不肖后生！你不敬老！"

吴承鉴笑道："人不是活久了就值得尊敬的。像你这样做了五六十年生意，连个行号都没立起来，生了一窝的崽子却没一个成材，家无余财还要凑钱包娼，力不从心只能看着小妾跟马夫跑路，整个人活成了广州城的笑柄，我要是你，早就一条绳子吊死自己算了，还会跑来大庭广众之下丢人现眼？"

薄四友大叫："你……你……你……"手指连点，双腿伸直，眼看一口气就要上不来。

吴承鉴转头对他的几个孙子说："薄家放给宜和行的钱，可都是这老头画的押。他要是死了，回头官府清算宜和行，你们这种债主不在子孙代领的，可得排在后面了。"

薄四友的孙子大惊，赶紧跑过来扶住老头子，让他千万别死。

吴承鉴道："还不快抬回家去，用人参吊命！"

那些薄家儿孙慌乱得全无主张，赶紧将人抬出去了。

吴承鉴又看了站在门内侧边上的林汝大、任汉骁一眼，笑道："哎哟，这不是林伯、任伯吗？这是来给我阿爹祝寿吧？多谢，多谢。"

林汝大也有把柄，怕遭了吴承鉴的毒舌，不敢接腔。任汉骁为人浑一些，就叫道："我们一来拜寿，二来讨钱！"

吴承鉴道："讨钱？这还不到结账的时候吧？"他转头问刘大掌柜："是我记错了吗？"

刘大掌柜道："三少没记错。根本就还不到时候！"

吴承鉴道："既然不到时候，你们讨什么钱？到了时候，我们吴家自然有钱还你们。"

任汉骁大叫："到了时候？就怕你们吴家过不了今晚，到不了明天！"

吴承鉴道："所以你们打算不守白纸黑字签下的契约，一定要提前结走款子？"

任汉骁叫道："没错！"

吴承鉴微笑着，说："你们这些人，不讲情面，不讲规矩，不顾契约。不过嘛，我们吴家是好人家，三少我更是好人一个，你们既然想提前结款，倒也不是不能商量。"

其实包括薄四友、任汉骁等人在内，今天来赴宴讨债的所有人，内心也都知道这一场闹多半只是徒劳——有官兵官差盯着呢，怎么可能闹出钱来？只是要他们眼睁睁看着一大笔财产就这么没了，怎么也不能甘心，所以就抱着"万一呢"的心态来了。

不料吴承鉴这时居然松口，林汝大、任汉骁等赶紧叫道："什么？你愿意还钱？"

吴承鉴笑道："这有什么不愿意的？不过我说过，你们这么做，不合规矩。咱们广东人做生意，口齿最重要。既然去年定下了日子，那么今年就应该按约结款。若我们吴家失信，该结的款逾期不结，那就是我吴家的不是；但你们若要提前要钱，失信的就是你们了。真要提前把钱结走，至少要倒扣一些利息。如何？"

林汝大、任汉骁对望了一眼，同时道："倒扣利息就倒扣利息！"心想都什么时候了，这钱自然能拿回一点是一点，哪怕只能拿回个几成，那也比全部打水漂好啊。

吴承鉴走到中堂门口，对着挤在外头的百十号人说："你们是不是也愿意倒扣利息，提前取款？"

一听这话，外头强压了好一会儿的人群雷声般轰叫："愿意，愿意！"

吴承鉴等人声静下来，这才笑笑道："行，那就这么办。"招了招吴七："你们把这张追加契签了，我再给你们发钱。"

吴七从怀里摸出了一沓纸来，给各个债主当家发了过去，今天来讨债的人虽然多，但大多是亲眷伙计帮着拉架势的，真有资格做主签字的，也就二十几个。二十几人都拿了那张纸看，却是一份追加契约，大致内容是因为要吴家提前结款，自己愿意倒扣利息、每日倒扣几何云云。

这些人大多精通算计，将那利息一通心算，各自心惊，有人叫道："这利息好高，若是要今日还款，那我岂不是只能收回不到一半的钱？"

"没错，这倒扣的利息太高了！"

"这太离谱了！"

类似的声音此起彼伏。吴承鉴等众声稍停，才冷笑道："怎么？不想签？不想签就把契约拿回来。咱们还是按照旧契行事。何必在这里啰唆！"

众债主一听，又受不了了。任汉骁忽然一咬牙，道："好，我签！"

吴承鉴道："阿七，去搬张案几来，给任伯签字画押。"

他要做的这些事情，都是早有准备，所以案几很快搬了来。任汉骁带头，就签了字，画了押。

吴七便要收走一张新契，任汉骁一拦："等等，钱呢？"

吴承鉴笑道："你怕什么，这么多人堵在这里，还怕我逃了？再说这是追加的新契，本来也该人手一份，我们才能按契行事。"

这话倒也合情合理，任汉骁这才放开了，又说："好，新契你签了，钱呢？"

吴承鉴笑道："那我是先给你结钱，还是等后面的人一起签完，大家一起结？"

任汉骁叫道："自然是我先签先结……"他话没说完，就被后面的人声给淹没了："凭什么他先结！""要结一起结！"

吴承鉴笑道："看来只能等大伙儿都签完了一起结。"

任汉骁一个人也拗不过这么多人，于是二十几个债主便排起了队伍，一个个地签名画押。马大宏也要过去时，却被刘三爷给拦住了。

吴七收齐新契，交给了吴承鉴，二十几个债主又一起问："新契签了，钱呢？"

吴承鉴笑了笑，道："行啊！"对吴七道："开库，取钱还钱！"

吴七接过吴承鉴递过来的钥匙，就用他唢呐一般的声音叫了起来："来啊，开库，取钱还钱！"跟着对那二十几个忠心的伙计说："走，帮忙搬银子去。"

吴承鉴虽然是当家，但在宜和行威信未立。欧家富先望向吴国英一眼，吴国英心里清楚家中库房的存银不足以支付所有债务，也不知道儿子要搞什么鬼，但却点了点头。

欧家富便带着伙计们跟吴七去了，不久便见他们抬了十几口大箱笼出来。

"啪"的一声，吴七打开了其中一口箱笼。这时已经过了中午，日头正大，这满满一箱笼的白银，反射得满院子人眼花。

吴承构见到银子，惊叫道："阿爹，这……真要把银子给结了？"

吴国英低喝："闭嘴！"

便听吴承鉴笑道："刘大掌柜、戴二掌柜，清点计算，这就把钱给他们结了吧。"

两位大掌柜都望向吴国英，见吴国英还是点头，便走了出来。二十几个债主正喜出望外，忽然外头响起了一个尖锐的声音："住手！住手！不许结账，不许还钱！"

就见一个金钱鼠尾辫子带着旗兵，气急败坏地闯了进来，正是嘎溜。

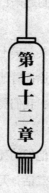

第七十二章

番鬼上门

来讨债的这些人，对着吴家呼呼喝喝，但一见到持刀拿枪的旗兵，一下子就都软了，屁都不敢放一个。

嘎溜急急冲了进来，指着所有人道："不许乱动！"又指着吴承鉴道："不许还钱！"

吴承鉴道："嘎溜管事啊，欠债还钱，天经地义啊。他们有的是盘借了钱给我们吴家，有的是输送了货给宜和行。无论是还钱还是结账，我们吴家都不能赖啊。"

债主们都鼓起勇气，帮腔叫道："不错，不错！"

"不错个屁！"嘎溜伸手点着那些箱笼，"这些，这些，现在都是皇上的钱了！你们谁敢乱动，那就是劫掠皇家存银，要杀头的！谁想杀头，给我站出来！"

他这一通狂叫嚣，把所有债主都吓退了一步——虽然他话里头满满地都是毛病。

吴承鉴道："嘎溜管事，这真的不能通融通融吗？"

嘎溜冷笑道："你在保商会议处，自己答应了什么，自己心里清楚！捐献结清之前，你们吴家的成锭的银子，一锭也不许动！"指着那些箱笼："全给我搬回去！拿了封条，把库房大门封起来！谁敢乱揭封条，谁就是劫掠皇家府库！”

吴承鉴一脸无奈，朝着吴七摇头。吴七只能将打开的箱笼盖上了，又带人将这些箱笼搬了回去，一队旗兵沿途押着他们回了库房。

吴承鉴对嘎溜道："管事老爷，我们吴家败亡，也就算了，又何必多拖这么多人下水？"

嘎溜冷笑道："你们的死活，他们的死活，关我什么事？但这银子，必须一锭不少！这是上头的意思，谁敢二话，刀剑伺候！"

吴承鉴这才露出一脸假笑来，对着众多债主道："看看，我也没办法，是不是？"忽然之间，假笑变成了真笑，真笑变成了放声大笑。

众多债主忽然才反应过来，知道自己被吴承鉴给玩了！空欢喜一场，然而现场有旗兵镇压，他们哪里还敢造次？只能暗中咒骂，眼睁睁看着吴承鉴放声大笑进门去。

吴承鉴回了中堂，吴国英看了他一眼道："何苦如此？便让你玩耍了一场，又有何益？"

吴承鉴看了刘三爷一眼，笑道："怎么没益处？"他掏出怀中的追加契约，在手中拍了两拍，笑道："回头我们银池子满了，就一家家地跟他们提前算账。虽然不能像今天一样坑掉他们大半的债务货款，但坑回三四成也还是有的。人家自己送上门的钱，为什么不要？何况这加加埋埋（减减）的，也不算一笔小钱了。"

那三个黑道大佬，阴狠狠的段先同一双眼睛一下子就眯了起来。刘三爷一张胖脸也收了微笑，露出沉思的表情。马大宏则抓耳挠腮，似乎完全看不懂形势。

蔡巧珠心道："三叔这话是没错，前提是我们吴家能熬过今晚。"

外头讨债的却终于有人忍不住，有的人出声咒骂，甚至意图冲进来，却被旗兵拔刀拦住了。

吴国英道："快去劝劝那个嘎溜，可别闹出人命。"

吴承鉴道："刀枪在前，他们若要送死，跟我们有什么相干？"

蔡巧珠道："今天是老爷的大寿，若是见了红，可不是什么好兆头。"

吴承鉴心想这倒也是，便转身出门，才要跟嘎溜交涉，忽然外头有个旗兵冲了进来，跟嘎溜低声说了两句，嘎溜登时脸色大变。跟着穿窿赐爷也无比焦急地赶到，气喘吁吁跑到吴承鉴身边，叫道："不……不好！番鬼子……来了！"

蔡巧珠道："什么？"

穿窿赐爷道："番鬼子！番鬼子来了！门前的旗兵都挡不住！打头的我认得，他和三少吃过饭，就是那个……那个米尔顿先生！他带了两队火枪兵，已经到门口了！"

吴国英大惊："什么？"

吴承鉴听到"米尔顿"三个字，脸上的神色变得有些尴尬，对刘大掌柜说："刘叔，我有些累了，你替我迎迎客人，我去书房歇会儿。"然后就不管众人诧愕，带了吴七一溜儿烟走了。

门外开始乱了起来，因为那帮英国人已经进了宅子。领头的是一个身材高大的英国男人，正是东印度公司的代表米尔顿先生。他一身英伦绅士装扮——这身装扮在广州人看起来便是奇装异服，身后又带着两队扛着火枪的士兵，不但吓得讨债的宾客连连后退贴紧了墙根，就连旗兵都不敢阻拦。

嘎溜也就在汉人面前装腔作势，遇到了洋人，心里也慌张。他身后的旗兵头目上前两步说："爷，这会子您可得主持大局啊。"

旗人对洋人虽然有些忌惮，但并不怕。嘎溜被迫无奈，只得上前，壮起胆子，指着那群英国人说："你们怎么上岸了？你们怎么敢上岸！还带了火枪队来！"

米尔顿看了他一眼，叽里咕噜说了句什么，他身边的一个通译就把嘎溜的话翻译过去。米尔顿回答了，通译又翻了过来："米尔顿先生说，这里又不是广州城，他这次是来给老朋友吴老先生庆贺生日，并没有别的意思。"

嘎溜愣了一下，这才记起这里是西关，不是广州城内。清廷对西洋人有严格的限制，他们只能住在政府指定的地方，而且理论上来说是不许进城的。但这西关靠近白鹅潭，又是广州城外，而西关地面住的又多是与洋人们有生意来往的富商，所以有时候一些洋人会到西关来走走逛逛，购物游玩。

西关会出现一两个洋人的身影并不罕见，西关人也早就见怪不怪，但问题是这次米尔顿带了两队火枪兵。

嘎溜指着说："拜寿就拜寿，为什么还带兵！"

通译说："这两队火枪兵只是米尔顿先生的护卫。"

满院子的宾客心里都想："信你就有鬼！"

然而米尔顿只是给对方一个说法罢了，没打算纠缠下去，就对着中堂叫："吼滚，吼滚！"

众人听得一愣，随即反应过来他叫的是"昊官"（广东话中"昊官"读作"hou⁶ gun¹"），也就是吴承鉴的商名，只是音调全乱，听起来就怪异。

米尔顿见没人答应，就直接走了进去，嘎溜都不敢拦他。米尔顿先生进了中堂的门，环视一眼堂内，没找到吴承鉴，就说了句什么，通译就说："眼前这位可是宜和行的老当家？"

吴国英早已由吴承构扶着站起来，拱手说："正是老朽。"

米尔顿就躬身行了一礼，说："搂吼滚，做呢豁于东回，稍逼蓝山。"

吴国英愣了一下，但他也是和洋人打过交道的，马上就反应过来，对方是说："老昊官，祝你福如东海，寿比南山。"

他连忙拱手还礼，道："多谢，多谢。"

中堂窗开门阔，里头的情景，外面院子里的宾客看得一清二楚，心里都有些奇怪："这个洋人，难道真的是来拜寿的？"

就见米尔顿向外头招了招手，一个火枪兵头目就嚷了句什么，外头又进来一队身材魁梧的水手，每四个人抬着一口巨大的箱笼，一共抬进来十二口箱笼，其中八口抬到了院子外头，另外四口直抬到中堂里来。这里本来就站了不少人，这一下子把院子、中堂中间的空地几乎都塞满了。

米尔顿挥了挥手，"咔嗒"几声，内外各有两口箱笼被打开了。众人抽了口冷气，箱笼里摆满了各种金条、银锭、银圆，黄闪闪、银灿灿，看得嘎溜都目瞪口呆，心想这么大十二口箱笼，这得多少钱啊——也怪不得对方要带火枪兵了，换了自己，没有重兵护卫也不敢随便带这么多钱上街啊。

可是这番鬼带这么多钱来这里做什么呢？难道是送寿礼？可这也太夸张了吧！这里的每一口箱笼都大到能塞个人进去了。

就听米尔顿又叽里咕噜了一通，通译道："米尔顿先生说，吴家的那批本家茶叶，质量非常好，在伦敦，甚至在整个欧洲都非常抢手。东印度公司非常感谢宜和行为我们提供这样好的商品。"

吴国英拱拱手道："好说，好说。"

米尔顿又一阵叽咕，通译道："米尔顿先生说，过去几年，宜和行交货一直十分及时，吴家的信用非常好，但今年不知道出了什么问题，验货的时间早就过了，交货的时间也快到了，不知道为什么那批本家茶叶至今没有见到。前几天，东印度公司派了几个人来吴家询问，却全被官府的兵挡在了外面。所以米尔顿先生就趁着今天来拜寿，把那批本家茶的货款都带来了。"

米尔顿走到其中一口打开了的箱笼旁边，说了一通话，通译道："本家茶的头款就在这里了，请宜和行验收吧。同时也请将那批货拿出来，我们这边也查验一下茶品和数量。"

米尔顿说完就转身逼视着吴国英，不再说话。

外头的旗兵、宾客们听得一清二楚，来宾心里都想："我说呢！原来这番鬼佬跟我们一样——我们是来逼钱的，他是来逼货的。"

吴国英几乎要站不住了，本家茶丢了至今没找回来，这事他比谁都清楚，可是这话又不能直说。如果直说，万一惹恼了番鬼子，谁知道对方会做何反应。番鬼上门逼货，甚至带枪进了西关，这已经是干系华洋的大事，若是更进一步引起了冲突，甚至闹出人命，事情只怕会捅到御前去。

大清的皇帝极其厌恶听到夷汉冲突的消息。面对这种情况，要万岁爷庇护自己的子民是别想了，处置起来，那时候吴家便是想自尽——恐亦不可得，多半得是满门抄斩了。

刘大掌柜眼看吴国英站立不稳，连忙收拾心情，准备去帮忙应付一下这个番鬼，忽然听见马蹄声响，再跟着，外头又是一阵骚动。

有人匆匆进来，向嘎溜禀报道："外头来了五百绿营，已经把宅子内外都包围住了。带兵的是王得功王副将。"

嘎溜惊道："谁让他带兵来的？谁！"

"是两广总督府直接下的军令。"

第七十三章

来时霸道威风，去时春水无痕

嘎溜倒抽一口气，气焰一下子就没了。

米尔顿虽然刚进门不久，但他的人一出沙面，马上就有人向广州军政各方禀报。广州乃是岭南第一重镇，西关虽然不在城内，却也近在肘腋。这么大的事情，军政各方哪敢隐瞒，第一时间就报到两广总督府去了——这种事很难瞒，报迟了，万一出乱子，责任就是自己的。朱珪闻讯震怒，马上下令发兵。

和珅虽然通过私人关系对朱珪有所钳制，但事关华洋异变，朱珪下令动兵便天经地义，这时候谁敢搪塞拦阻？便是和珅自己在广州也不敢开这个口。

王副将在外布置妥帖后，也领了一队人进门，进来就责问此处究竟出了何事，为何会惹得西洋人登岸。随嘎溜来的旗兵头领简略交代了情况，王副将听说，一边派人急马去给朱总督回报最新情况，一边进门。吴国英见到王副将进门，赶紧起身行礼。

王副将的注意力却全在米尔顿身上，一进来就责问对方为何不遵万岁爷禁令，私自带兵登岸。

米尔顿一副无所谓的样子，叽里咕噜了几句，通译道："米尔顿先生说，他并没有带兵，这些只是船上配备火枪的水手，并不是什么士兵。这一次来主要是给生意伙伴祝寿，其次是问问一批至今不见踪影的货物究竟是怎么回事。"

王副将原本还担心是出了什么不得了的事情，听了这话，心里有了底。如果只是商务纠纷就好办了，直接逼那个商人尽快把事情了结就成——对付外国人他们没把握，对本国商人那还不是想怎么拿捏就怎么拿捏。

王副将当下虽稍稍放心，但他领了两广总督府的军令而来，自然不能显得宽纵，便厉声责问吴国英道："你就是那个保商吗？身为保商，本来就应该区隔华洋，你反而惹得番人登岸，这是打算要抗逆圣旨吗？"

若放在一个月前，王副将的这番申斥能吓得吴国英膝盖都软掉，但现在自家面临的局面要比王副将的恫吓险恶得多，所谓虱多不痒，债多不愁，便只是说道："老朽做寿，并未邀请这位米尔顿。对方不请自来，老朽也是没办法。虽然我等保商有责任约束番人，可是对方手持火枪，我等便是有心亦是无力了。"

这其实也是清政府对十三行的一条颇让人头疼的规定：保商们按照圣谕必须约束洋人，可是他们却不能拥有武装，让一群手无寸铁的软弱商人去约束坚船利炮的虎狼洋人，真是何其荒谬。

王副将哪里管吴国英的现实难处，又将他臭骂了一顿，然后厉声对米尔顿道："我大清皇上早有严旨，不许尔等夷人擅自深入内地，欺瞒中华百姓。你们借故登岸，到底是何居心！"

米尔顿很绅士地一笑说："我们没有别的意思，就只是过来拜寿，并问问货物的情况。"

听了翻译后，王副将问："那现在寿拜完没有？"

米尔顿还没回答，吴国英忙说："拜完了，拜完了。"

王副将厉声喝道："既然拜完了，就赶紧回夷馆去！"他是恨不得这英夷赶紧走，只要事情就这么了了，回头他就能向两广总督交差，各方稍作遮掩，就能把英夷带枪上岸，写成番商拜寿误入西关——只要最后没捅到御前去，这次的事情便能大事化小，小事化了。

没想到米尔顿非但没有离开的意思，反而找了一张没人坐的椅子，拉开坐了下来，又说了几句话。

通译道："米尔顿先生说，今天见不到那批茶叶，他是不会走的。如果吴家拿不出茶叶，那就按照约定，缴纳赔偿金吧。东印度公司是一个诚信的公司，但拿了东印度公司的钱，就得办成协议上的事情。否则的话，他们将用一切可能的手段，来维护公司应得的权益。"

王副将听得又烦躁又恼怒，目视吴国英，恨不得他赶紧把事情解决。

但吴国英这时能有什么办法？

吴家的这批本家茶，东印度公司是高额预付了款项的，吴家如果不能及时装船，就要赔偿几倍的金额。这笔钱吴国英此时便是把整个吴家银库都翻干净了，那也是凑不齐的。

刘大掌柜便想起自己曾说，"东印度公司是个吃人不吐骨头的怪物，我们拿了他的钱却交不出货，到了交货时节，他能逼得我们自己拆自己的骨头"。不料竟是一语成谶！

院子里那些讨债不成的宾客，听着堂内发生的一切，看着吴国英左右为难，一个个幸灾乐祸。

王副将这边厉声呼喝，要吴国英赶紧地，或者拿茶出来，或者拿钱出来；嘎溜这边则厉声禁止，不许吴家妄动银子；米尔顿坐在那里，一副要么拿到茶，要么拿到钱，否则就不走了的样子。

米尔顿进来时，蔡巧珠已经被人护在后头不让她与番鬼照面，吴承构见嘎溜都腿软，更别说面对扛枪进来的外国人。

吴国英无人可以依靠，只得独自承受这压力，然而被代表两广总督的王副将、代表粤海关监督的嘎溜和代表东印度公司的米尔顿同时逼迫，向左不得，向右不得，当此之时，有何法可想？不禁向天而号："罢了，罢了！你们这是不给老头子一条活路啊！"撑起身来就向柱子上撞去。

虽然事出突然，但幸亏他年老力弱，没撞到柱子就被好几个人拦住了——欧家富抱住腰，吴二两拉住肩头，吴承构慢了一步，也吓得赶紧过来跪下抱住大腿。

刘大掌柜道："诸位，难道真的要把老爷子逼死吗？"

王副将道："他便死了，这责任也逃不过去。他的子孙，还是得出来担着。"

嘎溜也一副无所谓的样子："他死归他死，总之吴宅库房的银子一锭也不能动！"

米尔顿则通过通译说："我没想逼死谁，只是要维护我们东印度公司的合法权益。今天要么见到茶，要么拿到钱。"

吴承构忽然大叫："你们不要逼我爹了！现在当家的又不是我爹，要找找宜和行的当家去！"

王副将是军伍中人，满院子只他一人不甚清楚西关的情况，随口问："你老子不是当家的？那谁是当家的？"

吴承构叫道："现在当家的是我家老三，你们找他去，别找我爹了。"

便在这时，又有急马奔到，一个精壮汉子直奔进来。王副将认出那是两广总督的长随朱礐，赶紧行礼。那长随道："总督老爷已知此间之事，传下话来，此间事情，赶紧解决！不得拖延！否则一干人等，依照军法就地论处！"

众人一听大哗，眼看朱珪是要快刀斩乱麻，直把这院子当作战场来处置，满院子的宾客都吓得两腿发抖，只恨自己今天为什么要跑来凑这个热闹！

王副将领了命，又喝问吴家众人："那个老三呢？那个当家的呢？人在哪里？"

吴国英眼看如此局势，知再推托不得了，便对吴二两道："去，让吴官出来吧。"

吴二两无奈去了书房。

院子里所有宾客，均想："监督府不许他吴家动钱，他家那批本家茶又丢了，那个败家子出来了又能怎么样？除非他会点石成金，变出许多钱来，又或者会五鬼搬运，当场把那批茶变回来。"

吴二两匆匆而去，不一会儿带了一个后生出来，却不是吴承鉴，而是吴七。吴七出来后谁也不看，就直奔米尔顿跟前说："米尔顿先生，你好哇。"

米尔顿倒也认得吴七，点头说："呢吼（你好），七。"

吴七说："我们吴官说，请你到书房一叙，他想跟你私下聊聊。"

米尔顿倒也不推托，起身道："All right（好）。"

吴七这才跑到王副将跟前说："我们吴官说了，他一定把这位米尔顿先生劝回去。放心，放心，马上就好。"

这话说出来，对商场之事不熟悉的王副将将信将疑，外头的宾客们却没一个相信，心想生意场上的事，干涉钱银那就连父子都没情义可讲。吴承鉴若是拿不出茶叶或者钱来，就算是苏秦在世，张仪复生，也不可能空口白牙就把这番鬼哄回去。东印度公司的这些番鬼可不傻，更别说人家还带了火枪兵呢。

这时中堂内外站满了人，尤其那十二口大箱笼碍事，米尔顿要进去的时候都不好挪脚。吴七道："米尔顿先生，这些箱笼太碍事了，不如先搬到隔壁耳房吧。放在这里人多手杂，万一丢了些许，我们吴家说不清楚。"

米尔顿皱了皱眉头，似有戒心。吴七说："让你们的人动手，我们都不碰。"

米尔顿这才说："好，搬吧，不过这是东印度公司的财产，谁敢靠近，我们就当他是盗贼。"他转身对火枪手们说："如果有什么意外，你们就开火。"

通译把他的话翻译出来后，王副将赶紧约束众人。他手下的人比番鬼多，真打起来不怕，但这一打起来，事情就收不了尾了。

米尔顿等箱笼都搬到耳房，火枪手们在耳房外站好岗后，这才跟吴七去了书房。去了有两盏茶工夫，不见出来，王副将有些烦躁起来，道："怎么这么久！"

就要派人去催，却见吴七把米尔顿给送了出来。这个英国佬脸上满脸春风，似乎得了什么好处一般，到了中堂就挥手："好了好了，我们走了。Boys, go home（伙计们，回家）。"

他们来时威风霸道，去时春水无痕，把满院子的宾客看呆了。

便是吴国英、蔡巧珠，也想不通究竟吴承鉴说了什么，竟然真把这个西洋鬼子给哄回去了。

第
七
十
四
章

最后的晚餐

　　王副将只要结果，不管过程，就率领五百绿营兵，一路将这队英国人护送回了沙面。后来回报了朱珪，朱珪不轻不重地给军政各方发了几通斥责，总算没将事态扩大。

　　吴宅这边，送走了米尔顿后，吴承鉴这才露面，看着他的背影说："这些英国佬，真是难搞！"

　　嘎溜也有些好奇，上前问道："吴三少，你怎么把人劝走的？"

　　他原本是不将这个纨绔子弟放在眼里的，但经历了几次事情，也觉得这个家伙似乎不简单。

　　吴承鉴哈哈笑道："个中缘由，不足为外人道也！哈哈！"

　　嘎溜怒道："我也不能说？"

　　吴承鉴笑道："你本来就是外人，当然不能说。"

　　嘎溜就过来扯着他的领子道："走，跟我回监督府吧。"

　　吴承鉴指着满院子的宾客："客人都还在呢，容我先将他们送走。"

　　嘎溜便朝着满院子的宾客吼道："都吃完了吧？吃完就都滚吧！"说着旗兵们便都把刀拔出来了。

　　那些讨债的眼看今天是无望拿回钱来，又不愿意挨近刀枪，个个唉声叹气，陆续离开。

刘三爷、段先同、马大宏等也走了过来，吴承鉴笑了一笑，对着三人拱手道："三位，今天没能好好招待，甚是抱歉，来日等在下处理好宜和行的事情，便在神仙洲摆流水宴，请洪门的兄弟们好好醉上一场如何？"

马大宏道："来日？你们吴家还有来日？"

段先同看着吴承鉴的眼神也满是审视。

刘三爷却笑了笑，道："好，那我们就先回去了，来日神仙洲上，等着三少的这顿酒。"

马大宏叫道："三哥……"

刘三爷却挥了挥手，将他压下，带着两人告辞了。出了吴宅后，走出一段路程，段先同才道："三爷真相信这个吴承鉴能够让宜和行咸鱼翻身？"他们三人并非一个帮派的，马大宏和洪门关系近，所以叫"三哥"，段先同关系远，所以叫"三爷"。

刘三爷嘿嘿一笑："我虽然不知道这位吴官在搞什么鬼，但他的眸子丝毫不乱，这一定是有后手——否则不可能这么镇定。我一辈子看的人多，自信不会看错。如果刘三出了差错，回头就挖了双眼，给洪门的弟兄们下酒！"

马大宏一听道："我们白鹅潭的苦力没见识，但三哥这么说了，我们就听三哥的。"

段先同也道："好，我们北江航道的好汉子，也会拭目以待，看他吴三少如何翻盘。"

吴宅内，那些真心拜寿的，比如刘大掌柜、欧家富等人，都来到吴承鉴身边。吴承鉴挥手道："回去吧，回去吧，今晚好好睡一觉，明天开始，咱们宜和行有得忙。"

刘大掌柜和欧家富对望了一眼，又是诧异，又是怀疑，这时却不好多问，看着吴承鉴，心想：难道吴官真的有什么办法？他们原本对这个新当家都抱有疑虑，甚至不放在眼里，可刚才众人都以为米尔顿这尊神断难轻易送走，偏偏就是吴承鉴一席话把人说走了，莫非三少还真藏着什么撒手锏？

几个人交换了一下眼神，又望向吴国英。吴国英长叹一声，挥手道："去吧，去吧。"

刘大掌柜道："那我等告辞了。"

终于所有宾客都走了，偌大个吴宅，只留下满地狼藉。嘎溜又来扯吴承鉴，吴承鉴挡住他的手说："等等，这次寿宴被人搅和了，都没好好过。你再宽限我半日，等我今晚给我爹设个家宴吧。"

嘎溜厉声喝道："你还想拖延时间吗！告诉你，没用的！"

吴承鉴笑道："拖延什么时间？就算拖延时间，还差这一日半日？总之我答应了给我阿爹庆完寿就会去监督府，不会拖过今晚子时。再说了，我当日本来就承诺说，等帮我老子庆完寿，晚上我会带着银子去监督府的。这话是在保商会议事处对着一众保商说的，当时蔡总商都答应了，你也在场，也没意见，现在要反悔吗？"

嘎溜还想留难，吴承鉴道："嘎溜大哥啊，你再宽限我半日，让我了了心愿，老老实实跟你回监督府不好吗？反正只要在时限之内，吉山老爷便不会降罪于你。若你逼得我狗急跳墙，说不定我便给弄点幺蛾子出来，到时候还不是你自己吃罪？"

嘎溜冷笑："你现在是瓮中之鳖，我还怕你能搞出什么幺蛾子？"

吴承鉴笑道："我这一去监督府，兴许就出不来了，拼得一身剐，敢把皇帝拉下马——必死之人无所顾忌，做出什么也难说。何况我可是连番鬼都能几句话支走的人，说不定真能搞出什么事来哟。"

嘎溜上下打量着吴承鉴，这个广州仔，他对自己全无一点畏惧之意。这一点让他很是讨厌，却又让他觉得对方不是虚言恫吓，且吴承鉴说的不是没有道理，便道："也罢，今晚就今晚，我谅你也搞不出什么来。"

他甩甩手便出去了，也不走远，就留在了吴家的门房，把吴达成赶走了，让人去取些酒菜来一边等，一边享用。他又怕吴家铤而走险，就派人调了一些防火灭火的水车来。

吴承鉴支走了嘎溜后，摸出一个怀表。吴国英出来的时候十一点出头，这一场寿宴，闹了许久，这时已经是下午两点四十几分了。

吴承鉴摸了摸下巴，心道："贻瑾应该在行动了。"他对蔡巧珠道："大嫂，你指派家里的人，打扫一下内外堂屋和各院落吧。我让春蕊那边准备一下，整治几个小菜。让阿爹先去歇一歇，等阿爹醒了，咱们一家小聚一顿吧。大寿宴搞砸了，这小家宴总要让阿爹开心开心。"

蔡巧珠答应了，便指挥下人，收拾满院子的狼藉。吴二两扶了吴国英到后院小睡。吴家上下正忙碌着，忽然连翘闯了过来，惊骇道："不好了，我……我找不到小光少！"

众人皆惊，便有人道："可不会是刚才混乱间走丢了，或者被什么人裹挟走了？"

蔡巧珠先是吃了一惊，随即想到了什么，望向吴承鉴。吴承鉴笑道："没事，光儿在我房间里睡着呢。别大惊小怪的了。"

众人这才放心。蔡巧珠走近两步，在别人瞧不见自己眼神的角度，看了看吴承鉴。吴承鉴垂了垂眼皮，蔡巧珠脸上悲喜同时交进，随即压制住了，面无表情地又去指挥众人收拾院子堂屋。

吴国英这一觉醒来，已是黄昏。吴承鉴就让开席——因为晚间他还要去监督府，所以提前些把晚饭吃了。

小家宴被安排在了后院的院子里，菜也不是大鱼大肉，都是挑老人家能吃的整治。

除了吴家父子三人、杨姨娘、蔡巧珠，没再叫别人。一家子坐拢了，吴国英道："光儿呢？"

吴承鉴道："在我屋里睡着，还没醒。"

吴承构道："怎么还没睡醒？"

蔡巧珠接口说："他昨晚一夜没睡好，让他多睡一会儿吧。"

吴承构道："这是给爷爷祝寿，还睡什么，我去叫他起来。"

吴国英眼看着吴承鉴和蔡巧珠叔嫂俩一唱一和，目光一闪，道："叫什么！坐下！让孩子睡吧！"

吴承构嘟哝着坐下了。

这一家子吃饭，毕竟跟一大堆外人祝寿不同，少了许多应景的客套话。吴承构这边憋着心思，便不多开口。吴国英、蔡巧珠知道吴承鉴待会儿要去监督府了，那可是龙潭虎穴，都想着这顿"最后的晚餐"要吃好，所以就往开心处想，话也往开心处说。

吴承鉴嘻嘻哈哈，讲了几个笑话，大家就都笑了。这一餐，倒也吃得开心。

一餐饭吃完，太阳才刚刚要下山。

吴承鉴望向白鹅潭方向，心想："贻瑾和老顾那边，快要动手了吧。"

就在这时，门房那边来报："六叔公带着一帮亲戚，来给老爷祝寿。"

众人面面相觑，心想中午不是祝过了吗？吴承鉴心道："差点忘了还有这一桩破事。"

吴国英吩咐二两去接人进来，吴承构起身说："都是亲族，阿爹不方便，我代阿爹去迎接。"

他说着就赶忙去了。

蔡巧珠看他忽然变得这么热情，就猜其中必有古怪。

吴国英看看他离去的背影，望了吴承鉴一眼。吴承鉴笑了笑，不说话。

吴国英道："再排两桌子吧。"

吴家虽然面临危机，但瘦死的骆驼比马大，厨房里随便捡些东西就又凑了两桌子瓜果餸菜。

这边下人们快手快脚才摆好席位，就看见六叔公在吴承构的引领下，带人进了门。

吴家的亲族分了两桌聚在后院。长辈在一桌，其他小辈在靠门那边的另一桌。蔡巧珠、杨姨娘下了桌子，六叔公坐到了吴国英边上来。

吴国英依然在上首坐定，旁边站着蔡巧珠，吴承鉴在下首陪着。

第七十五章

谢家仓库

　　暖黄的余晖在天上洒了一半，在地上洒了一半，远处的越秀山也被染得半山瑟瑟半山红。谢老四眯着眼睛瞧了瞧天上那个咸鸭蛋黄，把仓库的最后一道闸门拉上，落锁了。

　　这是宏泰行位于白鹅潭边的仓库。仓库里外三层，共有三道闸门。最外层门里是货物盘点地；红货、宝货放在第二道闸门里面的货库，只有谢家十分信任的仆役才能进入；第三道闸门里是一栋独楼，一道小门千斤重，墙壁极厚，又砌得极高，就像一座堡垒一样，里头存的是还没结清、运往谢家库房的现银——这里不是谢家的亲信不得入内。

　　"落闸！放狗！"

　　仓库的"咕哩（苦力）"已经全部走光了。清完外仓的货，谢老四也开始准备安排人煮饭和巡逻，差不多可以休息喝喝茶了。

　　现在是太平盛世，这里又临近省城，两广最重要的军力近在咫尺，白鹅潭水面上飘着许多番鬼的风帆，把零丁洋外的海盗也隔绝了。这太平日子谢老四都不知过了多少年了，反正自接掌这座仓库的轮值以来，只见过几个不长眼的小偷，成伙的盗贼是从未有过的。

　　人安逸得久了，也就开始习惯这种安逸的生活。

最近一个月，这个仓库又暗中加了许多巡逻的人手，原本夜里三十几个护卫，忽然变成了五十几个。谢老四认出其中几个是蔡家的家丁，领头的那个叫蔡显得。一开始他还有些抵触，不知道商主为什么让外人来掺和自家仓库的护卫——哪怕蔡、谢同盟，但那也是外人啊。幸亏蔡家的人识做，蔡显得为人还算本分。慢慢地，谢老四也就看淡了，反正这仓库附近，一到晚上别说人了，拉屎的狗都没几只。个把月过去，众人也渐渐懈怠了，虽然还是每天有模有样地巡逻，放几只狗跑一跑，其实谢老四自己早就无聊透了。

"哎，我说，今天的狗怎么吠得特别厉害，吃错药了吗？"

刚刚落闸放出去的那几只狗，平时跟鹌鹑一样，踢都不叫两声，今天却吠得跟疯狗一样。

谢老四一脚踢到栅栏门口那只最大的大黄狗身上，随口骂了它两句："死狗！你吠什么？！闲过头发情了是吧？现在我们仓库没有母狗给你吗？呸！"

大黄狗就跟完全没有听到谢老四的话一样，还是对着栅栏外一通乱吠。

"这不对啊。"

谢老四眯着眼睛看，河涌的转角，忽然之间转过好些疍家渔船，来势好快，一条接一条，源源不断地向他这边涌来了！

疍家的渔船怎么会忽然跑这里来？这条河涌可没鱼给他们打啊！

谢老四暗叫一声"来者不善"，马上就去召集人手："啰架撑（抄家伙），有人要来搞事！有拿好东西的人出来，剩下的人放好铁马！"

谢老四一声声地叫着，他自己一手抄起一根废弃的大门闩，帮着其他人把那些捆满了铁丝的铁马拦在仓库外面。"人来了！做好准备！"谢老四回头略略点算了一下，人应该是齐了，连煮饭的阿叔都拿着饭铲出来了，应该是可以的。他留了十几个人在仓库内看好各处门窗，自己带了三十多个人在外头等着。

渔船越来越多，先来的渔船里已经有人跳上岸，昏暗中隐隐看出的确是疍家的，而后面的渔船里还继续地有人跳上来——看这个样子，怎么也得有三四十人。

但疍家汉素比陆地汉来得弱，虽然有个三四十人，谢老四也不怕，带人堵在仓库门口，拿着大门闩指着说："你们做什么的！知道这里是什么地方吗？

识相的快滚！"

眼看那群人已经逼近了，谢老四便听一个疍家汉叫道："就是后面那个高个子，上了我们疍家的船，叫鸡（妓女）不给钱！给我抓他出来打！"

谢老四这时也来不及去找出那个"高个子"，暗骂一声不知道哪个不长眼的崽子去嫖疍家女不给钱，给自己惹来这一桩破事。那些疍家汉已经冲过来了，谢老四就叫："给我打！"不管对错，对上疍家是绝对不能示弱的，不然传出去得被人笑话。

三十几个护院家丁如狼似虎，拿了家伙就打过去。疍家汉虽然也拿了渔叉，人数还多了一些，但竟抵挡不住，节节败退。

眼看以少打多，把这些人打得退到河涌边，谢老四正有些得意，忽然蔡显得叫道："好像又有人来！"

便见西边转角，忽然冒出几十条大汉，个个肩厚膀阔，每个人都拿着一条木棍，朝着这边冲来。

这时天已经昏黑得厉害，谢老四看不清哪个人是指挥，就听见人群里有人喊了一声"开扁"！

那群人就拥了上来，加入战团，竟然是帮疍家的！疍家的那些汉子也忽然得了勇气一样，变得比先前凶残，反扑过来。对方两拨人加起来，人数上早就碾压了仓库护院这边，又是两相夹击，谢家护院登时大败。

谢老四大叫："你们是什么人！知道这是哪里不？你们……哎哟！"头上挨了一棍子，差点没晕过去。这时候蔡显得带来的人便显现了作用，他们退到铁马附近，奋力抵挡。

谢老四对一个平时腿脚快的小后生叮嘱道："快去拖马（搬救兵）！"

傍晚时分，河南岛。

海幢寺旁边的潘园，忽然来了个戴着斗笠的糟老头。他敲开了潘园的大门，看了门房两眼，笑着问："你是潘铁棍的儿子？"

门房"咦"了一下，铁棍是他爹的诨名，他爹回乡下养老已经快十年了，这个诨名这边已经很少有人知道，看来对方是他爹的老朋友，又觉得对方有几分眼熟，便换了一张讨好长辈的脸说："您老是……"

来人不答反问："你是老大，还是老三？老三的话，你小时候我带你去买过甜鸡公榄，你吃得太多，甜掉了两个牙齿，搞得铁棍找上门来跟我吵了一架。"

门房"啊"了一声，将来人上看下看，叫出声来："你是奀叔！哎呀，您老怎么来了！"赶紧让进来喝茶。

这个糟老头正是吴国英的左膀右臂老顾。潘、吴两家关系匪浅，所以老顾也认得潘家的老门房。

进门后喝了一杯茶，老顾才说："不多废话，我有事要找你们当家。"

能做潘家门房的，消息还是有点灵通的。老顾看他脸上有些难色，就说："放心，我一个当长辈的，也不会为难你，若一下子见不到你们当家，你就去帮我找个能话事的，但不要声张。我有急事。"

"行！"门房道，"换别人我撂他半天，奀叔叫到，我马上就去。"

潘园许多亭台楼阁尚在营建当中，只论占地面积的话，也要比《红楼梦》里的大观园大上不知几倍。门房亲自跑腿，去了有一顿饭工夫才赶回来，把老顾请到一个园中湖，上了湖中画舫。老顾才上去，便见柳大掌柜已经等在里头。柳大掌柜问道："老顾，你怎么这时候来？"

老顾道："都日落了，你竟然还在潘园。"

柳大掌柜笑笑说："行里的事情忙得差不多了，我在这边帮着把部分存银归库。"

他俩也是旧相识了，都是给大保商打高级工的。柳大掌柜也不打虚词了，单刀直入道："你退了有几年了吧，现在事急，吴老当家就连你都搬出来了！但你不该来，现在大局已定：当家的如果见你，平添尴尬；若不见你，坏了交情。"

老顾在西关商圈有很多老人情在。他有事登门，论理潘有节也不能随便就拒之门外——更何况在这个时节，吴国英身子不好，行动不便，他几乎是可以在外全权代表吴国英的。

老顾笑道："你知道我为什么来？"

柳大掌柜道："除了永定河赈灾的事情，还能是什么！但是我跟你说吧，这件事情我们启官也是爱莫能助。如果能帮忙，不用吴家开口，启官早就出手了。"

老顾笑道："那你就猜错了，我这次来啊，纯粹是办一桩事务。如果你能做主的话，其实见不见你们启官都无所谓。"

这下柳大掌柜倒有些诧异了。老顾便不啰唆，从袖子里抽出一个信封来。柳大掌柜接过信封，打开看了一眼，里头是半张纸，上面一半写了汉字，一半写了鸡肠（英文）。

这东西正是米尔顿所开的半张授权书，当初还是当着柳大掌柜的面撕成两半的，上半张交给了潘家，下半张有签名的部分由东印度公司扣着。按照当初的四方约定，只要出示这半张纸，就能将宜和行那笔外家茶的银子给提出来。

柳大掌柜盯着老顾说："这……你们是怎么搞到手的？"

老顾笑道："这你别管，且只看仔细了，看这张纸是真是伪。"

虽然已经看出是真的，但因兹事体大，所以柳大掌柜也不敢托大，说了声"你等等"，放下信封就跑了出去。

老顾也不着急，小酒喝着，下酒菜吃着，一点也不急。

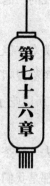

第七十六章

提 款

出去了有一顿饭工夫，柳大掌柜才回来，手中拿着另外一个信封，抽出那上半张纸来，与老顾这边的下半张一对——正是天衣无缝！

柳大掌柜弹了弹纸张，道："没错，是真的。"

老顾道："那就给钱吧。还是说需要问你们启官一声？"

柳大掌柜道："我刚才过去已经说了，不然这上半张纸哪儿来的？你放心，潘、吴两家那是什么关系？既然核对无误，便不会卡你们的。什么时候要？"

老顾道："现在就要。我人手都准备好了，就在海幢寺西侧门守着。你这边一出库，交割清楚，我连夜运走。"

柳大掌柜道："好，我这就给你开库。"叫了两个人来，一个去准备开银库，另一个去海幢寺西侧门引吴家的人进来。

柳大掌柜看了老顾一眼，道："老顾，这东西都能让你拿到！不愧是西关老八将！"

老顾嘿了一声，道："老头子我如果有这本事，还会替人打一辈子的工？不是我。"

柳大掌柜道："不是你，那是谁？"

老顾哈哈笑道："信是吴官给我的。他怎么拿到的，我也是纳闷。"

中午的饮宴虽说是要给吴国英贺寿，但是吴国英这个坐首席的寿星公并不舒爽，一场寿宴吃得浑身不自在，菜都没咽下去两口。晚上这一顿他知道儿子"出征"在即，要安吴承鉴的心，所以吃了许多，结果有些撑着了，打着饭嗝。

"爹。"吴承鉴给吴国英递过去一杯茶，"先喝口茶，顺顺气。晚上这一场就没有外人了，来给您祝寿的，都是我们吴家自家的亲人了。"

蔡巧珠心里道："他们没来之前，这院子里头才都是亲人。这些远族，算什么亲人？这话说得过了。"脸上却半点声色不动。

吴国英仿佛也全无察觉，先是抿了一口吴承鉴递给他的茶水，深深吸上一口气，缓解了饭嗝，才缓缓地道："我没事。"

蔡巧珠又手很快地把茶杯接了过去。

来的这些亲族，就没一个是为着吃饭来的，都是饱了肚子才过来，放着满桌的荤腥不动，都只吃了几片瓜果便放下了。

六叔公就要说话，忽然门房来说："十五叔公到了。"

六叔公等一愣，吴承鉴笑道："倒也热闹。"回顾吴承构："二哥，不去迎迎？十五叔公也是叔公啊。"

吴承构本来不想动，被吴承鉴说得不好意思了，只好动身去把十五叔公迎进来。

两人还没到院门，就听到十五叔公浑厚的声音由远及近地飘了过来："老六，来国英这里蹭饭，怎么不叫上我？你自己一个人来也就算了，带了这么多人，偏偏落下我一个，这是对我这个十五弟有什么意见吗？"

"十五叔公。"有几个年轻后辈看见那位说不叫他来的老人，主动站起来让了位置。

"老十五，你这说的什么话！"六叔公脸上带着一抹尴尬。

十五叔公人长得不甚高大，没有那种精灵劲儿，就像是一个木雕像一样，又古板又严肃，脸上的皱纹都是距离均匀的。

"我本来是不想来，中午的戏看得还不够吗？但是听说有人故意把我落下，我就偏要过来看一下。"

十五叔公看了一眼，就在吴国英的身边、六叔公的对面坐下了。

"老六，你这人无利不起早，今天故意把我落下，莫非是赶着来吃龙肉？"

六叔公本来准备好的一堆说辞，都让十五叔公给打乱了，只好临时变换了一个说法："眼下这种形势，吃龙肉都没有味道了。"

他看了吴国英一眼，继续说道："本来这是国英你们家的事情，我是不好说什么的，但是现在这个局势，承鉴……"

吴国英忽然打断："是昊官了！"

六叔公愕了愕，才说："对，昊官……昊官今晚就要进监督府了，所以我不得不说，今天我们吴家落到这个局面，虽然是有人算计，但要是国英你当家，或者承钧当家，我们今天就绝不会面临这种境地。"

见吴国英没有反驳，六叔公的信心强了一些，继续道："宜和行是我们福建吴氏在广州兴旺发达的根，这个满西关姓吴的都清楚。宜和行以前在国英你和承钧的手里蒸蒸日上，满西关的吴姓也跟着发达，大家伙儿都是很开心的。谁知大少此时却是病了，我们吴家又遭此劫难，也算是祸不单行。"

吴国英听到这里，仍然是不开口。蔡巧珠看看吴承构，只见他坐得端正，做出一副非常尊重六叔公的姿态；再看看吴承鉴，只见他却在打哈欠。

"昊官！"六叔公点了吴承鉴的名。吴承鉴哈欠打到一半，捂了捂嘴，看了过来，却并不答应。

六叔公皱了皱眉头："你之前只是三少的时候，眠花宿柳，大肆挥霍，我们也不好说什么，毕竟当时是承钧当家，他愿意让你花，我们能说什么？可现在你是当家人了，在这么多吴家长辈面前，能不能稍微庄重一点？"

这一番话说得情真意切，的确像是一个长辈对后辈的谆谆教诲——除了十五叔公，其他吴姓族人都是一片赞同之声。吴承构也在桌底下偷偷给六叔公竖了一个大拇指。

吴承鉴却仍然是一副懒懒的样子，口中说："六叔公说得对，说得对。"却把半个哈欠给打完了，把六叔公又给气着了！

"昊官！不是我这个做长辈的摆架子，可是昊官啊，现在族里的人对你的看法都不是太好。我托大，承你叫一声六叔公，也觉得众人的看法不是没道理。"

六叔公气势渐长："承钧把这么重的担子交给你，当时也没见你推辞，可你接手以后，在惠州丢的茶你没有找回来，十三行的摊派你也没能拒绝掉，甚至还给自己投了一票——这真是荒天下之大谬！现在大事逼近，你今晚也要去监督府了，我们满西关姓吴的，总不能眼睁睁看着你进去了，才来过问一声干系全族身家的话。所以我们今天才来的。你说怎么办？"

吴承鉴半耷拉着眼皮，还没回答，十五叔公冷笑道："老六，你现在说这些还有什么用？当年国英创立家业的时候，虽然跟大伙儿借过钱，但事后都铆足了力气全还了。我们还有点生意钱在吴家，那也是在蹭人家的光，但在宜和行可没股——这个家是国英交给承钧，承钧再交到吴官手上的。他们父子兄弟相继，家业怎么交托，轮不到我们来说什么。"

"如果只是论钱、论股，道理是这个道理。"六叔公脸上一片哀戚之色，"但是国英，吴家现如今是只论钱股，不论宗族了吗？"

在这个时代，哪怕是在城市里头，宗族力量也是不可小觑的。不管是盛是衰，是做生意还是读书，有很多事情吴家再有钱也都绕不开宗族，就是福建那边的茶山，也是靠老家吴氏在那里撑着，"不论宗族"这个口实，吴国英可不能给坐实了。

六叔公都说到这个分上了，吴国英也不好继续沉默，只好开口道："宜和行是我吴国英传给吴承钧，再传给吴承鉴，我们父子三人，都是姓吴。这些年吴氏有什么事情，哪次我们父子不是走在前面出钱出力的？六叔怎么能说吴家只论钱股、不论宗族？"

六叔公道："若是这样，那老十五刚才的话就没道理了。既然宜和行还是姓吴的，那么我们这些把身家都放进来的宗亲，怎么就不能说上两句？"

吴国英道："好，六叔你有话就说吧。眼前的局面的确不利，若六叔有什么良策能够解决，国英洗耳恭听。"

被问到良策，六叔公就精神了："这才对嘛！良策不敢，但我觉得，首先，不能让吴官把这个家再败下去了。吴官啊，你也别怪六叔公的话说得直，哪怕你行为端正一点，为我们吴家努力争取一下，六叔公都不会觉得你不合适。六叔公是看着你长大的，你人特别聪明，就是不走正路。六叔公也是希望你把聪明用些在正途上，如果改好了，那时候再掌家也不迟啊。"

吴承鉴笑着点头，反倒是十五叔公有意见："吴官就是吴家现在名正言顺的当家主，国英身体不好，承钧又病着，老六你还想怎么样？"

　　六叔公道："昊官虽然是名正言顺，但是他年纪小，又没做过生意，陡然间让他承继大任，自然扛不住，所以最近的这些事情，才会越搞越糟糕。"

　　蔡巧珠听到这里，心道："要来了！"

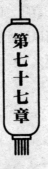

第七十七章

分 家

便听六叔公道："国英啊，当初承钧病糊涂了，才会在那种情况下把家业交给他三弟，当时你就不该心软，放任承钧私心行事。"

蔡巧珠一听这话涉及丈夫，当下冷冷插口道："六叔公，我们承钧病是病着，却怎么糊涂了？又怎么私心行事了？这种罪名可别乱扣。"

六叔公本来想吼她一句"妇道人家怎么乱插嘴"，但想想日间薄四友的待遇，就忍了下来，说："承构和承钧两人，明显承构年纪大些，为人沉稳些，行里行外的事情也更熟悉些，可承钧这个做大哥的却不考虑这些，只因为不是一母同胞，就硬是把家业交给了吊儿郎当、不务正业的三弟，这不是私心行事是什么？"

蔡巧珠一股气涌上来，正要说话，吴国英已经道："六叔的意思，是应该将宜和行交托给承构？"

"没错！"六叔公道，"他们兄弟生母不同，所以亲疏有别，但是国英啊，对你来说，那都是你的骨肉，都是一样的。我们是生意人，不像读书人那般讲究什么嫡庶，只要是自己的骨血，又有出息，那就行了。"

吴国英点了点头，说："六叔是觉得，我家老二更有出息？"

六叔公看吴国英点头，便认为他也认同自己的看法，说道："承构肯定是不如承钧的，但至少比吴官好得多。"

吴国英又问其余族人："你们都是这样想的？"

众族人都点头，只有十五叔公在旁边冷笑。

吴国英转头问吴承构："你怎么说？"

吴承构讷讷道："这是叔公、叔伯们抬举我了。"

却没有推让，这句话反而像在谦虚。

吴国英"呵呵"两声，道："那好，如果现在我做主，把家业交给你，你打算怎么做？"

吴承构"呃"了一声，嘴角一抽，说："现在都到这个时候了，我哪里还有办法！"他可不想在这关键时节，代吴承鉴进粤海关监督府去送死。

蔡巧珠眼看这个二叔只想拿好处，却不愿意扛担子，心中更是鄙夷。只是这时吴国英既把话接了过去，她也不好再插口了。

"宜和行搞到现在这个样子，的确是难以回天了。"六叔公叹一口气，"别说承构了，就算承钧现在忽然间病好了，他也挽不回这个局面。"

吴国英道："那六叔的意思是？"

六叔公道："如果吴官今晚进粤海关去，做一次像样的一家之主，扛得起这个责任，那宜和行也不是没有救。"

吴国英道："这话，恕我耳拙，没听懂。"

"你一定要让我将话说得这么明白吗？也罢，这坏人就由我来做吧。"六叔公道，"国英啊，宜和行可以倒，但在西关的福建吴氏不能倒；吴官一个人可以出事，但满西关的吴氏宗亲，不能跟着陪葬啊。"

十五叔公冷冷道："你这意思，是打算让吴官进监督府，把债务全扛起来，然后让吴氏全身而退吗？"

"全身而退，只怕是不可能的。"六叔公道，"但如果今天晚上，在吴官进监督府之前，把家业分割清楚，保下一部分产业给大房、二房，那不但国英你的子孙可以东山再起，我们满西关的吴氏宗亲，将来也都还有指望。"

说到这里，才算是图穷匕见了。蔡巧珠总算全听明白了，道："六叔公，你这是要让我们家分家吗？"

"唉，劝人分家是恶事，我也知道，这个坏人不好做。"六叔公叹一口气，"可现在不是寻常时节啊，到了这个田地，还有比这更好的办法吗？分出去一个人，就保住了一个人；分出去一份家产，就保住了一份家产。国英你说是吗？我这为的还是你的子孙啊。"

六叔公说着，老眼就有些见湿，也不知道是眼泪还是眼油。另外的桌子上，一起来的吴氏宗亲纷纷附和："六叔说得对！""六叔说得在理！"

吴国英沉默着，良久不说话，但蔡巧珠却感到他呼吸似乎有些不稳，就在她担心公公要生气发作时，吴国英却心平气和地说："老二，你怎么说？你也想分家吗？"

吴承构忙道："没有，我从没动过这个心思。"

吴国英道："那么你是反对了？"

吴承构慌忙道："这……六叔公说的，也有道理。儿子本不想分家，但现在我们吴家，能保住一个人是一个人，能保住一份钱是一份钱。如果把我们摘出去，我也就算了，主要是光儿那边能保住啊。"说着他转头问蔡巧珠："大嫂，你说对吗？"

他想着分家这事如果能成，不但自己能得利，大房那边也能保全，大嫂一定会帮着自己说话。

不料蔡巧珠却断然道："承钧虽然病了，但他和昊官骨肉相连。我知道他的性子——从来只有他这个做哥哥的代弟弟扛灾挡难，断没有躲在后面让弟弟去送死的道理。"

这句话说出来，吴承构的脸就热辣辣的，几乎要挂不住了："大嫂，你这说的算什么话！"

"我说的是什么话，你心里很清楚！"蔡巧珠道，"总而言之，昊官今晚进监督府，如果平平安安最好，若有个万一，承钧病着走不了，我也是不会走的。有什么灾劫，我们兄弟叔嫂一起扛。"

吴国英道："那大房是不打算分了。老二，那就你分出去吧。"

兄弟三人，只分出去一个，吴承构觉得这会子应了，传出去实在不好听，但为了脸面而说一句不分，回头出事就是死路一条，嗫嚅着竟开不了这个口。

吴国英看着他，眼神越来越冷，摸着胸口，说："那你打算怎么分？"

吴承构道："我……我……阿爹，我真不是为了分家产，只是觉得六叔公的话有道理。"

"别废话了！"吴国英几乎要压不住自己的火气了，"说吧，你打算怎么分？要钱？要地？要宜和行？还是要福建的茶山？"

吴承构道："咱们家的钱……都被封了，地都在县衙有备案，宜和行……既然是大哥的安排，还是给老三吧。"

他不要的这些，眼看都是拿不到手的，至于要的……有些话，他实在不好说。

这时候六叔公道："国英啊，我听说，这些年承钧除了十三行的买卖，还有一些生意产业布置在了暗处，和十三行大买卖虽然没法比，但胜在放在暗处，不如就把这些分给承构吧。"

吴国英冷冷道："哪些产业？"

吴承构还有些厚不起脸。他老婆暗中扭了他一把，吴承构才从怀里摸出一张纸来。

所谓"狡兔三窟"，吴家这么大的产业，又清楚当十三行保商的巨大风险，岂能不留一两条后路？所以一直以来都暗中布置有一些产业，寄存了一些散钱，以备不时之需——这并不是从吴承钧这里才开始的。吴承钧接管家业之后，新添置的暗产也没瞒着父亲，所以吴国英都很清楚。

这时吴国英颤抖着手——也不知道是因为怒还是因为悲——接过看了一眼，就交给吴承鉴道："你看看。"

吴承鉴微笑道："大嫂先看。"

蔡巧珠接过看了一眼，上面写的这些她也都知道，便说："难为二弟了。"仍然将单子交给吴承鉴，道："昊官你是当家，你说了算。"

吴承鉴这才扫了一眼，对吴承构说："二哥，这单子有一半是戴二掌柜拟的吧？"

吴承构眼皮跳了跳，没搭腔。

幸好吴承鉴也没深究，只是说："行，只要阿爹、大嫂没意见，这些就都归二哥了。往后我们兄弟仨就分开过，我和大哥这边一起过，二哥你那边自己过。不过有两件事情我要说清楚。第一，这张纸上的东西，戴二掌柜能知道，那些盯着我们的人兴许也能知道，所以如果宜和行出事，这张纸上的产业能保住多少，那就要看造化了——二哥你得想明白了。"

吴承构道："这个不用你说，我也明白。"

吴承鉴又道："第二，茶山是吴家的，但也是宜和行的，又是放在明面的东西，二哥你想要，只怕吉山老爷那边也不会答应，你拿不走的。"

"行行行！"吴承构虽然让六叔公提了一嘴，但也知道茶山事关重大，多半是拿不到的，所以就认了，毕竟相比于被牵连进逼捐破产事件而家破人亡，自己还能保有那一部分暗产——这已经足够让自己做个富翁了。

六叔公这时却急了，道："那不行，那样咱们福建吴氏宗亲还怎么东山再起？"

吴承鉴笑道："六叔公打算怎么样？"

六叔公道："茶山归宜和行的那份子股，多半官府会干涉，但茶山的经营线路，却大可以交给承构。只要承构拿住这条路线好好干，三五七年后，就能再撑起一个新的商行。那样吴家就能东山再起了。"

他这话倒是有几分道理，连蔡巧珠都有些佩服了。要知道福建那些茶山，西关吴家虽然占了大头，但茶山的种植经营却全都是福建老吴家在做，外人就算侵占了茶山的股份，要想如同吴承钧一般把这条茶道经营起来，福建老家那边的族亲未必就能答应，那样吴承构就有很大的机会将茶山所产茶叶的经营权拿到手。

吴承鉴笑道："行，只要福建老家那边的族亲答应了，这条茶道的经营，就都归二哥你了。但如果他们不答应，那我们也没办法。"

"那当然，那当然。"六叔公心中却想，怎么可能不答应呢？福建人做生意最看重人情与熟人，广州这边若骤生大变，福建那边也得惶惶，到时候吴承构出面承揽，福建的族亲们自然不会放着姓吴的自家人不要，却把茶山茶道的经营拱手让给外姓人。

吴承鉴又道："既然二哥都已经规划好了，那么诸位叔公、叔伯与宜和行挂钩的生意，不如也一股脑都转到二哥那边去吧。"

六叔公等唯恐被这次事件牵连，正是求之不得，都是应好。唯有十五叔公道："那份子钱，我就当不要了。我在西关和广州城内还各有一个铺面，日子虽然难过了些，但还活得下去，不用靠算计自家人来吮血吃肉。"

六叔公被讥讽得脸皮僵硬，几乎就要吵架，难为他最后还是忍住了。

吴承鉴道："只是这产业过户的文书、证明，一时半会儿弄不好，要不等我从监督府回来再……"

他还没说完，吴承构就急忙摸出一堆东西来，说："不能等，不能等！"

万一等来的是监督府的查封令，那可怎么办！

众人定眼细看，只见吴承构摸出来的不是转让文书，就是白契稿子。

吴承鉴笑道："二哥做事果然周全，连这些都准备好了。"

既有准备妥帖的文书，又有宗族见证，当下花了不到一盏茶工夫，吴国英和吴承鉴父子就签押画定。吴承构拿到了这一沓文书，心头大定。今天的这个结果，可比他预料的要顺利得多。

"事情完结了。"吴承鉴笑了笑，对六叔公等道，"我还要梳洗梳洗，回头好押银子去监督府，各位叔公叔伯，好走不送。"竟是下了逐客令。

六叔公等已经达到了目的，纷纷告辞。十五叔公落在最后，道："吴官……"

"十五叔公你不用说了，我知道你跟他们不一样。"吴承鉴笑道，"但也请十五叔公放心，我们福建佬有句老话：天地补忠厚。十五叔公为人忠厚，将来必有后福。"

所有人走了之后，吴承构还在摆弄他那一堆文书，眼睛竟离不开了。吴国英也站了起来。杨姨娘要扶时，不提防被吴国英狠狠打了一个耳光，把他母子二人都打蒙了。

却见吴国英一手扶着吴二两，另一只手指着杨姨娘："你给我生的好儿子！"

杨姨娘跌倒在地上，叫道："老爷……"

"别叫我老爷！"吴国英道，"既然都已经分家了，以后你也不用在我跟前了，跟着你的好儿子，过你的日子去吧！"

第七十八章

攻陷仓库

白鹅潭谢家仓库。

仓库闸门也就是一些铁栅栏，从大门进去，最外围是七间仓库，第二层是三间仓库——这道铁栅栏如果给破坏了，那外仓库就要被占领。

两群人隔着铁马在互殴，外面还不断有人拥来。亘家有四十号人，后面跟来的壮汉也有七八十号，加起来超过百人了，而谢老四这边连着他自己，也不过是三四十个，那还得是算上煮饭阿叔才凑够的数。幸好双方都没用开刃的利器，但棍棒来往，也撂倒了好些人。

铁马上各色的棍棒你起我落，敲得可谓是不亦乐乎。那些冲过来的精壮汉子有个别心思坏的，还在棍子上扎着细铁钉，冒充劣质狼牙棒。这种狼牙棒打是不会打死人的，但被打中了还是少不得掉下一层皮肉来。

铁马外面的人除了要打里面的人，还安排了一群人蹲着一起抢铁马，一时间那个铁马居然有松动的迹象。

最早发现的还是蔡显得，他高声呼叫："前面的，一手抓着铁马，后面的人拉着前面人的衣服，不能让他们把铁马推开。"

仓库留守的人又出来了七八个，前面的一个个按着蔡显得的吩咐，一手拒敌，一手紧握着铁马，攻击力马上就弱了一些，但是铁马又不能放弃。有铁马还算能打，没有铁马他们就只能任人鱼肉——光是双方人数一比，他们就输了一大半。

可谁知道，谢老四他们这边刚拉住铁马，把铁马拉了个平衡，那边也不知道是谁，又喊了一声"人家那么想要，就还给他"！铁马外的人居然就松手了。

谢老四他们这边可是集合了整个仓库的人手才把铁马拉稳的，现在外面一放手，仓库里的那群人扯着铁马就往后倒，一个个东倒西歪。

谢老四急得眼睛都红了，连忙扯起自己的人："起来！起来！"

但倒下的铁马已经没有用了，外面的人一个个踩着铁马进来，谢家的护院败退后撤，来犯的人追着他们进了仓库门，后面的人还直接把铁马搬开了。

谢老四额头上的一滴汗滴了下来，流到了他的眼睛里，都没空去擦，疼得他眼睛一眨一眨的。他后悔了，如果一开始不是出门耍威风，而是按照二十多年前老商主定下的规矩，若有风吹草动就先退到门内，只管在内部守好仓库各处，那么五十多人在内守着，外头就是来两三百号人也难攻入。

"你们是什么人？！知道这里是什么地方吗？别怪我不提醒你们，这里可是宏泰行谢家的仓库！谢家是皇商，皇商！要是出了什么事，你们一个都跑不了！"

那群冲进来的人一句话也不说，连刚刚在外面喊话的那些人也不喊了，双方的气氛开始凝固起来。对面没有回答，但是一个个眼神凶狠，像是要把仓库铲平，然后再把他们煮了吃一样。

就在这时，先前被派去搬救兵的后生踉踉跄跄跑了回来，大叫："不好！路口都被他们的人看住了！"

谢老四一听更是心惊。

蔡显得提醒："放烟火，放救急烟火！"

这放救急烟火可不是寻常事，烟火一放，不但周围商行的人，连官差甚至官兵都要来。

远处越秀山上的观音阁敲响了暮鼓，一声一声地蔓延开去，把周围的鸟都惊飞了。

谢老四没再犹豫，下令放救急烟火。

尖锐的声音划破刚刚落下的夜幕，在空中爆成一团警戒的火焰。

这边不但第一道闸门失守，第二道闸门也被对方裹挟着溃败的护院，顺势攻破了。

幸好有两三个谢家的心腹在混乱刚刚发生的时候就钻回了银库里头——谢家老商主的严令，毕竟还是产生了点作用——和留在里头的两个人一起，守住了最后那栋小楼。不管外头发生了什么，他们只管在里头死守着不出来。

而仓库内外的这场械斗，也接近了尾声。

护院本来还有十几个人没倒下，这时对面一个声音说："同我放低架撑，我地就唔打啦。"

谢家的护院是拿钱办事，眼看败局已定，谁还肯拼命？就都丢了手中的家伙，局面登时被控制住了。

谢老四只觉得那个声音似乎有些耳熟，就见那些凶神恶煞的后生一个个地从中间让开一条道，一个雄壮的汉子走了过来。谢老四心中一凛，身体打了个冷战，好不容易才反应过来。

这个人，他认得啊！

"铁头军疤？！你来这里干什么？你不是去佛山了吗？"谢老四惊叫道。

谢老四看见铁头军疤，着实吃了一惊。

他早听说铁头军疤背叛了吴承鉴，拿了吴家的钱在佛山开了好几个夜粥场，找了七八个洪拳教头，还找了百来个后生……这不会……

谢老四点算了一下，心下大惊，这铁头军疤在佛山练的那些人就算不是全军出动，至少也是精锐尽出了啊。

铁头军疤俯视着谢老四，凌厉的眼神盯得谢老四心里发毛。

他掐住了谢老四的脖子："吴家的那批茶呢？"

谢老四心里一突，知道自己刚才的猜测成真了。

"你……你……"他叫道，"你还帮吴家做事？你不知道吴家要倒了吗？你还打算跟着这艘破船沉海吗？你戆居（傻）啊你！"

"你现在说，只是少了我一番手脚。"铁头军疤说，"这个仓库能有多大，等搜到了，我卸你一条胳膊！来啊，给我搜！"

他手底下的后生就开始行动了。谢老四听说过铁头军疤的许多事情，知道他出手狠辣，说卸自己胳膊，自己至少就有一只手保不住，吓得叫道："我带你去，我带你去！"反正第二层仓库都已经失陷，对方肯定能找到茶叶。

这时那些投降的人，都已经被绑了起来，铁头军疤又安排十个人看住仓库的出入口。谢老四发现对方还有人陆续进来，手里都提了东西。他还想再看，被一个后生推了一把，只好带路。

这群人对仓库里的宝货全不看一眼，只跟着谢老四，来到丙字号仓。谢老四还磨磨蹭蹭的，铁头军疤微一示意，一个后生就给了他的腿软骨一棍子，谢老四一声惨叫，再不敢拖延，踉踉跄跄地把仓库门打开了。这个仓库，保持得干燥，也除过味，因为茶叶最能吸各种味道，所以存茶的地方比较讲究。铁头军疤这段时间惦记惠州丢茶的事情，也问了一些常识，到了这里一看，就觉得有谱了。

一个后生跑过去，撕开一个麻袋，露出里面的一个戳记："吴"！其中吴字上面的口里有一个圆点，又可以看作"昊"。

"老大！找到了！"

另外几个后生前前后后撕开一个又一个的麻袋，每一个麻袋里面都露出茶叶包子，都有宜和行的戳记。一个看起来有点斯文、跟这帮打手风格全然不搭的宜和行伙计走过来，铁头军疤对他道："验一验，算一算。"

那个青年伙计就跑动了起来。

谢老四嘴里嘟哝着："都在这里了，一包都不差。不过……你们找到了又怎么样，你们带得走吗？我们的其他护院，还有官差，还有官兵，就要来了。铁头军疤，你们在这省城近郊聚众抢劫，不但自己要陷进去，连吴家也要因此罪加一等。"

铁头军疤道："你的胳膊不要了？再乱开口，我卸了它。"

谢老四一个冷战，不敢再说。

这时脚步声响，有个后生疾步跑来："老大，外头来人了，似乎是官差。"

铁头军疤道："关大门，布铁马。"

后生道："已经听周师爷的吩咐关了。"

铁头军疤留下几个人看好这一库茶叶，带人来到前门。外头星星点点，不知道来了多少人，举着火炬围在外头。

仓库里面，却多了一个儒生打扮的人，正指挥着二十几个后生，把许多干柴、硫黄，弄得到处都是，又泼了一些什么东西，那味道扑鼻而来。

"你……你想干什么？"谢老四连声音都抖了。

"你没看出来吗？"蔡显得躺在地上，呻吟着说，"他们想要烧仓库。"

"你疯了吗？你疯了吗？"谢老四叫道，"烧仓库？大门堵住了，仓库一烧你们也得死……啊啊啊——"

话还没说完，就化成了一声惨叫——铁头军疤已经卸了他一条胳膊。

旁边一个后生笑了："我们老大人狠话不多。他说如果你乱开口就卸你胳膊，你还不信啊？"

没说完，铁头军疤一瞪眼，那后生赶紧干活去了。

仓库之内，诸人忙忙碌碌。谢老四剧痛之后，眨着满眼的泪花望过去，只见铁头军疤走到那个儒生身边，低声说着什么。那个儒生一回头，一张脸竟是俊秀得出奇。

可就是这个人，让手段如此狠辣的铁头军疤，竟听他的命令行事。

蔡显得忽然低声说："那个人，好像是宜和三少身边的周师爷，我见过他！"

第七十九章

烟 花

吴承鉴在后院安顿好父亲，走了出来。

嘎溜上下看了吴承鉴两眼，问道："银子呢？"

吴承鉴道："什么银子？"

嘎溜道："你不是说今晚要带银子进监督府吗？"

吴承鉴笑笑说："要银子，行啊！"就对吴七说："去，把库房开了，把银子都取出来。"又对嘎溜道："库房的封条还是下午您亲自封的，不如就去揭开？"

嘎溜点头，就随了吴承鉴去了银库，揭开封条——库房半空，毕竟宜和行最大的两笔银子都还没进账。

吴承鉴随手点了点其中几口箱笼，说："就这几箱，抬着走吧。"每一口箱笼，都有宜和行的印戳封条。

嘎溜愣了一愣，道："什么意思？"

吴承鉴道："走啊，还等什么？"

嘎溜有些跳脚："就这几口？其他的呢？"

吴承鉴笑道："没有其他的了。"

嘎溜就跑过去，撕开一条条的封条，打开一个又一个箱盖，结果除了吴承鉴点的那几口，其他全是石头。

嘎溜怒道："这是怎么回事！"

"少是少了点，"吴承鉴笑道，"但也有四十几万两了，我们抬了去交差吧。"

嘎溜大怒，吴承鉴道："急什么呢，不是还有两笔大钱在外头吗？那两笔才是大头——蔡、谢两位和吉山老爷都心里有数不是？"

嘎溜看着那一箱箱的石头，脸色很是难看，哼了几声，道："就算只有那批杂货的钱，也不该只有这点！"

吴承鉴笑笑道："反正现在只有这些了，你拿是不拿？走是不走？"

嘎溜恨恨地道："走！到了监督府，有你好看！"

便让旗兵围了吴承鉴，这下更不客气了，推推搡搡地，抬了那几箱银子出库房。吴国英不愿看这等场面，忍着在后院不出来。蔡巧珠红着眼睛不哭，带着一众家人，都来相送。好几个丫鬟都哭了，春蕊更是泪如雨下，夏晴却不在人群里。

吴承鉴被推进马车，连夜进了广州城。

要进城的时候，白鹅潭方向的上空忽然绽放了不同寻常的烟花。

嘎溜在车外道："什么东西！这时候放花炮。"

随行中有老到的人说："那不像普通花炮，倒像是某种告急的信号。"

吴承鉴在车内听得花炮双响，笑了一笑，说："那烟花爆出来的形状，是不是一边像把弓，一边像只乌龟。"

"乌龟？那是乌龟吗？那一头倒像是弓……"嘎溜回忆了一下刚刚的场景，忽然问，"你在车内都没看见，怎么知道花炮的形状？"

吴承鉴笑道："左灵龟右神弓，那是谢家的家章。"

嘎溜皱着眉头，颇不明所以，又走了一会儿，就听前面的人叫道："到了！"

吴承鉴下了马车，天色已经大黑，有人提着灯笼，蔡士文和谢原礼都在那里等着。

吴承鉴笑道："有劳两位叔叔在这里迎接，承鉴实在是不敢当啊。"

蔡士文依然黑着脸，谢原礼冷笑道："贤侄也真是好，这时候还笑得出来。"

吴承鉴笑道："今天晚饭之前，我还有几分是强自镇定，但到了此刻……"

谢原礼笑道："到了现在是明知必死，死猪不怕开水烫了对吧？"

吴承鉴笑道："到了现在，我已经胜券在握，这时候不笑，还等什么时候？"

谢原礼愕了一下，蔡士文道："别听他胡扯了。走吧，吉山老爷等了好久了。"

谢原礼道："对，这小子，就知道虚张声势！"

便有监督府的奴仆上来要推搡吴承鉴，吴承鉴挡住说："别碰我！我自己会走。"

他又有些奇怪地看着谢原礼说："谢叔叔居然还这么镇定，你刚才没看见烟花？"

谢原礼道："烟花？什么烟花？"他刚才一直在屋里喝茶，听说吴承鉴到了才出来。

吴承鉴笑道："你问问嘎溜管事。"

谢原礼望向嘎溜，嘎溜说："我们刚要进城的时候，白鹅潭那边有人放烟花，好像是一把弓和一只龟。"

他话没说完，谢原礼脸色就有些变了。

便在这时，门房那边有人叫："谢爷，你的人找你有急事。"

蔡、谢同时望过去，便见谢家的一个仆人疾跑过来，喘气说："老……老爷！仓库那边出事了。您……您刚才没看到烟花吗？"

谢原礼喝道："仓库怎么了？"

来人道："有盗贼冲入了仓库。我们看到烟花，便派人去接应，结果中途见到了从仓库里逃出来的人，才知道贼人势大，已经攻陷了仓库，所以我们一边派人去南海县报官，一边来找老爷。现在白鹅潭那边应该正乱着呢。"

谢原礼烦躁地道："仓库防卫森严，就算有盗贼逼近，关了闸门守着，谁轻易进得去！"

来人道："盗贼应该很多，不但攻进了仓库，还在周围布置了人，所以仓库那边第一次派出来报讯的人都被拦住了。我们再遇到的那个人，能逃出来也是侥幸。虽然我们已经有人去请南海县官差了，但只怕官差来了也弹压不住！”

蔡、谢今晚本来十分悠哉，忽然间同时心情大坏。谢家仓库有多少守备力量他们很清楚，能够攻入仓库，至少要上百号强人吧。广州是岭南军政重地，这太平盛世的，怎么会突然没声没息地在广州地面冒出上百号强人？

谢原礼眉头一跳，蔡士文就望向了吴承鉴。

吴承鉴道："干什么看着我？"

蔡士文道："不是你小子搞的鬼吧？"

"蔡叔叔，你说什么胡话呢？"吴承鉴笑了一笑，话锋一转，"那必须是我搞的鬼啊。"

谢原礼几乎跳起来："小子，你要做什么！"

吴承鉴把笑容一收，森然道："不是我要做什么，是我已经做了什么。如今大局已定，我也不需要跟你废话了，过了今晚，你们就都明白了。"

南海县那边的动作倒是不慢，地面上出现大股盗贼，对父母官来说可是极其严重的事态。在广州城内还未来得及有动作之前，他们就已经派了人来了。一开始只派了快班，后来听说贼人势大，便又签派了壮班。

监督府内，谢原礼看着吴承鉴的脸色，心中忽然没来由地一阵发毛。

蔡士文道："你且赶去仓库看看。我带他去见吉山老爷，为你求后援。"

谢原礼道："好！"

蔡士文又对嘎溜道："还请管事去求见吉山老爷，看看能否派遣些官兵前去镇压。聚众上百，呼啸强攻，这小子是要造反！"

嘎溜道："我这就去。"他先快步跑去了。

谢原礼也走了，蔡士文就看着吴承鉴。

吴承鉴冷冷道："不必这么看着我，烟花亮起来的那一刻，我就已经赢了。老谢早去一步，迟去一步，都已经影响不了这个棋局。"

蔡士文仰天一笑，这一笑只是打个哈哈，笑声中没有半点笑意："之前以为你只是败家，却不知道你是真蠢，就算让你的人把那批茶叶劫夺出来又能如何？在这大清的土地上，你还是翻不了天！"

吴承鉴笑而不语，也不辩驳。他越是如此，反而越让蔡士文没底，那仰天之笑笑到一半就笑不下去了。

虽然广州的园林建筑普遍面积不大，但粤海关监督府相当宽敞气派，府内亭台楼阁，应有尽有。吴承鉴跟着蔡士文，被引到一个园子外面，里头传出昆曲之声。

蔡士文贵为十三行总商，来到这里之后却不敢进去了，犹如一个仆役家奴一般，哈着腰在园子外头等候传见。

吴承鉴心道："逼捐这件事情干系重大，吉山是知道我今晚要来的，这还有心情听曲儿？嗯，如果待会儿他叫我进去，那就是故意摆谱，一边听曲子一边让我跪在旁边回话，好显得他只把此事当作鸡毛蒜皮。但如果另外找地方见我，那就不是摆谱，而是刚好来了什么他必须接待的人物。"

就看嘎溜奔了出来，道："已经请了老爷的令，老爷已经派人去请广州将军出兵。"

蔡士文赔着笑说："甚好，甚好。有朝廷的兵马出动，那还怕什么？说来也就只有嘎溜管事您才有这么大的面子，让监督老爷在百忙之中还抽出空儿来签令调兵。"

他号称"黑头菜"，对外总是绷着一张脸，但面对这粤海关的一个家奴，这顿马屁拍得也颇有水平。嘎溜嘿嘿地一笑，满意地点头说："老爷听曲儿正听到好处，我带你们去另一个地方候着。你们跟我来吧。"

吴承鉴心道："果然如此。"

于是又和蔡士文一起跟嘎溜走。蔡士文一路只看着地面，不敢斜视；吴承鉴却闲庭信步，眼睛四处张望。旁边一个仆役喝道："懂不懂规矩，眼睛给我放老实点！"

那个仆役虽然只是府中最下等的奴才，但换了别的保商到此，一定连声称是，吴承鉴却理都不理他，依旧顾盼自如。

那个仆役大怒，随即又觉得根本奈何不了吴承鉴——他们能够作威作福，前提是保商们有所怕、有所忌，所以才会任凭他们折辱。现在吴承鉴不理他，他便全没了办法。这时候如果上去动手，要是吴承鉴还手，双方扭打起来，他回头也得吃责罚，得不偿失。

嘎溜也瞪了吴承鉴一眼，才对那个仆役说："你跟一个死人多什么嘴。"

吴承鉴嘻嘻笑了笑，道："今晚多半得死人。我未必能活着，但你们监督府内，恐怕也得赔上几条性命，就不知道是谁。"

嘎溜心头大怒，但想想监督老爷那边还没吩咐，他也不敢现在就向吴承鉴下死手，而蔡士文看看吴承鉴那笑容，又是没来由地觉得心头一慌。

第八十章

围仓

谢家仓库外头，来的人越来越多，把整个仓库都围了个严实。

一堆差役带着刀械挤开了围在外面的人，有两个人越众而出：一个是南海县快班的捕头老周，一个是南海县壮班的都头老冯。

这时外头除了官差之外，还有谢家、蔡家从附近赶来援救的人手，以及各家闻讯来看热闹的人，其中还有许多黑道上的人——这附近可不止谢家一家的仓库——黑压压的几百人把附近道路挤了个水泄不通。

老周一开口就叫："围这么多人在这里，做大戏啊？散了散了。"

谢家的人自然是不肯散的，蔡家的人也不肯退，纷纷叫道："有大盗强攻入仓！这可是几十年未有的事情！周捕头、冯都头，你们可得为我们做主。"

"做主自然是会做主的，"冯都头说，"但你们堵在这里算什么事？除了谢家的护院，其他人看什么看，乱凑热闹。都给我散了。"

于是不相干的人便退后了许多。

人群中混杂着刘三爷和马大宏，马大宏低声道："三哥？"

刘三爷道："咱们也退，且看热闹。呵呵。吴家三少，果然是有后手。"

马大宏道："可他们的人进去了又能怎么样？眼下这个形势，仓库里的东西他们也搬不出来。"

刘三爷道："看看再说。"

洪门和苦力帮的人也都后退了，紧闭的仓库大门外就只剩下谢、蔡两家的人以及南海县的捕快、民壮——捕快主要应付小偷小贼，民壮主要对付民变和大股强盗。上百人冲入保商仓库，这可是几十年来未曾有的事情！

冯都头走前两步，大叫："里面的人听着，你们已经被包围了，若不想罪上加罪，就都给我出来投降。"这一声是例行公事呼喊，连他自己也不指望这么一嚷嚷就能把上百人的悍盗给吓出来。

仓库门边打开一扇小窗户来，露出一个人影，黑夜里看不清楚，里头一个大嗓门后生大叫："我们不是盗贼，请官老爷上前一点，我们周师爷有话说。"

冯都头和老周对望一眼，都感奇怪，心想这伙悍盗还有师爷？老周走上前两步，叫道："我是南海县捕头，你们是什么人？为什么冲入谢家仓库胡作非为？"

便听窗户里那人影答道："周捕头，久违了。"

老周听得声音有些耳熟，先是惊讶，再一细想，惊道："你是周师爷！"

冯都头道："老周，你认得匪首？"

"这，这……"老周对窗户叫道，"周师爷，你怎么能干出这种事情来？你这是要将吴家往火坑里推啊。"

"吴家？什么吴家？"冯都头想起了什么，"老周，里头的悍匪，是宜和行吴家的人，对不对？"

窗户里周赀瑾接口："不错，我们是宜和行吴家的人，但不是什么悍匪——我们是奉命来起贼赃的。"

冯都头一听这话，冲近了几步，叫道："奉谁的命？起什么贼赃？"既然是吴家的人，那就不怕对方会放冷箭了。

周赀瑾道："粤海关监督府刚刚查出来，我们吴家在惠州丢失的那批茶叶，是被宏泰行谢家给抢走的。谢家身为保商，却干出劫掠同行茶叶的盗贼之事，现在那批茶叶我们已经在仓库里找到了，正是人赃俱获。我们是奉了吉山老爷的命令，来这里抓贼起赃的。"

老周听了这话，心就放下了大半。聚众百人劫掠省城近郊，这要是往重里说算造反都行了——吴家如果摊上这事，不破家也破家，不杀头也得杀头。

但如果是奉了吉山老爷的命令，那就没什么问题了——吴、谢都是保商，正是粤海关该管。他们两家产生矛盾，事涉出洋货物，地方又在保商仓库，吴家若有吉山老爷的手令，那只要不闹出人命，南海县都可以不管的——如果吉山表现得强势一点，就算闹出人命，南海县甚至也管不着。

冯都头却忽然叫道："什么贼赃？这是谢家的仓库，有些茶叶有什么奇怪的，不是你们说是贼赃就是贼赃的。吉山老爷的命令？手令呢？我看你们还是先出来吧，待我们将一切查清楚，再还你们一个公道。"

老周听了这话，就看了冯都头一眼。

吴家丢茶的事情现在满南海县都知道了，谢、吴两家又有利益冲突，所以周贻瑾说在仓库里起到了贼赃，老周第一时间就信了——这才是正常人的思维。冯都头仓库都没进，茶叶都没见，就一力为谢家洗白，又逼问手令，老周要是还没看出其中有勾结，那他二十年的捕快就白干了！

便听窗户内周贻瑾笑道："原来南海县这边是冯都头做的内应，很好，很好。"

冯都头脸色微变，叫道："你胡说什么！"

周贻瑾淡淡道："谢家在惠州勾结了段龙江，在路上买通了胡普林，但茶叶要神不知鬼不觉地运到这里，南海县这边还是需要有人接应的。我们原本思疑着是道上的哪家兄弟，却不料原来是衙门的都头。"

冯都头怒道："你不要无凭无据就在这里血口喷人！"

周贻瑾淡淡道："要证据那还不容易？但现在我也不跟你们辩驳。时间一到，该开口的人就都会开口的。"

说完这话，小窗户便关上了。

冯都头脸皮像抽了筋，对老周道："老周，你可别听他胡说八道。"

老周冷冷道："周师爷刚才说的事情，我这个负责本县刑案的捕快都没完全听明白，你一个失茶案卷宗都没见过的民壮都头，却一听就都懂了——你跟我说，我该相信谁？"

冯都头脸都憋红了，指着仓库说："那你就信那伙盗贼了？"

老周道："对方说了，是奉粤海关的命令来行事的，如果那样就不是盗贼了。"

冯都头道："真是粤海关监督的命令？他不派旗兵，不发绿营，却让一群不知道哪儿来的民间汉子来砸仓库？这话谁信？"

老周道："也许是为了保密行事呢？事急从权，也是可以的。"

冯都头冷笑："老周，你是不是收了吴家什么好处，这么帮他说话！"

老周也冷笑："是你收了谢家的好处吧？从刚才到现在，你不分青红皂白地就维护谢家，莫非真如周师爷所说，惠州丢茶一案有你的份？"

两个班头在这里争执不下，他们手下的民壮、捕快就都只能在旁边干瞪眼。壮班的人数虽然较多，但治安是该快班管，有老周在这里掣肘，冯都头也不敢妄动，再说仓库大门紧闭，铁马横架，凭着他带来的一百多号民壮，要攻进去一时也难。

经过这一番扰攘下来，夜色又暗了许多。周围的房屋，一个个点起灯，和这仓库外边的几十支火把相映生辉。老周和冯都头都不说话，但空气中却仿佛有一种无声的对抗。

就在这时，一人坐着马车飞快赶到，下了车，有人打着灯笼引了过来，远远见到冯都头的面就叫道："冯都头，怎么回事？盗贼束手就擒没有？"来人却是谢家家主谢原礼。

老周一看，心道："果然是有勾结。"

冯都头就跑了过去，话说得飞快。谢原礼一听，怒道："什么粤海关命令！我就是从监督府来的，吉山老爷什么时候下过命令？那是劫匪的借口！别听他们的，快发兵攻打吧！"

冯都头刚才还是因为收过大好处，所以死撑着帮着谢家，待听了这话，就像吃了一颗定心丸——老周那边却是心里头一突。

谢原礼大叫："两位班头，快快动手，将贼人拿下！"

老周冷笑道："对方占据仓库，在里面守着，你们家的仓库你自己还不知道？没有两三倍的人手能强攻下来？我们快班的人，抓贼是好手，攻城就算不上了。要想强攻，请壮班的上吧。"

谢原礼被噎得一时没话说。

这时远处又有一队人马接近。老周想不出现在到底还有什么人能来，但是看那架势，来的人可比他们南海县的壮班还多，而且队列比较整齐，应该不是什么普通混混。

"粤海关监督，命舒参将督军剿贼，闲杂人等速速退开。"

冯都头听着话头，似乎是他这边的人，再看谢原礼，谢原礼满脸喜色，知道吉山老爷果然调兵来了，还来得这么快，就先迎了上去。

老周不去迎那舒参将，却有些担心地靠近仓库门，来到小窗户边，对内道："周师爷，周师爷，我是老周。"

小窗户又推开一线。老周低声问："周师爷，你们真的有手令？"

周贻瑾在里头说："当然是有的，不过还在吴七手里。有人从中作梗，吴七被人耽搁了，正在尽快赶来。没有手令，我们里头这些人不死也都得流放，我们是拿钱干活的，可不敢拿自己的身家性命开玩笑。"

老周一听，放了一点心，便向开过来的军队走去。

那支旗兵已经被冯都头引了过来，冯都头指了指老周，又指了指仓库，说着些什么。谢原礼哈着腰，在旁边帮腔。

老周心道："事情还是有古怪，不过三少是个够意思的朋友，能帮得上的地方我尽量帮着一点吧。"

第八十一章

火 胁

    这支旗兵是吉山请广州将军调来的兵马，人数不多，只有三十骑外加步兵二百人。领头的舒参将听说那伙悍匪自称拿着吉山的手令，十分奇怪，当场就说："那是假的。"

    如果真是粤海关监督下的命令，吉山又怎么会让自己来办事？

    当下把老周也叫过来，道："怎么回事？这位班头说你认得盗匪头目？"

    老周上前道："参将老爷容禀，仓库里头那人自称是奉了吉山老爷的手令来办事的，他说他们不是盗匪。此人乃是宜和行吴家三少的师爷，叫作周贻瑾，见过他的人虽然不多，但知道他的人，至少有半个西关。"

    舒参将挥手说："别给我废话了，我就是粤海关监督府从广州将军手下调来的兵，吉山老爷怎么可能一边派人办事，一边让我来拿他的人？那里头的人一定是假的。"

    "参将老爷英明！"谢原礼道，"那伙盗匪，我看着就不对。"

    老周道："那万一人家真的是奉了粤海关监督府的手令呢？"

    "那就让他们拿出手令！"谢原礼说，"没有手令，都是假的。"

    老周道："他们说了，手令正在路上，很快就可以送到。"

    冯都头在旁冷笑道："老周，你做了多少年捕头？这种哄人的话也信？"

老周道："正是因为这种话如果是假的，一戳就破，他们又何必说谎？说了谎又有什么用处？"

冯都头道："谁知道盗匪怎么想，也许他们在拖延时间。"

老周道："拖延时间又有什么用处？我看反正仓库难以攻打，不如就围而不攻，且等等看是不是真的有手令。"

两人一个口口声声指仓库众人为盗匪，一个力陈仓库之中的人不是盗匪，舒参将听得一个头两个大，不耐烦地挥手："拿到吉山老爷跟前，自然清楚。"

谢原礼和冯都头喜道："参将老爷英明。"

老周眼看阻拦不住，只好暗自叹息："老弟，我只能帮你到这里了。"

监督府内，吴承鉴被引入一间小室，室内布置简陋，只有几张靠椅，地面满是灰尘，似乎很久没怎么打扫了。耳边犹自隐隐听见昆曲之声，吴承鉴刚才有细看道路，就猜这个小室其实是在那唱戏园子的右后方。吉山那边看完戏，或者告个假，转身几步路，就能到这里来。

这里也不知多久没人来了，嘎溜带了蔡、吴进来后，指着积满灰尘的地面说："跪着吧。"

蔡总商就走了过去，在嘎溜指定的位置上跪了下来，对着正中那把交椅，把头也匍匐了下去，呼气都能喷到尘土上了。

嘎溜又指着蔡总商旁边说："去，跪在那里。"

他身后两个仆役摩拳擦掌，吴承鉴知道这时若不识相，在见到吉山之前就得先白吃一顿打，便也过去跪下了。见他跪得随意，嘎溜过去踢了一脚，喝道："跪老实点！"

吴承鉴心道："好汉不吃眼前亏。"就跪得规矩起来。

嘎溜这才去擦拭正中的那张交椅，擦拭得十分仔细，然而等他擦拭完了，还是不见吉山的踪影。

蔡总商显得极有耐心，虽然跪在地上，脸几乎贴着地面，却连呼吸也控制得十分平稳，吴承鉴则又打起哈欠来。

舒参将下令攻打仓库，然而他们旗兵自然是先不动手的，而是驱策民壮为前驱——这是他们旗人做惯了的事情。

冯都头十分狗腿，卖力地驱策民壮上前。这个仓库修建得十分牢固，周围都没什么破绽可寻，只有仓库大门为进出之道，而大门外又摆放着铁马，这要是真打起来，只要仓库中的人有武器，这批民壮不死些人，别想攻下仓门。但民壮死多少，舒参将都不关心。

这时仓库门忽然打开了一条线，一个人被推了出来，随即仓库门迅速关闭。

"且等等！"冯都头举手叫停，派了人将那人接出来，近前一看，却是谢老四。

谢老四满身伤痕，又断了一只手，十分狼狈。他被带到舒参将、谢原礼身边，谢原礼有一堆的话要问他，比如问他为什么会轻易让盗贼得手之类，这时却只能按捺下来，只问："老四，怎么回事！他们怎么放你出来了！"

舒参将问："是你的人？"

"是，是，"谢原礼说，"这是我家派来看仓库的头儿。"

谢老四这时定了定神，忍着痛，带着哭腔说："老爷，不好了，他们在仓库里放满了硫黄、菜油……"

谢原礼微微吃惊："他们要做什么？"

谢老四说："这伙盗贼，领头的是吴承鉴的师爷周贻瑾，还有他的帮闲铁头军疤。我出来前，那个周贻瑾对我说，我们不得上前，如果一定要攻仓库，他们就先放火烧了宜和行的茶叶，然后出来束手就擒。"

舒参将道："行，那就随他们烧了茶叶，然后出来束手就擒吧。"

冷不防谢原礼厉声叫道："不行！不能烧茶叶！"

舒参将皱起眉头，谢原礼叫道："参将老爷，你知道这批茶叶值多少钱吗？"

舒参将是奉命来剿贼，剿贼过程中茶叶有什么损失，跟他有什么关系？只是冷笑："那是你的事情！"就仍然要下令逼盗贼出来投降。

谢原礼叫道："舒参将！这批茶叶是吉山老爷交代放在小人仓库里的，千叮咛万嘱咐不能有失。如果茶叶被烧，吉山老爷怪罪下来，舒参将你吃罪得起吗？"

舒参将是广州将军麾下的将领，并不是吉山的手下，就算吉山官大势大，也毕竟隔了一层。这次虽然是奉命来帮着监督府这边，但他一个高高在上的旗人老爷，听谢原礼一个汉人保商竟敢威胁自己，不由得大怒，喝道："我只是奉命剿贼，广州将军可没跟我说要保住你的货。货物有什么损失，跟我有什么关系！"

谢原礼被逼不过，只得硬着头皮说："好，就算舒参将不怕吉山老爷怪罪，那和珅和大人呢！"

舒参将一惊，喝道："你胡说什么！这事又能跟和中堂扯上什么关系！"

谢原礼指着仓库道："那批茶是……是那位……"他终究不敢第二次把和珅扯出来："是北京那位放在我们仓库的，真要被烧了，我谢家无法交代，舒参将只怕也脱不了身。"

十三行是内务府管着的，内务府的头儿就是和珅，和中堂让一个保商经手什么货物，这事还真的很有可能。舒参将听说茶叶居然还跟和中堂扯上关联，一下子谨慎了起来。

旁边冯都头和老周听了"和珅"两个字，则是一起吃了一大惊。两人不由得同时退了两步——他们万万没想到今晚的事情会牵扯得这么深！这可不是他们愿意听的。上头神仙打架，随便一个雷劈下来，就能让他们死无葬身之地！

舒参将又是烦躁，又略有无奈，忽然想到："这就没错了！这大半夜的，要不是这样，广州将军怎么会这么顺遂就答应了监督府那边连夜出兵？"

吉山是有这个面子让广州将军出兵，但要让广州将军的动作这么迅速，不敢有所拖延，那就不是吉山所能拥有的权限了。

想到这里，再不敢造次，一边派人去向吉山和广州将军请示应该如何做，一边下令："让民壮向后退，给我团团包围起来，一个人也不许走脱！"

谢原礼也赶紧派了一个人去监督府禀报。

冯都头领了命令，赶紧有多远跑多远，这些牵涉上层的事情他是一句都不想听了。

老周也说："我去跟里面的人交涉一下，让他们不要冲动乱来。"

舒参将道："去吧。"

老周走到小窗前，叫道："周师爷，我是老周。"

小窗推开一线，周贻瑾的声音传了出来："周捕头。"

老周道："周师爷，你们可真是大胆！"

周贻瑾笑了笑，道："周捕头不必多问，总之事情到了这个地步，我们吴家已经赢了一大半。你只要坚守初心，我保证你不会有事。"

老周将外头发生的事情择要说了，又道："他们已经派人去请示吉山了，万一那边让强攻仓库……"

"不会的。"周贻瑾道，"只要吉山知道这边的情况，就更不敢乱动了。如果真要强攻，那你让那位参将老爷放心，我们一定说到做到，也不劳烦他动手，我们会先烧了茶叶，然后出来束手就擒。"

老周回去把周贻瑾最后那句话回复给舒参将，舒参将听得眉头大皱：里头这帮人果然不是什么悍匪——这根本不是盗贼的行事套路，看来这批茶叶的确牵涉上面的什么权力争斗。这种事情，他们当武将的最是警惕，当下决定尽量置身事外，一切只听命令行事。

第八十二章

翻 盘

　　吴承鉴都不知道自己等了多久，终于听到了脚步声。他微微抬头，先是看见了几个丫鬟的腿，又听见茶碗碟盘放在桌上的声音，估计是在摆布茶点。

　　过了一会儿，又走进来几个随从，然后才看见一双官靴从后面踱了过来，就听嘎溜叫道："主子！您来了！"

　　吴承鉴把头埋下了，同时听见吉山坐下的闷响，接着是茶碗磕碰的声音，想必是喝茶。然后又是茶碗碰到桌面的响动，就知道吉山是做不耐烦状，果听吉山冷冷道："怎么回事！"

　　这话是问蔡士文的。

　　蔡士文爬近两步，头微抬，只敢看到第九颗扣子，说道："回老爷，刚才是闹出了一些事情。也是小人的错，被这个败家子之前的姿态给蒙蔽了，没有料到他竟然不甘心，死到临头还要搞出一些麻烦事来。不过老爷放心，这些事情就像夜里乱叫的蚊子，虽然让我们感到烦闷，但终究改变不了大局。"

　　吉山哼了一声，转头看向吴承鉴，就像看着一只蝼蚁，冷冷地说："你之前说，今晚会带着银子进监督府，现在银子呢？"

　　嘎溜道："老爷，这贱狗太不驯顺了，不知道用了什么手段，把他家银库搬了个半空，现在只剩下四十二万两白银了。奴才为这事气得够呛，只因还没得老爷的话，这才没揍他。老爷，您看要怎么处置这贱狗？"

吉山冷眼盯着吴承鉴，淡淡道："吴承鉴，你怎么说？"

吴承鉴把头抬了抬，已经看到了吉山的第九颗纽扣，再抬一抬，竟然看到了吉山的第八颗纽扣……

嘎溜大喝："大胆！快给我把头埋下去！"

不料吴承鉴没听他的话，将头继续往上抬，第七颗、第六颗……最后整个头都抬了起来，终于看到了吉山的脸。

光头鼠尾辫，老鼠胡子，这模样，真是难看得很。

吉山的脸色也有些变了，这个汉狗，竟敢这般冒犯自己！

嘎溜跳了起来，呼地就过去狠狠甩了吴承鉴一巴掌，打得吴承鉴嘴角出血。吴承鉴用手指抹了抹嘴角的血迹，也不还手，只是改变了一下姿势，两膝着地，小腿贴地，臀部坐在小腿及脚跟上——这是汉人的古礼跪坐。

这姿势一变，他便生出了一种与吉山分庭抗礼的平等气势。他转头扫了嘎溜一眼，嘎溜的第二巴掌一时竟打不下去了。

蔡士文跪在吴承鉴的左前方，眼睛向后看到了吴承鉴的姿态，一下子浑身发抖，不知道是激动还是恐惧——他再怎么想也想不到，这个败家子怎么敢这么大胆！换了是他，便是明知道下一刻要死了，在满洲人的积威之下，也不敢如此！

吉山的眼睛，如同要冒出火来，几乎就要下令让人将吴承鉴拖下去活活打死。

却见吴承鉴轻轻一笑，说道："吉山老爷容禀。小人运走的，并不只是卖掉杂货的那笔钱——我也不怕说，那笔钱虽然我最近花掉了不少，却还有不少存余，放在我们的货仓。吉山老爷如果有兴趣，可以派人去清理盘点。"

吉山使了一个眼神，旁边便有一个家奴出去了。

吴承鉴笑道："何必着急呢？杂货款项剩下来的那点钱，无关大局。我们吴家的房产、土地、茶山、船只、店铺、债权，这些才是吉山老爷更应该关心的。这才是我们吴家财产的大头啊。"

吉山冷笑道："这些东西，我谅你也带不走！就算你将房契、地契偷运出去，大清境内，也没人敢接手！"

"吉山老爷说得是。"吴承鉴道，"所以我将这些东西，一股脑儿抵押给了东印度公司。日间拜寿的时候，已经全部交给米尔顿先生带走了。还有一些比较值钱的古董首饰，也放在那些大箱笼里头带走了。"

吉山怔了一怔，跟着眼睛忽然凸起，瞪着吴承鉴，又是暴怒，又是不可置信。如果说刚才他盯着吴承鉴就像虎狼盯着到嘴边的肥羊，那么这一次他看向吴承鉴，就像原本以为是盯着一条养熟了的狗，谁知道狗皮底下是一条没养熟的幼狼！

他忽然大吼："汉狗，你说什么！你说什么！"

"小人是说……"吴承鉴轻轻笑了一笑，"宜和行没钱了，吴家也没钱了。一分钱都没有……哦！不对，刮刮地皮，连同剩下的银子，应该也还有几十万两吧。"

吉山瞪着吴承鉴，几乎说不出话来。

于是吴承鉴又"一片好心"地解释说："日间英国人来拜寿的时候，米尔顿和他的人抬着十二口箱笼来，其中四口装满了金银，当众打开，剩下的八口，来的时候装的是砖头，去的时候，却把吴家值钱的东西几乎都带走了。要不是这样，东印度公司的人怎么会那么顺从？他们这些西洋番人，可都是无利不起早的。"

"啪"地一下，吉山随手抓起的茶碗飞了过来，砸向吴承鉴的头。换了蔡总商，这下子是不敢躲避的，吴承鉴却举手抵挡，不料吉山这一下手劲奇大，他这一挡，茶碗碎了，碎片斜飞，在他的脸上刮出了一道小小的口子。

吴承鉴轻轻抹了一抹，看了看那丝血迹，神情懒懒的，不当回事。

吉山的嘴里终于挤出了四个字："小子你敢！"

"没什么不敢的。"吴承鉴笑道，"反正都快家破人亡了，还有什么不敢做的？"

吉山怒道："小子！你可知道，我要踩死你们吴家，就像踩死一窝蝼蚁一样简单！"

"当然当然。"吴承鉴哈了哈腰，但那哈腰可一点敬畏感都没有，这肢体动作更像在讽刺，"十三行嘛，就是十三窝蚂蚁。哦，不，现在只剩下十窝了，再过几天，应该就只剩下九窝了。"

他依然是一脸无所谓的样子："不过，监督老爷啊，你踩死了小人一家之后，又有什么好处呢？该收的钱，就能收上去了吗？该办的事，就能办成了吗？和中堂的交代，能用小人一家子的尸体去应付吗？"

他前三句话，说一句，吉山的眼皮就跳一下，到了第四个反问，吉山的眼珠子都瞪圆了："小子！你知道什么！"

"不多，不多。"吴承鉴又是一通毫无敬畏感的哈腰，"小人只是还知道，朱大方伯那边，也正等着小人破家呢。小人破了家，如果能把家抄了，把钱送到北边，把该补的亏空给补了——那么这次的事情就过去了。广州这边嘛，也就是死了两窝蝼蚁，十三行少了两家，有需要的话，回头再发两张牌照补上就是。反正有的是人等着这张纸。"

他说着，又换上一脸诚恳的假笑："可小人替监督老爷担心啊！若是抄了小人的家，钱却拿不到，那这个亏空还怎么补？和中堂的吩咐还怎么交代？监督老爷你要杀我如杀蝼蚁，但和中堂那边要杀老爷你，那也只如杀一条狗罢了。"

吉山冷笑："你这是在威胁我？"

吴承鉴打了个哈哈："不敢，不敢。"脸上却是没有一点"不敢"的。

吉山冷笑道："敢威胁老子！真是没死过！可惜你打错了算盘！"

吴承鉴笑道："监督老爷是想，吴家的不动产业一时丢了，但有另外两笔大钱在手，勉勉强强也还足够了吧，也就是广东上下的官吏没得贪而已。实在还不够，就让蔡、谢、叶诸家再割些肉补上——谁让他们办事不力呢！"

吉山被他说得一阵烦躁——他心里的确是这样想的！

"只可惜……"吴承鉴道，"怎么，潘家的人还没来吗？"

吉山道："什么潘家？"

吴承鉴笑道："我将我家的不动产业，给了东印度公司做抵押，所以米尔顿已经把那半张提款的凭证给我了。傍晚时分，我的人已经去了潘家，将外家茶的那笔银子运走了。"

这下不但吉山，连蔡士文都再忍不住，回头望向吴承鉴，就像看到一个恶鬼！

嘎溜打了个寒战，道："奴才……奴才这就去潘家问问。"

他还没出门，就有个管事家奴快步跑了进来，禀道："老爷，潘家那边派人来说，傍晚时分，宜和行吴家的人拿了凭证到潘园提款。潘家的启官辨明凭证无误，已经按照当初的约定，将银子给了对方了。"

"哗啦"一声，吉山身边的茶几被他整个儿推倒了，杯盘破碎，点心洒了一地。

吴承鉴笑了笑，道："那么吴家的钱，就还剩下最后一笔，也就是那批本家茶。如果吴家破产，按照十三行的老规矩，可以由蔡总商出面，指定一家新的保商去跟东印度公司交易；之后由谢家出面，运了我们那批本家茶去跟米尔顿交易，大概也能把白银套出来吧。不过……吉山老爷，你最好派人去问问白鹅潭仓库那边的情况吧。"

吉山便想起刚才蔡士文来求的调兵令，胸口更是一堵，对着嘎溜喝道："去白鹅潭看看怎么回事！"

嘎溜吓得又是一个哆嗦，急忙跑了出去，还没跑出府门，就遇到了舒参将和谢原礼派来的人，赶紧将他们引了过来。

舒参将的副手行了一礼，将白鹅潭谢家仓库那边的事情说了一遍，问道："舒参将请示吉山老爷，仓库里的人，究竟是不是老爷派去的？仓库里的茶叶是否真的与和中堂有关？接下来我们又应该怎么做？"

这毕竟是在满洲将领面前，吉山勉强压住了胸中那股火，冷着脸说："此事稍后再说。"便让人将舒参将的副手带下去好生伺候。

那个满洲将领下去后，吉山盯着吴承鉴，一双眼睛都布满了血丝。

"你这条小狗！"吉山咬牙切齿道，"你以为送走房契、地契，运走金银，烧了茶叶，就能让老爷我向你低头吗！你想错了！老爷我就算拼了这个前程，也要将你这条汉狗千刀万剐！还有你的家人，全家千刀万剐！"

吴承鉴笑了笑，道："老爷，你做不到的。你杀不了我全家的。"

吉山冷笑。

"老爷不信？"吴承鉴笑道，"家父年老，家兄病重，大嫂已经决定跟我吴家同生共死，我们是准备好随时去死了的。但我那侄儿，已经被我送走了。"

"什么？！"

吴承鉴道："米尔顿先生的十二口大箱笼，其中一口，就装了我的贴身丫鬟夏晴，还有我们吴家的嫡孙光儿，一路由王副将护送到了海边，送上了船，现在人都不知道到哪里了。我们吴家后继有人，钱又都已经运走，将来只要光儿有点出息，家道中兴也指日可待。家父、大嫂和我都已无后顾之忧，倒是老爷你……"

他顿了顿，道："吉山老爷，你好像还是没看清楚局势啊。"

吉山这时连火都发不出来了："你还有什么花招，不妨都亮出来。"

"可不是花招，都是实招啊。"吴承鉴笑着，摊了摊手道，"如果只是我的这些动作，那也只是让老爷大大为难。只要老爷你肯硬起心肝来，狠一狠心，拼个自损八百，的确也能将在下千刀万剐，一泄心头之恨——只可惜啊……"

吉山怒喝："可惜什么！"

吴承鉴忽然语气变得森然，冷冷道："只可惜现在满广州除了在下，短时间内再没有人能拿出足够帮和中堂填补亏空的大批白银了！"

吉山的怒火，也挡不住这个消息的可怕，这个晚上不知第几次愕然了："你说什么？"

吴承鉴冷冷道："我说现在满广州除了我，已经没人拿得出这么大一笔现银了。就算你把蔡家、谢家、叶家都抄了，如果我不出手购买他们的产业，一时之间谁也拿不出来那么多银子！"

吉山似乎不信，又不明白。

吴承鉴道："老爷如果不信，问问蔡士文就清楚了。"

吉山转头望向蔡士文，蔡士文就像在打摆子，整个人都抖得无法自控。看到这个反应，吉山已经猜到吴承鉴所言只怕不假了。

"这——怎——么——回——事！"

蔡士文虽然不敢抬头看吉山，但也从这一字一顿的语气中，听出了吉山是含着何等愤怒。他牙齿都在发颤，上下互碰，在保商会议上伶牙俐齿的他，竟然一句圆圈话都说不出来。

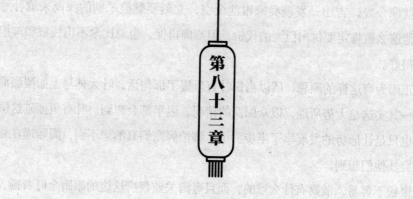

第八十三章

刘 全

看着蔡士文几乎无法回答，吴承鉴道："前一段时间，我岳父……"他本来也不知道叶大林决定提前散白银的具体情况，本想随便找句猜测的言语，话到嘴边，忽然念头一转，笑道："我岳父叶大林与我里应外合，开始给供货商和债主提前结账……"

蔡士文听了这话，猛地抬头，望向吴承鉴："什……什么？！叶大林他……他这个贱人！"

"贱人"两个字，他几乎是用牙齿磨出来的。

当此之时，吴承鉴说叶大林和他里应外合，在场所有人就没一个怀疑他说的是假话！

吴承鉴随口把叶大林坑了后，笑了笑，道："我岳父开始散白银之后，潘、易、梁、马立刻就跟进。再跟着，谢家、蔡家也暗中跟进了。至于他们为什么急着要散尽金银，呵呵，吉山老爷，你今日之前或许不明白，现在也该想明白了吧？"

匹夫无罪，怀璧其罪。

在和珅需要用钱之际，保商们最大的罪过，就是手里有钱！虽然保商会议定了是吴、杨两家，但尘埃一日未曾落定，谁知道会出什么意外？

就像今晚，吉山一发现吴家银池全空，立刻要翻脸杀别的保商来填补亏空。他这么做肯定要付出巨大的代价，但割肉自保，也总比拿不出钱被和珅捏死来得好。

　　正因为有这样的顾忌，所以当日叶有鱼提了那句话，叶大林马上如醍醐灌顶——其实这是大势所逼，以众保商的精明，迟早都会想到。叶有鱼捅破这层纸，也只是让形势的发展早了半步罢了。哪怕保商们真的想不到，周贻瑾在外面也会让他们想到。

　　聚钱不容易，散财有什么难的？而且粤海关监督府这边的眼睛全盯着杨、吴，其余保商迅速行动，不过数日间就将库中现银散了个七七八八，能给的给，能藏的藏。就连谢家、蔡家，口中不说，暗中也在行动——就算他们对外自诩是吉山的心腹，却也都清楚，真到了要紧关头，吉山宰起他们来，也是不会犹疑的。

　　吴承鉴瞧着吉山的神情，看来是已经想明白了，才道："监督老爷啊，现在广州的银流，已经散入百家千户，你除非能拿出李自成的手段，把千百家族都拘了一个个严刑拷打，把整个广州城榨上一榨，那样还有可能把你要的钱给榨出来。否则的话，呵呵！就等着时日空过，到了和中堂要你拿出钱来的时候，若是凑不齐……"

　　他没再说下去，吉山却只觉得背脊一片冰冷！

　　自今晚进这间屋子以来，他第一次真正感到了恐惧。

　　刹那之间，他的怒火都没了——恼怒既然无用，自然是恐惧占了上风，混久了官场的人，哪里会不明白这一点。

　　尽管极不情愿，吉山还是放缓了口气："吴承鉴，你待怎样？"

　　吴承鉴道："监督老爷，小人跪得有点累了。"

　　吉山一愣，但明白过来后，又不得不忍下这口气，道："起来吧。"

　　看吴承鉴拍拍衣裤站起来，又对嘎溜道："看座！"

　　嘎溜十分无奈，瞪着吴承鉴，把他引到一张交椅前。吴承鉴看着交椅上的灰尘，笑着不肯坐。

　　嘎溜怒火中烧，悄悄看了吉山的脸色一眼，还是低了头，用衣袖为吴承鉴抹干净了椅子。

　　吴承鉴这才大大咧咧地坐了下来，跷起了二郎腿。

吉山眼睛一眯，心道："且让你得意一时，回头再收拾你！"嘴角含笑，道："昊官，你说吧，你想怎么样？"

谁知吴承鉴道："我不敢跟吉山老爷谈。"

吉山喝道："你什么意思？！"

吴承鉴道："我要跟和中堂的人谈。"

"混账！"吉山喝道，"你胡说八道什么！"

吴承鉴笑道："这次事关重大，我不相信和中堂没派人在广州。我不跟你谈。跟你谈了，不管答应了什么条件，回头都可能反悔……不，一定会反悔的。吉山老爷你气成这样，只要危机一过，不可能不找我算账的。所以我只能跟和中堂的人谈。"

吉山怒道："和中堂没派人来！你也只能跟我谈！"

"是吗？"吴承鉴淡淡道，"那就没什么好谈的了。"说完竟然闭上了眼睛。

吉山怒道："吴承鉴！你真当本官不敢杀你？"

吴承鉴无所谓地说："要杀要剐，随便。"

"你！"吉山气得站了起来。

却听堂后一人笑道："好，好！果然了得！果然了得！"

吴承鉴睁开了眼睛，就看后堂走出一位老者来，只见他身材比常人矮小些，背脊微偻，头顶半秃，剩下的一点头发也白了一半，脸上挂着下人特有的随时奉承人的笑，身上穿的也只是布衣。

然而吉山看见了他，站都站不住，冲上前去。他是官，对面那人是奴，按礼不能打千行礼，所以只是肩头向下垂，腰微弯，口中道："刘公，怎么不在前面听戏？"

那老者笑道："前头那场假大戏，哪有这里这场真大戏好看？"

吉山便猜他已经把刚才的话都听去了，一时之间，心中惶恐不安。

那老者说着，也不管吉山，直朝吴承鉴看过来。

吴承鉴站起身来，拱手为礼，笑道："老丈姓刘？莫非是和府'七品官'刘全刘公？"

那老者也还了一礼，哈哈笑道："一个照面就认出老朽的来历，吴官真是火眼金睛啊！"

吴承鉴笑道:"京师官场人物,若只数出二十人来,刘公虽是布衣,却也必然位列其中。这会子能肩负重任光临广州,而吉山老爷又叫出了老丈的姓氏,吴承鉴若还猜不出来,这脑子就该挖出来喂狗了。"

那老者正是和珅的管家刘全。和珅之父钮祜禄·常保随康熙帝征准嘎尔阵亡,是刘全一路照顾尚未成年的和珅、和琳兄弟,所以刘全虽是奴才,在和府的地位却极其特殊。在非正式场合,连吉山这般地位的人,都要尊称他一声"刘公"。

刘全笑道:"见微知著,却又消息灵通,更难得的是有胆有识,手腕多变,怪不得令兄会让你临危授命,把宜和行的担子交到你的手中!"

他扫了吉山一眼,冷笑道:"满十三行这么多人,谁不能开刀,却挑了这样一个硬茬子——吉山老爷的眼睛,却是半瞎!"

吉山只觉得脑袋一阵晕眩,一刹那间汗流浃背,额头也有冷汗垂下,脚都有些软,叫道:"刘公……"

刘全没等他说完,就道:"老朽要借吉山老爷的地儿,与吴官把盏谈心,不想被旁人打搅。吉山老爷,可成?"

吉山忙道:"行,行,我这就让人出去。"

便无二话,把管事、随从、奴婢,连同蔡士文等全轰走,这才来到刘全身边,看看刘全没有留自己的意思,忙道:"我也到门外去。"

等吉山也出去后,刘全走过来握住了吴承鉴的手,态度十分亲热:"吴官,来,坐坐,老朽对你一见如故,你我之间,不必客气。"

吴承鉴笑道:"我与刘公相见,也觉面善,想必是前生带来的缘分。"

两人握手大笑。

刘全高声叫奴婢送了两盏茶进来,然后亲亲热热地与吴承鉴对坐,彼此都喝了一口茶,这才道:"吴官啊,你我既然一见如故,场面话就不说了,只说接下来这事该如何了。"

吴承鉴道:"我等身为保商,自然要体念和中堂的难处,更要为皇上分忧。国库内府若是空虚,非社稷之福。我等保商虽然没多少能耐,但如果花上一点银钱,就能上解万岁爷之忧,下助和中堂之事,那不但是十三行的责任,更是众保商的福分。"

刘全笑道:"但现在十三行除了你家,都没钱了啊。"

吴承鉴笑道："现在大家都怕着，人人捂着钱袋子，所以没钱。只要大家都不怕了，把钱都拿出来，广州的市井马上就会繁荣起来。那时要多少钱，有多少钱。"

刘全道："那怎么样才能让大家都不怕了呢？"

吴承鉴道："只要内务府充盈了，大家就都不怕了。"

刘全道："可现在内务府空虚着啊！"

吴承鉴轻笑了一声，道："谢原礼劫掠同行茶叶，这样的保商是十三行的蛀虫，理应抄家。抄没的产业，我们吴家愿意出钱买下来，这样内务府不就充盈了吗？刘公，这样做合适吗？"

刘全笑道："合适，合适！再合适不过！不过吴家的银流，吃得下整个谢家吗？"

吴承鉴笑道："吴家吃不下，不是还有潘家、卢家吗？到了该上桌吃肉的时候，大家马上都会变得很有钱的。万一到时候还不够，就请刘公帮帮忙，把谢家的产业，也买下来一点吧。"

刘全哈哈大笑，忽然笑声一顿，盯着吴承鉴的眼睛说："朱总督的人，应该找过你吧？"

吴承鉴心中一凛，脸上却还保持着笑容。

刘全笑道："总督老爷那位师爷，手段是不错的。我也是从蛛丝马迹之中，才猜到他应该见过你，而且不止一次。可惜老朽没能探到更详尽的事宜，否则就没有今晚的事情了。不过你见过总督老爷的心腹，却没准备来坏中堂大人的好事，可见吴官这个心，还是向着咱们中堂大人的。"

吴承鉴道："吴家是生意人，要把宝押在能赢的那一边。吴承鉴别的不懂，只清楚一件事情：万岁爷坐庄的局里头，中堂大人不会输！"

刘全一听，放声大笑："不想广州南蛮之地，还能有吴官这般有见识的人，难得，难得！"

吴承鉴道："见识只是其次，身在十三行，最重要的还是秉持一颗忠心。只要内有忠心不变，外有办事手腕，老老实实地当差办事，我相信无论是万岁爷，还是和中堂，都不会亏待我们吴家的。"

刘全的眼底，寒光一闪。

在这一瞬间，他心里闪过了七八个计较。

刚才他和吴承鉴的对话，几乎每一个字都有坑，几乎每一句话都有内外两层意思。吴承鉴话中藏话，但有一些也未必就是绝对的。

比如说抄了谢家，未必就只有吴家拿得出钱，深不可测的潘家也有可能拿得出这笔银子来，只不过这样的话就还得去和潘家谈——结果如何尚未可知，自然没有现在就答应吴承鉴来得方便。毕竟吴承鉴在这么艰难，又有机会投靠朱珪的情况下还能克制得住，从某种意义来讲，已经是一种很难得的投诚了。再去和潘家谈，潘家还未必就能这般忠顺，说不定看着和珅这边为难了，还要提出什么要求来。

再则，吴承鉴既然能与两广总督府那边直接说上话，谁知道他还有没有其他后手，若是不答应他的提议，他万一再拼个鱼死网破，把朱珪引入局中，事情再起变化，则后果将难以收拾。

相反，若是留着吴承鉴，对和大人以后在广东的局面却是利大于弊，毕竟吴承鉴在这一次风波当中，已经展现了非凡的手腕和强大的能量。这样的人，与其推到敌对阵营去，不如留在麾下做犬马。

七八个计较闪过，刘全已算准吴承鉴的这个提议虽然不是唯一的出路，但却是眼前最方便、最保险的一个。他代表着和珅，和吉山立场大同而小异。广州这边的商场格局，还有吉山的爱憎，和大人哪有兴趣理会？广州这边只要能安稳地、持续地为北京那边提供大量银流就可以了——北京那边的棋局，才是真正的大势所在！

这些念头说来话长，但在刘全的脑海里也只是一晃而已。

随即他满脸堆笑，右手握着吴承鉴的手，左手拍拍他的手背，说："你放心，这广州神仙地，山高皇帝远，在这里和中堂也需要能办事、有眼色的人，总不能手里抓着的，都是一堆吉山这样自以为是的糊涂货吧？你既忠心，又能办事，中堂大人那边便不会亏待了你。以后你有什么事情，不用通过别人，直接来告诉我。"

这句话竟将吴承鉴与吉山相提并论，又答允了吴承鉴能与他建立直接的通信渠道。这代表着什么，吴承鉴自然一听就懂，脸上堆满了受宠若惊的笑容，说道："吴承鉴代整个吴家，预先多谢中堂大人垂顾，也多谢刘公美言。"

刘全又道："你可还有什么话，需要老朽带回去给中堂的吗？"眼下既已决定要用吴承鉴办事，就不妨给多两句安抚。

"没有了。"吴承鉴道，"不过刘公这边，吴承鉴却有一事相求。"

刘全笑道："你我之间，提什么求字，直说好了。"

吴承鉴道："我这一次被迫反击，可把吉山老爷得罪大了，不知能否请刘公做个中人，让吉山老爷莫因此事再记恨小人了。"

他没有得寸进尺，提的这个要求，刘全不但能轻易办到，还能让自己欠刘全一个不小的人情。想必过了今晚，宜和行吴官所欠的人情会变得相当值钱。

刘全看着吴承鉴，笑容中满是欣赏："放心，放心，这件事情，我不但自己会去说，还会再给你向中堂大人求一封手书。你们都是能为中堂大人办事的人，彼此和睦，才是佳话嘛！"

第八十四章

定 局

吴承鉴下去之后，刘全又让人将吉山请了进来。

小室再无第三人时，刘全冷冷道："吉山老爷真是好眼色！这一趟我若是不在广州，却不知道这个局吉山老爷打算怎么了？"

吉山咬牙切齿道："都是吴家这条小狗……"

"住口！"刘全喝道，"还不是你识人不明，用人不当，才会闹成今时今日的局面！也不看看你这次用的都是些什么货色！那个谢原礼，竟然敢在外头，吵吵嚷嚷什么仓库里那批茶是和中堂的——就冲他这句话，这个人就得死上十次！"

吉山惊惧交加，忙道："是，是！"

刘全道："宜和行那小子这次的确惹恼了你，但换了是你，被人逼到绝处，能不反咬？也难为他了，做了这么多事，却半点没有坏了这个'恶龙出穴、群兽分食之局'。"

吉山有些诧异："没坏？"

刘全冷笑道："你还没想通？"

"这是……"吉山陡然醒悟，"谢家？"

刘全冷笑着点头。

局势发展到现在，"恶龙出穴、群兽分食之局"仍然被近乎完美地留了下来，唯一的区别只是其中一头要被分食的"兽"变了。要做到这一点，难度可比直接变换阵营去投靠朱珪要大上十倍，且这一条路也更加惊险，但吴承鉴竟然还是选择了这条路——这个态度，也是刘全愿意保留吴承鉴的原因之一。

　　刘全笑了："杨家还是照旧，吴家……就换成谢家吧。至于操刀的人……我看吴官这娃儿也是个识趣的，由他来主刀分肉，想必不会有什么差错。"

　　是的，吴承鉴当然识趣了，刚才他都已经说了，"吴家吃不下，不是还有潘家、卢家吗……万一到时候还不够，就请刘公帮帮忙，把谢家的产业，也买下来一点吧"。

　　这个忙是帮着上桌吃肉，刘全当然会帮的。他南下时身上一两黄金都没带，但北上之前，相信一定会在广州多出一份不小的产业。

　　从吉山那里领了命令出来，嘎溜再见到吴承鉴，就像见了鬼一样，却还是不得不上前，请他一起去白鹅潭处理后续事宜。

　　吴承鉴却不动，笑吟吟看着他，道："嘎溜管事，我进府的时候，被人推了几把。在府中行走的时候，又被人踢了几脚。再说脸上还被人抽了耳光，热辣辣地痛着。这会子腰酸背痛嘴抽筋的，走不动也说不了话啊。"

　　嘎溜刚才被吉山训得狗血淋头，又亲眼看见吉山对吴承鉴也不敢呼喝失礼了，这时哪里还敢恼怒，赔着笑脸连抽了自己几巴掌，用上了狠劲，抽得嘴角出血，才苦笑着说："昊官，三少，我的爷！都是小人空长了一对狗眼，认不得三少是神仙人物，还请昊官大人不记小人过，回头要怎么责罚嘎溜都好，就是别误了老爷的大事。"

　　说着抬头看见旁边那个仆役是推过吴承鉴的，冲过去将他揍了一顿。吴承鉴看着差不多了，这才道："哟，腰背忽然好了，这就出发吧。"

　　嘎溜大喜。吴承鉴又转头看了蔡士文一眼，道："蔡总商，请吧。"

　　蔡士文一张脸满是丧气，就像丢了几道魂魄一般。嘎溜喝道："快走快走！"推搡着蔡士文上了马车。

　　这时已经过了四更天。

　　白鹅潭那头，各方人马等得无比焦躁，终于等到了粤海关监督府的车队。

谢原礼远远望见，跑了过来，叫道："嘎溜管事，您可终于来了。"

嘎溜看了他一眼，也不说话。谢原礼见他如此神色，心中暗暗觉得不妙。

就见马车里头走下几个人来，头一个竟然是吴承鉴，再跟着便是蔡士文。他赶紧向蔡士文使眼色询问，蔡士文却低着头，竟然没回应他。

舒参将的副手走到他身边，低声禀报了一会儿。舒参将抬头，眼神中带着一点诧异，却没说什么。

嘎溜便带着众人，走到了仓库前面，爽了爽喉咙，这才大声道："粤海关监督老爷有令谕，你们都给我听好了！"

周围静了下来，除了火炬燃烧时偶尔啪啦啪啦之外，再无第二种声音。

便听嘎溜说："粤海关已经查明，保商谢原礼，勾结官匪，抢夺宜和行茶叶，罪证确凿，不容抵赖！谢原礼行径如同盗匪，即日起褫夺宏泰行保商执照，谢原礼本人解归粤海关，查明其有无其他贪腐犯上、祸乱华洋事宜后，再押回南海县，审判其勾结巨寇、盗抢商货诸罪状。"

一阵鸦雀无声之后，谢原礼忽然惨叫一声，软倒在地，呻吟着："怎么会……怎么会……"

仓库之内，好些后生则忍不住爆发出了一阵欢呼。

仓库门啪地打开，几个后生搬开了铁马，周贻瑾踱步出来，走过老周身边，看了他一眼，老周笑道："周师爷果然没有骗我，哈哈！"

周贻瑾笑了笑，又走到吴承鉴身边，看到吴承鉴左脸肿了，右脸有一道浅浅的伤口，轻声道："被揍了？"

吴承鉴笑道："难免的，不过已经比我预想中好多了。脚没被打断，屁股也没开花。"

周贻瑾道："快回家去吧，一来报喜，二来处理下伤口，可别留了疤。"

吴承鉴道："这几天你独自在外支撑大局，辛苦了。"

周贻瑾淡淡一笑，道："我先回去了，两日没合眼了，困。"

吴承鉴道："别去花差号了，神仙洲近一些，去神仙洲睡吧。"

周贻瑾点了点头，负手而去。

软在地上的谢原礼忽然向蔡士文伸出了手，叫道："蔡总商，怎么会这样！怎么会这样！"

蔡士文自知无能为力，连看都不敢看他——当初蔡巧珠求上门来，他说自己没办法是半真半演戏，而这一回对谢原礼，真的是无力回天——如果他敢为谢原礼开脱，吉山一回头就会拿他来开刀。

这时那群后生已经将吴家的茶叶一袋袋地往外头运，让老周现场看个明白：果然都是吴家的戳记。这真是罪证确凿了。

嘎溜也马上指派兵马，让人去看住谢家的家门和产业——就像当日对待杨家一样，只不过这次因为谢家已经是戴罪之身，可以更加不客气，便直接闯门入户，拘人待审，贴条封库。

吴承鉴扫了蔡士文一眼，道："审理谢原礼的事情，就有劳蔡总商了。"

蔡士文浑身一震，心头大恨，知道吴承鉴是要他来做这个恶人！

吴承鉴又加多了一句："什么时候审完谢原礼，才好发卖产业啊，吉山老爷那里可还等着银子呢。"

说完这句话，吴承鉴扬长而去。

望着他背影的人群之中，有刘三爷和马大宏。刘三爷忍不住对着吴承鉴的背影竖起了大拇指。

马大宏道："三哥，我们的钱能拿回来了吧？"

"你傻啊！"刘三爷道，"还拿什么钱回来？今晚就去凑凑，看看还有多少余钱，都给凑出来，明天就送到吴家去。"

"啊？"马大宏瞪大了眼睛。

"你这个没眼力的！"刘三爷笑道，"吴家的生意盘口要扩大了，近期应该还会缺钱用。现在谁把钱投进去，以后光吃利息，都能赚到笑醒。"

吴承鉴一路回家，半路上吴七驾了马车来接。主仆相见，吴七哭道："昊官，昊官！"

吴承鉴离开的时候，他是强忍着；这时大势已定，他反而哭了出来。

吴承鉴笑骂道："哭什么，没出息！"

吴七"哇"的一声，哭得更大声了："你不知道，你今晚进监督府的时候，我多怕你进去后就出不来了！"

吴承鉴一下子没忍住，眼睛也红了，因不想在人前表现得软弱，便一低头钻进马车去了。

吴七亲自驾车，回了吴宅。

这时消息还没传开，但原本守在吴宅门口的旗兵被调去守谢家，吴宅上下，还有左邻右舍，就都猜到形势有变。

吴承鉴的马车刚到大门，吴宅便亮起了灯笼。

吴达成滚了出来，叫道："昊官回来了，昊官回来了！"

整个吴宅，灯光一点一点地亮起。

吴承鉴下了马车。吴达成把腰弯得像虾米，凑到了吴承鉴跟前，说道："昊官，我的小爷！我们吴家，这是翻盘了？"

吴承鉴笑道："不错，翻盘了。"

吴达成大喜，吴承鉴又说："我先前许了你的东西，还是算数的。"吴达成一呆，随即想起吴承鉴许他如果吴家出事，他在外头藏有一笔钱给他们家做后路的，便叫道："什么钱啊，我吴达成也是姓吴的，自然要和老吴家同甘苦，共进退！昊官你再提这个，就是不当我是自己人！"

吴承鉴哈哈一笑，吴达成已经冲到大门内，又大叫："翻盘了！我们吴家翻盘了！"

吴承鉴走向后院，一路遇到的下人，望向吴承鉴时，眼睛里再不是往日看败家三少时的神色了。

后院门大开，吴二两在院门边道："昊官……你终于……你终于……"

他老人家说着就抹眼泪。

吴承鉴笑道："我终于生性咗（懂事了），系咪（对吧）？"

吴二两连连点头，只是流泪。

吴承鉴跨入院门，见吴国英坐在院子中间。他走过去，跪在父亲膝前，把手放在吴国英的膝盖上。吴国英一双皱巴巴的手握过来，父子俩各有一肚子的话要说，却是谁也没开口。

吴承鉴道："阿爹，往后你就都放心了吧。"

吴国英眼睛一合，两行泪水就被夹了出来。他点了点头，说："去看看你大哥吧。"

吴承鉴这才转到右院来。蔡巧珠没有在梨花树下等，连翘看到他，欢喜地进门呼叫着："大少奶奶！大少奶奶！昊官来了！昊官来了！"

吴承鉴进了房门，门内的房梁上挂了一条白绫。蔡巧珠抱着吴承钧的头，脸已经擦过了，但还是看得出横七竖八的泪痕。

吴承鉴道："大嫂，都好了，一切都好了。"

蔡巧珠抱着吴承钧，哭道："承钧，承钧，大少，大少！你醒来看看你弟弟吧！他出息了！他出息了！"

吴承钧的眼皮抬了抬，却终究没睁开眼来。吴承鉴半跪在床头，握着吴承钧的手腕，感受着他虚弱却还算平稳的脉搏，低声道："哥，我说过，家里这点事，行里那点事，我都会处理好的。我没食言！"

说着把头埋在吴承钧手边的被子里，忽然间哭了起来。

他已经赢了，大胜而归。这个吴家，这个宜和行，也是在这一刻才真正地握在了他的手里。

然而情绪却在这一刻失控，泪水渗出，沾上了被子，沾湿了吴承钧的手腕。

吴家翻盘的消息，不因深夜而有所阻滞，在日出之前就风一般飞遍整个西关，也传遍了整个神仙洲。

神仙洲马上有小艇向花差号驶去，但所有来贺喜的人、来赔罪的人，都被挡住了。

念了一个晚上"妈祖娘娘保佑"的疍三娘，双手合十，朝着天后宫的方向遥拜下去："信女疍三娘，叩谢妈祖娘娘慈悲！"

叶家迎阳苑，徐氏有些不解地看着一宿不睡的女儿，更不明白她在听到吴家翻盘的消息后为什么变得那般激动，只是眼睁睁看着女儿走出门去。当女儿走出房门的一瞬，也刚好迎来了这一天的第一道阳光。

"五更了，天亮了！"叶有鱼的脸沐浴在晨曦之中，似乎丝毫不因熬了一夜而倦怠，"娘！天亮了！"

（第一部完）

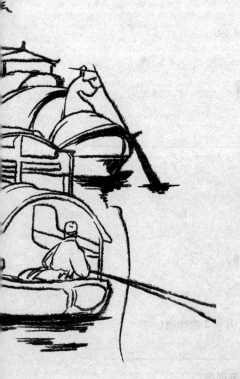

十三行 崛起

第一部（上册）

阿菩 著

南方出版传媒 花城出版社

中国·广州

图书在版编目（CIP）数据

十三行：全2册. 第一部，崛起 / 阿菩著. -- 广州：
花城出版社，2019.8（2021.7重印）
ISBN 978-7-5360-8968-6

Ⅰ. ①十… Ⅱ. ①阿… Ⅲ. ①长篇历史小说－中国－
当代 Ⅳ. ①I247.5

中国版本图书馆CIP数据核字(2019)第159241号

出 版 人：肖延兵
策划编辑：张 懿
责任编辑：黎 萍 蔡 宇 曹玛丽
技术编辑：凌春梅
装帧设计：姚 敏

书　　名　十三行　第一部　崛起
　　　　　SHI SAN HANG DI YI BU JUE QI
出版发行　花城出版社
　　　　　（广州市环市东路水荫路11号）
经　　销　全国新华书店
印　　刷　北京一鑫印务有限责任公司
　　　　　（北京市顺义区北务镇政府西200米）
开　　本　787毫米×1092毫米　16开
印　　张　29.5
字　　数　463,000字
版　　次　2019年8月第1版　2021年7月第2次印刷
定　　价　78.00元（全2册）

已是生平行逆境，更堪末路践危机

十三行制度

官府为了加强对商行的管理，逐步形成了承商、保商、公行、总商、行佣等十三行制度，达到"以官制商、以商制夷"的目的。

承商制度

洋行设立之初，经官府允许，由殷实商人担任行商。行商具有对外贸易特权，承担相应的责任和义务。

保商制度

即由行商担保，负有向外国商船征收税饷、管理外国商船人员的职责。设立保商后，无论货物是否由其买卖，承保商人一律负有为该船完纳税饷的责任。

(内容来自广州十三行博物馆)

公行制度

始创于康熙五十九年，十三行行商建立名为公行的团体，统一货价和垄断大宗商品交易。

总商制度

总商又称商总，在保商之上通常由资历较深的行商充当。总商的职责包括征收行佣、协调货价等，并对整个行商团体负责。

行佣制度

行佣又称行用，是从行商经营的部分进出口贸易中抽取佣金，以补充整个行商团体的运作经费，主要用于偿还拖欠外商的款项及朝廷捐输，还有从事公益事业。

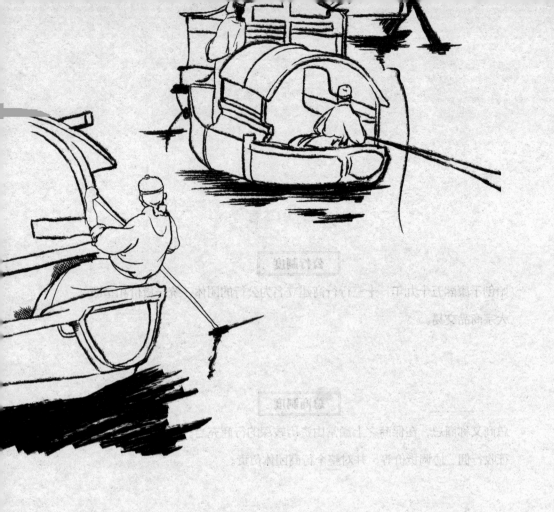

目录

第一章

纨 绔

"宜和三少的船到了！"

"啊？那个败家子？那快去蹭钱！"

外面响起的锣鼓声，把吴承鉴吵醒了。

贴身小厮——好吧，这个和吴承鉴一起长大的家伙其实已经过了"小厮"的年纪——吴七上前说："三少，快到神仙洲了。"

吴承鉴醒了醒神，将舱窗推开一条线。

原本还算平静有序的白鹅潭，这时人船耸动，天色已经昏暗。吴承鉴所坐的这艘雕花船开到哪里，哪里水面上的船只就点亮了灯。远远望去，就像整个白鹅潭的渔船画舫都在为吴承鉴的楼船点灯让道。

"三少，撒钱不？"有人在舱门的方向问，那是吴承鉴手下的"四大帮闲"之一，人称"穿窿赐爷"。"穿窿"在粤语里面是（钱包、口袋、米缸等）破了个洞的意思，一个人被称为"穿窿赐爷"，就是说这个人不但会花钱，而且会败家，不过每一次他都败得让吴承鉴备有面子，所以"吴纨绔"手底下少不了他。

"撒。"吴承鉴没睡醒，一边打哈欠一边说。

然后，穿窿赐爷就开始站在船头撒钱了——两旁蹭过来的，不管是渔船还是画舫，哪艘船的灯亮了，他就撒一把铜钱过去。雕花船一路走来，一路灯亮，一路铜钱当当响，每一把铜钱撒出去，都会蹦出一句"三少好嘢"。

欢呼声就这样响彻整条水路。

吴承鉴在船舱里眯着眼睛听着，虽然明知道这些捧场都是撒钱撒出来的，但反正自己又不缺钱，几箩筐的铜钱就买来一路欢呼，这感觉，小爽。

吴家的钱虽然不是大风刮来的，却是大浪打来的——风能刮得来几个钱？只有倚靠乾隆皇帝"诸省禁海、只剩广州一口通商"的国策，再拿到天下仅有十几张的华洋贸易许可特许令——也就是所谓的"十三行执照"者——然后承揽全中国对外贸易的十几分之一，这样的赚钱，才叫真的富可敌国啊！

跟吴家每年跷起腿就赚到的金山银海相比，这点铜钱，用广东人的话讲——"湿湿碎啦（小意思啦）"！

这时是乾隆晚期，广州白鹅潭上千帆凑集，却都不是商船，也不是战舰，而是成百上千的花船画舫。无数画舫之中，有一座连体船尤其巨大，那是由五十几艘大船钉合而成，望过去如同一座水上城堡一般。这样巨型的连体船别说出海，在江上都走不远，然而甲板平稳如陆地，其上又有三层楼台——这就是白鹅潭有名的水上花寨，当地人称"神仙洲"。

今晚要上神仙洲的船只很多，三个靠寨码头都排起了长龙。

但吴承鉴的雕花船开近神仙洲，却并不用排队，神仙洲特意为它开了第四个靠寨码头，却没人鼓噪，也没人不满，只有在穿窿赐爷将剩下的半箩筐铜钱一起如泼水一样泼出去时，看码头的水手们才发出集体的欢呼："三少好嘢！"

眼看雕花船要撞上神仙洲，船尾一条壮汉猛地一甩舵，整艘船就横摆了过来。掌舵的汉子伸一只脚过来往神仙洲一踩，就将两层高的雕花船给压住了，稳稳靠上码头。那人跳了过来，踢了一脚，就用一块丈许长、四五尺宽的木板搭了一座便桥。

吴七说："铁头的功夫又长进了。"

吴承鉴"嗯"了一声，满意地点了点头。

掌舵的那个壮汉身材犹如铁塔一般，外号"铁头军疤"，是他手下的"四大帮闲"之一，原是佛山地界的一个洪拳教头，几年前因为犯了事，刚好吴承鉴遇上，花一大笔钱救了这条好汉，从此铁头军疤就跟定他了。

在广州十三行当纨绔，甩派头甩到别人眼红在所难免——铁头军疤号称"两膀有千斤的力气"，虽然夸张了点，但只要有他在场，吴承鉴跟人打架从来就没输过。

船既然靠岸，吴七就钻出船舱。他"快嘴吴七"的外号也不是白叫的，声音尖锐响亮得犹如唢呐："三少到了，姑娘们，快来迎接啊。"

整个神仙洲上下三层船舱一下子都亮了起来，不知多少水上娘子、莺莺燕燕，竟相在各舱内齐声叫道："妾身等恭迎三少。"

早有十几个莺燕快手快脚迎了出来，更有几个跳过雕花船去——就看舱门内钻出个高鼻深目的矮子来，对着那些莺燕嘻嘻哈哈，动手动脚，搞得那些莺燕个个惊叫着躲避不及。

几个莺燕啐了那洋人一脸，大骂："死鬼佬，做乜跑出来吓人！"

这个洋人，也是吴承鉴的"四大帮闲"之一，是个英吉利人，人称"短腿查理"。在十三行行走，有个洋帮闲不但方便，而且长脸。远近的人提起，都要说一句："宜和那个三少，手底下连鬼佬都有！"

是的，广州的土话，从古到今都把西洋人叫作"鬼佬"。

吴承鉴透过半开的舱门，看得哈哈笑，手肘撞了撞旁边躺椅上的人："贻瑾，到了。"

被推的人是吴承鉴手下"四大帮闲"之首，名叫"周贻瑾"，与吴承鉴同岁。

三年前两个人在北京一见如故，恰逢周贻瑾因为受文字狱的牵连差点入了大狱，也是吴承鉴漫天撒钱把他捞了出来，周贻瑾之后就跟着吴承鉴回了广东。

周贻瑾并没有睡着，只是闭目养神而已，这时拍拍躺椅站起来，走了出去，虽在荡漾的舟船之上，举止仍然十分儒雅，只是表情永远都那么冰冷。他身上穿的衣服是最上乘的广缎，帽子样式简单，却镶嵌着一块价值千金的美玉，可就是这般美玉，也盖不住帽子下的盛世美颜。

不说他"绍兴师爷"的背景，也不说他七窍玲珑的心计，就冲着这张脸，宜和三少觉得三年前花的钱都值了。

周贻瑾走出舱门，外头的莺燕们一时都静了下来，一个个眼睛都盯着他，呼吸都急促了几分，话都说不出来了——吴三少的钱、周师爷的脸，这可是白鹅潭的"双璧"！

周贻瑾却无视满甲板上聚焦在自己身上的目光，身子一侧，优雅地微微弯身，向舱内做个"请"的手势，吴承鉴这才在这个绝世美男子的引导之下，走出舱门，闪亮登场。

这闪亮不是形容，是真的闪亮。

因为一时间周围忽然多了十几把火炬，还用镜子反光投射过来，火光大亮，让周围的人看得明白：吴承鉴这个真纨绔，二十出头年纪，中等偏上身材，肤色微黑，五官虽端正，只论容貌却也谈不上多英俊，然而架不住他身后有无数真金白银做背景加持。他出来的时候眼睛也是眯着的，那是两道仿佛看透了这个世界的冷光，让别人不爽——但吴承鉴自己显然是不管别人爽不爽的。

一个不觉，来到这个世界已经二十四年了。

自从搞明白自己的处境之后，吴承鉴就决定这辈子只做两件事情：一、好好享受上天赐予自己的纨绔生活；二、顺手确保一下让自己过上纨绔生活的外在条件。

莺燕们看见周贻瑾的时候，还只是芳心暗动，等看到吴承鉴，眼睛都要变成心形了！

这个世界上，比美男子更帅的，当然是钱啦！

会行走的人形金元宝吴承鉴还没出来时，那些个莺莺燕燕都急着往舱门凑。等见到本人，她们反而不敢唐突上前了。却从楼上走下四个丫鬟打扮的少女来——她们虽是丫鬟，衣服首饰却比那些莺燕还精美些，看都不看那十几个莺燕一眼，径朝着吴承鉴一福，口中说："三少驾到，神仙洲蓬荜生辉。"

吴承鉴笑道："赏！"

这回不用铜钱了。有人端了盘银锭子出来，穿窿赐爷就把银锭子撒了出去。四个丫鬟又跪着躬身，左右一分，让出道路。裙袖曳动间，落在她们身边的银子就都不见了——这钱拿得叫一个不动声色，若是让人瞧见她们动手，那她们背后的主人——神仙洲一等花娘们的名头可就要跟着低了。

看着吴承鉴要上楼，两旁的莺莺燕燕都忍不住叫了出来："三少！"

那声音怎一个哀怨了得。

吴承鉴笑了笑，看了吴七一眼，快嘴吴七就叫道："三少说了，给来迎船的姑娘们点灯！"

就有龟奴唱了起来："点灯嘞！"

第三层的十几个舱房就亮了起来，每个舱房的外头各挂了三盏婴儿拳头大小的花灯。这是神仙洲的规矩，客人为花娘挂灯，一盏花灯代表十两纹银，也是神仙洲三等花娘的一夜陪资——基本陪资，不算追加小费。

三十几盏花灯挂上去，那十几个出来迎船的莺燕齐声谢道："唔该（谢谢）三少！"然后便欢欢喜喜地各自回舱了。

这神仙洲自有其等级与规矩，三等花娘的地位比一等花娘的丫鬟还不如。吴承鉴是第一等的客人，也轮不到她们来伺候，然而她们还是凑了上来，为的应该就是这几盏花灯了。

神仙洲上共有三层楼，洋毡铺甲板，玛瑙做珠帘。每一层都堆满了海鲜美食，站满了莺莺燕燕，又有本地戏班与外来戏班混杂其中，粤曲昆曲在风中交汇，笙歌伴着晚潮，真是一片人间极乐、风情万种的太平景象。

吴承鉴就由周贻瑾陪着，走一条特辟的楼梯直上三层。海风中忽然听到似乎有人叫唤，他就问周贻瑾："贻瑾，是不是有人叫你？"

"嗯？有吗？"

周贻瑾天性里本来就带着三分冷，自当年出事之后，更是除了吴承鉴以外的人和事，都漠不关心。

更何况他在广州也没什么朋友。

"那大概是我听错了。"

第二章

花　魁

其实吴承鉴没有听错，的确有人叫周贻瑾。

那是一个儒生打扮的北来客人，叫蔡清华。如果周贻瑾看到，一定要惊叫一声"师父"的。

蔡清华是当今重臣朱珪的心腹师爷——朱珪是皇十五子永琰（后来的嘉庆帝）的老师——即将履任两广总督。蔡清华先行一步来为东家开道，因想起自己的得意弟子就在广州，所以先来找他，不料就恰巧目睹这一切。

他迟了一步，要追过去，却没等上楼就被拦住，一个龟奴问："贵客要上几层楼？"

神仙洲在甲板之上更筑了三层楼：第一层除了大厅，又有数十个或大或小的花舱；第二层中间有一个天井，围绕天井有十六个雅座、十六个舱房；第三层最简单，只有春元芝、夏绿筠、秋滨菊、冬望梅四个小筑。

蔡清华看着吴承鉴的最后一个帮闲已经消失在了第三层的转角，就说："第三层楼。"

龟奴诌媚地笑了："神仙洲的规矩，新客人要直上二层楼，挂灯十盏；要直上三层楼，挂灯百盏。贵客，现在就挂灯吗？"

蔡清华毕竟见多识广，就留心多问了一句："挂灯有什么讲究？"

龟奴笑道："看贵客形貌，是从北方来的？我们广东地面，也没那么多讲究，花灯一盏，纹银十两。"

　　蔡清华脸上虽不动声色，内心却着实一惊，一灯十两，一百盏花灯就是千两纹银，他虽然是两广总督的心腹师爷，但朱珪是个清官，每年给到蔡清华的也就是这个数。一次登楼就要纹银千两？就算是京师地面也没这等销金法！

　　龟奴们都是人精，蔡清华掩饰得再好也被看出了端倪。龟奴也不得罪人，只是指着第一层大厅笑笑说："客人新来不知行情，不如先到首层逛逛，什么时候看上二楼哪位银钗、三楼哪位金钗，那时候再挂灯登楼不迟。"

　　蔡清华无奈，只好先进了大厅。这神仙洲的首层大厅中间是个戏台，戏台上空没有舱板，而是个直透三层楼的天井。首层围绕着戏台的是六十四张八仙桌，二层围绕着天井的是十六个雅座，第三层就是四个朝内开的窗口，垂下玛瑙、砗磲、琥珀、珍珠四种帘子，帘内隐约有人。

　　今天神仙洲客人太多，就是在首层也得拼桌。蔡清华坐定之后就朝上张望，过了一会儿看见珍珠帘后人影晃动，依稀看出是吴承鉴与周贻瑾的身形，另有一个女子陪着，想必就是那一房的花魁了。

　　和蔡清华同桌的两人，都是客商模样，一个胖，一个瘦。瘦客商道："听说上四房四大花魁，乃是今年粤海十二金钗的首四位，个个是天姿国色，倾国倾城。可惜我们连面都见不到，若是什么时候能让咱一亲芳泽，美美睡上一晚，就是短三年命都值了！"

　　那胖客商讥讽了起来："短三年命就想睡花魁，你也敢想！登楼就是纹银千两，那也不过是隔着珠帘见一面的数。想要入室，那得把银子像倾盆大雨一样泼出去才行！"

　　蔡清华插口问："请问两位兄台，何谓粤海十二金钗？"

　　两个客商看了蔡清华一眼，瘦客商说："看来兄台不但是第一次来神仙洲，而且是第一次来广州，不然怎么会连这粤海十二金钗都不晓得？"

　　蔡清华做惯了师爷的人，最是能屈能伸，笑道："见笑见笑，正要向两位请教。"

　　瘦客商见他谦逊，心情一好，说道："那十二金钗，听说是宜和行吴三少搞出来的花样，据传是从一本叫《石头记》的新书里借来的称谓。三年前，广州花行要做大比，那些花行鸨母好事，请宜和三少代定规矩。宜和三少就仿照科考县、乡、会三级，将花行大比分出上、中、下三品，下品如秀才，中品如举人，上品如进士……"

邻桌一个秀才模样的老童生听到这里，忍不住骂道："这等下贱娼妓，竟敢与科举功名相提并论，有辱斯文，有辱斯文！"

胖客商回头嘲弄了一句："你个又想嫖婊子又想立牌坊的咸湿佬，既然有辱斯文，你还坐在这里干什么？"一句话堵得那老童生满脸通红。

胖客商又回头，听那瘦客商继续说："……上品共十二人，称为'十二金钗'。中品三十六人，各得一支银钗。下品不定数，也各得一支镏金铜钗。这神仙洲上，至少要得铜钗才能上来做营生，要得一支银钗才能上二楼，至于首层四间小筑，更是非金钗莫入。今天在下金钗是不敢想的，银钗估计也睡不上，能在神仙洲与一个花行秀才睡上一晚，回老家也能夸耀夸耀了。"

蔡清华又问："那何谓上四房四大花魁？"

瘦客商指着三层楼上的四面窗子说："花行大比，就是各家花娘子的恩客比拼财力，看谁给自家娘子砸的钱多，一般以得花灯之多寡决胜负，也可用其他贵重之物折价换算。十二金钗中得灯最多的，就是那上四房的四大花魁。正如那科举在会试之后还有殿试，这粤海的花行大比也是一样，四大花魁选出来后，还要再选一个魁中之首——今晚就是选魁首之日。兄台你运气好，第一次来广州就赶上了这等盛会。"

蔡清华环顾一圈，只见大厅外围、首层各舱门，层层叠叠地挂了各式花灯，有的门前挂着十几盏，有的门前挂着数十盏。他暗中算了算，心想若一灯十两，即便是这三等花娘子，其中的佼佼者竟然也有恩客为她们砸了数百两银子。

再抬头看看第二层，十六个雅座外侧的栏杆也各挂花灯，每面栏杆的花灯都挂了不少。然而其中最少的那一排栏杆只有二十几盏，明显比首层的部分舱门少，怎么反而能跻身二层？就问那瘦客商是何道理。

瘦客商笑道："兄台，这花灯不只看数量，还看式样，你再仔细瞧瞧。"

蔡清华再细看才发现，首层、二层虽然都挂着灯，式样却不相同。首层挂的是铜线掐丝花灯，二层挂的却是银线掐丝花灯，再往上看，三层的四个窗口，外侧栏杆上稀稀疏疏地各挂了十几盏，却都是金线掐丝花灯。

就听瘦客商说："铜灯一盏十两，银灯一盏百两，金灯一盏纹银千两。"

蔡清华又微微惊讶起来，这时再看三层楼上，那几十盏的花灯，就是好几万两的白银！

他忍不住嘟哝道："大清一年的税收不过七八千万两，平均下来一个县一年的税收也就两万两，这三层的栏杆上挂的哪里是花灯，分明就是一个中县一两年的税收！如此豪奢，实在太过了。广州的官府也不管管吗？"

"怎么管？广州神仙地，山高皇帝远，只要不造反，哪个官老儿愿意多事？"瘦客商笑了起来，"再说，现在挂的这些灯，才是开胃菜，真正豪奢的，都还没开始呢。"

"哦？"蔡清华问，"怎么说？"

瘦客商笑道："能登上三层楼的，每一挂珠帘后面都有一个大恩客。今天是魁首之选，这四大花魁的大恩客都还没出手呢。去年的上四房加起来，可是挂满了金灯百盏。所谓'三年清知府，十万雪花银'，但寻常知府也比不上我们广东的花魁啊。这四大花魁只凭一年大比之资，就是知府大人三年收入了。"

正说着，就听门外锣鼓声响，瘦客商说："来了，来了！好戏要开始了。"

蔡清华回头，就看两头佛山金银狮子踩着节奏，一路摇头晃脑，直奔戏台。广东"南狮"名闻天下，这对狮子上了戏台之后，身上彩条翻动，先敬礼首层四方来客，扑、跌、翻、滚，极为卖力，赢得首层客人的喝彩后，又再敬礼二层一十六雅座，金狮忽然跳跃，执狮头者踩着执狮尾者的肩膀向上跃高几乎一丈，引得众人纷纷叫好，银狮又忽做搔痒状，样子滑稽极了，引得众人大笑。

二层雅座上，金豆、银锭、戒面、项链如雨点一般落下。双狮大口张开，抢着"吞吃"这些金银饰物——这是规矩，狮口吞吃下去的，这些金银首饰就算是赏赐了，舞狮师傅可以拿回去分。

看看金雨银雹下完，银狮微一蹲伏，跟着执狮尾者站稳了马步，执狮头者跃起踩上了他的肩头，银狮就此人立。蔡清华还来不及叫好，就看见金狮子也是一个纵跃，踩着银狮执尾者的膝盖、肩头，蹿上银狮狮头后，以类似的办法让金狮在银狮头上人立起来。双狮齐立成笔直一线，无半分颤抖。这等绝技，惹得整个神仙洲三层船楼叫好之声震天荡水。

蔡清华也忍不住叫道："好功夫，好功夫！"

就看金狮口中吐出一物，乃是在上好的丝绸上用金线绣出的十个大字：

佛山陈为秋菱姑娘点灯！

就有龟奴将十盏金灯挂上了砗磲窗外侧的栏杆上，这一来，此窗外侧金灯之数便力压余窗，成为上四房之首。砗磲帘子掀开，一个千娇百媚的小娘子走近窗前，朝着金银双狮福了一福。她的身旁，一个年轻俊俏的青年公子满脸堆笑。

那胖、瘦两个客商都忍不住站了起来，翘首张望，当然不是看那富家子，而是看那秋菱娘子。但砗磲帘子很快就放下了，虽只惊鸿一现，也让蔡清华心中赞叹："果然绝色！怪不得有恩客为她一掷千金。"

胖、瘦两个客商坐了下来，眼睛还扫着砗磲帘子意犹未尽。胖客商道："那秋菱姑娘真是美艳，那佛山陈也真是豪情，大剌剌一万两白银就这么撒了出来。看来今年的花魁之首，非这位秋菱姑娘莫属了。"

瘦客商冷笑道："只怕未必。"

就见八个壮仆各持一盏金灯，鱼贯而入走上戏台，排成一行，朝着玛瑙珠帘的方向大声叫道："山西乔老爷、曹老爷、范老爷，为银杏姑娘点灯。"

玛瑙珠帘被掀开，一个玲珑美人朝下谢礼，也让人看清了与她同桌的共有三人。

瘦客商冷笑："八千纹银虽不算少，但前面人家已经出到一万，他们还好意思再出八千，还是三家联手。这些山西人吃醋吃多了吧，真是又酸又小家子气了。"

话声未落他就被打脸了——又见八个少年举灯而入，走上戏台，依旧排成一行，站在那八个壮仆之前。这些少年都才十三四岁年纪，个个唇红齿白，用雌雄莫辨的声音朝着玛瑙珠帘的方向唱道："山西乔老爷、曹老爷、范老爷，为银杏姑娘点灯。"

又是八盏金灯挂了上去，瘦客商一时无语。

胖客商笑道："虽是三家联手，但十六盏金灯挂上，也算压人一头了。"

然而就见八个十二三岁的少女碎步而入，仍然是一人一灯。八人走往戏台时恰好经过蔡清华身边，蔡清华细眼一看，心道："这些不是普通奴婢，八个全是还未成年的扬州瘦马。"

那八个少女上了戏台，依旧是齐声说话。八人一起也是娇声细气的："山西乔老爷、曹老爷、范老爷，为银杏姑娘点灯。"

二十四盏金灯挂了上去，玛瑙珠窗内银杏依旧笑得合不拢嘴。不想那八少年、八少女又同时跪下，齐声道："奴才（奴婢）奉命伺候姑娘，还望姑娘不弃。"这不但是点灯，且是连人都送了出去。

今晚能进这神仙洲的，多少都有些身家，可山西三姓商人如此大手笔，还是将众人都镇住了。

蔡清华忽然心头一动："乔、曹、范乃是晋商大家，忽然在此炫富，只是偶然？还是有所图而来？"想想广州这块"神仙地"不但华洋杂处胡汉暗斗，更有十三行这块天下第一肥肉在，引得南北各方势力虎视眈眈，东家这一任两广总督，怕是不好做。

众人议论纷纷中，三层楼上琥珀珠帘被掀开了，一个胖公子朝前露出半边身子在栏杆外，肥腻的手指唰地亮开折扇。这扇窗子正好在蔡清华这一桌的头顶，他就是抬头也看不清那公子的面目，但因楼距不高，反倒是把那肥胖的手指与吊着块通透翡翠的扇子瞧了个分明，心道："似乎是文征明的字。可握在这只油腻的手里头，真是有辱文氏之才情！"

就听那胖公子朝着对面珍珠帘说："吴三少，那帮山西佬都骑到我们头上屙屎拉尿了，你再不出手，别说三娘今年魁首宝座保不住，我们广东少爷的面子也都要丢光了。"

珍珠帘也被拉开了一角，帘内坐着的两人果然是吴承鉴和周贻瑾。蔡清华望见周贻瑾，忍不住直了直身子。

吴承鉴也摇着一柄折扇，笑道："今年广东人的面子可别指望我。我大嫂扣着我的月例不放，小爷我今天一盏金灯都凑不齐。还是蔡二少你上吧。今天咱广东人的脸面，可全看你了。"

那蔡二少摇晃折扇的手顿了顿："吴三少，你讲真的讲假的？"

吴承鉴笑道："我每个月一到月底，从来都是'月光光，照钱囊'，你什么时候见我存过钱？现在虽然是月头，但月例被扣住，我就是个穷光蛋。"

蔡二少笑道："要真是如此，哥哥我就真是胜之不武了。碾压那些外乡佬全没半点意思，本指望着和三少来一场龙争虎斗，没想到变成我蔡某人的独角戏了。"

他挥了挥手，叫道："把大窗户都给我打开了！"

神仙洲是用数十艘船连接起来的一座浮寨，首层四面以舱为房，但为了采光通风，还是在东西两侧开了四面大窗户。二层面积不到首层一半，东西两侧也各开了两扇大窗。这时蔡二少一声令下，十二扇窗子同时打开，江风吹了进来，众人迎风朝外望去，却见窗外一片乌蒙蒙。

蔡二少回头，想是对着屋内的那位花魁，笑道："小樱，今天就不给你挂金灯了，我们换成几盏铜灯玩玩吧。"他再一挥手，早有帮闲传出话去，甲板上就有人齐声高叫："蔡二少有命，点灯！"

就看见东西两侧的窗外，灯光数十点数十点地亮了起来，把原本乌漆麻黑的江面渐渐照亮，照出了数十艘画舫的轮廓。众人这才看明白了：不知道什么时候，神仙洲的两侧停满了画舫，东侧二十四舫，西侧二十四舫，每艘画舫都挂满了铜线掐丝花灯；每舫上下五排，每排二十盏，一艘船就挂满了一百盏；四十八舫，就是四千八百盏，一灯当十两资费，那就是四万八千两足色纹银。更别说那数千花灯制作之费、数十画舫调用之资！

这成千上万的白银，眉头不皱一下地砸下去，就为了博取美人一笑。

"这一手，漂亮啊！"胖、瘦客商同时赞叹道。

蔡清华自诩来自京师见多了大场面，这时也不由得有些目瞪口呆。他看不见头顶三层楼上那位沈小樱姑娘的情况，但想必此时必是心花怒放，满脸笑意吧。

就听蔡二少笑着对珍珠帘说道："三娘，不好意思，今年只能请你让贤了。这神仙洲魁首的位子该怎么坐，回头还要你给我家小樱传几手经验。"

珍珠帘内，传来一个爽快的女子声音："好说好说，我也正要封帘。有小樱妹妹来接我这花魁之首的位子，那是正好。"

神仙洲的花娘子洗手不做了，谓之"封帘"。珍珠帘内的这位疍三娘是粤海声名远播、才貌双绝的花界状元，连续两年的神仙洲魁首，不知多少人为博她一笑而愿一掷千金，羊城花行的姐妹也多唯她马首是瞻。这时陡然听说她要封帘，整个神仙洲都惊动了。

吴承鉴似乎也有些意外："真决定要封帘了？"

珍珠帘内，亶三娘笑道："这营生，难道还能做一辈子不成？"

吴承鉴笑道："那倒也有理。既如此，那今天可就是你的好日子。我月例没下来，金灯是没有了。手里的那些玩意儿，你挑一件吧。"

亶三娘也不露面，就在珍珠帘后说："随便你送我什么，我都欢喜。"

吴承鉴笑道："你这么说，我更不好随便了……有了！就送那个吧。"他招了招手，把短腿查理叫了来，耳语了几句。短腿查理一听，叫了起来："上帝啊！三少，你说真的吗？你竟然要送她那个……虽然你们中国人有一句话说不爱江山爱美人，可要送那东西，也太……"

吴承鉴道："快去快去，你一个英吉利人，学什么北京贫嘴！"

短腿查理就溜了出去。众人虽然都有些好奇吴家三少要送什么"玩意儿"，但等了好一会儿没消息，就都且放下了。早有老鸨、龟奴四处穿梭，将生意做了起来。莺莺燕燕和白脸相公们各自上前，有找熟客的，有找新客的。上下三层楼，无论大有钱人还是小有钱人，个个都美人在抱，花酒满杯。

蔡清华也叫了个"小相公"给自己斟酒。

正在莺歌燕舞，忽然从大厅到四小筑，三层楼船整个儿摇晃了起来。

"哎哟，哪里来的大浪？不是说神仙洲风吹不动、浪刮不走吗？"

"不会是起台风吧？"

"胡说八道，现在这时节，哪来的台风？"

过没多久，就听外头有人大叫："停下，停下！这东西不能开太近！"

所有人都觉得荡漾的感觉更明显了。许多人都纷纷跑到窗边，就见在灯火照耀之中，东南方向开来一个黑乎乎的东西，极高极大，似鲸鱼浮出水面，似山岳却会移动，也不知道是什么东西。

等那东西夹带浪花冲得更近，黑压压地压了过来，一时收势不及，嘎啦之声连响，当场就压碎了七八艘画舫。那些个画舫上的船夫个个急忙跳水逃生。

众人这才看清那是一艘能走远洋的西洋巨舰，船板厚如城墙，桅杆插天挺立，直逼到神仙洲极近处才算稳了下来。停船时引起的浪花，又将神仙洲冲得微微一荡。

这时再从窗口望出去，已经看不清这艘巨舰的全貌了，只看到一片巨大的木墙挡在了外面。

所有人都看得心中惴惴，幸好这船虽是战舰的样式，却没有装火炮。就听吴承鉴笑道："三娘，我委托英吉利人打造的这艘'花差号'如何？你是水上人家出身，上岸不方便，既然要封帘，这神仙洲也别住了，以后就搬到'花差号'上罢。区区薄礼，还请三娘笑纳。"

众人这才知道，吴三少刚才所说的要送给疍三娘的"玩意儿"，就是这艘远洋巨舰！

这么个庞然大物，不提舰船里头的东西，光是船舰本身，莫说几万两银子，只怕十万两也打不住！

吴承鉴又朝外对着琥珀帘这边，笑道："这玩意儿太过笨重，刚才不小心压坏了蔡二少好些个画舫花灯。回头等大嫂把我的月例发下来，吴三在望海楼上摆酒，给二少赔罪。到时候要叫几头醒狮，要摆几天流水，二少说了算。"

琥珀帘"啪"的一声被甩下来了，二楼雅座上，好些个帮衬吴承鉴的纨绔子、二世祖纷纷大笑。

第三章

叙 旧

这一晚，整个神仙洲纸醉金迷，豪奢糜乱。蔡清华是身负要务来的，虽然也喝了两杯，却还保持着清醒，注意到三楼上珍珠帘后忽然空了，就推开了坐在他腿上的小相公，丢一小袋银子作赏，匆匆出了门，果然看见吴承鉴一行已经下了楼，正要转登那艘花差号。

越是靠得近，就越是觉得这艘花差号高大逼人。蔡清华心道："这位吴三少弄这么大一艘船，真的只是为了好玩？"

虽然刚才在珍珠房吴承鉴亲口答应将花差号送给了虿三娘，但蔡清华心里清楚，这样一艘能做军国利器的大家伙，一个没有靠山的花魁是守不住的。他觉得吴承鉴这一手不过是把东西从左手倒到右手罢了。

追得近了，蔡清华大叫："贻瑾！周贻瑾！还记得师父否？"

吴承鉴那一行人都停了下来。周贻瑾看见蔡清华，也小小吃了一惊："师父，你怎么来了？"

吴承鉴也停步问："师父？"

周贻瑾点了点头。

吴承鉴笑着说："那就一起上去坐坐。我们三娘的花差号上，酒菜都不比神仙洲差。"

夜色中，疍三娘披着披风，头轻转过来，笑道："怎么是我的花差号？"

这是蔡清华第一次看清疍三娘的真面目，只见她额略嫌高、眉不够细、嘴不够小，五官都小有缺点，虽然整体看上去十分清爽舒服，但论美艳不如秋菱，论风情不如银杏，真不知她是如何压倒沈小樱等十一金钗，连任三届花魁之首的？难道真的只凭吴家三少的青睐？

却听吴承鉴笑道："送了你的东西，就是你的。"

快嘴吴七使个眼色，就有个俊秀小厮小跑了过来，用一口京片子哈腰请客："这位爷，请。"把蔡清华引到了周贻瑾身边，一起上了那艘花差号。

这是一艘风帆战舰，以风帆为动力，船体以坚实木料造成，水线以下包裹铜皮，乃是前蒸汽时代的海上大杀器，和神仙洲这种靠许多船只拼凑起来、只空有一个"大"字的臃肿水上建筑不同。

只是这艘船上一门火炮都没有，甲板上种满了名贵花草，甚至还有一座假山——不登船时以为是个移动的城堡，上了船才知道这分明是个海上园林。

吴承鉴与蔡清华寒暄了两句。吴承鉴和周贻瑾交往了三年，却从来没听他提起这位师父，心里不免有些奇怪，但脸上还是保持着礼貌客气。双方通了姓名后，他猜他们师徒俩多半有话要说，就揽着疍三娘进舱去了。

穿窿赐爷上前要来帮陪客人，周贻瑾说："这是我师父，不用客气。我们先小聚片刻，再与诸位饮酒。"

几个帮闲就都告辞去了，只留下一个丫鬟、一个小厮，为周、蔡二人准备了一个小舱，舱内布置素雅，一套梨木桌椅，一个博古架上固定着七八件宋明古玩。二人坐定，小丫鬟就摆上了几盘鲜瓜果和干果，小厮则端了一壶酒来——装下酒菜的碟子还有酒壶都是牡丹纹理，乃是成套的青花。

蔡清华道："在船上用这些东西，也不怕一个浪打来就都碎了。"

周贻瑾轻轻一笑，说："碎了就换一套新的。西关大宅里这种东西成仓成库，不值什么。"

蔡清华一听这话，就知道自己的爱徒与吴承鉴的关系匪浅。他又指着窗外一个被改成秋千的炮架，对周贻瑾说："行商再有钱，犯了忌讳也是个死——你的东家造这么个违制的东西，你也不劝劝。"

周贻瑾笑道："都改成秋千的玩意儿，又不是拿来造反，能犯什么忌讳？再说满广州的达官贵人，上来喝过酒、听过曲的不知多少——官场的规矩是瞒上不瞒下，谁吃饱了没事捅上去得罪人？若真有那么一天，一把火烧了就是，灰烬沉入海底，一干二净。"

蔡清华这一听就知道了，这艘巨舰也不只是拿来玩，还是这位三少的海上私所，平时应该没少用来招待权贵。

"你在此间，倒是乐不思蜀啊。"蔡清华说，"看来当年辅佐将相、干一番事业的豪气，都被这珠江口的红灯绿酒给淹没了。"

"年来年去，空对对。"周贻瑾哑摸了一句广东人听不懂的老家方言，一手接过小厮手中的酒，放在黄花梨固定架上，让两人不用伺候了。小厮、丫鬟都出去后，他才说："雄心壮志这东西，祖师爷那一辈有是正常的，师父你年轻的时候有也还能理解，我嘛，嘿嘿！"

他形若桃花的眼睛往上轻轻一挑："康雍乾三朝，这越来越严的罗网钳制有一百多年了，还没让师父看清这时势吗？这个朝廷，也就这样了。咱们扭它不过，就只好今朝有酒今朝醉，有生之年为自己多寻一些乐子吧。这一番话，若不是师父你，换了第二个人，我也是不敢说的。"

蔡清华道："时局越是不好，我等越要振作。古人说知其不可而为之，我们达不到那等境界，但事功善业，能做一件是一件。我知你当年因东家受文字狱牵连，差点儿一蹶不振，南下广东、暂时托庇于富商家中也算权宜之计，但这终究不能长久。"

周贻瑾笑道："如何不能长久？"他敲了敲桌上的美玉帽，举了举手中的青花壶："以前我在幕府时，也用不起这等瓶子，戴不起这等帽子，如今嘛……"手一松，一个元青花牡丹凤凰纹壶就掉了，刹那间瓷壶破碎，酒香四溢，门外小厮听到响动，赶紧猫着身子进来收拾。周贻瑾却看也不看："这等日子，别说幕府师爷，给我个知府，我也不换。"

蔡清华沉默片刻，才说："看来你已经猜到我此番来意了。"

"我原不知师父来广东，否则说什么也要为师父洗尘。"周贻瑾说，"不过能请得起师父的人，全广东也就那么三五个位置。那几个位置上最近出缺的，也只有两广总督。近闻朱南涯即将履任，师父的东家，不会就是这位朱大方伯吧？"

蔡清华赞道："贻瑾你南下已有数年，不料在京师的耳目仍然如此灵敏。只是为何一直以来都不与我联系呢？"

周贻瑾不答师父的这句话。他让小厮再送一壶酒进来，这才道："承鉴与我投缘，我到广州之后，出同车，饮同桌，睡同寝。他有什么，我便跟着享用什么，但他从没开口让我做什么。我跟他倒也不用客气，但他毕竟不是当家，花的也是家里的钱。我喝吴家这壶酒，总不能全然白喝，不然承鉴回头在家里不好做人。"

蔡清华道："所以？"

周贻瑾说："所以京师那边偶尔有什么消息传来，徒弟我那头听了一耳朵，这头就给承鉴说上一嘴，指不定什么时候就能帮着消灾解难。吴家这钱赚得久，我跟着承鉴，这酒也才喝得长啊。"

"看来这位吴三少，也不是外界传说的那般无用。"蔡清华说，"纨绔之号，应当只是掩饰。"

"那你就错了！"周贻瑾笑道，"他是真纨绔，不过有一颗七窍玲珑心，知道纨绔要做得长远，总得家里能久久支撑才行，所以玩乐之余，那些能帮家里开路的事情，自然顺手就做了。比如今天这趟，既知师父是总督老爷的西宾，今晚神仙洲上，任凭哪一位入了师父法眼，莫说十二金钗，就是四大花魁，除了已经封帝的三娘，承鉴都能为师父请上花差号。"

蔡清华摇头道："我今夜志不在此。"

周贻瑾笑道："怎么，莫非师父在京师待久了，也爱上男风了？这也不难。吴家祖上是福建人，徒儿在这件事情上也有些心得。"

"他们我都不要，"蔡清华手中折扇往周贻瑾一指，"我只要你。"

"多蒙师父推荐，也多谢大方伯的赏识。"周贻瑾笑容不断，只是他的笑容，怎么看都有些清冷，"只是可惜了，今日的周贻瑾，已经不是当日的周贻瑾。如今我只爱银钱，无心功业了。朱大方伯是个清官，手里只有那点养廉银，经不起周某糟蹋啊。"

蔡清华素知爱徒的脾性，至此已知道今夜说不动周贻瑾，失望之余却也放松了下来，不再谈此事，然而并不是就此死心，寻思："贻瑾是个真人才，东家若是得他入幕，主政广东必然更加顺利。区区一个行商，怎么能跟封疆大吏相比。且再琢磨琢磨，看怎么让贻瑾回心转意才好。"

周贻瑾又问了蔡清华的行程，知道他今夜无事，就道："既上了花差号，就当让师父品味些许此间之乐，才算不枉走了这一遭。"

蔡清华道："东家御下严厉，为师就心领了。"

周贻瑾笑道："不会有逾分之事，也和宜和行的生意无关，纯是徒弟的一番孝敬。别人师父信不过，难道徒弟我还会坑你不成？"

蔡清华笑了笑，就不再回绝。他虽然只是个幕府师爷，但有道是水涨船高，东家势涨，他就权重，也不太将这些小事放在心上。

周贻瑾唤来小厮，耳语了好一会儿，小厮匆忙出去找了穿窿赐爷，将周贻瑾的交代转告。穿窿赐爷吃了一惊，两广总督虽非十三行顶头现管，却是广东官场第一人，平时吴家就是踮脚尖也够不着啊——周师爷不声不响地竟然就结交了这等人物，真是了得，怪不得三少一向待他与别人不同。

他赶紧进入主舱，隔着屏风，隐约见吴承鉴和昼三娘对坐，桌子上、甲板上，摆开了十几个箱笼，想必正在说私密的话儿。这会儿如果不是心腹，是不该打扰的，但穿窿赐爷还是咳嗽了一声，这才进去。吴承鉴皱眉说："有什么急事，要这阵子来说？"

穿窿赐爷言简意赅，第一句话就是："周师爷款待的那位爷，似乎竟是新任两广总督的刑名师爷。"

昼三娘一听，"呀"了一声，就将桌上几个箱笼关上了，退到了帷幕后面。穿窿赐爷这才将周贻瑾余下的话说了一遍。

换了别的行商家人，听到两广总督的名号都要脚软，吴承鉴却只是说："没想到贻瑾的师父，还有这么大的来历。你觉得该怎么办？"

穿窿赐爷心想三少果然是去过京师见过大场面的，这般沉得住气，就说："之前不知道也就算了，现在知道了，当然是要大肆操办一番。能提前一步入粤为总督老爷打前站，此人必是心腹无疑。最近我们在粤海关监督那头内线不稳，若能好好伺候这位蔡爷一番，借这条线结交上新任的两广总督，那咱们宜和行往后就稳如泰山了。"

在这大清官场上，官员要借权势捞钱，却有许多事情不好自己去做，就只能交给代理人。汉大员喜用师爷，而满大员喜用家奴，宜和行这些年能够成事，与交好十三行顶头该管的粤海关监督吉山不无关系，只是最近吉山家里宅斗起波澜，管事家奴换了一拨，让吴家丢了内线，而新管事的关系又还没攀上，所以商号中、家宅里，知情人员都内有不安。可若是能攀上朱珪，那就算粤海关监督那头有什么变故，有两广总督罩着，吴家非但能够安稳，甚至可以更上一层楼。

吴承鉴想了想，却道："不，就按照贻瑾的意思办吧。"

穿窿赐爷劝道："三少！机不可失啊！"

吴承鉴却还是坚持："人家背后是两广总督，不是我们想攀就能攀上的。有些事情，急了也没用，我们要相信贻瑾。"

穿窿赐爷十分惋惜，却也只能出去，按照周贻瑾的指示，只用了一个二等舱房，布设不敢过于豪奢，尽量典雅而已，同时派人驾急艇赶往神仙洲，尽搜符合要求的美人儿。短短两刻钟，一切便办妥了。

这时蔡清华已经喝得微醺，他和周贻瑾不但是同乡师徒，而且遭际类似，都是功名之路难成而走了幕府的道路，彼此相知相信，信任度与别个不同，所以蔡清华才肯喝周贻瑾的这一顿酒。

看着人已七八分醉，周贻瑾打了声招呼，两个十六七岁的扬州瘦马便进了门，伺候着蔡清华进了那个布置好的舱房，里头早有两个绝美少年将人接进去了。

这一晚蔡清华在半醉半醒间极尽欢愉之事，醒来后整个人也软飘飘的，陷在触体柔滑的全丝棉被之中，全身上下却干净清爽得一点秽物都没有，想必昨夜又有人帮忙清洗过了，睡梦之间对此竟全无察觉——将伺候人的细腻功夫做到这个地步，果然不愧是粤海神仙洲的手段。

两个扬州瘦马见蔡清华已醒，赶紧过来，伺候着梳洗毕。蔡清华问起吴承鉴、周贻瑾，一个瘦马道："昨晚家里出了急事，三少连夜回西关去了。"

蔡清华随口道："急事？"

"听说是大少得了急症，病倒了。"

第四章

封 帘

昨晚周贻瑾目送蔡清华进舱，这才转身，用头发抠了抠喉咙，将一肚子酒菜往海水里吐了个干净，头脑也清醒了过来，进了主舱来见吴承鉴。吴承鉴也不催问，那边疍三娘先奉上一碗温在那里的解酒汤——吴承鉴手下能让疍三娘奉汤的，也就周贻瑾了，其他帮闲都没这福气和资格。

周贻瑾也不客气，接过喝了一口，就放下道："我师父这次来，不是奔着三少，也不是奔着宜和行，的确是冲着我来的。"

吴承鉴笑道："我猜也猜到了。大清的天下，权一钱二。宜和行在泥腿子眼里是巨商豪富，在两广总督眼里算个什么？就是在十三行里头，潘家天下第一，蔡、谢、卢三家次之，其他商行连同我们宜和行，都只是三四等家族，哪里值得封疆大吏派心腹潜伏进来？我就猜他是看上了你，想拉你入幕吧？"

周贻瑾点了点头。

吴承鉴道："那恭喜贻瑾了，若能靠上两广总督这棵大树，从此平步青云指日可待。"

周贻瑾听了这话后，眉头就皱了起来："你跟我说这个做什么！我若是对官场还有半分留恋，当年就不会跟着你离京南下了。"

吴承鉴道："真不去？师爷虽没品级，但两广总督的师爷，在这广东地面上权力可大得没边啊。"

周贻瑾哼了一声，吴承鉴就知道自己说错了话，连忙道："我跟你开玩笑的啦！别生气，别生气。其实我是觉得嘛，幕府才是你的本行。但你要是觉得不开心，那咱们就别做。"

周贻瑾的脸色这才好看了一些。

吴承鉴又说："反正啊，只要我的月例一日还在，就有咱们一日的享受。京师的那潭水太深，咱们离远点。我大哥赚钱，咱们俩花钱，每天好吃好喝，游山玩水博面子，这日子神仙也不换。"

周贻瑾道："只是没想到这次竟是朱南涯南下。以汉大臣总督两广军政，这可是罕有之事。而我竟然没能提前得到消息，京师那边的眼线显然还不够得力。"

吴承鉴笑道："不是眼线不够得力，是你故意不跟你师父联系吧？"

周贻瑾默然片刻，才叹了口气："抱歉。"

当年他心灰意冷，虽然为了帮吴承鉴而动用了往昔的许多人脉，但行事之际，的确是刻意避开了蔡清华。

"抱歉什么？"吴承鉴一夜没怎么睡，打了个哈欠，懒洋洋道，"当年是看大哥累得够呛，又怕家里破败了没银子花，这才帮忙牵线打点。现在这生意越做越大，连两广总督是谁都要关心，我这纨绔做得可越来越没意思了。"

疍三娘拧了一条湿布，给他抹脸醒神，一边笑道："大少多疼你，金山银山的任你糟蹋。你玩乐之余帮忙做点事情，还好意思嫌麻烦？"

"我知道大哥疼我，为他做多少事都心甘情愿，就是太费神了，不耐烦。"吴承鉴懒懒地说，"再这样下去，这个家干脆让我来当得了。"

疍三娘笑道："你若肯正经出来做事，为你大哥分分担子，大少一定相当欣慰。"

"打住！"吴承鉴道，"我可不想过那种没日没夜都扑在账本算盘上的日子。当家这种事情，还是让大哥劳神去吧。我是今朝有酒今朝醉，最多没醉的时候帮家里打点。"

就在这时，疍三娘的贴身侍女碧荷走了进来禀报："神仙洲以及花行众位姑娘，来给三娘贺封帝之喜。"

吴承鉴笑道："来得这么快，看来有人着急呢，恨不得你赶紧下来，把花行魁首的位置让出来。又怕你说话不算数，急着来搞个板上钉钉。"

疍三娘顺势侧了侧头，道："谁让你昨天晚上忽然胡闹来着？按照原先说好的，我直接将位置腾出来不就好了？都要封帘的人了，还出什么风头呢？"

"正因为你要封帘，我才更要让你封得风风光光啊！"吴承鉴笑道，"再说，谁让蔡老二惹我来着？他一定要大我，可满广州城的纨绔都知道，我吴承鉴是大不得的。他蔡家是比我吴家有钱不假，可蔡老爷子能像我大哥这样，连续几年把全商行的净利都拿出来让他糟蹋吗？吴家的钱我是随便花，谁让大哥疼我呢。可蔡家的钱，嘿嘿，你看着吧，光是这次这几万两银子，回头蔡老二就得挨上一顿好打！"

周贻瑾看着吴承鉴得意扬扬的模样，一张习惯性冰霜冻结的脸忍不住笑了笑。

疍三娘却无奈地摇了摇头，放下珠帘，到了外间坐下。

不一会儿就有十几个女人鱼贯而入，其中八人都位列粤海十二金钗，剩下的六个是年约三旬的妈妈。沈小樱与银杏、秋菱，都在其中，全都是白鹅潭上的花行领袖，不是神仙洲上的，就是散舫上的。

众人才坐好，沈小樱就挨过来，抱住了疍三娘，哭道："三姐姐，你青春正盛，怎么就封帘了？"

疍三娘推了她一把："得了得了！少在我面前装了，看你哭得，声够大，眼泪就没一滴，装腔作势成这般模样，都唔知蔡家二少怎么看上的你。"

沈小樱笑着收了哭，房间里的姑娘、妈妈们也都笑了起来。疍三娘封帘，在花行说起来也是喜事，再说往后仍在广州，又不是生离死别的。众人纵然有些感触，也不会真的悲伤。

银杏笑道："她啊，嘴里喊着不舍得，心里可巴不得姐姐早点封帘呢。有姐姐在一日，这粤海花行魁首就逃不过姐姐掌心。姐姐这一封帘，明年的魁首就是她了。"

沈小樱对着疍三娘时伏小装憨，一对上银杏，整张脸一下子就变了形状，戟指骂道："大饼脸，你什么意思！"

银杏呵呵笑道："我没什么意思，就是那个意思。"

沈小樱怒道："你个吃碗面反碗底的骚蹄子贱人，嫁不出去才被家里卖进百花行的赔钱货，刚才拿着山西佬的银子，来落我们广东人的脸面，现在又挑拨我和姐姐的姐妹之情，你到底什么居心？"

被她这么骂，银杏脸上一点恼都没有，"呵呵"两声说："我们广东人的脸面？你不是一直吹嘘自己是江南水乡大家闺秀，不慎堕落风尘的吗？什么时候又变成广东人了？"

沈小樱骂道："你个贱坯子又来挑拨离间！我是江南种子、广州西关养大的闺女，好歹也是南方人，总好过你这个吃面不吃米的米脂婆姨！"

眼看两人越吵越不成样子，昰三娘脸色微微一沉，却还是笑，只是笑容有点冷："怎么，你们今天来这里是给我贺喜，还是来我跟前吵架来着？"

她在神仙洲积威已久，沈小樱与银杏赶紧都住了嘴。秋菱笑着打和道："姐姐别理她们两个，谁不知道她们见面就吵吵吵，没半刻安生。咱们还是好好喝茶，多说说欢喜的话吧。"

众姐妹、妈妈都道："是，是。"

沈小樱与银杏也就再不敢吵闹了。

帷幕之后，吴承鉴凑到周贻瑾耳边，轻笑道："三娘虽然封帝，威风还在嘛。"

周贻瑾也压低了声音，淡淡道："封帝不封帝都无所谓，反正只要你一日势在，就没人敢不卖三娘面子。"

碧荷带着丫鬟将茶端上。喝了一巡，众人都静了下来，昰三娘才道："这半夜里的，大伙儿放下恩客来给我贺喜，三娘承情了，三日之后自然会在这花差号上再设宴告别，到时候还请各位姐妹赏光。"

沈小樱道："姐姐放心，到时候妹妹我第一个来给姐姐捧场。那天神仙洲哪个敢不来，看我沈小樱不撕烂她的嘴。"说着她眼角就瞄了银杏一眼，银杏不出声地"呵呵"以报。

"倒也不必如此。"昰三娘笑了笑，"三日后请的是场面上的客人，今晚能够来的，却都是自家姐妹。看着人这么齐，刚好有两件事情，我也与大家一起说吧。"

众金钗忙道："姐姐请讲。"

几个妈妈也都说："姑娘请说。"

昰三娘道："我们这一行，混到咱们这个位置的，也算见识过金山银海，手里滑过的金银，没有十几万，也有几十千，但赚得不少，花出去的也多。别看每年大批恩客几万几万白银地砸，其中我们能留下来的有几成，在场诸位心里有数。"

好几个金钗你看看我，我看看你。一两个最年轻的就在那里叹气，她们刚入行那会儿眼看着神仙洲上众恩客泼水般地使银子，心里无比艳羡，等到自己也被摆上了台面，才知道那烧手的钱不好拿。

"有一些银子，也就是在咱们眼皮底下过一圈，转眼又回达官贵人手里头去了。"疍三娘继续道，"说到底，咱们都只是他们的玩物，在这神仙洲的台面上，做着上不得大雅之堂的下贱买卖。上了神仙洲，我等别说上台要卖艺，下台要卖身，就是明里暗里，只要得了一句吩咐，还得帮老爷们做昧着良心的事，敢说一个'不'字，明天白鹅潭上就得多一具浮尸。"

有一两个花魁，脸上就有些僵硬起来。疍三娘说的事情，她们心里有数，然而涉及自己时是怎么都不敢吐露的。

"今天我疍三娘能无灾无难地急流勇退，上是妈祖娘娘的眷顾，中是宜和三少的祖护，下也是得众位姐妹的帮衬支持。对妈祖娘娘，三娘自是念念在心。三少那边，他是拉我出火坑，又将我捞上岸的贵人，我只能拿下半辈子对他全心全意的好来还了这段恩情。至于诸位姐妹，三娘无以为报，只在今夜，请诸位姐妹受我一拜。"

她说着就跪下，众人赶紧推让，疍三娘却执意让众人受了她一拜。这一拜，就是要拜下一直以来的恩怨交情，有恩的答恩，有怨的释怨，虽然恩怨其实也非这一拜就真的能够消泯，但于"礼"上面是一个钉子，往后她退出百花行，今天在场的人若还有拿旧事来说的，便不占理——这是"金盆洗手"之意。

这一拜，也是真的告别花界。两三个眼窝浅的看她如此，已在抹泪；沈小樱也在狠揉眼强哭；几个妈妈演技胜人一筹，眼皮吧啦几下，泪水自己就掉下来了。

惊 变

茝三娘拜完，起身之后，左手牵着沈小樱，右手牵着银杏，说道："众位妹妹，我封帝之后，这神仙洲白鹅潭，花界就以你们为首，若眼皮底下见到姐妹中有难过的关、可怜的事，妹妹们能照看的，就照看着些。这是积德，也是积福。"

沈小樱眼睛一扫，在舱内所有人脸上扫过，眼神里好像夹带刀剑似的，说道："姐姐放心，这本是妹妹应该做的。以前神仙洲是姐姐庇护着，如今姐姐既然封帝，往后自然是我沈小樱替姐姐照看她们。"

舱内十几人里，有人将头低下，有人将头偏开。银杏嘴角一斜，要冷笑不冷笑的，但因茝三娘有言在先，她不敢造次，就忍住了没开口。对茝三娘，众人都无话说；对沈小樱，却是有人不服。

茝三娘又举了举手，贴身侍女碧荷就带了丫鬟、小厮，捧了八口箱笼进来。茝三娘亲手将箱笼打开，里头不是金银元宝，就是珍珠首饰，烛光之下晃得人眼睛疼。幸亏众人不是粤海花魁，就是手里抓着花行摇钱树的妈妈，眼界都不低，也就没人因此眼红了。

沈小樱道："姐姐，您这是做什么？"

疍三娘道："咱们花行之中，不怕年幼命贱，就怕年老色衰。年幼命贱的，一朝登榜走红，还有改命享福的一天；年老色衰的，没了恩客，若手中没什么积蓄，那晚景可就凄凉了。可叹许多姐妹总是今日钱今日花，都不知个节制，就算年轻时有个几年风光，却因不知积蓄，到老就过不了世（难以过活）——乃至冻死饿死的，我都曾见过。"

舱内八个当红的金钗，年纪都不大，对花行娘子无以为生乃至饿死只是听说，但几个妈妈是亲眼见过的，当下脸上就露出惨然之色——就是因为见过那些惨事，所以她们才会更加贪财惜命。

"我听三少说，那北京郊外，有一些太监们出钱建的庄子，专门收留那些年老出宫、无所依靠的老太监，而那些壮年太监在当权得势之时，也会对这些庄子多加照拂，因为谁也不晓得自己明日会如何，或许今日一点善心，就为明日的自己留下一条退路。我们与那些宦官一般，都是这世上的可怜人。我前年第一次当上神仙洲花魁后，就曾在妈祖娘娘驾前许下誓愿，愿竭己力，为这广州城内外的姐妹谋条后路。"

疍三娘拍了拍那些箱笼："这些便是我历年所积，我想用这笔钱，在河南①建个庄子，让将来老无所依的姐妹们，有个吃饭养老、收尸埋棺的去处。"

众人听到这里，或是惊讶，或是感激，或是佩服——别人都忙着敛财，疍三娘竟要散财！

一个妈妈道："妹妹，这怎么可以？你既封帘，这便是你养老的钱了。都拿了出来，你往后怎么办？"

"这也不是全部，我还是留有一点梯己的。再说我有三少呢。只要三少在一日，我疍三娘就饿不死。他若不在或不要我了……那我还活着干什么？"疍三娘说到这里，声音低了下去，眼睛里带着几分看不清的神情，不过她没让这情绪发酵下去，就继续说话，"只是这庄子的筹建，却得姐妹们帮忙：一是帮着找寻些可靠的人手，将这庄子做起来；二是把消息传出去，将那些年老无依的花娘接到庄子里去；三是以后若有什么事情，大家都对这个庄子照看一二。

———————

① 广州人说的河南指珠江南岸一带，大概位置在今天的海珠区。当年那里还是一个岛，如果说西关是广州城的西郊，那么河南就是广州城的南郊。

我是盼着姐妹们将来都有好去处，不用指望这个庄子的；但有这个庄子在，便能以防万一。所谓兔死狐悲，物伤其类，明里我们尽一点善心，暗中也积一分阴德。各位姐妹，这件事情还请尽力。"

众人纷纷点头。银杏道："姐姐说得对，这件事情大有阴德，妹妹我手头也不宽，今天先认了一千两银子，回头便让人送上船来。"

沈小樱睨了她一眼，道："我出三千两！"

当下有人认了几百两的，也有当场脱下几件名贵首饰的，疍三娘都不推却，亲自拿出账本一一记下了。

不觉已到四更天，东方将白，有个金钗道："妹妹是趁着恩客睡着赶来的。看着天亮，我还是赶回去服侍吧，免得见不到人聒噪。"

于是众人趁势纷纷告辞。疍三娘送她们上了小艇，这才回来。

珠帘已经重新卷起，吴承鉴凑了上来，贴着耳朵低声道："说什么胡话呢！什么我不要你你就不活了。你只要开个口，我明天就娶了你。"

疍三娘浑身一颤，却还是推开了他："别说这些胡话了！我是什么身份，你是什么身份？你爹和大少再怎么宠你，也没有抬一个花娘子进门的道理，何况我还是疍家的……我也从来就没这妄想。"

"吴家不就做生意的嘛，商贾贱业，算什么身份。"吴承鉴叹道，"再说，你比谁都干净。别人不知道，我还不知道？"

疍三娘不愿意再谈这个话题，就对周贻瑾说："贻瑾，刚才让你见笑了。"

周贻瑾仿佛就没听见他二人刚才谈什么似的，淡淡说："三娘真是菩萨心肠，有了这番善举，这般心胸，往后神仙洲就是再出一百个花魁，却绝没一个人能与你相提并论。"

疍三娘道："贻瑾何必取笑我，我们这种下九流，争出来的什么名头都如同过眼云烟。我做这件事情，一来是三少提点过，二来也是尽自己一点本心。"

吴承鉴笑道："其实她就是拿了我的钱去赚阴德，回头你到妈祖娘娘面前还愿时，记得帮我多说几句好话。远的不说，就请妈祖娘娘给大嫂托个梦，让她赶紧把我这个月的月例放下来吧。"

疍三娘赶紧拍了他两下说："妈祖娘娘的玩笑你也敢开？"

三人正说着话，"嗵嗵嗵"连响，有个中年家仆撞了进来。门口快嘴吴七叫道："爹，你怎么来了？"

吴七他爹吴二两撞进门来，满脸大汗，见面就喊："三少爷，快……快回家去吧！大少他……他……"

吴承鉴看他这副模样，先吃了一惊："我大哥怎么了？"

"大少快不行了！"

吴承鉴倏地站起："长话短说，说清楚些！"

吴二两喘着气："大少爷他……他得了急症，大夫说……很是危急，老爷……老爷让你赶紧回去！"

宜和行由吴承鉴之父吴国英一手开创。吴国英论年纪也不算很老，但年轻时熬坏了身子，以至于未老先衰，前几年就退下了一线，将家业正式交给了长子吴承钧。

吴承鉴和大哥吴承钧感情深厚。吴承钧有多宠这个弟弟，吴承鉴就有多爱这个哥哥。这时听说大哥发了急症，一时心乱，什么也顾不上了，束一束衣服就要冲出去，却被周贻瑾一手拉住，叫道："别急！事情越急，心越要定！"

疍三娘也道："船艇慢慢开，也不急着这一时半会儿，小心外面风大。"

吴承鉴定了定神，这才举步出了船舱，外面早有快艇备在那里。

周贻瑾留在花差号，其他三个帮闲则都跳了上去，铁头军疤亲自掌舵。

上了快艇，吴承鉴才来得及问吴二两："大哥不是去东莞了吗？临行前还好好儿的，怎么犯了急症？是中暑了？"

如今虽然已经入秋，但广东的天气，不过中秋就说不上清凉，便是过了中秋，热气也可能回扑。最近几日就是回热的天，民间俗称"秋老虎"。

吴二两看看四下，吴承鉴道："这艇上都是自己人，有什么话就直说！"

吴二两才道："三少，我们福建那条线来的茶叶，在惠州地面丢了。"

吴承鉴惊道："哪一批茶叶？"

吴二两道："福建本家茶山的茶叶。"

吴承鉴又问："丢了多少？"

"丢了多少……"吴二两口里带着哭音，"全丢了！"

吴承鉴只觉得脑子轰隆一响，心道："这下要糟！大糟特糟！"

自海上丝绸之路开辟以来，广州便日渐繁华，尤其到了明清两朝，更是富庶到了极点。清朝初年屈大均有诗云：

> 洋船争出是官商，
> 十字门开向二洋。
> 五丝八丝广缎好，
> 银钱堆满十三行。

到了乾隆年间，乾隆皇帝下令关闭闽、浙、江三处海关，九万里神州只剩下广州一处口岸得以保留对外贸易，万国财货要进入中国、中国丝茶要出口海外，全部都得经过广州。这就是历史上有名的"一口通商"时代。至此广州取代了扬州、苏州，登上了这个时代财富的顶端。

而广州所有对外贸易，又全部承包在十几家商行手中——也就是民间俗称"十三行"者——以十几家商行来承揽全中国的进出口货物，自然是每一家都赚得金银满库。

十三行的保商承揽了全中国的海上进出口贸易，每一家的货物都包罗万象，但其中销量最大、利润最高的货物，莫过于丝、茶、瓷三项。

各大行商对外商的要求，只要不犯法禁，都会尽量满足，所以各商行的货物都做得极大极杂。但一些有远见的家族则集中精力，在某项大宗货物上下功夫。

比如潘家，其最拿手的货物就是丝，而吴家则主攻茶。

宜和行在十三行中排名并不靠前，甚至就是在茶的出口量上也还不算最大，但吴家茶叶的品质却已经是公认的粤海第一。

和一些行商为求短期利益而掺假乱真、以次充好不同，吴家从第一代掌门人开始就对茶叶的质量有着相当苛刻的要求。茶农茶行推销过来的茶叶，吴国英都会一袋袋地亲自过目，但凡杂有烂、死、折、霉者，不管价格多低，都一概不要。由于多年来主打品质，才为宜和行的茶叶建立了良好的商誉基础。

吴承钧继承家业之后，为了确保货源的优质、稳定，更是从源头上进行控制。吴承钧不但和福建的许多茶山包主签订了长期协议，甚至亲到福建实地勘察，命专人进驻茶山茶厂，从茶叶的采摘、复筛，到切、选、拣、炒，所有工序都有人全程监控。

在这道工序之下，最终形成了一批赫赫有名的吴氏独家茶叶，也就是吴二两所说的"本家茶山的茶叶"。

第六章

重　病

经过吴国英、吴承钧两代人的努力，宜和行的茶叶品质节节高升，甚至建立了名牌效应，以至于坊间都哄传说：只要盖上宜和行戳记，茶价便能翻上几倍。便是在万里之外的欧洲市场，标有宜和行戳记的茶叶也是一上市就会被抢购一空。

正是由于成功建立了茶叶品牌，才让宜和行的生意在整个十三行中有了后来居上之势。到了近几年，吴承钧又利用这种商誉进行大幅度扩张，与东印度公司签订了数额惊人的订单协议，要求英国商人先支付高额的预付款，隔年宜和行再以等值茶叶抵付款项。

如此一来，吴家能够收购的货物极限就不再是自家的流动资金，而是所能收到预付款加上吴家自家现金流，再加上部分高利贷。由于有二十余年积攒下来的长久信誉，从四年前开始，吴家从洋商那里预支到的金银数量，就一直大大超过宜和行的储备金。

这个过程之中其实存在着不小的风险，但吴承钧精明强干、算计无遗，连续几次都能让钱、货及时轮转，从而得到了更多洋商与茶农的信任。正是这种危险却暴利的模式，让宜和行的经营规模在近三年来几乎每年都扩张了至少一倍，而今年的茶叶预付金，更是达到了宜和行历史上的顶点。不少老行尊都暗中算过：只要宜和行今年能再做成生意，吴家声势势必更上一层楼，届时或挤掉卢，或挤掉谢，跻身十三行"上四家"的机会极大。

吴承钧自己也是打算等熬过今年，就要改变方略，变冒险扩张为稳健经营。

可偏偏就在这时出了事——最重要的那批茶叶在惠州地面失了踪迹。这批茶叶在数量上虽然只占总数不到三分之一，却是整个宜和行品质最优的那一批，同时也是利润最大的那一批。这批茶叶若不能及时交货，东印度公司那边会有什么反应都难以预料。

吴承鉴虽然好玩乐，家里头的事情却是门儿清，既明白这批茶叶的失踪对吴家意味着什么，就能想见大哥心里会急成什么样子——此事小则伤筋动骨，大则足以破家！

"这件事情，为什么到今天才告诉我？"

吴二两言语中带着哭腔："不是故意不告诉三少。大少得到消息之后立刻就带着我出门了，因为走得匆忙，临行前只吩咐了一句不许跟任何人提起，所以不但三少，连老爷、大少奶奶也是在我们回来才知道这件事的。"

"这事自然是要保密的。"快嘴吴七说，"这广州城内外，可到处都是饿狼。这事要是传出去，明天我们吴家就成那群虎狼眼里的肥肉了。"

吴承鉴眼神一闪，看向穿窿赐爷，吓得穿窿赐爷赶紧说："三少放心，我嘴巴再松，这事也不敢漏半句口风的。我的嘴巴没穿窿。"

吴承鉴道："看来大哥不是中暑，是急病了。他会病倒，那这批茶叶就是没找到了。"

吴二两没说话，但一脸的苦相任谁都明白吴承鉴所料不差。

铁头军疤一直静静的，未曾说话，这时忽然插口："三少，我这就带人去惠州，就算把沿路地皮翻过来，也一定要找到这批茶。"

吴承鉴却摇了摇头："你迟了这么久去还能找到的话，以大哥的能耐，这次就不是病倒回来了。"

吴家因为要确保运茶路线，所以对沿线黑白两道都有打点：他吴家是福建迁过来的，根在闽地，福建那边的事自有老吴家的亲族在做；入粤以后，从潮州府的南澳总兵、惠州府的碣石总兵到广州府、南海县这边的三班差役，每年也都有孝敬打点。

东边这条茶路是吴承钧亲抓的，所以当初他得到了消息，第一反应就是自己赶过去处理。吴承钧办事素来谋定而后动，他在去惠州之前没有急着声张，也是觉得自己亲去必能解决此事，然而事情总有意想不到的时候。

主仆五人水陆兼程，却也直到天亮才赶到西关。

西关是行商聚居之地，在后世虽然是广州极有名的一个片区，实际上在清朝却并不在广州城内，而是位于广州西门外，所以叫作"西关"，治安由南海县管辖。

这时吴家上下已经乱成了一锅粥。吴承鉴跟疍三娘赌气时说吴家是"商贾贱业"，这话半对半不对——对高高在上的官老爷来说，吴家自然是商贾贱业，但粤人重商，市民爱钱，对普通老百姓来说，十三行的这些顶级富豪仍然是高不可攀的，所以家大业大，门户森严。

大丫鬟春蕊带着两个小丫头，捧着换用的衣服守在侧门。吴承鉴出门总是珠光宝气的，让主张简朴持家的吴国英十分不满，所以每次回来都要换上一身朴素点的长衫。

吴承鉴一边疾步快走，一边问："大少怎么样了？"

春蕊一边递衣服让他换，一边低声道："现在是福安堂刘良科主诊，已派人去了南海西池堂请二何先生。老爷说如果天亮还没醒，就派人去沙面找找洋人大夫，总之什么办法都得用上！"

吴承鉴一时立定："这么严重？！"

福安堂刘良科乃西关名医。在这富商云集的西关地面，他能够稳稳立足就可见其医术高超。有他主诊，吴国英还要派人去南海、洋行找人，吴承钧病势之重可想而知。

他随即看了短腿查理一眼，短腿查理道："OK（好），我这就去！一定找一个最好的医生来。"

吴承鉴这才继续奔向内宅。除了吴七、春蕊，帮闲和小厮都留在了外面。吴承钧的房外，吴国英双眉紧皱地坐在门口，双目无神。吴承鉴冲过去叫："阿爹！你怎么坐在这里！"

吴国英仿佛被这声叫唤唤醒了魂魄，一把抓住了小儿子的手，叫道："吴官！你快进去看看你大佬！我在门口守着，不会让不干净的东西进门！"

所谓"不干净"的东西，就是那阴间鬼差之类。守门，这是要防鬼差来勾魂。一向精明、开吴氏一门家业的吴国英竟然说起这等怪力乱神的话来，足见其心神早已大乱。

吴承鉴看到老父亲这颤巍巍的样子，眼泪差点就要渗出来，却还是马上忍住了。

"放心啦，阿爹，大佬不会有事的。"

他安抚地拍拍父亲满是皱纹的手，推门进去——厅中站着二哥吴承构。见到吴承鉴，吴二少开口就责骂："老三，你怎么现在才来！又到哪里花天酒地去了？"

一个七八岁大的孩童则扑了过来，哭着叫道："三叔，阿爹他，阿爹他……"

吴承鉴这会儿没工夫和二哥顶嘴，拍拍侄子的头道："没事，三叔在呢。"就掀开了隔开内屋的雪绒纱布。

屋内一股病气扑面而来，一个老医生坐在床头，按着床上病人的手，一个泪痕弄花了淡妆却仍不能掩其秀色的少妇站在床尾，盯着床上病人，眼睛片刻也离不开，直到发现吴承鉴进来，这才掩着嘴，低泣道："三叔……"

这个少妇就是宜和行的当家大少奶奶、吴承钧的妻子蔡巧珠了。

她自十五岁嫁入吴家，到现在已经十二年了。刚入门时，吴承鉴还是个半大小子，叔嫂之间就没什么忌讳，而吴承鉴也常常穿门入户，与哥嫂口头上都是没大没小。吴承钧宠着弟弟，蔡巧珠也就跟着丈夫宠着小叔子。十二年间在一个屋檐下，从半大处到彼此成年，叔嫂间的感情也与别个不同。

此刻她侍病了半夜，精神恍惚，单薄的身子摇晃不稳，恍若风中发颤的梨花。美人挂泪，更惹得吴承鉴心中怜忍。

昨天下午，叔嫂二人还在为月例的事情拌嘴呢。此刻蔡巧珠却将他视若倚靠，吴承鉴把侄子推出去，将声音放温和了，说："大嫂放心，我在呢。"

眼下有外人在，吴大少奶奶克制着，掩着脸，一手扶着床沿，哽咽道："快睇睇你大佬。"

吴承鉴这才近前，看了床上病人一眼，只见大哥一张脸苍白得几乎不见血色，干燥的唇上还带着没清理干净的血丝，就猜吴承钧可能吐过血，又喝不进水米。他不懂医术，只与刘良科对视了一眼，刘良科就跟着他出来了。两人走到屋外梨花树下，吴承鉴才道："请刘大夫长话短说。"

刘良科道："大少本是积劳成疾之体，又加上奔波疲乏，已足以引动病根，偏偏又是急怒攻心，如今已是伤到根本了。"

这些个言语，一句赶一句，内里都不是好话，吴承鉴混惯了风月场的人，怎么会听不出来？他咬了咬自己的舌头，让自己因痛而冷静，才又问道："敢问一声，怎么治？"

刘良科叹道："老夫刚才连针都不敢施，眼下只能先开一服方子试试，稳不稳得住还要看造化，但要想此病根治……难，难，难啊！"

屋内陡然传来一声要压却压不住的悲泣，却是蔡巧珠站在窗后偷听，吴国英一下子就跳了起来，用拐杖指着刘良科叫道："打出去，打出去！吴官，快把这个庸医给打出去！二何先生呢？二何先生呢？怎么二何先生还不来！"

吴承鉴一拉，就要将无比尴尬的刘良科拉到外间致歉。吴国英忽然一个抽搐，竟然就要软倒。吴承鉴吓得赶紧去扶起老父，一边朝着刘良科叫道："刘大夫，家父刚才是悲急交加才口不择言，还请刘大夫体谅，现在先救救家父吧。"

刘良科能在富豪堆里立足，不但是医术不错，脾气也是好得出奇，就一边上前诊脉，一边道："理解，理解。"

吴老太爷这病倒不难诊断，也就是年老体衰、悲伤心脉罢了，虽不至于酿成吴承钧那般重症，但他年纪大了，同样经不起折腾。众人赶紧将老太爷搬回房中，由刘良科施了针、开了方，赶紧抓药煮药。

吴家老爷子这一病，吴家更是鸡飞狗跳，不得安宁。

第七章

四大掌柜

　　这一番忙乱，半个上午就过去了，吴承鉴连自己房间都没空回去一下。在杨姨娘带人煮药的空当，吴承鉴才在耳房中独自坐着，此时此刻，身边再无第二个人。

　　他从小早慧，据说出生的时候有雷电劈翻了屋顶，产婆都吓得跌倒。因为这个异象，满月时吴国英就去光孝寺，请了高僧来为他诵经祈福，没想到这个小婴儿看到老和尚，竟然翻白眼以待。

　　那个老和尚见了，竟然也没生气，反而说这个孩子有什么"宿智慧根"，要讨他去做和尚，吴老爷当然不肯啦！不过也因为这样，吴国英更觉得这个小儿子来历不凡，对他寄予厚望，为他起名"吴承鉴"，以自家商行的商名"昊官"来做他的小名。

　　到得年纪渐大，吴承鉴既不喜欢读书考科举，也不想经商做买卖，七岁时就唱通街（到处说）："反正国家太平无事，阿爹能赚钱，阿哥能守业，我这辈子就享福好了。"把吴国英当场气得七窍生烟！

　　老爷子虽然生气，可打又不舍得，骂又骂不听，母亲、哥哥又都宠着他。大哥吴承钧甚至说："弟弟开心就好，只要他不抽鸦片，不染赌瘾，我吴承钧养他一辈子。"

就这样，有父兄罩着，家中大事都不用他操心，做个纨绔吃喝玩乐也罢，帮着家里运筹帷幄也罢，因为一直有吴承钧做顶梁柱，所以能用玩玩的心态对待人生的一切，内心从来没感到什么压力，做人做事，都是任性而为。

可是现在，哥哥似乎要不行了，越是这种时候，往昔与哥哥相处的画面反而更加清晰地历历闪现。大佬要是真的死了，这天上地下的，再往哪里去找一个这么疼自己的亲哥哥？

忽然之间，他的眼泪忍不住啪啪啪直掉下来。

他仿佛看到一座房子的主梁忽然被抽掉，逼得他要赶紧伸手撑持这个随时要塌下来的屋顶。

正好大丫鬟春蕊偷空送了一碗甜汤进来，看见吴承鉴满脸的泪水，也跟着流泪，低声唤道："三少。"

吴承鉴三两下把泪水都抹干净，又恢复了那副没表情的样子，沉声骂道："哭什么，还嫌家里不够乱吗？"

分明是他自己哭，却骂别人哭，春蕊却理解他的心情，低了头不说话。

吴承鉴举起碗来把甜汤一口喝光，又出门去看老爷子的病情。

这时派去南海的人先回来了一个，却是寻不着二何先生，说是去西樵山访友了，已另外派人去了西樵，又有人留在西池堂，只要见着二何先生，就马上请回来。

短腿查理倒是回来了，还带回来一个"番鬼"医生。

吴承鉴看着老父这边暂时安稳下来，又赶往大哥房中。见侄子光儿还红着眼睛守在白纱帐外，吴承鉴道："让老妈子带光儿下去睡觉。"

光儿叫道："我不去！我不去！我要在这里守门。不让鬼差把爹爹的魂勾走。"

这话老爷子说没人敢驳嘴，但吴承鉴这时心中烦躁，冲口就道："胡说八道！"

光儿从没见三叔这样凶过自己，吓得钻到母亲怀中。吴承鉴定了定神，将他拉过来，和颜悦色说道："好了，别怕，三叔不是有意凶你。不过这世上没什么鬼魂鬼差的。你阿爹的病有三叔在呢，天塌不下来。三叔已经派人去请了神医，你个细佬哥（小孩子）就该去睡觉。等一觉睡醒，三叔请的神医就把爹爹治好了。"

"真的？"

"当然是真的。"

光儿又与吴承鉴钩手指头，这才信了，跟着老妈子睡觉去了。

短腿查理带回来的那位英国医生仔细检查了一遍，但他的医术一般，也没想出更好的办法来。

蔡巧珠十分失望，拉着吴承鉴的袖子，想说"这可怎么好"，话却又在喉咙里堵着出不来。

这时又有人来道："老爷醒了，请三少和大少奶奶过去。"

叔嫂两人就这么又奔去吴国英房内。蔡巧珠这时已经站立不稳了，却还守着妇道不敢在公公面前坐。吴承鉴搬了张番草纹绣墩摆在床边，扶着嫂子坐下了。

吴国英颤着嘴唇，问道："昊官，你觉得你大佬……你大佬……这回能撑过去不？"

这时房间里人杂，吴承鉴对吴七道："出去守门。"

这句话出来，吴七固然出去了。在场其他仆婢见状，也都跟着出门了。吴承鉴看着吴承构的生母杨氏还待在床前，二嫂刘氏贴在二哥身边，就说："二娘，二嫂，听说阿爹一整夜粒米不沾，大嫂也是到现在不吃不睡，能否请二娘、二嫂到厨下督促下人，整治两个补神养胃的汤品？"

杨氏、刘氏都看向吴承构。吴国英怒道："还不快去！"杨氏、刘氏这才落荒出门。

吴承构皱起了眉毛，目光游移，却不敢说话。

厅内只剩下吴家父子三人与蔡巧珠，吴承鉴这才说："大哥刚刚服了刘良科的汤药，暂时稳住了，其他的等二何先生来了再说。我们都不是学医的，多说无益。但咱们几个是这个家的主心骨，得把这个家稳住，否则里外不安，就算有良医，大哥的病也难好。大嫂，你说是不是？"

蔡巧珠垂泪点头："三叔说得对。大官他虽然闭着眼睛，可我知道他一直听着外面事情的。我知道他为什么病倒，也知道他最着急的是什么。只恨我女流之辈，骤临大事就定不住心神，乱了手脚，不过请老爷放心，媳妇我再没出息，往后也会定下心来，把大官和光儿照料好的。"

吴国英毕竟是开基创业的人，昨晚是悲急攻心乱了神，这时人病倒了，心反而冷静了下来，说道："老大这一次，是身病，也是心病。他的这块心病，也是咱们家眼下最大的病。惠州那边，我已经派了老顾去接手，继续查探茶叶下落，但广州这边，眼下已经入秋，正是出口季，东北风就要起了，满十三行最忙的时候来了，不管最后惠州那批货是什么结果，我宜和行其他的买卖，都得给我稳住了！"

吴承构赶紧接口："是，阿爹放心，我一定会和几个大掌柜一起，把行里的生意处理得妥妥帖帖。"

"好，你有这份心志，很好！"吴国英道，"你们大佬病了，我也病了。待会儿几个大掌柜一定会来探病，我现在有心无力，到时候你和老三要好好应接。"

吴承构神色迟滞了一下子，道："老三也去？他又不会做生意。"

这几年吴承鉴成天玩乐，生意上的事他都没沾手，倒是吴承构在宜和行历练了几年，眼下已经成了吴承钧的左右手。

"去，当然去。"吴国英道，"他虽然不管生意上的事情，但他的脑子比你灵光。现在老大病倒了，家嫂要照顾老大，你们两个可得兄弟同心。"

吴承构"哦"了一声，低下头。

吴国英又道："吴官，你三教九流的人面广，就动用些银两，让人好好查查惠州那边的事情，也许明里你大佬查不出来的事情，会让你给暗里查出来。"

吴承鉴道："惠州那边，我没什么得力的相识。若是托人去办，这风声马上就走漏了。"

吴国英一听，眉头就皱了。

吴承鉴又说："这件事情，虽然也瞒不了几天，但能多瞒一时就多瞒一时吧。若让人知道我们家出了大岔子，西关、沙面、广州城，多的是人等着吃我们的肉。"

吴国英闭上了眼睛，神色痛苦，却显然不是因为病。

"老爷，二少、三少、四位大掌柜来了。"吴二两进了门，说，"都说是要来看看大少爷，进门才知道老爷也病了。"

吴承鉴道："这消息走得可真快。"

吴国英道："快请。"

很快吴家的四位大掌柜就进了来，走在最前面的是位五十来岁的老者，须发已经半白，乃是宜和行的大掌柜，姓刘。他总揽一切事务，只对吴承钧一个人负责，在宜和行位高权重，极有威望。吴国英见了他，也要由儿子扶着起了个半身，与刘大掌柜兄弟相称。刘大掌柜赶紧扶他躺下。

后面三位掌柜都是四十多岁的中年人：二掌柜姓戴，负责国内进货事宜；三掌柜姓侯，能说英国、荷兰、西班牙、阿拉伯四国外语，负责对洋商出货；四掌柜姓吴，乃是吴氏本家，负责打理吴家在宜和行之外的其他产业。

寒暄毕，刘大掌柜看看吴国英的样子，知道不能久留，就想探望一下大少。吴承鉴道："大哥睡着呢，不如我和二哥陪四位叔叔到账房一叙，如何？"

四大掌柜面面相觑，就猜到吴承钧可能病到不宜见客的地步了，这可比他们预料的更严重。

刘大掌柜摆手："走，走！"

账房是个极私密又狭窄的地方，中间一张小叶紫檀罗汉床，床边侧过来摆了一张堆满卷宗的桌子，另外又有几把椅子。吴承鉴请刘大掌柜坐了床，自己在桌子后面的太师椅坐下了。吴承构瞪了吴承鉴一眼，掀一下衣摆也坐上了罗汉床的另一边，另外三位掌柜各有眼色，也就在其他椅子上坐了。

吴七麻溜地捧了一盘茶水进来，端上，又麻溜地退下了。

刘大掌柜道："既来到这个地方，那就是要谈公事了。老朽便开门见山，二少、三少，大少的病情究竟怎么样了？"

吴承构道："这个嘛，大哥他……"

他才想掩饰几句，吴承鉴已经道："怕是要做最坏打算了。"

四大掌柜都吓了一跳。吴承鉴不管二哥瞪着自己，直道："二何先生还没来，但按刘良科的诊断，凶多吉少。就算二何先生力能回天，这次秋交，大哥也是没法理事了。"

刘大掌柜一下子捻断了几根胡子："这可如何是好？如何是好？如今正是十三行货物交割的要紧日子，大少若不能理事，谁来主持大局？"

吴承鉴道："往年怎么做，今年就怎么做，一切照旧，萧规曹随就行了。"

刘大掌柜皱了皱眉头，对侯三、吴四两位掌柜道："你们先出去。"他的威望端的不一般，那两位大掌柜竟然都不敢问一声，就出去了。

刘大掌柜才指着戴二掌柜道："福建那批本家茶山出的茶，是不是出问题了？"

第八章

指定家主

被刘大掌柜问起，戴二掌柜擦了擦额头的汗水，道："那批茶一直都是大少亲抓，不过按理说四天前也该入库了，可我一直没接到。"

刘大掌柜就回头看吴承鉴。

吴承鉴也不隐瞒："在惠州地面丢了，大哥赶去寻找无果。这次病倒，可能就是奔波之后，因为此事急火攻心。"

刘大掌柜啪地在床上拍几下，将几上的茶杯都震翻了，茶水流了一床："我就猜到了，我就猜到了！这果然是出事了！那么现在那批货……"

吴承鉴道："仍然没消息。怕是悬了。"

"那可如何是好啊！"刘大掌柜朝天一呼，道，"东印度公司是个吃人不吐骨头的怪物。那个叫米尔顿的英吉利人，也不是个好相与的。我们拿了他的钱却交不出货，到了交货时节，他能逼得我们自己拆自己的骨头。"

吴二少忙道："刘叔您别急，别急，这不还有半个月工夫吗？我们再想想办法，如果实在找不到，就看从哪里再调一批茶叶来顶替……"

他还没说完，就被刘大掌柜喷了一头的口水："去哪儿能找到这么量大质优的茶叶！那可是咱们宜和行的本家茶！而且现在可是出货季，但凡是茶中上品，早就都被各大商行瓜分光了。再说，别的货还能想办法，但这批武夷茶，我们吴家是花了十年工夫，才能一年一产、一年一交。要想再找这么大一批上品武夷去顶，除非是神仙显灵，无中生有地变出来。"

吴承构半张脸都湿了，偏偏还不敢抹。至于心里的第二个主意——用次一等的武夷先顶一年的话——却是不敢说了。

刘大掌柜忽然转头问吴承鉴："三少，你乱七八糟的人面比谁都广，可有什么办法能找到什么线索？"

吴承鉴道："惠州那边，我没熟人。若我能有什么办法，大概我大哥第一时间就会找我了。"

刘大掌柜沉沉"唉"了一声，道："若是平常年景的秋交出货，就算大少一时不起，老朽这把老骨头也能顶上一顶，可老朽最多只是萧规曹随，挽不起这狂澜，也担不起这关系着宜和行兴衰的担子。这份担子，说不得，还是得大少起来，才担得起。"

"我的刘叔啊！"吴二少道，"我大佬都病得不省人事了，还怎么担这担子啊。"

恰在这时，门外吴七欢呼："三少，三少，二何先生找到了！人来了，人来了！"

二何先生乃是广东当代名医，年轻时游走四方，去过十几个省份，积累了大量的游医经验，同时又将其父何梦瑶留下的医书都消化了，至此回乡坐堂，不出数年便大名远播。

不过他手段高明，脾气也怪异，任他达官贵人，寻常也得不到他一个好脸色，若非吴国英与他有旧，吴承钧又确实是病重难起，这一趟还未必请得他过来。而他一来，吴府上下，都像请到了活神仙。

这时吴家亲眷都聚在门外，四大掌柜也等在大厅。吴国英强让人将自己抬了过来，要亲耳听二何先生辨证，却又被二何先生骂了回去："我不想一边治着一个小的，一边还要救个老的。"于是吴老爷子又被抬了回去——也就是二何先生，才敢对富豪病家这么发脾气。

白纱帐内，除了二何先生和他的药童，就只站着吴承鉴、蔡巧珠叔嫂二人。

二何先生诊了一顿饭工夫，终于开口骂蔡巧珠："你是怎么做人妻子的？

他这身子，外头看来还强健，可里头包的都是破絮。这般积劳，一定是宵衣旰食至少两三年了。这么个积劳累疾、不知节制，你就没个劝告？"

蔡巧珠捂住了脸，半句话也回不出来。

吴承鉴道："大嫂劝过了，我也听见好几回。"

二何先生哼道："劝而不能止之，等若未劝。如今以外强中干之体，行百里奔波之劳，大概又遇到什么破事，怒而且忧，怒气伤肝，导致肝血瘀阻，骤来的过度忧悲又使肺气抑郁，耗得气阴殆尽，忧中又带怒，导致脾土痉挛，气冲肝脉，因此咯血。既有久症，又有暴疾，两相夹攻，肝肺俱损，这病，好不了了。"

换了别个医生，谁敢当着家属这么说话？但二何先生下了这断语，那就更是令人惊惶。

蔡巧珠当场就跪下了，吴承鉴也急忙拱手道："还请先生尽力！"

二何先生道："药医不死病，你们当我是神仙吗？我且先用针，让他一吐积郁，但也只是治标。而后我再用药。他这个身体，好是好不了了，吃什么药都没用，只看醒来后的调理。调理得当的话，稍延性命还是可以的。"

蔡巧珠叩首跪谢，然后就被赶了出去——二何先生动针时不许妇人在侧，这是他的怪癖，屋内只留吴承鉴，又将吴承构叫进来随时帮忙。

花差号上，周贻瑾送走了蔡清华，才歇下与疍三娘喝一杯闲茶。疍三娘道："贻瑾人面真是广，连两广总督的心腹也是熟识。刚才看这位蔡师爷心情挺好，往后多走动些，说不定能为吴家多挣一条人脉来。"

周贻瑾道："不及三娘对三少用心。"

疍三娘道："他是良木，我是挂在他身上的蔓藤，他生我生，他死我死。"

周贻瑾看着她，眼神隔着一层水汽，好一会儿，才说："我师父这次来，于吴家可未必是好事。"

"啊？"疍三娘一双明目如水荡漾，眼神中都是不解。

周贻瑾却没再说下去，只是望着北方，喃喃说："大宅那边怎么还没消息，大少的病真那么重？"

西关，吴家大宅。

白纱帐内传出响动：

"醒了，醒了！"

二娘杨氏念了句"阿弥陀佛"，二嫂刘氏也道"菩萨保佑"。她二人夹着摇摇欲倒的蔡巧珠，此时吴承鉴已出帐来道："哥哥醒了，不想见其他人，我扶嫂嫂进去。"

药童正在清扫污秽，二何先生已经起身，吩咐道："长话短说，不要再让他费神。"

蔡巧珠扶着床沿福了一福道："谢谢先生。"

二何先生出去后，吴承构也被吴承鉴拉了出去。他夫妻二人在帐内说了一会子话，也不算久，就见蔡巧珠眼角挂着泪水，出来道："三叔，你大佬叫你。"

吴二少耷拉着头，旁边刘氏道："二少呢？"蔡巧珠没搭腔，显然没吴承构的份。吴二少大感丢脸，就甩了刘氏一嘴巴："让你多嘴！"

吴承鉴已经进帐了。看吴承钧要伸手，他先迈步过去握住了他的手。这才几天没见，这只往日强健的手就好像掉了几两肉，仿佛皮下面就是骨头一般。

兄弟二人的手握住了后，吴承鉴叫道："哥哥，我在。"

虽然有三兄弟，但一每同胞却只有两人，平日里吴承鉴也会唤吴承构一声二哥，但"哥哥"只有对吴承钧才会叫出口来。

"弟弟……"吴承钧此刻说话也显吃力，不得已，千万句话也都变作了三两句，"照顾好爹。"

又看看他年轻貌美的妻子："照顾好你嫂子，还有光儿。"

再看看眼前这个自己宠了二十几年的弟弟："也照顾好家里。家里……宜和行……以后就指着你了。哥哥知道你……不耐烦这些俗务，但这个家，现在也只有你能撑起来……"

"哥……"吴承鉴觉得自己的喉咙有些梗塞，似乎被什么东西塞住，"别说这些，你会好的。"

吴承钧闭上了眼睛，苍白的嘴唇勉强挤出一丝笑来，又摇了摇头："我自己知道的……你，去请四大掌柜进来。"

吴承鉴抓起兄长的手，呵了一口暖气，这才放进被窝里，出来时见吴老爷子不知道什么时候又被抬了来，躺在一张躺椅上。所有人直勾勾地看着吴三少。

吴承鉴道："大哥请四位大掌柜进去。"他看看吴国英，又道："爹，您也进来吧。"

吴承构忙道："我帮忙抬。"

他这么要挤进来，别人也不好硬赶。

兄弟两人就连人带椅抬着吴国英进了门，那边四大掌柜也被请了来。

吴承钧目视妻子，蔡巧珠这时已经擦干了泪水，到了小里间去，不一会儿捧了一沓账本出来。账本上又放着一个打开了的盒子，盒子里摆着好几串钥匙，以及七八枚印章。

吴二少看到这些个东西，心都差点要从喉咙里跳出来了。

吴承钧对父亲与四大掌柜道："爹，诸位叔叔，我怕是不行了，现在……"

他看向妻子，又看向弟弟，蔡巧珠就将账本连同盒子捧到小叔手里。

吴承构抓紧了吴国英满是皱纹的手，叫道："阿爹……"却已经被吴国英喝道："闭嘴！"

吴承鉴接过账本、钥匙、印章，就像接到个烫手的烧红铁球，然而此刻却没人可以接过去。看着大哥近乎乞求的眼神，他叹了一声，不得不道："哥哥，你安心养病吧。家里这点事，行里那点事，我都会处理好的。"

第九章

当　家

从吴承钧的房内出来，大厅之中，看到他手里的东西，刘氏眼珠子差点都突了出来。吴七却笑歪了嘴，春蕊也嘴角含笑，但很快就收了起来，手肘又轻捅了吴七一下，吴七才赶紧收了笑。

吴承鉴就想将东西交给蔡巧珠保管，但想了想，还是将东西交给了春蕊，说道："带回去看管好。"

春蕊珍重地接过了。吴承鉴又对吴七道："四位大掌柜出来后，请他们来账房一趟。"

吴承鉴先去了账房，坐在罗汉床上吴承钧平时坐的位置上，对着墙壁，发了好半晌的呆，一直到四大掌柜进了门他都没发现。直到他自己回过神来，见四大掌柜都坐在椅子上等着他了。

吴承鉴这才说道："刚才我大哥的交代，四位叔叔大概都听见了。现在阿爹年老体衰，阿哥又病了，光儿还小，这个家，暂时就由我来当。"

刘大掌柜道："既是大少的托付，我们四个自然会竭尽全力，一定会帮三少渡过眼前的难关。"

吴承鉴就点了点头，道："好，那行了。"

隔了一会儿，见四大掌柜还坐在那里，吴承鉴道："怎么，还有什么事情？"

刘大掌柜道："啊？"

吴承鉴道："没事了呀。家里的事情，以前怎么办，以后还怎么办。"

刘大掌柜愕然不知如何反应。戴二掌柜道："眼前难关如何过？还有……那件事情，该如何处理，三少给个章程啊。"

吴承鉴道："船到桥头自然直，那件事情，我来处置就好了，你们不用管。就这样。"

四大掌柜面面相觑，然而见吴承鉴一副无所谓的样子，也不知道是成竹在胸，还是死猪不怕开水烫，却也只得告辞了。

这时惠州丢茶之事尚未传开，家中老小也只当眼前大事只是大少病倒，既然当家的权力已经交割，老爷、大少的病情似乎又稳了下来，下人的心也就都暂安了。至于各房诸人心里怎么想，隔着肚皮也没人知道，至少表面上似乎再无波澜。

春蕊捧着账本、钥匙、印章，第一时间带回房去——她今年都二十四了，与三少同岁，从小服侍着三少长大的。一般来说，在大户人家里头，这个年纪哪还有做贴身丫鬟的？但春蕊就做到了现在，明面是丫鬟，背后小厮、丫鬟们都将她当姨娘看待。

在三少房里，春蕊既管事又管账，吴承鉴的例银开销都是她在打理，所以收藏起东西来不慌不忙，十分顺手。

才将东西归置好，另外两个大丫鬟夏晴、秋月就陆续进来了。

大丫鬟说的是位分，不是年纪，不过在丫鬟里两人也不算小，夏晴十七，秋月十八，都也到了可以许出去的年龄。但两人都不愿意去配小厮，也不愿意嫁外人，按秋月的说法是"愿意如春蕊姐姐般服侍三少到老"，夏晴更激烈，直接说："要把我配出去，不如让我去死。"

换了别的少爷，丫鬟们便有这份心也由不得她们，也只有吴承鉴能顶住家里人的压力让她们任性。

"春蕊姐姐，"先进来的秋月道，"厨房的许婆婆，门房吴达成家的，在外头求见姐姐呢。"

春蕊皱眉："见我做什么？再说都是下人，怎么当得起一个'求'字？"

门外夏晴笑道："昨天自然不会这么客气，现在姐姐你却当得这个字了。"她长得风流灵巧，一边说一边进门："杨姨娘那个贴身老姨，还有光少的奶娘，也在外头等着姐姐召见呢。"她说着就咯咯笑了起来："如今三少当家了，姐姐自然是水涨船高。"

春蕊戳了她嘴巴一下："这些话，你小声些！别传出去给人当了把柄。"

夏晴笑道："那姐姐见不见她们？今儿若是肯接见，少说收几件贡品。"

"不见。你出去也别乱说话。"春蕊道，"我不管厨房的事情，也不管门房的事情；姨娘贴身的老姨，还有小少爷的奶娘更不应该抛下主子来我这里闲聊。不见，都不见。等等，夏晴你别去了。秋月，你替我去回了她们。"

夏晴扁了扁嘴："知道你嫌我不稳重。得，反正我就伺候三少一个，别的人，我还懒得搭理呢。"

这房里三个大丫鬟，吴承鉴最信赖春蕊，却最宠着夏晴，所以春蕊也拿她没办法，只得由她去了。

因想起三少到现在还没吃一顿正经的，春蕊心疼自家少爷，就去了小厨房，做了两菜一汤。汤还没好，就听外头道："三少回来了。"

吴承鉴回到自己房中，就见春蕊带着大小丫鬟们前来拜见。小丫鬟们下去了，跟前只剩下春蕊、夏晴和秋月，一起向吴承鉴恭喜。吴承鉴道："阿爹、大佬都病着，恭喜什么？"

夏晴在丫鬟之中，容貌最好，这时笑中带媚，道："她们都觉得三少要当家了，大概以后做姨娘有望了，所以拖着我来恭喜。"

秋月羞红了脸，春蕊低声骂道："真是胡说八道，秋月，替我撕了她的嘴。"

夏晴道："哼，你们心里，难道不是这样想的吗？"

吴承鉴虽没什么心情，但看着夏晴的娇憨样，心情还是好了一些，也不以为忤。春蕊道："三少，你别太惯着她。现在这时节，这等话要是传出去，老爷、大少奶奶那边心里都要起疙瘩。"

吴承鉴道："我和哥哥不分彼此，你自己别想太多，就不会有事。"

夏晴道："就是，明明是你自己想得多，偏偏还怕别人说。"

换了别的时候，吴承鉴少不得要接着话头，跟夏晴调笑几句，这是西关大宅里少有的几件乐事之一，不过今天却实在没心情。

春蕊把夏晴、秋月都打发出去了，才问："那些账本、钥匙、印章……"

吴承鉴道："你都收起来就是了，过些天我有用。"他顿了顿，又说："回头先把我的月例给发了。嗯，这个月事情多，原本的月例怕不够用，就将我的月例提高……提个五成吧。"

春蕊哭笑不得："三少，你现在是当家人，若是为了公事，一应支出，随花随记账就是了，哪还有什么月例。"

吴承鉴也呆了呆，随即笑道："也是，差点忘了这一层。唉，这个麻烦担子，不知要多久才能甩开。"

夏晴的俏脸在外头伸了进来，笑道："往后要花多少银子都自己给自己批，不是更好？"

春蕊骂道："你懂个什么！往日是大少当家，大少奶奶管账，三少花钱都是大少批的，别人有什么不满都有大少兜着。现在三少当家了，反而得立个榜样，不能乱花钱了，不然别人要说闲话。别的不提，就咱们房里头，往后有个什么开销，一针一线全都报给我，准了才许花钱，再不能像以前般大手大脚了。还有你们的月例，也全按照宅子里其他同等丫鬟来，以后不再有什么加成。"

吴承鉴因为月例多，他房里的丫鬟除了从公中拿月例外，另外都能从他这里捞到不少额外补贴的。至于四大帮闲，更是直接从吴承鉴口袋里领，不直接走公中的。这些账目都是春蕊在管，数额着实不小，也正因为一直就理着，所以这次拿到账本、钥匙、印章，管了财政大权后，她才能这般沉着镇定、不慌不忙。

那边夏晴一听，一张脸就苦了起来："这还没做三少奶奶呢，就把钱袋子管得这么严，你图什么啊你！"

吴承鉴扑哧一笑："不用这样，不用这样，钱就是赚来花的，搞得这么拘谨，我这家也当得没意思，以后该怎么着还怎么着。别人不说，我家晴儿的脂粉钱，那肯定是不能少的，不然回头少了几分颜色，从西关最美丫鬟，变成西关最美丫鬟之一，那我可就没面子了。"

夏晴这才转苦为喜，笑道："还是三少好，嘻嘻。"不再理会一脸气苦无奈的春蕊，转头给吴承鉴绣冬衣去了。

花差号上，疍三娘也牵挂着吴家大少的病情——她与吴承钧从未见过面，然而素知他们兄弟感情深厚，若是大少有事，三少肯定要极伤心的，爱屋及乌，便也跟着担心起来。

周贻瑾却依然是那副冷冷淡淡的模样，只看脸的话，会以为这个人没有一点儿感情。

还没等到大宅那边的消息，神仙洲又有七八个花娘子和妈妈上花差号来为疍三娘封帘之事道贺。昨晚来的是平时走得比较近的，今天来的则都是相对疏远一层的。疍三娘也一一答礼。

不想送走了一批，又来一批，这一批关系就更疏了。疍三娘甚是奇怪，请了周贻瑾来商量，周贻瑾道："事不寻常必有妖异，多半是吴家大宅那边，有什么变故了吧。而且这变故于三少有利。"

他可真是神机妙算，话才说完，就见有小艇开了来。穿窿赐爷笑嘻嘻登船，对疍三娘、周贻瑾说："哎呀，不好了，大少病情严重，连二何先生都束手无策，往后只能尽量调理拖日子了。"

他说的都是坏事，脸上却都是喜意。疍三娘道："大少病情不好，你高兴什么？"

穿窿赐爷笑道："大少自知病势难起，已经把当家的位置让给三少了。"

周贻瑾、疍三娘同时"哦"了一声，终于明白神仙洲的娘子、妈妈们为什么忽然变得热络了。往日里三少有大少宠着，花钱如流水都没个边，但再怎么得掌门人的宠，也不如自己做掌门人不是？

疍三娘猛地想起昨夜的那句"这个家干脆让我来当"的玩笑话，叹道："真想不到，竟是一语成谶！"

她对着水面，双手合十道："妈祖保佑，愿大少大步躐过（过了这关）。"跟着又说："往后他当了这个家，也该收一收心，往正途上靠了。这于他倒也是一件好事。"

周贻瑾将疍三娘看了一眼，道："你觉得是好事？"

疍三娘道："啊？"

周贻瑾道："没什么。"

第十章

家中行中

吴承鉴吃饱喝足后，又好好睡了一觉，第二天醒来精神就全恢复了。春蕊已经捧了洗漱诸物，来帮他梳洗——她是管事丫鬟，本来这事早能甩手了，但只要吴承鉴在家，这些事情她都必要亲力亲为。

和往日里不同，今天她一边伺候梳洗，一边道："待会儿用完早饭，刘、戴、侯三大掌柜都要过来。"

吴承鉴道："昨天才跟他们说一切照旧，怎么又要来？"

春蕊道："现在是出货季啊，就算一切照旧，有许多事情也绕不开你这个当家的，有该用印的，有该画押的。"

吴承鉴顺口一句不满："真是麻烦。"

账房内，三位掌柜依次禀事，果然都是些日常事务，然后请吴承鉴用印。吴承鉴从春蕊手里接过印章，啪啪啪印得飞快，再画完押，问道："可还有事？"

刘大掌柜看了春蕊一眼，春蕊会意地就出去了。

刘大掌柜道："惠州之事，我思前想后，觉得还是应该告诉侯三弟。"

吴承鉴点头："应该，这事他该知道。"

刘大掌柜就言简意赅地将惠州丢茶的事情说了。这事瞒得紧，此刻忽然抛出，着实将侯三掌柜吓了一跳："这个，这个……回头米尔顿先生来要茶叶，我可怎么交代？"

吴承鉴道："这不还没来问嘛，等他来问了，你就让他来问我。"

刘大掌柜欣赏的是吴承钧那样正经强干的商主，不大喜欢吴承鉴这副吊儿郎当的模样，皱了皱眉头，又说："此事因为发生在惠州，山水阻隔，大少大概又做了一些功夫，所以广州这边还没几个人知道，但也瞒不了几天。我们还是应该趁着还没人捅出来，先行打算。一者，赶紧加派人手搜寻失踪的茶叶；二者，还是让侯三前往洋行，坦诚相告以示诚意，请米尔顿先生宽限几日，莫等对方知道来质问我们。"

"米尔顿那我请他喝过花酒，清楚得很。"吴承鉴笑道，"刘叔，你信不信今天侯三叔去了洋行一说，明天老米他就能杀上门来？"

刘大掌柜的眉头皱得更紧了，这次不是因为不满吴承鉴，而是觉得这个棘手的局面十分难为。

侯三掌柜道："既然三少与米尔顿先生有交情，那不如由三少去和他说？"

"屁的交情。"吴承鉴道，"东印度公司那群人，说是做生意，可没有我们中国人这种和气生财的说法，那就是一群打着生意幌子的强盗。跟他们打交道，不能用跟国内生意人打交道的这一套，不然会被吃得死死的。"

侯三掌柜道："那怎么办？"

"怎么办？拖呗，拖着拖着也许就有办法了。"吴承鉴道，"现在不提他了，总之这事我揽上身了，如果英国人那边质问这批货，侯三叔往我身上推就行了。"

刘大掌柜道："可此事终究得解决，否则东印度公司追究起赔款来……三少，我们宜和行的老底你应该知道点，我们赔不起。到时候，上头一个震怒，要流放八千里的可不是老朽。"

十三行的行商与普通商行不同，那是大清朝廷亲自监管的，别的商行破产也就破产了，最多再被债主追债，但十三行的行商一旦破产，那就是家破人亡的局面，届时女子发卖为奴，男子流放边疆，怎一个惨字了得。

刘大掌柜实在看不惯吴三少的模样，最后那句话意在敲打，实在是希望吴承鉴用点心。

戴二、侯三都觉得刘大掌柜这话说得太重了，怕吴承鉴年轻人脸面挂不住，当场闹起来，对刘大掌柜连使眼色，但刘大掌柜还是把话给说全了。

谁知道吴承鉴一点反应都没有："还不到那个时候呢。我都不怕，刘叔你也不用太过担心。"

刘大掌柜觉得自己这一拳好像打在棉花上，气得胡子都吹了起来，忍不住道："三少！这些年，行中但有余利，大少总是抽调一空，其中有些大少是另有公用，但另外许多银钱的去向，三少比谁都清楚——光是白鹅潭上连续三年捧花魁，至少就花掉了十几万吧？那艘如山巨舰，叫什么来着？花差号？造那艘船的钱能包多少个茶山，三少知道不？"

吴承鉴点着头，像小鸡啄米："是是是，我是手脚大了。抱歉抱歉。"

刘大掌柜听他嘴里说了"抱歉"，脸上却一点反省都没有，反而更气了："三少，不是老朽倚老卖老要说你——往日有大少撑持这个场面时，老朽可曾越俎代庖说过你一句？可现在老东家和大少都病倒了，大少又将宜和行托付给了你，这吴氏全家、商行上下，就全指着你了，你可不能再拿以前那二世祖的作风来对待行中之事。"

吴承鉴最怕的就是这种正气凛然的家中老人，对方资格老、用心好，又占着道理，就算口水喷到你脸上，你也得硬着头皮让他骂，还得担心老人家别因为自己气坏了身子。不得已，他下了罗汉床，拿茶水请刘大掌柜顺气，做出一副孝顺模样——他从小将他老子气得半死后都是用这一招让对方平气的，百试百灵。

果然刘大掌柜见他如此，反而说不下去了，对方年纪再小也是家主，宜和行一行商主，现在这样伏低做小，算是给足了自己脸面，加上吴承鉴又是他看着长大的，心里其实也有些疼爱的，知道这孩子也就是爱铺张喜胡闹，除此之外，心肠还是好的，就喝了茶，道："刘叔这是为你好。"

吴承鉴道："当然，当然。我一定会好好做，把这个难关渡过去，把这个家撑起来，不会让刘叔失望，更不会让我阿爹、大哥失望。"

刘大掌柜道："你能这样想最好。那茶叶、洋商的事情……"

"茶叶、洋商的事情，刘叔不用担心。"吴承鉴道，"现在更要紧的，是另外一件事。"

"嗯？三少请说。"

吴承鉴道："我阿爹的六十大寿，就在下个月了。"

三大掌柜都是一愕，就听吴承鉴道："人生七十古来稀，这六十也算大了。五十大寿那年，阿爹还当着家，他这寿辰也太不巧，就在秋交将完未完的那几日前后，行里家里都忙着盘点做账。因为忙着生意上的事情，阿爹从来都不过寿的，只是在家里团聚吃顿饭就是。今年既然是我当家，这六十大寿就不能这么马虎，咱们得热热闹闹地做起来！"

他也不管三大掌柜的脸色一个赛一个地难看，继续说着："一来嘛，是我这做儿子的尽点孝心，二来也算是给家里冲冲喜。最近家里烦心事太多，整个宅子都病恹恹的，我一进门就觉得不舒服。若是办一场高兴的事，喜气一冲，兴许我大哥的病也能好些。刘叔，你们干吗这样看着我？"

刘大掌柜指着吴承鉴，手指颤抖，要再喷他一脸却说不出话，终于一甩手怒道："吴家是你的，不是我的，你想继续败，那就败去吧！"

穿窿赐爷进来的时候，刚好看见刘大掌柜拂袖而去，戴二、侯三也各自拿着签押好的文件告辞了。穿窿赐爷进了账房道："刘大掌柜怎么这么气？"

吴承鉴笑道："老派正直的掌柜，一般受不了我这般天马行空的新东家。我看他老人家身体挺硬朗，气不坏身子就好，多来几次就习惯了。"

穿窿赐爷一时无语。吴承鉴又问："寿宴的事情准备得如何？"

穿窿赐爷笑道："赚钱的事情我老赐不会，花钱的买卖，什么时候让三少失望过？到时候一定做得好好睇睇。不过……三少啊，现在咱们家这情况，还要继续这么大肆操办？刘掌柜他们不会有意见？"

吴承鉴道："现在当家的是我，钱该怎么花，我心里有数。"

这时春蕊也进了门，低声道："几位掌柜怎么都怒气冲冲的？三少，你又把他们给气着了？"走近两步，声音压得更低了："我刚才看见二少将戴二掌柜请到房里去了。"

吴承鉴眉头一皱，道："走，今晚去花差号睡。"

春蕊惊道："这怎么成？"

吴承鉴道："老二是个歪嘴巴，如果从戴掌柜那里听说了什么，回头一定碎嘴。现在阿爹、大哥都病了，他一定去大嫂那里叽歪。大嫂一听，又得把我叫去说道一通了。那我今晚不用睡觉了。走走走，回花差号去。"

春蕊拦住了道："三少，不可以去啊。你现在不是以前那个宜和三少了，你现在是家主，是商主，肩头上不但担着吴家，还担着宜和行呢，再这么胡闹，要叫别人说闲话。"

吴承鉴罕见地眉头再皱，这几年宠着丫鬟们，可是宠得她们有些过了吗？春蕊为他好他知道，但这一拦，可有些分不清大小轻重了。

他瞪了春蕊一眼，这眼神可不是刚才那吊儿郎当的样子了。春蕊极少见他这样子，吓得拦路的手赶紧撤回。

吴承鉴道："你把房里的事情管好，把该算的账目算好，我在外头的事情，你就不要多口了。我知道你是个好丫头，但你就算是贤袭人，我也不是贾宝玉。"

他向穿窿赐爷招了招手："走。"

初布局

　　吴承构果然从戴二掌柜处知道了账房中的一些事情，回头果然就去蔡巧珠处，唉声叹气，骂老三不知轻重，不长进。蔡巧珠在吴家分量不轻，自吴老太太病逝以来，她当内宅的家已五六年了，又出身蔡氏商门，能打会算，所以近几年吴承钧将家里行里的账目也让她管，可以说蔡巧珠不但管家，而且管账。

　　可她与吴承钧夫妻情重，丈夫一病，她一颗心就都在吴承钧身上了，哪里还分得出心思来管理家务账目？整日想的就是怎么调理丈夫的身体，怎么求良药问良医，便是求神拜佛之事也暗地里做过不少。不料这日吴承构忽然过来，听他说了一通话，蔡巧珠吃了一惊，说："你大哥往日里总说，三叔虽然好玩，但为人是很有分寸的，不会这么胡闹吧？"

　　吴承构道："大嫂你要不信，找个知道的人一问就清楚了。"

　　蔡巧珠心道："承钧看人素来准，二叔和三叔又历来不和，也许这又是二叔故意搞什么事情。"她的心其实是偏向吴承鉴的，就口里应道："好，我回头找人问问。"

　　但蔡巧珠又不是个心硬强断的人，耳根子偏软。吴承构一走，她又转想："可三叔如果真的如此胡闹，我却不该放手不管。"想想老爷子病了，丈夫不起，正所谓长嫂如母，这事可不能不过问。

就找了大丫鬟连翘去请一下侯三掌柜。心想二叔或许会半瞒半骗，侯三掌柜却一定会对自己说实话的。

侯三掌柜是从蔡家过来的，虽然转投东家之后按理说就与蔡家再无联系，但跟蔡巧珠之间还是天然地就关系紧密，所以一请就来。

大少奶奶是吴家能说话决策的人，吴承鉴又没吩咐不能告诉大嫂，所以蔡巧珠一问，侯三掌柜就竹筒倒豆子全说了。

蔡巧珠一听，又气又急，就让连翘赶紧把三少请来。

连翘到了吴承鉴房中一问，夏晴、秋月都不知三少的去向。连翘道："春蕊姐姐呢？"

夏晴一指："在房里哭着呢，也不知为什么。"

连翘进了房，果然看到春蕊在那里抹泪，上前轻声道："哎哟，春蕊姐姐，这是谁惹了你？"

春蕊自跟了吴承鉴以后，从未得他一句重话，今天好心好意劝了三少一句，却得了这么硬一记敲打，心里委屈得不行，却又不明白自己错在哪里，说又没处说，问又没人问，只能把自己关在房里一个人哭。

见了是连翘，默不作声。夏晴道："别问了，我们问了老半天了，她都不开口的。"

连翘道："无论什么事情，姐姐都是心情不好，本不该这时候打扰姐姐的，但大少奶奶那边有事急请三少呢。咱们做下人的都难做，还得请春蕊姐姐压压心情，指点妹妹一下。"

春蕊一听，赶紧道："我这就去。"

连翘道："大少奶奶请的是三少，你去有什么用啊？"

春蕊道："三少不在，但我不能只用这句话来回，那不成了搪塞大少奶奶吗？"

她匆匆擦了泪水，跟连翘来到蔡巧珠房中。

春蕊本叫"蕊珠"，后蔡巧珠进门，有婆子碎嘴说巧珠、蕊珠听着像姐妹，春蕊反而不好意思起来，为避名讳才改叫"春蕊"。

她与蔡巧珠年纪相差无几，然而人生际遇从投胎开始就大不相同：一个做了吴家大少奶奶，身份贵重，满身金翠；一个却是超大龄的丫鬟，连做姨娘都只是梦想。然而心里纵有些什么想法，春蕊还是把持得住自己，三少就算说了她什么，她仍然全心全意地只想三少好，所以要自己亲来，免得别人传话出了差错，引得大少奶奶生三少的气。

"三叔出门了？"

"是。"

"去哪儿了？"

"似是往沙面那边去了。"春蕊道，"账房那边开完会就出门，走得有些匆忙。"

她这话不算谎话，因为要上花差号，通常是从沙面那边登船。蔡巧珠一听，也只道吴承鉴是去了洋行，那应该是正事，既然去做正事，那就不该打扰。

就打算放下了，正要让春蕊出去，忽然起了疑心——她毕竟是当家数年的人，下人隔着肚皮的种种心思手段、嘴皮技巧无不明了，因此又叫住春蕊道："三少出门前，可曾说去哪里？"

这话就问得无法回避了，又不能说谎，春蕊心里一突，只得道："说了。"

蔡巧珠问："哪里？"

春蕊便知今日遮不过去了，低声道："花差号……"

蔡巧珠一听，两条柳叶般的眉毛几乎就要竖起来，怒道："现在这时节，他还去花差号？！"

春蕊慌忙跪下道："大少奶奶，三少断不是那等没心没肺的人。昨日危乱之际，三少人前刚硬冰冷，可在老爷的耳房里，奴婢是亲眼看到他对着墙壁满脸是泪，他心里实是牵挂着大少爷啊，只是家里不能没一个顶事的，这才冷着脸处理诸般事情。但这两日的事情，实在多而且繁。大少奶奶细想，三少是个玩心重的人，忽然让他来当这个家，多半是一时不堪其重，只是去躲个半日，并非在这时节去喝花酒。"

蔡巧珠回想昨日情状，果然隐约记得吴承鉴从老爷子房里再出来时似有泪痕。在她心中，三叔也的确是个贪玩胡闹的弟弟，一颗心就软了，道："罢了罢了，我知他不是没心肝的，就不恼他了。但现在他这样做，如果传了出去，是要被人骂不孝不恭的。快派人传个话，让他快些回来，可千万莫在船上过夜。"

吴承鉴上了花差号，迎着风伸了个懒腰，看着周贻瑾，笑说："还是这里自在。"

周贻瑾嘴角微微一弯，似笑非笑。

这时整个甲板都被清空了，只剩周贻瑾、吴七和三大帮闲。

周贻瑾道："这次的事情，总觉透着一丝诡异，然而又不知道诡在何处。"他对宜和行内部运作所知不多，因问道："惠州丢的那批茶叶，很重很大？"

"茶叶不算重，上了秤也就那点儿；也不大，一条洋船肯定装得下。"吴承鉴说。

周贻瑾两条如同绣上去的眉毛，往中间一蹙："这还不算重，不算大？"

吴承鉴道："货量不到我家所有茶叶出口的两成，不过总价嘛，占了我家茶叶出口的四五成，利润占了六成。而且少了别的货物还好说，少了这批茶叶，那些英吉利人就有借口拒收我们所有茶叶，而逼我们双倍退还预付款。"

周贻瑾和三大帮闲都吓了一跳，快嘴吴七道："那我们吴家可不得赔个窟窿？"

吴承鉴笑道："如果把赐爷赔给英吉利人就行，那倒好办了。"

赐爷一时尴笑，不过众人见三少还有心情开玩笑，心情反而都放松了一些。

周贻瑾道："承鉴，你可是有应对之策了？"

"没有。"吴承鉴摊了摊手，"我连敌人是谁都不知道，怎么想对策？"

周贻瑾道："敌人？"

吴承鉴道："这批茶叶对我家这样要紧，我大哥自然会慎之又慎，一路黑白两道都是层层打点，就这样还能出事，可想而知抢茶的人不简单。如果是大批流寇强抢，或者海运那段路程翻船，那就算我们倒霉，可像现在这样，丢得莫名其妙，不知所终，这必是有人成心算计无疑了。"

铁头军疤道："既然如此，三少为什么不让我带人去惠州？"

"你去了没用。"吴承鉴道，"我大哥多精明的人，他亲自赶过去，查到吐血都没查出来，你去了有什么用？再说我老爹已经派老顾去了。顾老头也是个人精，若有什么蛛丝马迹，一定会给他找出来，但如果连他都找不到线索，那么就算我们几个一起去也不会有用了。我们必须另辟蹊径。赐爷，查理……"

穿窬赐爷和短腿查理都站了出来。吴承鉴道："你们找几个可靠的人，分别前往惠州、佛山、东莞、澳门，采买珍奇玩意儿，我要给阿爹做寿礼。明着采买珍玩，暗中探听这几个地方最近有无批量的好茶叶出手。"

"对头。"周贻瑾听了点头，"盗匪劫了茶叶，总归是要出手的，全部一口气出货太惹人注目，最好还是分开了出。"

吴承鉴道："若是打听到有这样的消息，那盗匪就是已经化整为零地出货，那就麻烦了，这批货找不回来了。"

穿窬赐爷道："若是没这样的消息呢？"

吴承鉴嘿了一声，说："那当然就……更麻烦啦！"

他招了铁头军疤过来，道："你和蔡家拳的恩怨，最近消停些没？"

铁头军疤道："现在吴家正有事情，小人这点事情，三少不要挂心。"

"怎么能不挂心？"吴承鉴道，"以前就算了，我现在当家了，手里抓的银子不就更多了？当然要为你出口气。你待会儿就去三娘那里，把我存在她那里的银子都拿出来，有多少拿多少，不够的话让吴七回去找春蕊批账。拿了银子后就去佛山招揽人手，有多少人给我招多少人。等我给阿爹做完了大寿，就来给你撑腰，带人去砸蔡家拳的场子。"

铁头军疤感动得双拳紧握，节节作响，却还是道："三少，若不是你，我军疤早就流放新疆了。现在还能在老娘跟前侍病，已经是再生大恩。我和蔡家拳的那点陈年烂事，三少不用替我挂心。"

"行了行了，别瞎感动。"吴承鉴摆了摆手，"我让你召集人马，明着是对付蔡家拳，暗中是先安排人手，到时候若找到劫茶的人，难道他们还能乖乖把茶交出来？少不得要动手的。你招的这批人就是我们的兵。所以你将人召集之后，还要勤开夜粥场，把人给我练熟了。"

铁头军疤呆了呆，就反应了过来："原来如此。好，我这就去办。"

蔡师爷的关注点

　　吴承鉴又对快嘴吴七说："劫茶的事情，除了外敌，多半还有内应。你这几天多在各房显摆行走，眼珠子放亮点，耳朵放灵点，看看谁有动静，听听谁有猫腻。我们要先铲除了内奸，然后才好对付外敌。"

　　忽然想到了什么，吴承鉴大声叫道："三娘，三娘！"

　　昼三娘打开窗户："什么事情？"

　　吴承鉴道："南海县三班头目，最近有人上神仙洲玩儿没？"

　　昼三娘想了想说："老周是每旬必到的，就是最近听说输了不少钱，手头紧，二楼都不敢上来了。"

　　神仙洲是广州最大的情报交流地之一，三娘人虽然离开了，但仍有耳目不断给她传递各种消息。

　　吴承鉴就对吴七说："最近找个空儿，输点钱给老周。"

　　吴七笑道："老周的钱，要赢他都容易，何况输给他。"

　　最后，吴承鉴让穿窿赐爷好好主办吴国英这次的六十大寿，一定要做得风风光光。

　　做完这些事情，吴承鉴才回了舱房。昼三娘早做了一碗莲子汤等着他了，说道："莲子能清心，你这两天太劳心了，喝碗莲子汤润润心扉吧。"

吴承鉴抿了一口，忽然道："你封帘不是说要请客吗？且缓一缓。"

疍三娘问："怎么，可有什么妨碍？"

吴承鉴道："我今天跑你这里来，回头阿爹、大嫂知道，少不得一个骂、一个劝。老头子骂就让他骂吧，别骂坏了身体就行。但我嫂子那通劝啊，我一想起来就觉得难受。若我再帮你大办封帘宴，老头子非从病床上爬起来扒了我的皮不可。至于我嫂子，一定要在我面前哭哭啼啼，喊着承钧，叫着光儿，非把我骨头都哭软了不可。"

疍三娘道："我自己设宴，你不来就是了。"

"那怎么行！"吴承鉴笑道，"满广州都知道你疍三娘是我梳拢的人，你要封帘，我怎能不来捧场？就推迟几天吧，等到我哥哥的病情稳住了，你再设宴，那时我再溜来，就没那么显眼了。"

他嘴里说着，一边将碗放下，就顺手摸住了疍三娘的手。疍三娘是渔家女出身，刚入行的时候就被老鸨嫌弃手糙，但这些年下来，一来十指不沾阳春水，二来吴承鉴为她搜罗、炮制了许多润手护肤之物，竟然硬生生把手养了回来。

这时吴承鉴把玩了一下她右手食、中、无名指的指尖，看着修长如葱条，摸着光滑如凝脂，一时间看个不够，放不下手。

疍三娘道："这几年我都被你养废了，以前几十斤的渔网也能轻松从海里捞上来，现在那些粗重的毛巾一过水，拧着都觉得费劲。"

吴承鉴笑道："那不是你的错，是毛巾的错，回头让人挑轻薄的就好，干吗还要用那些粗笨的东西来为难自己？"

疍三娘道："享福时要想无福时——我难不成还能一辈子这样享福？总得为将来打算打算。"

吴承鉴笑道："想那么多做什么，再说，我就觉得咱们的将来会越来越好。"说着又对着疍三娘的手赞了起来："这双手真是漂亮！虽然这上面有几分我的功劳，但也要它们本身的底子好才行。满神仙洲都找不到第二双手这么漂亮了，也就贻瑾的手能跟你比比。"

疍三娘隔着窗口，瞥见吴七正笑吟吟看着两人，呸了一声，轻轻打了吴承鉴一巴掌："都是宜和行当家的人了，还没个正经！"

吴承鉴笑道："我从来都不是正经人，倒是你，在花行里做好事，都快做成菩萨了。对我又老是一副贤妻范儿——贤妻范儿也不是不好，只是多少有些无趣。话说，都这么多年了，你也不能老吊着我啊，什么时候给我……"

"别闹！"疍三娘低了头，跑出去了。

吴承鉴叫道："喂，喂！难道你真的打算做菩萨啊！"

蔡清华从花差号下来，回了广州城客栈之中，一进门，就发现床铺更换一新，桌上也多了些东西，显然不是自己出门前的样子，急叫小二来问。小二道："昨天下午客官前脚离店，就有位爷后脚进门，说是客官您订的东西，吩咐我们搬入房内去。怎么，那不是爷您订的？"

若是要店家从客房里取东西，店家肯定要生疑拒绝，但往客房里放东西，店家的疑心就降低了许多。而且小二有事情没说出口——来办这事的人，是他没法拒绝的，不过对方有交代过，这话就不敢跟客官说了。

蔡清华就知有异，但他何等精明的人，不说破，也不追问。

再进客房，再看那桌上之物，都是十分精美的日用之物：有穿的，如上等质料做的换洗衣服；有吃的，都是本地老字号的糕饼点心；又有些让蔡清华拿着顺手的玩物；至于床铺席被更是全新的上等货——并无特别名贵的东西，也无金银细软，不至于让蔡清华为了守规矩而拒之门外，但又件件琢磨过。送来这些东西的人，用心之细腻可想而知。

桌上诸物下面，压着一封拜帖，更无一字，只有一个印记，仔细辨认，认出是"潘"字的变体。

蔡清华就笑了，心道："我这次轻车简从，悄悄入粤。看贻瑾见到我时的诧异，吴家应该是真不知道我的事情，而广东地面无人对我有什么表示，十三行其他诸家也没动静，来这般向我示好的只此一家。潘家啊潘家，终究非诸家可比。"

心念未已，就听门外小二来报，说有客人来访，又呈上了拜帖。来人没有直接上楼，而是在客厅等候，谦逊的姿态做到十足。

蔡清华打开拜帖，却是个不认识的人，叫段弘毅，自称晚辈，在自述中若有若无地点出他是在广东巡抚衙门行走。蔡清华就猜来人是广东巡抚的师爷，轻轻一笑，就知道自己的行藏已经泄露了出去。

不过潘家的人来得比广东巡抚的人更早更快，反而更加印证潘家在京师情报网的强大。

　　两广总督与广东巡抚之间只差一等级，蔡清华也不敢怠慢，亲自下去请那段师爷上来会见一番。彼此都是绍兴人，话题先在同乡之谊上绕了一下，很快就熟络了。

　　这一开了头，来访者就络绎不绝。先是一干在粤汉臣，如广州知府等，都派师爷前来示好；再跟着满大员也来致意；而后广州将军、粤海关监督等都派了家奴前来拜访。

　　先前几个是按得到消息先后来的，后来消息大概在广州官场上传开了，再来拜访的就是按照东家的品级轮序，到得后来，就是连番禺县、南海县也听到消息赶来。这两位不敢派师爷，却是亲自前来。

　　蔡清华一一接待，言语之中不做半点得罪，也不露半句口风；师爷也罢，家奴也好，还有两位县太爷带来的礼物一件都不收。众人叹息而去，朱珪清名在外，他们也就不敢强塞。

　　再往下的小官吏、大富商，蔡清华就托言疲倦，不再接见了。

　　这半日工夫下来，蔡清华大感疲累，不是能力不够，而是对两广官场以及南粤地面的信息掌握不足，初来乍到又无一个信任之人，既要了解情况，又怕被人窥破心思，所以这半日下来就累得他慌。

　　因此之故，他对招揽周贻瑾更上了三分心，心道："这广东地面，豪富之中暗藏凶险，朝堂之上又有和珅随时要背后捅刀子。东家孤身南下，下要慑服这两省军民，上要不为和珅所乘，这里头的分寸该如何把握，局面该如何打开，委实非有一位广知下情又能信得过的人不可。"

　　两广总督总揽二省军政大权，军务、政务牵涉之广，比之一个中型国家犹有过之。千头万绪之中，十三行只是其中一端，来访并无人主动言及，但蔡清华心中既挂着周贻瑾，便于不动声色间旁敲侧引来了解十三行之事。

　　南海知县偶说起来一件逸事，却是最近粤海关监督两个小妾争风吃醋，跟着两个家奴煽风点火，引发一场不大不小的宅斗。

　　这本是满大员后宅里一件微不足道之事，却有两个十三行行商牵涉其中，被那两个家奴指挥着跑进跑出，用尽各种办法来为那两个小妾争宠固宠。

　　"蔡师爷你来晚了几天，所以才未亲眼看见。这事啊，在全广州都成了笑柄。在外头威风八面、富可敌国的行商巨富，却因两个小妾醋海翻波、两个家奴一点暗示，就城内城外地跑断了腿。有道是'为富不仁'，商贾之辈富而不好礼，全无半点尊严，终究还是下贱末流。"

南海知县是没话找话，把这事当笑话来说，以明官宦之高贵与商贾之低贱。

蔡清华却暗中留了心，心道："粤海关监督的这场后宅风波，背后或者更有干连。能否因势利导，为我所用？嗯，却还需要更深入了解一番才行。"

神仙洲上，暨三娘传言给花行姐妹，说封帝之宴暂且推迟，原因嘛，大家一想就明白了。

现在都在哄传，暨三娘要做姨娘了。这个姨娘可不一般：一是三少够豪富；二是三少够痴心。许多人都在说，三少年纪这么大了还不娶亲，就是为了三娘，这番情谊真是不浅；更何况，今天的吴三少可不是往日的那个纨绔，如今的三少是宜和行的新当家了。

因此三娘虽然不设宴，但神仙洲的小船、快艇都往花差号上走，不是送点礼物表心意，就是上门嘘寒问暖。

只有沈小樱对此全无表示，连那日许下的三千两银子都假装没那事。

秋菱知道后，就来她房里说："姐姐怎么都不派人往花差号上走走？莫不是心疼那三千两银子？"

沈小樱玩着一个蔡二少送她的鼻烟壶，说道："三千两银子，说少不少，说多也不多。但肉包子打狗的事情，做来干什么？"

秋菱道："姐姐你这话是怎么说？什么叫'肉包子打狗'？"

沈小樱在四大花魁里头，脾性最傲，翻了翻白眼，只是冷笑，也不开口。

秋菱却是四大花魁中脾气最好的，沈小樱不开口，她还是凑了上来说道："莫不是姐姐认为，三姐姐离开神仙洲，就与咱们没什么关系了？可三姐姐人虽走，势还在。"

沈小樱哈哈一笑，就像听到了什么天大的笑话。

作　保

　　"怎么，姐姐还不知道吗？"秋菱说，"最近大伙儿都在哄传，说三少身边的人，自从他当了家就全鸡犬升天了。"

　　沈小樱"哦"了一声，似乎在询问，但兴趣并不大。

　　"姐姐还不知道？"秋菱道，"连一个帮三少打争风吃醋架的帮闲，最近在佛山也是银子泼水一样地花。陈少跟我说，那个铁头军疤在佛山开了个夜粥场子，聚了七八个洪拳师傅，招了百十号后生，气势汹汹地要报当年一刀之仇。还有那个赐爷，最近忙着给吴老爷子办寿宴，银子也是海里去地花，暗地里不知道给捞了多少呢。"

　　沈小樱冷笑道："三少他向来败家，满广州城谁不知道？只不过现在他当了家，败得更厉害罢了。"

　　"他肯败家，那是他吴家的祸事，却是我们百花行的好事啊。"秋菱笑着说，"现在神仙洲上，姑娘们，龟奴们，不知多少人都想往三少身边蹭，都说哪怕能在三少身边待上三天，就胜过在神仙洲忙活十年了。可咱们花行的人要想近三少的身，怎么也绕不过三姐姐不是？"

　　沈小樱懒懒道："我又不想往三少身边蹭，跟我有什么关系？"

　　"姐姐当然不需要蹭吴三少，姐姐有蔡二少嘛。"秋菱笑道，"不过人心如此，这势就还在。三姐姐那边，姐姐就算心里有什么不爽快的地方，至少这面子功夫也还是做做的好。"

沈小樱冷笑："转眼就要拆了的灶头，还有人以为是口热灶，真是好笑！"

秋菱心里头暗暗一动，就问："姐姐这话是什么意思啊？妹妹怎么听不懂？"

沈小樱脸一冷："这不是你该知道的事，就别乱打听了。"

"是，是。"秋菱心思转了一圈，马上又说，"妹妹这不是怕姐姐听了不确不实的话，误了自己嘛。"

沈小樱不悦道："我怎么听了不确不实的话？谁来误我了？"

秋菱笑道："妹妹是听说那天蔡二少回去后就挨了好一顿打，怕蔡二少有一阵子要消沉了。人一消沉，势头就低了；势头一低，消息就不灵光了。"

"谁势头低了？谁消息不灵光了？"沈小樱受不住激，怒道，"二少的消息再怎么不灵光，也比那些就要家破人亡的好。"

秋菱惊道："什么家破人亡？"

沈小樱欲语还休，终于冷笑道："我说你啊，别看别人蹭也跟着蹭，没好处的。我话就说到这里，你自己琢磨去吧！"

秋菱从沈小樱房里出来，又往银杏房里去，若是若非、半说半不说地把话给说了。银杏目光深沉，低声道："看来……果然如此呢。"

秋菱忙问："姐姐啊，什么果然如此？"

银杏笑道："少打听这些，没你的好处。"

秋菱就把头埋在银杏胸脯上，蹭得她痒笑，道："姐姐就跟妹妹说说嘛，就是不说个十分，七八分也行；七八分不行，那也指点些不是？"

银杏笑着推开她，道："好了好了，我就指点你一些。"她指着南边，大概是花差号停泊的方向："有人的靠山看似鲜花着锦、烈火烹油，其实是外强中干，都快要倒了。其他的，你自己想去吧。"

转眼十来天过去，眼看还有半个月就是吴国英的六十大寿了。

这时秋交已经进行得如火如荼。上到掌柜，下到伙计，乃至货运码头的苦力，全都忙得不可开交。

这时的秋交季，并非是个商家就有资格做海外买卖的，所有与外洋的交易，都要通过保商。

大部分给十三行供货的中小商人，这时都已经出完了货，就是十三行的保商中，也有一两家开始盘点过去这一年度的收成。那些拿到钱的，自然少不得要犒劳伙计，自己也要好好庆祝一番。还没拿到钱的，就都眼巴巴地指着各家保商。

当然，像潘、蔡、谢、卢这"上四家"，由于货物数量过巨，牵涉的关系复杂，银流庞大，就不可能那么快了。

宜和行虽然还不是"上四家"，但去年就已经隐隐逼近，而今年又比去年更上一层楼，货物规模和银流数量都大得惊人。亏得有刘大掌柜尽心尽力地主持，才总算没出什么乱子——不过他老人家也因为全身心都扑在这盘大生意上面了，所以最近都分不出心来教训吴承鉴。

这日将账盘得告一段落，刘大掌柜对侯三掌柜说："杂货差不多都已经出完了，接下来就是茶了。"

宜和行货物的总装船量，别说跟潘家比，就是比蔡、谢、卢也都还明显不如，但挡不住他家的货利润大。不过总的来说，出货的速度还是比"上四家"要快得多。

侯三掌柜说："茶的话，除了本家茶山的那一批，我们和东印度公司双方都已经盘点无误了，随时可以装船。但米尔顿先生不肯付钱，说装船可以，账却要等本家那批茶叶到了再一起结。"

对宜和行来说，那批茶叶才是整起交易的重中之重。

刘大掌柜的眉头一下子就皱了起来："三少怎么说？"

侯三掌柜愁眉苦脸："他说……装船就装船呗，钱早点到晚点到无所谓，我们要相信老米。"

刘大掌柜愕然："这……这是原话？"

虽然侯三的口气不对，但那措辞，满广州除了那个败家子谁能说得出来？

"那您老看……是不是真的让对方装船？"

"不行！"刘大掌柜说，"本家茶山的那批茶利润虽大，但总值也不过宜和行茶叶总值的四成五六。现在的这几船茶的钱如果能收回来，再加上之前其余货物已经收回来的钱，我们宜和行今年差不多就能保本了，这对人心安稳用处极大。但要是收不回来，不但行里人心要浮动，而且钱都被对方握在手里，后半段的生意我们就会很被动。鬼佬素无信义，谁知道他们会不会又出什么幺蛾子。"

侯三掌柜道："那我再去说说。"

他又跑了一趟沙面，可东印度公司那边却坚持原本的主张。

按理说，款项一笔归一笔，这几船茶宜和行既然已经到货，东印度公司就应该给钱，所以刘大掌柜要求货到付款是合理的；不过吴家的那批本家茶，去年米尔顿是给过一笔高额预付的，而且约定如果茶叶不能及时装船，吴家要支付巨额赔款；再者这笔本家茶的生意，和其他外家茶的生意是一起签订的，所以米尔顿要求全部茶叶的买卖一起结算，也不是完全没有道理。

对东印度公司来说，那批本家茶牵涉不小的利益，去年这个时候已经开始装船而今年至今没看到货，且又传出吴家当家换人等不算好的消息，米尔顿自然要留个心眼；而刘大掌柜是知道那批本家茶出事了的，所以才要保得一笔是一笔。

双方各有利益，各有算计，各有隐瞒，因此僵持不下。

刘大掌柜便对侯三掌柜说："不如这样，让三少在花差号上设个饭局，将米尔顿先生请来一叙。这件事情总归要解决。"

侯三掌柜便又跑去找吴承鉴，没多久就回来："三少说饭就不用吃了，他写了一封信让我去交给米尔顿先生，说能解决此事。"

"信呢？"刘大掌柜问。

侯三掌柜取出信来，信封却用火漆封住了，盖了吴承鉴的私章，刘大掌柜便不方便拆看，问道："信里写什么？"

侯三掌柜道："三少说，与其让局面僵持下去，不如各退一步，让东印度公司照货给钱，但这钱先不直接给我们宜和行，且找个第三方作保，将这笔钱存起来。等本家茶的买卖办成了，我们再去把钱取出来。"

刘大掌柜愕然了好一会儿："亏他想得出来。只是那米尔顿先生肯吗？再说找谁来作保？钱又存在哪里？"

侯三掌柜说："是请十三行蔡总商来作保，钱先存在潘家。"

刘大掌柜点头道："吴官这次的主意，倒是靠谱。蔡总商如果肯作保，那当然好。钱存在潘家，也没问题。"

洋人南风来北风去的，若出个什么意外，找他们算账如同捕风捉影，但潘家家大业大，信誉之佳更在吴家之上，而且正所谓跑得了和尚跑不了庙，只要潘有节肯接手，刘大掌柜就不怕钱会丢了——这笔钱虽然数目巨大，却还不值得潘家赔上信誉来贪昧。

侯三道："只是既然找保人，为什么又找蔡总商作保，又找潘家存钱？直接找一位不就好了？"

刘大掌柜笑了起来："潘家虽然家世第一，但潘有节毕竟年轻，威望不足，找他作保不如蔡总商；蔡总商威望虽高，但钱放在蔡家库房，的确是不如放在潘家库房妥当的。吴官年纪虽小，考虑事情倒也贼精贼精的。可惜啊可惜，这小子就是不肯把心用在正经事情上。"

这次侯三去了，竟是出奇顺利，说："米尔顿先生看了三少的信，说没问题。"

当下由吴国英给蔡总商、潘有节分别写了信，老爷子在广州商场扎了四十几年的根，潘有节都是他的晚辈，蔡总商也得卖他面子，两方面都应承了：吴承鉴承诺秋交结束之前米尔顿先生一定能拿到那批茶，否则这笔钱他就不要了；米尔顿承诺给出这笔钱，但吴家要提款必须得到他的授权许可；蔡总商为吴家的承诺作了保；潘家则保证这段时间里这笔钱的安全。

这次事情算是暂时解决。刘大掌柜道："只是这样一来，所有事又都押在那批本家茶上头了。三少敢这么做，莫非惠州那边已有消息了？"

永定河的水

刘大掌柜却是料错了，其实惠州的那批茶叶还是一点线索都没有，老顾传回家里的消息很不乐观。

而就在东印度公司的那批白银押进潘家库房之后，西关富豪、广州官场、沙面洋行，也忽然都收到了宜和行惠州丢茶的风声。

花差号上，蛋三娘在神仙洲的耳目回报了这个情况。

周贻瑾道："这可真是巧了！"

吴承鉴笑道："觉得这是巧合？"

周贻瑾白皙的鼻子微皱，轻轻哼了一声，说道："虽然之前吴家上下瞒得紧，但如果真的有一个'敌人'要搞宜和行，那这个'敌人'肯定是知道这件事情的。若他一直不漏风声也好理解，可做贼的事情总是越秘密越好，但他又放出了消息……放消息自然是要搞乱宜和行，可要搞乱宜和行就应该越早越好——若一开始就把消息放出，宜和行连那批外茶的买卖都难做，或者是会被米尔顿大肆压价，接着就是无数货给宜和行的国内商人踏破门槛来要债。宜和行对外收不回款项，对内又被上游商行挤对，也许不用等惠州丢茶的事情有结果，吴家现在就已经垮了。但那个'敌人'却没这么做，他一直隐忍着，忍到现在才把消息放出来，这简直就像……"

吴承鉴笑道："就像在等我们和米尔顿完成本家茶以外的交易。嘿嘿，真有这个人的话，这人对我们吴家还有几分香火之情嘛，劫了我们的茶，却还想方设法要让我们吴家能保住本钱。"

周贻瑾道："钱还在潘家的库房呢。"

吴承鉴道："我既然敢出这个主意，自然是有把握能把钱拿回来的。"

周贻瑾道："你有把握，对方可不知道你有这个把握。"

吴承鉴道："那就是对方有把握能把这笔钱拿出来。"

"呵呵！"周贻瑾笑道，"能办成这件事情的人屈指可数，若是这样，这个'敌人'是谁，伸个手掌出来就能圈定了。"

"也有可能根本没这个人。"吴承鉴道，"一切都是巧合，都是我们瞎想。"

周贻瑾道："呵呵。"

放在平时，吴家丢茶这么大的事情，哪怕只是传言也一定会引起坊间哄传，幸好最近广州出了一件更大的事情，将所有人的目光都吸引了过去——新任两广总督朱珪抵达省城了。

与历代前任不同，这位朱珪朱大方伯不是满人，而是汉臣；虽是汉臣，但来历甚大，他从乾隆四十一年起便在上书房行走，亲近御前十余载，又曾主河南乡试，督福建学政，收得门生满天下，外放之前任职礼部侍郎，更是清贵无比。

然而以上这所有履历，加在一起也比不上他另外一个身份——他是皇十五子永琰的老师。

当今皇上御极接近一个甲子了，这可是古今罕有的高龄皇帝，眼看年事已高，虽然传位诏书藏在正大光明匾后面未曾公开，但朝野上下，都猜那匾后诏书上的名字，极有可能就是十五阿哥，也就是说，指不定什么时候龙椅上换个人，这位朱大方伯便是九五帝师了。

所以朱珪此次履任，满广东的大小官员，个个毕恭毕敬，更不敢有一丝疏忽。

不料就在朱珪履任的次日，蔡清华却忽然来找周贻瑾喝酒。这让周贻瑾大为吃惊，说道："师父，大方伯初到广东，想必总督府衙门一定忙乱，你居然有闲情出来喝酒？"

蔡清华哈哈笑道："我在东家幕内主掌的不是钱谷，而是书启、刑名。这两日主抓钱谷的幕友倒是在忙着交割账目。我一个管刑名的，在大方伯刚刚履任之际，能有多少事？"

周贻瑾道："那也不至于闲到能出来喝酒作乐。我听说这位朱大方伯御下是颇为严厉的，师父这般浪荡，可别触了东家的霉头。"

"无妨。"蔡清华笑道，"我请贻瑾喝酒，半是为私，半是为公也。"

周贻瑾就知道蔡清华对招揽自己不肯死心。他虽然有心拒绝，可对方如今是两广总督的谋士，就算不看多年的交情，也得顾忌这一层身份，态度便不好过于强硬。

"来而不往非礼也。"蔡清华道，"这一次，可得让我做东。"

他就包了一条小小的画舫，舫上连个唱曲的歌伎都没有，只有一个服侍蔡清华的俊美童子，还有就是一个半聋的老船夫掌舵。竹帘垂下，舱内摆着些下酒菜。

那俊美童子第一眼见到周贻瑾时，眼珠子就像要冒火。

蔡清华瞥见，轻轻打了他一掌，笑道："找人妒忌，也找个跟你差得不远的。贻瑾之颜，犹如天上云、昆仑玉，清隽空灵却又高远不可攀，既不可攀，亦无须忌。你虽然长得俊俏，但要跟他比，那纯粹是自己找不痛快。"

那童子再看看周贻瑾，忽然整个人丧气了起来，再生不起妒忌的念头了。

画舫荡出白鹅潭，船行悠悠。蔡清华指着竹帘外的浩渺水波说："我浙省钱塘江外，也是一片大水，但比起这直通南海的珠江汇流之地，却还是相形见绌了。"

白鹅潭是江海交接之处，河南地在二百年后被视为陆地，而在此时却被视为岛屿，因此这时的白鹅潭可以被说成是江面，也可以被视为近海。

周贻瑾道："这里还只是江口，若是再往南出了海湾，进入南海大洋之中，那才叫一个浩荡苍茫。"

蔡清华道："你见过？"

周贻瑾忽觉失言。蔡清华笑道："怎么，对着师父我还有什么需要隐瞒的？你的阴私我知道的可不少，真要对你不利，够你死上三十回。"

周贻瑾想想也是，在蔡清华借个由头将那童子撵开几步后，才低声说："承鉴好玩，曾驾驶英夷大船出过海，我跟着去了两趟。"

蔡清华道："广州人总把山高皇帝远挂在嘴上，果然不假。"

吴家不是普通人家，是十三行行商，官府里挂了名的。吴承鉴私自出海，如果传了出去，后果难以预测。

周贻瑾道："承鉴玩性一发，往往不知轻重。此事出我之口，如果出事，我必与三少连坐。师父若还顾念师徒之情，可莫害我。"

他想蔡清华应当不会害自己，所以故意将自己连坐上去，要让蔡清华投鼠忌器。只要蔡清华不想害了自己，就不至于拿这件事情来对吴承鉴不利。

"你我之间，何必多此一语。"蔡清华笑道，"我若是会拿你无心失言来害你，你刚才就不会向我坦白了。那天晚上，我也不敢应你之请在花差号上留宿了。"

说到这里，他忽然又长长一叹。

周贻瑾道："师父叹什么？"

蔡清华道："这么要害的事情你都对我坦白，那就是仍然信任我。可是换了以前，后面那几句话是不会说的。可见在你心中，吴承鉴的分量竟是比为师的重了。可恨啊，可叹！"

他说着拿起酒壶，自己斟了一杯酒干了。

周贻瑾默不搭腔，也举杯抿了一口，转个话题说道："师父随东家赴任，竟然还带了家乡好酒千里入粤。"

蔡清华笑道："我怎么可能这么做？这是我刚刚抵穗那日，有不速之客放在我客房里的。我看只是半坛开封了的酒水罢了，扔了怪可惜的，也就没有推却。"

周贻瑾道："师父今日在广州城，果然炙手可热。"

"哦？"蔡清华道，"何以见得？"

周贻瑾举起手中酒杯道："壶是普通的壶，杯也是普通的杯，但杯中之物却是三十年陈的状元红，且不是粤省仿制之酒，就是我们绍兴人家酿的花雕。此物放在浙江都不可多得，到了外省更是珍贵无比。"

蔡清华笑道："不错，不过你这根舌头更珍贵，价值千金。"

周贻瑾继续道："广州城内，这个年份的状元红只两家有：粤海关监督家里有几坛，但以吉山的脾气，对师父你最多也只是虚应故事。除了吉山，有此珍酿的也就只有潘家了。潘家身为十三行之首，冒着被吉山猜忌的危险，也要如此细心地琢磨师父的喜好，举重若轻、半偷半摸地拿出如此珍酿来讨好师父。此举可见潘有节用心之苦，而能让潘有节如此用心，师父如今在广州城势头之大，自然也可想而知了。"

蔡清华听了这话，不否认，不发笑，却盯着周贻瑾，两眼都在发光。

"师父为何这么看着我？若放在十年前，我非以为师父对我有什么意思不可！"周贻瑾的酒量其实是不错的，不过他的体质属于"伪酒量不行"——也就是喝点酒脸上就有反应，所以双颊已经出现淡淡的红霞。

蔡清华笑道："岂止有意思，简直非卿不可！只喝一口酒，就能道破背后的无数隐秘，若大方伯能得贻瑾为入幕之宾，这广州城内外，大方伯便能了如指掌。"

周贻瑾道："我早跟师父说过，徒儿我如今无心功业，只想在三少荫下享乐养老。"

"你才几岁，就说养老的事情！"蔡清华笑道，"再说了，你再跟着吴承鉴，只怕那乐也享不了几天了。一旦大屋倾倒，好徒儿，你别说养老，说不定还要遭受池鱼之殃。"

"消息传得可真快。"周贻瑾道，"惠州的事情，竟然连师父也知道了。"

"惠州……"蔡清华双眼一眯，"惠州什么事情？"

周贻瑾没想到他竟不知道，但想此事广州城内外已有不少人收到了风，以蔡清华如今的面子，只要他肯去打听，就没有打听不到的，便将惠州丢茶之事，简略说了。

"原来如此。"蔡清华沉思片刻，道，"那就更没错了。吴家之倒，就在旬月之间了。"

周贻瑾问道："师父，你是不是还知道什么我不知道的事情？"

"告诉你也无妨，反正到现在，你们也翻不了盘了。"蔡清华点着头，"是永定河的事情。"

"永定河？"这回轮到周贻瑾愕然了，因为这个回答简直是前言不搭后语，"永定河怎么了？"

结果蔡清华说出了一句更加莫名其妙的话来："永定河去年又发大水了。"

第十五章

天子南库

　　周贻瑾想了想，果然记起了此事。

　　永定河旧名"无定河"，以河道迁徙无定而得名，乃是北京之水道命脉。此河安则京师安，此河患则京师涝。康熙皇帝在位时，对这条河下了大本钱，筑成大堤，企图一劳永逸，因此改名为"永定河"。不料堤防是加固了，自上游冲下来的大量泥沙却淤积在了河槽之中，导致河床急剧抬高，堤防反而被屡屡冲垮，不断决溢，这又迫使朝廷继续加高堤防，久而久之，其下游竟然与黄河下游一般，变成了一条高出地面的悬河。

　　入乾隆朝以后，永定河的水患更是逐年增多。去年那场大水虽然不小，但因为永定河水患太过频繁，所以周贻瑾也没怎么关注。

　　"永定河水患又怎么了？"周贻瑾问。他心中也在疑惑，难道几千里外北京城的一场水灾，还能跟广州城的吴承鉴扯上什么关系不成？

　　蔡清华笑了笑，道："看来你心中一定在想，北京城发一场不大不小的水患，能跟广州这边有什么关系，对吧？"

　　周贻瑾也不否认："其实也有关系，去年水患的时候，十三行这边各家都捐献了不少钱。"

　　蔡清华道："那笔钱，其实并不够。"

周贻瑾道："大清国都的一场水灾，抗灾治河的钱，也不能都由十三行来出啊，想必山西晋商、扬州盐商，也都有捐献，而且也不能都指望民间捐献，大头还是要看户部与大内。"

"问题就出在这里了。"蔡清华挥了挥手，本来回来斟酒的贴身童子，又让他打发去船艄，这才压低了声音道，"灾难突来，皇上降旨，让户部拨款救灾，结果这场水灾却捅出了一个大问题来：原来户部早就没钱了。"

周贻瑾道："不可能吧！去年那场大水，听说也不算很大，连这点钱都拿不出来……户部会亏空到这个地步？若是如此，怎么也没听官面上谁捅了出来。"

他人在广州，但为了帮吴家，还是拿钱在北京那边维系着京师耳目。户部若出现这么大的亏空，官场若有人捅破，他不可能不知道。

蔡清华笑了笑："自然是有人盖了下去。"

"谁？"

"还能有谁？"蔡清华笑道，"谁做着户部尚书，谁就要把这件事情给盖下去！"

"你是说……和珅？"

蔡清华的笑，变成了冷笑："除了他，还有谁？"

周贻瑾去见蔡清华的时候，恰好短腿查理跟着穿窿赐爷一起回来了。查理告诉吴承鉴，澳门并没有来历不明的大宗茶叶现市，赐爷派去惠州、东莞、佛山等地的人回禀的情况也是类似。

吴承鉴听了这些回禀，再综合之前种种，呆了有半晌，慢慢地整个人就瘫在太师椅上。刚好有一个大浪拍打过来，冲得满舱摇晃，幸好舱中家具都钉死了，但吴承鉴的身形也在浪拍中晃荡了起来。

"三少，"短腿查理中英文夹杂地问："事情是不是very（非常）糟糕？"

"是very，very糟糕……"吴承鉴嘘着气说，"茶叶在惠州失踪，然后我大哥、老顾相继前去查探都没得到线索。事情能干得这么干净利落，必定不是宵小之辈所为。天下事无利不起早，对方劫了茶叶，若是图财，就一定要趁着秋交之前动手。"

"没错，"穿窿赐爷搭腔说，"一旦季风节过，茶价必然大跌。"

"可现在各地都没有批量的茶叶出笼。"吴承鉴皱着眉头，"对方劫了茶叶却不乘价钱高分销赃赃，此事不合常理。唯一的解释，就是对方不需要分销，只要到了时候，就可以一并出手。且粤省批量卖茶，能出高价且吃得下这么大批量的，只有十三行。"

穿窿赐爷道："现在秋交已经到中后段了，全省银根都在吃紧，谁能吃下这么大批量的茶叶？"

秋交完成之前，洋商揣着银子准备买预订好的货物，行商的钱早就都换成了货物等着出洋，买卖双方在这个季节都很难有大量的流动资金。

要等秋交完成，银子进入十三行，行商们盘点完毕，再分发到各二线商人、三线商人，那时候整个广州就会迎来一次丰收的狂欢。但是在那之前，越是接近秋交尾声，银根就会越紧。

"要吃下这么大批量的货物，当然要靠洋商啊。"吴承鉴说。

"No（不），no！"短腿查理说，"欧洲各公司，不会等到现在才开始采订货物的，应该早就把货物预订好了，带来的白银都得准备用在这上面，现在不会有哪一家还有这么多的余钱的。"

"有两个方法。"吴承鉴说，"各家公司应该都还备有资金以应变的，不见得所有人都会把钱花光。当然，这批茶价值太大，任何一家一时间要独自吃下都会很难，但如果将这些余资搜集起来，还是有可能吃下这批茶叶的。"

"那就是短期高利贷了。"短腿查理说，"上帝啊！三少，你知不知道在这个时候借钱，那利息得有多高哇？一定得高到离谱，才有可能让各个公司把余钱抽出来。"

"是的，查理，这真不是一个好主意，但毕竟也是一个可能。"吴承鉴说，"所以接下来这几天，你要到洋行那里跑跑腿，看看有没有人在四处筹钱。如果有，这个人十有七八就是这批贼赃的预订买家了。"

"好的，三少，交给我了。"短腿查理说，"这么大规模的借贷，不可能做得毫无痕迹，只要有这件事情，我一定能调查出来。不过，你刚才说有两个办法，另外一个办法是什么？"

"另外一个办法就简单多了。"吴承鉴苦笑说，"劫了茶叶的人，最后只要直接卖给米尔顿就行了。"

"天，你是说……让东印度公司买贼赃？"短腿查理高叫，"那不可能！东印度公司是有世界声誉的大公司，米尔顿先生也是鼎鼎有名的大商人，他不可能为了一点小小利益就购买贼赃的，不可能！"

"你叫得那么大声做什么？"吴承鉴说，"是为了掩盖你的心虚吗？哈哈，查理，你自己刚才说的这几句话，你自己也不相信吧？"

短腿查理的脸红了红，却还是说："米尔顿先生和你们宜和行是做了好多年买卖的生意伙伴，难道你对他还不信任吗？"

"现在，我对谁都不信任。"吴承鉴说，"家里的人、行里的人，统统都不信任，何况是个只见过几次面的英国佬？嗯，查理，我可没说你。"

短腿查理哈哈笑了起来："行了，三少，我虽然是英国佬，可我跟你可不是只见过几次面哪。有了这个定语，我不在你的言语攻击范围之内。"

"可是三少，"穿窿赐爷说，"不管是有洋商集资买赃，还是最后由米尔顿先生接手，这个要去出货的人，可都不可能是普通商人啊。"

乾隆皇帝的"一口通商"政策下达以后，所有进出口贸易都被禁止，洋商要入华、华货要出海，都必须通过十三行。现在还是乾隆朝，朝廷在对外的事情上法禁森严，虽然零星半点的走私还是有的，但大规模的买卖还没有脱控。

穿窿赐爷道："无论是哪种可能，这个劫匪都必然是有洋商的门路，而能有这门路的，必是在十三行中无疑。"

"你到现在才想到这个问题吗？"吴承鉴指了指自己的瘫姿，"你没看我刚才一听你们的话，整个人就都没力气了吗？"他叹了一口气："内部的敌人还没抓到，但外部的敌人已经很明显了，那家伙就躲在十三行里头。"

短腿查理和穿窿赐爷面面相觑。吴承鉴道："可我还是不明白，我阿爹做了几十年的生意，一直是与人为善。我大哥这几年蹿得是比较猛些，但也是在对国外开源啊，并没有向国内吞并谁家的产业。十三行里头同行相残虽然常见，但劫货卖赃，这种事情做出来是要付出极大的代价的。只要宜和行经历此劫而未倒，往后就是不死不休的死仇了！到底是什么人，要冒着被我吴家报复、被同行忌惮的风险，来狙击我们吴家呢？"

周贻瑾是走一步算七步的智士，听到"和珅"的名字，已经隐隐感到不安——这尊神对广东地面来说太过巨大，如果三少的事情和他有什么牵连，那准没好事。

然而为诱引蔡清华多说一些，他还是道："但是这没钱了的事情，可怎么盖？刑名上出了差错，可以掩盖；但没钱用就是没钱用，除非变出钱来，否则怎么盖得住？"

蔡清华道："这件事情，我们原本也觉得奇怪，和珅虽然左遮右掩，却还是走漏了风声。大方伯当时还在礼部任职，得到消息后觉得是天赐良机，就联系了朝中有志之士，准备倒和。几位言官御史连弹劾的奏折都准备好了，没想到到了最后关头，和珅忽然拿出了钱来，把亏空的账目给平了。"

"钱不可能无中生有，"周贻瑾道，"莫非和珅自己掏腰包补亏空了？"

蔡清华哈哈大笑："你觉得有可能吗？"

周贻瑾道："若是不然，那就是挪东墙，补西墙。"

和珅不但是户部尚书，还是内务府总管。户部尚书管的是国库，那是朝廷的公家钱；内务府总管管的是内府，那是皇帝的私房钱。

蔡清华道："这事没人能说得清楚，但大方伯私下揣测，觉得此事极有可能。"

"挪东墙，补西墙，挪走东墙的砖头，就算西墙补上来，这东墙迟早也要倒。"周贻瑾道，"若他真敢这么做，那不但是胆大包天，而且是饮鸩止渴。"

蔡清华道："可要是让他再把东墙也补上呢？"

周贻瑾道："户部亏空了去挪内务府，内务府再亏空，他还能从哪里挪去？"

蔡清华笑道："你可别忘了，朝廷的公库虽然只有一个，皇上放私房钱的地方，却是南北各一。"

周贻瑾的脸色，忽然大变。

"十三行，十三行！洋船争出是官商，银钱堆满十三行。"蔡清华笑吟吟道，"如果说，内务府是皇上的北库，那这十三行，就是'天子南库'！贻瑾，你说是不是？"

第十六章

众兽分食之局

所谓的"天子南库"，这个说法听起来威风，实际上却不是什么好事——这相当于在说，这十三行富商们的财产，实际上都不是他们自己的，而是天子暂时存放在广州的私房钱，什么时候大清皇帝有需要了，就会找个由头问他们拿——这才是"天子南库"四字的真正含义啊。

看到周贻瑾脸色有异，蔡清华就知道他这位老乡已经意识到此事的凶险，可他又加多了一锤子："不过，相当奇怪的是，我到达广州之后，这边却好像什么事情都没有。"

什么事情也没有，有两种可能：一种是蔡清华的种种猜测纯属子虚乌有；而另外一种，则是危机被人为地隐瞒了起来，并为酝酿更大的危机做准备。

蔡清华道："贻瑾，若是寻常时节，你想安享醇酒美人的好日子，那吴三少处也算是个不错的去处，但十三行近期将有大变，君子不立危墙之下，咱们做师爷的人，但愿扶得东家上青云，却绝没有与东家共患难的道理。你若理智尚存，就该另谋去路了。"

周贻瑾眼皮垂了下来，沉思片刻，终于还是道："师父的美意，徒儿承情。但三少于我实有大恩，当初若不是他，我在北京的那个关口只怕就过不去。现在他家有难，我更不能不顾而去了。但师父的这番情义，徒儿铭刻在心。"

蔡清华见仍然劝他不动，摇头道："十三行一定会有大变，如果没有惠州之事，我还想或许倒的会是别家，但既知了惠州之事，贻瑾，吴家之倒便已是定局——以你的才智，不该想不通这一点啊。"

周贻瑾却还是摇头。

蔡清华见他如此，非但不气，反而更加欣赏，叹道："事主以忠，徒儿，你这禀性，大方伯一定非常喜爱。只是我两番前来都还请不动你，难道要你出山，还真得师父我三顾茅庐不成？不过我跟你说，大方伯的耐心虽好，但这广州神仙地，保不定什么时候就能出来一个能替代你的人，那时你要待价而沽，怕也沽不起来了。"

"徒儿不是待价而沽，"周贻瑾道，"只是当此之时，我不可能就这么弃他而去。"

与蔡清华告别后，周贻瑾满肚子都不是滋味，这比那晚喝得半醉硬生生吐干净还要难受。

到了花差号，眼看穿窿赐爷和短腿查理都在，又见众人脸色不好，就问何事。赐爷将事情简略说了，越说越是丧气。

周贻瑾也是怔了好久，才道："承鉴，我有点私人的事情，要跟你说说。"

穿窿赐爷眼色好，就拉着短腿查理出去了。

周贻瑾这才将与蔡清华的约见与谈话内容，一五一十告诉了吴承鉴。

吴承鉴听了之后，瞪大了眼睛，半晌不作声。

周贻瑾摇晃着他，叫道："承鉴？承鉴！"

吴承鉴被叫回神来，忽然拍舱门大叫道："三娘，三娘！"

蛋三娘听到叫喊，走了进来问："怎么了？"

吴承鉴道："去，去，把那些不怎么相干的小厮、丫鬟，买的都卖了，雇的都遣走。"

蛋三娘慌了道："这是怎么了？"

吴承鉴叫道："这广州不能住了！还好我早有先见之明，回头把花差号改一改，把吴家的产业贱价卖了，换成金、银、丝、茶，载了一家老小，咱们到英吉利去，或者到法兰西去，哪怕去美洲开荒也好，总之这广州不能住了！"

疍三娘被吓得眼泪都流下来了："三少，三少！你这是怎么了？你跟我明说好不好，别这么着，我听着害怕。贻瑾，贻瑾，三少他这是怎么了？"

周贻瑾叹道："眼前有个大难关，三少要发泄两句，你就听他发泄吧。"

"难关？什么难关！"吴承鉴怒道，"我原本还以为是被什么人狙击，没想到竟是一个饿龙出穴、群兽分食之局。这他妈的是难关吗？这是地狱之门！贼老天！我说你怎么会对我这么好，还以为你真给我分配了个好人家，原来后手埋在这里！你不肯让我快快活活做二世祖也就算了，用得着弄这样一个局面来玩儿我吗？"

吴承鉴在花差号上怨天怨地，发了小半个晚上的脾气。疍三娘于他骂声之中也插不进半句嘴去，自回舱去后，睡又睡不着，放又放不下，又走了回来。

就看见周贻瑾走近两步，几乎与吴承鉴呼吸相闻，才低声问："真的要走？真要去法兰西？英吉利？还是南洋？"

吴承鉴脾气发过了，人也冷静了下来，道："法兰西，英吉利，那边虽然早不是那些读书人以为的蛮夷之邦了，不过非我族类，难有作为。我们若是过去，也就是去养老了。哼！"

周贻瑾道："南洋呢？"

"南洋……"吴承鉴道，"那里……也不是能长久舒坦的地方。去到那边，我还不得筚路蓝缕地做开荒牛？"

疍三娘这时走了过来，说道："其实你也还年轻，真辛苦个几年，能创下基业来再享福也成的。"

吴承鉴长长嘘了一口气。

周贻瑾道："其实这些都不是原因吧。其实你真正挂怀的，是吴老爷子，是吴大少吧？"

吴承鉴便像被人戳破了心里头的秘密，一下子别过脸去。

疍三娘微微一愕，也马上就明白了。

若是吴承鉴真的打定了主意举家私逃，莫说去到万里之遥的欧罗巴，便是近在南洋的马尼剌（即今之马尼拉）与暹罗（即今之泰国），以吴国英之老、吴承钧之病，只怕都是撑不住的。

也就是说，如果吴承鉴这么选择，那等于是要以父兄的性命为代价的。

周贻瑾道："其实事态如此恶劣，若是说与吴老得知，为了你的前程，我想他们都会支持你的，哪怕为此舍了性命。"

吴承鉴回过头来，冷声冷语："既然他们能为我舍了性命，难道我就不能为他们而留下冒险？"

"那怎么一样？"周贻瑾道，"你不是说过，二何先生断过症，吴大少没几个月好活了吗？至于吴老爷子，就算保养得好，也是余年可计。你却还年轻，以一老一病，换得你一个逍遥余生和远大前程，这笔生意做得啊……"

"你胡扯什么！"吴承鉴大怒，打断了他，"阿爹、阿哥的性命，是能用年月来算的？！哪怕只能多陪阿爹几年，哪怕只能多陪大哥几个月，这几年、几个月，对我来说也是万金不换。比起这几年、几个月，什么逍遥余生，什么远大前程，那都是狗屁！"

他脱口说了这一通话后，忽然明白过来，知道周贻瑾是意在逼出自己内心深处真正的想法罢了。

舱房之内，再次安静了下来。

周贻瑾这才笑道："既然你心里已经打定了主意，那就是不走了。接下来怎么应对，可有办法？"

"怎么办？没得办！"

吴承鉴骂归骂，其实脾气发出去，心还是冷静了下来，就道："船上的钱都给军疤抽去了，回头让吴七再去支一笔钱过来在船上存着。另外再支五千两，回头你想办法送给你师父。"

"他不会收的。"周贻瑾道，"不但不会收，而且他已经明说了，此事到此，总督府那边恐怕也无能为力。就算朱大方伯力能回天，他也不会出手，说不定到时候反而要再推吴家一把。"

吴承鉴眉头皱了皱，随即明白，冷笑道："是了，我们吴家破了，你就只能去总督府当师爷了。"

周贻瑾"唉"了一声，道："到头来，竟是我拖累吴家了。"

吴承鉴摆摆手："这跟你有什么关系，各方利害聚合，恰巧形成的局面罢了，怨不得谁。嗯，蔡师爷这份礼还是得送，钱他不收，你就变成他能收的东西。我也不求到时候他能帮忙，至少他提前给我提的这个醒就值这个价钱了，否则我们吴家被人吃干抹净了还不知道怎么回事呢。"

周贻瑾有些意外："你有办法了？"

"办法？屁的办法。"吴承鉴道，"总之兵来将挡，水来土掩，实在逼得急了，看小爷我把棋盘给掀了。"

昼三娘道："那这人还遣散不遣散？这船还改造不改造？"

吴承鉴想了一想，说："不遣了，不改了，随他天崩地坏，咱们日子照过。"

吴家大少的病情，在大少奶奶蔡巧珠的照料下似有好转，一天之中能清醒些许时间了，然而所谓的清醒也不过半昏沉状态。

对此蔡巧珠又是欢喜，又是哀伤：欢喜的是丈夫的病没有继续恶化，哀伤的是许多症状都与二何先生的判断十分吻合，若是这般下去，丈夫岂不是命终难久？

不过心中再怎么哀伤，平日里还是要将笑脸拿出来：一是给下人看的，好让家宅安；二是给公公看的，好让长辈安；三是给孩子看的，好让儿子也安。

这段时间，她除了服侍丈夫，给公公晨昏定省，几乎足不出户，但若听到某处寺庙灵验，近的就亲自去求拜，远的就派人去供奉，昨日才从海幢寺回来，因听说西樵山有一座小道观，里头供奉的吕祖十分灵验，但每个月那位观主只在限定时辰才肯开门授符，且只接待本人或至亲。

蔡巧珠如今是病急乱求医，听得灵验，天没亮就出门了，从西樵山求来了符水，又急急忙忙赶回来喂丈夫服下。然而看着情状，暂时并无好转，她双手合十于胸前，默念着诸天神佛，请诸神佛菩萨看在自己一片诚心的分上，让丈夫多延些岁月吧。

她回头再看看昏沉中的吴承钧，心中哀痛，低泣道："大官啊，你可不能就这么去了，哪怕挨到孩子成人也好。"

这泪水流了又流，擦了又擦，好一会儿，才注意到连翘站在门外，没有进门，却就在门槛外跟着主母默无声息地哭。

蔡巧珠赶紧又擦了泪水，说："这会子来，是有事情吗？怎么不叫我？"

连翘也擦着眼泪说："看大少奶奶哭，我心里也难受。"她是八岁那年由吴承钧买进大宅的，之后便指给了大少奶奶，两人对她都很照顾，所以对大少和大少奶奶情感都深。

连翘帮着蔡巧珠换了一条干的手帕，才说："大少奶奶，大新街来人了。"

蔡巧珠的父母住广州城内大新街，说大新街来人，那就是说蔡巧珠娘家来人了。

"哎呀，怎么不早说。快让进来。"

一个四十几岁的婆子进了门，果然是蔡家的人。吴、蔡都是商贾人家，虽然也家大业大，奴仆众多，但比不得那官宦人家规矩多，婆子也只躬身一下，就跟蔡巧珠说老爷、太太想姑娘了，想姑娘回门一趟。

蔡巧珠一想，吴承鉴去惠州之前，她因丈夫不在便在家里撑持着，不想丈夫回来却又是一连串的变故，这段时日牵挂的都是丈夫的病，哪里还有心思想别的？然而想想这么久没回去，也是愧对爹娘。

婆婆还在世时，她回门是禀了婆婆，没有不准的。婆婆去世后她当了家，要回家就跟丈夫说。现在丈夫也昏迷着，想了想，便到后院来见公公。

吴国英养了这么些日子，病已经好了很多，这时已不须卧床，正在院子里闲坐，听了蔡巧珠的来意，说道："该回去的，该回去的。这段日子可苦了你了。去了大新街，替我多多拜候亲家。"又命人拿出许多礼盒来让蔡巧珠带回去，又道："你许久没回门，与爹娘一定有许多话说，若是看天色晚了，便在大新街住一晚，明日再回西关不迟。"

蔡巧珠忙道："那怎么行！如今老爷的寿辰将近，家里诸事忙乱，我怎能这时候在外过夜？现在虽然是三叔当家，但他一个大男人，平时也就算了，遇到这般大关节，整治内宅时难免会有疏漏。我还是得回来帮他看着点。"

其实她还有一个理由没说，那就是病人入夜之后病情易有反复，她担心着丈夫吴承钧，所以断不肯在娘家过夜。妇人家总比较迷信，事涉不祥的话都不愿出口，唯怕出口成谶。

吴国英嘿了一声说："做什么大寿！都是老三在那里胡闹。要不是他说要给老大冲喜，我这寿也不想做的，哪有什么心情？"

蔡巧珠忙劝告说："老爷切不要这么说，承钧向来纯孝，想必也是希望公公开开心心做寿的。他人虽然昏沉着，但耳朵里若听到喜讯，内心一喜，或许也能帮他病体渐安。三叔说要冲喜，还是有道理的。"

吴国英摇头："你就知道帮老三。"

蔡巧珠道："无论如何，媳妇一定赶在天黑前回来。"

第十七章

回 门

西关是广州胜地，自十三行开辟以来，这里豪富云集。一些外省人不知道
的还以为西关位于广州城内，其实在清朝，西关位于广州西门之外，所以才叫
"西关"——此地属于南海县管辖，那大新街却位于广州城内，所以蔡巧珠要
回娘家就得进城。

蔡巧珠之父叫蔡士群，能在大新街买一处三进的宅子，显然家境富裕，但
跟吴家自是没得比的。但蔡士群的堂弟蔡士文却正是十三行之一的万宝行的第
二代商主，也即吴承鉴口中的"蔡、谢、卢"三家中的蔡家商主。

六年前，一口通商后，十三行的第一代总商、人称"粤海金鳌"的潘震臣
去世后，潘震臣的儿子潘有节接掌了同和行。当时同和行的规模虽然远超同
行，但潘有节年纪太轻，各方面都担心他压不住场面，蔡士文便趁机联合了谢
家，一举压倒其余商号，登上了十三行总商的宝座。

蔡士文当上总商之后，不但万宝行规模日扩，他在西关地面的权势也日益
加重，虽然比起当年的潘震臣仍有不如，但蔡、谢两家联合后的势头，已能在
十三行中独领风骚，与六年前只能以微弱优势夺取总商宝座的情况大不相同。

蔡士群自己也经营着一个不算小的商号，主要是向万宝行供货，并从万宝
行中倒手一些西洋商品卖往内地，算是依附于万宝行的一个附庸。虽然如此，

但利润也十分高，再加上这两年有女婿眷顾，自然是赚得盆满钵满。

蔡巧珠一边是宜和行吴家的大少奶奶，一边是万宝行蔡总商的堂侄女，吴、蔡两家联姻，吴国英与蔡士文心有默契。蔡巧珠嫁过吴家之后，蔡士文对待蔡士群便与别的堂兄弟不同，而对蔡巧珠更是如同亲侄女一般，吴承钧那边也让妻子多与蔡士文走动，以亲叔叔之礼敬待他，逢年过节的送礼、拜候都是少不了的。

双方虽不是亲生子女嫁娶，却也算是结成了亲戚。六年前蔡士文争夺总商位置的时候，吴家明里暗里出了不少力，而这些年吴家能发展得这么顺利，与蔡家坐在总商之位上也不无关系。

蔡巧珠嫁了个好婆家，丈夫对自己又好，所以每次回门都如衣锦还乡一般，甚受娘家上下敬待，但这一次回来，一进门就觉得气氛有些不对。蔡巧珠说不出是哪里不对，然而总觉得气氛十分压抑。

她进门后为太久没回娘家告了罪，又问候了爹娘的身体，见二老安康便放了心。

蔡母拉了蔡巧珠进了内房，将连翘也支了出去，才问："乖女，跟娘亲说句实话，姑爷的身子到底如何了？"

蔡巧珠刚才在外头还保持着吴家大少奶奶的风度，这时屋内只有娘俩，亲生的母女，更无隔阂，再忍不住，眼泪就像决堤了一样，将丈夫的病势、二何先生的判断以及这几日来的症状都告诉了母亲。

蔡母听了默然许久，说道："这么说来，姑爷的身子是迟早的事情了……女儿，你得想想后事该如何安排了。"

蔡母说最后一句话的时候，似乎感到十分为难，但还是逼着自己说了出来。

蔡巧珠一愣，道："娘亲，你说什么呢！承钧若有个三长两短，我也不想活了，哪里去想什么前事后事！"

蔡母道："这是什么话！咱们家又不是那乡下死读书的穷酸，不需要一块贞节牌坊来减免田赋丁税。你年纪轻轻的，难道还能就这样守一辈子寡不成？"

蔡巧珠刚才只是小愣，这下是彻底愣住了。蔡母这话可说得太直白了，简直把吴承钧当死人来论事。她心中一阵恍惚，母亲对自己的丈夫向来十分喜爱，怎么今天一闻其病，一不见伤心，二不见着急，全不管女婿的生死，就一心一意为女儿打算起"后事"来了？

蔡母拉了女儿的手说："乖女，不是娘亲薄情，但生死有命，富贵在天！我知道你和承钧感情深厚，但人总得活着才能论个情义，一死如灯灭，就算他生前与你有千般恩爱，等到进了黄土，你还能陪着一块神主牌来过剩下的几十年光阴不成？"

蔡巧珠越听心里就越堵，终于忍不住抽开了手道："娘！承钧他还没死呢，你就这样咒他！什么黄土，什么神主牌，这是岳母在女婿病重时该说的话？"

蔡母道："怎么是我咒他？二何先生的诊断，什么时候出过错？可记得三年之前，下九路王员外在南海见他一面，被二何先生断了三日内要办后事，当时王员外觉得自己吃得下睡得着身康体健，全没放在心上，结果如何？第三天夜里就闭眼了。再说了，承钧的病是你侍奉着的，他到底还能不能活，你比别人心里有数。"

蔡巧珠倏地站了起来道："我不想听这些疯话。母亲，女儿要回去了。"

"你给我回来！"蔡母拉住了蔡巧珠，"屁股都没坐热，走什么走？"

蔡巧珠道："若要女儿再留一留，就求母亲不要再说这些扎人心窝子的话。什么神主牌，什么身后事，母亲，你别忘了女儿膝下有个光儿的，他可是吴家的嫡长孙！是宜和行未来的第三代少东。就算承钧真有个三长两短，'在家从父，出嫁从夫，夫死从子'——女儿的'后事'，也只会落在吴家，不会在蔡家。"

"宜和行若是还在，自然一切好说，我们一定要帮光儿把商号争过来。"蔡母道，"但宜和行要是不在了呢？你还待在吴家有何意义？"

蔡巧珠整个人都呆住了，今天这一次回门，真是每说两三句话就大出乎一次意料。

"母亲，你说什么？宜和行怎么了？什么叫不在了？"

蔡母道："宜和行的茶叶在惠州丢了，对吧？这事瞒得过别人，还能瞒得过你叔叔？我们早就都知道了。"

蔡巧珠暗叫不好，心想家里瞒了这些天，终究还是瞒不住了，却还是道：

"母亲放心，我家老爷已经派了得力的人去寻访了，就算寻访不到，这一次我们宜和行最多也就伤筋动骨，不至于一蹶不振的。"

蔡母冷笑道："若只是惠州之事，那也只算是吴家栽了一个大跟头，可惜不止如此，尚有更大的灾劫等着吴家呢。乖女，你听娘亲说，你叔叔已经明告诉我们，吴家之倒，就在旬月之间了。"

蔡巧珠大吃一惊，刚才若是七分恼、三分惊，那惊的也只是不明白母亲对自家夫婿的态度为何变得如此恶劣，而现在则满腔都是惊，且惊的是蔡母所说的"灾劫"。

"娘，吴家还有什么事情，你快告诉我。"

蔡母却不管女儿的问题，只道："乖女，乖女，吴家是十三行的保商，不比寻常商户。若是吴家破了家，男的要流放边疆，女的要发配为奴。娘亲我图的不是别的啊，娘亲就是想保着你一条性命啊。娘也不是不爱女婿，可女婿再亲，怎么比得上女儿的性命啊？你是娘身上掉下来的一块肉啊！你叔叔肯提前给我们提个醒，已经是顾着亲族情面了。你切不可为了一时之情，而自己往火坑里跳啊。"

蔡母说到后面，真情牵动，泪水也下来了。

蔡巧珠却是越听越心惊魄震，她不是没见过世面的闺中妇女，是掌家多年的宜和行大少奶奶，什么话是真，什么话是假，真话里有几成假，假话里藏几分真，她比寻常人分得更清楚，这时已猜到必然是总商叔叔蔡士文给父母透露了什么了不得的消息，而这个消息极有可能会导致吴家家破人亡。

"娘亲！"蔡巧珠握住了蔡母的手，切切道，"就不说承钧了，若你还疼着女儿，还疼着光儿，你就告诉我，到底出了什么事情？"

蔡母听得踟蹰，蔡士群是叮嘱过不能透露的。蔡巧珠手帕抹眼，呜呜哭了起来："就算女婿是外人，女儿终是你身上掉下来的肉，光儿身上也有一半流着你的血啊。吴家如果遭了祸事，就算女儿跑得了，光儿能逃得掉？难道你就这么忍心看着自己嫡亲的外孙，小小年纪就被拿去给披甲人为奴不成？"

蔡母在丈夫和蔡士文的劝说下，本来已经决定只保女儿，这时被蔡巧珠几句话牵动了心肝，想起自己的外孙那般精灵可爱，若真被拿到边疆塞外吃那风霜雪雨之苦，那真是挖了自己一块肉了。这下她也哭了，这次是真的伤心，几乎就要把话说出来。

忽然蔡士群闯了进来，喝道："不是我们忍心！实在是无能为力。如今大局已定，吴家是没救了的。若不壮士断臂，不但你陷进去了，我们蔡家也得受牵连。"

蔡巧珠上前攀住了蔡士群的臂膀，哭道："阿爹，阿爹，你知道什么，对吗？你就告诉女儿吧。"

蔡士群道："若是能救，你叔叔早就出手了。我们能说的话，能求的情，在你叔叔面前我和你娘都说了，都求了，可是没用！这次的祸事，不是你叔叔能罩得住的。连他都没有办法，别人还能有什么办法？乖女，你就听你娘的，尽快料理料理，这几日就设法与吴家撇清干系，这样你叔叔才有办法救你。"

"不！"蔡巧珠猛地后退了几步，说道，"女儿嫁到吴家十二年了，早就血肉相连，哪里还撇得清楚？这一回若只是承钧有个长短，我顾念着光儿也要咬牙活下去，可是如果光儿也出事，爹，娘，你们觉得女儿还活得下去吗？"

她知道蔡母的心肠，总没蔡父来得硬，就扑到蔡母怀中哭道："娘亲，你若还可怜你苦命的女儿，就告诉我一句吧，到底是什么事情？"

第十八章

吴家女主

　　蔡母听女儿哭得撕心裂肺，再也忍不住，看着丈夫。蔡士群其实也不是个极狠心的人，只是势之所逼，不得不为，忍住了不去看女儿的惨状，说道："总而言之一句话，你若还有一两分孝心，就留在蔡家，别再想吴家的事情了。"

　　跟着叫了一个婆子来："帮着太太，送小姐回闺房。"这个女儿嫁得好，出阁后闺房还留着，以待她回门时用。

　　蔡巧珠退后两步，叫道："父亲，你这是要做什么？"

　　蔡父道："你就暂且在娘家住下吧。外头的事情，爹和你叔叔会帮你料理。"

　　蔡巧珠陡然抬高了声音，大喊："连翘，连翘！"

　　连翘在外间听大少奶奶叫得凄厉，不顾一切挤了进来。

　　蔡巧珠对连翘道："出去告诉吴六，让他准备好轿子，我现在就回西关。快去！"

　　连翘转身马上就出去了，她身形灵巧，那婆子拦不住，也不好硬拦。

　　蔡士群怔了怔，这才想起女儿已经不是当年那个承欢膝下、娇俏弱小的少女了。她如今是吴家的掌家女主，这次回门没有大张旗鼓，却也还有连翘与两个小丫鬟伺候着，一个婆子跟着，还有一个得力家人吴六护着，四个轿夫也都是吴家叫来的，加在一起九个人，可不是自己用一两个婆子就能扣住的无依少妇。

更别说蔡巧珠背后还有宜和行，还有吴家。吴家就算可能要败落，也不是这一两天的事情，若是蔡巧珠强项抵抗，自己今天就算能扣留住她，回头吴家找上门来，更是一桩大麻烦了。

蔡母急道："女儿，你这是做什么？"

蔡巧珠道："母亲，承钧为人温和谦让，我三叔的脾气可不好。去年上九许家冒犯了女儿一句，他回头就带人将许家砸个稀烂。这事母亲也知道的。"

蔡母讷讷道："这会儿说这些做什么？"

吴承鉴是败家子不错，可他那种一犯浑就什么都不管不顾的性情，满十三行的人可都有几分忌惮的。

蔡巧珠道："母亲，我婆婆早逝，承钧又病着，但我回来之前禀告过我家老爷，说了今天会回。若我不回，只怕会招惹长辈挂心。"

她跪了下来，给二老行礼："女儿不孝，女儿拜别二老。"

这一拜，父女、母女之间便拜出了隔阂，若是吴家真个出事，这一拜说不定就是诀别。

蔡巧珠拜完，掩了面就冲了出去，蔡父蔡母都不敢强留，那个婆子又哪敢造次？

一路之上，蔡巧珠心情数变。

吴承钧病倒之后，她人前强颜欢笑，人后哭哭啼啼，一心只在丈夫的病体上，连账目都移交出去了，听到吴承鉴胡闹，生气归生气，心还是牵挂在丈夫身上，后来就不了了之，因为实在心不在彼了。

但今天发生的事情，让她心中警钟长鸣，刚从蔡家出来，先是心慌意乱，忍不住催轿夫快些走。

轿子跑出大新街，她心神就已经宁定了下来——毕竟是经多年掌家管事的历练的人，心里就想着："爹娘所说之事，不知有无夸张，但无风不起浪，总之定是有什么人准备祸害我宜和行。哎呀，越是这等时候，越不能让人瞧出慌乱来。"

想到这里，她反而叫连翘："让轿夫慢点走，赶得及关城门前回西关就行。"

轿夫们不知道吴大少奶奶的心思转变，只是暗中腹诽大户人家花样多，一时要人跑快，一时要人跑慢。

蔡巧珠一大早坐车赶去西樵山，回来后又坐轿子赶进广州，这会儿又要赶回西关，饶是她年轻保养好，整个人也如同散架了一般，几乎就要昏昏睡去。

可是刚闭上眼睛，这段时间发生的种种事情就冒上心头，再跟着光儿被官军押走时大哭无奈的场面就闪了出来。

蔡巧珠打了个寒战，一时再没半分睡意，诸般蛛丝马迹浮现心头，越想得深入，心反而越是透彻，到最后心里只是在想："若真出了什么事情，我即便无法从阎王爷那里保住承钧的性命，但至少要保住光儿！"

想到这里，便在轿子里头，整理妆容，抹去了泪痕，打开一个小镜盒给自己重新上粉。

回到西关大宅，天还没黑。

这一趟大新街之行，可硬生生把消失了半个月的宜和行掌家女主给拉回来了。

"大少奶奶，到了。"

蔡巧珠先摸了摸头面，以确保妆容未乱，这才气态沉稳地下了轿，扶着连翘的手，从侧门缓步回宅。一进门就听见一个三十来岁的女佣和门房吴达成在调笑，蔡巧珠扶着连翘走了过去，那个女佣和门房才发现了，忙收笑站好。

吴达成笑着请安："大少奶奶，怎么回来了？"

蔡巧珠道："大少病着，老爷也病着，看你们心情倒是挺好。"

唬得二人忙道："没有，没有。"

蔡巧珠道："不用这么紧张，这里不是皇宫大内，我们吴家也不是皇帝皇后，还能自己不开心，就不许你们开心不成？不过同在一个屋檐下，彼此不同心的话，日子总过得不长远。"

她对连翘道："告诉春蕊，把这位大姐的工钱结了，另找个人吧。"

吓得那女佣叫道："大少奶奶，您大人大量，饶了我这一回吧。"

蔡巧珠心知这个家接下来恐将面临大变，门风可得好好收一收，有心杀鸡傲猴，便理都不理那女佣，又对吴六道："让你爹另找个稳重些的来看门，半个月后老爷寿宴，到时候定有贵客临门，失礼于贵客就不好了。"

吴达成几乎就要跪下了："大少奶奶，我可给吴家看了十五年的门了。大少奶奶入门的时候，还是我捧来的火盆。"

蔡巧珠冷笑道："那是资格比我还老了。罢了，想必我发落不了你，咱们这就去后院，请老爷来发落吧。"

吴达成哪里敢跟她去后院？在儿媳妇与门房之间，想都不用想就知道老爷子会怎么选，心里只是奇怪大少奶奶怎么今天又变回去了？还比往昔更厉害。

他能做门房，就是个有眼色的，知道此时强项没好处，赶紧低了头，哭得眼泪鼻涕一起流："老奴哪里敢，大少奶奶真要发落老奴，老奴马上就滚，再不敢有半句怨言。可是老奴的老婆、女儿都在宅子里行走，大少奶奶要真将老奴赶了出去，她们在宅子里也就待不住，那样我们一家子就都没活路了，还请大少奶奶看在我没有功劳也有苦劳的分上，网开一面，网开一面啊。往后老奴一定看好门户，不敢再乱来了，不敢了。"

蔡巧珠见他服软，便轻轻放下道："都是家里的老人了，就该给其他人做个榜样，今天就且饶了你这一回，以观后效。"

也不管吴达成惊吓叩谢，蔡巧珠就扶了连翘——这是吴承钧病倒之后，她第一次回家不先回去看丈夫——直接往后院老爷子处去。

吴老爷子看到了儿媳妇，有些小讶异："怎么回来得这么早？"

蔡巧珠先请了安，对连翘道："把我刚才吩咐的事情，去跟春蕊说。"连翘就答应着出去了。

吴国英就知道儿媳妇有事要说，让杨姨娘也出去了，才问："家嫂，怎么了？大新街那边出什么事情了吗？"

蔡巧珠就跪下了，吴国英吓得赶紧伸手来扶，道："家嫂，这是做什么？"

蔡巧珠道："媳妇的娘家，对不起吴家。媳妇先在这里向老爷请罪。"

"你别急。坐着说话。"吴国英将她扶了起来，说，"你给我吴家生了光儿，吴、蔡就是血脉相连了，就算两家有什么冲突，总能想办法化解。"

蔡巧珠道："谢老爷宽宏。"站起来坐好了，这才将今日回门后发生的事情，一五一十地告诉了吴国英。

吴国英越听越是惊骇。在吴承均接掌家业三年之后，他就真的退居了二线，不再管事；但年纪虽大，沉谋尚在，听了蔡巧珠说明经过，再仔细琢磨其中所隐藏的信息，拍着桌子道："惠州之事，恐非偶然！"

　　蔡巧珠问："老爷，你可有什么头绪吗？"

　　吴国英叹道："此事诡异之处甚多，想来必是有人要狙击我宜和行。我细想了一番，我生平与人为善，多铺桥少堵路，虽然商场争端在所难免，但真要如你爹娘所说，那就是要将我吴家往死路上赶了。这样的生死仇敌，我想遍一生也想不出一个来。但亲家冒着转恩为仇也要将你留下，此事断非空穴来风。我吴家或许真的大祸将至了。这件大事，需速速叫老二、老三来议，迟了恐怕就来不及了。"

　　他拉了拉桌旁的铃铛，派人去寻吴承构、吴承鉴。

　　蔡巧珠又说："三叔好玩不经事，他接掌门户之后，近日家里家风弛荡，下人全都没半点规矩，此势可得好好收一收。"

　　吴国英沉吟片刻，说道："承鉴终究是承钧指定的当家，我若越过了他让你重掌内宅，不但否了承鉴，也是否了承钧，往后他兄弟俩的话都要打折扣了。不过你说得对，遇到这等大事，家风是应该收一收的。"

　　蔡巧珠就明白了公公的意思，说道："好，回头我去向承鉴说。男主外，女主内，他一个大男人，内宅的琐事不好处理，又还没娶亲，总不能这个家指着春蕊去管。"

　　吴国英道："家嫂所言有理。"

挑唆

　　吴承构倒是在家，很快就赶来了。吴承鉴却不见人影，那日他去花差号的事情，不但春蕊帮着遮，蔡巧珠知道后也帮着掩，所以吴国英至今不知此事。

　　蔡巧珠就猜到三叔多半又出去浪了，心里为吴承鉴暗暗着急，又有些着恼，心想："三叔啊三叔，你不该如此啊。平日浪荡也就算了，现在都火烧眉毛了！"

　　吴国英因想着家难将至，饶是他老辣之性也有些坐不住，喝道："这会子怎么不见了，到底哪儿去了？"左右都说不知。

　　吴承构忽然道："我刚刚从外面回来，与下九的老刘擦肩而过，他问我阿爹和大哥的病是不是都大好了。我心里奇怪他为什么这么问，老刘说他看见老三在神仙洲快活着呢，想必是阿爹和大哥的身体都大好了，不然三少哪有心情去那里。不过我想老三再怎么荒唐，也不至于做出这等事情，多半是老刘看错了人。"

　　神仙洲在百花行虽是风头无二，其实却是近三年才出现的，吴国英是正经人，引退之后对外面的事情半知半不知，后生们风流快活的场所自非他所关心的，因此竟然不知道那地方，就问："什么神仙洲？"

　　蔡巧珠原本只道吴承鉴是去花差号躲清闲，那还情有可原，但去神仙洲就真的不知怎么替他解释了，侧了头，有些恼，又不想去应答那神仙洲是何等肮脏的所在。

吴国英回望众人。见没人开口，杨姨娘忍不住道："听说那是近几年广州城最出名的水上娼寮。"

吴国英一听，还以为自己听错了："什么？"

"姨娘说得没错，"吴承构说，"就是白鹅潭上的一个妓寨。老三从昨晚就没回来。"

吴国英一听，一口气差点没气得背过去，一手拍得桌子上的紫砂壶都跳了起来，大怒道："这个逆子！这个逆子！他大哥还躺在床上生死不知呢，他竟然有心情去宿娼？去叫人，去叫人！叫回来看我不打死他！"

蔡巧珠道："老爷息怒，也许真是那老刘看错了，也未可知。"

吴国英怒道："下九老刘一年中来我们家串门十几回，怎么会认错人？罢了，把春蕊叫来。"

后院这边出事，左院那边春蕊也听到了风声，心中暗暗焦急，早已经派人急去找吴承鉴了，想在事发之前把三少找回来。没想到派去的人才出门，自己就被传唤了，传唤自己的还是老爷。

她心道："这一回老爷也被人请出来了，可怎么才好？"

一步一拖延地蹭到后院，结果进门就被吴国英喝道："这几步路，走这么久。老二说得没错，老三当家之后，这个家可越来越不成样子了。"

春蕊一听就跪下了，吴国英大声喝道："给我说，老三去哪里了？敢说一句虚的，立刻赶出家门。"

春蕊进吴家十几年了，从没见老爷发过这么大的火，更别说是冲自己来，心里惶惶不安，当场哭了出来。

"哭什么！"吴承构喝道，"快说！"

吴承鉴的行踪从来都是不瞒春蕊的，防的就是家里有什么急事找自己。这时春蕊抵不住，抽噎说："三少去神仙洲了，说是与南海三班头目喝酒。"

蔡巧珠忍不住道："三叔干这等荒唐事，你怎么不劝劝？上一回我是怎么交代你的？"

她是掌家多年的女主，春蕊实不敢顶她的嘴，可是上次劝了一句，就被吴承鉴回了那般重的一句话，夹在两个强势的主人之间，左右都不是人，这份委屈，如何当得？这时再加上被老爷怒吼、二少逼迫，春蕊当场号啕大哭起来，只恨不得就此死了才好。

蔡巧珠看看春蕊的模样，心道："宅子里都说这丫头沉稳有担当，看她平时管一房内事还行，可丫鬟就是丫鬟，终究是上不得台面、临不得大事。还是得赶紧把三叔的亲事给办了，叶家二小姐在西关也是有闺誉的，就不知出了这事，叶家那边会不会有反复。"

吴承鉴让快嘴吴七去给南海县捕头老周输钱，吴七倒也去了，寻了个由头找到南海县。在广州下九流行当里，他快嘴吴七也算是出手阔绰，所以几个府衙县衙里都有点名声，出入不禁。

找上老周后，老周正输怕了，哪还敢赌。吴七就想了个办法，先与其他衙役赌了起来，要吊老周的胃口。他于赌字上有几分天赋，这天运气又不错，竟是连开连赢，老周一时手痒，就问吴七能不能跟着坐庄，蹭蹭吴七的手气。

吴七心想："总之让他赢钱就行。输钱给他是让他赢，带着他赢也是让他赢。"就答应了。

他的手气真是大顺，一连赢了十七把。这一来把老周赢得眉开眼笑，却将其他人输得脸色都青了。

县衙有三班衙役：皂、壮、快。皂班管的是县衙内勤，壮班和快班共同负责缉捕警卫，以后世类比，壮班更像武警多一些，快班更像警察多一些。

老周这个快班捕头赢得开心，皂班的皂头老郑和壮班的都头老冯却都恼在心头，一言不合三人就打了起来。头头打架，下面的人一半起哄一半帮忙，要不是有相熟的刑房蒋书吏赶来，这场哄闹几乎就要惊动知县老爷。

蒋刑书事后一盘问，才知道始作俑者竟是快嘴吴七，当场就叫人把他拿下了。蒋刑书是一县刑名的具体操作者，名头不高，实际权力却不小，见快嘴吴七敢在县衙设局聚赌，若不是老周他们拦着，当场就要给县太爷递条子将快嘴吴七给法办了。

吴承鉴听到消息，赶紧赶到南海县，见面大家都是相识，就都拉不下脸。吴承鉴当面把快嘴吴七训斥一通，蒋刑书倒也还卖吴承鉴的面子，就将事情轻轻放下了。

吴承鉴见皂、壮两位班头因为输钱还神色不悦，就开了口，在神仙洲设宴赔罪，顺便把蒋刑书也请了。众人都知吴三少在神仙洲面子大，也乐得去那销金窟帮三少糟蹋糟蹋钱，就都欣然应邀。

这一顿花酒喝得几方面皆大欢喜，蒋刑书和三班班头都是一人一个银钗陪着——这可是难得的机遇，三班班头乐开了花，当晚诸人尽兴。

吴承鉴也喝了不少，当晚连花差号都没回。

第二天醒来发现自己睡在秋菱房中。秋菱见他醒了，就拧了热毛巾来给他擦脸。吴承鉴被人服侍惯了，任凭她擦拭，只是问道："我怎么在这儿？"

秋菱道："昨晚三少醉了，难道秋菱还能让您睡在下面不成？那几个班头能睡二楼是给了他们面子——三少你睡那儿，可多掉价！"

吴承鉴笑道："睡哪里都无所谓，但睡了这张床，我怕陈少回头找我算账。"

"他呀——"秋菱嘻嘻笑道，"难得三姐姐不在神仙洲，别说陈少昨晚不在，就算他昨晚在，我也照样接三少上来。"她接着凑到吴承鉴耳边说："再说，像三少这般风流人物，睡了谁家的床，都是那人的光彩。"

"我可不信。陈少家做的是实打实的产业，他自己年轻俊俏又多金，"吴承鉴笑道，"你是他梳拢的人，他还能让别人碰你？"

秋菱媚眼如流光："别人敢碰我，回头就得断腿；三少嘛，他不会介意的。他恨不得你来呢。"

吴承鉴笑道："难道他还会喜欢这调调儿不成？"

秋菱在吴承鉴耳边呼着气，若有若无地说："有一回啊……我就忽然叫你的名字……他啊……嘻嘻……打了个哆嗦……就丢了。"

吴承鉴听得哈哈大笑，对这种风言风语却也不当真。

因为宿醉头疼，近来事情多杂，这日干脆就在秋菱房里住下了，且躲半日闲再说。佛山陈少留在这房里的好东西，他不客气地就用了，秋菱也尽力迎奉着。

看着到了傍晚，天色昏黄了，就要回西关家里，快嘴吴七闯了进来说："三少，快回家吧，老爷发火了。"

秋菱整了整衣服，道："你们聊。"就闪了出去。

吴承鉴才问："发什么火？"

"好像是二少把你在神仙洲留宿的事情捅了上去，老爷知道后暴跳如雷，这会儿家法都准备好了。"快嘴吴七道，"咱们快回去吧，再迟了，二少再泼一勺油上去，后院还不得烧烤变爆炒了？"

吴承鉴本来准备动身了，听了这话道："不回去了，今晚再睡一晚，明天再回吧。"伸了一下腰，反而倒到床上去了。

吴七道："啊？"

吴承鉴道："你不也说，老爷子家法都准备好了吗？现在回去一定当头就打，我嫌自己肉厚啊。再等一天，明天再回。"

"那就是连续两天宿娼在外……那那那……那老爷还不得气到火冲天？"

吴承鉴笑道："我自有妙计，你听我的没错，把家里派来的人都给我拦住，不许上神仙洲，我再猫一天再说。"

吴七答应了，就去办事。

门"吱呀"一声，有人刚好进来，被吴七擦了一下身子，不悦道："这谁啊？"

来人走了进来，却是一个中等身材、面如冠玉的青年，看到秋菱床上有男人，脸色就变了一变，走近两步，看清是吴承鉴，又呆了一呆，随即恼意就消了，反而满脸春风，笑着说："什么好风，把三少给吹来了。"

第二十章

佛山陈

吴承鉴半躺在床上，这会儿就是赶紧起身反而刻意了，干脆就不动了，懒懒地说："原来是陈少。"

来人正是力捧秋菱的佛山陈陈天垣。看他又走近了些，吴承鉴笑着说："昨晚喝醉了，秋菱念着和三娘的旧情，把我弄上来了，不管你信还是不信，虽然我睡了她的床，但昨晚我们什么也没做。"

陈天垣却靠了过来，也半倚在床上，脸上满是惋惜之色，说："那也太可惜了，我还指着三少你指点她两招，回头我好享用呢。"

吴承鉴盯着他的一双桃花眼看了半晌，见他眼中果然没有恼意，就笑了："莫说教她，陈少要乐意的话，找个时候，我教你也可以的。"

陈天垣嘻嘻笑着说："那敢情好。我可是从小仰慕着三少的，多年相识却不得亲近，今天三少能上秋菱的床，也是我们的缘分。"

吴承鉴听了这句话，满脸嫌弃地道："别！说得我好像多老似的。你最多小我两三岁，什么从小仰慕我。"

陈天垣笑道："小弟十七岁那年初游白鹅潭，不知深浅，仗着家里有点银子就不知天高地厚，给三少你狠狠收拾了一顿，还记得不？"

吴承鉴每年明里暗里收拾过的人可不少，哪里记得那么多，但被他一提，就隐约记起真有这事。当时陈天垣年轻气盛，竟敢在白鹅潭逞富使气，结果被吴承鉴略施手段，敲了一闷棍，把少不更事的陈天垣给整得蒙了，成了当月白鹅潭的大笑话。

之后吴承鉴也曾防着他报复的，毕竟佛山陈家也是广佛豪族，后续该如何转圜、如何化敌、如何和好的手段都安排好了。不料那之后陈天垣竟然全无反应，只是人就忽然老实了。久而久之，吴承鉴也就忘了。

陈天垣道："在那以后啊……"

吴承鉴道："你就记恨上我了？"

陈天垣笑道："哈哈，小弟当时被吴兄整得狼狈不堪，原本是恼怒得不得了，可当时我傻着呢，被整了还不知道出手的是谁，直到第二天有人指点了我，我才醒悟过来。那人又细细跟我说了你整我的手腕，我细细一品，才知道原来世上还有人是这般做事、这般整人的，真是让我叹为观止。从那以后啊，我就盯上三少你了，一路看着三少怎么做人做事。不出三个月，我爹就说我长进了；不出一年，我爹就说我出息了。嘻嘻。"

吴承鉴笑道："我知道神仙洲一堆的女人背后盯着我，可没想到盯着我的人里头，也有男的。可按你这么说，我是你恩师啊，你之后怎么又来惹我？"

陈天垣笑道："我学了你两年，觉得出师了，就想试一试手，结果也只成功了第一步，之后三少就反应过来，又不动声色地就把我的招数都化解了，还反过来又把我收拾了一顿。从那之后我就知道，我的能耐跟三少比差远了，还是老老实实跟在后头继续学吧。"

吴承鉴笑笑道："从那之后又两三年了，想必现在你已经满师了，要不要再整整我试试？"

"哪能啊！"陈天垣笑道，"从那以后，我对三少是心悦诚服，再没半点跟你争雄的心思了。哥哥你若是肯带着我玩，那就是我佛山陈最大的荣幸了。"

"你哥哥都叫出来了，我还能不带你玩儿？"吴承鉴笑道，"不过看来你真的满师了。通常我这么笑着，就是要笑得别人没半点防范心，笑到他放下戒心，我再狠狠给他来一刀，做个了结。"

陈天垣笑道："哪能，哪能！这百花行的勾当，我是看着哥哥亦步亦趋学会的。哥哥既是我的师父，也是我的领路人，要不是哥哥比我大不了两三岁，天垣我应该敬酒行拜师礼才对嘛。"

两人说得哈哈大笑，就都从床上起来了。秋菱也笑眯眯进来，给两人摆了酒。

陈天垣举杯道："那以后我到了外头，可就说自己是宜和三少的弟弟了。"

吴承鉴却拿着杯子不动："我们吴家，最近行情可不大好。"

陈天垣笑道："惠州那点破事，想来难不倒哥哥的。"

吴承鉴一听，眼神闪了一闪，脸上却还是笑："原来连你都知道了。"

陈天垣道："在这神仙洲上，我也不是第一个知道。还不是蔡老二，他大概是跟沈小樱通了什么风。沈小樱器量也是浅得可以，人前人后就对三姐没什么好颜色了。看看沈小樱屁股翘成什么姿态，不就知道蔡老二穿什么裤裆了？再顺藤摸瓜一打听，就知道惠州的事情了。"

吴承鉴道："既然知道了，还肯叫我这声'哥哥'？"

陈天垣笑道："别人不懂哥哥，我陈天垣却是跟在哥哥身后四五年的人了，只看哥哥依旧在神仙洲好整以暇，就知道那点小事，哥哥早就胸有成算。"

吴承鉴哈哈大笑，这才举起杯子，与陈天垣一碰，一起干了。

秋菱又给两人斟满了。陈天垣道："想来大事情哥哥都有安排了，可有什么边角小事用得着弟弟的吗？"

吴承鉴目光又闪了闪，问道："惠州那边你有关系没有？"

"哥哥想要小弟帮忙找回那批茶叶？"

"那个用不着你。"吴承鉴笑道，"这次丢茶的细节，我还没细查，但茶是在惠州丢的，碣石总兵就脱不了干系。这人收钱不办事就罢，还坏人大事，这不但不合江湖规矩，也不合官场规矩，我想把他撸了。"

秋菱听了这话，暗中可吓了一跳，总兵可是二品武官大员——撸掉一个总兵？这是小事？

陈天垣也是一愣，一时接不上口。

吴承鉴笑道："那就当我没说吧。"

陈天垣微一沉吟，说道："小弟既然开了口，怎么好就让哥哥把话收回去？哥哥第一件交代的事情，佛山陈就办不来，以后也不好意思跟宜和三少称兄道弟了。"

吴承鉴道："有门路？"

陈天垣道："要撸掉一镇总兵，不是小事，不是有钱就行，还得有大势，有门路，有把柄。反正那些当官的就没几个干净，哥哥若是不急，把柄可以慢慢找。"

吴承鉴笑道："不急，广州这边的这摊破事，怎么也够我料理到秋交之后。"

"那我们把柄可以慢慢寻，反正当官的就没几个干净的。"陈天垣道，"至于门路，小弟可以去找。只是这大势却不易得。若不能使官场大势于碣石总兵不利，保他的人不会弃子，恨他的人也不会起而攻之。"

吴承鉴站了起来，说道："秋交之后，大势便定。"他又弹了弹酒杯："这杯酒，等碣石总兵的小妾被送到神仙洲，我们再喝。那时候咱们还要烧黄纸、斩鸡头，做对真正的契兄弟。"

说完他就走了，招呼了一下刚好回来的吴七："回吧。"

秋菱偎依了过来，低声问道："吴家现在最急的是那批茶叶吧？他怎么不让你帮找茶叶，却要撸那个什么总兵？堂堂二品总兵，是我们能动得了的？"

"按常理，当然要先解决完眼前之事，然后才是行赏报恩、除叛报仇。报仇之事，本在最后。"陈天垣看着那满满的酒，"现在满西关都觉得吴家摊上大事了，可他这事就偏偏不开口，却跟我说最后的报仇。他这是要告诉我们，眼前之事他并不放在心上，不但不放在心上，他还要告诉我，只要他想，他就能获得能定一镇总兵生死的官场大势。"

"吹的吧。"秋菱忍不住脸带讥嘲，"虚张声势。"

"但如果他真的做到了呢？"陈天垣忍不住想起前两次自己被吴承鉴收拾的往事来，"如果到时候他真的做到了，那我佛山陈就真服他了。"

"你啊，还给他收拾上瘾了。"秋菱媚眼带笑，凑近了在陈天垣的耳边说，"要是那样，那我可就跟他……"

后面的话，低微得听不清楚，陈天垣却整个人都发起抖来。

吴承鉴坐小艇回了花差号，穿窿赐爷在小艇上回复寿宴之安排，大致上诸事都已妥当，就是一些请帖还没发出去。吴承鉴问哪些请帖。

穿窿赐爷道："家里头该宴请的名单，让人知会了春蕊姑娘。春蕊姑娘去请示了大少奶奶，大少奶奶去问二少。二少那边已经拟了名单，小人拿给二两叔看过没问题，已经送出去了。至于外头的，我自己已经把名单拟好了，三少看看有没有漏的。"

吴承鉴就在小艇上扫了名单一眼，点了几个："这些不用请了。"又点了几个："这些把请帖给我，我亲自请。"

小艇靠近花差号，穿窿赐爷也不上去，就乘小艇回岸了。

借 势

　　近两日大概是风声渐传，花差号上门庭冷落了许多，神仙洲那边也没几个登船问候了。

　　疍三娘道："西关那边找得你很急，来船上找的也有两拨人了。你快回去吧。"

　　吴承鉴道："现在回去，老爷子正在气头上呢。且等一晚，明天他气消了我再回。"

　　疍三娘道："万一老爷子怒火更旺了呢？"

　　吴承鉴笑道："那我就陪你在船上住一辈子。"

　　疍三娘明知是句调笑话，却还是忍不住心里一荡，那是一个她觉得永远不可能实现的美梦："去去！谁跟你过一辈子！"她低了头闭了眼睛，以防泄露心中既甜蜜又哀伤的情绪，回舱去了。

　　吴承鉴看着她的背影，有些惋惜，轻叹一声，在甲板上的小花园坐下，就有小厮上前问三少要喝什么酒。

　　"不喝酒了，"吴承鉴说，"喝茶。嗯，就泡一壶家里的武夷吧。"

　　三少对生活品质要求高，他手底下的丫鬟、小厮，个个都有一手绝活，不会的跟了三少也要学会，三个月学不出点东西就会被打发走。

听说三少要喝茶，就换了一个小厮过来。

吴家祖籍福建，虽然来粤定居已有三代，但老家的风俗习惯还保留了一些。这全家上下，除了吴承鉴，就没有不好茶的，所以家里的下人，也个个会冲茶。

福建佬的工夫茶虽是在潮汕人手里发扬光大，但基本道理是通的，一嗅二尝三回甘。吴承鉴在这个海上小花园里，对着日落，咂品着这杯上品武夷，对那小厮道："你手艺不错啊，在家里头也能排个前三，也就比不上我大哥和老顾了。可惜给我这不懂茶的喝了，这茶和这茶艺，都糟蹋了。"

小厮笑着说："三少能喝出小的茶艺全家第三，就不是不懂茶的。"

"我是为了跟人吹牛才学了些论茶的道道，本身可不喜欢喝。"吴承鉴哈哈笑道，"我虽然知道这武夷苦涩之后会回甘，但就是讨厌它入口便又苦又涩的味道。都是甘味，为什么就不能像糖水一般，入口就甜呢？"

小厮道："可糖水甜过之后，满嘴都是酸的，不像武夷茶，喝过之后，满口回甘呢。糖水的甜只甜过那么一会儿，武夷茶苦后回甘，却能咂摸老半天。"

吴承鉴大笑："有道理，有道理！你叫什么名字？只是看着脸熟。"

小厮说："小人叫吴九。"

吴承鉴讶异："你不会是二两叔的私生子吧？看着不像啊，这唇红齿白的，你可比吴六、吴七俊俏多了。"

吴九被吴承鉴夸奖长得好，脸红了红，说："不是不是，小人从小没父没母，进了府后，自愿姓吴，因羡慕六哥哥能跟着大少、七哥哥能跟着三少，就想有朝一日也能像他们一样出息，所以给自己改了个名字叫吴九。"

吴承鉴骂道："吴六、吴七那样就叫有出息？你可真没出息。再说了，你这名字传回西关大宅，让二两婶误会二两叔了可不好。加个小字吧，以后叫'吴小九'。"

"谢三少，那小的以后就叫吴小九。"

吴承鉴又说："不过你的茶泡得倒是不错。嗯，好手艺不能不跟人分享啊，周师爷喝过你泡的茶吗？"

"当然喝过。"吴小九说，"小的也是多次得周师爷指正，这才进步了许多。"

吴承鉴想了想，看着吴小九的俊俏模样，又问："那天来的那位蔡师爷，你见过吗？可曾泡茶给他喝过？"

　　"没呢。"吴小九说，"那天七哥没安排小九上前。"

　　"去，"吴承鉴说，"跟周师爷拿张字条，让他再挑二两好茶，然后你进城去，泡一壶好茶给蔡师爷尝尝。就说周师爷偶得一童，茶艺上佳，故而遣来与恩师一试。"

　　吴小九记性不错，当场就记住了，跑去跟周贻瑾说。周贻瑾一开始觉得奇怪，但想了想，道："师父他不喝工夫炒茶的，他喝的是碧螺春。"

　　吴小九道："小人也会啊。"

　　周贻瑾失笑道："差点忘了。"他自己是浙江人，也喜碧螺春，吴小九给他泡过不少回的。

　　当下就写了个帖子，大意云：近有一小厮，茶艺大进，颇脍人口，故同师父分享此甘云云。又去寻了二两上好的碧螺春，道："今天晚了，等你上了岸，城门都关了，明天再去吧。"

　　吴小九就问那位蔡爷住哪里。

　　周贻瑾道："两广总督府衙门。"

　　吴小九一听，脸都扭曲了："两广总……总督府衙门？"

　　"对，他是两广总督的师爷，当然住在总督府里头。"

　　吴小九腿都有些打哆嗦，就问："那小人是要跟三少一起去吗？"

　　要去两广总督府衙门，若是前面有三少带着，那还好些。

　　周贻瑾道："泡一壶茶，三少去做什么？就你一个人去。"

　　吴小九一听，人就快哭了："师爷，那小人怎么进得去？小人不敢。"

　　虽然总听说三少交际广，甚至就是跟知县老爷也能谈笑风生，还去过粤海关监督、知府老爷的寿宴，但两广总督，那可是全广东最大的官老爷。他一个今天才被主人问起名字的商贾家童仆，让他独自去闯总督府邸，光想想心里就发怵。

　　"没出息。"周贻瑾道，"你去问三娘支几两银子，到了总督府走侧门，把银子给门房，再将我的帖子递过去，兴许就进去了。"

　　见吴小九脸上还有为难之色，周贻瑾说："这次的茶泡得好了，回来升你两级月例。"

吴承鉴房内看似宽松，其实规矩严密，月例被吴承鉴分成九阶十八级，月例升两级，多的不但是钱，更是升的在宅院里的地位。吴小九想到能升两级，就咬咬牙答应了："好，小人就去闯闯。"

那副表情，就像要去闯龙潭虎穴一般，一脸的壮烈，幸而他颜值上佳，做这副模样时反而让人觉得好笑又可爱，周赆瑾看得哈哈一笑："对，这副模样很好，多半能成。"

第二天一早，吴承鉴就坐小艇准备回西关，吴小九也同船随去。他人还算聪明，不然也不会小小年纪就学得一手好茶艺，可这回打破头也想不明白三少让自己这样一个小厮去闯总督府衙门是要做什么，然而小艇上吴承鉴没有主动开口，他也就不敢问。

上岸后各自分开，吴小九便带着茶叶，花了点钱坐车，一路寻到总督府，找到门房，哆哆嗦嗦地请他帮自己递帖子。门房掂量了一下袋子里的重量，道："等着吧。"

蔡清华正在偏厅与广州府几个经制吏闲谈——这些在广州府握着庶政权的人都正奉承着他，看到帖子，心道："吴家终于扛不住了吗？且看看赆瑾要说什么。"就让来人进来。

吴小九哆哆嗦嗦，从侧门进了府，一路上眼睛都不敢往两边看，碎步跟着人到了偏厅，见到人就磕头，口呼老爷。

厅中众人见他举止失措，都暗中好笑，只是不知蔡清华的态度，便都且隐忍着不表态。

蔡清华笑道："宜和三少怎么派了你这么个人来。说吧，有什么事情？"

吴小九慌慌张张把怀里的字条掏出来，双手奉上。因离得近了，蔡清华瞥见了点他的容貌，就道："抬头我看看。"吴小九又惴惴不安地抬头。

蔡清华最喜欢美少年，见他长得好，心里就宽容了几分，笑道："慌张什么，递个字条，我还能吃了你不成？"

吴小九结结巴巴地说："这，这这……这是两广总督府啊！"他一张清秀的娃娃脸，慌张中就憨里带萌。

厅中诸人闻言都大笑起来，觉得这孩子真是没见过世面，怎么宜和行会派这样不靠谱的人来办事。

蔡清华笑着打开了字条，心里先是一阵小小失望："原来不是吴家的事。"但转念又想："贻瑾有点好东西就想着我，真是好徒儿！"

于是他便对吴小九说："你们周爷是一番美意，那我就领受了。"便让贴身书童去取茶具、茶叶、泉水来。

吴小九道："周爷还让我带了茶叶，是二两极品碧螺春。"

蔡清华笑道："那更好了。我们来试试贻瑾的珍藏。"

书童将茶具、泉水取了来。蔡清华对众人道："这是我一个老乡推荐的茶童，据说茶艺上佳，相请不如偶遇，今日便与诸位共享。"

众人都说好。

吴小九一碰到茶具，精神就抖擞了几分，人不慌张了，眼神也灵动了起来。这茶还没喝到嘴里，光是看他泡茶，蔡清华就觉得赏心悦目。

三巡茶喝毕，吴小九就按照吴承鉴的吩咐告辞。蔡清华也想不到留他的理由，想想人在周贻瑾那儿也跑不掉，便挥手道："去吧。"

他走后不久，那几个经制吏也相继告辞。出门后，有一人暗中道："真没想到，宜和行那边竟然早就攀上总督府了。"

另一人道："二两茶叶而已，就算攀上？"

先前那人道："正是只有二两茶叶，才算攀上了啊。若是寻常交情，谁敢拿着二两茶叶就来叩两广总督府的门？"

余人恍然："有理，有理！"

那边蔡清华还在回味着——也不知道还在回味什么。旁边书童酸溜溜道："师爷，这茶真有那么好吗？也值得大老远送上门来！"

蔡清华笑了笑，正想骂他两句，忽然一拍桌子："哎哟，不好！一个不防，还是给贻瑾借了势去！"

第二十二章

后 院

　　吴承鉴踏着朝阳之色，回到西关大宅，日头尚未高升。还没进大门，就觉得今天的吴家似乎和往日不大一样。

　　进了门，循例调笑了门房两句。吴达成回应得十分拘谨，只是低声说："三少，当心点，老爷找你，这回可不是开玩笑的。"说完就不开口了。吴承鉴见他这副模样，心中有些奇怪，就先回了左院。

　　一路上再遇到家里的童仆，都规规矩矩地避道让行，没人敢和平时一样，与他说两句玩笑话——吴承鉴平时在家里可是出了名的宽容，下人都喜欢与他玩笑的，因此他就猜有人出手整治内宅了："多半是嫂嫂。"

　　还没进房，夏晴瞧见了他，叫了一声"阿弥陀佛"，说："三少，你可回来了。你再不回来，整个宅子可都要翻天了。"

　　吴承鉴笑道："又没个孙猴子大闹天宫，谁翻得了天？"

　　夏晴嘻嘻笑道："你人不在，却把家里也闹翻了天，你比孙猴子厉害。"

　　吴承鉴笑道："还好还好，咱们家夏晴还是会说会笑。从进门这一路走来，我以为家里的人全变哑巴了。"

　　春蕊听到声音，小跑着出来。她一双眼睛又红又肿，眼圈黑黑的，显然不只哭过，而且失眠，想必昨晚是一夜没睡。

看见吴承鉴，本已经哭干了的眼眶又是一红："你……你怎么才回来！"

吴承鉴与春蕊自幼一块长大，待一起的时间比跟眚三娘的还长，春蕊与他是贴身得不能再贴身的人，这么长的时间就是块石头也焐热了，何况春蕊又是真的对自己贴心。前几日因故责了她一句，自那以后春蕊在自己跟前就拘束了，往日直言劝谏的话，这几日也不大敢开口了，这却也不是吴承鉴想要的，这时再看她如此模样，就能猜到昨日她承受了多大的压力，忍不住心里就怜惜起来。

他走过去，把她拦腰抱起来说："昨晚委屈你了，依你的脾气一定是一夜没吃东西，没睡觉了。来，少爷看看咱们春蕊瘦了没有。"

吓得春蕊不断挣扎："这是做什么，这是做什么！快停下！你……你两夜不归家了，老爷找了你两宿没见到人，现在全家都快急疯了，就你还在这里胡闹。快去后院见老爷吧。"

秋月在旁边抿嘴笑，夏晴哼了一声，说句"没眼看"，转房内去了。

吴承鉴笑道："攘外必先安内啊，我不把自己院子里的可心人儿伺候好，怎么有心情去见阿爹。"说着摸出一个镯子，套在了她手腕上："哈，刚刚好，我就知道春蕊的手腕是这么大。嗯，饿了一夜，瘦了点儿。"

春蕊一听这话，身子已经酥了半边，口里连叫："谁是你可心人儿，谁是你可心人儿！这些疯话你跟夏晴说去。"但看看十分合腕的手镯，知道这的确是三少用心挑的，心里涌起一股微甜，昨夜的怨气也消解了大半。

吴承鉴又好言好语地宽慰着，说得春蕊再没脾气。

他们左院这边氛围渐渐融洽，却早有人暗中飞往后院。吴国英正在喝粥，见有人在跟杨姨娘嘀咕，问道："怎么了！"他等儿子等到子时也没睡着，熬了半夜，这会儿正上火。

杨姨娘走到跟前："这……哎哟，我不敢说。"

"什么不敢说？说！"

"是三少，他回来了。"杨姨娘说。

"他回来了？那怎么还不来见我？"

杨姨娘道："听说他先回左院去了，这会儿正跟院里头的姑娘们调笑。"

她只当老爷子一定会怒火大张，没想到吴国英听了这话，端着碗的手只是停了一停。

杨姨娘试着道："要不，这就让人将三少叫过来？"

吴国英将碗在桌上一顿，说："他要来时，自然会来。把二两叫过来，先准备好家法。"

杨姨娘大喜，赶紧跑出去叫人找吴二两了。

吴国英看了看她的背影，继续喝粥。

左院那边，春蕊早催着吴承鉴赶紧去见老爷。吴承鉴笑道："急什么？一个晚上都等了，还差这会儿。"却还是出了门，不去后院，却先到右院来。

蔡巧珠这边也早得了消息，正想赶去公公处，将出门听说三少过来了，便打住了，憋着一张冷脸坐在厅中。

吴承鉴进了厅，连翘给他打眼色要他小心些说话，吴承鉴叫道："嫂嫂，哥哥今天怎么样了？"

只一句话，蔡巧珠憋着的脸就松动了。现在满宅子都知老爷要家法伺候，他进门不关心自己的事，却先问大哥的病情，这是真有心了。

吴承鉴不等蔡巧珠回答，已经掀开纱布进了房内。换了吴承构是不敢这么唐突的，但吴承鉴和大哥素来不分彼此，蔡巧珠也没觉得他失礼。

吴承鉴见吴承钧还在昏睡着，先翻过手用手背贴贴额头，又慢慢地按了按手臂，握了握手腕，摸了摸指尖，又探手进被子里去，探探双脚是冷是暖，感觉手臂又比往日瘦了些，眼睛就有些红，但探到双脚还算暖和，手指也不冰凉，又稍稍放心。

蔡巧珠跟在后面，看着吴承鉴这般动作、这般神色，一颗心就都暖了，心道："二叔每日也都来拜候，却像是例行公事，不像三叔，是真的把哥哥挂在心尖上。这才是同胞亲兄弟啊。"

吴承鉴道："虽然入秋了，现在天气却还热，白天被子别太暖和。躺太久了还要防褥疮。"

蔡巧珠说："这个自然，我半个时辰看一次，每天都有擦背的，你就放心吧。"

吴承鉴这才走出来，摸出一个小袋子，袋子中包着什么东西。他交给了连翘说："这是冬虫夏草。我问过二何先生，哥哥还不能大补，但此物将按照适宜剂量，放进哥哥食用的流食中，能补元气。这是虫草中的上品，我找了广州城七家药铺，寻到他们的仓库里亲自挑选过，以此最佳。我又寻到一个回乡的御厨，他替我琢磨出了一道用虫草做的食疗汤，既能保留虫草的药性，又甘甜怡口。我跟他学会后，自己尝过了的，回头你来我房里，我教你怎么做。"

连翘答应了，便拿了虫草去放好。蔡巧珠这时对吴承鉴已经彻底没脾气了。

吴承鉴放下雪纱，隔绝了厅房内外，这才又走到蔡巧珠身边道："嫂嫂，两个晚上不见，你怎么好像清瘦了些？"

蔡巧珠想想还是要敲打吴承鉴一下，让他别太孟浪，这也是为他好，就重重往窗边椅子上一坐，道："你少气我点，我就能少瘦些许了！"

恰巧一阵风吹过，拂落几片梨树叶子，其中一片落到蔡巧珠头上。

吴承鉴轻轻帮着把落叶拈开，笑道："嫂嫂是梨花般的容貌，清瘦些更好看的，不过最近是太操心了，这样的瘦可不好。"

蔡巧珠听得心神一荡，却赶紧冷了脸说："跟我你说什么胡话！你这些油嘴滑舌的话跟你房里的丫头们说去，对我没用！我跟你说，这次你实在离谱，待会儿老爷要行家法时，休想我会帮你。"

"那可怎么办？"吴承鉴道，"虽然也不是没被阿爹打过，但以前有阿娘护着，阿娘去世后又有哥哥护着，所以阿爹再怎么恼火，我屁股挨上两下，第三下一定有人拦着的。现在哥哥又病了，哎呀，我这屁股要开花了。"

他说着把屁股抬起来，绘声绘色的，仿佛已经被打过屁股了，连翘回来正好瞧见，忍不住哧地一笑，蔡巧珠也掩住了嘴。

吴承鉴笑道："别挡了，嫂嫂，我看见你笑了。嗯，笑笑好，虽然哥哥病着，但也不想你每天愁眉苦脸的。家里多一点笑意，多一点生气，哥哥的病才能好得快。"

蔡巧珠听他三句不离哥哥，心中又是欣慰，又是伤感，不但昨夜恼了吴承鉴一晚的火气早丢到爪哇国，就是要教训他也板不起脸来了，便站起来道："好了好了，少在我这里插科打诨、卖傻卖乖了。老爷那里应该也知道你回来了，莫耽搁了，快去后院。迟了怕得多挨两下。"

吴承鉴道："不去，我不去！家法都准备好了，我还凑上去挨打？我有病啊，喜欢找虐。我又不是佛山陈。"

蔡巧珠也不知道佛山陈是什么典故，这会儿也不好问，只是柔声劝道："别任性了，快走吧，我跟你一起去。小杖受大杖走，回头老爷真打得狠了，嫂嫂会拦着的，难道还真能让你给打坏了？"

吴承鉴笑道："嫂嫂这样说的话，那去去倒也无妨。"

蔡巧珠本来就拾掇妥当了，也就不用再收拾。叔嫂俩出了院子，几步路到了后院，吴承构早等在院子里，看见了吴承鉴，戟指喝道："老三！你两个晚上夜不归宿，都跑哪里风流快活去了？大哥病了，爹爹身体也不好，家里头一大摊子的事情，全耽搁了，你知不知道！"

吴承鉴笑道："我去哪儿二哥还不清楚啊？我前晚在神仙洲喝酒，吴七说有个长得很像戴二十六的一直在旁边鬼鬼祟祟，他不是二哥派去的？"

蔡巧珠听了这话，也拿眼睛来看吴承构。

吴承构脸色唰地有些难看，嘴上忙道："你胡说什么！我……我怎么会派人去神仙洲！"

吴承鉴道："那看来我在神仙洲上的事情，二哥不知道啊？"

吴承构只得道："我只从下九老刘处听说你去了神仙洲，你在那上面做什么勾当，我怎么会知道？"

"哦，"吴承鉴道，"那我错怪二哥了。"

就听吴国英在屋里头喝道："都在外面叽歪什么，都给我滚进来！"

蔡巧珠先进去了，吴承构也跟着进了屋，吴承鉴才接着进了门。蔡巧珠先请了安，吴国英一摆手，让她坐了。

杨姨娘站在吴国英身边，眼睛里满是幸灾乐祸。吴二两捧着家法，暗地里却给吴承鉴使眼色。

吴承构道："阿爹，老三总算回来了。您身子刚好，待会儿别太动气，要骂要打，我来就好。"

吴国英哼了一声，就瞪着吴承鉴看。

吴承鉴却像什么也没看到，什么也没听到，笑着请安："阿爹，您早啊。"

"早？"吴国英扯了扯嘴巴，"我是大半夜没睡！"

"那怎么行！"吴承鉴道，"哎呀，看您老，嘴角都起燎泡了。姨娘，快去弄点凉茶，帮阿爹降降火。"

杨姨娘往日也常被承钧、承鉴支使着，这时却动也不动。

吴国英冷笑道："不用凉茶！给我家法伺候，打得你个逆子知错，我的火就下去了！"

借　钱

　　听吴国英说要打，吴承鉴道："哎哟，等等，阿爹啊，为什么要打我？"

　　"还为什么？"吴国英道，"你自己说，你这两晚上都不归家，到哪里去了？"

　　吴承鉴道："我听到消息，说南海县出现了来历不明的茶叶，前晚就在神仙洲设宴，请了南海县刑房书吏和三班班头喝酒，让他们帮我留心些。"

　　对于惠州丢茶之事，当日吴家瞒得甚紧，是指望能在风声传出之前将事情解决，以全中外客户对宜和行的信心，不料事情不但没能好转，反而恶化，近日西关商圈早得到了消息。吴家大宅里的人对此自然最是关心，口耳相传之下，就是下人也几乎没有不知道的了，所以吴承鉴言语间也就没有再瞒。

　　吴国英呆了呆，道："你请他们在神仙洲喝酒，是为了找茶叶？"

　　这位宜和行的创始人是易怒之性，然而多年的商场历练让他逐渐沉着，怒火不会持久，过了火头就会沉思因果前后，沉思之后必有所得。

　　他前晚的确火气冲天，但一是因为怒，二是因为惧——蔡巧珠带来的消息让他心中实在不安，但在儿媳妇面前还要强作镇定，不能泄露这等不安，因此两种情绪一起发作成了怒火。吴承鉴若是昨晚回来，进门他就打了。

　　但经过一天两夜的缓冲，他心里早已冷静了许多。吴承鉴虽然浑名在外，但"败家"背后所隐藏的许多内情他可比别人清楚，再者以吴承鉴与吴承钧的感情，也不至于老大病重他还有心情去花天酒地。

然而家里家外这么多人看着，吴承鉴至少表面上看确实不像话，所以还是摆开了要家法处置的架势，要听听吴承鉴怎么应答。这时吴承鉴口中说出个正当理由来，吴国英的满脸火气忽然就都不见了。

吴承构暗叫不好，前晚吴承鉴与南海的书吏班头喝花酒、颠龙凤，他派去的戴二十六一直都在旁边盯着，根本没听见半句找茶的话，待要指出吴承鉴说谎，却忽然哑了嘴巴——他在外头可是当着蔡巧珠的面，否认过派人去神仙洲的！

"你……你！"

吴承鉴眼角瞥了吴承构一眼，笑道："二哥，我怎么了？"

吴承构气得说不出话，对着吴国英道："阿爹，他，他他……"

"他什么他！"吴国英道，"你也是的，听了别人一句说弟弟在什么神仙洲，也不打听清楚他是为什么去，就来跟我胡乱回话，还差点把你弟弟给打了。我要是真动了家法，现在你大佬病着没法拦，老三他从小细皮嫩肉的，万一给打出个好歹来，你这个做二哥的就忍心？"

吴承构和杨姨娘都愣在那里说不出话来，便知吴国英怒火已熄，今天这顿家法是不用指望了，都是气忽然不打一处来！

吴三少打听茶叶下落云云，吴二少有耳目，所以明知是谎话，但老爷子就算没内线，以他的精明老辣，难道就听不出半点端倪？现在只凭吴承鉴空口白牙地说了一句，他老人家竟然就信了，还反过来责备自己——这分明是偏心啊！

"也不怪二哥。"吴承鉴替吴承构分辩，但那副嘴脸吴承构看着就想冲过去撕了，"我呀，最近太久没喝酒了，酒量就不行了。陪他们喝了半夜，第二天就宿醉头疼，瘫在神仙洲都动不了，又怕回来你们看见我的模样担心，就在外边又躺了一晚。这才回来。"

吴国英道："那现在怎么样了？头还疼不？"

吴承鉴道："好了许多了，就是想事情还有些迷糊。"

吴国英轻轻叹了一口气，说："难为你了，难为你了。"

吴承构听了这几句父慈子孝的对答，气得肺都要炸了，要不是杨姨娘牵着他袖子，踩着他脚，他几乎就要冲出来骂人了。

吴国英却仿佛已经忘了家法的事情，挥了挥手，让其余人都出去了，只留蔡巧珠与吴承构、吴承鉴兄弟二人，这才说："老三，本来我已经不怎么管事了，但前天出了一件事情，却不得不将你们兄弟都叫来。此事关系重大，不能不谨慎，又不能不全家一起商量。"

说着就对蔡巧珠道："家嫂，你来说吧。"

蔡巧珠就将前日回大新街前后之事，说了一遍。

吴承构本来还在憋闷气，可是听到后面，越听越惊，终于按捺不住，没等蔡巧珠说完就道："究竟是什么大事，竟然让亲家公要留难大嫂？"

蔡巧珠没回答，只是依旧把整件事情讲完，这才停下。

吴国英道："来，你们兄弟俩来说说，这怎么回事。"他的眼睛，却只盯着吴承鉴。

吴承构道："这必定是我们惠州丢茶的事情传了出去，有人想趁我们病，拿我们命，一来是想侵吞我吴家的产业，二来也可能是谋图夺取我宜和行的行商资格。"

"不错！"吴国英点了点头，道，"你能想到这一层，已算是长进了。惠州丢茶，丢的不只是钱。就算茶叶能找回来，也定然会折掉一些商誉；若是找不回来，我们在东印度公司那边的信用将大打折扣。然而这伤的只是我吴家的皮骨。但若有人因此大做文章、推波助澜，逼得我吴家银根断裂，洋商再逼上门来，那时我们吴家就不只是伤筋动骨，而且是抄家流放的结局了。"

吴承构大惊，道："那……那我们可得做好最坏的打算！"

吴国英转头问："家里行里，银子可够赔偿？"他数年没管家管事了，家里行里的事情只知道点概略，却不知底细。

蔡巧珠摇头："现在也就是维持个日常开销，若是不然，我也不会扣着三叔的月例不放。虽然媳妇屋里头还有些值钱首饰，但这个时节媳妇可不敢唐突出手，怕被人看破我们吴家的虚实。"

吴国英默然半晌，才道："若如此，说不得，我只好拉下这张老脸，去找老朋友挪借了。"

蔡巧珠道："若是惠州丢茶的消息还没有传开也就罢了，既然传开了，锦上添花的人多，愿意雪中送炭的就无几了。这个时节，老爷有把握吗？"

吴国英道："开创宜和行之前，我在潘家掌柜多年，与老东家情感深厚，有节当家之后，仍然是叫我一声叔的。潘家之财，深广无度，应该能挪借到一笔。叶大林跟我一起在潘震臣手下行走，后来又先后出来，我创了宜和，他创了兴成，两家多年来互通有无，又快要做儿女亲家了……"

说到这里，他盯着吴承鉴说："回头你就到你未来岳父家去，好好说话，让人家拉我们一把。"

吴承鉴道："我不去。"

吴国英将桌子一拍："你别扭个什么！现在可不是任性的时候！"

吴承鉴道："叶大林是个跟红顶白的势利眼，前两年我们吴家势头大好，眼看就要有机会超过谢、卢，跻身四大家族，他叶大林就不管我名声多坏也要把女儿嫁给我。现在我们吴家出事了，阿爹，你不会认为他会因为儿女亲事，就破财帮我们纾困吧？你认识他至少也有三四十年了吧，他叶大林是这样的人？"

吴国英气得猛拍桌子："让你去你就去！很多事情，没做过怎么就知道结果？现在的形势，不去做什么都没可能，但把头低下，把腰弯下，事情就总还有一线生机！"

吴承鉴无奈："好吧好吧，要不等到寿宴日再说。他如果来了，我请了他到账房求求他吧。但他要不来……以你们的交情，如果连您老六十大寿都不来，那其他事情也就都不用说了。"

吴国英却道："不行！那太迟了。罢了，你就拿了帖子，亲自去请他赴宴，借机提一提此事。"

吴承鉴素知老爷子的执拗，也正是这份福建人的执拗劲，让他在无数阻力之下还能开创宜和，但作为他的儿子被这么逼着去做一件没什么指望又很为难的事情，可就不是什么好感受了。

被吴国英瞪了半晌后，吴承鉴终于无奈屈服："好，好好，万一他不帮忙，我也一定求到他帮忙为止。"

吴国英点了点头："就是要这样才对。"他又回顾蔡巧珠："还有就是蔡总商那边……"

蔡巧珠道："叔叔那边，我去求。媳妇就算把蔡家的青砖跪碎了，也要为我们吴家求来一线生机。"

"好，好，就这么办！"吴国英道，"所谓骨肉齐心，其利断金。咱们一家人齐心协力，这个难关，一定能渡过去！"

看着老爷子已经下了结论，吴承构忽然道："阿爹，刚才您说的都是借源，除了借源，是不是还要节流？"

吴国英道："源流源流，财源要得，若能节流，也是好的。你有什么主意？"

吴承构道："家里头的开销，我虽然不知道数目，但看三弟在白鹅潭一掷千金的派头，就知道他的月例占了好大的一头。"

吴承鉴笑道："二哥这是要节我的流啊？可我这个月的月例，都还没发呢。"

第二十四章

吴二少的密谋

　　吴承构瞪着吴承鉴说："如今家都是你在当，钱都是你在批，印章都在你手里，你自己给自己开多少是多少，还说什么月例？"

　　吴承鉴笑笑不语。

　　吴承构又道："别的不说，就说最近，明明家里已经出了事，到处都等着花钱，阿爹、大嫂都要赔脸面去借钱了，你还大张旗鼓，张罗什么寿宴……当然，给阿爹祝寿是应该的，但你搞得这么大张旗鼓，还将事情交给那个什么穿窿赐爷去办。老三，你知不知道那个人手指缝有多松？十两银子的东西，他敢花二十两买回来。这其中他贪污了多少，你知道不？这场寿宴办下来，怕不就得被人吃掉上千两白花花的纹银！"

　　吴承鉴笑道："原来赐爷这么贪啊，看来二哥对我下人的情况，比我还清楚嘛。"

　　吴承构哼了一声说："你不用夹枪带棒，我只是看不过眼，怕你被人骗了。你向来胡闹败家，我是做哥哥的，自然要帮你看着点人。"

　　吴承鉴摊手："那二哥你说该怎么做吧。"

　　吴承构道："把寿宴停了吧，这样就能省下一大笔钱。我们就在家里开个小宴，给阿爹贺一贺就好。拜寿不在排场，就在一份心意，阿爹你说对吧？"

吴承鉴笑道："二哥你在开玩笑吗？大寿是一早在准备的了，东西该置办的都已经置办了，好多请帖也都发出去了，这时候说不开寿宴？"

吴承构道："东西嘛，能退的就退，能省多少就省多少。已经发出去的请帖，人来了我们还是招待，只是别那么大张旗鼓就是。"

"那不行！"吴承鉴道，"搞得这么寒酸，这个脸宜和行丢得起，我吴三少也丢不起！"

"阿爹——你听！"吴承构道，"老三这是把自己看得比宜和行还重呢！"

吴国英还没应，吴承鉴就说："那是当然。宜和行没了，阿爹再创一个就好；儿子要是没了，赶着再生也还得再养二十四年呢。对吧，阿爹？"

吴国英忍不住骂道："你给我收声！"

吴承鉴嘻嘻一笑，说："好好，不过我吴承鉴就认一个理：只要是真正的至亲，心里头一定会认为人比商行重要的。几千两银子算什么，但阿爹的六十大寿，人生还能有几回？这个寿宴，我不但要办，还要办得风风光光。"

吴承构指着吴承鉴要骂，吴国英一摆手："行了！寿宴都准备了这么久，这时再叫停于事无补，突然让人看空我们，就这样吧。"

蔡巧珠也道："三叔是对的，越是这个时候，我们越不能让人觉得我们吴家没钱了。"

从后院出来，蔡巧珠对吴承鉴道："你在神仙洲请客吃饭，原来是为了家里的事，刚才在右院怎么不与我说？"

吴承鉴笑道："我知道嫂嫂对我好，就算我真糊涂，嫂嫂也会帮着我的。"

蔡巧珠忍不住笑骂了他一声，手指戳他额头："你啊！"

吴二少在后头看着他们叔嫂亲热，自己就像个外人，心里憋得不行，只觉得阿爹偏心，大嫂也偏心，一家子都排挤自己，只知道宠着那个吴承鉴！

杨姨娘过来看到他的脸色，就猜到发生了什么，因为这二十年来，类似的事情已经不知道发生了几回，就劝他："狗儿，狗儿，你……往后我们就别争了吧。谁让你投错了胎，是个庶出……"

吴二少大怒："庶出又怎么样？难道我不是阿爹的儿子？老大也就算了，他比我大又能干，但老三……我就一定得蜷在他脚底下？我就不信了！娘亲啊，我不服啊！"

吴家是商贾人家，规矩没官宦士林那么大，杨姨娘是他生母，吴国英原本也没说庶出的孩子得管生母叫姨娘，但吴二少懂事点之后，却硬是要在人前叫姨娘，对人说我们是大家族，不能乱了规矩。但他在人后，又叫娘亲。

杨姨娘被他叫了一声，心又软了："那你说我们该怎么办？"

吴二少说："娘你看紧着爹，现在大哥快不行了，宜和行指着老三迟早不得完？我跟着大佬做了好几年生意了，现在我们就等着老三再犯错，错到爹也没办法偏袒他，到时候家里的这盘生意，还得是我来。"

他回到自己房中——吴家发家的时间短，且吴国英为人极其节省，所以刚发家的前十年家用一切就简。这栋宅子是在吴承钧手里逐渐扩建的，先是买下后面一块地扩建了后院，让老爷子搬过去住；吴承钧自己搬进了空出来的主房，也就是右院；又买下了隔壁的三进院落，改成了现在的左院，都给了吴承鉴住，因此左院占了现在整个吴家大宅的四分之一，吴承钧对弟弟的宠爱可想而知。

而吴承钧空出来的两间屋子，就给了吴二少住，虽然也不算小，但只有一个天井，哪里像左院那样自己带着院落？

吴承构看看这房子，看看服侍自己的丫头，再想想老三不知道在哪里怎么风流快活，心里那团火更是冒得难以遏制，再忍不住，便换了一身衣服，出门直往宜和行来。

戴二掌柜正在行中理事，见到吴承构也不奇怪。这些年吴承构一直协理着吴承钧，宜和行是经常来的，不像吴承鉴，很少踏足此间。

若是往常，戴二掌柜与吴承构打个招呼也就继续干活了，但能做到大掌柜的人无不七窍玲珑，只一个眼神就觉得二少是有话要说，便放下账本，将下面报事的人快快打发，问道："二少，是否有事？"

吴承构道："原本想跟戴二叔问点寿宴的事，去了你家里，却找不到戴二叔。"

戴二掌柜便知这里头话里有话，一来寿宴的事情既不归他管，也不归吴承构管；二来这个时间自己通常都在宜和行，二少不会不知道，怎么会跑到自己家里去找？便道："好，今天恰好无紧急之事，我交代一下，就与二少出来。"

吴承构便先出了宜和行，戴二掌柜后脚跟上。两人找了个茶楼，包了个厢房，吴承构便道："老三越来越胡闹了，可阿爹却偏袒他。这宜和行放在他手里，迟早要完。"

戴二掌柜便问出了何事。

吴承构便将吴承鉴两夜未归、今天吴国英如何偏袒之事说了。

戴二掌柜听完，先是沉吟，后又叹了口气，说："三少自接掌宜和行以来，就没踏进商行半步！若不是有大掌柜盯着，这个宜和行怕早就散了。人情都爱幼子，老东家宠着三少我很明白，但大少在此危急之际，还将宜和行也交给他，我就看不懂了。按理说，大少病重，最好当然是老东家接掌。若老东家也病了，退而求其次，也该是二少你啊。毕竟你跟了好几年的生意了，宜和行的事情你都算熟。"

吴承构哼哼不休，道："还不是因为我跟大佬不是一个娘！"

戴二掌柜叹道："我们商贾人家，嫡庶也没他们官宦人家那么严厉，不过不是一母，终究不同。"

吴承构发泄了一通怒火，渐渐平静下来，为戴二掌柜斟了一杯茶，才道："戴二叔，今日请你出来，实在是希望你能帮我教我。"

"二少，"戴二掌柜道，"您这是？"

"我实在受不了了。"吴承构道，"而且再这么下去，我在吴家、在宜和行，只怕就要站都没地方站。老大病了，指了老三。老三胡闹乱来，可老爷子又惯着他，他们是要眼看着老三把这个家都给败完才甘心？"

"这几年，宜和行的确获利甚丰。"戴二掌柜道，"但每年获利，其中的大头，都被大少抽走了。而从三少的开销看来，只怕……唉，他一人的开销，要占宜和行一年纯利之大半。就说今年他用来捧花魁的那艘大船，我跟人打听过，那艘船是英吉利人打造了开过来的，上十万两的白银啊，一甲一板，一钉一木，可都是宜和行伙计的血汗。"

"我就是不明白，大佬怎么会这么纵容老三这么败家！"吴承构道，"我也实在是忍不下去了。戴二叔，你要帮我。你也是宜和行的老人了，可不能看着商号就这么败落。"

"二少是想……"戴二掌柜道，"三少毕竟是大少指定的人。"

"我看，大哥根本就是病糊涂了！"吴承构咬着牙，切着齿，"就是阿爹，也是老糊涂了。"

戴二掌柜沉吟半晌，说道："大少大概是没办法再起身给三少撑腰了，但听二少刚才的转述，老东家却还宠着三少，真想要夺三少的权柄，又要压着老东家承认二少，本来是很难的——不过，寿辰那天或许是个机会。"

"寿辰？"

戴二掌柜道："老东家要做大寿，到时候，不但西关众商号有人要来，吴家的亲族，不也都要来吗？宜和行是吴家的宜和行，吴家虽然来自福建，但整个福建吴氏在广州、在西关，开枝散叶已经三四代人，又多与宜和行有生意往来，彼此早已纠葛难分。如果宜和行出了事，众多亲族也要受损。"

吴承构眼睛一亮："戴二叔是说……"

"就借着这寿宴，借着众多亲族之势，向老东家施压！"戴二掌柜道，"若有一两个长者肯为二少出头，那就更好了。到时候，只要让老东家明白三少是怎么个臭名远播，而二少是众望所归的话，那么事情就好办了。老东家如今半病着，人老了就念亲，看到有众多亲族撑二少的话，老东家也许就会幡然醒悟，就算他老人家仍然执迷，那也得卖众人一个面子。"

吴承构大喜道："好，好，这个主意好！六叔公向来最疼我不过，我这就找六叔公去。"

首富的初登场

吴国英等他们叔嫂兄弟都出去后，越想越觉得不对。

吴承钧、吴承鉴两兄弟这些年的分工谋划，对别人瞒着，对吴国英却是不瞒的。然而方才之事，吴国英总觉得哪里怪异，再一细想，忽然拍大腿："哎哟，这臭小子，又在做戏，我也被他瞒过了！"

杨姨娘刚好进来，问："谁做戏？谁瞒过了你？"

吴国英瞥了她一眼，说："没什么，方才老三对我说了谎，我现在才想起来。"

杨姨娘趁机道："那可要再把他叫来，老爷再好好教训他？"

"不了，"吴国英道，"寿宴之后再说吧。"

他心里头却想："刚才屋里头只我们三人，老三还不说实话，这是在怀疑家嫂，还是在怀疑老二？"

这两人一个是儿子，一个是嫁入家门十二年的儿媳，都是至亲，想到要怀疑他们，吴国英心里一阵烦躁，于是说："还是把他叫来，不好好骂他一顿，今晚不舒坦。"

杨姨娘大喜，就派人去叫唤，没想到回报却说："三少被叫去总商行了。"

吴国英有些奇怪："又不是年节，又不是选举，去总商行做什么？莫非有圣旨？"

　　吴承鉴出了后院，本想先回左院，不料就有人急急来请，定下时刻，要吴承鉴急往总商行议事。

　　吴承鉴拿着帖子，心道："总算来了。"

　　他仍然回了左院，换了一件特织加薄的玫瑰紫马褂，拎上一顶金陵丝织瓜皮帽子，踩上一双青缎粉底靴，又让夏晴把自己的辫子仔细地整一整。吴承鉴自幼保养得好，二十四岁的人了，皮肤光滑紧致，和同年龄的人相比，望上去还如同二十不到一般，再穿上这一身衣服，整个人都耀眼了起来。

　　夏晴一双巧手有极好的手艺，三两下就把他的辫子给捋顺了，又顺手替他将眉毛顺了一顺，脸面整了一整，再走开两步看看，笑道："三少，这是要去相媳妇吗？捯饬得这么妖。"

　　吴承鉴笑道："那还不是你打扮的？"

　　他又让秋月取折扇。

　　秋月问："哪一柄？"

　　吴承鉴道："压箱那柄。"

　　那是柄模雕乌木金陵扇子，扇骨面上雕着一整部《心经》，扇面一边题着六祖的四句佛偈，是祝允明的亲笔章草，另一边是仇英所作的一幅《东林图》，又挂着个水灵通透的翡翠坠子，是由陆子冈雕作一个佛手。这柄扇子，可不是请名家随手题写，而是通体有所构思，而后让书、画、刻之国手亲制，非前朝之大权贵不能办。扇子以禅宗经、景为主题，到最后却变得满是富贵气象，吴承鉴平时也是不用的。

　　春蕊微微吃了一惊："这真是要去相媳妇了？"

　　吴承鉴笑道："去打仗啊，所以得准备好战马和武器。"

　　夏晴哧地笑道："你这样子，去打仗？去赴皇帝的宴会还差不多！"

　　"真去见皇帝，我就不这么折腾了。"吴承鉴啧啧道，"可惜这里是广东，天气又还热着，许多行头用不上。"他转着帽子，摇摇扇子就出门了。

　　他出了门，一早吩咐过的吴七引一顶轿子已在外头等着了——他出门其实不喜坐轿子的，这时却坐上了，轿子里还放了冰。外头太阳正毒，一进去却满轿子冒冷气，吴承鉴施施然坐进去："走。"

十三行总行位于十三行街中段，轿子停下，吴承鉴走了出来。抬轿的轿夫、跑步的吴七都是满头大汗，从冰汽中走出来的吴承鉴却是一身的清爽，一点汗花都没有。

他抬了抬头，就看见这个不大的门面，顶上牌匾很低调地写着五个字：保商议事处。连"总商行"三个字都没有。

字非名家手笔，匾也只是一块木板，搁在十三行街简直寒酸，和大名鼎鼎的十三行也很不匹配。换了个外人来，谁能想到这门后面就是当今天下最有钱的一群人的议事之地？

这地方吴承鉴小时候来玩过，反而是长大后就没来过了。这时吴承鉴用扇子遮额以避阳光刺目，抬头重新打量，只见匾额这么多年也没换过，门庭虽然打扫得干净，比当年却又旧了不少。

吴七上前："三少？"

吴承鉴点了点头，抬脚进了门，穿过一道走廊，看着就到了议事厅。厅门口侍立的人望见了他，便高唱："宜和行代理商主吴官到。"

这个屋子坐南朝北，进了门，当中一张神案位于正南方向，神案后面就是一面什么都没有的白壁。神案的两侧，左六右五十一张太师椅面对面列着——十一张椅子上，已经坐了九个人。

"十三行"只是民间俗称，很多时候保商的数量并不刚好就是十三家，比如眼前拿到保商执照的就是十一家。

清朝尚左，所以从其前后左右的排序，就可推知十一张椅子所代表的商号在十三行中的排位。神案左侧第一椅即十三行中第一人，也就是总商，右第一即十三行第二人，以下类推。

吴承鉴站在门口，一眼看过去——

最近门口的，是神案左侧第六张椅子。坐着顺达行马商主，他的对面空着。

神案右侧第五张，坐着茂盛行杨商主。他的对面、左侧第五张坐着三江行梁商主。

神案右侧第四张，坐着康泰行易商主，他的对面、左侧第四张坐着中通行潘商主。

神案右侧第三张，坐着兴成行商主叶大林——也就是吴承鉴的未来岳父。他的对面、左侧第三张椅子空着，吴承鉴就知这张椅子是留给宜和行的。

自此再往内，就是十三行中的四大家族了——

神案右侧第二张，坐着广发行商主卢关桓。他的对面、左侧第二张交椅上，坐着宏泰行商主谢原礼。

神案右侧第一张又空了，吴承鉴便知这是留给同和行潘有节的椅子。它的对面，坐着万宝行商主蔡士文，他也是当今整个十三行的总商了。

这潘、蔡、谢、卢四大家族的财富，比其余其又胜出不止一筹。排在后面的保商，一定程度上都要依附这四大家族。

古人常以"腰缠万贯"来形容豪富，然而要进这间屋子，家资没个百万都没资格在这十一把椅子上沾一沾。在这间简陋老旧的屋子里头，人若是坐齐了，十一人的身家加起来，大清的国库说不定都要被压一头。

已经坐着的这九个人，吴承鉴个个拜会过，所以人人认得。这些人个个都富可敌国，此刻身上的穿着打扮却都简朴无比，金玉饰品一件没有，连丝绸也都不穿，都只穿着土棉布衣裳。一眼望过去全是一片土灰色，虽然说不上寒酸，但能多低调就有多低调，偏偏吴承鉴反其道而行，他这副行头走在神仙洲还不怎么显，但进了这里，就像一只孔雀进了鸡窝。

九大保商虽然坐着，可有的人哈着腰，有的人驼着背，有的人苦着脸，个个都是穷苦臣奴之相，再没半点富豪的模样。

他们看着吴承鉴一身光鲜、昂首挺胸、摇头晃扇地走进来，好些人都是心中一叹："吴国英生的好儿子，显摆惯了，在这里也不懂收敛，这是嫌自家钱太多吗？宜和行看着要完。"

吴承鉴嬉嬉笑笑，抱着扇子一个个弯腰拜过去，一路不是叫叔叔，就是叫伯伯，嘴甜话也热情，前面马、杨、梁、易、潘五个保商也都赔笑，到了叶大林这里，他眼睛一瞪："穿得这么花里胡哨，你当这儿是哪儿！"

吴承鉴笑道："这不大林叔你在这里吗？我是女婿见泰山，不穿漂亮些怎么行？"

满屋子人都笑了起来，唯有叶大林眉头皱得更厉害。

左上首蔡士文咳嗽一声，道："好了，今日要议事，吴代理也坐下吧。"

两家也算亲戚，他不叫侄儿，却叫代理，那是明示要谈公事了。

谢原礼拍拍他下首的椅子："来吧，世侄。这屋子你来过几次吧，这椅子今天却是第一次坐，可得坐稳了。"

他虽是话里有话，吴承鉴却仿佛听不出来，就走过去坐了，一边笑道："椅子也不是第一次坐。五岁那年，我就进来玩过，潘伯伯也抱着我坐过他的椅子。嘻嘻，就是蔡叔叔现在坐的那张，我当时还在上面撒了一泡尿。"

他说的潘伯伯，就是已故总商潘震臣；至于蔡叔叔，自然就是现任总商蔡士文了。

除了蔡士文黑着脸，众保商忍不住失声而笑。神案的边角，一条板凳上坐着一个剃着标准金钱鼠尾头的满人家奴，他身上穿着绸布衫，手指戴着金戒指，穿戴是土豪式的，脸上却是一副猥琐相，这时肆无忌惮地笑着说："就不知道这把椅子，现在有没有臊味呢。回头找条狗来闻闻。哈哈，哈哈——"

他说着就自己哈哈大笑起来，其实他的话又无潜词，又不好笑，还有些落蔡士文的面子，可蔡士文也不敢对他发作，也赔着笑了两声。

吴承鉴就知道这个人必是粤海关监督的家奴嘎溜，坐在那里是代粤海关监督监视会议的。

惠州陆路

　　除了嘎溜外,议事厅中还有两人:一个是坐在角落书案后面的书记员,另外一个是个中年书生,相貌清癯。蔡士文道:"潘商主染恙,无法到会,所以委托了柳大掌柜来,代理同和行的参议。"

　　那位柳大掌柜吴承鉴也认得,知道他为人虽然低调,但在同和行地位甚高,就是整个西关各大家族都要卖他几分面子。

　　柳大掌柜微微屈了屈身。他并未在椅子上坐下,只站在椅子后面,以示与各大商主身份有别。

　　这屋子里头的人走出去个个富甲一方,这时笑过之后,却没人愿意多说一句话。

　　西关吴家大宅。

　　吴二两赶来回报:"老顾回来了。"

　　吴国英一听,忙说:"快让进来,快让进来!"

　　吴二两和老顾,乃是吴国英创业时的左膀右臂。吴二两内外兼顾,而老顾偏向外务。他两人比吴国英年轻了约莫十岁,到吴承钧接管宜和行后,吴二两仍然鞍前马后地为吴家奔波,而老顾在干了几年将吴承钧扶上马后,终于也在两年前逐渐隐退了。

不过他人虽然退了，毕竟只有两年，功夫和老关系还没全冷下去。这次惠州出了事情，吴国英便又将他请了出来——惠州那条线，当初老顾也是经手人之一。而老顾听说此事后更无二话，接了差使就走，直到今天才回。

一位五十岁出头的老者跨进门来，放下了手中斗笠，露出一张皱纹斑驳的脸，看起来比他的实际年龄还大不少，似乎是个操劳过度的糟老头，但他手长脚长、肌肉壮健，则比壮年也丝毫不逊色。

吴国英扶着椅子站起来迎他。老顾道："大哥跟我客气什么，快坐下快坐下。"

杨姨娘按老规矩，给老顾上了两大碗茶水就退下了。老顾一口气先喝了一碗，叹道："还是广州的水好啊，没有那股咸味。"

吴国英道："惠州的水就有咸味了？"

老顾道："碣石卫离海那么近，就算原本不咸，被带盐的海风吹久了，也得变味了。"

这句话话里有话。吴国英眼皮向下垂了垂，两人是老兄弟，也就不用再兜圈子了，直接问："段龙江真的出了问题？"

段龙江就是碣石总兵。过去几年宜和行能安稳发达，他是关键人物之一；这一次惠州茶叶出事，他也是关键人物之一。

吴家在福建的茶叶，从福建下海，用沙船走近海海运。按照吴国英父子与福建宗亲的协议，茶叶若在福建境内出事，福建那边要承担所有损失，但过了东山岛进入广东海域，就是宜和行的责任了。

茶叶进入粤海以后，主要得经过两府两卫的海域——潮州府的南澳和惠州府的碣石。在惠州登岸后，转陆路运往广州。这管辖两府海域的总兵，吴家都下了大本钱，而其中潮州府南澳总兵又是段龙江牵的线，两府沿海海盗势力也是宜和行出钱、段龙江出面摆平，登陆后在惠州府境内的陆路，也有一半是由段龙江直接负责。

这一条运茶路线，避免了从福建全程走陆路的颠簸，也避开了闽南粤东遍地的蟊贼。路线形成以来，几年间从没出过差错，不料偏偏今年就出了事：茶船从惠州登岸，段龙江那边保了一程后，交给了吴承钧派去接应的人马；队伍走出没多远，就在博罗县遇到了山贼，偌大一批茶叶，全给劫了。

"劫匪动手的地方，刚好就在湖镇、罗水两哨之间，那是官兵力量最薄弱的地方。"老顾说道，"当时护送茶叶的，老大是杜铁寿，老二是胡普林。杜铁寿是老手了，经过那里时都是小心又小心，每一次都会临时变换启程时间。但这一回，还是落入了劫匪的圈套。"

吴国英就明白了，如果是狭路相逢，还有抵抗的余地，但落入圈套，那便是任人宰割——怪不得这次的茶叶丢得彻底。这条运茶的路线，不但吴承钧亲自走过全程，吴国英也走过广东境内的陆路，一听就知道劫匪埋伏的地方在哪里。

"他们是在圈洼中了埋伏？"

"是。对方有两倍人手，又占了地形，甚至还有十几条火枪，所以老杜他们就不敢动。"

吴国英更惊讶了，火枪是大清严禁之物，杜铁寿做的是正当买卖，自然是不敢私藏的，而对手竟然有火枪，要么就是不惮造反的大贼，要么就是有官兵暗中撑腰——甚至就是官兵冒充。

"老杜见了这个形势，就知道抗拒了定没有好下场，当场就决定投降。他想着，小贼可能胡闹，大贼都有规矩，大家都是为利而来，回头也就是找到山头拜，破上一大笔钱罢了。如果当场闹翻，不但没有胜算，而且茶叶万一落了水，反而人财两失。"

吴国英点头："老杜的做法没问题，换了我，也是这么办。不过圈洼那个地方，虽然正当两哨交界，但离博罗还是很近啊，我记得当年每隔两个时辰就会有湖镇哨的水兵兵船巡到，难道这规矩改了？"

"规矩没改。我问得清楚，如今仍然是两个时辰一巡，夜间可能偷懒，白天却仍如此。"

"如今是太平盛世，广东的蟊贼可不敢跟官兵正面对着干。敢跟官兵对着干的那是反贼。惠州府近在省城咫尺，若出现这样的反贼，早就闹翻天了，不可能无声无息。"吴国英道，"圈洼这个地方，有兵船定期巡检，那么多的贼人不可能长期蹲点，可对方居然还能在那里设下埋伏，除非……除非对方不但知道我们的路线，还算好了老杜到达的时间。"

老顾点头了，低声说："老哥，这一劫如果过得去，宜和行可得清理清理了，甚至这西关大宅也是。这里头一定有内应。"

"先说惠州那边吧。"吴国英长长叹了一口气，能够知晓这条运茶路线细节的，不是宜和行的高层，就是西关大宅里的亲信，他却实在不想在这个时候，去怀疑这个家族的股肱与亲人，"段龙江是怎么说？"

"他推了个一干二净！"老顾一脸的恼火，"运茶的路线，多半是广州这边泄露，但就算是我们，也不可能知道杜铁寿接了茶叶之后什么时候走。若差个一日半日工夫，这个圈套就不成了，而要算计好动手的时间，老杜的手下可能有问题，但段龙江他也脱不了干系！"

"三十年的交情了啊！"吴国英朝天吁叹，其实段龙江的态度就已经可以看出问题，若真的还是老朋友，真的还站在同一条战线，这事就不会推卸，他只会比吴国英更着急，因为找不回茶叶，就意味着彼此合作要崩坏，段龙江将失去一笔很大的年度财源，"他能坐到今时今日的位置，这上面花了我们宜和行多少钱……他自己算不清楚吗？"

"人往高处走啊。他多半是找到另外的大财主了。"老顾道，"我在惠州还打听到，他可能要高升了，至少再上一个台阶。"

"唉，也是我不好！"吴国英道，"早在两年前，昊官就跟我提过，让我设法打通香港仔、新安这条线，把茶叶直接运到白鹅潭来。承钧其实也有这个意思，都是我拉不下和段龙江的交情，觉得旧路既然走顺了，就没必要改变，这事才耽搁下了。唉，都是我的错啊！"

宜和行之所以让茶船抵达惠州之后转陆路，而不是直走珠江口，不是不想，而是不能——广东海域的海盗以大星澳为界，以东是潮州海盗的天下，以西则是香江海盗的地盘，在没有炮舰护航的情况下，宜和行的沙船要绕过香港仔，从珠江口直入广州。这条路线想要走得平安无事，必须摆平的不只是一两个总兵，而是包括香江海盗群在内的整个珠江口海域错综复杂的势力与关系。

在这条茶道筹建之初，要打通整条海路，吴家是力有不及，所以才会选择这样半海半陆的路线。但近两年事业宜和行事业蒸蒸日上，其实已经具备了这样的实力，可要新辟路线，总要付出新的代价——这代价既包括给大星澳以西黑白两道的买路钱，也包括安抚段龙江因之产生的不满。而新道路的打通，除了让茶船走得更加顺利，却未必能带来更大的利益，所以吴国英当时在经过通盘计算之后，便在父子三人的小规模茶谈中，反对吴承鉴的这个提议，觉得老路既然还顺利，就无须改变了。吴承钧虽然更倾向于吴承鉴的想法，却也觉得可以再过几年，等宜和行的实力更加夯实了再说。

不料才过了两年，惠州这条路就出事了。

老顾听了吴国英的话，倒是呆了呆："吴官还有这等见识啊？"

"他的眼睛，其实看得比谁都远，"一提起小儿子，吴国英就恨铁不成钢，"就是可恨，这臭小子不学好！不肯做事。"

"闲话慢提。"老顾道，"老哥，这次的事情，你可得小心了！内能收买家中奸细，外能勾结段龙江，再要悄无声息地调动能压制杜铁寿的人手，看对方的手段，可不是等闲之辈啊。而这等人物，要么不动手，既然动手了，就不会只是让宜和行折了一笔茶货赔款——打蛇不死要遭害！这个道理，对方不会不懂。"

吴国英道："你是说，对方的目的不只是这批茶叶，他还要我吴家死尽死绝吗？"

第二十七章

两广总督

　　对吴国英的话，老顾没答声，其实是默认了。

　　"这事，我也想到了，之前也已收到了一点风声。"吴国英三言两语将蔡巧珠的回门见闻说了。

　　"可是从那时到现在，我是左想右想，都想不出我们吴家得罪过谁，与什么人有这么大的仇恨，恨到要灭我吴家满门！"

　　老顾盯着吴国英，不说话。

　　"老顾，怎么了？怎么这副模样？"

　　老顾道："老哥，你是真糊涂，还是假糊涂？竟然到现在还说想不到有什么仇人。"

　　"老顾，你是不是知道什么？"吴国英在脑中过了一遍，道，"我还是想不出能有谁和我们吴家有这么大的仇恨啊。"

　　"老哥……唉，可能也不是你糊涂，而是你身在局中了。"老顾道，"倒是我，这两年退了下来，退在一旁，反而看透了。老哥，你们吴家，的确是得罪了人，也和人结下了仇——大仇！"

"啊？为何我丝毫不知？"

老顾苦笑道："老哥，这几年宜和行上升得太快了。别的不说，光是昊官在白鹅潭那般炫富，就不知道看瞎了西关多少双眼睛。这两年，满西关的人暗地里都说，宜和行的利润一定比寻常保商丰厚十倍，吴家不入四大家族，豪富却早已不在四大家族之下了。要不是这样，那些人也不会这么放心地把钱盘给吴家。"

吴国英听了这话，皱眉不解。老顾说的这个局面，本来就是他们爷仨故意促成的——保商的子弟们大多生活豪奢，然而再怎么豪奢也有个上限，这个上限就是他们在家族里的地位以及家族允许这个地位的子弟支配的财富。反过来，神仙洲的"吃瓜群众"也常常能通过某个子弟炫富的程度以及他在家族的地位，来推测这个保商的家底。

吴承鉴喜欢享受是不假，但这几年他炫富炫到没边，那是吴承钧刻意纵容的结果，而吴国英虽没过问详情，却也知道其中的目的。

可是这又跟谁结了大仇了？吴国英道："难道是昊官炫富过度，不小心得罪了人？招人妒忌是难免，但这也成不了生死大仇。"

"老哥啊！"老顾一脸的哭笑不得，"得罪人的，不是昊官的炫富，而正是宜和行蒸蒸日上之势啊！十三行里，排在你后面的被宜和挡了上升之途，排在你前面的被承钧撵得后退无路——岂不闻俗话说'断人财路，如杀人父母'？这仇还不算大？"

吴国英本非糊涂，只因当局者迷，这时被老顾一点，忽然间恍然大悟："原来如此，原来如此！"他忽然一声笑，笑声中带着三分了悟感，却又带着七分痛心："可笑，可笑！可笑我直到此时，才知道这番祸害的根源。"

老顾道："如今想通，可有眉目了？"

吴国英低着头，想了半晌，长长一叹，说："差不多了。大概……不出蔡、谢、叶三家。"

保商议事厅。

吴承鉴在别人没注意的时候，举目看看对面的叶大林，又瞥了一眼坐在他旁边的谢原礼，跟着目光又转向坐在最前端的蔡士文，心道："他们三家，是谁呢？还是说三家都有份？"

西关吴家大宅后院。

吴国英道："十三行的买卖，以丝、茶最大，丝被同和行占了大头，至于茶嘛，就是我们四家了。"

老顾也点了头："茶叶的买卖，宜和行现在还不是最大，但声誉最好、货品最佳、利润最大，却就是吴家了。有这等商誉、货品、利润的，放眼十三行也只有潘家的丝可与比拟。粤海金鳌穷半生之力，奠定了同和不可撼动的江山，要不是当年潘有节还太过年轻，总商的位置，哪里轮得到蔡士文？只有一个同和行，倒还罢了，他一个潘家吞不下整个白鹅潭，可若是让宜和行再这么发展下去，不出十年，一座可与潘家媲美的大山就要崛起，到时候双雄并峙，排在前面的蔡、谢、卢固然要被挤下来，排在后面的那些家族，只怕也只能在你们潘吴双雄的阴影下，分些汤汤水水了。"

"承钧长于谋阳、短于谋阴，一个不察，竟落到今日的地步……唉！"吴国英抬头一叹，"谢家和蔡家是绑在一起的，如果和谢家有关，那就是和蔡家有关。蔡家和我们吴家是旧亲戚，叶大林和我也是三十年的交情，他的女儿又正在和昊官议亲，这三家无论是谁……我吴国英都万万不愿看到的。"

老顾道："但若是与吴家生疏，这次的事情反而做不成，所以越是亲近的人，嫌疑反而越大。"

吴国英又是长长一叹。他自当年一场大病伤了元气，未老先衰，提前退出第一线，却还常常不服老，然而此时此刻，人生第一回感到不但体力上力不从心，就算心力也有不能承受之处了，一时之间，终于知道自己毕竟是老了。

经过了一阵沉默后，十三行总商蔡士文咳嗽了一声，道："今天请得各位到来，是有三件事情要和大家商议。"

众商主都道："总商请说。"

蔡总商道："其一，粤海关吉山老爷的九姨太太，小寿就在近日，多亏了嘎溜管事……"

他的手往嘎溜那里一让："……提点了我，我又与谢商主商量了一番，便想在四牌楼设个宴席。我们当然是不方便参加的了，就让浑家们将事情操办了，把事情做得热热闹闹的，也让吉山老爷与九姨太欢喜欢喜——各位以为如何？"

如果有士林清流在此，听到这里定要破口大骂：一个官员的小妾过生日，也值得这么大张旗鼓地聚众会议？

但在场所有人却都小鸡啄米般点头，也无人反对，也无人表现得太过热情，只是个个都说："这是应该，回头花费多少，我等平摊就是。"

吴承鉴也夹在其中，跟着点了两下头。

嘎溜跷着二郎腿，嗑着瓜子，觉得众商主很给主子面子，也就是给自己面子，满意地点头。

蔡总商继续道："其二，就是秋交将结束，新履任的两广总督朱老爷下了令谕，越到收官阶段，越要严防出事。总督老爷要我们在秋交结束之前，务必确保华洋各别，要我等按价包销，不许买空卖空，不许欺行霸市，不许强买强卖，不许走私鸦片，不许惹出涉外事端，否则严惩不贷。"

众人一听都道："这是自然，这是自然，我等一定办好差使，包销好货物，区隔好华洋。"

吴承鉴也跟着说了两句"自然自然""一定一定"。

蔡总商继续道："其三，便是京城方面，下了一道谕令到监督老爷处，监督老爷让我向你们转达。"

众人听到这里，心里都是一突："来了！"知道前面两件事都只是个引子，下面这第三件事，应该才是此次聚议的重点。

两广总督府。

蔡清华拿着一封信，走入书房。

一位年过花甲、须发皆白的老者手持一卷史书，坐在罗汉床上，望着窗外，凭栏听竹正出神。这位老人，就是皇十五子的老师、刚刚履任的两广总督朱珪了。

听到脚步声，朱珪回头。蔡清华呈上书信，朱珪拆开一眼览毕，抬头道："京师诸事，皆如预料。"

他将手中那卷张廷玉编的《明史》放在几上，道："广州这边的事情，却比预想中难。论军务，旗军是一块，绿营是一块，各镇将守是一块，广西边地土司残余又是一块，英吉利等西洋是一块，安南等西南诸国是一块，南洋屿国又是一块，混在一起，纠缠不清。政务上，旗汉两别，旗人少而在上，汉人多而在下，庶务其实皆已被汉吏把持，而旗人又握其命脉……唉，难，难啊！"

蔡清华道："诸事虽多，但只要抓住关键，便可胜任，正如一团乱麻，只要找到线头，便可一抒而定。"

朱珪道："此事又是甚难。广州将军、粤海关监督，对我皆有保留——我也理解，他们毕竟是旗人，与我有隔。可汉臣这边，也还都没跟我说实话。便是广东巡抚，近期也是阳奉阴违。"

蔡清华道："东家刚刚履任，诸官心有疑虑，也是人之常情。但东家根基深厚，假以时日，一定能够收服他们。"

"但有的事，却是迟不得。"朱珪一只手按在了那卷《明史》上。

蔡清华瞥了一眼。他眼神好，就扫到严嵩、徐阶等名字，就知道朱珪在看《严嵩传》，趋近两步，低声说："京师群正，准备倒和了？"

朱珪抬手止住了他，也压低了声音："谈何容易！若无铁打的实证，定然扳不倒他，到时候打虎不成，反要被虎所伤。"他的声音越压越低："我等伤了，倒也无所谓，怕就怕到时候会牵连到十五阿哥，那可就……"

说到这里，他就停了。蔡清华也退开了两步，反正已经领悟。

朱珪道："前些天交代的那件事情，那个商人做得很好。他叫什么来着？"

蔡清华道："卢关桓，此人能做实务，且做事十分稳重。"

朱珪新来，主动来投效的人不是没有，但大多是轻浮幸进之辈，那些真有实力、有能耐的大多还在观望。前些日忽有一件吃力不讨好的差事交代了下去，恰巧被卢关桓接了过去，事情办得稳妥漂亮，因此朱珪便记住了这个名字。

蔡清华道："粤省政务的关键有二：一为洋，一为财。此二字皆纠于十三行中。西关一条街，财富可敌国。且近期和珅……"

他压低了声音："……和珅所为所虑，亦与钱财有关。天下之财，东则江淮，南则粤海。江淮自海关闭绝，其势内卷，财源全靠丝、盐，近年被搜刮得日渐干枯，而粤海银流却是永流不息。和珅多半还是要在此着手，则南北政务之'结'，或许都可在这里打开。"

朱珪沉吟片刻，问道："那个卢关桓，与吉山关系如何？"

第
二
十
八
章

卢关桓问：上头是谁

蔡清华道："卢关桓当初发家，走的是前任广州将军的门路。再之后，就是倚长麟为靠山。"

长麟便是上一任的两广总督。朱珪一听笑道："看来十三行也并非吉山一手遮天。不过长麟既走，这个卢关桓便要不稳了吧？"

蔡清华道："长麟虽走，故吏还在，再说长麟只是平调闽浙，并非罢官，余威护卢关桓一两年还是没问题的。不过，他也该找一座新的靠山了。"

朱珪一下子便听明白这位心腹师爷的暗示，问道："此人在商场上人品如何？可有作奸犯科之恶名？"

"没有。"蔡清华道，"此人生意做得十分扎实，在商场上有侠商之誉；能够投靠长麟，也不是靠溜须拍马，而是为长麟做成了好几件实事，有裨益于长麟之治政。"

"若是如此，"朱珪道，"可再交两件事给他办。"

蔡清华笑道："若如此，卢关桓必定感恩戴德，而十三行中之事，东家也能干预了。"

朱珪笑笑，道："我亦不是谋权，只是此间事，非权财不能办也……"

保商议事厅。

吴承鉴正猜第三事才是关键，果然就听总商蔡士文道："去年永定河大涝，水涌堤崩，灾民遍地，虽是圣天子在位，有旱涝而不至于出现饿殍，但我等身为大清臣民，岂能不为国分劳、为君分忧？因此，蔡某以为我等既承君恩，当此之时正当解囊，上则解君父之忧，中则报国安民，下也是为我们自己积一场阴德。当然，此事也是上头的意思……"

吴承鉴心道："前面都是屁话废话，只是这最后一句，才是关键。"

蔡士文正滔滔不绝，忽然被一人打断："且慢！"

吴承鉴跟随众人的目光望过去，见说话的乃是四大家族中陪居末席的卢关桓。

卢关桓是白手起家，从无到有创建了商行，并在他手里就直接挤进了四大家族。他为人精明强干，凭着自己的能耐，着实为上一任两广总督长麟办成了几件难事，因此甚得长麟的信任，以致粤海关监督吉山虽不喜欢他，却也无可奈何。

但长麟调走以后，卢关桓的声势登时便弱了五分，自他进门以来，就一直伛偻着腰脊——虽然这样仍比旁边的叶大林高出半个头。这时忽然开口说话，背脊一挺，整个人就如同一座铁塔一般。他年纪虽已不小，声音之洪亮却还胜过大部分的青壮年。

吴承鉴便想起大哥吴承钧第一次来开这会时，吴老爷子特意将他兄弟俩都叫过去，传授经验，当时就曾说过一句话："若遇到上头要钱，小钱放过莫问，大钱得问清楚。"

这九姨太做生日，便是小钱，小钱给出去无妨；赈灾却是个无底洞，多半是大钱了，大钱就得问清楚。

十三行中，保商也分大小。四大家族是大，潘、易、梁、杨、马是小，吴、叶介乎二者之间，所以十一保商之中，有"四大家族"的提法，也有上六家、下五家的分界。大保商各立山头，小保商则倚山为靠。

这时开口的虽是卢关桓，但梁、杨、马三人却都探出头，眯着眼，与刚才一副副昏昏欲睡的模样全然不同，显然卢关桓要说的，就是他们都要问的。

便听卢关桓道："蔡总商，卢某不才，请教二事。其一，永定河的大涝，指的是哪场大涝？"

蔡士文道："自然是去年那场大涝。"

卢关桓道："去年永定河有几场大涝？"

蔡士文眉头皱了。坐在左手第二把交椅上的谢原礼道："大涝你还想有几回？来一回就够国家生民受的了。老卢，你说这话，是恨不得我大清多灾多难吗？"

卢关桓一听，赶紧朝北磕了个头，这才站起来道："姓谢的，你别血口喷人，我卢关桓若曾有半点这个心思，叫我生遭横祸、死无葬身之地！"然后又对蔡士文道："蔡总商，我问这句话，是想确定是哪一场涝灾。可是去年夏秋之交的那一场？"

蔡士文道："没错，就是那一场。"

卢关桓道："若是那一场，我记得当时圣天子就已下了圣旨，让户部拨款，和珅和大人主抓救灾，各方也都踊跃捐款。当时我们十三行也上奉恩旨、下顾黎庶，出了一笔不小的钱呢。而后幸得圣天子得天眷顾、和珅和大人调度有方，不出一两个月，那场涝灾就已经平了。万岁爷因和大人调度得宜，还下旨褒奖。有关此事的邸报，卢某当时还请人抄了一份，现在还保存在家里，可需要卢某让人取来给蔡大人过目？"

蔡士文向来不苟言笑，西关人背后称之为"黑头菜"，这时脸一下子又黑了几分。他没出口，谢原礼已经哼了一声："老卢，你说这些话，是什么意思？"

卢关桓嘿嘿一笑，说道："卢某没什么意思，只是不明白，圣天子都已经下过圣旨、结了定案的一场涝灾，还要我们解什么囊？分什么忧？报什么国？安什么民？"

谢原礼喝道："老卢，你这话是要污蔑蔡总商假事敛财吗？"

蔡士文立刻对众同行道："蔡某在此起誓，此事绝非蔡某假事敛财，确实是上头的意思。此事若是有假，或若我蔡某从中贪墨一文钱，就叫我蔡士文五雷轰顶，不得好死。"

他这个誓言发得毒辣坚决，倒一下子将许多人给镇住了。

然而这些人里头，却不包括吴承鉴。他仍然笑眯眯地摇着折扇，当看好戏。

果然就见卢关桓说道:"若是如此,卢某再请教其二:蔡总商说的这个'上头',是哪个'上头'?"

许多人在卢关桓说话的时候眼睛都看向了他,只有吴承鉴耳朵听着卢关桓的话,一双眼珠子却盯着蔡士文,更无眨眼。果然不出他所料,听了这一问,蔡士文原本就黑的脸一下子阴沉得不成样子,甚至有一瞬间带着一点狰狞——吴承鉴就知道卢关桓这一问,打中了对方的要害。

为何说打中了要害?只因蔡士文刚才七弯八绕说了许多上台面的话,却偏偏就在是谁下令要钱的事情上含糊其词,吴承鉴心道:"看来这次的事情,一无公文,二无圣旨,否则蔡士文一早就拿出来了。对方无法按照明面的规矩来,那么此事或许还有几分转机。就不知道老卢扛不扛得住。"

蔡士文一时没有回答。卢关桓已经朝北一拱:"总商,这个'上头',可是圣天子?可有圣旨?若有圣旨,就请请出香案,我等接旨。只要是万岁爷的意思,卢某就算倾家荡产,也一定会为国家效力,为君父分忧。"

众保商都道:"没错,没错。"

吴承鉴也跟着道:"没错,没错。"

蔡士文被逼得无法绕弯,不得已开口道:"没有圣旨。"

卢关桓道:"那么可有口谕?若是口谕,还请传口谕的公公,或者哪位内侍卫老爷现身,我等口谕也是接的。"

众保商都道:"正是,正是。"

吴承鉴也跟着道:"正是,正是。"

蔡士文被逼不过,只得道:"也无口谕。"

卢关桓道:"若连口谕也无……蔡总商,你刚才所说的'上头',究竟是谁?"

保商议事处的后花园,一个身穿便服的满洲老爷正在逗鸟,一个金钱鼠尾辫子快步跑到跟前,打千半跪:"主子。"

满洲老爷头也不回,继续逗鸟:"前头事情说完没有?"

那家奴道:"回主子,蔡总商的话,被卢关桓打断了。"

逗鸟的小棒子停下了,满洲老爷这才微微斜头。

今天的事情，其实干系甚大，但正因为干系大，所以他更要举重若轻。若是蔡士文三言两语就能解决，那当然最好；若不能如此，接下来可就有麻烦了。

那家奴忙道："这个奴才，真是胆大包天。奴才这就拖他出去打，叫人往死里打。"

然而他马上注意到主子并没有默许的意思，刚刚起了半边身子，又跪了下去。

"主子？"

满洲老爷哼了一声，道："听说番禺那件事情，是卢关桓接了去？"

"番禺那件事？啊！是，是。"

满洲老爷道："那件事情，是长麟留下的烂摊子。巡抚衙门那群人睁着眼睛不办事，那是故意留给朱老头的。事情的结局如果闹得不好，朱老头虽然不至于因为那事就怎么样，但恶心几下、被人笑话几声却是免不了的。往后他在广东施政，说话也就没几个人听了。"

"是啊，这个朱老头，听说在京城的时候，就处处与和大人作对。现在来了广东，对咱们旗人只怕也没什么好带挈。要是朱老头因此触了霉头，咱们旗城里头也能笑话上十天半月了，偏偏那个卢关桓敢揽了那事，坏了咱们旗人的兴致……主子，奴才懂了，奴才这就出去，叫人将这个卢关桓拖出去，往死里打！"

他还没起身，满洲老爷已经回过头来。他唇上长着两撇胡子，下巴反而光溜溜的，一张脸皮保养得光滑，一双眼睛却如同鹰鹫一般叫人不寒而栗。

这个贵人是谁

这位满洲老爷，便是十三行保商们的顶头上司、天子南库实质性的管理者、粤海关监督吉山了。

"卢关桓没等朱总督开声，就冒着得罪人的风险，把事情揽了去做了；不但做了，还做得漂亮干脆。"吉山一脸慈祥的笑容，笑得那家奴双腿发软，"用汉人的话来说，这叫投桃——"

他把"桃"字牵得长长地，长到家奴都要发抖。

"他把事情做了之后，总督府的师爷就见他了，不但见他，还把另外一件麻烦事也交给他办。卢关桓又办成了，那位师爷就又召见了他。这两次召见，用汉人的话来说，就叫报李——"

"李"字又拉长了声线，家奴已经吓得跪下，不敢再看自家主子的脸色。

"哼哼，人家姓卢的如今是吃过总督府李子的人了，你一个粤海关里走出去的奴才，敢去把人打死？你有几个脑袋啊你？"

保商议事厅。

这时除了吴承鉴，多位商主的眼神也带着审视的味道了。卢关桓步步紧逼问蔡士文他所说的"上头"究竟是谁，蔡士文无法正面回应。谢原礼正要兜个圈子，嘎溜已经截口道："姓卢的，你这什么意思？吉山老爷交代的事情，你也敢怀疑？"

他一开口，蔡士文、谢原礼心里就都暗骂了一句"混账"。他们刚才自开腔以来，一直有所回避，又有所暗示，要的就是众保商思疑忌惮。人一思疑，就有恐惧，在官府绝对强势、商人命脉被人拿住的背景下，一旦忌惮，一些该问清楚的话就都不敢问了。

不料卢关桓今天却像吃错药一样穷追猛打，更想不到的是嘎溜胡乱插嘴，一下子把吉山推到了前台，让谢原礼连再次帮蔡总商转圜的机会都没有了。

卢关桓"哦"了一声："莫非这个上头，是指监督老爷吗？若是监督老爷下令，我等不敢不从。不过还请监督老爷正式下令，我等也好照章办事。"

嘎溜愣了一下，扫了蔡、谢二人一眼，见二人的眼神都有恼怒责怪之意，他才忽然发现自己似乎说错话了。吉山交代过，这件事情必须处理得不落文字，若能拿出白纸黑字的命令，蔡士文刚才还何必兜圈子？

嘎溜一阵尴尬，随即恼羞成怒，跳起来叫道："有我在这里，还需要什么下令、照章？蔡总商的意思，就是我的意思；我的意思，就是主子的意思！"

他最近刚刚得势，在十三行街对好几个保商都颐指气使，才半个月的工夫就蛮横成了习惯。

卢关桓似乎也不敢跟他硬抗，"哦"了一声，道："然则此事是无圣旨、无圣谕、无监令了。也行，只要是监督老爷的意思，我等尽量奉行，不敢有违。"他说完就坐了回去。

嘎溜以为卢关桓认怂了，得意扬扬地坐了回去，却见蔡士文和谢原礼都黑着脸在那里不开口，不由得道："干吗还杵在那里，说话干活啊。"

蔡士文与谢原礼的脸色就像涂了墨，嘴巴也一时撬不开。

下九，林荫小巷，通向一个偏僻的院落。

一位老人正坐着，哼着小曲儿。

吴承鉴从江南带来的昆曲调子，这两年混入粤声之中，不知不觉间流传甚广。西关年纪大一点的，人前无不骂这个败家子二世祖，但这个败家子带回来的好东西，却不妨享用享用。

吴承构推门走进院子，满脸堆笑："六叔公，心情挺好啊。"

老人"啊"了一下，赶紧起身："我说是谁，是二少啊！今天什么风，把你给吹来了？"

吴承构提了提手中的东西，笑道："六叔公，您老大了我两辈，就是我阿爹也得叫您一声六叔，您还叫我二少，也不怕折了孙儿寿。"

保商议事厅。

原本按照蔡士文、谢原礼商量好的策略，局面完全不是如此，然而嘎溜被卢关桓挑动，出来一阵胡搅蛮缠，竟被卢关桓点出来"无圣旨、无圣谕、无监令"九个字，那就是将蔡、谢竭力拿乔的那张纸皮给戳破了。

虽然正如卢关桓所言，就算是没有圣旨、没有圣谕、没有监令，粤海关监督凭着历年所积的官威，也能逼着十三行众保商出钱，可是二者是完全不同的。

若有圣旨圣谕，或者内务府正式行文，吉山能对十三行保商做的事情几乎就没有上限。甚至就是将全十三行都逼得破家，只要万岁爷默许，这事他也敢办。

然而若是没有圣旨、圣谕，又无内务府正式行文，吉山靠着官威逼出来的钱就要大打折扣了。毕竟，广州这片神仙地还有两广总督，还有广东巡抚，还有广州将军……大大小小的官僚权贵盘根错节，每一尊菩萨的诉求都不一致，每一尊菩萨的背后又是山后有山，非是他吉山能一手遮天。

若非如此，蔡士文、谢原礼方才又何必大费周章？直接把圣旨拿出来宣读就是了。

吴承鉴笑眼冷观，心道："这个嘎溜，跟他搭伙，还不如跟一头猪结队，尽拉后腿。以前就觉得呼塔布蠢，现在看来，嘎溜这水平比呼塔布差多了。"

呼塔布就是吉山的另外一个家奴，过去几年，就是他坐在嘎溜现在的位置上。

一个月前，粤海关监督吉山后院起火，七姨太和九姨太宅斗分了胜负，此乃近几个月西关的一大新闻。此事说来似乎不值一提，然而九姨太得宠、七姨太失势，这个宅斗结果却牵连得吉山家的管事地位出现升降。这个嘎溜就是在此番宅斗中得了势，替代了呼塔布，奉命出来帮吉山监管十三行之事。

十三行中，蔡、谢、叶、吴、杨五家，能够上位保商，全走的是吉山的门路。潘家在吉山家也有门路，不过他家门路更广一些，不只是这条独木桥。

吉山身为粤海关监督，一边要从十三行行商身上撸毛捞钱，一边又极其鄙视这些商贾贱人，所以平时也不会去跟这些保商接触，只让家奴代理传话。而在一个月以前，负责与这五家来往的，一直都是嘎溜的前任呼塔布。

在此番宅斗中，叶大林态度一直暧昧，蔡、谢则在宅斗伊始就忽然"变节"，投靠了嘎溜，而杨家则到了宅斗分出胜负的最后一刻前，还在为呼塔布办事。

至于吴承钧，他一向信奉的经商信条是"以品、誉为根本"。

吴承钧认为，经商者当以货品为筋骨，以商誉为血脉：只要货物做得真，商品做得正，这样自然就能保证客似云来，此之谓"以货品为筋骨"；只要公平买卖，有赊有还，约必行、行必果，则"牙齿当金使"，凭着信誉就能借得银流如水，此之谓"以商誉为血脉"。

吴承钧是这么想的，也是这么做的，因为有这样的认识，所以他是打心里看不起纯靠走门路发家的人，也就不想参与这些后宅斗争。在吴承钧心中，与监督家奴结交乃出于不得已，他心里也看不起这些奴才，之所以还是忍着送钱送礼，实在是世道行情如此，不得不为。

所以在他心里，呼塔布也好，嘎溜也罢，都只是一个与粤海关监督沟通的渠道，故而他对一个月前的这场宅斗全不介入。反正等这些人分出胜负，到时候若是呼塔布胜，则事务照旧；若是呼塔布败了，以后自己便与新来的家奴来往就行。

吴承钧的这个观点，吴承鉴只赞成一半：以货品为筋骨、以商誉为血脉他觉得是对的，然而他仍然认为必须以权略为皮相。粤海关也好，总督府也罢，甚至是京师江南之地，该结交的人还是要去结交。

不过这时看了嘎溜的丑态，他又忍不住想："哥哥的想法还是有道理的，若是可以，谁愿意低声下气地去搭理这种货色。"

大厅一时间又陷入某种诡异的沉默。嘎溜忍不住又催促了几声，蔡士文才重新站了起来，说道："大灾之后，必有大疫，需要谨防，这是第一。永定河堤为防出现崩溃，去年崩塌处补了，难保明年不会在别的地方出现崩塌，若能筹集赈资，补缺补漏，岂不有增圣德？这是第二。"

他说到这里，停了一停，跟着朝北边一拱手："京师的贵人，在河边安抚灾民时，一边对赈灾的民壮指挥若定，一边对流离失所的灾民感慨哀伤。那位贵人，事后将当时的情景，写成书信，寄给了监督老爷。监督老爷看了这位贵人的书信之后深为感动，连续几夜辗转反侧，觉得上头的人这么关心国家百姓，我们远在广东，别的事情办不了，但银钱上的事情却可以出一份力。这才召我前往监督府，交代了此事，于是才有了今日的聚议。"

蔡士文说到后面，一张黑脸上面，充满了感动。

吴承鉴听了这一番话，心中忍不住赞叹了两声，这才一眨眼的工夫，蔡总商就能编出这一番鬼话，听起来入情入理——这也就算了，更难得的是话里有话，将威胁的杀头刀藏在悲天悯人的言语里头，不露半点火气。这真是人才啊，就是吴承鉴也忍不住佩服不已。

他望向卢关桓，见卢关桓听了这番话，又恢复了之前的伛偻状态。吴承鉴不禁心里暗叹了一声："老卢终究还是扛不住啊。"

吴、叶以下五保商，更是如同鹌鹑一样，不敢妄动了。

人人都知道蔡士文在编故事，然而没人敢戳破。

蔡士文的话里头提到了一个"贵人"，这个"贵人"是谁呢？

他在赈灾的时候，对各方民壮"指挥若定"；一封书信下来，就能叫吉山几晚睡不着觉——这得是位置多高的权贵啊！联系刚才卢关桓所说的话，"和珅"两个字几乎就呼之欲出。

第三十章

一个信封，一个数字

　　然而对于"和珅"这个名字，蔡士文没有说。从头到尾，他只是说了一个"贵人"为国忧心、为民伤怀的故事，讲了吉山老爷因为这位"贵人"的情怀而无比感动，绝没有提及半个字眼能与和珅和大人扯上关系。

　　但是在场所有人的心里，却一下子就明白了造成眼前这个局面的那个"上头"是谁了。

　　没有圣旨又如何？没有圣谕又如何？没有内务府行文又如何？蔡总商的意思就是吉山老爷的意思，吉山老爷的意思就是和珅和大人的意思，和大人的意思，在大清，在乾隆朝，在今时今日，那就是主子万岁爷的意思——类似的话在嘎溜口里说出来大家都心里暗笑，但给蔡士文不露痕迹地点了出来后，在场所有人无不惶惶。

　　如果只是吉山老爷，在广东官场上还有多方牵制的情况下，或许还要有种种顾忌；但一个背后站着和珅的吉山，这种顾忌就要小很多很多。

　　今日众人若还敢顽抗，万一真惹恼了和中堂，这位"上头"要找个由头随便弄死这间屋子里的几个保商，跟捏死几只蚂蚁也没什么区别。

　　众人听到这里，已知道今日少不了要捐献一大笔钱了。是赈灾也罢，是犒军也罢，什么名目都不重要，能让和珅和大人来信的事，这笔钱少不了。

保商们心里头滴着血，脸上却都不敢有什么异样。

康泰行易商主第一个站了出来，说道："这位'贵人'悲天悯人的胸怀，委实令人感动。吉山老爷为国为民的一片赤诚之心也令小的敬佩不已。今日听了蔡总商的转述，我等深为我大清有这般股肱之臣而满心欢喜。金银财货事小，国家生民事大。永定河水涝牵涉京师根本，不可不重视，我等虽然是蛮南小贾，却也愿意一尽绵薄之力。"

他的货已经出完，今年收成不错，眼下正在做最后的盘点，但会有多少盈利已是心里有数，想必和珅要的钱再多，自己也能够应付过去。

中通行潘商主也马上应和道："正是，正是。我等虽然鄙贱，在广州也算小有家财，大事当前岂能惜身？我潘某如今只一句话：只要是蔡总商站在前面的事情，我等必定追随。"

蔡总商道："这样说来，诸位是同意解囊赈灾了？"

易、潘两位商主马上道："当然，当然。"

梁、马两位商主看着卢关桓一语不发，对视了一眼：既然卢关桓不出头，凭他们如何能与蔡总商抗拒？便也道："愿听蔡总商吩咐。"

蔡士文又问叶大林、吴承鉴："叶兄和吴世侄呢？"

叶大林道："大家怎么做，叶大林就怎么做。"

吴承鉴笑道："我未来岳父怎么做，我吴承鉴就怎么做。"

蔡士文道："好，好。"

又问卢关桓："卢兄？"

卢关桓长叹一声——他虽然重新攀上了新任的两广总督，但这种"攀上"还处在若有若无之间，只是一个虚势。如果对方只是吉山，这个虚势也够了；但对面换成和珅的话，朱大方伯会为了撑他而与和中堂对抗到哪种程度呢？现在卢关桓可没有一点把握——他至今连大方伯的面都还没见到呢。

叹息之后，他也只能低头："卢某愿听蔡总商吩咐。"

蔡士文一张黑脸总算有了一点笑意："识时务者为俊杰，卢兄之谓也。"

卢关桓也道："蔡总商不去考科举当进士，也是可惜。"

蔡士文不理会卢关桓的讥讽，败军之将的几声犬吠有什么好在意的？循例问了一声谢原礼，谢原礼自然也说支持。最后，他才问："柳大掌柜，同和行这边？"

柳大掌柜一直是一言不发，这时才惜字如金地开口道："临行东家交代过，今日之议，无论结果如何，同和行都追随众议而行。"

蔡士文连连点头："潘商主深明大义，甚好，甚好。"

他打了声招呼，角落里的书记员便走了过来，手里拿着一个信封，抬手交给了柳大掌柜。信封没有封口，柳大掌柜打开，拉出一张字条来，上面是一个数字，字条的边上是一个签押，隐约看出是一个"和"字。

这个"和"字让人触目惊心，然而如果这张字条流了出去，却又谁也不能拿它来证明什么。这真是"诸法由心"的大学问啊。

柳大掌柜看到这个数字，目露诧异之色，却没有说什么，便将字条推回去。信封虚封，交给了边上的卢关桓。

卢关桓依样画葫芦抽出字条一看，一双眼睛就瞪得如同寺庙里怒目的金刚，胸膛不断起伏，似乎是要气炸了肺，却终究没说什么，就递给了他下首的叶大林。

叶大林抽出字条，看到数字，嘴角也忍不住抽搐起来，看了蔡总商一眼说："蔡兄，这是要白银，还是铜钱？"

蔡士文淡淡一笑，一张黑脸笑起来却看不出半点笑意："叶兄说笑了。"

叶大林看了一眼边上的签押，终究不敢说话，胡乱将字条塞了回去，甩给了旁边的康泰行易商主。

易商主将字条拆开一看，吓得面无人色。他下首的茂盛行杨商主忍不住凑过头来，一看之下就发出一声惊呼，牙齿上下打战。

他二人早就猜到这次的捐献不会少，然而这个数目，还是完全超出了他们的意料。

对面顺达行的马商主已经坐不住了，搓着手急不可耐。书记员走了过来，从易商主手中接过信封字条。他也不敢看，眼观鼻鼻观心地就交给了马商主。马商主只看了一眼，堂堂一行之主，竟当场就哭出声来："这，这，这……这是要我们削肉剔骨啊！"

与他隔着一张椅子的潘商主道："别抓着了，快拿来！"

梁商主这时看众人都是这般反应，也有些失分寸了，就一把抢了过来。潘商主等不及也凑过来看。一看之下，梁商主当场瘫在了椅子上。潘商主声音带着哭腔："蔡总商，蔡总商……您看……这能不能商量商量？"

蔡士文的脸黑着："快交给吴代理。"

潘商主不敢违抗他，就从梁商主手中将信封字条抽出，交给了吴承鉴。

这时信封、字条都已经被捏皱了。吴承鉴摊开来看了一眼，心道："这个亏空，比赊瑾预估的还大些。怪不得和珅要急。"

他把字条塞进信封，礼貌地交给上首的谢原礼。

谢原礼一边取出字条，一边道："世侄倒是镇定如恒啊，难得，难得。"

吴承鉴道："这很多吗？"

嘎溜忍不住大笑，就像看见了一个傻子。其他人虽然也感叹吴国英怎么生了这样一个败家儿子，但这时谁也笑不出来。

谢原礼也嘿嘿了两声，说："真是不当家不知油盐贵。世侄的名头，嘿嘿，名不虚传。"

谢原礼做做样子地看了字条一眼，就封好交给了蔡士文。

蔡士文道："初议已经决定赈灾，而这信封之内，便是赈灾所需的数目，想必各位都想到了。"

潘商主哭道："不行，不行！出不起！蔡总商啊，我们出不起啊！"

蔡士文喝道："住口！成什么体统！"

潘商主中通行的生意，很多都依附着万宝行，所以不敢不住嘴，也不敢再哭。

谢原礼似冷笑非冷笑地说："这里都是自己人，进到这个屋子的，装什么穷。"

卢关桓道："谢兄倒是不穷，不如谢兄把这场赈灾包下来如何？我等感激不尽。"

谢原礼道："这是广东保商为国为民做点事的好机会，若是谢某一个人把这好事独占了，那就没意义了。"

卢关桓干笑了几声，不再言语。

这一次，蔡士文先从同和行开始问："柳大掌柜，对这个数字，可有意见？"

柳大掌柜神色镇定，语速缓和："没意见。"

蔡士文又问谢原礼，谢原礼道："只要有补于国，有益于民，自当竭尽所能。"

卢关桓冷笑道："蔡总商能考上进士的话，谢总商至少也是个举人。"

蔡士文不理会打岔的言语，又问："卢兄，你可是有异议？"

卢关桓反而不说话了。蔡士文道："卢兄若不回答，蔡某就当卢兄答应了。吴世侄，宜和行这边呢？"

他问这句话的时候，与谢原礼两人都看了过来，与问别人时神态略有不同。

别人没注意到，吴承鉴却都收入眼底，笑了笑说："不如蔡总商先问问我未来岳父？"

蔡士文道："那叶兄的意思？"

叶大林哼了一声，重重说道："我没意见！"

"那么……"

蔡士文还没问完，吴承鉴就道："既然未来岳父都没意见了，小婿自然跟从。"

蔡士文笑道："贵翁婿倒是合拍。"他又对余下潘、易、梁、杨、马扫了一圈，说："想必诸位也不会有意见了。"

潘、易、梁、杨、马面面相觑，他们怎么可能没意见？然而前面六家都已经没意见了，他们若是抗拒，下场只会更糟，于是也都沉默了。

蔡士文道："若如此，那么我们接着讨论一下，这笔赈灾之资该如何分配。"

第三十一章

摊 派

每次摊派到十三行头上的捐献，一般来说会以三种形式再分摊。

第一种是各家平摊。这样的话，对大保商有利，对小保商不利。这几年蔡总商经常这么做。

第二种是按照财力多寡而承受，如四大家族承担大头，吴、叶次之，潘、易、梁、杨、马又次之。这样的话，则对小保商有利。以前潘震臣都这么办——这也是时至今日，十三行还有不少人怀念潘震臣的缘故之一。

第三种就是承揽，由一家或者数家把事情全包了。比如上一任总商潘震臣便曾包揽过许多摊派，因此在十三行内部建立了极大的威信。又比如粤海关监督做寿办喜事，为了拍马屁，一些保商也会抢着承揽。

然而这次的事情，数目太过巨大，怕是谁都包揽不下的。除了同和行深不可测之外，在场其他十大保商，任谁包揽，马上就得破家——便是蔡、谢、卢，也都难例外。

卢关桓心里已经算过，就算是平摊，那数字落到四大家族，都算割下好大一块肉；放到潘、易、梁、杨、马，那都是伤筋动骨，说不定还会影响明年的再投资，若是家中资金不继，甚至可能埋下破产之忧——这就是潘、易、梁、杨、马惶惶不安的原因。

货物已经出完的易、杨还好，潘、梁、马三家都还在与洋人交涉的紧要关头，在这个当口，只怕这三家谁都拿不出这笔钱来，勉强要拿出来的话，资金链当场就要断。

蔡总商似乎看到了众人心里的想法，说道："上峰那位'贵人'，以及吉山老爷都体谅大家的难处，所以这次的捐赠，虽然要在近期敲定，但钱嘛，可以在半个月后交付。"

众人听了这话，大都松了一口气。半个月后秋交基本上就都结束了，没在那之前逼捐，这总算不是杀鸡取卵，然而想想那个数字，众人还是都一张苦脸。各家平摊下来的话，破产或不至于，然而接下来几年的日子可就不好过了。

潘、易两家都巴巴望着谢原礼，梁、马两家则都望着卢关桓，都指望着这上四家能多承揽一些，也好给自己缓口气。

卢关桓心软肚肠热，叹了一口气，就要建议以资产之多寡分摊。

忽然叶大林道："刚才原礼兄说过，这是利国利民的好事，蔡总商也说做这事是积阴德。既然是好事，那大伙儿自然是要利益均沾，就平摊吧。"

潘、易、梁、杨、马一听这话，肚子里都在骂娘，就都要反对却又不愿意当出头鸟。梁、马又看向卢关桓，潘、易又看向蔡士文、谢原礼，要看他们的"马首"是什么意思。

平摊损的是小家族，阶梯摊损的是大家族。小家族虽然要争取自己的利益，但如果反抗太激烈得罪了大家族，回头更没好果子吃。

卢关桓道："叶兄，还是给他们一条活路吧。都在西关混口饭吃，大家都不容易。"

梁商主、马商主立刻帮腔："正是，正是！"

叶大林冷笑道："既然大家都不容易，那更应该平摊。他们的钱是钱，我们的钱难道就不是钱？大家都是保商，拿的是一样的执照，朝廷也没给我们叶家发俸禄。现在既是做好事，凭什么不是平摊？承鉴，你说对不对？"

吴承鉴打了个哈哈，道："对，对，没错，没错。"

双方各执一词，争执不下。最后都望向蔡士文，希望他能支持自己，拿个主意。

蔡士文道："这两个办法，若是大家都不满意的话，那就只能包揽了。不如我们就公选一家商号，承揽此次捐献，诸位以为如何？"

潘、易两家一听这话，忽然眼神一亮。

对啊，包揽！

若是有人将此事包揽了去，则自己就不用再出分毫，这其实是比平摊、阶梯摊对自己损害更小的事情——当然前提是承揽此事的人不是自己。他们是蔡士文的人，料想蔡总商不会卖了自己。

潘、易的眼神是亮了，梁、马却同时一惊。他们素来唯卢关桓马首是瞻，自是极担心最后承揽之事会摊到自己头上来，然而他们很快就又想起还有另外的人比自己更加危险——潘、易、梁、马，四个人八只眼睛，同时向茂盛行杨商主望去。

只见杨商主额头冷汗如水流下。

后花园。

金钱鼠尾辫子家奴这一次脸上带着喜色，疾步奔到凉亭外，打了千请安，再将前面的事情一说。吉山逗着鸟，笑道："蔡士文还是可以的，这事办得不错。"

茂盛行杨商主和蔡、谢之间有矛盾，十三行中谁不知道？尽管茂盛行在十三行排名较为靠后，但这位杨商主也是个有野心的，从两年前开始就在呼塔布那儿大下功夫。而呼塔布那边也觉得蔡、谢没有杨商主听话，于是两相凑合，杨商主便排挤掉了蔡、谢，成为呼塔布跟前第一红人，茂盛行也因此过了一年多的好日子。

谁知道监督老爷家里一场宅变，不仅将他打回原形，甚至形势比起之前更危急了十倍。

杨商主知道，茂盛行和自己全家的生死祸福在此一役，只得顶着压力，挣扎着道："这……这不公平！刚才不是说了，这是利国利民的好事，必须利益均沾，怎么能都压在一家的头上？"

蔡士文淡淡道："大家分摊一次捐献，是利益均沾。多次捐献大伙儿轮流承揽，一样是利益均沾。也就是说，此次承揽之后，下次轮流承揽时，他就不用轮上了。大家以为如何？"

好几个商主齐声道："好，好，正应如此。这样也算公平。"

杨商主跳着吼了出来："什么公平，什么公平！你们谁不知道，哪家承揽了这次捐献，今年就得家破人亡！还哪里有什么下一次！这哪里是公平啊，这是赶尽杀绝啊！"

他举目四望，去年他攀上呼塔布得势之后，潘、易、马三家也曾向他示好，然而此时看向他们，目光中的求助之意表露无遗，那三家商主却避之唯恐不及。

杨商主几乎绝望了，扑到卢关桓脚边，叫道："卢商主，卢大哥，你救救我，你救救我们全家！"

卢关桓素知杨总商的脾性与事迹，知道他也不是什么好人，当初得势之时的小人嘴脸固然看了可气可恨，这时这般景况，却也可怜，便道："蔡总商，就算将茂盛行整个儿都充公，只怕也凑不齐这次所要的数字吧？"

蔡总商点头道："此次捐献数额巨大，一家无法尽揽。"

卢关桓道："既然一家无法尽揽，这个法子就没意义了，不如另外设法吧。"

杨商主脸上才流露出一点死里逃生之希望，紧跟着蔡总商的一句话又将他打回地狱："一家商行既无法尽揽，那就公选两家商行来承揽吧。"

这话一出，各大保商再看那杨商主就像看到一条蛆虫，人人嫌弃厌憎，唯恐被他沾惹上了。

卢关桓也脸色微变，道："再选一家？选谁？只怕潘、易、梁、马四家再选一家出来，加上杨商主，也承揽不起北京那位'贵人'定下的这个数字。"

蔡总商道："那更简单，下五家既然都不够格，便从上六家新选一户出来，多半就够了。"

此言一出，卢关桓和叶大林同时脸色大变。

蔡士文问潘、易、梁、马："四位，这个提议如何？"

潘、易、梁、马立刻道："蔡总商此议最是公正！"

下五家中已"内定"了杨家，再从上六家中选取一家，那他们就彻底没危险了，当然要立刻赞成。

蔡士文难得一天露出几次笑容，又问谢原礼："谢老弟以为如何？"

谢原礼微笑道："公正，公正。这就是大小兼顾嘛。"

蔡士文又问柳大掌柜，柳大掌柜道："已有六家认同此议了，既然已经过半，就是'公议'，同和行愿附骥尾。"

十一家保商，加上提议者蔡总商，已经有七家赞同，卢、吴、叶、杨立刻成了少数派，蔡士文就没再问他们意见，反正他已经得了保商"公议"，这就有了名分，其余诸家若再敢反抗，届时再用强就师出有名了——谁敢反抗这个"公议"，蔡总商就能借吉山的权势先灭了谁，料想卢、吴、叶三家无论谁先站出来做出头鸟，另外两家都会乐观其自跳火坑。但三家若不能同心联手，则更要任凭蔡士文宰割了。

这时杨商主也不再攀着卢关桓了，知道对方也已自身难保。

卢关桓心中盘算着形势，目光闪烁不定；叶大林阴沉着脸，更是没有一点活人的样子。只有吴承鉴摇着折扇，非常违和地嫌弃厅内太热。

"那就这样吧。"蔡总商道，"五日之后，咱们再行聚议，选出两家保商来承揽此事，到时候无论选出来的是谁，生死祸福，全凭'公议'，与人无尤！"

留出这几天的时间，就是要给众保商留下缓冲的余地。只要有人开始走动，吉山监督与蔡总商就都能收到好处，这也是给处于劣势的人留下一点希望。

然而有一个人却已经知道自己没希望了。

杨商主瘫在了地上，如同一堆烂泥。

忽然有人道："慢着！"

杨商主如同快要溺水的人抓到了一根稻草，望了过去，却见说话的人是吴承鉴，刚刚点燃的那一丝希望又幻灭了。

潘、易、梁、马四个商主则同时在心中幸灾乐祸："吴国英生的这个儿子真是'极品'，这当口出头，嫌死得不够快吗？"

蔡士文难得好心情，柔声问道："吴世侄，还有什么事情吗？"这时也不叫吴代理了，那神色真像是亲戚家的慈祥长辈一般。

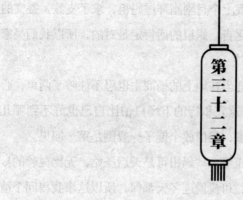

第三十二章

一家哭

　　看到蔡士文如此善待吴承鉴，不少人心里就想："哎哟，差点忘了他们两家有亲的啊。看来吴家还是有所倚仗的。"

　　吴承鉴笑道："蔡叔叔啊，我是在想，今天咱们费了这么大的力气，选出两家来承揽这次捐献。被选出来的那两家也就算他们倒霉了，就像蔡叔叔说的，生死祸福，全凭'公议'，与人无尤。可这次选出两家来把永定河的事情承揽了，下次再来个什么利国利民的事情，我们是不是又要再选出两家来？这样一个月两家，两个月四家，三个月六家，只要半年再多一点，咱们这十三行岂不就空了？"

　　听他说出这等糊涂话来，众人心中都暗叹吴国英生了三个傻儿子。蔡士文也摇了摇头，耐心道："放心吧，世侄。这等利国利民的大好事，哪是年年有的？别说一两个月，便是三年五载的，也不会再碰上了。"

　　吴承鉴道："那不行，你这样说，没个准话。反正这次的'公议'不会选我们宜和行，我也不紧张；但要是下个月后再来一次，那我可就受不了了。"

　　各家保商一听，心里都是一动："他怎么就知道不会选上他？莫非他们暗地里早有什么交易？这个傻小子说漏嘴了！"

　　谢原礼一听，也有些奇怪："世侄，听你这话，倒像明知结果一样。"

"那当然。"吴承鉴笑道，"我上个月刚刚拜过妈祖，求了支签，签文的意思很清楚，说我这个秋天会逢凶化吉。妈祖的话肯定是对的，所以我们吴家这次肯定选不上，我还担心什么？"

众人听了这话，无不失笑，就连坐在地上的杨商主也忍不住哼了两声，心想吴家弄了这样一个傻子来当家，这宜和行的下场只怕比自己也好不到哪儿去。他们福建人信妈祖大伙儿都知道，但信成个傻子一般倒是第一回见。

"你们笑什么！"吴承鉴一脸正经，"妈祖可是天后圣姑，无比灵验的！不过妈祖娘娘只许了保我这个秋天，可没说连冬天都保，所以这事我得问个清楚。"

蔡士文道："既然世侄要问个清楚，那蔡某就回个清楚。你放心，过了这一关，三五年内，不会再有什么事情了。"

吴承鉴笑道："蔡叔叔，你说了不算。"

谢原礼喝道："无礼！蔡总商说了都不算，那谁说了算？"

吴承鉴笑笑道："蔡叔叔虽然是十三行的总商，但他做得了吉山老爷的主吗？他若做得了吉山老爷的主，那我就信他这句话。"

就听壁后一个人道："那我来做主，总行了吧。"

嘎溜一听这声音，慌得滚过去叫道："主子，您怎么出来了！"

厅内所有保商，连同柳大掌柜，全部匍匐跪下了。

这粤海关监督吉山老爷，在一众保商面前，威严极重，不见他的一个家奴也张口闭口就敢将保商往死里打吗？

他虽然坐在粤海关监督这个位置上，但在场保商几乎没人认得他的相貌，只听过他的声音——为何？只因为一到跟前，任何保商都不能直视他，抬头回话时，眼睛最多只能看到他的第九颗扣子；若头敢抬高些许，敢往上看到第八颗扣子，立马就要被拖出去往死里打。

众行商虽然富可敌国，然而在满洲权贵面前，莫说奴才，连狗都不如——起码狗也还是敢抬头看人的。

吉山走到大厅中央，俯视着跪满一地的保商。在这回热的秋天里，他的言语却如十二月寒冰般酷冷："蔡士文刚才的结论，我在后面听见了，公议选出两家来，把利国利民的事情给办了。这样做，好，很好。就这么办吧。至于刚才有人怕以后还来一回这样的事情，我吉山在这里，给你们吃个定心丹：你们放心，放一万个心！这两家选出来以后，我保证不会再牵涉第三家。不但如此，而且啊，我再给你们做个保证：今后只要我吉山还在这个位置上一天，这十三行除了每年定额的税款，再无摊派。"

卢关桓知道事已至此，强抗已无意义，自己若能攀得两广总督为靠山，想来被选出来的"第二家"，应该不会轮到自己。所谓达则兼济、穷则独善，如今势穷力蹙，唯有暂时退伏，就算是"侠商"，也不能为了帮别人把自己拖下水去。

他都无话，在场更无一个人敢再出头。

吉山的这一番言语，既是定音，也含安抚：安抚的自然是那"两家"之外的九家了。这个结论一下，满厅再无人想着怎么反抗这个决议，而是想着怎么避免自己成为"两家"之一。

潘、易、梁、马听到这里，便知自己多半能逃过一劫了，齐声呼道："监督老爷英明啊！"

杨商主却控制不住自己，喉咙发出了抽泣声。

珠江有三大支流：西江、北江、东江。北江在广州城南这一段为东西走向。江的南岸地区，即老广州人口中的"河南"，在清朝这一带属于郊外，不过乾隆年间这里已是人烟凑集。

离江不远处有一座海幢寺，乃是广州佛教四大丛林之一。十三行四大家族之首的同和行潘家在潘震臣登上总商位置的第三年就离开了西关，在这海幢寺附近建成了好大一座庄园，从此潘家在此落户。

中国人的风水，有家居不近寺之说，偏偏潘震臣建居近于海幢寺。人多说粤海金鳌失算，不料这些年过去，潘家非但势不见衰，反而越来越繁荣。

这时海幢寺禅房之中，一个男子正面对一尊佛像静坐，他的面前摆着一本经文，然而谁也不知道他是在礼佛，还是在念经。

房门"呀"的一声打开，一个小厮向静立在一旁的和尚行了个礼，便跪在男子的身边，轻轻说了好一阵子话。男子抬了抬手，小厮退出去。自始至终，男子都未曾回头，禅房的门已经又关上了。

西关地面，富豪云集，有关十三行的消息走得比飞还快。

保商议事厅定下来的事情，转眼间就传得满西关皆知。

蔡巧珠刚刚去六榕寺求了佛回来，走在路上，就听路边哭声震街。她掀开轿窗一角问："怎么了？谁家做丧事了？"

吴六在外答道："是茂盛行杨家。不过还没挂白，应该是刚刚有人没了。"

蔡巧珠道："去打听一下是杨家哪位长辈没了，彼此都是保商一脉，回头依礼送份帛金。"

吴六便去了。蔡巧珠便先坐轿回了大宅，才进门，就发现吴达成脸色有异。蔡巧珠道："怎么了？"

吴达成道："外面有一些流言蜚语，小人听了一耳朵，不知真假，回头大少奶奶问三少吧。"

蔡巧珠算是沉得住气，就没在门房边上详问，回了右院，派人去请三少过来一叙。早上留在房里没去六榕寺的大丫鬟碧桃说："大少奶奶怎么忘了，今早三少被请去保商议事处开会了。"

蔡巧珠道："还没回来？"

碧桃道："没听说回来，不过倒是听说那边的会议都散了。"

蔡巧珠又是一奇："三少还没回来，保商会议散没散你怎么知道？"

碧桃道："大少奶奶还没听说吗？好像十三行要出大事了。有人说刚刚接到圣旨，杨家要被抄家问斩什么的，所以刚才有杨家的人从门前一路哭过去。"

蔡巧珠大吃一惊："抄家问斩？杨家犯了什么大事？"

碧桃忙说："这个婢子就不清楚了，都是传来传去的风言风语。要不，我去叫吴达成过来，大少奶奶好好问问他？"

蔡巧珠微微一沉吟，说："既是风言风语，就别乱传乱问了。等吴六回来再说。"

她坐在屋内，又让连翘到各房去，戒饬各房不要乱传言语。自己一个人心道："杨家纵然不是被下旨抄斩，应该也是出事了，否则他家不会哭成那样。这个秋天……真是名副其实的'多事之秋'！"

她告诫自己一定要稳住心神，无论发生什么，都不要乱了分寸。

在梨树下静坐了一盏茶工夫，就见连翘回来，道："各房都叮嘱过了。"

又道："三少的确还没回来。跟三少去开会的吴七，倒是往老爷那边走了一遭，不过又出门了。"

蔡巧珠心道："吴七应该是奉命来回话了。关于杨家的流言，老爷应该也听到了。只是三叔怎么还没回来？"要派人出去打听，吴六却不在身边，这会子派其他人又不放心，怕更惹流言。

幸好吴六很快就回来了，跑得满头大汗。蔡巧珠道："杨家离家里不算很远啊，你去了这么久，慢慢走也早回来了，怎么累成这样？"

吴六道："大少奶奶，我是打听了一大圈才回来的，心里急啊，所以就跑回来了。他们杨家不是有人没了，不过比有人没了更惨。是上头压下一笔大款，说是要拿去赈什么灾。十三行'公议'，要将这笔大款交由两家承揽。好像杨家已经被默定是其中一户了。"

蔡巧珠心道："怪不得了。"又问："款项有多少？"

吴六道："有人说是一千万两，有人说是八百万两。"

第三十三章

一路哭

"胡扯！"蔡巧珠听了一千万、八百万的数字，斥道，"真这么多，再抄个杨家也凑不出来。"

"我也不知道是不是这个数，但都这么说。"吴六道，"就是听说，那个数字杨家就是把家抄了也不够的。供货给茂盛行的商户，盘钱给杨家的人家，这会儿都急得热锅蚂蚁似的，因为杨家从洋商那里拿到的款项，都还没跟他们结呢。杨家的下人现在都在谋出路了。他家老门房暗地里跟我说，让我们家快去找人疏通，因为还有一家没定呢，要是给定了吴家，我们的下场也得跟杨家一样！"

蔡巧珠听到这里，想起回门那天父母的反常，心头一阵焦躁，之前只知或将有祸，却不知道祸从何来，这时听了这事，心道："莫非爹娘所说的大祸，就落在这件事情上了？"

忽然又有几声哭声远远传来。这里离杨家虽然不远，但深宅内院的，怎么还能听到哭声？再侧耳听，不是一个人在哭，倒像是好多人聚在一起哭。

吴六道："我来的时候，已经有官兵赶来封锁杨家的门户，说是奉命来保护杨家。许多给杨家供货的商户聚集在杨家大门外都进不去了，我看啊，多半是他们觉得杨家的钱拿不回来了，这会儿也都哭起来了。"

蔡巧珠心道："这哪里是保护杨家？分明是怕杨家铤而走险。保护的不是杨家的人，是杨家的钱！"

正烦躁间，吴国英派了人来请："老爷请大少奶奶移步后院。"

蔡巧珠已猜到为的是什么，稍微整理了一下发髻，便到后院来。

到了后院，发现杨姨娘都被支出去了，屋内只剩下吴国英、老顾和吴二两。蔡巧珠一个眼神，连翘就退出去了。

蔡巧珠先与二人见礼，老顾也起身叫了声"大少奶奶"——这是吴家眼下的当家女主，不是寻常儿媳。

吴国英连续听到大不利的消息，身体其实又有恶化，却还是强行振作精神，道："坐吧，这时候不讲什么礼节了。保商会议的事情，你知道了吗？"

蔡巧珠道："媳妇从六榕寺祈福回来，经过杨家听到哭声，让阿六去打听了，已知道一些，就不知确切否。"

吴国英叹了一口气，说："上面也不知道怎么回事，这次要钱要得这么狠！杨家是破定了，不但杨家，所有给杨家供货的商户，那钱也都拿不回来了。你叔叔……他算计得太毒辣了，就赶在杨家已经从洋商那里拿到了钱，又还来不及发还给众供货商户的当口出手。这下子不是一家哭，而是一路哭了。"

蔡巧珠黯然着，又听公公说道："别人的事情，现在我们也顾不上了，先说自家的事。老顾，你先说说惠州的事情。"

蔡巧珠的心弦就绷了起来——惠州之事，那可是吴承钧病倒的导火索！吴承钧虽然积有旧劳，但若无惠州之行，兴许还不至于如此。

老顾与蔡巧珠也是打过交道的，彼此并不陌生，当下也无隐瞒，一五一十地将事情都说了。

放在一两日前，蔡巧珠非激动得要对段龙江一通痛骂不可，这时心里却已经挂着更要紧的事情，所以只是柳眉紧蹙地说："段龙江这等人，咱们吴家上下可都看错他了！老爷，此事我们如何应对？"

"此事暂且按下。"吴国英又道，"保商会议的事情，二两，你来说。"

从保商议事处出来，吴承鉴将事情择要告诉了吴七，让吴七先回家里来禀报。当时吴二两也在场，于是又转述了一遍。

蔡巧珠虽然身在内宅，却也通晓外务。保商议事处所发生的事情，表面上看如同珠江江面，似乎只是水波微微荡漾，其实内中潜伏着的凶险暗流却让她听得惊心动魄。

蔡巧珠道："三叔呢？这么大的事情，他怎么自己不回来，却派了吴七来说？"

吴二两道："三少有交代小七，说他要赶往神仙洲一趟。"

蔡巧珠柳眉一竖："什么！"这时候还去神仙洲？

幸好吴二两紧接着说："小七说，三少同时派了人去请一位蔡先生在神仙洲一聚。这位蔡先生，据小七所说乃是两广总督的心腹师爷。"

蔡巧珠的眉毛一下子就平顺了，道："原来如此。三叔毕竟还是心系家里的。唉，他一个逍遥惯了的人，如今也为家里的事情奔走起来了。难为他了。"

老顾听了这话心道："常听人说他们叔嫂感情好似姐弟，今日见果然不假，这就心疼起小叔子来了。"

吴国英道："家嫂，惠州的事情、保商会议的事情，再加上你那天回门的见闻，三下里一凑，事情已经明了七八分，的确是有人要狙击我们吴家无疑了。这一波攻势，不但筹谋已久，而且来势汹汹。我们却直到今天还没摸准真正的敌人是谁。彼强我弱，又兼敌暗我明，形势可说是极其凶险了。"

蔡巧珠道："不是还有几天工夫吗？不到最后关头，也就还有机会。"

老顾道："我们这边且多番运筹。三少那边，他既然能攀上两广总督府，说不定也会有转机。"

蔡巧珠道："是啊，一线生机，也许就系于此了。只是三叔不声不响的，是什么时候就搭上了两广总督府的关系？"

吴二两道："更细的事，我们也还不知道，得回头再问问三少。不过听小七说，这位蔡师爷曾上过花差号过夜的。"

蔡巧珠大喜，道："好，好！若是这次得以通过这位师爷，倚靠两广总督府渡过眼前难关，那么花差号造价再高，却也物有所值了。"

这屋子里的几个人都是人精，自然知道此次难关的关键所在。

"下五家"要选一户，看杨家的反应肯定就是茂盛行了。

"上六家"再选一户，蔡、谢一体，他们甩出来的锅，自然不可能是他们自己背。潘家背景深厚，多半也能避祸。剩下的，就是在卢、吴、叶三家中选。若是吴家能得到两广总督府的庇护，那就算是粤海关监督有意刁难，多半也能逢凶化吉了。

吴承鉴在白鹅潭的种种作为，暗含着吴承钧暗中的打算，吴国英和蔡巧珠嘴上虽然不说，其实内心深处是不以为然的，有时候甚至觉得这是做大哥的为宠弟弟找的借口。然而现在两人内心的想法已经全部改变。

公媳二人，从未像现在这样，期待着白鹅潭那边的好消息。

吴承鉴从保商议事处出来，便派了吴七去家里报信，同时派了穿窬赐爷去请蔡清华到神仙洲一叙。

他自己先去了花差号，跟周贻瑾、昰三娘说了保商议事处的结果。

昰三娘虽然不太管吴承鉴的外事，却还是从各处点滴中猜到了许多，便道："这次吴家的情况，很危急吧？"

吴承鉴道："何止危急，这大概是生死边缘了吧。不然我会想起驾船逃海外去？"

昰三娘有些急了："这样……今晚我也去神仙洲吧，我亲自来招待那位蔡师爷。"

吴承鉴笑道："满广州都知道你是我的人，平时都只卖艺不卖身。更何况你现在都已经封帘了，再出去伺候人，跟给我戴绿帽有什么区别？我吴承鉴像是需要染绿头发来渡过难关的人吗？"

"可是……"

"行了！"吴承鉴打断了她，"你好好在这船上待着吧，神仙洲的事情我自有主张。再说了，蔡清华今时不同往日，此刻他耳目应该已经布开了，保商聚议的事情多半已经收到了消息，对方未必会来。"

不料没过多久，就见吴七和穿窬赐爷先后登船。

吴七先到一点，回禀了老顾带回来的消息。

吴承鉴道："老顾是老而弥坚啊。这些消息，我去了也未必看得到这么多。段龙江，嘿嘿，果然是他！虽然他坏了官场和江湖上的规矩，但熙熙攘攘，为利来往，他收了利益背叛，我不怨他，最多回头也回他一手。但我哥哥的性命，有一半要算到他头上。这一桩仇，可就得回上一刀子了。"

铁头军疤道："我去惠州！"

"去干什么？刺杀？"吴承鉴道，"他现在一定躲在卫城里，大军围护，你想去送死？再说，吴家如果过得了这一关，我有的是办法对付他；如果过不了这一关……等过不了再说吧。"

就在这时，穿窿赐爷回来了。他带来的消息，却出乎吴承鉴和周贻瑾的意料。

"蔡师爷说了，今晚日落之后，他要上神仙洲第三层楼。"

吴承鉴和周贻瑾对望了一眼，都读到对方眼中的信息："你失算了。"

他们就怕蔡清华不来。蔡清华若是来了，开什么价他们都不怕。

至于上神仙洲登三层楼，那更是公开亮相。事情传开去，吴家什么都不用做了，所有人都会认为两广总督是撑吴家的！

昰三娘高兴起来："若是蔡师爷肯来，那我们就有机会了？"

周贻瑾道："如果师父真的能帮我们，使我们得到两广总督的照拂，那么这场劫难，就算不能尽解，至少是可以转圜的了。"

吴承鉴道："我本来已经做了最坏的打算，但如果今晚蔡师爷肯来，那么或许就用不着那么冒险了。走吧，我们去神仙洲。人家给了面子，咱们可也得好好准备准备。"

他其实也有些高兴，连戏曲腔调都出来了："小的们，迎接蔡（上声）师（阳平声）——爷（上声）去（阳平声）！"

第三十四章

反 计

西关一所大宅里，叶大林闭目盘算，掌心两个翡翠胆子不停转动。忽然听到一点异动，他愤躁地将它们扔了过去，一声惨叫响起，一个小厮被砸得头破血流。

叶大林看都不看，又闭上了眼睛。

小厮哭都不敢哭，爬着逃出去了。全家一下子噤若寒蝉，再没人敢去打扰。

直到外头有人奔入，站在门外想进来又不敢进门。

叶大林虽然闭着眼睛，耳朵却仍敏感地留意着一切的变化，猛地睁眼："怎么了？"

来人才赶紧奔入，在叶大林耳中细语了几句。

叶大林的瞳孔都收缩了，过了片刻，才冷哼道："吴家派人去请动了那位蔡师爷？很好，很好！"

他仿佛想起了什么，朝着吴氏大宅的方向，低声喃喃："老吴啊，既然你自己有了打算，那我也不用客气了。"

叶大林猛地跳起来，喝道："更衣，和我从后门出去。让太太管好门户，有人敢泄露我的行踪，就拿棍子当场给我打死了！"

西关另外一所大宅里，卢关桓听说蔡师爷已经答应了宜和行三少的邀约，轿子都直奔码头去了，显然是要去神仙洲。

卢关桓心中一阵烦躁。

自从长麟调职，他便知必须再找新靠山。长麟留下的门生故吏，虽能帮到他一时，毕竟保不住他一世。对新来的两广总督，连续两番不惜得罪广东巡抚与粤海关监督，而把那两件大难事给办成了，这便是缴纳了投名状。

蔡师爷也接见了自己两次，不过至今没有一个准话，甚至今晚在这等敏感时节，还大张旗鼓地去应宜和行方面的邀请。

"是蔡师爷那边，觉得自己忠心还表得不够，还是总督大人心里，对两广的格局另有打算？"

任他是深谋远虑的人，身处局中也不能不入彀，越是想得深入，就越觉得高层的心思神秘难测。

"是上次见面，我言语中还带着矜持吗？"卢关桓不停寻找着两次与蔡清华见面时的各种细节，"若是下回再见面，我可不能再有保留了，一定要表尽忠心才行……就是不知道还有没有下一次机会！"

就在他烦躁难耐之际，外面忽然送来了一封书信。卢关桓赶紧打开，信中只是寥寥数语，却看得他尽扫愁云迷雾，喜得要大跳起来，急吩咐："走，快备轿！啊，不，备马车，备马车。"

神仙洲的灯不等太阳全下就都亮了起来。等到夜幕降临，这灯光更是照得附近水面色彩斑驳。

今天的白鹅潭只是个寻常夜景，毕竟不是蔡清华第一次来时的花魁之魁大比日，又不是秋交之后银钱漫撒的狂欢夜，不过上神仙洲的船艇还是一艘接一艘。

白鹅潭原本也还算平静有序，不过随着一艘雕花船的到来，人船又出现异动。看着雕花船灯笼上的吴记印戳，水面上的船只又纷纷避让。雕花船开到哪里，哪里的船只就让在了一边，并亮起了灯为雕花船照水路。

一路灯亮，每一盏灯亮起都伴随舱内一声叫唤，不过这回不是粤语的"唔该三少"或"三少好嘢"，而是一句现学现卖的京城腔"蔡爷吉祥"。

一些新来客看得好奇，就有人说："这是宜和三少在迎客。不知道是哪儿来的大人物，值得他动用这般阵仗。"

雕花船开近神仙洲，同样不用排队，直接上了神仙洲专用的靠寨码头。一个儒生打扮的中年人走了出来，后面跟着一个俊俏的小厮。

就听一个瘦瘦的青年走出二楼窗台，居高而呼，声音尖锐响亮得犹如唢呐："蔡爷到了，姑娘们，快来迎接啊。"

整个神仙洲上下三层所有船舱一下子都亮了起来，不知多少水上娘子、莺莺燕燕，用一口别扭的京片子，在各舱内齐声叫道："妾身等恭迎蔡爷。"

跟在儒生后面的俊俏小厮啧啧称奇："好大的派头啊！"

早有二十四个莺燕列成两行，迎了出来，齐齐朝着中年儒生行万福。中年儒生笑了笑，就从二十四莺燕中间自然形成的道路走过去，直往大厅中来。

神仙洲大厅，三层楼上，春元芝、夏绿筠、秋滨菊、冬望梅，四小筑珠帘皆开，除了已经封帘的昼三娘，三大花魁一起现身迎客，不过沈小樱略不耐烦，银杏脸色平静，只有秋菱满脸媚笑。珍珠帘拉开，吴承鉴也站在栏杆边上迎候。

大厅中间的戏台上，一个昆曲班子已经摆好了《牡丹亭》的架势，只等开唱。

大厅里、雅座上，客人们知道这是宜和三少要请贵客，也都好奇地望向大门。一个胖客商对身边的瘦客商说："神仙洲的背后有几十个老板，平时互相斗气、互相拆台。眼下这气派，也就宜和三少张罗得起来。"

瘦客商说："就不知道来的是哪路神仙。"

就听二楼快嘴吴七唱道："浙江蔡爷到——"

百众瞩目中，一个中年儒生带着一个小厮走了进来。

一直等在大厅的周贻瑾就带着穿窿赐爷迎了上去，看清来人相貌，不由得一怔——这哪里是蔡清华？

那中年儒生其实是总督府另外一个清客，这时笑笑让到一边。

那俊俏小厮上前道："给周爷请安了。"

周贻瑾认出他倒是蔡清华身边的贴身书童，皱了皱眉道："蔡师爷呢？"大庭广众下，他言语间便避开了师徒关系。

小厮道："我家老爷正要出门，忽然总督老爷来了指令，让他引一个叫卢关桓的保商去见，我家老爷便留下来等候那卢保商了。因想起今晚的邀约，就让小的来，多多拜谢三少和周爷，并为爽约致歉，日后找个时间，再向周爷赔罪。"

他服用过药物，延缓了变声期，声音虽然不算很大，却清脆可闻。此时厅内又静，三层楼上的人也都听得清楚。

沈小樱"哈"了一声，转身就消失了。

银杏笑了笑，就坐了下来看好戏。

只有秋菱还保持着笑容。

周贻瑾的一张脸，黑得如同涂满了墨水。俊俏小厮行了个礼，这会儿场面话说过了，就不用再装，便与那总督府清客一起离开了。

三层楼上，珍珠帘放下了，遮住了吴承鉴的身影。

周贻瑾奔回春元芝，俊美的脸上，罕有地现出怒色。

这一路路程虽短，却已经让他收够了各种幸灾乐祸的嘲弄目光。

戏台上，昆曲班子草草收场，如同逃跑一般离开了。大厅中，不知多少客人议论纷纷。

雅座上，一些人更是放肆地大笑，甚至有类似"吴家看来到头了"的言语飘在风中。

进了门，周贻瑾闷哼一声坐下："师父的这一手，太过分了！太过分了！"

他的涵养甚好，但蔡清华来的这一招实在太过。这已经不仅仅是在给吴承鉴难堪，人群总是见风使舵、跟红顶白的，在当前的局势下，蔡清华这一手几乎是当众将悬崖边上的吴家推入深渊之中。

这是牵涉吴家全族生死祸福的大事。吴承鉴对周贻瑾有恩，所以一想到可能产生的最坏结局，周贻瑾心里就急了。

吴承鉴这时却已经冷静了下来，就坐在桌子边，眼睛向上望，似乎在盘算着什么。

不一会儿，吴七、赐爷也都进来，他们的脸色也都很不好。这一转眼间，他们都第一次在神仙洲感受到了不待见，甚至连一些最卑贱的龟奴，也在背后投来白眼与冷笑——这种事情，以前是不可能发生的。

吴七、赐爷一齐道："三少？"

吴承鉴回过神来，道："接下来几天，咱们的日子可就要难过了。"

吴七道："这个蔡师爷太过分了！不来就不来，偏偏搞这一手。"

吴承鉴笑道："我们上次不是刚刚摆了他一道吗？难道只准我们借他的势，却不许他落我们的面子？这个啊，就叫礼尚往来。"他居然还笑了一下，只不过笑容也有些生硬。

吴七有些奇怪："我的少爷啊，你居然还笑得出来。你知不知道，现在外头的人看我们是什么眼光？刚才我一路走上来，感觉他们看我就像看一条落水狗。"

周贻瑾也摇头："不同的，不同的，上次我们虽然设了个小算计，但那只是个玩笑，于我小有利，于彼全无损。但这一次……师父他太过分了！"

吴承鉴道："伤害的程度虽然不同，但算计反击，也要看彼此的位势。猫去调戏老虎，老虎反掌来一下，就能把猫拍死了。两广总督府是老虎，咱们就是猫。"

周贻瑾见吴承鉴说得理性，知道他果然已经调整好了心态，既佩服他的豁达，也知道他已经恢复了冷静。

"那我们要再反击算计他一次吗？"吴七问。

"就此打住吧！"吴承鉴对周贻瑾道，"这一次，算是还了上一次我的小算计，我与蔡师爷之间算是扯平了。贻瑾，我希望不要因为这次的事情，影响了你和蔡师爷的师徒情谊。"

周贻瑾犹豫了一下，才勉强点了点头，知道因一件小事开了个头，如果双方都不肯放下，纠缠到后来将不可收拾，那只会对吴承鉴更没好处，便道："三少，接下来你还有办法吗？"

"只能按照之前的计划行事了。"吴承鉴道，"九死一生啊！"

第
三
十
五
章

晋商伸手

　　神仙洲已经待不下去了，再说老爷子和大嫂多半也在等自己，吴承鉴就想回去，不料隔壁银杏派了人来请。

　　吴承鉴笑道："这会儿有些人应该已经开始躲着我了，银杏居然还敢凑上来。这是什么路子？"

　　周贻瑾道："银杏的身后，似乎有几个山西人的影子。"

　　吴承鉴"哦"了一声，瞬间明白。

　　吴七却还不懂："山西人？山西人关我们什么事情？"

　　周贻瑾看看吴承鉴，吴承鉴笑道："贻瑾如果不嫌烦，不妨指点他两句。"

　　周贻瑾这才说："十三行虽然不一定是十三家，但如果再破两家，只剩下九家的话，怕就有些少了，到时候可能会有新的执照放出来。这次的祸事，根源在北京，而晋地临近京城，从大清开国之初，晋商就与满洲人关系匪浅。这群山西人多半是嗅到腥味，跑下来想分海外贸易的一杯羹了。"

　　"原来是这样。"吴七道，"可就算有执照空了出来，批执照的也是粤海关监督啊，他们应该去找吉山，怎么来找我们？更何况我们吴家现在形势不妙，根本不可能帮得上忙吧。"

"并不是吉山愿意批就行了的。如果那样，吉山直接把执照批给他的家奴不是更好？"周贻瑾说，"能否做成保商，虽然也要有官方照拂，但终究还是要看实力：第一是能否解决国内的货源与货运；第二是能否摆平洋商；第三嘛，他们晋商万里南下，在广州全无根基……"

　　"我懂了！"吴七说，"他们看上我们吴家的产业了！"

　　"对了一点。"周贻瑾冷笑道，"吴家就算破败了，仓库铺面走不了，仓库中的国货洋货走不了，这些都是实产。甚至，吴家的货源体系、货运体系，乃至与洋商的旧关系，这些东西对别人来说可能不名一文，但对于有足够实力接盘的大商人来说，可都是万金难买。"

　　"哦……"吴七道，"所以那几个山西人，是看准了吴家要倒下，就想来吃我们的肉、啃我们的骨？"

　　周贻瑾："他们倒未必一开始就知道是哪一家，但不管倒下的是哪一家，他们都愿意上来啃上几口。现在是看死吴家要倒，准备上来啃了。"

　　"走吧，小七，"吴承鉴道，"去银杏房里喝杯酒。这种寒风冷箭，等咱们宜和行再爬起来，你就很难再体验得到了。"

　　秋滨菊小筑内，灯光晃动，不见暧昧，却觉阴暗。

　　银杏长得娇小玲珑，皮肤甚白，只是面如银盘。虽然不至于如沈小樱所咒骂的一般是什么"大饼脸"，但也与她娇小的身形不甚相称，平时打扮，都是尽量让发型衬得自己的脸小一些。

　　人是米脂美人，酒是山西汾酒。

　　吴承鉴举起杯子，笑道："从北京回来后，我可就再没喝过这么正宗的杏花村了。"

　　银杏笑道："三少这根舌头，千金难买。只要轻轻一点，什么酒都瞒不过你。"

　　"今时今日的宜和阿三，能得神仙洲花魁一赞，都不容易了……"吴承鉴满饮了一杯，道，"行了，夜都这么深了，今晚还得回西关，走了。"

　　银杏连忙一拦："急什么啊，三少。这才喝了一杯。"

　　吴承鉴道："我阿爹、大嫂这会儿多半没睡，若喝得一身酒气，回去总得挨骂。"

银杏笑道:"现在宜和行不是三少当家吗?还挨骂?"

吴承鉴也笑:"我就是做了两广总督,那也是我阿爹,那也是我嫂子,怎么骂不得我?"

"两广总督,跟咱们都没什么关系了……"银杏整个人靠了上来,身子挨得吴承鉴重新坐下,"不如谈谈眼前事?"

吴承鉴嘻嘻笑道:"你这么勾我,不怕三娘知道了吃醋?"

银杏道:"三娘靠的不都是三少?现在三少你都快自身难保了,我还怕她?"

吴承鉴道:"你这么跟我说话,就不怕我动火?"换了以前,便是四大花魁,对吴承鉴也是竭尽心力地迎奉,就是言语之间,又哪敢有半分无礼?每个字都要赔着小心的。不料一夜之间,境况全变。

银杏咯咯笑道:"明人不说暗话,今天白天,保商议事处的事情,满白鹅潭早就都传遍了。本来大伙儿还观望着杨家之外要倒霉的'第二家'是谁,可那位蔡师爷的娈童,今晚可是把天窗都捅给神仙洲的人看了。两广总督?人家现在保的是卢家!"

吴承鉴笑道:"那叶家呢?"

"哈哈——"银杏道,"三少你不问这话还好,问了这话,更让奴家知道你们吴家果然是失势了。"

"嗯?"

"叶大林今天日落之前……"银杏靠在吴承鉴耳边,低低地说,"先是去了趟蔡宅,然后蔡、谢、叶三人的轿子就一起出来,跟着进粤海关监督老爷府上了,进去了足足半个时辰才出来。"

吴承鉴的身形,不自觉地僵硬了一下。

银杏又笑了:"人一失了势,耳目就会闭塞,放在昨天,这些事情哪轮得到我先知道?可是现在,半个神仙洲的人都知道的事,偏偏你三少就不知!"

吴承鉴是万花丛中过的人,虽然明知道银杏只是在逢场作戏,但刚才银杏投怀送抱,他的双手也就顺势触软摸香,然而这时已似乎没了心情,放开了银杏,自斟了一杯酒喝。

银杏道:"现在宜和行是什么形势,三少比我更清楚。杨家的女眷,连上吊的绳子都准备好了。甚至还有人看见，杨商主的手边总有一杯酒。那杯酒啊，他自己一碰手就发抖，大概是用来自我了结的，只是不到最后一刻，终究下不了那个决心。"

吴承鉴道："你跟我说这些做什么？"

银杏道："杨家的今天，不就是吴家的明天吗？"

吴承鉴看着银杏的眼睛，两人四目距离极近，但这时是一点暧昧与风情都没有。

好一会儿，吴承鉴才说："你跟我说这些，是要奚落我，还是有什么门路能帮到我？"

银杏笑道："三少果然是爽快人！不愧是神仙洲第一恩客。银杏我能有今日，也多亏了三姐的照拂。三姐的照拂，不就是三少的照拂吗？现在啊，自然是要想法子帮帮三少的。"

她的话说得甜而且腻，就像糖浆一般，甜得浓稠。

吴承鉴道："现在的形势，大局已成：上有粤海关总督压着，两广总督对我宜和行又弃若敝屣；下有十三行其他保商，都眼睁睁地准备喝我吴家的血，吃我吴家的肉——就连做了好多年生意的东印度公司，这时只怕也只想着逼赔款了。这个窟窿实在太大，除非有另外一个保商破家为援，否则根本就没人救得了我们。但这个世界上又哪里真有愿意舍己救人的事情！"

银杏笑道："就算有另外的保商舍命为援，就能救得了吴家吗？"

吴承鉴默然无话。

银杏又说："把吴家的窟窿给补上，自然谁也做不到。但救人不救场，却还是可以办到的。"

"嗯？"吴承鉴似乎听到了一点苗头，"怎么说？"

银杏道："有几位手眼能通天的大人物，让我带句话给三少，他们能保吴家满门老小平平安安。"

吴承鉴沉吟道："只是平平安安？"

银杏冷笑："三少，你不会到现在还想带着整个宜和行全身而退吧？"

吴承鉴道："若我想呢？"

银杏呵呵连声："若你真是那样，那就真是外人眼里的无用纨绔、败家二世祖了。现在都什么时局了，吴家倘若能够苟全性命，就可以去烧香拜佛了。"

吴承鉴沉吟片刻，道："对方要什么？"

银杏伸出三根指头："福建茶叶的货源、东印度公司的关系、宜和行的伙计。"

吴承鉴一下子笑了："好算计，好算计，果然是好算计。"

银杏道："若是一切顺利的话，那几位大人物，也许还能为吴家谋一座茶山。以后你们就回福建去，一家人守着一座茶山，也够一辈子无忧了。"

吴承鉴道："有道理，有道理。"

银杏见他这么说，嘴角的笑意更浓了，站起身来，执壶斟满了两杯酒，将其中一杯，递到吴承鉴手上，道："那么三少，我们满饮此杯？"

吴承鉴笑吟吟地接过酒杯，银杏就要举杯来碰："那么这笔买卖，就算成了？"

忽然吴承鉴将酒杯一泼，满满一杯杏花村，全部泼在了银杏的脸上，把银杏泼得整个人呆住了。

吴承鉴冷笑道："你是什么东西，跟我做生意？你也配？"

他将酒杯在桌上一顿："银杏，你给我听好了。神仙洲是广东人的神仙洲，外地的妖魔鬼怪要进来，你给递个话可以，但屁股要是坐歪了，真的跟着妖魔鬼怪混，小心到最后没有好下场。"

说完挥挥扇子就出了门，点点守在门外的吴七："走。"

银杏愣在那里。直到吴承鉴出门，她才反应了过来，这一下子情绪失控，跑到房门，大声咒骂了起来，然而吴承鉴早已去得远了。

第
三
十
六
章

拦 路

吴承鉴离开了神仙洲，一路上别人的眼光他都不屑一顾。

他坐了一艘小艇上了岸，早有安排好的马车在岸边等着了。

这一带不在广州城内，宵禁没那么严厉，但因为人烟密集，而且居住的有很多是有财有势的人，所以还是有定期的巡逻，路上就遇到了两拨夜里巡逻的捕快。

往常吴家的灯笼打出来，相熟的可能会上前打趣两句顺便讨点赏，不熟的就断不敢贸然上前得罪。今天第二拨巡夜捕快却"不长眼"地上前，要检查马车。

吴七怒道："检查车马？你没长眼睛吗？没看到这灯笼吗？"

那捕快笑着："就是看到灯笼，这才过来啊。"

吴七在车外气得跳脚，就算吴家真要败落，也轮得到这些虾兵蟹将来欺负？他就要发作，吴承鉴在车内道："阿七，住手！差爷也是照章行事。"

那个捕快嘻嘻笑道："识时务者为俊杰，还是三少识相。那么就请三少下车吧，我们看看车内有没有违禁之物。"

吴七的肺都要气炸了，吴承鉴却说："好，我下车。"

还没掀开车帘，有群人快步奔近。灯笼举高一照，那捕快脸色一变，原本脸上的那副猖狂姿态也都收敛了，叫道："周捕头。"

来的正是南海县捕头老周。他快步走近——他是积年的老吏，只看了周围一眼就知道发生了什么——狠狠抽了那捕快一个大嘴巴，骂道："没眼力的东西，也不看看这是谁的马车！"

那捕快被抽了一嘴巴，半边脸登时肿了，却一句话也不敢回。

吴承鉴道："算了，老周，他也不是没眼力，是眼力太好了。"

老周赶走了拦住的手下，亲自去牵马。吴承鉴伸出半边身子来握住他的手说："老周，使不得！"

老周笑道："你要还是半个月前那样的势头，就是打断我的手脚也休想我老周来给你牵马赶车。但今天我就要给你牵马，我要让满西关的人都知道，这广东地面，还是有几个不跟红顶白的人！"

吴承鉴的眼睛一下子有些红了，手放开来，老周把吴承鉴推回马车，真个牵马赶车，一路把吴承鉴护送到了吴家大宅门外。吴承鉴要请他入内喝杯酒，老周道："今晚不是喝酒的时候，等你们吴家渡过了难关，我再来讨杯酒喝。"

"好！"吴承鉴道，"到时候我独自为你开一席。酒池肉林，不醉不归。"

老周摇头："你啊，二世祖当惯了，现在还拿钱来说事。其实只要你们平安度厄，就算只请我喝杯薄酒，我也替你高兴。"

吴承鉴呆了一呆，他对人对事素来强横惯了，哪怕面临危难也毫不示弱，这时却被老周的两句大白话给说得脸上一烫，心里一羞——对方以情义待自己，自己却要以酒肉来报答，这话便是说错了。再抬头，老周已经带了人走了。

"老周真是一条好汉！"吴七说，"《水浒传》里那些好汉，最多也就这样了。那句话怎么说来着？仗义每多屠狗辈，对吧，三少？"

吴承鉴摇了摇手："有些话，有些人，心里明白记着就行。走吧，进门。"

吴家大宅的气氛非常压抑，似乎连猫都提不起精神。蔡巧珠掌着这个内宅，不让有半分慌乱，然而压得住下人们失措的举止，却也禁不住他们惊惶的心情。

春蕊守在门房，她眼睛下面妆容都乱了，想是哭过的。这时是秋天，白天偶尔回热，到了晚上就转冷，这边风不小，吴承鉴抽出她的手一握，冷得像没有温度。

吴承鉴给她搓了两搓，春蕊声音带着哽咽，说："别管我了，我有什么要紧的？快去后院吧，老爷等着呢。"

吴承鉴想先往右院去，春蕊在后面看到他脚步的方向，就说："大少奶奶也在后院。"

后院的房中，提前点了个小火炉，因为这个晚上似乎特别冷，似乎寒气忽然间就来了。

杨姨娘和好几个大丫头都跟着待在房里，陪着老爷和大少奶奶——就算是非常时期，蔡巧珠也不好独个儿待在公公房里头，让这么多人陪着，这是避嫌。只不过杨姨娘已经是连打哈欠。

看到吴承鉴来，该退下去的人就一个个都退下去了。杨姨娘也迷糊着眼睛去睡觉了。

吴承鉴看杨姨娘也退了下去，问道："二佬呢？他居然不在。"

吴国英说："他等到了二更，我看他哈欠连连的，就打发他睡觉去了。"

吴承鉴忍不住叹了口气，他家这个二哥没有做大事的智谋与毅力，却有着自以为行的野心，真是要命。

吴国英是老风湿，每年春潮一生、北风一来，他都要膝盖疼。吴承鉴想想外头的冷风，便将炉子搬近老爷子一些，让热气对着老爷子的膝盖。

吴国英挥手："别费这些不打紧的事了，只要我们吴家还有生机，这双腿就算疼得断了，也不打紧。"

吴承鉴却没接口，连句安慰的话都没有。

旁边蔡巧珠再忍不住，丝织的手帕就捂住了口鼻——夜太静了，以至于那一点抽噎也被人听到了。

吴国英拍着椅腿："哭什么！哭什么！"

蔡巧珠将气息都屏住了，以止异声。

吴国英问道："那位蔡师爷在神仙洲掀台的事情，是真的？"

吴承鉴点了点头。

吴国英道："卢关桓入总督府、叶大林入监督府的事情……"

吴承鉴道："这事我也是听别人说，但想必是真的。"

卢关桓从长麟在任时就和两广总督府往来甚密，许多相关之事都办得十分顺手。长麟虽然走了，与总督府相关的中下层人员却还留着不少。朱珪需要人来办事，卢关桓能够办事，加上有总督府中下层的老根基在，再次被新总督接纳那是顺理成章。

所以吴承鉴也没提卢关桓的事情，只说："两广总督一到，广东巡抚就权柄大削，与广州将军、广州知府等，都没法压得吉山低头。更何况吉山的后面还有和珅撑腰。我那未来岳父，和总督府没什么关系。若是求不到两广总督，则求其他权贵都不如求吉山来得靠谱。"

吴国英拍着扶手："可我们就要做亲家了啊！就要做亲家了啊！就这样抛下我们，自个儿去找吉山……他叶大林怎么就拉得下这张脸，狠得下这份心！"

"哼，我早知道叶家不是好东西！再说……"吴承鉴道，"杨家的哭声我没亲耳听到，但听说满西关的人都听见了。看着这个活生生的榜样，谁还敢冒险？整个家族的生死大事，一门亲事而已，随时丢了就是。"

吴国英沉默了半晌，才道："昊官，你给我透个底……你是不是也没办法了？"

吴承鉴道："有的。"

"哦？"吴国英急催，"快说，快说！"

吴承鉴道："第一，找回茶叶；第二，让吉山在'上六家'另外换一家来宰。若是那样，咱们不但能得脱大难，甚至还能趁乱分一杯羹——那个数字，宰了一个杨家不够，再宰一个'上六家'就有余。而且这个'上六家'排名越靠前，有余的就越多。"

蔡巧珠眼睛一亮："三叔，茶叶有线索了？"她是喜极了，乃至有些失礼地冲在公公前面问，但吴国英也没怪她。

"没有。"吴承鉴道，"对方做得很干净，南海三班人马暗中都出动了，都没找到半点线索。"

蔡巧珠道："那吉山老爷那边……你是不是有什么暗线埋着？"

"也没有。"吴承鉴说，"之前我们主要都是通过蔡总商联系，平时有所献贡，走的也是呼塔布的门路。大哥没病倒之前，一直很反感这些事情，所以吉山家后宅的争端我们没介入，哥哥不喜欢。再说若忽然越过蔡家去做这种事情，也怕因此弄巧成拙。反正呼塔布和我们家的关系也不错，通过他吉山对宜和行的印象也很好，所以呼塔布出事之前，我就一直没动。可等到呼塔布忽然倒了，我觉得嘎溜对我们有些异样，再想有所行动，却已经来不及了。"

"若是这样……"吴国英望着屋顶，长长一叹，"那是大祸将至了……"他对吴承鉴说："你到门口守守，不用关门。"

吴承鉴应了一声，也没问什么，就走到门口。门外只有吴二两守着，也不关门，就听老爷子说："家嫂，我们吴家对不住你。"

蔡巧珠一听，再忍不住哭了出来。吴承鉴没回头，却也猜到此刻蔡巧珠一定跪在吴国英跟前了。

又听吴国英说："从今天种种迹象看来，亲家那边得到的消息果然不假，他们要留你，也是人之常情。覆巢之下无完卵，吴家如果真的倒了，一家男女老幼都没好下场。你入门以来，相夫教子、孝顺翁姑，实乃我吴家佳媳。我吴家却没能让你过上几天好日子，反而让你日夜管账操劳。如今大船即将倾覆，能逃一个是一个，不如你便寻个由头，回大新街去吧……"

第三十七章

后　路

　　"老爷！"吴国英还没说完，就被蔡巧珠打断，这时她也不哭了，收了眼泪，语气满是坚决，"我自嫁入吴家，公婆护着我，丈夫爱着我，小叔敬着我，这不是好日子什么是好日子？十二年了，便是没有光儿，我与吴家也早就血脉相连，还说什么彼此？老爷您这般说，是还将媳妇当外人吗？"

　　"何曾是外人，何曾是外人！"吴国英的声音也带着哽咽了，"我吴国英有女儿，可女儿也不及你亲啊。正是为你考虑，才不愿意你跟着遭难啊。"

　　蔡巧珠的声音变得更加刚强起来："老爷，别说了！眼下还没到最后定局！杨家的财、货、人都被人看住了，就这样杨商主都还不肯喝下那杯酒，我们也一样不能放弃。且再谋谋法子。"

　　"法子，自然还要想！"吴国英道，"只是万一真到了那一天……"

　　"若真到那会儿，媳妇我就算一条白绫吊死，也不出吴家大门！"

　　说完这句话，蔡巧珠就掩面奔了出来。

　　吴承鉴拉住她袖子："嫂子……"想宽慰两句，不料只拉落了她的手帕，蔡巧珠却已经奔回去了。

　　吴二两入内，一双老眼也都是眼泪："大少奶奶是真烈妇。"

　　吴国英叹道："得媳如此，是我吴家的福分！"

吴二两道："老爷，事情到了这个地步，您的寿宴……"

吴国英沉吟着，看看吴承鉴，吴承鉴道："继续办。"吴国英也点头："不错，继续办吧。反正都这样了。一来冲冲喜，兴许事情会有转机；二来，如果真无转机，那么这场寿宴，便算是我们吴家的谢场吧。"想到这里，将手往扶手上一拍："办！把私账里的余钱都给我拿出来，给我好好地办！"

蔡巧珠冲回右院，跪坐在丈夫病床前，思前想后，越想越是伤心，看着病床上的吴承钧，忽然心道："之前哭你命苦，今天想来，你却是有福了，人昏迷着，就不用承受此事。"

她又看看横梁，心道："寻常人破家，都还有条活路；保商破家，要换个平安却也是个妄想……真有那一天……我便吊死在这里，也不出这个门去让人轻贱！"

忽然门外有个稚声呼唤："娘。"

蔡巧珠大慌，赶紧抹了泪水。

光儿已经走了进来，摸着蔡巧珠的脸："娘，你怎么又哭了？因为阿爹的病吗？"

蔡巧珠把儿子紧紧抱住了，摇着头——其实光儿被她抱着哪里看得清她在摇头；便是看清了，又哪里知道这摇头是什么意思。然而母子连心，蔡巧珠的恐慌、惊怕、哀伤，小孩儿好像都感觉到了，一下子也哭了起来："娘，娘亲，你别哭了好不好，是阿爹要死了吗？光儿怕，光儿不要……"

放在数日之前，蔡巧珠心里悲痛的还是丈夫沉疴难起，但现在回想，却又觉得眼前困境更惨了十倍——若吴家无事，只是吴承钧病逝的话，自己的后半生还有个倚靠，光儿也还有未来和前途；但现在……若宜和行真的倒了……

她想起自己在大新街说过的话来，几乎就要抽自己的嘴巴，唯恐一语成谶："难道光儿真的要流放边疆，去给披甲人为奴？他这身子骨，怎么熬得过去？"

她悲到极处，便不再悲；弱到极处，弱中生强："不行！我不能任光儿落到那般境地。便是面皮全没、性命不再，我也要保住宜和，保住光儿！"

想到这里，蔡巧珠左思右想："老爷多年不理事，想事渐不如青壮时周全。三叔虽然浪荡，然而常出奇谋。这件事情，得找三叔商量。"便让连翘去请吴承鉴。

这时正是深夜，叔嫂之间本当避嫌，蔡巧珠却也顾不得了。不料连翘急去急回，道："三少不在，又出门去了。"

放在几天前，她多半又要小发怒一下，但最近连续经历了几次类似场景，几乎就要习惯了，只问："现在才四更天，这夜黑得厉害，他去哪里了？"

连翘道："不知，这一回，三少连春蕊也没告诉。"

蔡巧珠想了想，道："去把春蕊叫来。"

不一会儿春蕊赶到右院，蔡巧珠把旁人都屏退了，才道："三叔的行踪，向来不瞒你的。你给我说实话，他其实去哪里了？"

春蕊一下子跪下了，道："大少奶奶，这次我真的不知。三少不是瞒我，是收到了一封信就急急出门，话也来不及留。"

"话都来不及留？"蔡巧珠道，"他都带了谁？"

春蕊道："只带了吴七。"

"吴七在跟前？"蔡巧珠道，"三少看了那信，可嘀咕过什么？"

春蕊道："没说什么。就跟吴七说准备好马车要出门，叫我看好门户。"

蔡巧珠思虑了片刻，挥手："去吧。"

春蕊从右院出来，回想方才的场景，吴承鉴的确没说什么，但他看完信时，吴七却好像猜到了什么，轻轻说了一句："蔡师爷的？"三少当时没回应，但看他的表情，应该没错。

蔡师爷是谁，春蕊还来不及深思，也不知道牵涉什么，然而还是将事情给瞒下来了。

经过这么些天，她已经渐渐琢磨出来三少最近的表现和平时不大一样。

"他最近一些胡闹，不是胡闹……他是在防着谁吧？虽然不知道防的是谁，但左院的门户，我再不能让一丝风声透出去。"

吴承鉴收到的那封信，是从花差号上送来的。周贻瑾的亲笔，信上只一句话：

> 同乡故友，约白鹅潭一聚。

落款却什么也没有。

但吴承鉴既认得出这字迹，周贻瑾在广州这边又有几个同乡？还称得上故友的，自然就只有蔡清华一人。他当场就猜到了，便带了吴七出门。门房吴达成道："我的小祖宗，这会儿还要出门？小心夜路黑得厉害！"

吴承鉴道："家里太闷了，我还是去花差号散心。"

吴达成呵呵笑，竖起大拇指："行啊！我的小祖宗，你的心真是大！"

吴承鉴坐了马车直到白鹅潭边，早有周贻瑾派的小艇等着。铁头军疤带来个徒弟亲自掌舵，荡了吴承鉴、吴七主仆二人。小艇进入黑漆漆的水面，就像一滴血掉到墨汁里，很快不见了。

小艇将人接到了一艘双层画舫上，吴承鉴让铁头军疤守着甲板，自己和吴七拾阶上去，一路听得上面有人在唱粤曲。

这艘楼船好大，这第二层楼上又分成两半：一半摆了一张八仙桌，中间隔开几步；另一半设置成一个小戏台，一个小生正在唱《紫钗记》，但听唱腔，怕这"小生"还是个十五六岁的少年。

八仙桌坐着两人，果然就是蔡清华和周贻瑾。

蔡清华笑道："三少来了，快入席。"

吴承鉴也不客气，微笑着坐下。

蔡清华道："傍晚时分刚好有事，失了约，今晚特来赔罪。"

吴七心道："什么刚好有事，你分明是故意的！是故意把我们吴家往火坑里推！"他还做不到喜怒不形于色，就拿眼睛盯着甲板。

吴承鉴却笑道："多大点事，也值得拿来说。"

蔡清华笑道："虽然事情不大，但失约就是失约，该赔罪，该认罚。恰好我得了两件好物，就借花献佛，当作赔礼了。"说着便斟酒。

杯是玻璃杯，酒是葡萄酒，蔡清华道："据说这是法兰西的美酒。刚才和贻瑾尝了两杯，蕞尔小邦的玩意儿，毕竟比不得我中华佳酿，如杏花村者便远非此酒能比，但万里而来，也属不易。"

吴承鉴一听，就知道蔡清华的耳目今时不同往日，晋商那边的事情多半他已收到了消息，咂了一口，道："法兰西人酿酒的技艺有进步。这是乾隆五十二年的酒吧？这个年份的葡萄酒还算不错，可惜窖藏的技艺还差了点火候。"

蔡清华笑道："我不懂葡萄酒，倒也分不清三少这句品评是真是假。只听得人说，宜和三少的舌头，千金难买。"

吴承鉴笑道："不管好东西坏东西，喝得多了，就懂了其中的分别。第二件好物件呢？"他说着就望向戏台。

蔡清华笑道："没错，就是这个戏童。粤调我也不懂，就还得老弟帮我把把关，看这孩子的唱腔如何？"

吴承鉴道："粤曲其实我也不喜欢听。但卢关桓养了三年的戏童子，又能拿来献给蔡师爷，自然差不了的。"

蔡清华笑了："你这就谦虚了，一下子就听出这孩子的来历、年份来。这可比品酒还难。还是你认得这童子？"

吴承鉴道："说破了一点不难。卢关桓养戏童子大概是三年前的事情，这事我听过一耳朵。人没见过，但这戏童刚才唱着唱着，有几个调带着新会音。老卢是新会人，多半是教戏的师父拍老卢马屁，刻意留着讨好主人的。蔡师爷是外地人听不出来，但我们广东人一过耳朵就觉得那几个字咬音别扭，自然就猜到来历了。"

"好！"蔡清华赞道，"果然是七窍玲珑心！"

"心巧不如势大。"吴承鉴道，"类似的手法，吴某用出来，就只能蹭蹭蔡师爷的光；蔡师爷用出来，却能一下子将吴某一家老小打入万劫不复之地。"

蔡清华一笑，这一笑不是客气笑，而是带着几分审视："三少看来还是怨我的。"

"不怨，真个不怨。"吴承鉴笑道，"因为知道怨也无用，怨来做什么？这件事情，是我冒犯在先，蔡师爷给我一个回手，咱们算打平如何？我们就此打住吧。"

"好，这几句话，用你们一句福建话叫什么来着？合听！"蔡师爷道，"总督府的势，不能白借的，收回来的时候，总要带点利息。不过此势浩大，既能将人打下地狱，也能将人救出生天。就全看三少这边，如何选择了。"

龙口余食

　　吴承鉴早知今晚蔡清华这顿白鹅潭消夜必有所为而来，却想不出对方要什么——朱珪不是贪官，不至于下作到干出趁乱坑钱的事情；若说要办事的人，已有卢关桓在那里了，多收一个吴家好处也不明显，还可能得因此而与吉山正面硬杠。这笔买卖显然不划算。

　　他便看看周贻瑾，周贻瑾不作一声。

　　蔡清华笑着，对戏童子说："下去歇着吧。"

　　戏童子收了唱，拜谢下楼去了。蔡清华又对小厮说："不用你伺候了。"贴身小厮撇撇嘴，也下去了——吴七自然有眼色，也跟着走了。两人下去后，把人都赶到上风去——人处上风不利听。

　　二层上再无第四人，蔡清华才说："我这位徒弟，对吴老弟极其忠心啊。既然如此，想必京城之事，吴老弟你应该也知道不少了。"

　　吴承鉴抽了抽嘴角说："你们北京的神仙打架，我们广州的凡人遭殃。"

　　蔡清华笑道："天要下大雨，下界必涝；天不让下雨，下界必旱。既然是九重天上已经定了的事情，对下界来说，便难避免。能挪腾的，不过是看东方日出还是西边雨罢了。"

　　吴承鉴道："然则这挪腾的大权到了蔡师爷手里，为何于卢有情于我无啊？"

蔡清华哈哈大笑。他随口引一句古诗，吴承鉴立马就能合情合景地应上了，还对答得不卑不亢，这份急智才情与心胸真是不错。

蔡清华盯着吴承鉴于变乱之中毫无慌张的一张脸，顿时更觉得此子神采不凡——这等慑人魅力可不是天生俊俏的少年所能有，不由得叹息："可惜老弟你大了几岁。"

吴承鉴道："幸亏我大了几岁。"

两人互看一眼，知道彼此都听懂了对方暗语，又是放声大笑。

这两番笑，才算把神仙洲上的那道梁子揭过去了。

笑毕，蔡清华才道："老弟，你们吴家这两年上升的势头够猛，但对总督府来说，用着却是不如卢家顺手的。"

吴承鉴点了点头，承认了，却道："然而多保一家，对大方伯来说，也是举手之劳罢了。我不明白的是，蔡师爷为什么不但不肯帮忙，还要将我们推上一把。今晚神仙洲的这场好戏，可是一下子将我们宜和行推入炼狱之中。不知道的人，都说是我们吴家被卢家截了胡。知道一点的人，便说是我设计借势得罪了蔡师爷。但我却觉得蔡师爷不是这般器量狭窄之人——若你是这等人，当日我遣童借势时，贻瑾就出手阻止了。"

蔡清华看了周贻瑾一眼，笑道："我这个徒弟看人很准。那日我被你小小算计一番，确实有点小恼，事后却也就罢了。这点小事都要挂在心头，我哪里还有工夫帮东家谋算大事？"

"既然如此，"吴承鉴道，"今晚神仙洲的'报复'，蔡师爷是另有打算了？"

蔡清华笑道："北京那边要的那笔钱，无论如何总得筹出来的。秋交结束后一个月内运不上去，很多功夫就来不及做，年底内务府的账窟窿就平不了。这账窟窿平不了，和珅只怕就得倒台。秋交之后一个月内要把钱运到北京，那么在秋交结束的前后，吉山就得把钱筹出来——筹不出来，和珅就会在倒台之前要了他的命。卢关桓帮我算过了，要筹到那笔钱，保商只抄一家是不够的，抄两个下五家有所不足，若其中一户换一个上六家则还有余——除了上供去补窟窿，吉山这边还能吃点肉，没被抄的保商则还能喝点汤。"

吴承鉴道："所以蔡总商设的这个局，只要承揽者不落到自己头上，不但对吉山来说能趁机敛财，对其他保商也不是坏事。想明白了这一点，当日保商会议处潘、易、梁、马就都马上支持蔡总商了。"

"是啊。"蔡清华笑道，"所以啊，事情到了现在，落入算计的那两家，要面对的不只是吉山明面的压力，还有其他保商的暗中压力。只要确保自己不是那'两家'之一，对于失手者，其余保商必定墙倒众人推。"

说到这里，他嘘了一口气："譬如有龙，因饥出穴觅食，一兽不足餍，二兽则有余。群兽奔走，惶惶不知谁将是龙口食物，与其待龙审择，不如群杀二兽以献。龙饱归穴，兽尸犹有余肉，而众兽可分而食之。"

吴承鉴道："杨家就是第一兽，现在我们吴家可能就是第二兽。局面发展到现在，吉山不用再费神了，下面的人为了避祸取利，就会把我们两家往死里推。"

蔡清华笑道："蔡士文这个保商还是不错的，设的好局面啊。"

"是好局面。"吴承鉴道，"可惜寒了亲朋的心。我们吴家与他，半是亲戚，半是盟友。论亲疏，论道义，他都不该挑我们家。"

蔡清华道："论亲疏，你们吴家和他还没亲到谢家的分上，你们只是半盟友，而蔡、谢却就是盟友；论道义，商场之上，道义几两银子一斤？上六家之中，潘家深不可测，他们不敢动手。这场图谋不是仓促而就，就是由来已久。他们设计之时，长麟未走，卢关桓依靠着总督府，他们也难动他。剩下的，就只有你们吴、叶了。"

吴承鉴道："蔡师爷上次来白鹅潭时，好像对广州的局势还没怎么了解，如今说起我们十三行的底细，却是如数家珍。嗯，这里头的转变，想必是因为老卢吧。"

蔡清华打了个哈哈，吴承鉴就知道自己料得没错："那么在吴、叶之间，蔡总商为何选吴不选叶，我还真想听听老卢的分析。"

蔡清华道："你们吴家和叶家，关系也不浅啊。老卢认为，吴、叶两家，都是从潘家分出来的，而且其势相当，但吴家重义，叶家寡恩。如果攻叶，吴必护叶，两家联手的话，多半会把潘家也拉进来，到时候他们就算赢了，也是惨胜。如果攻吴，一旦做成定局，叶必弃吴。吴家若成孤军，潘家眼看势不可为，多半也会袖手免祸，那事情就好办多了。"

吴承鉴听到这里，就像听到一个极其荒诞却又真实无比的笑话，忍不住要笑，却又笑不出来。

"原来，我们吴家的重义，竟然也变成了会被攻击的理由。"吴承鉴终于还是笑出声来，"难道这就叫好人没好报，祸害遗千年？难道这就叫修桥补路无人埋，杀人放火金腰带？哈哈，哈哈，蔡总商真是好算计，卢商主真是好眼光——我那未来岳父，也真是好变通！"

十一甫，大榕树下，一间大屋。

这里本来是偏僻的地方，难得变得如此熙熙攘攘，挤着十七八个人，个个都穿着绸衫。

当吴承构出现在众人面前时，茅屋内的所有人几乎都沸腾了。好多人急着就问："二少，二少，听说宜和行要摊上大摊派，有人甚至说宜和要倒，不会是真的吧？"

吴承构微笑着，却并不正面回答，走到六叔公跟前，问他："亲族们都来了？"

"都来了。"六叔公说，"广州的吴氏本家，除了十五之外，差不多都到了。"

吴承构皱了皱眉："算了，不等他了。他一向畏事，不来就算了。"

白鹅潭上，楼船画舫。

吴承鉴道："蔡师爷，如今的形势，我们吴家就要大破败。其实不管你有没有推那一把，差别也都不大。没有你的那一推，我们也不过拖多一两日罢了。你推了一把，也不过让局势提前爆发。只是我不明白，既然你已经选了卢家，却还找我来做什么？"

蔡清华笑道："谁说我选了卢家？"

吴承鉴一奇："难道不是？"

蔡清华道："卢关桓的确是个干才，先前东家交代的两件事情，他都办得挺漂亮。不过嘛，论到情谊，我与他不过相识数日，自然是比不得我和贻瑾的师徒之情——不见我一到广州，别人都不找，就先找了贻瑾？"

吴承鉴笑笑："那跟我又有什么关系？"

蔡清华道:"赒瑾这不在老弟你门下办事嘛?我不看僧面看佛面,既然是赒瑾诚心辅佐的人,我蔡清华怎么也得留下几分人情的。"

吴承鉴道:"然则我们吴家如果倒了,赒瑾不是更好趁势回去吗?"

蔡清华仰面打了个哈哈:"蔡某先前的确曾如此想,不过现在却改主意了。赒瑾之于大方伯,最急需的乃是对岭南的深入了解。如今既有了卢关桓——虽则我与他之间的信任尚远不能与赒瑾相比,但这事却也就不急了。"

吴承鉴便与周赒瑾对望了一眼,都想起了蔡清华曾警告他说:"这广州神仙地,保不定什么时候就能出来一个能替代你的人,那时你要待价而沽,怕也沽不起来了。"果然今天已应其言。

朱珪既是两广总督,坐拥两广官场第一人的大势,总会有各式各样的人物、势力贴过去投靠。这也是迟早的事情。

就听蔡清华继续道:"虽然找赒瑾我们现在已经不急了,但眼前嘛,我倒是有另外一件事情,要落到吴老弟你身上。如果你答应了,眼前的这场劫难就不用说了,蔡某替大方伯许诺:宜和行,还有你们吴家,大方伯都会保了。如果事情办得好,将来就是把你们吴家抬到总商的位置上,也未必不能。"

第三十九章

拒绝

换了别的人来，这时不是喜出望外，便是受宠若惊。

吴承鉴却沉默半晌，才问道："大方伯要我做什么？"

蔡清华笑着说："数日之后，保商公议，必选杨、吴两家。大方伯希望你到时候不要慌张，不要绝望，却也不要抗拒，只尽力争取拖延缴纳款项的日子便可。也不要如同杨家这般，尚未到最后关头，就已经如同坐以待毙了。"

吴承鉴插口道："这是大方伯的意思，还是蔡师爷的意思？"

蔡清华道："是我的主意，但大方伯已经首肯。你若不放心，我可以秘引你见大方伯一面，以坚汝心。只是这一面，暂时不能被人知道。"

吴承鉴道："拖到最后，又能如何？"

蔡清华笑道："蔡总商的这个计谋，什么都好，就是有个破绽——他把事成的日子定得太晚，万一到时候有个什么意外，吉山会连转圜的时间都没有。"

"他这也是没办法。"吴承鉴道，"广州的商人不像北方的大地主，没有将银子成缸埋入地下的习惯。广州这边的商人，金银运转如流水，进入下半年，十三行的银根就会渐紧，各家的债权债务犬牙交错，就算是蔡总商，只怕也很难算准哪个日子哪家的钱银会在何处。若是操作不好，就算用强动兵，也

可能会只抄出一个空壳，所以他才会选秋交结束前后来推动此事。"

事情到了这个地步，许多原本想不大通的事情，现在也都已经彻底明白。

段龙江为什么会抛弃吴家？因为这件事情的背后有和珅。"劫匪"为什么能动用那么多的人力，甚至火器？因为这件事的背后有和珅。

吴家惠州丢茶的消息为什么迟不发早不发，而刚好就在外茶白银入库之后发？因为对方要确保吴家除本家茶之外的银流能到账。

第一次保商摊派会议为什么刚好是在昨天召开？因为杨家和洋商的交易是在前日结束，而茂盛行拿到的钱还在盘点，没来得及发给那些供货的中小商家——这时候的杨家，银池最满，及时封锁，获利最大。

事情一桩一桩，总算是逐渐明朗了。

然而明朗了又如何？

"敌人"早已算定，杨家、吴家就算这时明白了事情的真相，也已经太晚了，一切已经被做成了定局。

杨家已经陷入死地——吉山都已经派兵把杨家和茂盛行"保护"起来了。他是粤海关监督，做这件事名正言顺，谁也无可奈何。而吴家要想破局，除了计谋之外，还得找到一个足以和吉山——甚至和珅——对抗的靠山。

吴承鉴看向了蔡清华，发现蔡清华正在微笑。然后他对蔡清华的用心也一下子明白了过来。

昨天傍晚蔡清华的反计并非"报复"，而是以"报复"的名义，由两广总督府亲手将吴家推入深渊，只是要为接下来的政坛斗争埋下伏笔罢了。

因为吴家已被打入万劫不复之地，所以接下来无论蔡清华提出什么要求，吴家都将难以拒绝，只能照办——得到活命恩赐的垂死之人，自然要比靠利益交换得来的鹰犬更加驯服、更加好用。

因为吴家是被蔡清华打入死地，所以吉山那边会以为吴家已被两广总督放弃，以为朱珪的目的只是保住卢家，便会对吴家接下来的行动放松警惕。到了最紧要的关头，朱珪再忽然插手，便能打得吉山一个措手不及。

而朱珪的这一击自然不是奔着吉山去的，而是以他为代表的清流士林对和珅的一次绝杀——这是一次"倒和"，而吴家，就是这次"倒和"行动的枪头。

“蔡师爷。”吴承鉴道，“你到底要我们吴家做什么？”

“拖！”蔡清华道，“这次和珅要办的事情，来得有些不太合规矩。吉山表面强横，其实内里也承受着各方压力，所以有些事情他也不敢做绝。数日之后的保商会议，你先答应捐献，然后拖着，设法拖到十数日后，再找个由头，坚拒这笔捐献。”

吴承鉴嘿了一声：“先答应后反悔，这不是让我们吴家找死吗？”

“如果背后没有大方伯，自然是找死。”蔡师爷说，“可若有大方伯为你撑腰，你们还怕什么？这一次的摊派，吉山他一无圣旨，二无圣谕，三无内务府正式行文，只是凭借权势和恐吓来逼保商捐献，这就有了反抗的余地。到时候你一反悔，吉山必然大怒威逼，你就趁机闹起来。他若严词逼迫，你就虚与委蛇；他若兵刃相加，自有大方伯为你解围。只要把事情拖到十五日以后，大局便定。”

吴承鉴道：“北京的大局？”

蔡清华笑道：“聪明！”

吴承鉴却一时不作应承。

蔡清华见他还在犹豫，又说：“你们宜和行惠州失茶之事，卢关桓已经告诉我了，便是没有此次永定河逼捐之事，你们吴家的买卖与声誉也都要一落千丈。更何况失茶之后，又被逼捐？现在你们吴家已经山穷水尽，这是最后一条路，也是唯一的一条路了。放眼广东，只有两广总督才能压住吉山。放眼天下，也只有我们东家这位皇十五子的老师，才敢为你对抗和中堂。你是聪明人，知道自己该怎么选择。”

就算此刻没有第四个人在场，蔡清华的言语也十分谨慎。他没直接把皇十五子拉进来，只是挑明了朱珪是“皇十五子的老师”这个身份。

是啊，吉山的背后，有和珅。

而朱珪的背后，有永琰。

这是一场大清帝国最高层的博弈，而吴家还是靠着因缘际会，才“有幸”地成为这场棋局的一枚棋子。

十一甫，大屋之内。

吴二少对众多亲族说道：“近来关于十三行逼捐的事情，大家都听说了吧？"

这话一出来，屋内当场就群情汹涌。

福建人素好抱团，当初吴家初到广州，人生地不熟，自然要抱团取暖，而等立定脚跟之后，又从老家引人入粤，亲带堂，堂带表，一带就带了一整窝子出来。几十年前，西关还没有今日这般繁华，这里是城外郊区，有些地方也就成了外来户的聚居地。福建吴氏就这样在广州城的西门外定居下来，形成彼此呼应的格局。

等到吴国英离开潘家开始创业，在创业伊始也的确得到了同乡和宗族的许多帮助，别的不说，光是资金筹集这一块，从这些人手里借贷出来的钱就占了吴国英启动资金的三分之一。而且当初要摆平各方关系时，也需要这些同乡亲族上阵来造成一个人多势众的声势。

虽然随着宜和行的生意逐步走上正轨，吴家对同乡亲族的依赖逐渐减少，但吴国英念旧，秉持"肥水不流外人田"的原则，只要是能交给族人乡人的生意，便优先交给了他们。如此便带动了数十户亲族同乡的富裕，使得西关之外，闽音众多。

今天能来到这大屋之内的这些亲族，他们家的大小生意，多多少少都与宜和行有关，所以听说了十三行发生的事情，早就都急得火急火燎了。

七八个人同时开口，人多口杂，但所问的无非是："二少，逼捐的事情是不是真的？吴家也被逼捐了吗？宜和行会不会倒？"

当然还有更赤裸裸的话，这时就不好说出来了，比如"会不会牵连我们"之类。

吴承构叹息了一声，说："这件事情，其实我也不是很清楚。"

"什么？！"

"你怎么会不清楚！"

"你在宜和行里也是响当当的人物，又是二少，怎么会不知道？"

"是啊！"

吴承构说："大家静一静，静一静！"

众人好不容易静了静，吴承构才说："这件事情，不是我出的面。我爹不知道是怎么想的，因为我大哥病了，那天开保商会议的时候，竟然让老三代表我们家去开会。你们想，就老三那副德行，他去开会，能争出什么好结果来？

于是，局面就变成今天这个样子了。"

众人"哦"了一声，若有所悟。六叔公道："我就知道，我就知道！咱们吴氏出了这么个败家子，迟早要出事。以前有承钧当家压着他还好，现在国英不知道是不是吃多了猪油蒙了心，竟然把家交给这个败家子当，这下可好了！宜和行要是遭了殃，咱们这些人还不得跟着倒霉吗？"

吴承鉴忽然站了起来，整了整衣服，对蔡清华深深一个鞠躬。

蔡清华笑道："不用多礼，我帮你这一次，也是顺势而为。"

不料吴承鉴却说："这一礼，是吴承鉴赔罪。"

蔡清华呆了呆："赔罪？"

吴承鉴道："大方伯有命，吴家不敢奉命，故而赔罪。不过请蔡师爷放心，今夜一会，在逼捐一事了结之前，吴某不会泄露只言片语。大方伯若另有方略，不会因为吴某泄露消息而有所耽误。"

这一下轮到蔡清华惊讶了。他几乎以为自己听错了，又惊又怒："你说什么？"

吴承鉴道："我说，吴家不敢奉命。"

蔡清华将吴承鉴上下打量："吴老弟，你知道你们吴家现在是什么形势吗？你知道拒绝我的代价吗？"

"知道，自然知道。"吴承鉴道，"吴家现在，大概连落水狗都比我们要好上三分。落水狗只要上岸就能活，但吴家现在人在水里，岸边却还准备好了刀剑。我们不上岸是死，上了岸也是个死。等几日后保商会议一投筹，那大概更只有'家破人亡'四个字足以形容。家父和我少不了一根绳子挂横梁上，然后其他男丁发配边疆，女眷打入贱籍，都有可能。"

蔡清华森然道："既知如此，你还敢拒我？"

吴承鉴道："本来不敢，然而，不得不拒！"

第四十章

论 商

蔡清华望向周贻瑾，周贻瑾笑道："怎么样？我说过，三少不会答应的。"

蔡清华摇了摇头，似乎无法理解。

周贻瑾道："别人能进这个棋局，也许会受宠若惊，但我们三少是从来不甘心去做别人的棋子的，无论执棋者是谁。"

蔡清华冷笑："不想做棋子，那是想做棋手了？可是做不做得了棋手，也得先看看自己是什么身份，处在什么位置！以当下局势而言，还奢言什么不想做棋子，这等意气用事才是真正的愚蠢。"

"不敢不敢。"吴承鉴说，"吴某人算什么东西？敢在大方伯、和中堂面前做棋手？不敢，不敢。不过嘛，吴某以为，大方伯若真是士林清流、国家栋梁，就不应该这么对待我们吴家。"

"你们吴家怎么了？"蔡清华道，"大方伯愿意把这么重要的事情交给你们吴家来办，那已经是极其看重了，你还不满意了？"

"不敢，不敢！"吴承鉴道，"吴家是做生意的。商贾在士人眼中，乃是贱业；但蔡师爷可知道，商贾之中，亦有国士。"

"国士？"蔡清华冷笑道，"黄山谷云：'士之才德盖一国，则曰国士'。商贾之流，其位在士农工之末，连士都算不上，还敢称'国士'？"

吴承鉴道："要论一个人是不是士，是世俗说了算，还是圣贤说了算？"

蔡清华道："自然是圣贤说了算。"

吴承鉴道："考科举走仕途的人才能叫'士'，其实是赵宋以后世俗的说法。但古代圣贤可不是这么区分的。孔圣人说：'行己有耻，使于四方，不辱君命，可谓士矣。'也就是说，一个人立身有道德底线，行事能明辨是非，在这个基础之上出外办事，能够不辱君命，便可谓之士。可见圣贤区分国士与宵小，不是看身份与职业，而是看他的行为、道德与操守。相反，那些虽然做了官却不称职的人，圣人是怎么说他们的？'今之从政者'，'斗筲之人，何足算也'！"

蔡清华哈哈一笑，心想这个满广州人人都称之为败家子的宜和三少，原来倒也读书，便道："好，算你说得有理。可是你们商贾之中，有这样的人吗？岂不闻：为富不仁，为仁不富。说的就是你们这群终日追逐蝇头之利的奸商。"

吴承鉴道："可圣人也说，君子的境界是'贫而乐''富而好礼'。若我们富而好礼，那不但是士，且是君子，而不是奸商。"

蔡清华道："你敢说你们吴家做到了？"

吴承鉴道："不敢说已经做到，但我们一直都以此为追求。一家子有志于此道而且二十多年来积极践行的人，这不就是士了吗？"

"哦？"蔡清华道，"愿闻其详。"

周贻瑾不经意地看了蔡清华一眼，便知从这"愿闻其详"四字开始，师父就要被三少装进去了。

就听吴承鉴道："天下谁都知道，我们十三行与普通商人不同。乾隆十年，圣天子从广东商行之中，挑选出其中财力雄厚的五家作为保商。被选中的保商，必须承保外国商船到粤的贸易和纳税，承销进口洋货，承办出口华货，甚至就是外商的仓库住房、工役雇用，也全由保商负责。此外，洋人若有向官府交涉禀报事宜，不能直接接触官府，也必须由保商代为转递；保商还要负责约束外商的不法行为。可见我们十三行的保商，从一开始就不是普通商人，而是有实无名的皇商，是奉行君命，为国聚财。"

"按理说的确如此。"蔡清华道，"然而我到广州之后，看到的却是你们这群保商，借着圣旨垄断华洋贸易，为自家赚得金山银海，生活更是奢靡无度——这也敢自称'奉行君命，为国聚财'？"

"生活是节俭还是奢靡，这是小节。管仲的生活也不节俭，但孔圣人仍然称他仁。"吴承鉴道，"当然蔡师爷说得没错。我们保商之中，也分有三等，其中最下等的保商，的确是借着圣旨垄断谋利，为了赚钱不择手段：真货也卖，假货也卖，好事敢做，坏事也敢干，甚至就是违法犯纪、祸害国家的事情，只要利之所在，也敢出手；卑躬屈膝的事情也是趋之若鹜——为了钱银养就一副奴颜媚骨，这样的人也就是世俗所谓的奸商。就是这样一帮人，把我们商人的声誉都给败坏了。

"至于第二种，他们做生意讲究良心，讲究底线，讲究货真价实，讲究公平交易。这样的商人，真可谓良心商人了。若再讲一点义气，那就是卢关桓这般人物了。这是商人中的中品人物。"

蔡清华自觉已经猜到了吴承鉴的诡辩套路，笑问："那么上品呢？"

吴承鉴道："上品之商人，是要在货中立品，在商中立德。他们不只在做买卖，还要做货品；不但要做货品，还要立德业……"

蔡清华听到这里，大笑了起来："古人云，天下有三不朽，太上立德，其次立功，其次立言。天下读书人学问再大，也只敢求立言，便是大方伯这等大儒，也不敢说自己已经立德。而你告诉我，区区商人之中，也有人敢自称立德？"

吴承鉴道："不敢自称太上立德。但保商之中，的确有一两户，是在无声之中，建功立德的。请蔡师爷听我细说。十三行的保商之中，大部分都只是凭着执照，垄断着华洋贸易，对国内坐地收货，再卖给洋人。左手低入，右手高出，靠着其中的差价来赚取高额利润。比如下五家中的潘、易、梁、杨、马都是如此。这些商行倒了破了，也不过是一家一户的衰落，最多再倒掉几十家供货的商户。换一个商户来领了他们的执照，生意照做。于国于民，影响都不大。可能在大方伯与蔡师爷看来，我们这群保商，都是这样的人吧。所以选我们吴家做过河卒子，可能在大方伯看来，我们吴家应该受宠若惊才对。"

蔡清华沉吟着，不置可否——他已经隐约听出了吴承鉴的暗中所指。在卢关桓来投之后，他也算更深入地了解了十三行中各家各行的情况，知道虽然同是保商，但各商行又有所不同。

果然就听吴承鉴继续说："保商之中，又有第二等人物，乃是根基渐深，已经建立了相对庞杂的货流体系，商贸往来渗入南方各省，如'上四家'中的蔡、谢，以及我的未来岳父叶大林，都是如此。这几家商行如果忽然倒闭，而没有资格相当的人接手其遗留下来的摊子，造成的影响就要深远得多，可能若干府县的商流都要受波及。因此牵涉这几家的话，就必须慎重。"

蔡清华道："听你的说法，莫非你刚才没点出来的潘、卢、吴三家，又与蔡、谢、叶不同？"

"当然不同！"吴承鉴道，"我们潘、吴两家，在赚得海上暴利之后，又将银子投入上游的实业里去，以图改进货品。潘家经营丝绸，我家经营茶叶。将银钱投入丝、茶的改进上，风险高，投入大，周期又长，见效最慢。这就是家父起步虽早，然而积两代之力，排名却至今在蔡、谢、卢之下的原因。因为如此吃力不讨好，所以大部分保商都不愿下这个苦功。做这个苦活，只有老卢目光算高远，近年也终于在瓷器上发力了。

"然而靠政策垄断致富，是注定其兴也勃，其亡也忽，一旦时局有变，执照换人，也就是内务府一纸命令的事。如粤海金鳌之经营丝绸，背后牵涉的作坊何止千百家，织机何止千万架？又如家父家兄之经营茶叶，背后牵涉的茶山何止百十座，茶厂何止百十家？丝之既成，茶之既收，然后加工制作的人员，不知包括多少织造巧手、多少制茶师傅，而后海陆两道的运输人员，又不知包括多少苦力与好汉。这两条线，赖之生存者，不下万人；因而致小康者，不下百家；而因整盘生意而多少获利者，怕不下数十万人。"

听到这里，蔡清华总算有些明白了。

吴承鉴是要告诉自己：潘、吴两家和十三行其他家族的不同，是他们的资本已经进入实业领域；他们如果出事，直接受影响的就不只是他们自己，不只是合作商户，而是涉及桑农、织户、茶农、运输苦力在内的许多底层人群。

官员们其实不怎么在乎商户的死活，却都会担心底层民众的生计。这不是出于慈悲心，而是出于恐惧心——因为商人阶层软弱，而底层民众没饭吃却是敢造反的。

吴承鉴所列举的三种商人：第一种死了就死了，将执照换个人便可；第二种商人，却要安排好人来承继其商流；而第三种商人牵涉面更广，在处理他们时，的确要比对前两种人更加谨慎些。

便听吴承鉴继续说："在十三行这个最后关卡上，潘老与家父每从洋商那里多争一分利，回头对国内便多让一分利。蔡师爷你或许看不起这一分利，可就是这一分利，便能泽及千百户人家，惠及成千上万的人。他们二老，每每为此忧心，于洋商面前，多争利益，转头面向丝厂茶山，则多让利，常常跟我们说：'我们这一头多让十两银子，丝头、茶头虽然不可能就将这十两银子都让给织工、茶农，但最后让利个一二两，对这些下贫之家来说，他们的生活也能有所改善了。'蔡师爷，存着这样的好心，做着这样的好事，不是立德业是什么？"

蔡清华嘿嘿两声，道："若潘、吴两家，真的如你所说，倒也算商贾中的良人了，但你刚才自称国士，却是有些自抬身价了。"

吴承鉴也不辩驳，却拿起那个装酒的玻璃瓶来，道："这瓶葡萄酒固然价值不菲，但装酒的这个玻璃瓶，造价却也不低。蔡师爷，你觉得此瓶在我大清价值几何？"

蔡清华道："数十金。"

这是他们读书人喜欢用的仿古词语，数十金就是几十两银子的意思。

吴承鉴道："国家以农为本，天下米价，取其中位，每石白银一两半到二两二之间。中等稻田，亩产两石，去皮得米，出米七成，则农夫在一亩田上辛苦耕耘，一年所得，不过二三两白银。国朝人多田少，一夫所耕，不过三四亩，则其一年所得，不到十两白银——这还是不算各种盘剥的总产出。而这么一个酒瓶，就需要一个农夫在田地里劳作五六年。那么蔡师爷知不知道，这玻璃酒瓶是怎么做出来的？"

蔡清华虽然博学，却刚好不知此事，然而他也不觉得有什么好在意的，就也没有回答。

"是沙子！"吴承鉴道，"这玻璃是用沙子做的，泰西（旧泛指西方国家）的几个熟手工人，一天就能吹出几十个酒瓶。几十个酒瓶，他们一天吹出来，然后就能赚走一条小村子所有农民一年的收获了。"

"这又如何？"蔡清华道，"按你这样说，我大清出产的陶瓷，也都是沙土制成；丝绸，不过蚕虫所吐；茶叶，不过茶树上的叶子。可就是这些沙土、虫唾、树叶，却每年都为我们大清赚成千万两的白银。"

他自觉得已经驳倒了吴承鉴所论，却听吴承鉴道："那他们为什么要用白银来买这些瓷器、丝绸、茶叶？我们为什么要花重金去买玻璃？"

蔡清华笑道："这还不简单？因为他们不会制造陶瓷、丝绸，没有茶树，而我们不会制造玻璃啊。四海之中互通有无，此乃自古皆然之理。"

吴承鉴道："那如果他们学会了制造陶瓷、织造丝绸、种植茶树，而我们还没学会制造玻璃呢？"

蔡清华一愕。

"是因为他们暂时还没有我们的技术！"吴承鉴道，"天下只要土质适宜，就能制作陶瓷。别的不说，日本、朝鲜就都会造了，只是没我们造得好罢了，可见并非一定只有我们才能造。同样，桑树可种，只要得到蚕种，欧罗巴的人还来买什么丝绸？至于茶树，蔡师爷可知道，洋人已经在谋盗茶种和茶树苗。而我们大清呢？这么多的官员尸位素餐，在国内权谋算计一个比一个厉害，但眼看着玻璃价格高企，却有哪个官员曾想过去改进玻璃的制造？更不要说，近年泰西已经出现了比玻璃更重要的国之利器。"

蔡清华对没听说过的什么"国之利器"毫不在意，他的眼界毕竟还是有局限的，但听说洋人要盗蚕种茶，脸色便微微一变——这件事情，可大可小，便道："洋人谋盗蚕种茶苗，可是真的？若是真的，这事可得速速上禀！"

以茶而争四海之利

"我们早就上禀过了。不过上头的反应，也就那样。"吴承鉴道，"而且长久而言，这秘密总是很难保的，因为不只我们，日本、朝鲜也有蚕、茶啊。他们从大清这边得不到，转去日本、朝鲜索求呢？十年八年，我们保得住秘密，百八十年呢？只要对方有心，总有守不住的一天。"

蔡清华道："但你刚才也说，日本、朝鲜之丝、茶，虽能织、种，品种却远不如我中华。"

"不只是织、种，还有后面更加复杂的工序。"吴承鉴却道，"丝我不懂，但茶叶之所以成为茶叶，不是从山谷之中采取茶树叶子就够了。先是选种，之后培种，一代又一代，择土而种，望天看气候采摘，而后筛、切、选、拣、炒，一道道工序下来，繁复无比。料来丝之织、瓷之制亦若是。

"士大夫渴而坐饮，而不知一杯之水，背后有多少匠人的血汗。为什么洋人会万里远来，以金山银海来换取这一片片黑乎乎的茶叶？因为我们卖的不是树叶，而是将这树叶变成良饮的技术。而这技术，是自秦汉以来无数茶农茶匠中的聪明才智之士，积两千年才得以领先于四海的制茶技艺。神农分五谷，天

下人赖之以饱，而丝、茶、瓷诸道，中华赖之以富。丝、茶、瓷的发明者与改进者，其功实不在神农之下。"

蔡清华这时已有些被吴承鉴说动了，只是他毕竟是读儒家经典长大的，重农鄙商是刻在骨子里的东西，所以一时不愿意承认这个观点。

但他脑子很活泛，很快就想到了另外一个问题："既然你说这三门技艺乃是我中华千年所积，那么洋人就算偷了茶种、蚕种，多半也没什么效用了。"

"数十年内，或许没用，但百年之后呢？"吴承鉴道，"洋人能用沙子造出玻璃，可见他们中间也有聪明才智之士。天下熙熙，皆为利来；天下攘攘，皆为利往。丝、茶涉及的是成千万两白银，有这么大的暴利作为吸引，不愁没人投入钻研。再加上已经看到我们的丝、茶成品，若我们故步自封，而让洋人迎头赶上，或数十年，或百余年，恐怕洋人就不需要再从我们这里买茶了。甚至有一天，我们的丝、茶之出品，还将不如对方呢。若如此则将如何是好呢？

"我大哥吴承钧为了这个问题，常常彻夜思索，最后终有所得，对我说：洋人能进益，我们也当有进益。只要我们的进益在他们之上，那我们就能保持领先，使中华之丝、茶、瓷器，出品高于四海。那洋人就得永远花大价钱，来我们这里购买丝、茶、瓷器。

"因此我大哥才会日夜不休，将从十三行赚到的钱，一笔又一笔地投入茶山上，维持着制茶工艺的不停改进，目的就是要让我中华的制茶工艺，永远领先于天下。蔡师爷，你明白了吗？我大哥他不只是一个商人啊，他是要以茶为利器，为中华争四海之利。

"匹夫具有此等心胸、此等眼界而且能身体力行者，若这还不是国士，请问什么才算国士？此等国士，实为国之瑰宝。对这样的国之瑰宝，大方伯却要当作过河棋子来使用，蔡师爷，你觉得这样对我大哥公平吗？对我吴家公平吗？"

一口气说到这里，吴承鉴才停了下来，脸上犹带激动。

蔡清华沉吟道："就算你大哥当真如此了不起，然而你宜和行所牵涉的，最多不过十万人之生计——茶之一道，也不过国家一隅。而和珅之害，祸在天下；贪腐所败者，更是国之根本。以利害权重而言，亦当以前者为轻，而以后者为重。"

吴承鉴道："蔡师爷，你扪心自问，杀了和珅，贪官就能绝吗？天下就会好吗？"

蔡清华一时沉默，终道："至少不会更坏。且让天下有向好之望。"

吴承鉴又道："再退一步说，把我们吴家推出去做过河卒子，就一定能扳倒和珅吗？"

蔡清华道："就算没有十成把握，亦有七八分。"

吴承鉴又问："然则，一定是要我们吴家吗？"

蔡清华不答。

吴承鉴道："大人物有大人物的方略想法，但小人物有小人物的苦衷。大方伯要进行的这场斗争，可能成功，也可能失败。在大方伯那边，他败了不过后退一步而已。而在我们吴家，一有个闪失那就是万劫不复。且就算一时赢了又如何？一入此局为棋子，宜和行往后将永陷旋涡之中，哪里还能静下心来，钻研提高茶艺？

"蔡师爷，你现在应该明白了吧？我不但是要保住吴家，我要保护的还有我大哥所创立的这个事业，以及赖以创立这份事业的德心。不管怎么样，我都不能让我大哥所创立的这份利国利民的功业，因为那些此起彼伏、永无休止的政治斗争而破灭。"

蔡清华走了，他没得到希望得到的承诺，然而脸上竟无愠色，反而带着一两分歉疚。

他走了之后，吴承鉴也没回家，直接让铁头军疤将小艇荡到花差号上。两人在舱内坐下，周贻瑾忽然道："承钧兄真有这么了不起吗？"

吴承鉴笑道："当然，我大哥是大大地了不起。"

周贻瑾嘿嘿了两声："我来广州也非一日了，见多了各式人等，反而是令尊与令兄都没见过。但我总觉得，你所说承钧兄的那些豪言壮志，更像是你自己的话。"

吴承鉴"嘿"了一声，不答。

周贻瑾道："你会拒绝师父的提议，我倒是料到了，然而之后那么长的一番言语，却是出乎我意料。你这番话可是有什么深意？"

吴承鉴反问："为什么你料到我不会答应？"

"这还不简单？清流其实不可信任，更不可依赖！"周贻瑾道，"清流们志存高远，手段却不多。真的由你们吴家当出头鸟，害得和珅跌个大大的跟头，以和中堂的个性手段，回过头来一定会先拿你们吴家开刀。那时候，大方伯未必保得住你。"

"跌个大跟头？"吴承鉴道，"贻瑾也认为这件事就算办成了，也倒不了和？"

"我认为倒不了。"周贻瑾道，"国库也好，内务府也好，那些钱是怎么亏的？虽然我们看不到账簿，但想想当今圣上的性格，以他那般强硬的个性，真有人敢在他眼皮底下弄出这么大一个钱窟窿？依我推测，这些钱窟窿，穷究到底，只怕还是皇上花了去。两征准格尔，两征廓尔喀，两定大小金川，这花出去的白银，一亿也打不住，再加上皇上他自己的开销也大，加在一起，光靠国库收入肯定是不够的。"

"当然不够。"吴承鉴道，"江南盐商的口袋，一个两个都瘪成什么样子了。所以现在也要轮到广东了。"

周贻瑾道："钱虽然是皇上花的，但清流们为尊者讳，自然要把责任全推到和中堂身上去。但既然钱是皇上花的，皇上心里能没数？和珅是为陛下挡风挡雨挡污秽的一面墙。这面墙再脏再黑，皇上也要回护的，怎么会让他给倒了。"

周贻瑾冷笑道："所以啊，你若真的答应了大方伯，那吴家才是死路一条。也幸亏你没答应。只是你刚才那一番话……啊！我真是糊涂了！"

吴承鉴摊了摊手。

周贻瑾笑道："你当然要说那番话的，不然虽然避开了和中堂的明刀暗箭，却要招了大方伯的忌，眼前这一关就过不去。"

吴承鉴笑道："君子可欺之以方。大方伯是君子，我自然要跟他讲大道理——再说了，我也并没有欺骗，对不？"

两广总督府衙之内。

朱珪听了蔡清华的陈述，道："他真的这般说？"

还没等蔡师爷言语，朱珪就喟叹了起来，蔡清华的学问、为人他比谁都清楚，这般出己意料的言语，似乎便是蔡师爷也杜撰不出来，不由得叹息说："不料南蛮、山海之交，也能出这等人物。其父固然值得敬重，这对兄弟也是不凡。吴承鉴此子心中颇有丘壑，所悟也算一道，只可惜读的不是圣贤书，没有走上儒门大道，惜哉。"

又问蔡清华："你觉得，他会怎么解决此事？"

蔡清华沉吟道："此事学生亦感奇怪。我看他双眸不乱，似乎成竹在胸，然而以当前之势而言，实在别无他法可以抗拒。没有我们为靠山，以商抗官，无异于以卵击石。他吴家还是要死定了的。大方伯这边会怜悯茶农，爱惜志士，吉山那边可不会有这等顾虑。"

朱珪道："我们可还有其他办法能干预此事？"

蔡清华道："和珅在朝廷势大，而吉山在广州根深。我们也只能顺水推舟，如果行事脱了规矩，一旦大方伯牵扯进去太深，和珅就有理由插手，那时候我们反而得不偿失。万一……更被有心人将大方伯而牵扯上……"

他就没说下去了。

朱珪道："那此事就且放下吧。偌大的广东，千头万绪，也不能把所有心思都放在十三行上。你且密切关注，看其后续如何。"

蔡清华道："那吴家那边……"

"就由得他去吧。"朱珪道，"他既然不想倚老夫为靠，老夫也没有强为他出头的道理。老夫也要看看，在这等死局之下，这个小子还能如何翻盘。"

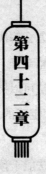

第四十二章

谁去顶缸

十一甫，石屋内。

听了吴二少的话，吴氏亲族无不惶惶。

不管是什么原因导致眼前的局面，如果宜和行真个倒闭，虽然他们不像吴家一样要被流放贬斥，但这就意味着从此要失去一块很大的财源，有一些家族甚至可能因此失去最大的一块生活来源。

众人议论纷纷，一时都不知道如何是好；问吴承构，吴承构也是面有难色。

六叔公道："为今之计，只有一个办法了。"

众人忙问："什么办法？"

"毒蛇咬手，壮士断臂。"六叔公说。

众人面面相觑，这八个字的意思大伙儿都清楚，却又不知道六叔公用在这里是什么意思。

六叔公道："这个摊派，万一摊到了吴家，吴家可能要倒，但我们吴氏不能一起倒。为今之计，只有一个办法：到时候，如果真的把这摊派摊到吴家头上，那么便推出一个人来顶缸，再另外找一个人来继承吴氏的行商地位和宜和行的执照。吴家的产业多半要因此没了，但保住了执照，保住了和洋商的关系，我们又有福建茶商的老关系，那么这门生意就能继续做下去。那时候，也许吴家在十三行的位置要落到后面，但即使落到最后面，终归也还是保商啊。"

众人听了，彼此咬耳朵，窃窃私语，有的点头，有的摇头，终于有一个人问了出来："要让谁去顶缸？"

六叔公说："现在谁当家，自然就是谁去顶缸。"

众人"哦"了一声，恍然有悟，却没人有什么意见。

又有人问："那如果让三少把这个缸顶了去，又让谁来继承这个执照和家业？"

"那当然是二少。"六叔公说，"虽然汉人的规矩，都是立嫡，但现在咱们是大清朝，大清的规矩从来都是立贤啊。几代皇上都是这样。既然皇上这样，那咱们老百姓当然也要这样。二少他一向尊老爱幼，又在宜和行帮了几年的忙，商行里的事情他门儿清，由他来继承家业最好不过。"

又有人说："可是国英老哥会肯吗？"

"现在还有别的选择吗？"六叔公说，"如果全家一起扑街（完蛋），对国英有什么好处？对吴家有什么好处？但如果按照我们这个办法，不但吴家保住了，光儿也能保住。有子有孙的，国英还想怎样？再说国英素来念旧，就算他原本犹豫，但如果我们这帮老家伙一起站二少，应该能让他答应的。"

屋内许多人都点了头，觉得有理。

"若是大家都同意，那我们就干吧。"六叔公说，"时间就定在拜寿的那一天。到时候大家一起去拜寿。这是关系着我们福建吴氏的大事，众人到时候一定要齐心！"

众人都道："这个自然，这个自然，到时候我们一定唯六叔你马首是瞻。"

吴承鉴在花差号上又度过了一夜。

快天明的时候，有一艘小艇给吴七传了消息。

吴七上了船，吧啦吧啦把十一甫的事情说了一通。

周贻瑾听得大皱其眉，忍不住道："你这个二哥，简直……"

吴承鉴笑道："蠢到家了，对吧？"

周贻瑾不好当着吴承鉴的面数落吴承构，只说："他这般……也就算了，怎么那个什么六叔公，也这样不靠谱？"

"龙交龙凤交凤，老鼠的朋友会打洞嘛。"吴承鉴道，"会跟着我二佬混的，能有多少智力？"

周贻瑾摇了摇头。

"不过……"吴承鉴道，"我原本还在怀疑，惠州泄密的事，可能是戴二掌柜干的，毕竟本家茶山的这条线，虽然是大哥亲管，但涉及国内的商路，很多事情还是绕不过戴二掌柜，所以他旁敲侧击找出运茶路线和各个关键点，并不奇怪。但现在看来，似乎不是啊。"

吴七问道："为什么？"

吴承鉴道："如果戴二牵涉这件事情的话，他就应该能猜到吴家的后果，也就没必要牵涉二佬的事情了。"

吴七又问："为什么没必要？"

周贻瑾代为回答："第一，没好处。或者之前主谋没把所有事情都告诉他，但到现在这个阶段，他也应该猜到主谋是要搞垮整个吴家的了，所以再跟着吴二少搞这些事情，全无半点好处。"

"第二，有坏处。如果戴二掌柜真的就是内奸，他一定不敢多生事端，以免被别的事情牵连，把他真正想隐藏的事情给牵扯出来。吴二少为人粗陋，要密谋夺家族的权，却找了这么大一帮关系复杂的亲人——这么多的耳目，泄密可以说是一定的。就算主谋仍然低估三少，但老爷子那边、大少奶奶那边，都有可能收到风声。"

吴承鉴点了点头："现在看来，戴二掌柜可能不是内奸，但仍然有可能是内奸通过他知道了运茶路线。如果有人曾经对戴二掌柜旁敲侧击，询问本家茶山的各种细节，那么这个人十有七八就是内奸了。"

吴七便说："我去找老戴。"

"不，你太年轻了，这件事情不适合。"吴承鉴抬手按了按，"你去找老顾。"

"老顾？"

"嗯。"吴承鉴道，"你把我的这个猜测告诉老顾，让老顾去办这件事情。"

吴七道："三少你不怀疑老顾吗？"

"应该不是老顾。"吴承鉴说，"如果老顾是奸细，他从惠州回来，要么是'什么都查不出来'，要么就是查出来的事情里头真假掺杂，真消息无关大局成败，而假消息里会带着误导。但我们从蔡师爷那里得到了京师的大局情报，再从这个大局观照下去，老顾从惠州带回来的消息，没有半点问题。其中一些甚至可以佐证蔡师爷的一些说法，而隐藏在这里面的某些线索，是主谋一定会隐瞒的。所以，老顾没问题。"

周贻瑾道："若是戴二掌柜没问题……"

"吴四掌柜的可能性不大，他接触的消息太过外围了。如果我是敌人，都不会选择他。"吴承鉴道，"不是他二人的话，宜和行中的大掌柜，就只落在刘大掌柜和侯三掌柜身上了。这两位虽然不是直接掌管本家茶山这条线，但大掌柜刘叔总揽宜和行一切大小事务，侯三主管洋务出货。他们二人比起戴二掌柜来虽然隔了一层，但也都能通过其他各方面来拼凑起惠州茶道的情报，只要再打听出几个关键消息，基本就能知道个八九不离十了。"

说到这里，吴承鉴长长一叹："我真不希望是刘叔，如果是他……那我们就算能扛过这一关，宜和行基本上也得翻盘重来了。至于侯三，如果是他，那敌人拿到茶叶之后，真是不愁卖茶了，甚至最后直接卖给东印度公司，也有可能。"

周贻瑾道："也可能是内宅出了问题。"

"我往日都不大管宜和行的具体事务，就算知道什么，也只知道个大概。惠州这条线的事情，我就不大晓得——我都不知道，我房里的小厮、丫头自然更加无从得知。所以，我房里没有问题。"

吴承鉴道："然后就是老爷子、大哥、大嫂三人了。老爷子的嘴是很紧的，但指不定老人家老了要说梦话。最近几年后院那边都是杨姨娘伺候着，杨姨娘若听到了什么话，只会倒给二佬听。若是二佬要连同外人来坑本家茶山的这批茶……那就真是猪油蒙了心了。"

吴七道："大少和大少奶奶身边的人呢？"

吴承鉴道："大哥身边没专用的大丫鬟，安排服侍都是大嫂亲自在做。而男仆、小厮……你六哥的品性跟二两叔相近，比你还好，至少他都不赌钱，所以我宁可怀疑你都不怀疑你六哥的。"

吴七尴尬地笑了笑。

吴承鉴继续说："至于大嫂身边的人，连翘、碧桃最为贴身。不过连翘是深受大哥、大嫂恩惠的人，我相信如果遇到危险，她都能扑上去替大嫂挡刀子，应该不是她。碧桃也是个好丫鬟，不过她是蔡家跟过来的人……"

吴七眼睛一亮："那会不会是她？"

吴承鉴道："但碧桃的家人，也都已经安排在宜和行里做事了，根也早在吴家了。"

吴七道："我们可以安排他们在宜和行做事，别人回头也可以安排他们在万宝行做事啊，不过是把根子连根带土挖回去就行。"

"这也有可能……"吴承鉴道，"不过，也只是可能。其实，内宅那么多口人，都有可能。老话说得好，'只有千日做贼的，没有千日防贼的'。只要什么时候出一个偶然，就会出一个溃穴。现在我们找的，也不过是最有可能的那个溃穴罢了。"